잃
어
버
린

사
람

잃어버린 사람

김숨 장편소설

마음산책

차례

일러두기

1. 주석에서 지명과 장소에 대한 설명은 별도의 언급이 없는 경우 모두 부산의 지명이며 장소이다.

2. 일부 동명(洞名)은 현재의 명칭을 따르지 않고, 당시의 명칭으로 표기했다. 예) 보수동→보수정, 대청동→대청정, 대신동→대신정, 부평동→부평정, 범일동→범일정, 남부민동→남부민정 등.

3. 이해를 돕기 위해 설명이 필요한 것에 각주를 달았다. 그리고 실제 인물의 사연 혹은 역사적 사실을 참고하거나 인용한 것들은 미주로 별도 정리해 책 말미에 넣었다.

4. 각주는 기호로, 미주는 숫자로 구분해 표기했다.

5. 몇몇 용어들은 당시에 쓰인 그대로 표기했다. 예) 관부연락선, 부산형무소, 철도국, 우편국, 수상경찰서 등.

6. 이 소설에 나오는 몇몇 차별적·비하적인 표현은 당시의 언어 사용을 반영한 것일 뿐 특정 집단의 인격을 차별 또는 비하할 의도가 없음을 밝힌다.

◆ 이 책의 저자 인세 일부는 다문화가정 아동과 돌봄이 필요한 아동·청소년들을 위한 '물만골 지역아동센터'에 기부됩니다.

1부

부두

1

검은 새 하나가 쇠사슬에 매달린 저울추처럼, 땅이라는 접시 위에 오롯이 놓인 세상과 무게를 겨루며 높아지고 낮아지기를 반복한다. 땅 위 세상에 쌀이 더해지고, 소금이 더해지고, 바다에 그물을 내려 잡은 물고기가 더해지더니, 곡정 까치고개*서 갓 태어난 아기까지 더해져 세상 쪽으로 무게중심이 기운다. 허방을 짚듯 기우뚱하던 추는 평형을 찾으려 눈금을 한 칸 한 칸 짚어가며 세상 바깥쪽으로 유유히 미끄러진다.

저울대가 수평이 되려는 순간 추는 눈금 수십 칸을 단박에 건너뛰어 새털구름 속으로 사라진다.

방금 무쇠 가위에 탯줄이 잘린 갓난아기는 아직 이름이 없다. 그리고 갓난아기의 아버지는 입 달린 자식 하나가 더 태어났다는 걸 까맣게 모르고 있다.

갓난아기의 입에 젖이 물리고, 까치고개 초입에 널따랗게 펼쳐진 언

● 곡정(谷町)은 현재의 서구 아미동이며, 까치고개는 천마산과 아미산 사이에 자리하고 있다.

덕에 자리한 공동묘지의 비석들이 햇빛을 받아 번들번들 솟아오른다. 비석마다에는 부산에 들어와 살다 죽은 일인들의 이름이 새겨져 있다. 갓난아기의 손가락 개수를 세고 또 세어보는 여자는 지난봄에 불러오는 배를 끌어안고 공동묘지를 지나 까치고개 안까지 살러 들어왔다.

까치고개서 11시 방향으로 손바닥처럼 펼쳐져 있는 부두는 동쪽 하늘에서 막 떠오른 빛으로 환하다. 바다에 반사돼 생겨난 빛까지 더해지자, 부두는 썩은 고구마 같은 몰골로 죽어 있는 생쥐의 부패한 눈동자마저도 금은보화처럼 영롱히 반짝일 만큼 빛으로 넘쳐난다.

부두 서쪽에 자리한 남빈 어시장•에 고깃배 한 척이 들어온다. 돛두 개를 펼친 고깃배에는 고등어가 가득 실렸다. 빈 양은대야를 앞에 놓고 퍼질러 앉아 있던 생선 행상 아낙들이 우르르 일어나 고깃배로 달려간다. 목청이 우렁차고 부산 사투리를 심하게 쓰는 아낙이 어부를 상대로 고등어 가격을 흥정한다. 바다에서 밤을 지새운 어부의 핏발 선 눈은 빛을 받아 잉걸불처럼 타오른다. 제철은 아니지만 살이 오르기 시작한 고등어들은 푸르스름한 기름기가 돈다. 가격이 정해지자 아낙들은 남들보다 먼저 고등어를 받으려 고깃배를 향해 양은대야를 내민다. 아낙들의 머리 위에서 양은대야들이 요란히 부딪치고, 고등어가 날아다니고, 온갖 사투리가 뒤섞여 시끄럽게 떠돈다. 아낙들이 까맣거나 누런 몸뻬 바지 주머니에서 꺼낸 돈이 투박한 어부의 손에 건네진다. 양은대야가 넘치도록 고등어를 받은 아낙들은 바다를 등지고

• 현재의 자갈치시장. 일제강점기에 고깃배들이 드나들며 어시장이 형성됐다.

세상 쪽으로 서둘러 발을 놓는다.

부두 동쪽의 창고 앞에서는, 소금기에 전 광목이나 무명 수건을 머리에 두른 아낙들이 모여 정어리에 소금을 치고 있다. 분개염전◆에서 소금물을 무쇠 솥에 끓여 생산한 굵고 찰진 소금을 손에 한가득 움켜쥔 아낙은 오늘 아침 썩어빠진 안남미를 씻으며 자신이 한바탕 울었다는 걸 잊고 말한다.

"한 녁 밤 자고 일어난 것 같아요."

"나는 더도 덜도 말고 하룻밤 꼬박 자고 일어난 것 같은데 얼굴이 쭈그렁밤이 됐네요." 히죽 웃는 아낙의 얼굴로 은빛 비늘이 튄다.

아낙들의 손에서 더 찰져진 소금이 정어리들에 은총처럼 뿌려진다.

부두 잔교에서는 날품팔이 사내들이 목화솜덩이를 번쩍 들어 어깨에, 등에 짊어지고 트럭으로 옮겨 싣고 있다. 사내들의 얼굴은 빛에 뭉개져 자궁 속 겨우 빚어진 태아의 얼굴로 되돌아가 있다. 조금 있으면 얼굴마다 입이 생겨날 것이다. 그리고 입이 생겨난 곳마다 굶주림이 주렁주렁 자라날 것이다.

부두 잔교역▲ 앞에서는 날품팔이 사내 대여섯이 담배를 피우고 있다. 고향이 제각각인 그들은 오늘 아침 처음 부두에서 만났다. 관부연락선이 부산과 시모노세키를 오가던 시절에 일인과 조선인, 순사, 행상 들로 북적였던 잔교역 주변은 이제 날품팔이 하역꾼들이 하루 일

◆ 盆浦鹽田, 남구 용호동에 있었던 염전.
▲ 정식 명칭은 부산잔교역으로, 1부두와 연안여객부두터미널 자리에 걸쳐 있었던 경부선의 철도역이었다. 1948년에 폐역됐다.

거리를 찾아 모이고 흩어지는 장소가 됐다.

　머리에 무명 수건을 두르고 까만 몸뻬 바지에 누런 광목 앞치마를 찬 석분이 수레를 끌며 부두로 걸어온다. 바퀴가 두 개인 수레에는 양은솥, 국자, 장작더미, 대나무 물통, 양은그릇, 벽돌이 실렸다.

　회색 고양이가 정어리를 입에 물고 수레 옆을 느릿느릿 걸어간다. 회색 고양이는 새끼를 가져 배가 부두 바닥에 끌리도록 불었다. 이번에 새끼를 낳으면 다섯 번째 출산이다. 새끼들은 어미젖을 빨고, 어미가 사냥해 잡거나 어부들에게서 슬쩍한 것들을 받아먹다가 때가 되면 슬그머니 어미를 떠났다. 젖도 떼기 전에 인간이 덥석 집어 가거나, 부두 너머까지 덮친 파도가 순식간에 삼켜버린 새끼도 여러 마리였다. 어미 판박이이던 새끼 하나는 부패한 물고기 내장을 먹고 말라 죽었다. 인간 세계에 살지만 인간의 손길이 결코 닿은 적 없는 회색 고양이는 새끼를 일곱 마리나 낳았을 적에도 결국 홀로 떠도는 존재로 되돌아갔다. 소금 저장창고의 지붕 위나 부두에 매어놓은 고깃배에 웅크리고 앉아 바다를 가만히 응시하곤 했다. 회색 고양이는 인간에게서 훔친 정어리를 입에 물고 또다시 새끼를 낳으러 가는 길이다.

　묵묵히 수레를 끌며 걸어가던 석분은 고개를 들고 1부두 잔교에 부려져 있는 목화솜덩이들을 바라본다. 2년 전 중복 즈음 그 잔교에서는 흰쌀이 가마니째 버려졌다. 흰쌀이 버려질 때 가마니 하나가 터지며 쌀알이 눈송이처럼 날리는 광경을 지켜본 어부들은 나중에야 쌀 도매상을 하던 일인이 창고에 쌓아뒀던 쌀을 배에 실어 일본으로 가져갈 수 없게 되자 바다에 쏟아버렸다는 걸 알고 그 일인을 저주했다.

석분은 수레 손잡이를 잡은 손에 힘을 주며 앞으로 발을 내딛는다. 중늙은이인 천복과 거뭇거뭇 수염이 나기 시작한 동수 앞을 지나간다. 그들은 아침에 부두 잔교로 들어온 화물선에서 석탄을 나르고 돌아가는 길이다.

"군화를 신었구나."

"도떼기시장*의 얌생이꾼한테 샀어요. 어제 도떼기시장 구경 갔었거든요. 적기赤崎에 가면 일본군이 군수품을 보관하던 창고가 있는데 그 안에 새 군화들이 쌓여 있다고 했어요."

"적기 뱃머리♦ 쪽으로 소 막사가 여러 채 있지."

"그래요? 제가 적기까지는 안 가봐서요. 얌생이 몰러 갈 일 있으면 모를까. 하지만 전 도둑질은 안 해요. 차라리 사기를 치지, 도둑질은 어쩐지 좀스럽단 말이에요. 사기는 머리를 써야 칠 수 있는 거니까요."

천복은 동수의 말을 흘려들으며 중얼거린다. "적기 뱃머리 소 막사에 그이가 살고 있다고 들었어……."

"그이가 누군데요?"

"한 배를 타고 온 사람."

"배요?"

"귀환선 말이야. 처자식이 딸려 있었어. 마누라하고 세 살 먹은 아들 하나. 언청이 마누라를 끔찍이 위하더군. 그이가 갑판 위에서 마누라와 아들을 꼭 끌어안고 한 몸뚱이가 돼 잠들어 있는 걸 봤어. 한 몸

---

* 부산의 국제시장은 처음에 도떼기시장이라 불렸다.
♦ 일제강점기에 매립된 남구 우암동 일대의 해안 포구를 당시에는 적기 뱃머리라 불렀다.

뚱이였어. 몸뚱이가 세 개가 아니라 하나. 심장도 하나, 얼굴도 하나, 영혼도 하나……."

왼쪽 볼에 보조개가 패도록 생글생글 웃고 있는 동수의 얼굴이 무정한 돌덩이로 보일 만큼 흐려진 눈빛을 또렷이 되돌리려 애쓰며 천복은 다시 말을 잇는다.

"그이 마누라가 설사병이 심하게 나 반송장이 돼서, 배에서 내릴 때 그이가 마누라를 들쳐 업어야 했어. 그래서 내가 걸음마를 겨우 뗀 그이 아들을 안고 내렸지. 배 계단을 내려오는 내내 애가 내 어깨에 얼굴을 파묻고 앙상한 두 팔로 내 목을 꼭 끌어안더구나. 기분이 몹시 이상했어."

천복의 눈빛이 또다시 흐려진다.

"애가 조그만 입을 내 쇄골에 붙이고 숨을 토하는데 시들어 죽어가는 내 육신에 새 혼을 불어넣어주는 것 같았어."

천복의 고개가 부두 동쪽의 적기를 향해 들린다.

"배에서 내려 이별한 뒤로 그이도, 그이 마누라도, 애도 못 봤어. 부두에서 헤어지기 전에 그이가 충북 제천 고향집 주소를 알려줘서 고향으로 간 줄 알았어. 내 고향집 주소도 아닌데 잊어버릴까 봐 부두를 떠돌다가도 외우고 또 외웠지. 그런데 부산을 못 떠나고 적기 뱃머리 소막사에 살고 있다는 걸 엊그제 장 씨가 알려주더군."

"트럭 운전사 장 씨 아저씨요?"

"그래, 장 씨도 한 배를 타고 나왔지. 적기에 소 막사들이 비어 있어서 귀환 동포들이 하나둘 그곳에 들어가 살고 있다고 했어. 가마니나 천을 허공에 늘어뜨려 벽을 치고, 판때기를 세워 문을 달고, 사다리를 걸어 다락방을 만들고, 화로와 솥을 놓아 부엌을 만들고……."

"아저씨도 일본에 있었어요?"

"아니, 중국 우한…… 약방 앞을 지나다 히로히토 천황이 항복 선언을 했다는 소식을 들었지. 한커우로 가면 배를 탈 수 있다고 해서 그곳까지 갔어. 그곳에서 아홉 달이 지나서야 배를 탈 수 있었어. 일인과 조선인을 3천 명 넘게 태운 배가 출항하고 얼마 안 돼 밤이 됐어. 갑판 위에 자리 잡은 사람들이 하나둘 잠들고, 혼절한 듯 곯아떨어진 어미의 메마른 젖을 물고 보채던 애도 잠들고, 보따리 속 금시계와 저비권*을 도둑맞을까 봐 불안해하며 잠 못 들던 여자도 쓰러져 잠들고…… 누런 국민복 차림의 키가 홀쩍한 일인 사내가 갓난애를 양쯔강으로 던지는 걸 봤어. 쌀뜨물처럼 흐릿한 달빛 아래서 일인 사내가 살아 있는 갓난애를 배 난간 위로 들어 올리더니 인신공양 하듯 양쯔강에 던졌어. 흙빛 강물이 구렁이처럼 의뭉스레 뒤채며 갓난애를 받아먹는 소리가 들려왔어…… 한커우 항구에서 배를 기다리던 병든 일인 여자의 갓난애였어. 병이 나을 것 같지 않자 여자는 독약을 먹고 죽으려고 젖먹이를 맡아서 키워줄 사람을 찾았어. 그 일인 사내가 갓난애를 맡아서 키우겠다고 나섰지. 여자는 아기와 함께 보답으로 자신의 전 재산인 보따리를 사내에게 주고 독약을 마셨어. 사내는 보따리 속에 들어 있던 죽은 여자의 옷가지를 배를 기다리는 다른 여자들에게 팔았어…… 가장 여리고 맑은 인간을 희생 제물로 삼은 인신공양 배가 마침내 일본 하카타 항구에 닿고, 그 일인 사내가 배에서 내려 땅에 두 발을 내딛는

● 儲備券, 1941년부터 중국 중앙은행에서 발행한 은행권.

걸 나는 뒤에서 지켜봤어. 남자와 여자, 늙은이와 아이, 선인과 악인이 어지럽게 섞여 소용돌이치는 인간들 속으로 태연하게 걸어 들어가, 세상 인간들 중 하나로 태어나는 걸 봤어."[1]

천복은 손가락을 구부려, 희끗희끗한 눈썹 아래 깊숙이 꺼진 눈구멍 속에 돌처럼 박힌 두 눈동자를 후벼 파듯 가리킨다.

"그런데 한커우에서 배를 기다릴 때도, 배에서도 그 일인 사내 옆에 조선 여자 하나가 늘 있었어. 사내에게 버림받을까 봐 불안해하는 기색이 역력했지. 그 조선 여자도 사내가 갓난애를 강으로 던지는 걸 봤어. 그 여자도 배에서 내려 세상 사람들 중 하나로 태어나 그 일인 사내를 따라갔어."

천복은 어깻죽지를 움찔 떨다 동수를 쏘아본다.

"내 말이 거짓말 같아?"

"아주 거짓말 같진 않지만 거짓말이어도 상관없어요. 평생 남한테 속고 사는 게 인간이자 인생이라고 제 아버지가 귀에 딱지가 지도록 말씀하셨거든요."

"네 아버지가 하나는 알고 둘은 모르시는구나. 평생 남한테도 속고 나 자신한테도 속고 사는 게 인간이자 인생이란다."

"나 자신한테도요?"

"나는 나 자신한테 속아서 떠나왔단다. 내가 아둔한 건지, 인간이 원래 아둔한 건지 내내 나 자신한테 속으며 살고 있단다."

허무함이 깃든 눈빛으로 부두를 둘러보던 천복의 눈길이 조금 전 수레를 끌며 자신의 앞으로 지나간 석분을 좇는다. 출신도 이름도 나이도 모르는 그녀가 자신의 어머니이거나 마누라이거나 딸이었으면 하는 간절한 바람에 사로잡힌다. 그 바람이 너무나 절실해 그는 늑골이 주저앉는 것 같은 고통마저 느낀다. 신음하던 그는 두 눈동자를 경직시키고 스스로에게 묻는다.

"여기가 어디지? 오늘 밤이나 내일 새벽에 내가 부두 바닥에 죽어 있어도 슬퍼하며 내 육신을 거둘 부모 형제 하나 없는 낯선 세상이 분명한데……."

"부모 형제라면 지긋지긋해요. 그리고 아저씨, 나는 절대로 남한테 안 속아요. 내가 보통학교를 다니다 말았지만 꽤 영리하거든요."

"그래?"

"영리하니까 청도 산골 촌놈이 도둑 열차 타고 부산까지 왔지요."

"너, 몇 살이라고 했지?"

"열일곱 살이요."

"전에는 어디서 일했다고 했지?"

"잉크 공장이요. 일인이 하던 걸 인수받은 주인 부부가 밥만 먹여주고 1원 한 장 안 주지 뭐예요."

"잉크 공장에서 무슨 일을 했지?"

"잉크병에 상표 붙이는 일이요. 고향에서 같이 도둑 열차 타고 부산에 온 친구가 잉크병에 잉크를 담으면 나는 상표를 붙였지요. 자전거 타고 잉크 배달도 가고요. 일한 지 석 달쯤 됐는데 주인 남자가 수금을 다녀오라고 시키지 뭐예요. 수금한 돈으로 친구하고 시나마치支那町●에서 배가 터지도록 만두를 사 먹었지요. 월급도 안 주고, 사장 부부가

● 오늘날 초량의 차이나타운.

밤마다 싸우는 소리도 너무 지겨웠거든요. 공장에 방 두 칸이 딸려 있어서 한 칸은 주인 가족이 쓰고, 한 칸은 친구하고 내가 썼거든요."

"네 친구는 어디 있지?"

"보수정 활판소에 직공으로 취직했어요. 보통학교는 졸업해야 직공으로 취직할 수 있다고 해서 고향 청도에서 보통학교를 졸업했다고 거짓말을 했지요. 친구 소개로 나도 직공으로 취직했다 보름 일하고 뛰쳐나왔어요. 글자 짜 맞추는 게 짜증나기도 하고, 활판소가 감옥처럼 답답해서요. 종일 그 안에서 일하다 보면 질식해 죽을 것 같았거든요. 나는 세상이 다 보이는 곳에서 일하는 게 좋아요."

"그럼 들에 나가 농사를 지어야지. 어부가 돼 배 타고 바다에 나가 고기를 잡거나."

"농사는 때려죽여도 짓기 싫어요. 바다가 없는 곳에서 태어나고 자라 어부는 못 되고요. 석탄 나르는 일 할 때 친구하고 조개잡이 배를 얻어 타고 바다에 나갔다가 멀미가 나서 죽는 줄 알았어요. 부산 와서 처음 바다를 봤어요. 내 고향 마을에서는 저수지가 가장 큰 물이었거든요. 여름이면 친구들하고 저수지 끝에서 끝까지 헤엄쳐 건너는 내기를 하곤 했어요. 저수지는 끝이 보이지만 바다는 끝이 안 보여요. 바다는 끝이 없으니까요. 그래서 그런지 바다는 어쩐지 두렵단 말이에요."

"농사꾼은 싫고, 어부는 못 되고, 세상이 다 보이는 곳에서 일하는 게 좋다니 평생 이 부두나 떠돌며 살아야겠구나."

"아저씨, 나는 장 씨 아저씨처럼 운전을 배울 거예요. 지금은 부두에서 허드렛일이나 하고 있지만 운전사가 되는 게 내 꿈이에요. 돈이 모아지면 트럭을 살 거란 말이에요."

천복은 그러나 더 이상 동수의 말을 듣고 있지 않다.

"어디로 갔을까?"

"누구요?"

"하카타 항구에서 배에서 내려 일인 사내를 따라간 조선 여자 말이야."

천복의 어머니도 마누라도 딸도 아닌 석분은 소금 창고에서 백 보쯤 떨어진 한갓진 곳에 수레를 세운다. 세 평 남짓한 창고는 얼마 전까지 비어 있었다. 지난 장마 때 지붕에 요강만 한 구멍이 뚫려 장대 같은 비가 고스란히 들이쳤다. 물웅덩이가 파여 모기와 날벌레가 들끓고 새끼 고양이가 죽어 널브러져 있었다. 어느 날 초량에 사는 어부가 지붕의 구멍 난 곳을 땜질하고 뒤틀린 문짝을 손봤다. 분개염전에서 소달구지로 실어 나른 소금 가마니들을 안에 들이더니 문짝에 두꺼비만한 무쇠 자물통을 채웠다.

석분은 양은솥을 수레에서 내린다. 벽돌을 부두 바닥에 아궁이처럼 쌓고 그 위에 양은솥을 건다. 부두에 오는 길에 우물에서 길어 온 대나무 들통 속의 물을 양은솥에 쏟아 붓는다. 말린 멸치를 궤짝에 담아 짊어지고 다니는 여자에게 산 멸치를 한 주먹 뿌린다. 남선창고* 앞을 지나오며 장작 장수에게 산 참나무 장작을 양은솥 밑에 엇갈리게 쌓는다. 도떼기시장에서 주운 책을 펼쳐 든다. 일인들이 일본으로 쫓겨나며 버리고 간 책들이 시장 여기저기에 쌓여 있었다. 그녀는 책

---

* 일제강점기에 원산에서 들여온 명태를 보관하던 명태고방. 동구 초량동에 그 터가 남아 있다.

표지를 뜯으려다 말고 인쇄된 글자를 무심히 들여다본다.

'罪と罰(죄와 벌).'

그녀는 눈가가 움찔하도록 얼굴을 경직시키고 책을 부두 바닥에 내려놓는다. 양은솥을 조금 더 높이 건다.

"아저씨, 전 가요."

"어디로 갈 거냐?"

"이발소 들렀다 남부민에요. 어제 소화관* 앞에서 부산에 내려와 사귄 형을 우연히 만났는데 남부민에 있는 요릿집 지배인이 돼 있지 뭐예요. 그 형이 밤에 몇 시간 일 좀 도와 달라고 해서요. 주로 밤에 장사를 하는데 종업원이 모자란다네요. 제 머리를 보고는 이발이라도 하라며 용돈을 줬어요."

"남부민이면 색시들이 술 따라주는 요릿집이겠군."

"암튼 요릿집이라고 했어요."

"애야, 친구 따라 강남 간다고 타지에서는 친구를 잘 사귀어야 한다."

"아저씨, 저 정말 가요."

"가, 가버려!"

"아저씨는 어디로 가세요?"

"그러게, 어디로 가야 하나…… 적기 뱃머리로 가볼까?"

"소 막사에 들어가 사시려고요?"

● 昭和館, 1931년 12월 31일에 개관한 영화관. 중구 창선동에 자리한 소화관은 나중에 조선극장으로, 다시 동아극장으로 이름이 바뀌었다.

"소 막사에서 못 살 것도 없지. 돼지 막사에서도 살 수 있는 게 인간이란다. 소 막사도 돼지 막사도 인간이 지은 거니까."

"아저씨는 어디에 살고 계세요?"

"4부두 막사♦에 살고 있단다."

"귀환 동포들이 거기 막사들을 집으로 개조해서 살고 있다고 들었어요."

"방직 공장 다니는 처녀들, 고무 공장 다니는 처녀들도 종지 같은 방 한 칸 얻을 형편이 안 되는지 하나둘 들어와 살고 있단다. 귀환 동포들이 궁여지책으로 기어든 막사에 살림 보따리를 풀고 가장 먼저 하는 일이 뭐일 거 같으냐?"

"뭔데요?"

"벽을 치고, 문을 다는 거란다. 내 자식하고 남의 자식이 섞이면 안 되니까. 내 마누라하고 남의 마누라가 섞여도 안 되고, 내 살림하고 남의 살림이 섞여도 안 되니까. 그리고 부엌을 만들지…… 인간이 변소는 같이 써도 부엌은 같이 쓰고 싶어 하지 않으니까. 해산했는지 며칠 전부터 옆 막사에서 갓난애 소리가 들리더구나."

"갓난애요?"

"막 세상에 태어난 애기 울음소리였어. 닷새 전이었나, 소주 한 대접을 마시고 잠드는 줄도 모르고 잠들었다가 오밤중에 갓난애 울음소리를 듣고 놀라서 깼지. 불현듯 내가 그 갓난애 같다는 착각이 들더구나.

♦ 태평양전쟁 말기에 일본군은 4부두 앞에 전쟁터나 군수 공장으로 보낼 조선인들을 묶게 하려고 막사를 지었다.

눈을 뜨기가 겁나서 겨우 눈을 떴더니 호롱불이 타오르고 있었어. 불빛이 허공에 늘어뜨린 가마니를 뚫고 내 머리맡까지 번져와 있었어."

"갓난애 울음소리는 듣기 싫어요. 꼭 발정 난 고양이 울음소리 같단 말이에요."

"막사에서 갓난애 울음소리가 들려오기 전까지는 뭔가가 부족하게 느껴졌어. 인간들이 모여 사는 세상에 으레 있는 소리들 중에 없는 소리가 있었어. 쌀 씻는 소리, 바느질 소리, 사내애들이 싸우는 소리, 남자 여자가 사랑을 나누는 소리, 노랫소리, 주판알 굴리는 소리, 신음소리, 탄식 소리…… 온갖 소리에 갓난애 울음소리가 더해지자 마침내 막사도 인간들이 모여 사는 곳이라는 생각이 들더구나."

그때 벌목꾼들을 실은 트럭이 그들 앞을 지나 영도다리 쪽으로 달려간다. 트럭을 눈으로 좇던 천복이 동수에게 불쑥 묻는다.

"오늘이 며칠이냐?"

"16일이요."

"몇 월 며칠이냐?"

"9월 16일이요."

"몇 년 몇 월 며칠이냐?"

"1947년 9월 16일이요."

"음, 그렇군…… 얘야, 오늘을 기억해라."

"오늘을요?"

"그래, 오늘…… 오늘을 잊지 말고 기억해라."

"오늘이 중요한 날이에요?"

"아니……." 천복은 고개를 흔든다. "그저 깃털처럼 무수한 날들 중 하루일 뿐이란다. 애야, 그렇더라도 오늘을 꼭 기억하렴."

동수는 그저 어깨를 으쓱해 보인다.

"참, 저 앞에 쌍산*이라고 산이 있었다는 건 알고 계세요? 인쇄 공장 사장이 알려줬어요. 일인들이 산을 허물어 바다에 쏟아부었다고 했어요."

"어디 말이냐?"

동수는 손을 들어 천복의 희끗희끗하고 성긴 머리 너머를 가리켜 보인다.

"저쯤에요."

"어디?"

"하여간 저기 어디쯤이라고 했어요."

천복은 사라진 산이 부활하기를 기다리기라도 하듯 눈동자에 힘을 주고 바라본다.

"세상은 아저씨가 더 잘 아는지 몰라도 부산은 내가 더 잘 알아요. 내가 아저씨보다 부산에 먼저 왔으니까요."

"뭐?"

"내가 먼저 왔다고요."

"네가 나보다 먼저 왔다는 걸 깜박했구나!"

"네, 내가 아저씨보다 먼저 왔어요!"

● 용두산 주변의 일본인 거류지와 조선인 마을인 초량 사이에 있었던 영선산(營繕山)과 영국영사관산(英國領事館山)을 쌍산(雙山)이라 했는데, 1909~1912년의 영선산 착평공사로 헐려 없어졌다.

양은솥은 높이 걸렸다. 석분은 전날보다 양은솥을 높게 걸었다. 그녀는 양은솥을 점점 더 높이 걸고 있다.

부산역으로 열차가 들어오는 소리가 그녀에게 들려온다.

그녀는 우러르듯 양은솥을 올려다보며 그것이 더 높이 떠올라 부두 어디서도 보일 만큼 높은 곳에 걸려 있는 상상을 한다.

좌천동굴* 근처에 사는 고물상 양 씨에게 산 양은솥은 찌그러지고 긁히고 땜질한 곳투성이이지만, 부두에서 막일하는 사내 스무 명의 허기진 배를 든든히 채우고도 국물이 두어 국자는 남는 양의 국수를 끓일 수 있다.

석분은 성냥갑을 뜯고 그 안에 차곡차곡 쟁여 있는 성냥개비 하나를 집어 든다. 대청정 세계잡화점에서 산 성냥이다.

석분은 세계잡화점 주인 태옥에게 들은 장작 행상 얘기를 떠올린다. 그는 성냥 한 개비를 구걸하다 나막신 신은 발에 급소를 맞아 죽었다.[2] "성냥 한 개비 값이 사람 목숨 값이 됐지 뭐요." 태옥은 그러곤 혼잣말을 하듯 중얼거렸다. "나는 불이 돌에서 생겨나는 줄 알았다오. 내가 어릴 때만 해도 성냥이라는 요상한 물건이 없어서 부싯돌을 부딪쳐 불씨를 얻었으니 말이오. 그리고 돌은 흙이나 물에서 생겨나는 줄 알았다오. 물에서 생겨난 돌에서 불이 생겨나는 게 신기하고 의아했다오."

석분은 성냥갑의 적린 마찰면에 대고 성냥을 긋는다. 한 번, 두 번, 세 번 만에 피어난 성냥 불꽃을 책 표지 모서리로 가져간다. 불이 옮겨

---

* 동구 좌천동에 있는 동굴로, 일제강점기에 방공호로 개발된 것으로 추정된다.

24

붙는 순간 바다에서 불길이 치솟는 착시가 일어난다.

*

　세상과 무게를 겨누던 검은 새가 새털구름 속으로 삼켜질 때 그 광경을 바라보며 서 있던 애신은 바람이 불어오는 쪽으로 무심코 고개를 돌린다. 습기를 머금은 바람은 바다 쪽에서 불어오고 있다. 잿빛 맞배지붕들과 굴뚝들 너머 빛에 휩싸인 바다가 가물가물 그녀의 시야에 들어온다. 그녀는 조금 전 부산진역으로 들어온 열차에서 내렸다. 갈색 달걀이 소복이 담긴 소쿠리를 머리에 인 아낙이 안짱걸음을 놓으며 걸어온다. 아낙은 부화하지 못한 알들을 소쿠리에 담아 이고 새 둥지를 찾아가는 어미 새 같다. 애신은 아낙이 참새처럼 작아질 때까지 눈으로 좇는다. 경적을 울리며 달려오는 쑥색 트럭이 지나가길 기다렸다가 새털구름을 바라보며 발을 놓는다.

2

석분이 부두의 허공에 띄운 양은솥에서 동쪽으로 20리쯤 뚝 떨어진 바다에 떠 있는 외돛배에는 백발의 어부 말뚝이 타고 있다.

동틀 녘 말뚝은 적기 뱃머리 부두가 내려다보이는 언덕배기에 제비집처럼 옹색하게 지은 초가집을 나섰다. 토끼풀로 우거진 언덕을 내려와 소 막사들을 지났다. 팔도에서 공출해 트럭으로 열차로 실어 나른 소들로 그득하던 막사들은 해방 후 텅 비었다가 귀환 동포들이 하나둘 들어와 살고 있다. 닷새 전 말뚝은 그곳을 지나가다 막사 마당에 바지랑대로 받친 빨랫줄에 빨래를 널고 있는 언청이 여자를 봤다. 옆구리가 터진 검은 고무신을 신은 여자의 발 근처에서 아직 초란을 낳지 않은 어린 암탉 두 마리가 한가롭게 노닐고 있었다. 언청이 여자는 그를 보고는 두 손을 모으고 머리를 숙이며 공손히 인사를 해왔다. 돌 조각으로 땅바닥에 기역니은디귿을 그리며 놀던 사내아이도 덩달아 인사를 해왔다.

말뚝은 우역검사소를 지나, 적기 뱃머리 부두를 내려다보며 발을

놓았다. 통통배 두 척이 정박해 있는 부두에서는 한때 시모노세키 후
쿠우라로 보낼 소들을 기중기로 번쩍 들어 화물선 닛쵸마루^{日朝丸}에 싣
는 기이한 풍경이 펼쳐지곤 했다.

소 화장터 앞에서 말똥은 잠시 숨을 골랐다. 우역검사소에서 병든
소로 판명 난 소들을 불사르던 소 화장터 굴뚝 위에는 까마귀 한 마리
가 꽤나 위엄 있게 앉아 있었다. 소를 태우는 연기가 종일 자우룩이 피
어오르곤 하던 화장터 굴뚝은 이제 까마귀들이 날아들어 세상의 동
정을 살피는 망루가 됐다.

소 화장터 굴뚝 위의 까마귀가 날개를 펼치며 날아오르고, 말똥은
이태 넘게 발이 묶여 있던 외돛배의 돛을 펼쳤다. 외돛배는 날갯짓을
하듯 돛을 펄럭펄럭 흔든다, 천 리 만 리도 거뜬히 데려다줄 순풍을 타
고 거듭 부딪쳐오는 썰물 파도를 타넘으며 바다로 나갔다. 바람이 외돛
배를 어디까지 데려다놓을지 끝까지 가보고 싶은 욕구를 애써 억누르
고 말똥은 갯가에서 5리쯤 떨어진 곳에 닻을 내렸다. 손가락이 뒤틀려
숟갈질도 제대로 못하는 손으로 그물을 펼쳐가며 바다에 내렸다. 몹
시 천천히 흘러가는 구름을 무념무상의 심정으로 바라보며 숭어, 전
어, 도다리, 노랑조기, 보구치, 농어 등 인간이 먹을 수 있는 물고기라
면 종류를 가리지 않고 그물 안으로 들어오기를 기다렸다. 닷새 전 그
는 포구에 나와 배의 부서진 곳을 때우고 삭은 그물을 손봐뒀다.

석분의 양은솥 아래 장작들이 활활 타오르고, 말똥의 외돛배는 어
느새 적기 뱃머리 부두에서 동쪽으로 2리쯤 떨어진 소박한 갯가 포구
에 정박해 있다. 외로 살짝 기울어 지상에 드러난 배 밑바닥에 속 빈

조무래기따개비들이 따닥따닥 붙어 있고 어린 달랑게 하나가 기어오르고 있다.

그물에서 쇳빛 물고기를 떠 올리는 말똥의 손이 그물을 펼칠 때보다 더 심하게 떨린다.

그는 쇳빛 물고기뿐 아니라 바다의 온갖 물고기들이 어떻게 빚어지는지 모른다. 뼈, 살, 비늘, 부레, 지느러미, 아가미…… 천진한 표정을 짓고 아가미를 뻐끔거리는 쇳빛 물고기가 빚어진 이치를 인간인 자신은 결코 알 수 없으리라는 걸, 그는 어쩌면 마지막이 될지 모를 출어를 하고 나서야 깨닫는다. 틀림없는 사실은 돛을 세 개씩 펼친 고깃배를 타고 난바다를 누비던 시절에도 끝을 본 적 없을 만큼 드넓은 바다가 그토록 자그마한 물고기를 길렀다는 것이다.

쇳빛 물고기는 남쪽 바다에서 흔히 잡히는 물고기로, 탕을 끓여 먹거나 조림을 해 먹는다. 살이 희고 쫄깃하며 비린 맛이 덜하다. 봄이 제철로 춘고어春告魚라 불리지만 사시사철 맛 차이가 별로 나지 않고 일 년 내내 잡힌다. 온순하고 어수룩한 데다 생김이 투박하고 지느러미가 억세 홀대를 받는다.

말똥은 어려서부터 쌀보다 쇳빛 물고기를 더 많이 먹고 자랐다. 그의 어머니는 들에 쑥이 지천이면 쑥을, 냉이가 지천이면 냉이를 한 소쿠리 뜯어다 쇳빛 물고기와 함께 가마솥에 넣고 푹 끓여 자식들에게 먹였다.

"가만 보니 생긴 게 나보다 낫구먼."

그는 쇳빛 물고기가 상처 입지 않고 바다 속을 누비고 다닐 때의 모습 그대로 자신의 두 손에 온전히 주어질 수 있게 조심하며 그물에서 떠 올린다.

그러나 쉿빛 물고기는 그물이 들어 올려질 때 이미 얼굴에 생채기를 입었다. 천진난만한 표정을 잃지 않고 있지만 죽어가고 있다. 그리고 오늘이 가기 전에 자신의 탄생과 성장에 눈곱만큼도 기여하지 않은 인간에게 먹혀 살을 찌우고 피를 윤택하게 할 것이다.

마침내 자신의 두 손에 주어진 쉿빛 물고기를 말똥은 대나무 통 속에 무심히 던져 넣는다. 쉿빛 물고기가 뭉툭한 꼬리로 다른 물고기들의 몸통을 치며 팔딱팔딱 안간힘을 다해 뛰어오르는 소리가 대나무 통 속에서 들려온다.

우암牛岩이라고 불린 소 형상의 바위가 상징처럼 자리하고 있고, 영도 봉래산이 손에 닿을 듯 가까이 보이는 적기 뱃머리 포구의 소박한 풍경이 남아 있던 시절에, 포구 언저리에 웅크리고 있던 집에서 셋째로 태어난 말똥은 재작년 입춘 즈음에 마당을 나서다 풍을 맞고 꼬꾸라졌다. 하늘과 땅이 뒤집히던 그 순간을 그는 너무도 생생하게 기억한다. 고깃배를 타고 바다를 누비며 맞았던 온갖 바람이 다섯 자 반밖에 안 되는 그의 몸속에 잠들어 있다 되살아나 광포히 회오리치며 사지를 뒤틀어놓고, 이마와 눈썹을 찌그러뜨리고, 입을 일그러뜨렸다. 그는 열다섯 살 먹어서부터 고깃배를 탔다. 고등어 철이나 멸치 철이면 우암으로 흘러들어와 원양 출어 품팔이를 하는 사내들 틈에 끼어 그물을 던졌다.

바다에서 들려오는 통통배 소리에 말똥은 세월과 문명의 발달이 바다에 불러온 변화를 새삼 절감한다. 칠흑 같은 밤바다에 대고 흔들던 횃불은 호롱불로, 무동력 돛단배는 발동기를 단 통통배로 바뀌었다. 어부를 남편으로 둔 아낙들이 서로 품앗이를 하며 모여 짜던 면 그물은 나일론 그물로 바뀌었다.

우암에서 후쿠우라 항까지 소들을 실어 나르던 닛쵸마루가 퇴장한 부두에는 자갈치, 영도, 다대포를 오가는 통통배 수 척이 정박해 있다. 그곳에서 방금 영도로 출발한 통통배에는 언청이 여자의 남편이 타고 있다. 그는 공장 일자리를 알아보러 영도에 들어가는 길이다. 만주에서 태어난 그는 하카타 항에서 귀환선을 타고 부산에 들어와 고향으로 가지 않고 봉래국민학교에 마련된 귀환 동포 임시수용소에서 지내다 우암 소 막사로 들어갔다.

통통배에 오르자마자 신문을 펼치고 소리 내 읽던 사내가 새로운 소식을 전하듯 배에 함께 타고 있는 사람들을 향해 소리친다.

"부산 물가가 경성보다 높다네요!"

통통배는 제철을 맞아 살이 오른 모시조개가 지천으로 깔려 있는 우암 앞바다를 가르며 영도를 향해 미끄러져 간다.

"부산은 암시장이 문제예요!"

"암시장서 가장 인기 있는 물건이 미군 담배라면서요?"

"아, 엊그제 미군 담배를 두 모금 얻어 피웠는데 일본 담배, 조선 담배하고는 맛이 다르데요. 목구멍으로 넘어가는 연기가 더 독한 것도 같고, 더 부드러운 것도 같고."

"일본도 암시장이 판을 친답니다. 쌀이 모자라 여편네들이 맥아더 장군에게 쌀 배급을 늘려 달라고 호소하는 편지를 보내고 있답니다.

정신 나간 여편네들이 맥아더 장군을 '백인 천황'으로 떠받들며 당신의 자식을 낳고 싶다는 편지를 보낸다니, 맥아더 장군이 일본 천황이 될 날도 멀지 않은 것 같습니다."

"모를 일이에요!"

"암요, 모를 일이에요. 조선이 해방될 줄 누가 알았나요?"

통통배에 실려 가는 중늙은이 둘은 자신들이 오늘 처음 만난 사이라는 걸 잊고서 어깨를 다정히 맞대고 배의 흔들림에 따라 흔들거린다.

중늙은이들이 하는 소리를 잠자코 듣고 있던 늙은 아낙이 묻는다.

"일본 여자가 미국 남자의 애를 낳으면 그 애는 일본 사람이에요, 미국 사람이에요?"

"피부가 희끄무레한 애가 나오면 미국 사람, 피부가 누르스름한 애가 나오면 일본 사람이고 해야 하나?"

"백인들은 밀가루하고 우유를 얼마나 먹어서 희어멀끔할까? 까마득히 먼 조상 때부터 먹어서 희어멀끔한 걸 테지요?"

늙은 아낙 옆, 양 볼에 주근깨가 깨처럼 박힌 여자의 얼굴은 수심이 짙다. 지난봄에 영도로 시집간 그녀는 전날 통통배를 타고 우암 부두로 나와 친정에서 하룻밤 자고 집으로 돌아가는 길이다. 열흘 전 그녀는 작은오빠가 몹시 아프다는 전보를 받았다. 작은오빠의 가슴과 배에서 이빨처럼 생긴 뼈들이 살을 찢고 나오고 있었다. 부스러진 갈비뼈 조각들이었다. 열아홉 살 때 히로시마로 징용 끌려가 군수품 만드는 공장에서 잡부로 일하던 작은오빠는 원자탄이 떨어질 때 섬광에 화상을 입었다. 원자탄 투하 후 연락이 두절됐다가 해방된 해 12월에 선짓덩이처럼 벌겋게 부어오른 몸을 간신히 이끌고 집에 돌아왔다. 간도에

만주국이 들어선 해에 돈을 벌겠다며 만주로 떠난 큰오빠는 돌아오지 않았다.[3]

통통배는 모시조개를 긁고 있는 고깃배들을 뒤로하고 바다로 나간다.

통통배에 타고 있는 또 다른 사내가 히죽히죽 웃으며 말한다.

"내 고향 마을에 심보가 고약한 사람이 있었답니다. 얼마나 고약한 지 우물물을 마시고 나면 우물에 꼭 침을 뱉었네요."

"침을요?"

"혼자만 깨끗한 우물물을 마시려고요."

"그 고약한 사람이 누구요?"

"그 고약한 사람이 누구냐, 내 아버지랍니다."

그물에는 쇳빛 물고기가 세 마리 더 걸려 있다. 말똥은 그물에서 쇳빛 물고기를 떠 올리다 그만 놓치고 만다. 인간의 손에서 놓여난 쇳빛 물고기는 그물에서 고작 한 뼘 남짓 떨어진 허공에서 꼬리지느러미를 치켜 올리며 몸뚱이를 힘껏 뒤채보지만 도로 그물로 떨어진다. 기진해 아가미만 뻐끔거리는 쇳빛 물고기로 손을 뻗던 말똥은 불현듯 고개를 들어 부두를 응시한다.

13년 전, 운수대통인 어부에게 잡힌 상어의 지느러미가 바닷바람에 꾸덕꾸덕 말라가던 어느 날이었다. 일인들이 의령과 산청, 진주 등지에서 강제로 차출해 동원한 부역꾼 수백 명을 이끌고 들어오더니 포구와 바다를 매립하고 부두를 놓았다. 그때 우암 바위와 포구 언저리의 집들이 흙과 바위 속에 묻혔다. 말똥은 식솔을 데리고 쫓겨나듯 포구를 떠나 계곡물이 흐르는 안골새*로 들어갔다.

얼마 뒤 부두에서는 소를 기중기로 들어 올려 화물선에 싣는 풍경이 펼쳐졌다. 그때 마침 부두가 내려다보이는 언덕을 지나가던 아낙 둘은 기중기에 들려 허공에 구름처럼 떠 있는 황소를 우연히 목격하고는 놀라 말했다.

"세상에나, 소가 하늘을 나네!"

쇳덩이가 하늘을 날아다니는 세상이라지만 세상에 태어나 처음 보는 기이한 광경에 아낙들은 아연실색이 됐다.

기중기가 작동하는 소리, 일인들이 내지르는 고함 소리, 소 울음소리, 바다에서 들려오는 파도 소리가 부두와 그 일대에 가득했다.

"가엾어라, 저 큰 소가 겁을 잔뜩 집어먹었네."

"하나, 둘, 셋, 넷……." 기중기 아래에 모여 움매 움매 울고 있는 소들이 몇 마리인지 세던 아낙이 스무 마리까지만 세고는 말했다.

"백 마리는 되는 것 같지?"

"3백 마리는 되겠는데?"

"소들을 어디로 데려가려고 저 지랄을 한데?"

"뻔할 뻔 자지!"

"나라가 없으니까, 아무 죄 없는 소들도 고생이 이만저만 아니네."

아낙들은 자신들이 정성들여 쑨 여물을 아침저녁으로 먹여 키운 소가 벌을 받듯 허공에 떠 있는 것만 같아 안타깝다 못해 억울한 심정이 들었다.

"쌀을 싹 쓸어 가더니 소도 싹 쓸어 가네. 소 다음엔 뭘 쓸어 가려나?"

● 사하구 감천동의 천마산 자락에 있는 마을.

"소 다음은 사람이겠지."

아낙들은 기중기에 들린 소가 화물선에 실리는 걸, 혹시나 소가 뚝 떨어져 다리가 부러지기라도 하면 어쩌나 조마조마해하며 입을 벌리고 지켜봤다.

"송아지 아니야?"

"송아지야, 송아지야, 어디 가니?"

"움매 움매, 엄마 엄마……."

기중기에 들린 송아지와 하나가 돼 "움매 움매, 엄마 엄마" 울던 아낙은 그 이듬해 봄에 자신의 맏아들이 군속으로 징발돼 오키나와로 끌려가리라는 걸, 그곳에서 엽서 두 통을 부쳐온 뒤로 소식이 끊기더니 해방되고 이태가 지나도록 돌아오지 못하리라는 걸 전혀 예감하지 못했다.

토끼풀이 무성하던 매축지 동쪽에는 태평양전쟁 시기에 일본 군인들이 군수 물품을 보관하던 보급 창고들이 들어섰다. 화물선이 드나들 부두를 놓으려고 일인들이 바다를 매축할 때 말똥은 터를 단단히 다지는 일을 했다. 쟁기를 메고 밭을 갈던 소와 말 들도 영문을 모르고 끌려와 흙과 돌덩이가 실린 달구지를 끌었다.

그의 두 눈은 박제돼 공중에 섬처럼 떠 있는 소의 환영에 사로잡힌다. 기중기에 번쩍 들리던 순간에 공포에 질려 표정이 얼어버린 소는 승천하듯 더 높이 들린다. 소는 자신이 화물선에 실려 후쿠우라로 보내지리라는 걸, 그곳에서 다시 도축장으로 보내져 짧은 삶을 마감하리라는 걸 까맣게 모르고 있다.

3

"어제 초량 물웅덩이* 지나가며 보니까, 말리다 만 국수 가락처럼 맥없는 사내하고 쌍둥이를 뱄는지 배가 터질 듯 부른 여자가 썩은 조각배를 끌어다놓고 조각조각 뜯어서 집을 짓고 있데요……." 한 넉 밤 자고 일어난 것 같다던 아낙은 소금을 또 한가득 손에 움켜쥔다.

"방 한 칸 얻을 돈도 없나 보네." 하룻밤 꼬박 자고 일어난 것 같다 던 아낙은 옷깃도 스친 적 없는 여자가 안쓰러워 쯧쯧 혀를 차지만 정작 그녀 자신도 방세가 석 달이나 밀려 여섯 식구가 쫓겨날 처지다.

목에 두른 광목 수건을 풀어 얽은 얼굴을 훔치던 아낙이 불쑥 목청을 돋우고 말한다. "도둑놈이 들끓어서 못 살겠어요. 어제는 아침밥 먹자마자 공동 수도에 물 길러 다녀왔더니 도둑놈이 한 주먹도 안 되는 쌀독의 쌀을 한 톨도 안 남기고 홀딱 쓸어 갔지 뭐예요."

"그 집 쌀독에는 쌀이 한 주먹이라도 들어 있었나 보네요."

"배급받은 쌀이요."

---

* 2부두와 3부두 사이 중앙부두 뒤편에 거대한 물웅덩이가 있었다.

"나는 엊그제 미곡상회에 백미 한 되 사러 갔다가 값만 물어보고 그냥 돌아왔어요. 백미 한 되에 150원이나 달라니 살 수가 있어야지요. 한 되 살 돈도 없는데 미곡상회 주인 사내가 그러더군요. '한 되는 안 팔아요!'"

"백미는 못 사 먹어요. 안남미나 사다 먹을까."

"나는 도떼기시장에서 썩은 안남미 사다 죽 쒀 먹어요."

"우리 집은 입이 여섯이어서 네 끼는 죽 쒀 먹고, 두 끼는 배급받은 밀가루로 수제비 떠 먹고, 밥은 겨우 한 끼 먹어요."

"그나저나 도둑놈들 때문에 못 살겠어요."

"나는 밤에 발소리만 들려도 도둑놈인가 싶어서 벌떡 일어나요."

"55보급창•이 있는 매축지는 귀환 동포, 술집 색시, 깡패 들이 들어와 살아서 아주 도둑놈 소굴이랍니다. 망보는 사람까지 두고서 검은 복면을 쓰고 화차에 올라가 석탄을 자루째 훔친대요."

그때 통통배 한 척이 통 통 통 소리를 요란히 울리며 남빈 어시장을 떠나 영도 대풍포 도선장으로 향한다.

"경산댁은 아주 고향에 돌아갔어요?"

"석탄 부스러기 주우러 다녀요."

"만주에서 살다 왔다면서요."

"누가요?"

"경산댁이요."

"만주에서 뭐 하고 살았대요?"

• 동구 범일5동에 있었던 미군 보급 창고.

"농사짓고 살았다지요. 만주 지린성 어디라더라? 해방됐다는 소식 듣고 배를 구해 타고 신의주로 들어왔더니 소련군이 벌써 장대 같은 총을 차고 삼팔선을 지키고 있더래요. 개성 포로수용소에서 포로로 잡혀 있는 미군들하고 지내다 길잡이 하나를 구해 임진강을 건너 넘어왔고요. 만주서 함께 내려온 사람들하고 화물차 짐칸에 바글바글 매달려 타고 오다 사람 실어 나르는 여객차가 마침 있어서 갈아탔다지요. 그런데 기관사가 차비를 더 받으려고 아무 데나 열차를 세우고 사라지곤 해서 달래가며 오느라 부산까지 달포가 넘게 걸렸대요."

"그래서 경산댁이 미군만 보면 개성 포로수용소에서 지낼 때 미군이 디디티 뿌려준 얘기를 하잖아요. 이가 깨처럼 떨어졌다고요."⁴

쌀독의 쌀을 도둑맞았다는 아낙이 치맛자락을 끌어당겨 눈가를 훔친다. 그 모습을 본 아낙이 묻는다.

"눈에 소금 들어갔어요?"

"평생 보리쌀 한 가마니도 못 먹고 돌아가신 친정어머니 생각이 나서요. 지푸라기 같은 몸에 자식들이 매달려 입을 번쩍번쩍 벌려가며 '배고파, 배고파' 징징거리니까 친정어머니가 그랬어요. '입이 어째 달린 줄 알아? 배고파, 배고파 그 소리를 하려고 달린 거여.'"

또 한 무리의 아낙들은 솥에 물을 끓여 찐 멸치를 대바구니에 펴 널고 있다.

"열일곱 살에 언양에서 부산으로 시집왔더니 시어머니가 문둥이데요. 시댁 식구들이 한통속이 돼 쉬쉬하는데 시어머니가 배춧잎으로 손을 싸매고 있는 걸 보고 문둥병자인 걸 알았지요. 시어머니가 뒤주 같은 방 안에 들어앉아 내게 멸치젓 담그는 걸 알려주셨어요. '새아가, 멸치를 항아리 바닥에 깔고 소금을 한 주먹 골고루 뿌려라.' 소금을 고르게 뿌리고 있는데 시어머니가 묻데요. '새아가, 너 손이 작니 크니?' 그래서 내가 그랬지요. '제 눈엔 이만하면 어지간한 것 같은데 친정어머니는 작다고 하데요.' '에그, 그럼 소금을 두 주먹 쳐라.' 큰애 태어나고 백일 좀 못 돼 당신 스스로 방에서 걸어 나와 집을 나가셨어요. 손주에게 문둥병이 옮을까 봐서요."

"어디, 손 좀 봐요…… 작은 손은 아니네요."

"큰애 낳고 손이 커졌어요."

찐 멸치를 대바구니에 펼쳐 널던 아낙들은 누구의 손이 더 큰지 내기하듯 서로서로 손을 대본다.

"나는 애 낳을 때마다 손발이 커지고 얼굴도 커지데요."

"아줌마는 애를 몇이나 낳았는데요?"

"여섯이요."

"나보다 하나 덜 낳았네요."

"그래서 문둥이 시어머니는 집 나가 어디로 가셨어요?"

"집 나가시고 석 달쯤 지났을까. 해운대 구남벌 문둥이 골짝으로 가셨다는 소문이 들려오데요."

"거기 구남벌 갈대밭에 온천이 나서 문둥이들이 낮에는 골짝에 숨어 있다 해 떨어지면 나와서 온천에 몸을 씻는다고 들었어요."

"일인 탄약고가 있던 오륙도 마을에도 문둥이들이 모여 살았지요."

"영도 태종대에 모여 살며 장작을 패서 팔아먹고 살다 마을 사람들에게 쫓겨나 거기로 갔지요. 문둥이들이 살 때, 태종대 절벽에서 죽은 문둥이 태우는 연기가 종일 나곤 했대요. 영도 조내기에 살다 해방되고 까치고개 아래로 이사 나온 이가 말해줬어요."

"문둥이들은 바늘하고 실로 발을 꿰매 신는대요."

"발을 꿰매 신어요?"

"발이 자꾸 찢어지니까요."

"꿰맨 데가 뜯어지면 다시 꿰매고……."

광목 수건을 목에 두르던 아낙이 얽은 얼굴을 찌그러뜨리며 침을 튀긴다.

"쪽발이 년이다!"

정어리에 소금을 뿌리던 아낙들의 고개가 들린다.

"누구요?"

"쪽발이가 여태 있어요?"

"어디요? 쪽발이가 어디 있어요?"

"소금 창고에서 소금 자루 나르고 있잖아요!"

아낙들의 얼굴이 소금 창고를 향한다.

"여자예요?"

"몸매가 여자네요."

"조막만 한 여자가 저 무거운 소금 자루를 나르네."

"허리 안 부러지는 게 용하네요."

"에그그, 맨발이에요."

"그 여자 아니에요? 소금 창고 앞에서 혼이 나간 얼굴로 새끼 밴 고양이를 바라보고 앉아 있던 여자요."

"그 여자 맞네요!"

"쪽발이 년이라니까요!"

"일본 여자였어요?"

"쪽발이 년이요! 쪽발이 년이 조선말을 할 줄 몰라 벙어리 행세를 하고 다닌답디다. 쪽발이인 걸 들키지 않으려고요. 그래서 나도 벙어리인 줄로만 알았지요."

"일본 여자라는 걸 어떻게 알았어요?"

"초량 사는 어부가 알려줬어요. 보름도 더 전에 부두에서 젊은 여자가 거지꼴을 하고 그물을 손질하고 있어서 쳐다봤더니, 어부가 그러데요. '쪽발이예요. 일본 가는 야매 배(밀항선) 탈 뱃삯을 벌려고 종일 부두를 떠돌며 일을 가리지 않고 한다오. 날이 어두워지면 야매 배 뜨는 곳을 찾아가 그 앞에서 가마니를 뒤집어쓰고 노숙을 한다더군요.' 안 보여서 야매 배 타고 일본으로 돌아갔나 했더니 거지꼴로 소금 자루를 나르고 있네요."

"야매 배가 아직도 다녀요?"

"파도가 잔잔한 그믐밤마다 야매 배가 오간다던데요."

"야매 배 타고도 많이 돌아왔지요. 내 큰조카도 히로시마 미쓰비시 조선소에 징용 끌려갔다 해방된 해 가을에 야매 배 타고 돌아왔어요. 조선소에 같이 있던 이들하고 돌아왔는데, 앞서 떠난 야매 배가 태풍에 휩쓸려 떠내려갔다고 하데요."•

얼굴이 얽은 아낙이 소금 창고를 향해 소리 지른다. "네 나라로 돌아가라!"

"놔둬요, 뱃삯 마련하면 돌아가겠지요."

"내가 일곱 살 때 우리 아버지가 일본에 군속으로 끌려갔잖아요. 막둥이가 태어난 지 삼칠일도 안 지나서요. 우리 어머니가 홀로 사 남매를 키우느라 소처럼 일만 하셨어요. 젖먹이하고 막 걸음마 뗀 동생 둘을 겨우 일곱 살인 나한테 맡기고 돌덩이 나르는 일을 하러 다니셨지요. 하루는 어머니가 발이 피범벅이 돼서 돌아왔지 뭐예요. 돌덩이를 들어 수레에 싣다 발에 떨어뜨렸다고 하데요. 어머니는 쉰 살도 못 넘기고 돌아가셨어요."

"아버지는 돌아오셨어요?"

"남양에 군속으로 가 있다는 소식을 끝으로 감감무소식이네요."

얼굴이 얽은 아낙이 또다시 소금 창고를 향해 소리 지른다. "네 나라로 돌아가라!"

그 소리를 들은 일본 여자가 등에 지고 있던 소금 자루를 내려놓는다. 앙상히 솟은 어깨를 움츠리고 아낙들을 향해 허리를 연신 구부리며 절을 해온다.

"죄송합니다. 죄송합니다.

아들…… 아들 따라 조선 왔습니다. 아들하고 이별 싫어…… 이별 안 돼…… 아들, 아들 따라 조선 왔습니다.

오사카 이즈미오쓰 고토부키 오쓰주코교◆ 징용 남편 만났습니다. 남편, 나 혼인…… 부부…… 남편 마누라…… 아들 낳았습니다. 조선

● 1945년 9월 17일 귀환하는 조선인들을 태우고 기타큐슈 도바타 항을 출항한 배가 9월 18일 밤에 초대형 태풍 마쿠라자키(枕崎)를 만나 기타큐슈 시 안세(安瀬) 앞바다에서 조난을 당해 전복됐다. 조그만 목선에 조선인 80여 명이 타고 있었다.

◆ 일본 오사카 부(府) 이즈미오쓰(泉大津) 시에 위치한 고토부키(壽) 오쓰(大津) 중공업 주식회사. 많은 조선인들이 이곳으로 강제 동원돼 일했다.

해방…… 남편 마음 나쁘게 변했습니다. '너는 있어라. 나는 아들만 데리고 조선으로 간다.'

나키쓰키마시타…… 나키쓰키마시타•

'이별할 수 없습니다. 당신하고 이별할 수 없습니다. 아들하고 이별…… 나 살 수 없습니다. 나 죽습니다.'

이별…… 나 죽습니다.

시모노세키 항구 연락선 탔습니다. 조선 고향…… 남편 고향집…… 남편 마음 더 나쁘게 변했습니다. 남편 마음…… 도게가 하에마시타.•

남편 엄마, 시어머니…… 나 싫어했습니다. 남편 누나들 나 미워했습니다. '일본 놈들 죽일 놈들!'

아야마리나가라 나키쓰키마시타.▲ '죄송합니다, 죄송합니다…….'

배 타고 왔습니다. 내 고향 버리고 왔습니다. 내 아버지 어머니 버리고 왔습니다.

시어머니…… 말했습니다. '저거 버려라!'

시어머니…… 아들 빼앗았습니다.

남편…… 말 없었습니다.

시어머니…… 말했습니다. '일본 년 데리고 산다…… 사람들 비웃는다. 저거 할 줄 아는 거 아무것도 없다. 저거 밥…… 밥도 못 짓는다.'

시어머니…… 처녀 데려왔습니다. 조선 처녀 데려왔습니다. 처녀, 아들 새 아내 시켰습니다. 처녀, 남편 새 아내 됐습니다. 내 아들 새엄

• 泣きつきました. 애원했습니다.

◆ とげが生えました. 가시가 자랐습니다.

▲ あやまりながら泣きつきました. 빌며 애원했습니다.

마 됐습니다.

　남편…… 말 없었습니다, 없었습니다. 남편…… 히쿄데시타.* 남편
밉습니다. 우라메시데스.*

　수수께끼입니다. 옷토와 와타시오 혼토니 아이시테이타노데쇼카?▲
나는 남편 진정으로 사랑했습니다.

　오사카…… 돌아가고 싶습니다. 나 오사카 보내주세요."**5**

　일본 여자의 목소리는 그러나 거미줄처럼 희미해 아낙들에게 들리
지 않는다.

＊

　부두 서쪽, 자갈치 둑 위에서는 고만고만한 사내아이 셋이 복어를
나팔처럼 입에 물고 여름내 뙤약볕에 그을린 얼굴이 벌겋게 달아오르
도록 바람을 불어넣고 있다. 월사금 2전을 못 내 학교를 다니다 만 사
내아이들은 철공소나 목재소에 취직하기에는 아직 어리다. 복어 배가
빵빵하게 부풀어 오르자 사내아이들은 젖 먹던 힘까지 끌어모아 복어
를 둑 바닥에 내동댕이친다. 복어 배가 연달아 터지는 소리에, 광주리
를 머리에 이고 종종걸음을 놓으며 영도다리 쪽으로 걸어가던 여자가
화들짝 놀라 뒤를 돌아다본다. 터진 배로 내장을 흘리며 아가미를 뻐
끔거리는 복어들을 버려두고 사내아이들은 복창을 하며 영도다리를
향해 죽어라 내달린다.**6**

　● 卑怯でした. 비겁했습니다.
　◆ 恨めしいです. 원망스럽습니다.
　▲ 夫は私を本当に愛していたのでしょうか? 남편은 날 진정으로 사랑했을까요?

"미국 믿지 마라, 소련에 속지 마라, 일본 다시 일어난다!"

자갈치 둑 끝에는 회색 양복 차림에 은테 안경을 쓰고 검은 가죽 구두를 신은 백인이 영도 쪽을 바라보며 서 있다. 동그란 안경알에 햇빛이 반사돼 안경 너머의 두 눈이 텅 비어 보인다.

자갈치 둑 앞에는 백인이 타고 온 미군 지프가 서 있다. 양복 차림의 조선 사내가 백인 쪽으로 걸어간다.

"헨리!(Henry!)"

"오, 미스터 정!(Oh, Mr Jeong!)"

두 사람은 반갑게 악수를 나눈다.

"헨리, 그녀들은 봤습니까?(Henry, Did the girls see it?)"

"그녀들은 봤습니다.(They saw it.)"

"그녀들은 말했습니까?(Did they say something?)"

"그녀들은 말했습니다.(They said.)"

"그녀들은 뭐라고 말했습니까?(What did they say?)"

"그녀들은 말했습니다. '기대했던 것보다 나은 수준입니다.'(They said. 'Better than what we expected.')"[7]

"그녀들은 또 말했습니까?(Did they say anything else?)"

"그녀들은 또 말했습니다. '풍경은 아름답습니다. 여인들의 옷도 아름답습니다.'(They also said. 'The prospects are wonderful. The wardrobe those girls are wearing is also wonderful.')"[8]

"미스터 정, 나는 질문이 있습니다.(Mr Jeong, I have a question.)"

"당신은 늘 질문이 있지요.(You always have a question.)"

"나는 질문하러 온 사람입니다.(I am the one who is here to ask questions.)"

"당신은 질문하러 오고 있는 사람입니다.(You are the one who is coming to ask questions.)"

"내가 오고 있는 사람입니까?(Am I the one who is coming?)"

"오고 있는 사람이야말로 온 사람입니다.(The coming one is the one who came.)"

"정말로 그렇습니까?(Is that true?)"

"어머니가 말씀하셨습니다. '아버지가 오셨다.' 아버지는 집 어디에도 없었습니다. 어머니가 말씀하셨습니다. '아버지가 오고 있다.' 아버지가 방 안에 계셨습니다. 어머니가 또 말씀하셨습니다. '아버지가 오셨다.' 아버지는 집 어디에도 없었습니다.(My mother told, 'Your father came here.' My father was not at home. She told, 'Your father's coming to here.' My father was in his room at home. She told again, 'Your father's been to here.' He was not anywhere around the house.)"

*

조금 전까지 자갈치 둑에 있던 백인 사내와 조선 사내가 탄 지프가 부두의 소금 창고를 지나 수상경찰서•로 향한다.

시모노세키 항으로 가는 관부연락선에 오를 승선 심사를 받으려는 사내들이 수상경찰서 앞에 길게 줄을 서 있던 풍경은 사라진 지 한참

• 중구 중앙동에 있었다. 정식 명칭은 부산수상경찰서(釜山水上警察署)였다.

이다. 16년 전인 1931년 이즈음 땀 냄새를 풍기며 서 있던 사내들 속에는 곱슬머리에 얼굴이 얽은 소년도 있었다. 조치원역에서 혼자 열차를 타고 내려와 종착역인 부산잔교역에서 내린 소년의 눈에 가장 먼저 들어온 것은 출방하는 벌떼처럼 역 앞에 모여 있는 일본군이었다. 무게가 3천6백 톤이 넘는 쇼케이마루昌慶丸를 타고 열한 시간 넘게 바다를 건너와, 대륙의 시작점인 부산에 발을 내디딘 일본군은 부산잔교역에서 출발하는 열차를 타고 만주로 갈 것이었다. 랴오닝성, 지린성, 헤이룽장성에 이르는 만주 전역에서는 일본군과 중국군이 벌이는 전투가 산발적으로 벌어지고 있었다. 소년은 부두를 배회하다 정박해 있던 고깃배에 숨어들어 밤을 보냈다. 소년은 일본으로 건너가 공장에 취직하는 게 소원이다. 일본에는 공장이 넘쳐나서 그곳에 발을 내딛기만 하면 어느 공장에든 취직해 기술을 배우고 돈을 벌 수 있을 거라고 믿고 있다. 소년과 같은 열차를 타고 온 사내는 소년보다 앞에 서 있다. 충북 영동역에서 열차에 오른 그 사내가 대구역을 지날 즈음 삼베 보자기에 싼 떡덩이를 베어 먹는 걸 소년은 마른침을 삼키며 바라봤다. 땟국이 흐르는 목을 빼고, 초조한 눈빛으로 자신 앞에 몇 명이나 서 있는지 머릿수를 세어 나가던 소년은 과거로 사라지고 그곳에 없다.

미군 지프는 수상경찰서와 부산진역 앞을 지나 고관古館• 전차정거장 쪽으로 달려간다. 방금 전차가 떠난 그곳에서는 경태가 중늙은이에게 두 손을 내밀며 구걸하고 있다.

• 현재의 동구 수정2동에 있었으며, 왜관(倭館)이 초량으로 이전하면서 붙여진 지명이다.

"할아버지, 20전만 꿔주세요."

"20전?"

"급하게 전보를 쳐야 해서요."

"몇 살 먹었냐?"

"일곱 살 먹었어요."

"아가, 고무신 공장에 다니며 돈 벌어다주던 딸년이 작년 가을에 홀 딱 시집을 가버려서 먹고 죽을 돈도 없지 뭐냐."

4

"무슨 생각하세요?"

"세월……."

"그게 뭔데요?"

"애당초 어디서 시작됐는지 알 도리가 없어서, 다시 시작할 수가 없는 것이지. 고향집 떠나오는데 뭔가가 툭 하고 땅에 떨어졌어. 나는 돌아보지 않았어. 그새 고향집이 어디로 가버리고 없을까 봐, 감나무에 기대서서 슬퍼하던 어머니가 어디로 가버리고 없을까 봐, 애를 가져 배가 부른 마누라가 어디로 가버리고 없을까 봐…… 뭔가가 또 툭 하고 땅에 떨어졌어. 덜 익은 감이 떨어지는 소리였을까?"

"아저씨 고향은 어딘데요?"

"큰 산을 3천 개는 넘어야 갈 수 있는 까마득히 먼 곳이지."

"아저씨 어머니는 살아 계세요?"

"몰라……." 천복은 앞니 두 개가 나란히 빠진 입을 벌리고 고개를 흔든다. "되돌아갈 수 없어. 되돌아갈 수 없다는 걸 몰랐어……."

그는 동수를 바라본다.

"네가 떠나올 때 네 어머니가 울지 않으셨니?"

"아버지하고 앞산에 땔감 구하러 갔다가 지게를 팽개치고 도망치듯 떠나와 어머니께 인사도 못 드렸는걸요. 앞산 아래 모여 있는 무덤들 앞을 지나가는데 아버지가 날 부르는 소리가 뻐꾸기 소리와 함께 들려오데요. 20리를 걸어 읍내로 나가서 버스 타고 대구까지 갔어요. 부산에 내려와 잉크 공장에 취직하고 보름쯤 지나 고향집에 전보를 쳤지요. '아버지, 저는 부산에 내려왔어요. 공장에 취직해 열심히 일하고 있으니 염려 마세요.'"

"음……."

"아저씨, 저 정말 가요."

"이름이 뭐냐?"

"어제 알려드렸잖아요."

"기억이 안 나. 아무것도 기억이 안 나……."

"박동수요."

동수가 정말로 가버리고 나서야 천복은 허탈해한다. "사흘 붙어 지냈다고 아들이 떠난 것같이 서운하군. 붙들어둘 수 없어. 단단히 바람이 들어 세상으로 뛰쳐나가려는 자식은 쇠사슬로도 붙들어둘 수 없어."

그는 바다를 등지고 돌아선다.

"산이 있었단 말이지." 중얼거리며 사라진 쌍산을 향해 터벅터벅 발을 내딛던 그는 오줌을 누듯 두 발을 벌리고 서며 하늘을 올려다본다.

"아들이었을까, 딸이었을까?"

아무 말이 없는 하늘을 원망스레 노려보는 그의 눈동자가 햇빛을 받아 텅 빈다.

"내 마누라 배 속에 있던 애 말이야!"

    회색 고양이는 입에 정어리를 꾹 물고 부두 바닥에 죽어 있는 회색 고양이를 바라보고 있다. 죽어 있는 회색 고양이의 연두색 눈동자는 수분과 단백질 덩어리가 아니라 빛이 통과할 수 없는 광물 덩어리 같다.

    작년 늦봄에 회색 고양이는 새끼를 세 마리 낳았다. 한 마리는 검은색, 두 마리는 어미와 같은 회색이었다. 새끼를 가져 배가 불러오기 전, 간혹 부두에 나타나곤 하던 늙은 수컷 고양이가 회색 고양이에게 다녀갔다. 한창때 제자리에서 용수철처럼 도약해 까치를 사냥하는 묘기를 어부들 앞에서 선보인 적도 있던 늙은 수컷 고양이는, 회색 고양이가 새끼를 낳을 즈음 소금 창고 앞에서 느긋이 볕을 쬐는 모습을 마지막으로 부두 어디서도 보이지 않는다.

    검은색 새끼 고양이는 태어난 지 닷새 만에 죽었다. 회색 새끼 고양이 하나는 젖을 완전히 떼기 전에 떡장수가 집어갔고, 또 하나는 젖을 떼고 얼마 안 지나 훌쩍 어미 곁을 떠났다. 떡장수가 집어간 회색 새끼 고양이는 초량시장 근처에서 떡장수의 손아귀를 벗어났다. 초량시장을 떠돌다 용케 부두까지 흘러들었지만, 남빈 어시장에서 쓰시마로 가는 밀항선이 뜨던 그믐날 밤에 술 취한 미군이 운전한 지프에 치여 즉사했다. 스스로 어미를 떠난 회색 새끼 고양이는 부두를 떠돌다 남빈 어시장까지 흘러들었다. 어부들과 생선 행상들 틈바구니를 어리둥절 뛰어다니다 영도에 사는 어부의 손에 붙들렸다. 어부는 하악질 하는 회색 새끼 고양이를 마대자루에 넣어 고깃배에 싣고 영도에 들었다.

회색 고양이는 죽은 회색 고양이 옆을 무심히 지나간다. 회색 고양이의 입에 물린 정어리의 꼬리지느러미가 부두 바닥에 끌린다.

*

소금 자루를 등에 업는 가쓰코의 귀에 '쪽발이' 소리가 들려온다. 소금 자루가 등에 실리는 순간 그녀의 몸이 앞으로 고부라지며 머리가 배꼽에 닿도록 푹 숙여진다.

닳고 먼지가 묻어 잿빛이 된 몸뻬 바지 속 두 다리가 후들거린다.

가쓰코는 꼬꾸라지지 않으려 발가락을 오므리고 버틴다. 발을 내디뎌야 하지만 발을 떼는 순간 소금 자루에 눌려 바닥에 엎어질 것 같다. 그녀는 버티고 서서 자장가를 부르기 시작한다.

"나쿠나, 요시요시, 넨네시나 넨네시나······."•

자장가와 함께 소금 자루는 시어머니에게 빼앗긴 아들이 된다.

"넨네시나 넨네시나, 나케바, 가라스가 마타 사와구."◆

가쓰코의 눈에서 완두콩만 한 눈물이 뚝 떨어진다. "넨네시나 넨네시나······." 눈물은 발등에 떨어져 얼룩을 남긴다.

'우리 아기가 어디 있을까. 시어머니 품에 안겨 있을까, 새엄마 품에 안겨 있을까, 아빠 품에 안겨 있을까. 엄마 품이 아닌 걸 우리 아기가 알까······.'

소금 자루를 등에 업고 간신히 버티고 서 있는 가쓰코의 귀에 기적

• 泣くな, よしよし, ねんねしなねんねしな. 울지 마라, 오냐오냐, 자장자장 자장자장.

◆ ねんねしなねんねしな, 泣けば, 鴉がまたさわぐ. 자장자장 자장자장, 울면 까마귀가 또다시 시끄럽게 운단다.

소리가 들려온다. 잔교에 정박해 있는 화물선이 내는 그 소리가 그녀에게는 시모노세키 항구의 연락선이 내던 기적 소리처럼 아득하다. 그녀는 아기를 품에 안고 남편을 따라 연락선에 올랐다. 연락선이 항구를 떠나 바다로 밀려 나가는 걸 느끼며 그녀는 아기에게 젖을 물렸다.

"넨네시나 넨네시나, 보야노 오모리와 도코에 잇타."•

섬에 딸린 섬 출신인 그녀는 열두 살 때 아버지 손에 이끌려 남의 집에 보내졌다. 쌀농사를 크게 짓던 그 집에서 밥을 얻어먹으며 주인집 아기를 봐주고 심부름을 했다. 열일곱 살 먹어서는 오사카로 나가 군수 공장에 취직해 돈을 벌었다. 그녀의 남동생은 열여섯 살에 남양군도에서 전투기를 몰고 나가 전사했다. 그녀는 그 소식을 나중에야 들었다. 조선인 남자를 사귀고 있던 친구의 소개로 남편을 만난 건 그녀가 스물다섯 살이 된 해였다.

'우리 아가의 엄마는 어디로 갔나, 우리 아가의 엄마는 어디로 갔나……'

가쓰코는 소금 창고 쪽으로 발을 내딛는다. 소금 자루에서 툭 소리가 나더니 장맛비 쏟아지듯 소금이 흘러내린다.

• ねんねしなねんねしな, 坊やのお守りはどこへ行った. 자장자장 자장자장, 아가의 엄마는 어디로 갔나.

2부

물고기

5

말똥은 그물에서 뜬 쇳빛 물고기를 하늘을 향해 들어 올린다. 곡선형의 아가미를 뻐끔거리는 쇳빛 물고기는 차갑지도 뜨겁지도 않다. 쇳빛 물고기의 심장이 박동하며 뒤틀리고 경직된 그의 손가락을 두드린다. 손가락에 피가 돌며 까맣게 죽어가던 근육이 되살아나 꿈틀한다.

말똥은 쇳빛 물고기를 두 손으로 떠받친다. 하늘에 바치듯 자신의 상투 튼 머리보다 높이 들어 올린다.

6

하늘로 던져진 물고기는 포물선을 그리며 날아, 모지포*의 가장 늙은 과부 쑥국의 집 마당에 떨어진다.

귀가 밝은 편인 쑥국은 집 뒤 텃밭에 총각무 씨를 심다가 마당에 뭔가가 툭 하고 떨어지는 소리를 듣는다. 그녀는 총각무 씨를 심으려고 호미로 갈아놓은 흙에 집게손가락을 쑥 찔러 넣었다 뽑는다. 집게손가락이 낸 구멍 속에 총각무 씨를 넣고 그 위에 흙을 뿌린다.

집 뒤의 새띠가 우거진 언덕에서 솟아난 돌개바람이 은빛 금빛 새띠들을 흔들며 텃밭까지 내려온다. 그녀의 아지랑이 같아진 머리카락을 날린다.

오늘 그녀가 땅에 심고 있는 총각무 씨는 그녀보다 어린 띠동갑 과부에게 얻은 것이다. 한마을에 사는 그 과부는 닷새 전 친정에 다녀오는 길에 그녀의 집을 부러 들러 총각무 씨 스무 개를 내어주고 갔다.

그녀는 스물다섯 살에 바다에 남편을 잃었다. 그리고 마흔 살에 맏

---

* 서구 암남동 해안에 있는 포구.

아들마저 바다에 잃었다. 딸은 욕지도欲知島라고 부르는 섬으로 시집가 살고 있다. 그 섬이 보리쌀 서 말을 못 먹이고 딸들을 육지로 시집보낼 만큼 곡식이 귀한 섬이라는 걸, 그녀는 중신아비에게 딸을 딸려 보내고 나서야 알았다. 딸을 떠나보내기 전날 그녀는 갱미 두 되를 맷돌에 갈고 시루에 쪄 절구에 넣고 찧었다. 동글동글 탱자만 한 크기로 뭉쳐 가마솥에 삶고, 두 손으로 비벼 으깬 팥고물을 꾹꾹 묻혀 딸에게 먹였다. 투박스런 떡을 한 덩이라도 더 딸에게 먹이지 못한 게 그녀는 세월이 까마득히 흘렀는데도 아쉽다. 딸을 시집보내고 3년쯤 지나서야 그녀는 딸이 딸을 낳았다는 소식을 전해 들었다. 막둥이인 둘째 아들은 20여 년 전 집 뒤 새띠 밭에서 제 형과 피투성이가 되도록 싸우고 집을 나갔다. 형제가 싸우던 날, 아침부터 까마귀와 까치가 번갈아 가며 어지럽게 울고, 먹물을 들인 것 같은 구름이 겹겹이 하늘을 덮었다. 포구에 묶어놓은 고깃배 두 척이 난파될 만큼 파도가 사납게 일었다. 형제는 자존심이 세고 불같은 아버지 성격을 빼닮아 어려서부터 곧잘 주먹다툼을 했다. 그때마다 그녀는 자식들이 화합하지 못하고 싸우는 것보다 부모를 슬프고 괴롭게 하는 것이 없다는 생각을 하곤 했다.

"인간이 가장 불쌍하지……." 그녀는 자신 또한 인간이라는 사실을 깜박하고는 그렇게 읊조린다.

남편이 죽은 후 그녀는 마을 어부들이 잡은 바닷고기를 광주리에 담아 머리에 이고 부산 오일장이 서는 곳까지 행상을 다니며 시부모를 봉양하고 자식들을 먹여 살렸다.

고종 임금 시절에 쑥국은 양산에서 모지포로 시집왔다. 물금나루*

에서 황포돛배를 타고 강바다*가 두 갈래로 갈라지며 바다로 흘러드는 하구까지 내려갔다. 그곳 끝치나루터▲에서 모지포까지는 30리 길을 걸어서 갔다. 그녀는 황포돛배에서 내리자마자 강을 뒤로하고 중신을 선 친척 어른을 따라 모지포 쪽으로 쫓기듯 발을 놓았다.

밀물 때면 바닷물은 강바다로 흘러들어와 물금나루터까지 밀려 올라갔다. 물때가 썰물로 바뀌면 바닷물은 도로 바다로 밀려 내려갔다. 황포돛배는 그래서 물때에 맞춰 강바다를 오르내렸다. 강원도 태백의 황지연못에서 시작된 물줄기가 천3백 리에 걸쳐 이어지는 강바다의 하구에는 소금이 나는 섬■이 있었다. 그래서 물금에 장이 서는 날이면 황포돛배는 소금 행상과 젓갈 행상, 생선 행상 들을 그득히 싣고 올라왔다. 행상들 중 더러는 통도사까지 소금과 젓갈을 이고 지고 올라갔다.

쑥국은 황포돛배를 타고 물금나루터를 떠나오던 게 엊그제 같다. 어머니와 동생들이 그곳까지 따라와 그녀를 태운 황포돛배가 나루터를 밀며 떠날 때까지 손을 흔들었다. 황포돛배에 실려 떠내려가며 그녀는 강바다를 따라 소복소복 모여 있는 집들과 방목해 키우는 말들, 강바다 주변의 모래땅에 심은 감자를 캐고 있는 사람들과 쪽파 같은 채소를 거두고 있는 사람들, 김해와 양산을 오가는 나룻배들이 정박

● 경남 양산 물금에 있던 나루로 황산나루라고도 했다.

◆ 낙동강을 그 지역 주민들은 강바다 혹은 황산강(黃山江)이라고 불렀다.

▲ 하단포(下端浦) 나루터. 사하구 하단동 포구에 있던 나루터로, 낙동강 맨 아래쪽에 자리하고 있어서 아래치, 끝치라고도 불린다.

■ 명지도(鳴旨島). 낙동강 하구 삼각주의 하중도로 염전이 유명하다.

해 있는 나루터들을 봤다. 집들과 말들, 사람들이 손에 닿을 듯 가까이 다가왔다 뒤로 밀려나며 아득히 멀어질 때마다 그녀는 앓는 소리를 토했다. 한나절이 지나서야 황포돛배는 강바다 하구 나루터에 닿았다. 깊은 잠에서 깨어난 듯한 그녀의 시야에 가장 먼저 들어온 것은 흰 물새처럼 보이는 사람들이 낫을 휘두르며 갈대를 베고 있는 풍경이었다.

쑥국이 태어난 집은 강바다 옆에 있었다. 농사지을 땅이 없는 그녀의 부모는 강바다 주변의 모래땅에 감자를 심어 자식들을 먹였다. 그 집은 20여 년 전 을축년 대홍수에 휩쓸려 사라졌다.

그해 여름에 양산에 큰 홍수가 났다는 걸 그녀는 다대포 낫개마을에 사는 아낙에게서 들었다. 노랑조기가 그득 든 광주리를 머리에 이고 부산에 팔러 나가는 길이던 아낙은 새띠고개(송도 윗길)에서 만난 쑥국에게 흥분한 목소리로 말했다.

"양산에서 큰 홍수가 났어요!"

"홍수요?"

"사흘 내내 붉은 흙물이 콸콸 소리를 내며 무섭게 흘러내려왔어요. 흙물에 휩쓸려 별의별 게 다 떠내려 왔답니다. 박살난 집, 나룻배, 나무, 개, 돼지, 닭, 호박, 수박, 배추…… 우리 집 양반이 그러는데 사람도 떠내려왔다고 하더군요."

"사람이요?"

"수마에 휩쓸려 죽은 사람이요! 서너 해 전 가을에는 붉은 사과가 가마니로 쏟아붓듯 떠내려왔답니다. 몰운대* 아래 모래밭에 사과가 널렸다는 소문을 듣고 애 어른 할 것 없이 몰려가서 사과를 줍느라 바빴답니다. 나도 사과를 두 가마니나 주웠답니다. 흠집 난 건 애들 먹이고 성한 건 부산장*에 내다 팔았지요."

그해 가을에 쑥국은 전어를 팔러 부산으로 나가다 말고 끝치나루터로 발을 놓았다. 마침 바닷물이 밀려오기 시작해 돛을 펼치고 강을 거슬러온 황포돛배에 올랐다. 그녀는 소금 행상들과 젓갈 행상들 속에 자리를 잡고 앉았다. 황포돛배가 나루터를 떠나자 그녀는 전어가 담긴 광주리를 끌어당기며 앞에 앉아 있는 아낙에게 물었다.

"아주머니, 여기서 물금나루터까지 몇 리나 돼요?"

"4, 50리는 되지요."

"소금 팔러 가세요?"

"네, 아주머니는 생선 팔러 가요?"

"친정에 다니러 가요. 떠나온 지 하도 오래돼서 친정집을 찾을 수 있으려나 모르겠어요. 소금 팔러 어디까지 가세요?"

"오늘은 통도사 위까지 가보려고요."

"통도사 위에도 마을이 있어요?"

"세상천지에 마을이 없는 데가 있나요? 통도사 위로 올라가면 지지리 못사는 마을이 세 개나 있답니다."

쑥국과 소금 행상 아낙이 나누는 얘기를 귀담아듣고 있던 다른 아낙이 불쑥 끼어들더니 말했다.

"사는 형편은 아무래도 통도사 아랫마을이 낫지요. 통도사 윗마을

---

* 沒雲臺. 낙동강 하구의 최남단에 자리하고 있다.
◆ 동구 범일동 일대에서 열린 오일장으로, 현재의 부산진시장이 위치한 곳에 있었다.

에서는 콩 심어 먹고, 아랫마을에서는 보리, 벼 심어 먹으니까요."

살갗이 벗겨지도록 햇볕에 그을린 얼굴을 찌푸리고 노를 젓던 뱃사공이 말을 보태며 끼어들었다.

"오십보백보지요."

깡마른 뱃사공이 노 젓는 걸 안쓰럽게 바라보던 소금 행상 아낙이 물었다. "뱃사공을 오래 했어요?"

"열다섯 살 먹어서부터 했어요. 내가 아홉 살 때 뱃사공이던 아버지가 돌아가시고 어머니가 뱃사공을 해서 자식들을 먹여 살렸어요. 어머니마저 돌아가시고 맏이인 내가 뱃사공이 돼 동생들을 먹여 살렸지요. 우리 어머니가 살아생전에 고생을 말도 못하게 했어요. 한겨울에도 맨발에 벌레 먹은 배춧잎 같은 옷 하나 걸치고 얼음을 깨뜨려가며, 노를 저어 강 이쪽에서 저쪽까지 사람들을 실어 나르셨어요. 동이 트기 전에 강을 건너려는 사람들이 있어서 어머니가 깨어나 방을 나서는 기척이 느껴지면 내가 귀신같이 알고 깨어나 따라 나갔어요. 사람들이 나룻배에 오르길 기다렸다가 두 발이 강물에 첨벙 빠지도록 밀어줬지요. 어머니가 조금이라도 덜 힘드시라고요. 어머니가 노를 저으며 강 너머까지 갔다 되돌아올 때까지 나루터에 꼼짝 않고 앉아 있다가 어머니 손을 붙잡고 집으로 돌아왔지요. 삐걱삐걱 노 젓는 소리를 내며 나룻배가 멀어지는 걸 바라보고 있으면, 어머니가 우리를 두고 멀리 떠나는 것만 같아서 애가 탔어요."

뱃사공의 눈에 눈물이 차오른다.

물금나루터에서 내려 장터 쪽으로 발을 놓던 쑥국은 목화 창고 앞에서 우연히 작은외숙모와 마주쳤다.

희끗희끗 센 머리를 쪽 찌고 생선 행상이 돼 고향에 나타난 그녀를, 작은외숙모는 전혀 알아보지 못했다.

그녀는 작은외숙모에게 다가가 넌지시 물었다.

"지난여름에 양산에 홍수가 크게 났다면서요?"

"크게 났지요! 오리숲마을•하고 모랫등마을◆이 통째로 쓸려 내려 갔다오."

목화 창고 앞에서 두리번거리는 작은외숙모를 그녀는 한눈에 알아 봤는데, 그녀가 자신에게 밥을 주지 않았던 것이 잊히지 않아서였다. 작은외삼촌이 보부상을 해 그 집은 밥을 굶지 않았다. 끼니때가 됐는 데 집에 감자 한 알 없자 어머니는 그녀에게 두 동생을 딸려 작은외삼 촌 집에 보냈다. 작은외숙모는 가마솥에 지은 밥을 자기 자식들에게만 먹였다. 그녀와 동생들은 외사촌 동생들이 소리 나게 숟갈질을 하는 걸 구경하다 집으로 돌아갔다.

동생 하나는 등에 업고 하나는 그림자처럼 매달고 집으로 돌아온 그녀에게 어머니가 물었다.

"밥은 얻어먹었냐?"

"외숙모가 밥을 안 주데요."

"아이고, 그 집도 쌀이 떨어졌나 보네."

"가마솥에 밥이 한가득이던데 외숙모가 주걱에 붙은 밥풀때기 한

• 낙동강 제방 앞에 있던 마을로, 대나무가 5리에 걸쳐 숲을 이루고 있어서 오리숲마을이라 불렀다고 한다.

◆ 양산 물금읍 아래쪽에 자리한 마을로, 낙동강 물살에 쓸려온 모래가 쌓여 생긴 모랫등 위 에 사람들이 집을 짓고 살면서 형성됐다.

톨도 안 떼어주데요."

"맹추야, '외숙모, 우리 밥 좀 주세요' 하지 그랬냐."

쑥국은 마지막 남은 총각무 씨를 심으며 딸이 낳은 아이를 생각한
다. 딸이 욕지도로 시집가 낳은 아이는 재작년에 의령으로 시집갔다.
얼굴 한 번 보지 못한 그 애가 시집갔다는 소식을 듣기 전에 그녀는 붉
은 물고기 한 마리를 품에 안고 집으로 가져오는 꿈을 꿨다.

'태몽이 틀림없는데…….'

그녀는 손에 묻은 흙을 털며 몸을 일으킨다. 총각무가 열리고 굵어
지면 그녀는 그것을 뽑아 소금에 절이고, 작년 가을에 마을의 또 다른
과부에게서 한 소쿠리 얻어 소금에 삭힌 멸치젓갈과 고춧가루로 버무
릴 것이다. 땅에 묻은 항아리 속에 넣어두고 겨우내 꺼내 먹을 것이다.

쑥국은 마당으로 나가 한복판에 떨어져 있는 물고기를 내려다본
다. 붉은 기가 도는 담청색 물고기는 투박한 입을 벌리고 땅에 얌전히
누워 있다.

"다금바리네."

그녀는 싸리를 엮어 만든 대문 앞으로 고부장히 뻗은 길을 바라본
다. 흙먼지가 풀풀 날리는 그 길에는 사람 그림자 하나 없다.

그녀는 고개를 외로 들어 빛으로 가득한 바다에 눈길을 준다. 마을
의 다른 집들과 외떨어져 언덕배기에 자리한 그녀의 집에서는 바다가
한눈에 내려다보인다. 그녀가 시집와 딸을 낳을 때만 해도 그 집에는
시부모, 남편, 시누이 셋, 시동생이 살고 있었다. 그녀보다 먼저 그 집
에 살고 있던 그들은 죽거나 떠나고, 가장 나중에 들어온 그녀 혼자 남

겨져 20년 넘게 그 집을 지키며 살고 있다.

바다 위 외돛배에 눈을 고정시키고 그녀는 자신에게 묻는다.

'누굴까?'

열흘 전에도 누군가 그녀의 집 마당에 물고기 한 마리를 던져주고 갔다. 그녀는 방에서 바느질을 하다 마당에 뭔가가 툭 하고 떨어지는 소리를 들었다. 시래기죽으로 연명하던 그녀는 물고기로 국을 끓여 네 끼를 맛있게 먹었다. 된장을 심심하게 푼 물에 토막 낸 물고기와 납작하게 썬 무를 넣고 끓인 국을 국물 한 방울 남기지 않고 먹었다.

바닷고기의 몸에서 흘러나온 기름은 인간의 살을 찌우고 푸석한 피부에 윤기를 돌게 한다.

홀로 사는 늙은 과부인 그녀에게 바닷고기는 귀하다. 어부이던 시동생은 바다에서 잡은 바닷고기를 그녀에게 가져다주곤 했다. 그 시동생이 세상을 떠나고 바닷고기는 그녀에게 더 귀한 게 됐다.

기억나는 대로 마을의 어부들 얼굴을 하나하나 떠올리던 그녀는 하늘을 올려다보며 말한다.

"고맙습니다!"

그러잖아도 굽은 허리를 더 구부리며 공손하게 인사한다.

"잘 먹겠습니다!"

그녀는 그러고 나서야 땅에서 다금바리를 집어 든다.

7

모지포 포구에서 6리쯤 떨어진 바다에 떠 있는 외돛배에는 붙들이가 타고 있다. 쑥국의 눈길이 잠시 그윽이 머물렀던 외돛배다. 그녀는 어부인 남편과 함께 전날 저녁나절에 석양빛을 온 얼굴에 받으며 바다에 뿌려둔 그물을 거둬들이고 있다.

은빛 전어들이 그물에 그득 걸려 올라온다.

어릴 적에 부모가 물가 근처에는 얼씬도 못 하게 해 땅 짚고 헤엄치기도 못 해본 붙들이는 오늘도 어부가 돼 바다에 나왔다. 그녀가 어부가 된 것은 다섯 살 먹은 막둥이가 두 돌이 못 돼서였다. 콩밭을 매고 있는데 남편이 오더니 물었다.

"배 탈 수 있겠는가?"

"타면 타지요."

그길로 그녀는 호미를 던져두고 겁도 없이 남편의 외돛배에 올랐다. 뱃멀미를 참아가며, 남편의 구박을 들어가며, 그물을 펼치고 내리는 걸 도왔다. 그것이 시작이 돼 붙들이는 남편이 바다로 나가면 밭을 매다 말고, 바느질을 하다 말고, 자식들을 씻기다 말고 남편을 따라 바다에 나간다.

일곱 살 먹도록 애지중지 업고 다닌 맏딸 붙들이가 짠 내에 찌든 어부가 돼 험한 뱃일을 하는 걸 그녀의 아버지는 꿈에도 모르고 있다.

그녀의 이름이 붙들이가 된 것은 부모가 그녀를 '붙들아, 붙들아' 불러서였다. 자식 넷이 전부 젖도 떼기 전에 죽고 다섯 번째로 그녀가 태어나자 아버지는 부디 명줄을 꼭 붙들고 놓지 말라고 '붙들아' 하고 불렀다. 일가친척들과 이웃들도 이구동성으로 그녀를 '붙들아, 붙들아' 불러서 그녀의 이름은 붙들이가 됐다.

명줄을 악착같이 붙들고 무탈하게 자란 그녀는 열일곱 살 생일이 지나자마자 김해 율리栗里에서 모지포의 어부에게 시집왔다. 일인들이 붙들이 또래의 처녀들을 일본 군수 공장으로 끌고 간다는 소문을 듣고 아버지는 황급히 붙들이의 혼처 자리를 알아봤다. 아버지는 입에 든 떡도 빼서 줄 만큼 사랑하는 딸을 엉엉 울며 시집보냈다. 붙들이가 태어나고 그 밑으로 줄줄이 태어난 자식 셋 모두 별 탈 없이 잘 자란 게 붙들이가 동생들의 명줄까지 꼭 붙들고 있어서라고, 아버지는 철석같이 믿었다.

어머니는 붙들이를 강바다 건너 물금으로 시집보내고 싶어 했다. 양산은 전기가 들어오고 장이 크게 섰다. 그녀는 마을 여자들과 황포 돛배를 타고 강바다를 건너 물금역* 장에 미나리와 딸기를 팔러 갔다가 별천지 세상을 봤다. 강을 가운데 두고 이쪽 세상은 뻐꾸기 소리만

---

* 1905년 경부선 개설과 함께 물금에 들어선 기차역. 일제강점기에 오봉산 자락에서 난 목화와 메깃들녘에서 난 쌀을 수탈한 곳이다.

들리는 적막강산인데, 저쪽 세상은 사람과 가축, 신식 물건 들로 흥청흥청했다. 전봇대들이 전깃줄을 늘어뜨리고 서 있는 물금역 앞은 목화 창고, 쌀 창고, 정미소, 여관, 주막, 방앗간이 즐비했다. 주막마다 막일꾼과 장사꾼이 넘쳐났다. 문이 활짝 열린 목화 창고에는 목화 뭉치가 그득 들어차 있고, 그 옆 다른 목화 창고에서는 목화밭에서 달구지로 실어 온 목화 뭉치를 나르고 있었다. 장은 그녀처럼 농사지은 채소와 과일을 가지고 나온 농부들뿐 아니라 생선 장수, 소금 장수, 젓갈 장수 들로 넘쳐났다. 집에서 베틀로 거칠게 짠 삼베를 들고 나와 파는 늙은 아낙들도 있었다. 미나리와 딸기를 겨우 다 팔고 나루터로 가는 길에 그녀는 목화 창고 맞은편의 은행나무 밑에 모여 있는 소들도 봤다. 소 여남은 마리가 떼뭉쳐 울고 있었다.

암송아지 한 마리를 사서 먹이는 게 소원인 그녀는 소의 등을 쓰다듬고 있던 늙은 사내에게 물었다.

"뉘 집 소들이래요?"

"언양 장에 내다 팔 소들이에요."

"언양 장이요? 언양이 꽤 멀지 않아요?"

"밤새 소들하고 쉬엄쉬엄 걸어가면 돼요!"

정해진 인연은 따로 있는지 모지포에서 혼처가 들어왔다. 모지포에 마침 총각이 있는데 큰 배도 있고 큰 밭도 있다고 했다. 그러나 붙들이가 시집와서 보니 외돛배에, 바다가 내려다보이는 절벽 위 언덕에 매미처럼 붙은 밭 한 뙈기뿐이었다. 산으로 들로 나물이나 뜯으러 다니고 새참 심부름이나 하던 붙들이는 시집온 이튿날부터 포구에 나가 그물에서 바닷고기를 뜯었다.

붙들이는 조막만 한 손으로 명줄 대신 그물을 악착같이 붙들고 매달린다.

'붙들아, 꼬옥 붙들어라!'

아버지의 애가 타는 목소리가 바다 저 어디선가 들려와 붙들이는 정신을 바짝 차린다.

요령이라고는 부릴 줄 모르는 데다 말귀가 밝은 붙들이 덕분에 그물을 내리고 올릴 때 부부는 손발이 척척 맞는다. 이불 속에서보다 배위에서 손발이 더 척척 맞는다는 생각에 붙들이는 속없어 보이는 웃음을 짓는다.

그물이 올라오는 쪽으로 배가 기우뚱 기울어진다. 배가 뒤집히려는 찰나에 주걱 같은 파도가 일어 배 밑바닥을 떠받치듯 밀어 올려준다. 안도의 한숨을 격하게 토하던 남편이 붙들이를 쳐다본다. 아내가 타고 있는 한 배가 폭풍우에 부서지거나 떠내려가는 일은 없을 거라는 믿음이 그의 가슴에 저절로 솟아난다.

방금 자신들이 생사를 오갔다는 걸, 꼭 붙들고 있는 명줄을 하마터면 놓칠 뻔했다는 걸 모르고 붙들이는 속없어 보이는 웃음을 얼굴 밖으로 흘러넘치도록 짓는다.

배 위로 끌어 올려진 그물에서 전어가 쏟아진다. 햇볕을 받아 반짝반짝 빛나는 전어들 속에서 붙들이는 신이 난다.

전어를 주워 대나무 통에 담던 붙들이의 고개가 육지를 향한다. 그제야 육지에 있는 자식들이 잘 지내고 있는지 걱정이 돼서다. 육지로 돌아가면 그녀는 동이 트자마자 바다로 나오느라 못한 빨래를 해 널고, 자식들을 챙기고, 밭으로 갈 것이다. 요즘 그녀는 봄에 씨를 뿌려

키운 것들을 수확하느라 바쁘다. 들깨, 팥, 서리태, 도라지, 땅콩, 고구
마……. 그녀는 한 뙈기 밭을 열 뙈기 밭처럼 일구어 먹는다.

　　그리하여 붙들이는 오늘도 명줄을 꼭 붙들고 바다에도 있고, 땅에
도 있다.

8

　낫개마을의 어부 도끼는 지게를 지고 새띠로 우거진 고개를 넘어간다. 지게 위 들통 속에는 삼치가 50마리쯤 들어 있다. 홍티마을*에서 열아홉 살에 도끼에게 시집온 간난은 삼치가 30마리쯤 들어 있는 양은대야를 머리에 이고서 남편을 놓치지 않으려고 종종걸음을 놓는다.

　그즈음 바다는 삼치와 전어, 노랑조기, 숭어 들이 돌아오면서 생기가 돌고 빛깔이 다채로워지고 있다. 삼치 떼가 지나가면 푸른빛이, 전어 떼가 지나가면 은빛이, 노랑조기 떼가 지나가면 개나리가 피어나는 것처럼 노르스름한 빛이, 숭어 떼가 지나가면 먹물이 퍼지듯 거무스름한 빛이 돈다.

　부부는 도끼가 낚시 그물을 바다에 내려 잡은 삼치를 부산 남빈 어시장에 팔러 가는 길이다. 은빛 금빛으로 출렁이는 새띠들 속에서 부부는 숨바꼭질을 하는 것 같다.

　● 사하구 다대동에 있었던 자연 마을. 동쪽은 아미산으로 감싸여 있고, 서쪽은 낙동강이 남해로 유입되는 하구와 맞닿은 포구 마을로 무지개마을이라고도 했다.

바다에서 돌아오자마자 잡은 삼치들을 들통에 담아 지게에 짊어지고 어시장에 팔러 가는 억척스런 어부가 도끼라는 이름을 갖게 된 것은, 술에 찌들어 살던 그의 아버지가 만취해 삼복에 태어난 아들의 이름을 아무렇게나 도끼라고 지어서다. 아버지는 도끼가 태어난 해에 멸치잡이 배를 타고 나가 돌아오지 않았다. 아들 하나를 낳고 과부가 된 어머니도 어느 날 생선 행상을 나가서는 돌아오지 않아, 그는 할머니 손에서 자랐다.

도끼는 턱이 앞으로 쑥 내밀어질 정도로 무게가 나가는 지게를 지고도 걸음이 빠르다. 간난은 남편이 펄펄 날듯 걷는 게 닭 한 마리를 푹 고아 먹여서라고 생각한다.

전날 간난의 친정아버지는 홍티마을에서 낫개마을까지 닭을 들고 딸의 집을 찾아왔다. 마당에서 빨래를 널고 있는 간난의 앞에 닭을 획 던져주고는 돌아서서 가버렸다. "아버지, 야박스럽게 딸년 얼굴도 안 보고 가요!" 딸의 볼멘소리에 한마디 대꾸도 없이 느릿느릿 멀어지는 아버지를 그녀는 애교 어린 눈길로 한참을 바라봤다. 두 발이 묶여 꼼짝 못 하고 누워 있는 닭을 집어 들고 부엌으로 들어갔다. 가마솥에 넣고 고아, 바다에 그물을 내리고 돌아온 도끼에게 먹였다. 도끼는 태평양전쟁이 한창일 때 전 재산인 고깃배를 징발 당했다. 면 서기가 집까지 찾아와 들이민 징용장을 받고 나가사키 제강소에 잡부로 끌려갔다. 도끼가 나가사키에 도착해 편지를 부쳐올 때까지 그녀는 자신의 배 속에서 큰애가 자라고 있는 걸 몰랐다. 도끼는 그곳에 원자탄이 떨어질 때 입은 화기에 얼굴과 손이 문드러졌다. 마을에는 '도끼가 문둥이가 돼 돌아왔다'는 소문이 퍼졌다. 마을 아이들은 도끼가 나타나면 귀신을 본 듯 소리를 지르며 달아났다.

'면 서기 그놈을 원망해야 하나, 일본을 원망해야 하나, 원자탄을 원망해야 하나?' 간난은 도끼의 멀쩡한 얼굴을 문둥이 얼굴로 만든 원망을 어디에 해야 하나 알쏭달쏭하다.

간난은 친정에서 큰애를 낳고 백일이 지나자마자 큰애와 함께 낫개 집으로 돌아왔다. 자신이 낫개 집을 지키고 있어야 도끼가 돌아올 것 같아서였다. 도끼는 큰애가 다섯 살 먹어서야 돌아왔다. 해방되고 귀환 동포들을 태운 배가 부산으로 오고 있다는 소문을 듣고 그녀는 친정아버지와 함께 부산 부두까지 나갔다. 일생을 천대받는 어부로 살아온 친정아버지는 귀한 손님을 맞듯 흰 두루마기를 차려입고 딸과 함께 부산 부두에서 배를 기다렸다. 수평선 위로 유유히 등장한 배에 도끼가 타고 있는지 알 도리가 없어 애를 태우던 걸 생각하면 간난은 여전히 혀가 타들어간다. 도끼는 그 배를 타고 돌아오지 않았다.

"어이! 어이! 나 왔어!"

한밤중에 도끼가 자신을 부르던 소리가 간난은 귀에 생생하다. 성난 파도 소리와 바람 소리가 까마득히 멀어지고 오로지 도끼가 부르던 소리만 들렸다.

도끼는 원자탄에 잿더미가 된 나가사키에서 미군들이 뿌리고 다니는 전투 식량과 과자, 초콜릿을 주워 먹으며 버티다 그해 12월에야 야매 배를 타고 돌아왔다.

문둥이 손이 된 도끼의 손은 부드럽고 애틋해졌다. 돌덩이같이 단단하기만 하던 손이 솜덩이 같아졌다는 걸 그녀만 안다. 진정으로 그녀를 보듬고 어루만질 줄 알게 된 그 손은 그런데 맥없이 힘이 빠져버리곤 한다. 지난밤에도 그랬다. 그녀의 등을 기분 좋게 쓰다듬다, 갑자기 힘이 빠지더니 죽은 낙지처럼 축 늘어졌다. 그녀는 도끼의 손이 바다에서 그물을 내리거나 올릴 때 맥없이 늘어질까 봐 염려스럽다.

손 한 번 잡아본 적 없는 남처럼 멀리 떨어져 걷는 도끼를 안쓰럽게 바라보던 간난의 눈초리가 살짝 사납게 올라온다.

'무뚝뚝한 성격은 어디로 안 갔지!'

낮개마을에서 남빈 어시장까지 40리 길을 걸어가는 동안 도끼는 아내가 잘 따라오는지 뒤 한 번 돌아다보지 않을 것이다.

얼굴을 똑바로 들고 묵묵히 발을 내딛던 도끼는 엊저녁에 꾼 꿈이 불쑥 떠올라 고개를 흔든다. 바다에 내린 그물을 걷지 못하고 나가사키로 징용 끌려가는 꿈이었다.

'진해鎭海 형님은 고향에 돌아갔나?'

나가사키 제강소에서 마음을 나누며 지냈던 그 형님도 어부였다. 숭어잡이가 한창인 겨울 어느 날, 한나절 내내 바다에 그물을 치고 집에 돌아왔더니 징용장이 기다리고 있더라고 했다. 그는 술만 마시면 그물 걱정을 했다. 그물을 걷으러 가야 한다며 벌떡 일어서곤 했다.[9]

간난은 아까부터 오줌이 마렵다. 그녀는 대야를 머리에서 내리고 새띠 속으로 들어가 까만 몸뻬 바지를 끌어내리며 알을 낳으려는 암탉처럼 쪼그려 앉는다.

대야를 불끈 들어 머리에 이고, 이마로 흘러내린 머리카락을 손가락으로 쓸어 올리던 간난의 얼굴이 일순간 사색이 된다.

오줌을 누는 사이에 도끼가 감쪽같이 사라지고 없다. 하늘에도, 땅에도, 바다에도 도끼가 없다.

"두식이 아버지!"

바다에서 불어오는 바람에 은빛 금빛 새띠들이 눕는다. 수평으로 누운 새띠들 속에서 도끼가 천마산과 함께 불쑥 솟아난다.

9

천마산 남쪽 자락에 붙은 언덕배기에 사는 늙은 화공 필봉은 오늘
도 장대비처럼 쏟아지는 아내의 잔소리를 귀가 멍하도록 듣다가 집을
나선다. 그의 손에 들린 갈색 가죽 가방 속에는 그가 한지에 그린 초충
도 수십 점이 둘둘 말려 들어 있다. 사마귀, 여치, 매미, 쇠똥구리, 메뚜
기, 베짱이, 방아깨비, 잠자리, 나비 등 벌레를 그린 그림들을 그는 소
화정 광장•에 팔러 가는 길이다.

동래 읍성의 쇠락한 양반 가문에서 서자로 태어난 그는 어려서부터
아이들과 어울리지 않고 혼자 땅에 벌레를 그리며 놀았다. 그가 땅에
가장 처음 그린 벌레는 개미였다. 개미를 그리는 게 시큰둥해지자 땅
을 기어 다니는 지렁이와 송충이를 그렸다. 그것도 시큰둥해지자 쇠똥
구리와 땅강아지 같은 벌레를 그리다, 날개가 달려 허공을 날아다니
는 잠자리와 나비를 그렸다.

• 지금의 서구 충무동을 일제강점기엔 소화정(昭和町)이라고 불렀다. 충무동 로터리에 소화정
광장이 있었는데 당시 부산에서 가장 넓은 곳으로 온갖 행사와 집회가 개최됐다.

개미는 점이고, 송충이는 선이고, 벌레는 면이다. 그는 벌레를 그리며 스스로 점의 세계에서 선의 세계로, 면의 세계로 넘어왔다.

아홉 살에 붓을 처음 잡은 그가 붓에 먹물을 찍어 한지에 처음 그린 것은 '하늘 천天'이나 '땅 지地' 같은 한자가 아니라 사마귀였다. 보리 이삭에 붙어 있는 무당벌레를 잡아먹으려고 포획의 순간을 노리고 있던 사마귀를 잡아 종이 상자 속에 가두고는, 그것에 쥐눈이콩만 한 구멍을 뚫고, 그 구멍으로 들여다보며 관찰해 그렸다. 눈동자를 가장 먼저 그리고 마지막으로 앞발에 난 털을 그렸는데, 솜털처럼 가는 털을 한 가닥 또 한 가닥 그려 넣으며 그는 자신이 사마귀로 변신하는 것 같은 기이한 황홀경에 빠졌다.

그는 사마귀를 열 점쯤 그리고 나서 메뚜기를 베짱이를 그렸다. 가장 나중에 그린 벌레는 나비로, 다른 벌레들을 그릴 때 눈을 가장 먼저 그린 것과 달리 날개를 가장 먼저 그렸다. 하지만 나비에서 인간으로 건너오지 못하고 도로 사마귀로 돌아갔는데, 사마귀의 순수한 교활함에 매료됐기 때문이었다.

필봉은 족제비 털로 만든 붓으로 감자색 한지 위에 벌레를 그린다. 가장 작고 보잘것없는 벌레들의 가장 사랑스럽고, 가장 생동감 넘치는 순간을 포착해 인간보다 위엄 있고 영특한 존재로 그려낸다. 소화정 광장이 생긴 이래로 날마다 그곳에 나가 초충도를 늘어놓고 보리쌀 한 되도 안 되는 값에 판다.[10]

필봉은 바다에 눈길을 준다. 섬들과 고깃배들, 수평선, 파도…… 열두 폭 병풍처럼 근사하게 펼쳐져 있는 풍경에 그는 별 흥미를 느끼지 못한다. 풍경은 구체적이지 않다. 막연하고, 정지된 듯 느리며, 한눈에 잡히지 않는다. 색들은 흐려지고 짙어지며 섞여 떠돈다. 부분과 전체의 경계는 끊임없이 허물어져 내리고 있다.

인간이 불행한 것은 흐리터분한 풍경에 매달려 살아가기 때문이라는 걸 그는 일찌감치 깨달았다. 벌레는 털 한 가닥조차 분명하고, 부분과 전체의 경계가 뚜렷하며 비약적이다. 서자 출신에 가장으로서 무능해 처자식의 괄시를 받는 스스로가 그저 만족스러운 것은 그러한 벌레에 매달려 살아가는 덕분이라는 걸 그는 잘 알고 있다.

바다에서 눈길을 거두고 소화정 쪽으로 발을 놓는 필봉은 다른 날보다 들떠 있다. 오늘 그는 지난 보름 동안 밤잠을 설쳐가며 그린 사마귀 그림 두 점과 매미 그림 한 점도 들고 나왔다.

어부의 집 앞을 지나며 필봉은 입을 비죽거린다. 그가 그린 방아깨비 그림을 아내가 몰래 훔쳐다 어부에게 정어리 다섯 마리를 받고 판 게 생각나서다. 밤낮 벌레 그림만 그리는 남편을 벌레만도 못하게 여기는 아내는 도리어 그에게 큰소리였다.

"먹지도 못하는 방아깨비를 정어리 다섯 마리하고 바꿨으니 남아도 크게 남는 장사 아니오?"

3부

들판

10

"울지 마라, 집에 가 흰쌀밥 줄게."

광목 포대기로 둘러 업은 애의 엉덩이를 토닥이는 봉금의 손은 크다 말아서 콩잎만 하다. 그녀가 애기 때 어머니는 그녀가 울면 그렇게 달래곤 했다.

개망초가 오그라든 노란 꽃을 빙글빙글 돌리며 흔들린다. 뽀리뱅이, 질경이, 씀바귀는 질겨진 잎을 메마른 땅에 펼치고 앉아 있다. 줄기가 꺾인 지칭개는 하늘을 향해 보라색 꽃을 간신히 쳐들고 있다. 암컷을 부르는 수컷 베짱이의 울음소리가 매듭풀 속에서 들려온다. 잠자리들이 낮게 실려 날고 있는 바람에서 두엄 냄새와 곰삭은 젓갈 냄새가 뒤섞여 난다. 봉금은 범내°골 집에서 그곳까지 40분 남짓 걸어왔다.

돼지들이 썩은 감자를 우걱우걱 씹는 소리가 들려오는 들판에 판잣집 세 채가 모여 있다. 뒤틀려 외로 우로 기울며 가라앉고 있는 판잣

● 한자로는 범천(凡川)이라 하며, 동구 범일동과 범천동에 걸쳐 산속의 좁은 분지에 자리한 안창마을을 따라 흐른다.

집들 중 하나에서 끔찍이 쉬고 메말라 인간의 것 같지 않은 목소리가 흘러나온다.

"옥분아, 네 이름이 옥분이인 건 알고 있지? 시즈코는 어미가 지어준 이름, 옥분이는 할아비가 지어준 이름……."

들판의 서북쪽은 병풍처럼 펼쳐진 수정산에 가로막혀 있고, 동남쪽은 철로로 막혀 있다. 부산잔교역에서 시작되는 철로는 부산진역을 지나 완만한 곡선을 그리며 북쪽을 향해 뻗어 올라가다 동쪽으로 천천히 방향을 튼다.

들판의 동북쪽은 범천과 범일, 서남쪽은 초량, 남쪽은 부산진역이다. 북동쪽에는 종 모양의 증산甑山이 봉긋 솟아 있다.

철로 건너에는 창고와 공장 지붕들이 맞닿거나 겹쳐 떠올라 펼쳐져 있고, 굴뚝들이 키 재기하듯 솟아 있다. 종일 혹은 일정한 시간에만 연기를 내뿜는 굴뚝들 너머는 바다다.

"막자가 세상에 태어나기 전이란다. 할아비 할미는 참나무 배를 타고 고향 섬을 떠나왔단다. 막자가 누구냐…… 옥분이 널 낳은 어미란다. 본디 인간이라는 건 인간의 몸뚱이를 빌려서만 세상에 태어날 수 있단다. 옥분이는 막자 몸뚱이에서 나고, 막자는 할미 몸뚱이에서 나고…….

돛배가 닿은 데가 저 영도였단다. 거북섬*이 보이는 절벽 밑에서 어부들에게 구걸해 얻은 물고기를 끓여 먹으며 여름을 나고, 갯가 나루

● 바위섬 송도(松島)는 섬의 모양이 거북과 닮았다고 해서 거북섬으로 불렀다.

터*에서 나룻배 타고 저 아래 어시장 나루터▲로 넘어왔단다. 임자 없는 땅에 움막을 짓고 살았단다. 네 할미가 육지 돼지를 보고는 놀라더구나. 섬 돼지는 발바리만 해서 망태기에 쏙 들어갔는데 육지 돼지는 두 배, 세 배더구나. 다섯 해가 지나서야 할미 몸에 애가 들어섰는데, 그 애가 막자란다. 우물물이 쇳덩이처럼 꽝꽝 언 날 막자가 태어났단다.

옥분아, 네 이름이 옥분이인 건 알고 있지? 시즈코는 엄마가 지어준 이름, 옥분이는 할아비가 지어준 이름…… 할아비가 다리 주물러줄까? 옥분이 발이 아직 따뜻하네. 봄볕에 익은 땅처럼 따뜻하네……."

◆ 목도 도선장. 영도에는 부산 시내로 가는 배를 타는 곳이 지금의 봉래동과 대평동(당시에는 두 곳 다 영선동이었다)에 두 군데 있었다. 봉래동 뱃머리는 목도(牧島)라 했고, 대평동 뱃머리는 주갑(洲岬)이라 했다. 두 도선장 모두 남빈(남포동) 도선장을 오갔다.

▲ 남빈 도선장.

11

"할머니, 여기가 어딘가요?"

흰 무명 치마저고리를 차려입은 할멈이 눈을 동그랗게 뜨고 애신을 바라본다.

들판을 헤매던 애신은 하늘을 올려다보며 혼잣말을 하는 할멈을 봤다. 그녀는 부산진역에서 그곳까지 한 시간 남짓 걸어왔다. 판잣집들을 지나고, 돼지우리를 지나고, 젓갈 창고를 돌아가자 배추와 열무와 고구마 등이 심긴 밭들이 모여 있는 들판이 펼쳐졌다. 하늘 아래 끝 모르게 펼쳐져 있는 듯하지만 들판은 산과 철로, 웅덩이, 초가집 들에 포위돼 있다.

누렁이 두 마리가 어슬렁거리는 곳에는 초가집들이 모여 있다. 그 집들 중 하나에서 점삼이 수레를 끌며 나온다.

"여기가 어딘가요?"

"가만있자…… 여기가 어디더라?" 할멈의 성긴 눈썹이 팔자를 그리며 찌그러진다. "천국도 지옥도 아닌 건 분명한데…… 여기가 천국이면 무엇을 먹을까, 무엇을 입을까 걱정이 없어야 하는데, 농사지어

먹는 땅이 늙은이 종아리뼈보다 못해서 밤마다 내일은 뭘 먹나 그 걱정 하다 잠드니 천국이 아닌 건 틀림없소. 여기가 지옥이면 괴로움만 있어야 하는데, 혼자 쓸쓸히 맷돌을 돌리다가도 노래가 저절로 흥얼거려지는 걸 보면 지옥도 아닌 건 틀림없소."

"부산 분이 아니세요?"

"수정골* 외솔배기서 태어나 열여섯 살에 자진내◆로 시집갔다오. 거기서 예순다섯 살 먹도록 살았으니 부산 토박이지요. 헌데 남들이 여기가 부산이라고 하니까 부산인가 보다 하지, 여기가 어딘지 모른다오. 어딘지 모르고 태어나 어딘지 모르고 천방지축 뛰어다니다 시집가 자식을 다섯이나 낳았다오. 한 자식도 잃지 않고 무탈하게 키워 시집 장가 보내고, 죽음 복 말고는 바랄 복이 없는 이 나이 먹도록 살고 있다오.

가만있자, 우리 스미스 선교사는 여기가 어딘지 알려나?

봄에 마을 우물에서 만난 과부가 그러더이다. '할머니, 우리 스미스 선교사가 그러는데 계시다는 걸 믿기만 하면 천국에 간다네요.'

그래서 내가 그랬다오. '아, 믿기만 하면 천국에 간다니 천국 가기가 그렇게 쉬운 거였소?'

아, 근데 계시다는 걸 믿기가 어렵더이다. 계시는 게 눈에 안 보이니 말이오. 하다못해 길에 흔하게 굴러다니는 돌멩이도 눈에 보이니까 '아, 저기 돌멩이가 있네' 하지, 눈에 안 보이면 저 앞에 놓여 있는 게 돌

---

* 수정골마을은 지금의 수정1동에서 5동까지를 아우르는 이름이다.
◆ 동구 좌천동의 봉생병원 뒤쪽에 있었던 마을.

멩이인지, 고무신인지, 죽은 참새인지 어떻게 알겠소?"

"죽은 참새요?" 애신이 놀라 묻는다.

"저기 괭이밥 옆에 참새가 눈을 뜨고 죽어 있는데 안 보이오?"

"어디요?" 애신의 눈에는 괭이밥만 보이고 죽은 참새는 보이지 않는다.

"아, 늙은이 눈에는 보이는 죽은 참새가 젊은 색시 눈에는 안 보인단 말이오?" 노파가 짓궂은 표정을 짓더니 말을 잇는다.

"아, 내가 그렇게 답답했다오. 눈에 안 보이는데 계시다는 걸 믿으려니 말이오. 마침 우물 앞을 지나는데 그 과부가 물을 긷고 있지 뭐요. 그래서 내가 물었다오. '눈에 안 보이는 걸 어떻게 믿으라는 거요?' 과부가 우물쭈물하더니 며칠 뒤에 스미스 선교사를 데리고 내 집을 찾아왔지 뭐요.

스미스 선교사가 내게 묻더이다. '두 눈이 멀어 태어난 봉사는 나무가 있는 걸 어떻게 알까요?'

그래서 내가 그랬다오. '손으로 만져보고 알겠지요.'

스미스 선교사가 다시 묻더이다. '그럼 하늘이 있는 건 어떻게 알까요? 하늘은 만져본 적이 없는데 말이에요.'

곰곰이 생각해보니 비가 떨어지고, 눈이 떨어지고, 뜨거운 게 내리쬐니까 저 위에 뭔가 있구나 하겠지만 하늘을 만져보지는 못했을 것 아니오? 그날부터 내가 과부를 따라 교회에 다니고 있다오.

우리 스미스 선교사는 매일 영어로 똑같은 기도를 한다오. 오죽하면 낫 놓고 기역자도 모르는 이 늙은이가 영어로 하는 기도를 달달 외웠을까.

'오 갓, 기브 미 더 트릭 오브 더 설펀트!(Oh God, give me the trick of the serpent!)'

'오 갓, 기브 미 더 이노센스 오브 더 도브!(God, give me the innocence of the dove!)'

원자폭탄 떨어진 히로시마 고등사범학교서 공부하다 들어와, 여학교에서 영어 선생을 하는 이가 교회에 다니고 있어서 내가 뜻을 물었더니 가르쳐주더이다.

'아이고 하나님, 뱀의 꾀를 주세요!'

'아이고 하나님, 비둘기의 멍청함을 주세요!'"

12

"뉘 무덤인데 갓난애 엉덩이 어루만지듯 만지오?"

반백의 풍성한 머리를 양 갈래로 땋아 늘어뜨리고 무덤 앞에 엎드
려 있던 가락이 얼굴을 든다. 흰 민들레 홀씨가 그녀의 희누런 광목 저
고리 앞섶에 묻어나 있다. 봇짐을 손에 들고 서 있는 소복을 아슴아슴
한 눈빛으로 바라본다.

개똥쑥과 망초, 까맣게 영근 씨앗만 남은 민들레가 무덤을 덮고 있
다. 잠자리 스무여 마리가 누가 더 낮게 나는지 내기하듯 무덤 주변에
서 날고 있다. 무덤 옆에 댕그라니 놓인 양은주전자에서 달짝지근한
막걸리 냄새가 난다.

"갑돌이 무덤이랍니다."

"갑돌이요?"

"황소 갑돌이요. 내가 아홉 살 때 어머니가 세상을 떠나고 그 이듬
해였답니다. 구포에서 물금까지 철로 놓는* 공사장에 침목 박는 일을
하러 다니시던 아버지가, 보름 만에 집에 돌아오며 감동포나루터*에
서 송아지를 사 오셨답니다. 고삐를 내 손에 쥐어주며 풀을 먹이고 오

라고 하시더군요. 그래서 송아지를 데리고 집 뒤 언덕에 올라갔답니다. 내가 외동이어서 정 줄 데가 없었답니다. 아버지는 일을 나가면 보름 뒤에나 보리쌀이나 감자, 고구마가 든 자루를 들고 집에 돌아오셨답니다. 하룻밤 주무시곤 다시 일을 나가셨답니다. 송아지에게 정을 주니 외롭지 않았답니다. 갑돌이라는 이름을 지어주고, 날마다 갑돌이와 언덕으로 들로 산으로 돌아다녔답니다. 갑돌이 등에 살이 오르자, 아버지가 헌 달구지를 구해와 갑돌이의 등에 매달고 돌을 나르러 다녔답니다."

소복은 가려다 말고 봇짐을 가슴에 끌어안으며 철퍼덕 주저앉는다. 그녀는 동래 읍성에서 오는 길이다. 동이 트자마자 길을 나서 날이 환하게 밝아서야 그곳에 이르렀다.

가락이 몸을 일으킨다.

"비바람이 불고 천둥 번개가 치는 날에도, 뙤약볕이 살을 태울 듯 내리쬐는 날에도, 엄동설한에도 갑돌이를 무섭게 부려 먹었답니다……." 그녀는 양은주전자를 집어 들고 주둥이가 아래로 향하게 기울여 무덤에 막걸리를 한 모금씩 아껴 뿌려가며 말을 잇는다. "아버지도 늙고, 갑돌이도 늙고…… 늙어 귀가 먼 아버지가, 눈이 먼 갑돌이에게 막걸리를 보약처럼 먹여가며 부려 먹었답니다. 말복 즈음이었답니다. 쇠죽에 넣을 옥수숫대를 작두로 썰고 있는데 태평정미소 미선

• 1901년 10월에 시작된 부산 초량에서 구포까지 철로를 놓는 공사는 구포에서 양산 물금까지 철로를 놓는 공사로 이어졌다. 부산과 서울을 잇는 경부선은 1905년 1월 1일에 개통됐다.

◆ 낙동강 구포나루. 구한말부터 광복 전후까지 그 앞 강변에서 구포장이 열리며 큰 상권이 형성됐다. 일제강점기인 1928년에 조창이 설치돼 김해평야 등지에서 생산된 벼를 구포의 정미소에서 도정해 일본으로 실어 나르는 수탈 기지가 됐다.

공米選工이던 육촌 언니가 헐레벌떡 뛰어오더니 소리쳤답니다. '가락아, 갑돌이가 태평정미소 앞에서 쓰러져 못 일어나고 있단다.' 작두를 내던지고 까치고개 집에서 태평정미소까지 달려갔더니 갑돌이가 땅바닥에 늘어져 눈만 간신히 끔벅이고 있더군요. 아버지가 갑돌이를 일으켜 세우려고 채찍으로 등짝을 때리자 구경하고 서 있던 지게꾼이 그러더군요. '늙은 황소를 인정머리 없이 부리더니만!' 하여간 아버지가 갑돌이를 끔찍이 부려 먹었답니다."

13

바닷고기가 가득 든 양은대야를 머리에 인 아낙 둘이 아직 동쪽에 떠 있는 해를 얼굴에 받으며 앞서거니 뒤서거니 걸어간다.

"내가 배우지 못해 기역니은디귿은 못 깨쳤어도 만고불변의 진리는 깨쳤답니다."

"만고불변의 진리요?"

"콩 심은 데 콩 나고 팥 심은 데 팥 난다!"

두 아낙은 남빈 어시장에서 황소 무덤이 있는 들판까지 10리 길을 함께 걸어왔다. 오늘 아침에 어시장에서 처음 만난 그녀들은 말동무가 돼 함께 부산장을 찾아가는 길이다. 부산장까지는 10리 길을 더 걸어가야 한다. 양은대야 속 바닷고기는 영도 어부가 주전자섬* 근처에서 그물을 드리우고 잡은 것이다. 어부는 자신이 잡은 바닷고기를 배에 싣고 남빈 어시장까지 나와 생선 행상으로 먹고사는 아낙들에게 팔았

---

* 영도 태종대 앞바다의 여러 바위섬 중 하나인 생도(生島)는 주전자처럼 생겼다고 해서 주전 자섬으로도 불린다.

다. 노래미, 볼락, 돔 등 소금을 치지 않은 바닷고기들은 염어鹽魚에 싫증 난 여염집 여자들이 주로 사 먹는다.

"고향이 어디예요?" 만고불변의 진리를 깨우친 아낙이 한 발짝 앞서 내딛으며 묻는다.

"삼척이요."

"그 먼데서 부산까지 어쩌다 왔데요?"

"남자 따라왔지요."

"남자, 누구요?"

"남자가 남자지 누구겠어요?"

"남자 따라와 살 만해요?"

"그냥 사는 거지요. 살기 싫어도 그냥 살아야지 뾰족한 수가 있나요?"

돌멩이가 툭 하고 땅에 떨어지는 소리가 들판에 울린다.

미루나무가 홀연히 서 있는 들판의 언덕진 곳에 점삼이 손수레를 끌며 나타난다. 그는 돼지 막사에 썩은 감자를 한 소쿠리 부어주고, 중돼지로 자란 돼지들이 감자를 우걱우걱 씹어 먹는 걸 구경하다, 손수레를 끌고 집을 나섰다.

점삼은 눈을 가늘게 뜨고 논치와 논치어장*이 있던 곳과 바다를 더듬는다. 맞배지붕들과 전봇대들이 드리운 전선줄들, 공장 굴뚝들 너

● 쌍산이라 불린 두 봉우리 사이에 논이 있어 논치라고 했으며, 논치 아래 바다에 있었던 어장(漁場)을 논치어장이라 했다. 복병산과 쌍산 능선을 깎아 평평하게 다져 대청로를 낼 때 묻혀 사라졌다.

머 바다는 만삭의 배처럼 부풀어 있다. 땅보다 더 높이 솟아 보이는 바다에 고깃배들이 지푸라기처럼 떠 있다.

논치와 논치어장이 있을 때, 사람들이 땅에서 모를 심던 풍경과 바다에서 그물을 드리우던 풍경은 하나의 풍경으로 어우러져 펼쳐졌다. 물 댄 논에 모를 심으려 땅을 향해 허리를 구부리는 사람과 그물을 펼치려 바다를 향해 허리를 구부리는 사람이 하나로 겹쳐져 떠오르곤 했다. 하늘 아래 땅과 바다는 동떨어져 있지 않고 경계를 허물며 서로를 가까이 당겨 껴안았다.

14

가락이 막걸리 한 되를 골고루 부어주고 떠난 황소 무덤을 지나, 해를 등지고 걸어 올라가던 애신은 화들짝 놀라며 뒷걸음질한다. 놀란 토끼 눈을 하고 땅을 내려다보며 묻는다.

"할아버지, 왜 땅에 누워 계세요?"

"뉘요?"

"할아버지, 땅에 개미가 끓어요. 저기 지네도 기어가네요."

"영도에 사는 둘째 딸 집을 찾아가다 배가 고파 누워 있는 거라오. 혹시 미군들이 보이오?"

"아니요." 애신은 고개를 가로젓는다.

"곤봉 든 순경은 보이오?"

"아니요. 이 땅에 할아버지하고 저 말고는 아무도 없어요."

"우 영감이라고 미루나무 밑에서 만나 장기를 두곤 하던 동무가 있다오. 작년 여름 콜레라가 창궐할 때 우 영감이 배가 고파 자기 집 마당에 누워 있었다오. 우 영감의 마누라는 부엌 아궁이 앞에 누워 있었다오. 손에 곤봉을 든 순경들이 그 집 앞을 지나가다 우 영감을 보곤 콜레라 환자인 줄 알고 백색 소독약을 뿌리더니 트럭에 실어 데려갔다오. 우 영감은 돌아오지 못했다오. 이나저나 쌀값이 봄보다 떨어졌다지요?"

"네, 봄보다 떨어졌다고 들었어요."

"저 아래에 동방미곡상회라는 쌀가게가 있다오. 하루가 멀다 하고 쌀값이 오르던 지난봄에 그 앞을 지나가는데 흰쌀 한 가마니 값이 궁금하데요. 그래서 쌀가게 안으로 발을 들여놓았다오. 얼굴이 꼭 족제비처럼 생긴 주인 사내가 책상에 장부를 펴놓고 주판을 두드리고 있더이다. 어찌나 빠르게 주판알을 굴리는지 손가락이 주판알을 굴리는 게 아니라 주판알이 손가락을 굴리는 것 같았다오. 흰쌀 냄새, 보리쌀 냄새, 안남미 냄새, 좁쌀 냄새…… 곡식 냄새 중에 흰쌀 냄새가 으뜸이더이다. 달고 기름지고…… 흰쌀이 풍기는 냄새를 맡고 있으려니, 배에서 꼬르륵꼬르륵 소리가 나는데도 고봉으로 푼 흰쌀밥 한 공기를 먹고 난 것처럼 배가 부르더이다. 주인 사내가 주판알을 천장까지 날릴 듯 튕기더니 고개를 들고 그러더이다. '모자라지도 않지만 남지도 않는군.'"

"할아버지, 일어나세요. 땅이 차가워질 거예요."

"아, 차가운 땅에 오래 누워 있으면 입이 돌아가지요. 입이 돌아가 등짝에 붙으면 배가 안 고프려나…….

내 본래 고향이 충북 제천이라오. 어머니가 강원도 영월에서 제천으로 시집와 자식을 내리 여섯을 낳고 일곱 번째로 날 낳았다오.

좁쌀마저 떨어지고 감자 두덩도 텅 비면, 어머니는 산에 올라가 칡뿌리를 캐 왔다오. 칡뿌리에서 얻은 갈분으로 묵을 쑤거나, 메밀가루하고 섞어 반죽해 전을 부치거나, 국수를 뽑아 자식들을 먹였다오. 칡

뿌리가 양지바른 산등성이서 자라지요. 하늘 아래 번성하는 모든 것은 암수로 나뉘어 있는 법인지, 칡도 수칡이 있고 암칡이 있다오. 수칡 뿌리는 뻣뻣하고 딱딱하지만 암칡뿌리는 알 밴 동태처럼 통통하고 연하고 단내가 나고 갈분이 많이 우러난다오. 머슴살이하던 아버지가 집에 다니러 오며 산에서 암칡뿌리를 캐 오면 누나들이 우물물에 씻어 토막토막 잘라서는 돌멩이로 콩콩 얇게 찧었다오. 하룻밤 물에 담가놓으면 뽀얀 갈분이 우러났다오. 갈분이 밑에 가라앉으면 물을 따라내고 갈분을 말렸다오.

산에 칡뿌리가 씨가 마르면 나무껍질을 뜯어다 먹었다오. 소나무 껍질, 느릅나무 껍질…… 풀은 여사로 뜯어다 먹었다오. 쑥은 먹어도 부황이 나지 않아 쑥이 한창 나올 때면 메밀가루 섞어서 쑥버무리를 해 먹었다오. 산에서 도토리가 떨어질 때는 도토리로 묵을 쑤었다오. 어머니는 묵을 썰어 말려뒀다가 보리밥 지을 때 섞어 지었다오. 보리밥 양을 불리느라고 말이오.

봄에 뻐꾸기가 뻐꾹뻐꾹 울 때였다오. 고향 뒷산에서 어머니가 소나무 겉껍질을 떼어내고 줄기에 붙어 있는 얇고 보들보들한 속껍질을 벗겨 소쿠리에 담으며 들려준 얘기라오.

'함길도에서는 사람들이 먹을 게 없어 흙으로 떡을 빚어 먹고 죽을 쑤어 먹었다는구나. 밀랍 냄새가 나는 게 그 맛이 메밀 맛하고 비슷했다는구나. 흙 덕분에 사람들이 굶어 죽지 않았단다.'[11]

뒷산 소나무마다 여자들과 아이들이 매달려 속껍질을 벗기고 있었다오.

어머니는 소나무 속껍질을 갯물에 담가 기름을 빼고 절구에 찧어

좁쌀이나 겨, 콩하고 같이 죽을 쑤어 자식들을 먹였다오.

봄 지나고 산에 올라가니 소나무들이 전부 껍질이 뜯겨 벌거숭이로 서 있었다오.

제천 고향 뒷산에 가면 어머니가 소나무에 붙어 속껍질을 벗기고 있을 것 같은 게, 아무래도 죽을 날이 멀지 않은 것 같으오.

어릴 적에 내가 배가 고파 울 적마다 어머니가 그러셨다오. '울지 마라, 엄마가 흰쌀밥 줄게.'"

"할아버지 집은 어디세요?"

"집 말이오? 내 집은 저 위 소막골*에 있다오. 내가 땅에 송장처럼 붙어 쌀값 걱정이나 하고 있지만 세상에 태어나 집을 두 채나 지었다오.

백 리 밖에까지 닭 우는 소리가 사라질 만큼 기근이 심하게 든 해에, 배를 곯다 돌아가신 어머니를 형제들과 함께 뒷산에 묻고 고향을 떠나왔다오. 들개처럼 떠돌다, 경북 경산 채석장까지 흘러들었다오. 채석장에 가면 역무役務로 써줄 거라는 소문을 듣고 찾아갔더니, 흰 저고리를 입은 조선 사내 수백 명이 천길 절벽에 매달려 곡괭이질을 하고 있더이다. 곡괭이 수백 개가 천지를 흔들며 쩡! 쩡! 절벽을 내리치는 소리에 두 다리가 후들후들 떨리더이다. 곡괭이질에 떨어진 돌덩이를 수레에 실어 나르고 있는 사내들에게 다가가 이 무거운 돌덩이들을 다 어디로 가져가는 거냐고 물었더니, 철로 놓는 데 쓸 돌덩이라고 하더

---

* 수정2동 상부에서 수정3동에 이르는 비탈에 있었던 마을로, 소를 많이 길러 집집마다 소막이 있었고 소를 잡는 도살장도 있었다고 한다.

이다. 그때 일인들이 부산에서 경성까지 철로를 놓고 있었다오.

까무룩 정신 줄을 놨다 차려보니 내가 흰 저고리를 풀어헤치고, 손이 까져 피가 흐르는 줄도 모르고 돌덩이를 나르고 있더이다. 해가 떠서 질 때까지 일인 감독들이 곤봉과 채찍을 휘두르며 조선 사내들을 매섭게 부려 먹었다오. 돌덩이를 나르던 조선인이 일인 감독이 휘두른 쇠막대에 맞아 죽는 걸 눈앞에서 보기도 했다오.[12]

채석장이 사지死地였지 뭐요.

채석장에서 사귄 석공이 중신을 서 마누라를 만났다오. 석공인 남편이 곡괭이질을 하다 무너져 내리는 돌 더미에 깔려 세상을 떠나는 바람에 청상과부가 됐다고 하더이다. 시댁으로도 친정으로도 못 가고 채석장 아랫마을의 누에 치는 집에서 일을 거들며 살고 있었다오.

붉은 보름달이 뜬 밤, 누에 치는 집 마당에서 정화수 한 그릇을 떠놓고 혼례를 올렸다오. 배가 고픈 누에들이 알에서 기어 나와 싱싱한 뽕나무 잎을 열심히 갉아먹는 소리를 들으며 첫날밤을 치렀다오. 그 소리가 어찌나 황홀하던지 세상의 다른 소리들은 그 소리 뒤로 밀려나 들려오지 않았다오. 날이 밝고, 뽕나무 잎을 배불리 먹고 몸을 불린 누에들이 도로 알에 들어가 잠들고, 마누라는 누에들에게 먹일 뽕나무 잎을 따러 가고, 나는 채석장으로 가 돌덩이를 날랐다오.

마누라가 생기니 세상이 달라져 보이더이다. 달라진 게 하나도 없는데 하늘과 땅이 뒤바뀐 것처럼 완전히 달라져 보이더이다.

마누라가 여름내 뽕나무 잎을 뜯어다 키운 누에들이 고치를 틀고 번데기로 들어앉을 즈음, 채석장에서 알게 된 십장을 따라 부산에 내려왔다오. 그때 부산에서는 북빈 바닷가를 메우는 공사•가 한창이었다오. 공사장에서 돌덩이 나르는 일을 하고 하루 품삯으로 30전을 받았는데, 청부업자하고 십장이 10전씩 떼어가 내 수중에는 10전만 떨어졌다오. 장작 한 묶음 값이 10전, 하루 여인숙비가 5전…… 마누라하고 입에 풀칠이나 하며 길바닥에서 살다, 부산세관에서 동쪽으로 15리쯤 떨어진 갯가 땅에 집을 지었다오. 그때만 해도 그 일대가 고깃배들이 드나드는 한적한 포구였다오. 포구 서쪽으로는 용미산 자락이 구렁이처럼 길고 완만하게 바다까지 뻗어 있었다오. 용미산 자락을 넘어가면 자갈치였다오. 영도다리 놓을 때 용미산 자락도 허물려 없어졌다오.

질퍽거리는 개흙에 파도가 호시탐탐 넘보는 갯가 땅이어서 주인이 없었다오. 어릴 때 절 앞에 살아서 불심이 깊은 마누라가 갯가 땅을 보더니 그랬다오.

'아만과 번뇌를 내려놓고 납작 엎드린 중생 같네요. 갯가 땅은 중생이요, 바다는 부처요.'

그러곤 내게 묻더이다.

'히요시 집이 가부좌 틀고 앉아 있는 땅도 이 갯가 땅처럼 처음에는 주인이 없었겠지요?'

'히요시가 누구야?'

'일인 상인이요. 그 집에서 유모를 구한다는 소문을 듣고 찾아갔더니 내 입성을 보고는 마당에도 안 들이고 쫓아버립디다.'

• 1902부터 1908년까지 중구 중앙동 일대의 바다를 매축한 공사로, 북빈 매축공사라고 한다. 매축한 자리에 부두와 철도, 우체국 등 주요 시설이 들어섰다.

내 죽은 마누라가 천인 출신으로, 부모가 이름을 지어주지 않아 정작 제 이름이 없으면서도 남의 이름은 한 번 들으면 절대 까먹지 않았다오.

파도에 쓸려 온 뗏목 조각, 일인 목수가 집 짓고 내버린 나무토막, 썩은 판자떼기, 타고 남은 장작 토막, 돌멩이, 흙, 찢긴 그물, 가마니, 녹슨 못, 깨진 거울 조각, 짚, 멍석, 정어리통조림 깡통, 풀, 모래…… 종일 지게를 지고 뭐든 주워 날랐다오. 돌, 모래, 짚, 풀, 개흙을 손으로 섞어 집 지을 부지를 다졌다오.

내가 집 짓는 걸 구경하던 사내가 묻더이다.

'뭘 짓는 거요?'

'집이요.'

'집은 마른땅에 지어야지요.'

'마른땅은 주인이 있어서요.'

'그 땅은 주인이 없소?'

'토지대장에도 안 나와 있어서 세상에 없는 땅이라오.'

닷새 뒤 사내가 식솔 넷을 데리고 나타나서는 집을 짓기 시작하더이다.

세상에 없는 땅에 지어서 세상에 없는 집에서 마누라가 자식을 셋이나 낳았다오.

파도가 찰싹대고 달빛이 황홀히 만물을 보듬는 밤이면 집이 흰 돛을 펼친 배가 돼 난바다를 떠다녔다오. 바다로 머리를 두고 가만히 누워 있으면 바다가 부풀어 오르는 게 느껴졌다오. 땅보다 높이 부풀어 올랐다 꺼져들고, 밀려가고 밀려오고…….

비바람이 사납게 휘몰아치고 파도가 난리를 치는 밤이면, 집이 날아갈까 싶어 마누라하고 아이들하고 집을 꼭 붙들고 뜬눈으로 밤을 새웠다오.

파도가 더없이 잔잔한 봄밤이었다오. 감자를 입에 물고 잠든 큰애의 배 속에서 꼬르륵꼬르륵 소리가 나고, 막둥이가 빈대에 물린 엉덩이를 긁으며 잠꼬대를 하고, 마누라는 내 팔을 베고 누워 불경을 읊고 있었다오. 마누라가 어릴 때 절간 마당에서 놀며 귀로 들어 저절로 외운 불경을 소리 내 읊곤 했다오.

불경을 외우는 마누라한테 내가 불쑥 물었다오.

'뭔 뜻인지 알고 외우는 거야?'

'그럼요. 생겨나는 것도 없고 사라지는 것도 없으며, 깨끗한 것도 없고 더러운 것도 없으며, 늘어나는 것도 없고 줄어드는 것도 없느니라.'

'늘어나는 것도 없고 줄어드는 것도 없다는 게 뭔 뜻인가?'

'말 그대로 늘어나는 것도 없고 줄어드는 것도 없다는 뜻이지 뭔 뜻이겠어요? 바닷물처럼 말이에요.'

세상 어디에도 없던 집은 정말로 세상 어디에도 없는 집이 됐다오. 갯가 땅도 어디에도 없다오.

어느 날 일인들이 흙과 돌을 배로 실어 날라 포구를 덮어버렸다오.

마누라하고 자식들 데리고 소막골로 들어가 주인 없는 땅을 찾아 내 집을 지었다오.

내가 집을 두 채나 지었지만, 내 집을 짓겠다고 남의 땅을 빼앗지는 않았다오.

내 집을 짓겠다고 남의 집을 부수지도 않았다오.

내 집을 짓겠다고 짐승들을 쫓아버리지도 않았다오.

북쪽으로, 갯바위에 붙은 따개비들처럼 모여 있는 집들이 보이오?"

"북쪽이요?"

"방금 까치 한 마리가 울며 날아간 곳이 북쪽이라오. 저 집들도 오래지 않아 없어질 거라오. 한 하늘 아래, 한 땅 위에 모여 있는 저 집들 중 지금 어느 집에서는 아기가 태어나고, 어느 집에서는 늙은이가 죽어가고, 또 어느 집에서는 잔칫날에 쓸 두부를 쑤고 있지만 때가 되면 다 없어질 거라오. 때가 되면 모두 없어질 거라오."

15

　상투머리 늙은이가 수레를 끌며 애신 앞으로 지나간다. 송아지만 한 누런 개가 손수레에 태평하게 늘어져 있다. 수레 밖으로 튀어나온 개의 두 발이 세상 소리에 장단을 맞추듯 까닥까닥 흔들린다.

　철로 쪽으로 몰려가던 사내들이 수레에 실려 가는 개를 홀끔거린다. 하나같이 입성이 허름하고 얼굴이 누룩처럼 떴다.

　허리춤을 광목 끈으로 질끈 동여맨 사내가 늙은이에게 묻는다.

　"개네요?"

　늙은이는 앞을 뚫어져라 응시하며 짚신 신은 발을 내딛는다.

　"영감, 개를 어디로 데려가는 거요?"

　늙은이는 대꾸는커녕 오히려 입을 앙다문다.

　팥색 개똥모자를 삐딱하게 쓴 사내가 퉤 침을 뱉더니 수레 뒤를 따른다. 나머지 사내들도 의뭉스레 눈빛을 주고받으며 수레 뒤를 따라 걷는다.

　"뭔 놈의 개가 짖을 줄을 모르네?"

　"꼬리를 흔들 줄도 모르고?"

"죽었나?"

"눈을 뜨고 있는걸."

"구포장에 가보라고. 열에 일곱은 눈을 똑바로 뜨고 죽은 개야."

사내들은 토끼몰이 하듯 수레 뒤를 쫓으며 시시덕거린다.

수레 손잡이를 움켜잡은 늙은이의 까무잡잡한 손에 불끈 힘이 들어간다. 사내들이 집요하게 따라붙자 늙은이가 뒤를 홱 돌아다보며 눈을 부라린다.

"죽은 개예요!"

"영감, 죽은 개를 어디로 가져가는 거요?"

"저 서쪽 산 양지바른 데 묻어주러 가요."

"죽은 개가 부모라도 되오?"

사내들을 떨어뜨려놓으려 늙은이가 걸음을 빨리한다. 개의 두 발이 반 박자 더 빠르게 세상 소리에 엇박자를 놓으며 까딱까딱 흔들린다.

힘에 부치는지 늙은이의 걸음이 금세 느려진다. 사내들은 순식간에 수레에 바짝 따라붙는다.

말린 토란대 같은 각반을 종아리에 친친 두른 사내가 수레 앞으로 쑥 걸어 나간다. 늙은이 앞을 가로막고 서더니 녹슨 톱날 같은 앞니를 드러내고 으르렁거린다.

"영감, 그 개 우리 주시오!"

"에이, 그런 소리 말아요!" 늙은이가 버럭 화를 낸다.

"몸보신이나 하게 우리 주시오!"

"그 개 우리 주시오!"

"우리 주시오!"

늙은이가 경기하듯 몸을 부르르 떨더니 염소가 내는 것 같은 목소리로 소리 지른다.

"병들어 죽은 개라 못 먹어요!"

 듬성듬성 말뚝을 박아 친 울타리 안, 은빛 머리를 쪽 찐 노파가 쇠 갈고리로 픽픽하고 누르스름한 땅을 갈고 있다. 까까머리에 무 뿌리 같은 수염을 기른 노인은 제비 다리 같은 나뭇가지로 땅에 뭔가를 그리고 있다.

 앙상히 뒤틀린 노인의 발가락이 땅을 악착같이 움켜잡고 있다.

 노파가 갈고리에 걸려 올라온 돌멩이를 손으로 집어 울타리 밖으로 던진다. 돌멩이가 툭 소리를 내며 도로 땅에 떨어진다.

 노파가 애신을 보고는 허리를 펴며 말한다.

 "이름을 쓰는 거라오. 이름 쓰는 걸 까먹을까 봐 종일 땅에 이름을 쓰고 또 쓴다오. 이름은 까먹어도 되지만 이름 쓰는 걸 까먹으면 큰일이니까."

 노파는 애써 편 허리를 도로 구부리고 갈고리로 땅을 긁는다.

 "할머니, 미도리마치*로 가려면 어디로 가야 하는지 아세요? 남빈에 있다는데……."

 "남빈이면 서쪽으로 가야지요. 해가 아직 동쪽에 있으니까 해를 등지고 철로를 따라 계속 걸어가구려. 저 밑으로 내려가면 철로가 나올 거라오."

노인이 고개를 들더니 애신을 보며 아슴아슴한 눈을 끔벅인다.

"멀리서 왔지요?"

"네?"

"그것도 아주 멀리서 왔지요?"

"할아버지, 제가 멀리서 온 걸 어떻게 아셨어요?"

"알고 보면 다들 멀리서 왔지요. 사람들은 자신이 더 멀리서 온 걸 모르고 철새들을 보고는 멀리서 날아왔구나 하지요. 철새들은 그저 하늘에 점 두 개를 찍어놓고 부지런히 오가는 것뿐이지요. 아무 데로도 못 가고 두 점을 오가다 들에, 강물에, 바다에 떨어져 죽지요."

노파가 손으로 가리켜 보이는 곳으로 내려가자 무덤만 한 대나무 통발이 덤불에 버려져 썩어가고 있다.

땟덩이 진 광목 치마저고리를 대강 걸친 노파가 통발 옆에서 꾸벅꾸벅 졸다가 애신을 보고는 이가 다 빠져 거무스름한 잇몸만 거머리처럼 붙어 있는 입을 벌리고 빙긋이 웃는다.

"색시, 이 늙은이 손 좀 보구려." 노파가 두 손을 들어 보인다. "때 되면 죽을 걸, 다들 뭐가 그리 바쁜지…… 색시, 똥줄이 타게 바쁜 건 알지만 이 늙은이 손 좀 구경하고 가구려."

● 미도리마치 곧 녹정(綠町)은 1916년 일제가 서구 충무로에 만든 우리나라 최초의 공창이었다. 해방 후 미군정 시절에는 그린 스트리트(Green Street)로, 공창제 폐지 후 1948년부터는 완월동으로 불리다, 1982년 충무동으로 동명이 변경됐다.

허공에서 떨고 있는 노파의 두 손은 깃털을 전부 뽑힌 참새 같다.

"곰장어 가죽을 하도 벗겨서 손이 이 지경이 됐다오. 시아버지는 곰장어를 잡고 며느리는 곰장어 가죽을 벗기고…… 벗긴 곰장어 가죽은 가죽 공장에 가져다주고, 살은 짚불에 구워서 자식들을 먹였다오. 일인들이 곰장어 가죽은 나막신 끈이나 모자 테를 만드는 데 쓰면서 살은 먹지 않아서요. 시아버지하고 며느리하고 손발이 아주 딱딱 맞았다오. 시아버지는 곰장어를 잡고 며느리는 곰장어 가죽을 벗기고…… 시어머니는 천성이 게을러 앉은자리서 입 벌리고 굶어 죽을 여편네라고 이웃 여자들이 이구동성으로 흉을 봤다오. 남편이 시어머니를 닮아서 날건달로 술만 퍼마시고 다니더니, 남빈 해물 저장창고 뒤에 색시가 술 따라주는 우동집에서 날 새도록 정종을 마시고 인사불성이 돼서는 집에 오는 길에 초량 물웅덩이에 빠져 세상을 떠났다오. 일인들이 쇠막대기 위에 시체를 올려놓고 화장하던 화장막* 말이오. 그때 집이 화장막 아래에 있었다오. 일인들이 유골 가루를 마구 뿌려서 화장막 주변의 땅이며, 돌이며, 풀이며, 나무가 가루분을 뒤집어쓴 것처럼 하얬다오. 해방되고는 괴질로 죽은 시체 태우는 연기가 밤에도 그치지 않았다오…… 작년 늦봄에 귀환 동포들 싣고 부산 부두로 들어온 배에서 괴질로 죽은 시체 두 구를 미군들이 영도 바다에 던져서 여름내내 괴질이 극성을 부렸지요.

일인들이 쌍산을 헐어 바다를 메우는 공사가 한창일 때였지요. 사

---

* 화장막(火葬幕)마을은 동구 수정5동 망향로(산복도로) 위쪽과 좌천4동의 경계선 사이에 있었던 마을로, 화장막이 있던 자리는 주택지로 변해 이제는 흔적을 찾아볼 수 없다.

내가 물웅덩이에 황소를 끌고 와 물 먹이는 걸 봤다오. 뙤약볕에서 종일 돌덩이, 쇳덩이를 실은 달구지를 끄느라 혹사당해서 뼈하고 가죽만 남은 황소가 목에 매단 놋쇠 방울을 짤랑짤랑 흔들며 물 먹는 걸 보고 있으려니 측은해서 눈물이 나더이다. 윤기가 다 빠져 지푸라기보다 못해진 털들이 산란하게 곤두서 있었다오. 가시밭을 뒹굴기라도 한 듯 긁히고 까진 곳투성이에, 피딱지 진 데마다 똥파리들이 달라붙어 있었다오. 황소 옆에서 곰방대를 뻐끔뻐끔 빨고 있는 사내에게 내가 물었다오.

'황소 나이가 어떻게 되오?'

'사람 나이로 치면 환갑 진갑 넘었어요. 가진 재산이래야 이 늙은 황소뿐이어서 막걸리 한 모금씩 먹여 가며 겨우 부리고 있어요. 15, 6년 전에 마누라 죽고 새장가를 못 들어 외동인 딸년하고 둘이 의지하며 살고 있는데, 딸년이 사람인 애비보다 짐승인 황소를 끔찍이 위해서 꽁보리 뜨물에 콩깍지, 옥수숫대 썰어 넣고 쇠죽을 끓여 아침저녁으로 먹인답니다. 놋쇠 방울도 딸년이 매달아준 거랍니다. 황소가 일하다 쓰러지면 어쩌나 애를 끓이다, 해 떨어지면 까치고개에 나와 서서 황소가 어디쯤 올라오나, 목을 빼고 내다보고 서 있답니다.'

'딸 나이가 어떻게 되오?'

'그러잖아도 오늘 아침에 집 나서다 딸년 나이가 궁금해 물어보니 열아홉 먹었다더군요.'

날이 추워져 초량 물웅덩이에 살얼음이 끼고, 진눈깨비가 날리는 날이었다오. 깡말라 등짝이 저 오륙도 깎아지른 절벽 같아진 황소가 앞다리를 절룩이며 사내를 따라 까치고개 쪽으로 올라가는 걸 봤다오."

노파의 보리 껍질 같은 눈에서 진물이 흐른다.

"하여간 남편처럼 의지하고 살던 시아버지가 돌아가신 날 하늘을 올려다보고 그랬다오. '아, 하늘이 무너진다는 게 이런 거구나!' 시아버지가 중풍으로 쓰러져서 6년을 자리보전했다오. 며느리인 내가 똥오줌을 받아냈다오. 시어머니는 자기 얼굴 씻는 것도 귀찮아했으니까요. 돌아가시던 날 아침에 시아버지가 날 부르더니 그러셨다오.

'아가, 우리 내생에서는 부부 인연으로 만나 자식새끼 소복이 낳고 재미나게 살자꾸나.'

나는 죽을 날만 기다리고 있다오. 그래야 다시 태어나 시아버지하고 부부 인연으로 만나 백년해로하지요."

노파가 그때까지 들고 있던 두 손을 내린다.

"어서 가보구려. 내가 가는 사람을 염치없이 너무 오래 붙들고 있었네…… 가는 사람은 붙드는 게 아닌데 말이오. 여기 앉아 지나가는 사람들을 보고 있으면 가는 사람, 오는 사람 구분이 된다오. 오는 사람은 오는 사람 표가 나고, 가는 사람은 가는 사람 표가 나니까 말이오. 죽음 복 타는 거 말고는 바랄 복이 없는 늙은이가 오지랖이지, 가는 사람만 보면 붙들고 이 얘기 저 얘기 하게 되는구려. 누가 가는 게 싫은가보오."

"할머니, 저는 오는 길이에요. 먼 데서 오는 길이에요."

"알고 있다오." 노파는 고개를 주억이다 쯧쯧 혀를 찬다. "먼 데서 와놓고 왜 또 먼 데로 가려고 하오?"

"할머니, 저는 친구를 찾아가는 길이에요."

"친구요?"

"네. 부산에 살고 있는 친구가 부산에 내려오면 취직시켜주겠다고
해서요."

"취직시켜주겠다는 친구도 있고, 복 받았구려. 나는 세상에 친구가
하나도 없다오. 어릴 때 친구가 둘 있었는데 일찌감치 시집을 가버려
어디서 어떻게 살고 있는지 소식조차 모른다오. 열다섯 살에 부산으
로 시집와서는 친구를 못 사귀었다오. 하여간 너무 멀리 가지 말구려."

17

"만고불변의 진리가 또 있지요."

"또요?"

"봄에 씨앗을 심어야 가을에 거둔다!"

"만고불변의 진리를 어디서 깨쳤데요?"

"콩밭에서요."

"나는 콩밭에 종일 있어도 만고불변의 진리가 안 깨쳐지던데요."

"내가 어릴 때 친정어머니가 콩밭을 매다 말고 얼굴이 짓무르도록 흐르는 땀을 훔치며 깨우쳐주데요."

"친정어머니가 아주 훌륭한 분이셨나 봐요."

"철딱서니 없는 분이셨답니다!"

"네?"

"집에 옥수수 열 개가 있으면 전부 솥에 삶아 자식들 하나씩 주고, 나머지는 동네 애들 나눠줬어요. 다섯 개만 삶아서 먹고, 나머지 다섯 개는 아껴뒀다가 배고플 때 삶아 먹는 게 아니라요. 감자 한 바구니가 있으면 몽땅 삶아, 집 앞을 지나가는 이웃이 있으면 기어이 불러서 먹이시는 분이셨어요. 아버지가 도랑에서 미꾸라지를 잡아다 주면 끓여서 우리 식구만 오손도손 먹는 게 아니라 시래기나 호박잎을 썰어 넣고 가마솥 한가득 끓여서 이 집 저 집 퍼 날랐어요. 한번은 어머니가 울콩을 넣고 호박범벅을 했네요. 국자로 크게 떠 바가지에 담더니, 외나무다리 너머 칠성이 집에 가져다주라고 심부름을 시키데요. 칠성이 집이 똥구멍이 찢어지게 가난했어요. 칠성이 집으로 가다 말고 괜히 부아가 나 느티나무 밑에 앉아 호박범벅을 다 먹어버렸지요."

"못됐네요."

"마을 여자들은 친정어머니를 두고 '못 받고도 받았다고 할 사람'이라고 했어요."

"못 받고도 받았다고 할 사람이요?"

"남한테 꿔준 쌀을 못 받고도 받았다고 할 사람이요. 친정어머니가 속없이 헤픈 걸 마을 개들도 알아서, 상엿집 발바리가 우리 집 마당에서 살다시피 했어요. 하여간 남한테 퍼주는 데에는 도가 튼 분이어서, 맏딸인 나는 숨기기 바빴지요. 옥수수 열 개를 따 오면 다섯 개는 숨기고 다섯 개만 바구니에 놓아뒀지요. 한창 감자를 캘 때였어요. 어머니가 밭에서 캐 온 감자 한 바구니가 마루에 놓여 있데요. 그래서 얼른 바구니를 들고 광으로 가 멍석 뒤에 숨겼지요. 감자 바구니를 밭에 두고 온 줄 알고 어머니가 내게 그러더군요. '순덕아, 밭에 가서 감자 가져와라.' 밭에 가는 척하고 냇가서 놀다 집에 가서는 그랬지요. '바구니도 감자도 밭에 없던데요.' 남을 의심할 줄 모르는 어머니가 머리를 긁적이며 그러데요. '아이고, 감자 심어 먹을 돌밭도 없는 이가 집어 갔나 보네.'"

18

"점삼이, 수레 끌고 어딜 그렇게 가나?"

"집에 소금이 떨어져 남빈에 소금 두 자루 사러 가네. 온몸의 뼈가 뒤틀리고 으깨지는 것같이 고통스러워 혼자 끙끙 앓으며 방구석에 굼 벵이처럼 누워 있다가 돼지 막사에 감자 한 소쿠리 부어주고 수레 끌 고 나왔네."

"자네나 나나 젊어 곡괭이질을 하도 해 골병이 들었어." 막산의 등 에는 빈 지게가 매달려 있다.

"쌍산 한참 깎을 때, 해가 떠서 질 때까지 어깨뼈가 닳는 줄도 모르 고 곡괭이로 바위를 깨뜨렸지. 자네를 만나니 새삼스레 생각나는군. 닷새 전이었지. 오밤중에 깼다 날이 밝아서야 살포시 잠이 들었는데 소슬바람처럼 지나가는 꿈에 칭칭인지 창창인지가 보여서 기분이 이 상했네……."

"누구……?"

"칭칭인지 창창인지…… 쌍산 깎을 때 우리하고 같이 남포질한 되 놈 말이야." 점삼은 그러곤 칭칭, 창창을 나직이 되뇐다.

"그때 열차 타고 부산에 흘러든 되놈이 한둘인가? 철로가 부산에서 경성까지, 경성에서 신의주까지, 신의주에서 만주까지 놓이자 되놈들이 열차 타고 아주 떼로 몰려왔지."

"칭칭인지 창창인지 열여섯 살 먹었다고 했어."

"고향은? 칭칭인지 창창인지 말이야."

"들었는데 까먹었어. 40여 년이나 흘러 세상에 있었나 싶게 잊고 있었는데 왜 새삼스레 새벽꿈에 나왔을까?"

"개꿈이야!" 막산은 퉁명스레 내뱉는다.

"근데 그 개꿈이 슬프더라고…… 그때는 몰랐어. 칭칭인지 창창인지가 돌무더기에 깔려 죽었다는 소리를 듣고도 슬픈 줄 몰랐어. 불쌍하다는 생각도 안 들었지." 점삼은 쪼그라든 눈을 끔벅끔벅한다.

"기억나는군…… 황소 달구지 끄는 이가 지나가며 소리쳤지. '되놈 하나가 죽었다오!'"

"까치고개에 살던 이 말이야?"

"그래……."

"우리보다 나이가 위였지."

"일인들 모여 사는 곳에 하수도 놓는 공사가 한창일 때 대청정 성당* 근처에서 그이하고 황소를 봤어. 황소가 빈 달구지를 매달고 길 한복판에 서 있었어. 돌덩이 같은 발을 땅에 붙이고 한 발짝도 내딛으려 하지 않았어. 그이가 먹이곤 하던 막걸리를 받아 마시려고도 않고 목

---

* 1924년 지금의 대청동 2가에 설립된 '부산주교좌성당'을 가리킨다. 현재는 '대청동성당', '부산대성당'으로도 불린다.

에 매달린 놋쇠 방울이 짤랑짤랑 울리도록 고개를 흔들기만 했어. 고집을 부리는 건지, 겨우 서 있을 힘밖에 남아 있지 않은 건지 황소가 꿈쩍을 안 했어. 구경하던 고물상 사내가 그이에게 그러더군. '사람이고 짐승이고 때려야 말을 듣는답니다.'"

"그이가 황소를 때리는 건 못 봤어." 점삼은 고개를 가로젓는다.

"그러게."

"하지만 모질게 부려 먹었어." 점삼이 말한다.

"사람도 모질게 부렸는걸. 일인들이 조선인하고 되놈을 오죽 모질게 부려 먹었나. 나는 일인이 조선인보다 일당을 더 많이 받는 게 억울하더군. 근데 되놈이 조선인보다 적게 받는 건 당연하게 생각됐어."

"계산이 틀려서 그래. 인간이 하는 계산은 틀리게 돼 있거든. 처음부터 틀려서 아무리 해도 맞을 수가 없어. 설령 계산이 틀렸다는 걸 깨달아도 절대로 고치려고 하지 않지. 그러려면 처음부터 계산을 다시 해야 하는데 그럴 엄두가 안 나니까."

"내게 해코지를 하는 것도 아닌데 나는 되놈들이 아주 꼴 보기 싫더군. 일인 감독이 조선인하고 되놈이 있으면 되놈을 쓰려고 했어."

"조선인 둘을 부리는 돈으로 되놈 셋을 부릴 수 있었으니까." 점삼이 말한다.

"되놈들이 아주 지독했어. 찐빵이나 호떡을 자루에 넣어 등에 메고 다니다 배가 고프면 꺼내서 먹었지. 저녁에 초량 우물에 가면 물을 마시려고 모여든 되놈들이 진을 치고 있었어. 돈을 한 푼이라도 아끼려고 여관에서 안 자고 추녀 밑에서 자는 되놈들도 많았지. 5전 하는 호떡 한 덩이로 끼니를 때우고 종일 곡괭이질을 하며 불평 한마디 안 하는 되놈들이 나는 무섭더군."

"인간이 원래 무서운 건지, 되놈들이 무서운 건지…… 나는 1푼 하는 대파 하나로 몇 날 며칠 끼니를 때우는 되놈을 봤어. 바다를 바라보고 앉아 대파를 우걱우걱 씹어 먹고 있더군. 마음이 짠하니 불쌍한 생각이 들어 내가 감자 한 덩이를 건네며 이름을 물었더니 '천'이라고 하더군."

"천?"

"천…… 천이라고 했어. '천?' 하고 물었더니 고개를 끄덕이더군. 조선말을 알아듣는 것 같았어.

내가 물었지.

'천, 너는 어디서 왔지?'

천이 조선말로 대꾸하더군.

'인간.'

감자를 먹지 않고 마대 자루 속에 챙겨 넣더니 내게 똑같이 묻더군.

'너는 어디서 왔지?'

'인간.'

천이 깨지고 금 간 앞니를 드러내고 웃더니 그러더군.

'나도 인간, 너도 인간.'"

"참, 칭칭인지 창칭인지 장례는 치러줬나? 바위에 깔려 비명횡사한 시체를 기차에 실어 고향집까지 보냈을 리는 없고, 부산 땅에 묻혔거나 바다에 유골이 뿌려져 떠돌고 있겠군. 고향의 부모 형제한테 소식은 전했겠지? 영도다리 놓으려고 봉래산, 용미산 깎아 바다 메울 때도 되놈들이 기차 타고 부산에 많이 들어왔지. 그때 산사태가 나 되놈 여섯인가가 흙더미에 깔려 죽었지……."

"저 만주서부터 무더기로 기차 타고 부산까지 내려와 더러는 죽고, 더러는 고향으로 돌아가고, 더러는 아예 눌러앉았지…… 막산이 자네는 어딜 가는 길인가?"

"장작 팔고 집에 가는 길이네. 20단, 30단, 50단씩 쌓아놓고 파는 장작 장수들 틈바구니에 끼어 겨우 세 단 옹색하게 쌓아놓고 팔고 있는데, 양은솥단지를 수레에 싣고 다니는 여편네가 한 단 살 것처럼 장작을 이리 살펴보고 저리 살펴보더군. 우마차에 50단 넘게 싣고 다니며 파는 젊은 장작 장수를 보고는 그리로 가더군. 이 늙은이의 장작은 꼼꼼히 살피더니, 젊은 장작 장수의 장작은 살피지도 않고 한 단 불끈 들어 수레에 싣더군. 내 옆에서 장작을 10단쯤 쌓아놓고 팔던 장작 장수가 그러더군. '장작 장수도 한 살이라도 젊을 때 해야 해요.'"

"지게가 빈 걸 보니 그래도 장작 세 단을 다 팔았나 보군…… 막산이, 또 보세."

"응, 또 보세."

점삼은 남빈 쪽으로, 막산은 좌천 쪽으로 발을 놓는다. 자신들이 살아서 다시는 만나지 못하리라는 걸 두 늙은이는 꿈에도 모르고 덤덤히 멀어진다.

4부

끼니

19

양은솥에서 물이 끓어오르며 뚜껑이 들썩인다. 소신공양하듯 세차게 타오르는 장작 속으로 석분은 새 장작 하나를 밀어 넣고 몸을 일으킨다. 국수를 부채처럼 펼쳐가며 끓는 물 속에 풀어 넣는다. 국수 가락이 엉키고 풀어지며 거품이 부글부글 끓어오른다. 그녀는 거품을 타고 흘러넘치는 국수 가락을 손가락으로 낚아채 입으로 가져간다.

멸치를 우린 물에 국수가 삶아지는 냄새를 맡고 사내들이 모여든다. 눈빛까지 배고픔에 찌든 사내들 속에는 부두 잔교에서 목화솜덩이를 나르던 사내들도 있다. 햇빛에 뭉개져 태아의 얼굴로 퇴행했던 사내들의 얼굴마다 입이 하나씩 또렷이 생겨나 있다. 부두 근처의 싸구려 여인숙에 흩어져 살고 있는 사내들은 어제도 부두에 나와 목화솜덩이를 나르고 국수를 사 먹었다. 사내들은 목화솜덩이를 나르며 부두 허공에 떠오르는 양은솥을 봤다. 장작들이 불티를 사방으로 튀기며 타오르는 걸 봤다. 그들 중 가장 늙은 사내는 점점 높아지는 양은솥을 바라보며, 자신들이 닿을 수 없는 곳까지 양은솥이 떠오르면 어쩌나 속을 끓였다.

모여든 사내들이 양은솥 앞으로 줄을 선다.

거품이 연신 흘러넘치는 양은솥이 사내들에게는 거대해 보인다. 왼손에는 까만 간장이 든 양은주전자를, 오른손에는 국자를 들고 양은솥 앞에 구부정히 서 있는 석분은 거인 같다.

부두 끝에서 쌀가마니를 나르던 사내들이 양은솥을 우러르듯 바라보며 걸어온다. 사내들은 여남은 살 먹은 사내아이들처럼 작아 보인다.

석분은 국자로 국수 가락을 한 차례 휘저어준 뒤 국자에 간장을 따른다. 손가락으로 간장을 찍어 맛을 본다. 분개염전에서 생산한 소금을 풀어 달인 우물물에, 낙동강 가의 콩밭에서 난 콩으로 쑨 메주를 두 달 동안 담가뒀다 내린 간장은 쓰고 달고 짜고 고소하다.

그녀는 국물 간을 보고 나서야 고개를 든다. 차갑게 느껴질 만큼 무심한 눈빛으로 번개처럼 재빠르게 사내들을 훑는다. 남루하고 고약한 냄새를 풍기는 사내들 속에는 천복도 있다.

석분은 맨 앞에 서 있는 사내를 노려보듯 쳐다본다. 이마와 광대뼈가 도드라진 사내의 얼굴에 석탄가루가 거뭇거뭇 묻어 있다. 사내가 그녀를 빤히 쳐다보며 바지 주머니에 손을 넣어 동전을 꺼낸다.

사내가 내미는 동전을 석분은 낚아채듯 받아 앞치마 주머니 속에 넣는다. 국물이 흘러넘치도록 대접에 국수를 퍼 담아 사내에게 내민다.

"오늘 첫 끼니라오."

사내는 중얼거리며 두 손으로 대접을 받아 든다. 절박한 목소리로 중얼거리는 사내의 말에 석분의 눈동자가 살짝 흔들린다. 오늘이 아니라 태어나 첫 끼니라는 소리로 들려서다.

석분이 아무 대꾸가 없자 사내는 멋쩍어하며 돌아선다. 양은솥에서 예닐곱 발짝 떨어진 곳에 자리를 잡고 앉는다. 사내는 젓가락으로 건져 올린 국수 가락을 혀로 받아 입으로 말아 넣는다. 국수 가락에 멸치가 딸려 올라온다. 사내는 입 속에 그득 든 국수를 침을 튀겨 가며 씹는다.

금세 사내들이 부두 바닥 여기저기에 퍼질러 앉아 국수를 먹고 있다.

"고향이 어디요?"

"청도요!"

한 솥에서 끓인 국수를 먹는 사내들 사이에 화기애애한 분위기가 흐른다.

천복의 앞에 서 있던 사내가 대접을 받아 들고 돌아선다. 천복이 동전을 내밀며 석분에게 묻는다.

"혹시 내 어머니요?"

그녀는 동전을 받아 앞치마 주머니에 챙겨 넣을 뿐 대답이 없다. 납작하던 주머니는 동전들로 불룩이 부풀어 있다.

"아니면 내 마누라요?"

"……."

"내 어머니도 마누라도 아니면 내 딸이오?"

석분은 국물이 흘러넘치도록 국수가 담긴 대접을 천복에게 내민다.

*

그새 국수 건더기를 다 건져 먹고 국물을 입에 흘려 넣던 백 씨가 쌍꺼풀진 눈을 동그랗게 뜨고 되묻는다.

"마누라 말이오?"

바다에서 불어오는 바람에 백 씨의 성긴 머리카락이 뽑혀 날아갈 듯 날린다. 그는 바다를 등지고 앉아 있다.

"히로시마에 원자탄 떨어질 때 화기를 온몸에 뒤집어쓰고 죽었어요. 천치 같은 여편네가 원자탄 떨어지는 걸 구경하고 서 있었나 봅디다."

"히로시마에서 살다 왔어요?"

백 씨와 둥그렇게 둘러앉아 국수를 먹던 사내들 중 하나가 묻는다. 백 씨와 사내들은 부두 바닥을 밥상 삼아 얼굴을 맞대고 국수를 먹고 있지만 오늘 부두에서 처음 만난 사이다.

"징용 살다 왔어요."

"자식은 있소?"

"아들 하나요. 고아원에 있어요. 대청정에 고아들 돌봐주는 데가 있다고 해서 데려갔더니 고아는 아니지만 사정이 딱하다며 맡아주데요. 매일은 못 가고 닷새에 한 번 아들 얼굴 보러 가요. 거기 고아원에 고아들이 제법 있어요. 만주서, 일본서 살다 온 애들이요."[13]

"만주, 일본서 살다 온 애들이 왜 고아원에 있어요?"

"부모가 죽었거나 버렸거나, 부모를 잃어버려서 갈 데가 없는 애들이요." 백 씨가 말한다.

"장수통*에 가면 구걸하는 거지 사내애가 있어요. 열세 살은 먹었을까…… '어쩌다 거지가 됐니?' 물으니 사내애가 그러더군요. '아버지는 만주서 죽고 어머니는 부산역에서 잃어버렸어요.'"

"소화정 광장에도 거지 애가 있지요. 그 거지 애는 노래를 부르며

---

* 長手通, 현재의 광복동 거리로 일제강점기에 부산에서 가장 번화한 거리였다.

구걸을 하던걸요. '대포는 쾅 우레로 튀고, 총알은 땅 빗발로 난다!'[14]"

"아들이 몇 살이에요?"

대접 속 국물을 입으로 흘려 넣던 백 씨가 손등으로 입을 훔치며 말한다.

"아홉 살이요. 천지에 자식이라고는 아들 하나뿐인데 그놈도 화기를 먹어 수북하던 머리카락이 한 움큼씩 빠지더니 바보가 됐어요. 아홉 살이나 먹은 놈이 제대로 걷지 못하고 비실비실한 것이 골백번을 생각해도 히로시마에서 원자탄 떨어질 때 화기를 먹어서 그런 것 같은데, 내가 의사가 아니니……."

백 씨는 고개를 들어 고아원이 있는 대청정 쪽을 바라본다. 부산세관 건물에 가려 고아원이 보이지 않지만 그가 바다를 등지고 앉은 것은 대청정을 바라보기 위해서다.

원자탄이 히로시마에 떨어진 것은 옥음 방송이 울려 퍼진 날로부터 아흐레 전이었다.

백 씨는 집에서 3킬로미터쯤 떨어진 곳에서 아내를 발견했다. 아내는 숯덩이가 돼 깨진 벽돌 조각들 위에 누워 있었다. 아내는 세탁소 가는 길에 화풍火風을 맞았다. 히로시마에서 아내는 세탁소에 빨래 일을 하러 다녔다. 히로시마 상공에 나타난 미군 비행기가 원자탄을 투하하던 날 아침에 아내는 아무것도 모르고 원자탄이 떨어질 곳을 향해 부지런히 걸어가고 있었다. 백 씨는 원자탄이 떨어진 곳에서 서쪽으로 12, 3킬로쯤 떨어진 곡식 창고에서 엄청난 쾅 소리와 함께 공중으로 떠올랐다 떨어지며 정신을 잃었다. 깨어났을 때 그의 머리와 한쪽 귀에서 피가 흐르고 있었다. 그가 등에 짊어지고 나르던 콩 자루가 터져 콩이 사방에 널려 있었다. 그는 겨우 정신을 차리고 얼굴과 목을 타고 흐르는 피를 닦으며 집으로 갔다. 지붕과 벽이 무너진 집의 솟아오른 마룻바닥 위에서 재를 뒤집어쓰고 경기를 하며 울고 있는 아들을 겨우 달래놓고 아내를 찾아 나섰다.

백 씨는 아내를 화장하고 난 뒤 유골을 기름 먹은 종이에 싸 보따리 깊숙이 넣어 등에 짊어지고 조선으로 돌아왔다.

"히로시마에 마누라 뼈 한 조각 남겨두지 않고 거둬 가지고 돌아왔어요.[15] 화장하고 못 거둔 조각이 있을까 봐 연기가 채 안 가신 잿더미를 맨손으로 이 잡듯 헤쳐 가며 살폈지요. 망한 땅에 마누라 이빨 하나도 남겨두고 싶지 않더이다. 시모노세키서 배 타고 나올 때 마누라 혼도 따라왔겠지요. 못난 서방이어도 나 떨어져서는 하루도 못 살던 마누라였으니 모르긴 몰라도 유골 보따리에 꼭 붙어서 따라왔을 거요."

백 씨는 눈물이 고여 드는 눈을 흐린다. 히로시마에서 죽은 아내를 화장하던 날로 돌아간다.

백 씨는 자신이 입고 있던 메리야스를 벗어 몸통만 겨우 가리듯 감싼 아내를 등에 업고, 악령처럼 서 있는 나무들 앞을 걸어간다. 창문이 전부 깨지고 시커멓게 탄 몸체만 남은 전철에서 연기가 피어오르고 있다.

"임자 몸이 뜨끈뜨끈하네…… 여태 타고 있는 거야? 홀라당 타버리면 안 되는데…… 건더기까지 타버리면 곤란한데……."

그는 아내의 혼이 아직 날아가지 않고 몸뚱이에 붙어 있는 것 같다. 아내의 혼이 홀연히 날아가 버릴까 봐서, 혼을 잠시라도 더 몸뚱이에 붙들어두려고 그는 목이 메어 잠기는 소리로 혼잣말을 간당간당 이어간다.

"내가 임자를 얼마나 애타게 찾으러 다녔는지 알아? 강에도 갔지…… 임자가 강에 있나 싶어서…… 사람들이 불바람을 피해 강으로 피신했다고 알려주데. 오타 강에 벌겋게 익은 시체가 널렸다더군. 불바람의 위력이 얼마나 셌는지 강물이 부글부글 끓었다네. 들어갔다 나오면 몸에 붙은 이가 녹아버리는 온천물은 저리 가라였다네.

땅도 타서 맨발로는 걸을 수 없을 만큼 뜨거웠으니까.

땅이 아직도 뜨뜻하네.

뭔 일이냐고? 임자는 뭔 일인지 내가 가르쳐줘야 알지. 하나부터 열까지 내가 가르쳐줘야 하니 날 떠나서 살 수 있겠어?

미군이 히로시마에 원자탄이란 걸 떨어뜨렸다네.

원자탄에도 자 자가 들어가고 임자 이름에도 자 자가 들어가네. 기껏 이름 석 자 쓰는 걸 가르쳐놨더니 죽어버렸네. 임자 이름에 들어가는 자는 아들 자子인데, 원자탄 자는 뭔 자 자인지 나도 모르겠네. 전에 한 번이라도 들어봤어야 알지.

임자는 눈앞에서 봤겠네…… 드럼통 같은 게 하늘에서 떨어지고 어마어마하게 큰 불덩이가 땅에서 솟았다며?

기 안 죽고 조잘조잘 잘만 떠들던 사람이 꿀 먹은 벙어리마냥 왜 아무 말이 없어? 대꾸 좀 해봐.

내 임자가 맞나? 내 임자가 아닌 거 아니야? 내 임자가 틀림없긴 한데…….

혀도 타버린 거야? 그래서 아무 대꾸도 못하고 있는 거야?

그 많던 참새가 한 마리도 없네. 제비도 안 날고, 개도 안 짖고, 닭도 안 우네…….

어서 집에 가자고? 어느 집? 합천 고향집? 히로시마 집? 히로시마 집에 먼저 가야겠지. 놀라지 마. 벽만 조금 남고 폭삭 주저앉았지 뭐야. 살림살이? 온통 타버렸지. 농도 탔지. 기가 막히지, 분통 터져 죽을 지경이지. 미쳐 지랄 발광을 해도 분이 안 풀릴 지경인데 하소연할 데가 없네. 탓할 데가 없네. 미국 탓을 할까, 일본 탓을 할까. 어디에 대고 탓을 해야 조상님들이 잘했다고 할까? 엉뚱한 데 대고서 탓할 수는 없잖아. 비행기 몰고 와 원자탄 떨어뜨리고 간 미군 놈을 탓해야 하나.

누가 시키니까 했겠지? 원자탄 떨어뜨리고 간 미군 놈 말이야. 군인은 위에서 시키면 군소리 없이 무조건 해야 하니까, 머슴하고 똑같지. 윗사람이 저 놈을 총으로 쏴라 하면 쏴야 하니까. 머슴보다 더하지. 소처럼 부려 먹기는 해도 머슴보고 저 놈을 죽여라 하고 시키지는 않으니까.

간덩이가 아무리 부었어도 저 혼자 결심으로 그 무시무시한 걸 떨어뜨리지는 못했을 거야.

인간 혼자 그 끔찍한 짓을 할 수 있겠어? 타 죽은 사람이 한둘도 아니고.

인간이 무서워. 인간이 최고로 무서워.

어지간히 독한 놈 아니고서는 누가 시켜서 한 짓이어도 편히 살지는 못할 거야. 미군 놈 말이야.

애초에 전쟁을 일으킨 건 천황이니까 천황을 원망해야 하나?

교복 입고 웃으며 돌아다니던 학생들도 병신 거지가 돼서 울면서 돌아다니네.

저 아가씨는 벌거숭이가 됐네. 옷이 타버렸나 보네. 신발도 타버리고 머리도 타버리고. 오늘 아침까지도 히로시마의 멋쟁이 아가씨였을 테지."

백 씨는 도살장 앞을 지나간다. 무너진 천장과 벽 무더기에 돼지들이 피바다를 만들며 깔려 죽어 있다. 다 타버렸는지 파리 한 마리 끓지 않는다.

발로 자신의 오금을 쳐오는 아내의 다리가 부러져 떨어지기라도 할까 봐 조마조마해 그는 한없이 천천히 걷는다.

"얼마나 뜨거웠어?

임자도 봤어?

시체 언덕…….

히로시마에 시체 언덕이 한두 개가 아니야. 여기도 시체 언덕, 저기도 시체 언덕. 히로시마가 아주 쫄딱 망했어!

조선인들도 많이 죽었다네. 임자만 죽은 게 아니라 많이 죽었대. 히로시마에 들어와 사는 조선인이 한둘이어야 말이지. 오 씨네는 초상집이겠네. 사 형제가 전부 히로시마에 들어와 살고 있잖아. 둘째 형이 히로시마에 들어와 살며 형제들을 하나씩 불러들였잖아.

집에 빨리 가자고?

원복이…… 우리 아들…… 집에서 임자 기다리고 있지…… 원복이는 멀쩡해. 탄 데도 없고, 깨진 데도 없고, 부러진 데도 없고…… 우리 원복이가 명이 긴가 봐. 애들도 많이 죽었던데. 오타 강에 잿덩이가 된 애를 끌어안고 통곡하는 여자가 한둘이 아니야.

내가 단단히 일렀지. 어머니 찾아서 데리고 올 테니 아무 데도 가지 말고 집에 붙어 있으라고 열 번도 더 일렀으니까 집에서 꼼짝 않고 임자 기다리고 있을 거야.

가자, 가자, 집에 가자…….

임자가 무거워서 빨리 걸을 수가 있어야지. 임자 엉덩이가 오죽 커…….

저기 돌덩이 부처님 보여? 임자 말이 거짓이 아니었네. 절에 가면 손에 돌 수저통을 든 부처님이 계시다더니 정말이었네. 조선에서는 수저통 든 부처님을 못 봤으니까. 일본에는 요상한 절도 많고 요상한 신도 많고 요상한 부처님도 많다더니 수저통 든 부처님도 있네. 원자탄 떨어질 때 부처님은 뭐 하고 있었을까. 밥 기다리고 있었을까? 화려하던 절은 잿더미가 됐는데 돌덩이 부처님은 무사하시네. 돌덩이여서 살아남으신 거지. 나무아미타불 관세음보살…… 곡식, 돼지, 소, 과일…… 다 타버려서 뭘 잡수셔야 하나.

머슴애인가, 계집애인가, 임자만큼 탔네…… 저 여자는 얼굴 반쪽이 타버렸네.

무거워도 집까지 업고 갈 수 있지.

내 임자를 내가 업고 안 가면 누가 업고 가겠어.

임자 업고 조선 고향집까지 걸어가 볼까…… 바다가 나오면 연락선 타고 강이 나오면 나룻배 타고…….”

어디선가 고토* 줄을 띄엄띄엄 탄식하듯 뜯는 소리가 들려온다.

“거문고 소리가 들리네.

● 琴, 거문고처럼 생긴 일본의 전통 악기.

임자는 귀가 타버려 안 들리나? 내가 하는 소리도 안 들리는 거 아니야? 설마 귓구멍까지 타버린 건 아니지?

저 비둘기는 날개가 타버렸네. 불쌍해라…… 비둘기야, 날고 싶어? 비둘기야, 그래도 넌 죽지 않고 살았구나.

쉬었다 갈까?"

그는 빈 땅에 조심스레 아내를 내려놓는다. 아궁이 속 같은 땅을 비웃기라도 하듯 하늘은 말짱하다.

"거문고 소리가 듣기 좋네."

하늘 아래에 놓여 있는 아내를 그는 그제야 찬찬히 살핀다.

"손이 아주 까마귀손이 됐네. 까마귀손으로 들에 나물이나 뜯으러 갈 수 있겠어?

얼굴이 어째 그 모양이야. 못난 얼굴이 시커멓게 쪼그라들어서 더 못난 얼굴이 됐네…… 흑 흐흑, 아주 못 봐주겠어.

흑, 임자를 고향집에 두고 올걸…… 히로시마에 나 혼자 올걸. 떨어져서는 하루도 못 산다고 울고불고 매달려서 데리고 왔더니, 흐흑 흐흑 타관에서 영영 작별이네……."

20

  도끼와 간난은 송도 해수욕장과 그 앞바다가 한눈에 내려다보이는 곳에 자리를 잡고 앉는다. 간난은 삼베보자기에서 보리주먹밥 한 덩이를 꺼내 남편의 손에 들려준다.

  부부의 점심은 보리주먹밥과 고구마다. 고기 한 점 없지만 하늘과 땅과 바다가 어우러지며 한 폭의 완벽한 풍경을 완성하고 있는 곳에서 부부는 함께 점심을 먹는다.

  하루 중 가장 환한 시간인 데다 날이 맑다.

  도끼는 바다를 응시하며 주먹밥을 입으로 가져간다. 흉하게 뭉친 얼굴 근육이 고물줄처럼 팽팽하게 당겨지도록 보리밥알을 꾹꾹 씹어 삼킨다.

  파도가 잔잔히 이는 바다에는 고깃배 일곱 척이 고독하게 서로 떨어져 떠 있다.

  바다에서 불어오는 바람을 맞으며 간난은 머리를 풀어 다시 쪽을 찐다. 치마폭으로 떨어진 머리카락을 주워 바람에 날려 보내고 나서야 보리주먹밥을 집어 입으로 가져간다.

간난의 손에 들린 보리주먹밥보다 도끼의 손에 들린 보리주먹밥이 배는 크다.

"내가 재미난 얘기 해줄까요?"

도끼는 대꾸는커녕 간난에게 눈길조차 주지 않는다. 간난은 그가 자신을 앞에 두고 바다만 바라보는 게 서운하다.

"해줄까, 말까?"

도끼는 여전히 대꾸가 없다. 간난은 서러운 심정마저 든다. 그녀는 뽀로통한 표정으로 도끼의 얼굴을 살핀다. 어째 부쩍 더 오그라든 것 같은 얼굴에는 별 표정이 담겨 있지 않다. 바다에서 불어오는 바람에 굵고 짙은 눈썹이 일어선다. 눈썹이 용케 타지 않고 성하게 붙어 있는 게 그녀는 신기하다.

"참말로 재미난 얘긴데."

도끼는 바다에 눈길을 두고 묵묵히 보리밥알을 씹어 삼킨다.

뭘 바라보는 걸까, 뭔 생각을 하는 걸까. 정말로 돌 같은 남자라고, 간난은 속으로 투덜거린다.

고깃배 한 척이 어망을 치고 육지로 돌아온다.

"재밌는 얘기 해준다며?"

"고구마나 잡숴요!"

간난은 단단히 토라진 목소리로 쌀쌀맞게 내쏘며 도끼에게 고구마를 내민다. 참말로 재미난 이야기 같은 건 없었다.

지게를 지고 몸을 일으킨 도끼는 아득히 잊고 있던 늙은 일본인 사내를 불현듯 떠올린다.

원자폭탄이 떨어진 지 닷새째 된 날이었다. 도끼는 세상이 어떻게 됐는지 보려고 나가사키 시내에 나갔다가 늙은 일본인 사내를 봤다. 그는 죽은 잉어들이 둥둥 떠올라 썩고 있는 연못 앞에, 내팽개쳐진 불상처럼 주저앉아 신음하고 있었다.

도끼는 차마 못 본 척 지나치지 못하고 서툰 일본말로 소리쳤다.

"신코젠 국민학교에 구호소가 차려졌소. 거기 가면 의사와 간호사들이 있소!"

늙은 일본인 사내가 섬광에 탄 얼굴을 간신히 들고, 목구멍에서 겨우 울려 나오는 목소리로 물었다.

"누구요?"

"신코젠 국민학교요!"

"조선인이오?"

"그렇소, 조선인이오."

"아무것도 안 보이오. 어마어마한 빛이 번쩍한 뒤 세상이 완전히 사라져버렸소."

"내가 구호소까지 데려다주겠소."

마다하지 않는 늙은 일본인 사내를 도끼는 등에 들쳐 업었다.

"내 이름은 사토 마사시요. 당신 이름은 무엇이오?"

"다카야마." 도끼는 제강소에서 불리던 일본 이름을 말했다.

"조선 이름 말이오. 당신 아버지가 지어준 조선 이름이 있을 것 아니오."

"도끼."

"도끼, 도끼……." 늙은 일본인 사내는 결코 잊지 않겠다는 각오가

느껴지는 목소리로 거듭 중얼거렸다.

"거의 다 왔소."

"미안하오, 미안하오……."

21

개울물에 두 발을 발목까지 담그고, 평평한 바위에 엉덩이를 붙이고 앉아 빨래를 하고 있는 여자들은 우암 소 막사에 살고 있다. 여자들은 날이 밝자마자 빨랫거리를 대야에 자루에 담아 머리에 이고, 손에는 장작더미와 양잿물이 든 들통을 들고 범내라고 불리는 개울을 찾아왔다.

산꼭대기에서 시작돼 산 아래까지 흘러내려오는 개울물은 소 막사에 사는 여자들의 빨래터다.

몸집이 자그마한 여자는 방망이로 무명 치마를 두드리고, 덩치가 큰 여자는 경사지고 우둘투둘한 바위에 대고 광목 바지를 치대고 있다. 자그마한 여자는 북쪽에서 열차를 타고 내려왔고, 덩치가 큰 여자는 남쪽에서 배를 타고 바다를 건너왔다. 여자들은 소 막사에 들어와 살며 공동 수도에서 물을 받아다 마시고, 한 변소를 쓰며 둘도 없는 동무가 됐다.

하회탈처럼 내내 웃는 얼굴인 여자는 너럭바위 위에 양은솥을 걸고 장작불을 피우고 있다. 여자는 전날 장작 한 다발을 사뒀다. 장작에 불이 붙자 양은솥에 양잿물을 붓는다. 탁하고 옅은 녹색을 띤 양잿물이 투명한 물에 섞여 들며 시크무레한 냄새가 퍼진다. 여자는 광목 홑청을 들어 양잿물을 푼 물에 집어넣는다. 누리끼리해진 홑청에는 오줌 자국이 낮달처럼 떠 있다. 일곱 살 먹도록 오줌을 못 가리는 여자의 아들이 지린 오줌 자국이다. 여자는 양잿물에 홑청을 담그고 두툼한 나뭇가지로 푹푹 소리가 나도록 누른다. 푹 푹, 휘 휙, 푹 푹, 푹—. 여자는 빨래라면 중국 헤이룽장성에서 이골이 났다. 그곳에 살 때 중국인이 하는 여관의 홑청을 빨아주고 먹고살았다. 양잿물에 넣고 막대로 휘저어가면서 푹 삶은 홑청에, 밥알을 삶아 쑨 풀을 먹이고, 접어 발로 꾹꾹 밟아준 뒤 햇볕에 바짝 말려 가져다주면 한 장당 동전 한 꿰미를 줬다. 홑청을 스무 장, 서른 장씩 빨아 말려 가져다주는 날은 자식들을 한 끼라도 배불리 먹일 수 있었다. 여자는 빨래 일거리를 찾고 있지만 쉽지 않다.

개울물은 덩치가 큰 여자의 발등에 박힌 점까지 또렷이 들여다보일 만큼 맑다. 오늘따라 졸졸 고운 소리를 내며 흐른다.

산은 험악하지 않고 포근히 감싸는 느낌을 주지만 호랑이가 출몰한 적이 있어서 범내로 불릴 만큼 개울물은 꽤 깊다.

가장 널찍한 너럭바위 앞에 자리를 잡은 여자들과 백 발짝쯤 떨어진 곳에도 여자들이 모여 양잿물을 끓여 가며 빨래를 하고 있다.

여자 하나는 정강이까지 담그고 서서 개울물에 얼굴을 씻고 있다. 통째로 퍼 올리듯 두 손으로 개울물을 퍼 누렇게 뜬 얼굴에 대고 뿌린다.

자그마한 여자가 방망이를 옆으로 밀쳐두고 무명 치마를 물속에 넣고 흔든다. 무명 치마가 물속에서 풀어지는 걸 바라보는 여자의 눈이 초점을 잃고 풀어진다. 무명 치마가 그녀의 눈에는 새 같다. 흰 새가 날개를 펼치고 물속을 날고 있는 것 같다. 여자는 흰 새가 멀리 날아가게 놓아주고 싶다. 여자는 아홉 살 먹어서부터 식구들의 빨래를 했다. 여자의 친정 고향 마을 앞으로 나룻배가 다니는 강이 흘렀다.

덩치가 큰 여자는 바지를 비틀어 짠다. 툴툴 털어 옆으로 던져놓고 광목 수건을 집어 든다.

자그마한 여자가 문득 고개를 들고 개울 너머 무덤들을 바라본다. 개울에서 조금 떨어진 곳에 제법 소복이 무덤이 모여 있다. 무덤들은 환한 볕 속에 있다. 봄과 여름 내내 들려오던 소쩍새 울음소리 대신 귀뚜라미 소리가 들려온다. 혼처럼 떠다니던 흰 나비들은 종적을 감추고 잠자리들이 날고 있다. '저 무덤은 누구의 무덤이고, 저 무덤은 누구의 무덤이며, 잡풀이 수북이 우거진 저 무덤은 누구의 무덤인가?' 무덤들은 똑같지 않고 생김이 다르다. 둥그스름한 무덤, 길쭉한 무덤, 납작하게 꺼진 무덤, 돌비석이 지키고 있는 무덤…… 여자는 아직 생생히 이승에서 살고 있는 자신의 무덤도 저 무덤들 속에 있는 듯 느껴진다.

몽롱한 눈빛으로 홀린 듯 무덤들을 바라보던 자그마한 여자는 덩치 큰 여자가 덩치에 어울리게 걸걸한 목소리로 중얼거리는 소리에 화들짝 놀란다.

"마음을 옳게 쓰면 병이 안 난다는 말이 순 거짓부렁이었어!"

덩치가 큰 여자는 종종 그렇게 앞뒤 없는 말을 내뱉곤 한다.

"마음을 옳게 쓰면 병이 안 난다고 누가 그래?" 자그마한 여자가 묻는다.

"우리 어머니! 우리 어머니가 빌어주는 사람이었거든."

"빌어주는 사람?" 자그마한 여자가 묻는다.

"자식 못 낳는 여자가 있으면 백 리, 2백 리도 멀다 않고 찾아가 자식 낳게 해 달라고 부처님께 빌어주는 사람. 우리 어머니가 빌어줘서 자식 낳은 여자가 한둘인 줄 알아?"

"살아계셔?"

"살아계시겠지."

양은솥의 양잿물과 홑청이 푹 푹 푹 소리를 내며 끓는다. 양잿물이 솥 밖으로 튀고 하얀 김이 오른다.

"정화수처럼 깨끗해야 한다네. 빌어주는 사람의 마음이 티끌 하나 없이 깨끗하고 맑아야 기도발이 있다나. 누굴 미워하거나 시기하는 마음이 손톱만큼이라도 있으면 밤새 빌어도 말짱 도루묵이라네."

"아, 기도발!"

"서른 명은 될걸."

"응?"

"우리 어머니가 돌부처님 앞에서 밤낮으로 두 손을 마주 모으고 빌고 빈 공으로 태어난 아기가 한 서른 명은 될 거야."

개울물에 얼굴을 씻던 여자는 그새 빨래를 다 하고, 비틀어 짠 옷들이 담긴 바구니를 머리에 이고 산길을 내려간다.

양잿물에 삶아 빤 홑청이 너럭바위 위에 펼쳐진다. 꼭 구름이 내려온 것 같다. 얼굴이 하회탈인 여자는 구름을 차곡차곡 접는다.

한바탕 빨래를 하고 난 여자들은 너럭바위에 앉아 물로 배를 채운다. 자그마한 여자는 오늘 아침 끼니도 물로 때웠다. 어제 저녁 끼니는 수제비 세 덩이와 국물이었다. 여자는 배급소에서 받아 온 밀가루를 반죽해 수제비를 끓였다. 양을 늘리려고 반죽을 질게 했다. 주걱 위에 놓고 편편하게 편 반죽을 젓가락으로 뚝뚝 떼어 끓는 물속으로 던졌다. 남편과 아이들에게 한 그릇씩 떠주고 나자 수제비 세 덩이와 국물만 남았다. 아이들에게 수제비를 떠줄 때마다 여자는 말했다. "배불리 먹어라."

얼굴이 하회탈인 여자는 물기 젖은 두 발을 너럭바위에 붙이고 앉아 담배를 피운다. 그녀는 헤이룽장성에 살 때 담배를 배웠다. 열여섯 살에 벌목꾼이 된 아들이 벌목을 나갔다가 죽은 뒤로 숨이 안 쉬어지곤 했다. 길을 걸어가다 숨이 안 쉬어져서 꺼억꺼억 소리를 고통스럽게 토하고 있는데 중국인 노파가 그녀의 입에 담배를 물려줬다. 담배를 피우면 연기를 들이마시고 내실 때 숨이 쉬어졌다. 한 모금이 두 모금이 되고 세 모금이 되더니 한 대가 됐다. 그녀는 밥 없이는 살아도 담배 없이는 못 산다.

덩치가 큰 여자는 배 속에 물이 들어가자 배가 더 고프다. 꾸르륵 소리가 더 크게 난다. 그녀는 여자들에게 닭다리를 훔쳐 먹은 이야기를 들려준다.

"어머니가 아버지 제사 지내려고 삶아놓은 닭이 대접에 담겨 부엌 선반 위에 떡하니 놓여 있지 뭐야? 닭다리 하나를 뜯어 먹었지. 닭다리 하나가 들어가니까 배가 더 고프데. 그래서 남은 다리도 뜯어 먹었지. 들에 나물 뜯으러 갔다 돌아오니까 어머니가 눈을 뾰족이 뜨고 나를 찌르듯 쳐다보며 그러데. '닭다리가 어디로 갔을꼬?'"

여자들은 웃는다.

영롱한 새소리, 개울물 흘러가는 소리, 따뜻하고 부드러운 햇살, 귓불과 목덜미를 쓰다듬는 바람이 여자들을 계속 웃게 한다.

오줌이 마려워 몸을 일으키던 자그마한 여자가 중얼거린다. "상여가 올라오네……."

5부

철로

22

숫돌에 간 식칼의 날처럼 쨍한 정적이 철로에 흐른다.

30분 전쯤 가쓰코가 자장가를 부르며 그곳을 지나갔다.

석유 빛 쇠 선로가 햇빛을 받아 번들거린다. 전봇대들이 전선을 늘어뜨리고 철로를 따라 서 있다. 앞으로 기울어져 꾸벅 인사하듯 서 있는 전봇대 위에 목화솜덩이 같은 구름이 떠 있다.

구름조차 지나가지 않는 철로 위에서 검은 새 그림자가 부활하듯 솟아난다. 새 그림자는 쇠 선로를 타고 미끄러지다 해운대 쪽으로 날아간다.

태초의 인간이 등장하듯 인간 하나가 철로에 홀연히 등장한다.

*

빡빡머리에 발가벗은 사내아이가 맨발로 쇠 선로를 밟고 서 있다.

맹꽁이처럼 배가 볼록 튀어나온 사내아이의 몸은 여름내 햇볕에 그을려 먹칠을 한 듯 까맣다. 짱돌 같은 얼굴은 한층 더 까맣다.

사내아이가 애신을 보고는 흰자위를 번뜩인다.

"애야, 옷은 왜 벗고 있니?"

사내아이는 대꾸가 없다.

철로를 따라 걸어가는 사내들이 애신의 시야에 들어온다. 해를 등지고 들떠서 서쪽으로 몰려가는 사내들이 그녀는 아무래도 죽은 개를 구걸하던 그 사내들 같다.

"병들어 죽은 개를 구걸하더구나. 먹으려고…… 배가 고프니까. 먹어도 먹어도 배가 고프니까. 병들어 죽은 개를 먹으면 머리가 돌아버린단다. 머리가 돌면 눈알이 뒤집힌단다. 눈알이 뒤집히면 세상이 뒤집히고, 세상이 뒤집히면 참새들이 돌멩이가 돼 떨어진단다."

애신의 혼잣말에 사내아이가 방귀를 뿡 뀌더니 누런 이를 부드득 간다.

"빠가!"

"욕을 하는 걸 보니 넌 나쁜 아이로구나."

그사이에 사내들은 한 덩어리로 보일 만큼 멀어진다. 사내아이를 두고 발을 내딛던 애신은 이상한 기분이 들어 흘끗 뒤를 돌아본다. 발가벗은 사내아이가 그녀를 따라오고 있다. 걸음을 빨리하는 애신을 사내아이는 집요하게 따라붙는다.

"애야, 옷을 어디에 벗어뒀니?"

"빠가!"

"옷을 안 입고 나왔니?"

"빠가!"

"옷이 없니?"

"빠가!"

"집에도 옷이 없니?"

젖은 파래가 넘치도록 그득히 담긴 양은대야를 머리에 이고 철로를 건너던 여자가 입을 비쭉거리더니 퉁명스레 내쏜다.

"내버려둬요!"

쪽 찐 머리가 흘러내려 여자의 뒷덜미에 혹처럼 매달려 있다. 찌그러진 구리 비녀가 머리에 삐딱하게 찔려져 있다.

"아주머니, 저 애를 아세요?"

"알다마다요." 여자는 파래 물이 들어 멍이 든 듯 검푸른 손으로 이마를 긁으며 말을 잇는다. "저 애 엄마가 애들을 발가벗겨 키워서 고추를 내놓고도 창피한 줄 몰라요."

"발가벗겨 키워요?"

"옷 닳는 게 아까우니까요."

여자는 그러곤 사내아이에게 묻는다. "갑동아, 아버지는 감옥서 나왔냐?"

"빠가!"

"이놈의 새끼!" 여자가 주먹을 쥐고 때리는 시늉을 한다.

"저 애 아버지가 감옥에 갔어요?"

"벌써 넉 달 전이지요…… 신문 읽는 소리가 안 들려서 이상하다 했더니 감옥에 들어갔다고 저 애 엄마가 알려주더군요. 돈 벌어오라는 마누라 잔소리가 극에 달하지만 않으면 자라 등딱지만 한 방에 고이 틀어박혀 날짜 지난 신문을 읽고 또 읽는 게 저 애 아버지 일이랍니다.

문현 사거리에서 북쪽으로 조선방직* 사택들이 있지요. 그 위로 더 올라가면 도축한 돼지고기를 통조림으로 만드는 공장이 있답니다. 태평양전쟁이 한창일 때 일인들이 돼지고기도 통조림을 만들어 전쟁터에 군인들 식량으로 보냈다고 하데요. 통조림 공장 창고 뒤에 붙어 있는 집에서 저 애 가족하고 우리 가족하고 한 변소를 쓰며 세를 살고 있어서 내가 저 애네 사정을 잘 알지요.

싼 달셋방 찾아다니다 조선방직 사택들 뒤 골목에 싼 방들이 있다고 웬 두부 장수가 알려줘서, 일어서면 천장이 정수리에 닿는 방 한 칸에 다섯 식구가 세 들었답니다.

돼지 도축장인 줄 모르고 지나가다 돼지 멱따는 소리가 들려서 우리 애들이 얼마나 놀랐는지. 우리 애들이 아직 어려서 닭 잡는 건 봤어도 돼지 잡는 건 그때까지 못 봤거든요. 돼지 피 냄새와 똥 냄새가 옷에 밸 정도로 심해서 '아, 사람이 살 데가 못 되는구나' 했는데 일 년 넘게 살고 있네요. 하루가 일 년이 되고, 일 년이 십 년 된다더니 금방 십 년이 되겠지요.

하여간 흙이 줄줄 흘러내리는 벽 너머로 입에 밥숟가락 들어가는 소리, 바느질하는 소리가 들리니 서로 사정을 뻔히 알지요.

우리 가족이 먼저 세 들고 두 달여 지나 저 애 가족이 세 들었지요. 저 애 아버지가 샌님처럼 얌전하고 신문을 끼고 살아서 배운 사람인 줄 알았는데 우리 애들 아버지하고 막걸리를 마시다 갑자기 눈빛이 돌변하더니 헛소리를 하데요. 나는 그저 술버릇이 고약하게 들었구나 했지요. 근데 그러고 나서 닷새 뒤에 옷이랑 이불 홑청을 짊어지고 안창

• 1917년 일본 자본에 의해 동구 범일동 일대에 세워진 조선 최초의 근대식 면방직 공장. 흔히 줄여서 '조방'이라고 불렀다.

마을 도랑에 함께 빨래하러 가는 길에 저 애 엄마가 이실직고하듯 털어놓더군요.

'갑동이 아버지가 중등학교까지 나온 배운 사람인데 일본 세상일 때 아카이*로 몰려 감옥에 갔다 나온 뒤로 정신이 온전하지 않아요.'

미쳤다는 소문이 돌아 고향인 수원에서 못 살고 부산에 내려왔다고요."

"저 애 아버지는 어쩌다 또 감옥에 갔나요?"

"명색이 가장이니, 저 애 아버지도 돈을 벌어야 하지 않겠어요? 저 애 엄마가 동천東川 물 빠질 때 기다렸다 하구의 돌덩이에 붙은 파래를 뜯어서 부산장에 내다 팔아 다달이 방세 내고 다섯 식구가 입에 풀칠이라도 하고 살려니, 옷 닳는 것도 무서워 애를 발가벗겨 키우지요. 그래서 저 애 아버지가 사거리시장 가마보코 공장에서 배달원을 뽑는다는 소문을 듣고 찾아갔다지요. 몸이 콩대처럼 말라서 보기 좋게 퇴짜를 맞았다지요. 한 명 뽑는데 열 사람이나 왔더라네요. 부산이 일자리도 넘쳐나지만 사람은 더 넘쳐나 가장 헐한 게 사람이라더군요. 실망해 집에 오는 길에 일인들이 파놓은 좌천동굴 근처 울산 과부가 하는 술국집에서 막걸리를 마셨다지요. 반나절 일거리라도 구하려고 부두에 갔다 잔교에 쌓여 있는 쌀가마니를 봤다지요. 마침 부두로 미군 배가 들어오고 싸움이 나 소란스런 틈을 타, 저 애 아버지가 슬그머니 잔교로 걸어가 쌀 한 가마니를 불끈 들어 어깨에 짊어졌다지요. 트럭을 지나쳐 집 쪽으로 급하게 걸음을 놓다가 그만 꼬꾸라지는 바람에 들

◆ 아카이(赤い)는 일제강점기에 공산주의자(빨갱이)를 지칭하는 말로 쓰였다.

통이 나서 그 길로 감옥에 끌려갔다지요.

갑동이 아버지가 훔치려던 쌀이 쌀 도매업을 하는 상인 거였다네요. 갑동이 엄마가 부산에 내려와 낳은 젖먹이를 들쳐 업고, 갑동이를 앞세우고 고관 전차정거장 위쪽에 있는 상인 집을 물어물어 찾아갔답니다. 상인은 출타하고 마침 그의 마누라가 집에 있어서 사정을 했는데, 자비심이라고는 벼룩의 간만큼도 없는 여편네인지 젖먹이를 바라보며 그랬다네요. '폭도들이 몽둥이를 들고 쌀을 내놓으라고 난리를 치더니 도둑놈들이 밤낮없이 쥐새끼처럼 들끓어 두 다리를 뻗고 잘 수가 없네.' 저 애 엄마도 한 성격 해서 그 집 마당에 침을 퉤 뱉고 나왔다지요.

그나저나 곧 겨울이 오겠지요? 세어보면 일 년 365일 중 덥지도 춥지도 않은 날이 며칠 안 돼요. 오늘이 그 며칠 안 되는 복 받은 날들 중 하루고요. 서리가 내리고 찬바람이 불면 파래가 돌덩이에 꽝꽝 얼어붙어서 그거 뜯다 보면 손가락이 얼어서 살덩이가 아니라 쇳덩이가 달라붙어 있는 것 같다니까요."

"빠가!"

"이놈의 새끼!" 여자는 주먹으로 사내아이의 머리를 한 대 쥐어박고 나서야 철로를 건넌다.

*

"날 따라오지 말럼."

"빠가!"

"내겐 네게 줄 옷이 없단다."

"빠가!"

달아나듯 잰걸음을 놓던 애신은 철로 건널목에 이르러 홱 뒤를 돌아다본다.

철로 어디에도 발가벗은 사내아이가 없다.

23

"비가 온대요!"

파마기 풀린 머리카락을 질끈 묶은 상희가 애신을 보고는 뻐드렁니를 내보이며 히죽 웃는다. 그녀는 세 살쯤 돼 보이는 여자애를 끌어안고 철로 앞에 앉아 있다. 한 줌도 안 되는 머리를 질끈 묶은 여자애는 입을 벌리고 잠들어 있다. 그녀가 손가락으로 삐딱하게 서 있는 나무 팻말을 가리켜 보인다. 팻말에는 한자와 한글, 영어, 숫자가 섞여 쓰여 있다.

'28, 29, 30日…… 비는 온다…… 클라렐쓰·뿌라운.'[16]

"입이 작아요."

"네?"

"입이 정말 작아요." 상희가 히죽 웃더니 풀 죽은 목소리로 말한다. "아기가 배 속에 있을 때 내가 굶기를 밥 먹듯 했거든요. 그래서 아기도 굶기를 밥 먹듯 해서 입이 작은 거랍니다."

"아……."

"입이 너무 커도 못쓰지만 너무 작아도 못쓰는데…… 엄마는 입이 큰데 아기는 입이 작아서 주인집 아주머니가 어디서 업둥이를 데려다 키운다고 놀리곤 한답니다. 나는 입이 크지요. 낳고 보니 입만 보여서 친정어머니가 그랬다네요.

'내가 개구리 새끼를 낳았구나!'

증조할머니 입이 나처럼 컸다네요.

'상희는 입이 개구리처럼 커서 말도 잘하고, 욕도 잘하고, 노래도 잘한다'는 소리를 귀에 싹이 나도록 듣고 자랐지요. 근데 내 남편 입은 더 크답니다."

상희는 손수건으로 아기의 눈에 매달린 눈곱을 훔치고 말을 계속한다.

"친정아버지는 아기를 보자마자 입이 너무 작아서 나중에 밥숟가락도 안 들어가면 어쩌나 걱정하시데요. 그래서 내가 그랬지요. '아버지, 밥숟가락이 입에 안 들어가서 굶어 죽은 사람은 못 봤네요.'

외손녀가 태어났다는 소식을 듣고 친정아버지가 소고기 한 근을 끊고 쌀 두 되를 팔아 큰딸 집을 찾아왔어요. 김천 촌 양반이 주소가 적힌 종이 한 장 달랑 들고요.

부산역 앞에서 열두 사람을 붙들고 물었는데, 열두 사람 다 자기는 여기 사람이 아니어서 모른다고 해서 '여기에는 여기 사람이 한 명도 없나 보오!' 했다네요.

지나가던 두부 행상이 마침 그 소리를 듣고 다가오더니 종이에 적힌 주소를 들여다보고는 자기도 마침 그쪽으로 가려던 참이었다며 친정아버지를 집 앞까지 데려다주더래요. 친정아버지가 고마워서 그랬다네요.

'하늘 복 많이 받으세요.'

'하늘 복이요?'

'부모 복, 형제 복, 배필 복, 자식 복은 때가 있지만 하늘 복은 때가 없고 하늘에서 오는 것이니 복 중에 최고지요.'

'부모도 안 빌어주던 복을 빌어주시고 고맙네요.'

'내가 고맙지요. 남 복 빌어주는 게 내 복을 쌓는 일인데 남 복 빌어줄 일이 흔히 있나요?'

집 마당으로 들어서며 친정아버지가 뒷짐을 지고는 큰 소리로 그러셨어요.

'내가 딸을 잘 둬서 죽기 전에 기차를 다 타보고 전차 구경을 다 하는구나!'

남편이 장인어른 오셨다고 사거리시장에서 광어회를 떠 와 맛보시라고 드렸더니 해괴한 음식을 보듯 바라보기만 하시데요. 바닷고기는 죽은 것만 드셔 보셔서요. 한 사나흘 부산 구경하고 돌아갈 작정으로 오셨다가 하룻밤 겨우 주무시고 가셨답니다. 방이 게딱지여서 사위가 방에서 못 자고 마당에 나가 가마니를 깔고 덮고 자는 게 민망하고 미안해서요."

상희는 그러곤 울먹이는 소리로 아기에게 속삭인다. "우리 복순이가 빨리 젖을 떼야 엄마가 다시 방직 공장에 일을 나가지. 그래야 돈 벌어 우리 복순이 새 옷도 사주고, 새 신발도 사주고, 맛난 까까도 사주지……."

아기의 볼을 손가락으로 쓰다듬다 애신을 바라본다.

"남편이 허리를 다쳐서 넉 달 넘게 일을 못하고 있거든요. 철공소에서 철판 나르다 허리를 삐끗해서요.

친정아버지가 환갑이어서 친정에 다녀와야 하는데 차비할 돈도 없어서 시댁에 돈을 꾸러 가는 길이에요. 벼룩도 낯짝이 있다고, 명색이 큰딸이 친정아버지 환갑에 빈손으로 갈 수는 없잖아요. 칡넝쿨에 줄줄이 엮은 명태 열 마리라도 사 들고 가야지. 광목 한 필이라도 들고 가야 어머니가 친척들 앞에서 큰딸이 사 왔다고 동네방네 자랑을 하지요. 큰형님이 집에 없어야 할 텐데…… 큰형님은 내가 시댁에 드나드는 걸 대놓고 싫어하지요. 내가 시댁에 가면 '저 여우가 또 쌀을 꾸러 왔구나', '저 여우가 또 돈을 꾸러 왔구나' 하는 눈빛으로 날 흘겨본다니까요.

열여섯 살에, 마당 감나무 밑에 감꽃이 수북이 떨어져 있을 때 고향집 떠나와 조선방직에 취직했어요.

아버지는 빌려 먹는 논에 물 대러 가고, 어머니하고 동생들의 배웅을 받으며 부산 가는 기차를 타러 갔지요.

싸리대문 집 맏딸 상희가 효녀 심청은 아니어도 정이 넘쳐서 고향집에 빈손으로 간 적이 없지요. 추석에는 명태를, 설에는 대구를 사 갔지요. 어머니는 명태보다 대구를 반겼어요. 명태는 읍내 어물전에서도 팔지만 대구는 구경도 못 해봤으니까요. 하지만 아침에 부산에서 기차를 타면 날이 어둑해져서야 고향집 마당에 들어설 테니 추석에는 대구를 못 사 갔어요. 기차가 김천역에 도착할 즈음이면 대구가 아가미로 누런 물을 흘리며 상한 냄새를 풍겼으니까요. 내 고향에는 바다가 없어서 바닷고기가 귀하지요. 처음 설 쇠러 가며 대구를 사 갔더니, 도랑에서 갈치 꼬랑지 같은 미꾸라지나 잡아먹던 어머니가 놀라 절간 대문처럼 벌어진 입을 다물 줄 모르데요. 얼굴을 씻고 부엌에 갔더니 어머니가 어떻게 요리해 먹어야 하는지 몰라 도마 위에 대구를 모셔놓고 끔벅끔벅 바라만 보고 있데요. 그래서 내가 그랬지요. '무 한 통 빼 져 소금하고 고춧가루에 들들 볶다가 맹물 붓고 대구 넣고 푹 끓이면 돼요.' 어머니가 김장 때 뽑아 땅에 묻어둔 무 한 통을 꺼내왔어요. 큰 집 식구들, 작은집 식구들을 불러 먹이시며 그랬어요. '상희가 대구를 사 왔는데 눈처럼 흰 살이 입에서 아주 살살 녹아요.'

큰아버지가 물었어요. '상희야, 월급은 많이 주냐?'

아침 7시부터 저녁 7시까지 12시간을 꼬박 일하고 받는 일당이 25전이었어요. 방직 공장에서 일한 지 5, 6년 된 숙련공 언니들은 38전을 받았고요. 그때 쌀 한 되가 25전이었는데 식비에, 기숙사비 떼고 나면 3전 하는 양비누 두 장 살 돈만 겨우 쥐어졌지만 호강하고 살 만큼 준다고 뺑을 쳤지요.

대구탕 국물을 떠먹던 큰어머니가 그랬어요. '우리 상숙이도 시집 보내지 말고 조선방직에 취직시킬 걸 그랬어요.'

육촌뻘 되는 아저씨가 날 조방에 취직시켜줬어요. 집도 없이 객지를 떠돌다 불쑥 고향에 나타나 친인척 집에서 빈대처럼 기숙하며 세상 돌아가는 소식을 전하다, 간다는 인사도 없이 홀연히 떠나는 아저씨였어요. 고향 산에 묻힌 죽은 부모 혼이 부르곤 해서 고향을 잊지 못하고 찾아오는 거라고 했어요. 죽었는지 살았는지 소식도 없다 다섯 해 만에 설밑에 고향에 나타나서는, 홀쩍 자란 날 보고는 친정아버지한테 그랬어요.

'당숙, 상희는 처녀가 다 됐네요. 당장 시집보낼 거 아니면 촌구석에서 썩히지 말고 방직 공장에 보내 돈이나 벌게 하지 그래요.'

'방직 공장이 뭐 만드는 공장이래요?' 어머니가 물었어요.

'손으로 힘들여 돌려야 돌아가는 물레 말고, 석유 기름 쳐주면 기계가 저절로 돌아가며 실도 뽑고 광목도 짜는 공장이요.'

'그런 기계가 세상에 있어요?'

'당숙모도 참, 하늘을 날아다니는 비행기도 만드는 세상인데 그깟 실 뽑는 기계를 못 만들겠어요?'

'기계가 알아서 돌아가며 실도 뽑고 광목도 짜면 사람 손이 필요 없겠네요……'

'당숙모, 일은 기계가 다 알아서 하지만 기계가 잘 돌아가는지 잘 안 돌아가는지는 사람이 지켜봐야 하지 않겠어요?'

'기계가 실도 뽑고 광목도 짜면 힘은 안 들겠네' 하고 친정아버지가 거드니까 친척 아저씨가 그랬답니다.

'지켜보는 것도 일은 일이니까 힘이 아주 안 드는 건 아니겠지만 고무 공장 일에 비하면 양반도 상양반이지요.'

'고무 공장이요?'

'당숙모, 부산에 삼화호모三和護謨라고 고무신 만드는 공장이 있는데 일 년에 고무신을 천만 족이나 만든다니 그 공장에서 일하는 계집애들이 한둘이겠어요. 고무 공장에 취직해 돈 벌고 싶어 하는 계집애들도 쌔고 쌨지만 당숙이 애지중지하는 우리 상희를 고무 공장에 취직시키자고 부산에 데려가고 싶지는 않네요. 고무 공장 다니는 계집애들은 고무신에 칠하는 검정 물감이 묻어나서 얼굴이 거무튀튀하고 고무 냄새가 나지만, 방직 공장에 다니는 계집애들은 깨끗한 목화솜 속에서 일해서 살결이 박꽃처럼 뽀얗고 목화 냄새가 나지요.

당숙, 부산에 조선방직이라고 큰 방직 공장이 있거든요. 상희 또래 여자애들이 돈 벌어 고향집에 부쳐주고 시집갈 돈 모으느라 밤낮으로 얼마나 열심히 일하는지, 어쩌다 조선방직 앞을 지나다 일 끝내고 나오는 여공들을 보면 내가 낳은 딸년들도 아닌데 엉덩이를 두드려주고 싶을 만큼 아주 기특해 죽겠다니까요.

조선방직이 얼마나 큰지 그 안에 전찻길이 있어서 전차도 다닌다니까요. 직공이 2천 명이 넘어서 병원도 있고요. 기숙사가 있어서 타지에서 온 직공들은 재워주고 먹여주니까, 애지중지 키운 딸년이 시집도 보내기 전에 객지에서 몸 버릴까 마음 졸이지 않아도 되고요. 조선방직에 취직하고 싶어 하는 계집애들이 한둘이 아니어서 취직하기가 하늘의 별 따기지만 내가 거기 작업 감독으로 있는 이를 잘 알아서 돈 몇 푼 찔러주고 부탁하면 당장 여공으로 취직시켜줄 수 있어요.'

그래서 설 쇠자마자 그 아저씨 따라 기차 타고 부산에 내려와 조선방직에 취직했지요.

아, 졸려…….

난 종일 졸리지요…… 조선방직에서 일할 때 밤낮으로 실 뽑느라 잠을 못 잔 게 한이 돼서 졸린 거예요.

친척 아저씨가 잘 안다는 작업 감독이 물었어요. '실 뽑는 일 할래, 광목 짜는 일 할래?'

'실 뽑는 일 할래요.'

흰 수건을 머리에 두르고, 흰 앞치마를 허리에 차고, 염소만 한 목화솜덩이를 실 뽑는 기계인 방적기의 가락 위에 놓고 실을 뽑았어요.

벨트라고 부르는 검은 끈이 돌아가기 시작하면 방적기 위의 가락바퀴들이 돌아가지요. 그럼 가락바퀴에 꽂힌 가락들이 돌아가고, 그 위에서 목화솜덩이가 빙글빙글 돌며 실이 뽑혀 나왔어요. 첨에는 굵은 실이 뽑혀 나오지요. 그 실뭉치를 다시 가락 위에 놓고 뽑으면 가늘어진 실이 뽑혀 나왔어요. 그 실뭉치를 다시 또 가락 위에 놓고 더 가늘게 뽑지요. 실이 가늘수록 부드러운 광목천이 짜지니까요. 가락에 감겨 목화솜에서 뽑혀 나온 실이 실패에 감기는 걸 지켜보고 서 있어야 했어요. 실이 끊어지기라도 하면 실을 얼른 주워 실패에 다시 감아야 하니까요.

방적기 한 대에 가락이 4백 개, 가락 위 목화솜덩이도 4백 개…… 목화솜 2백 개는 이쪽에서, 2백 개는 저쪽에서 4백 개가 한꺼번에 돌아갔어요.

실이 감기는 실패도 4백 개…… 실패 4백 개 앞을 다람쥐처럼 뛰어다녔어요. 실이 끊어지진 않았나, 목화솜덩이가 묻어 나오진 않았나, 실패가 잘 돌아가긴 하나 잘 살펴야 하니까요. 실 잇는 걸 놓치면 목화솜이 죽은 토끼처럼 뭉텅이로 감겨 나왔어요.

가락들이 쉴 새 없이 빙글빙글 돌아가니까 눈사람 녹듯 목화솜덩이가 금방 바닥났어요. 가락 서너 개에서 동시에 목화솜덩이가 바닥나면 완장을 찬 언니가 휘익 하고 휘파람을 불었어요. 그럼 다른 언니들이 몰려와 끊어진 실을 이어줬어요. 실패 4백 개에 실이 다 감기면 아저씨들이 자루에 모아 담아 가져갔지요.

코르덴 짜는 실은 굵게 빼고, 포플린 짜는 실은 가늘게 빼고.

방적기가 커서 그 너머가 안 보였어요.

아, 기계 너머에는 뭐가 있을까?

방적기 너머에 똑같은 방적기가 있다는 걸 알고도 그 너머를 보려고 깨금발을 하곤 했어요.

내가 원체 몸이 가볍고 날쌔서 4백 개나 되는 실패들 사이를 소리 없이 날아다녔지요. 덩치가 큰 숙자는 굼떠서 실 잇는 걸 자꾸만 놓쳤어요.

소 여물통처럼 생긴 직기 앞에 앉아 광목을 짜는 여자애들도 있었어요. 직기 수백 대가 한꺼번에 돌아가는 소리에 귀가 떨어져 나갈 것 같았지요. 면직기, 인견 직기, 모포 직기. 실 뽑는 여자애들은 실만 뽑고, 천 짜는 여자애들은 천만 짜고…… 눈처럼 하얗고 가벼운 솜먼지가 공장 허공에 떠다니다 머리에 어깨에 눈썹에 내려앉았어요. 밤까지 실을 뽑다, 기숙사 다다미방에서 처음 보는 여자애들과 어깨를 붙이고 새우잠을 잤어요.

'넌 어디서 왔어?'

'천안이요, 언니는요?'

'난 경주.'

'넌 어디서 왔니?'

'보령이요.'

여직공들 사이에도 계급이 있어서 처음 들어가서는 졸병이었지요. 일 년쯤 지나 조금 높은 거 됐다, 조금 더 높은 거가 됐지요.[17]

조방 여자애들은 흰쌀밥에 고기반찬을 먹는다더니, 안남미하고 보리쌀을 반씩 섞어 지은 밥을 쥐꼬리만큼 줘서 늘 배가 고팠어요.

배고파, 배고파…….

'장숙이 식당에서 밥을 훔쳐 먹다 들켰대!'

아, 졸려…….

'순애는 손가락이 직기에 빨려 들어갔대.'

'작업 감독이 실로 종미 눈을 찔렀대.'

'실패가 명순이 얼굴로 떨어져서 앞니가 세 개나 부러졌대.'

어지러워, 어지러워…….

'양춘이 고향집에 추석 쇠러 갔다 송아지 한 마리를 사드렸는데, 설에 가보니 아버지가 홀딱 팔아먹었더란다.'

집에 가고 싶어…….

실수로 실 잇는 걸 놓치면 작업 감독이 주먹으로 머리를 때렸어요.

'빠가!'

방적기 너머에는 뭐가 있을까?

나는 깨금발을 하고 목화솜덩이들이 빙글빙글 돌아가는 방적기 너머를 바라보려 애쓰곤 했어요.

어느 날 방적기가 멎고, 나는 몰래 그 위에 올라갔어요. 방적기 너머에는 기계가 있었어요. 똑같이 생긴 방적기들이 세상 끝까지 펼쳐져 있었어요.

공장 한쪽에 산처럼 쌓여 있는 목화솜덩이를 보고 점복 언니에게 물었어요.

'언니, 저 많은 목화솜덩이를 어디서 가져오는 걸까요?'

'양산 오봉산 아래 목화밭에서 가져오는 걸 거야.'

양산이 고향인 점복 언니는 어머니하고 목화밭에 목화 따러 다니다, 열다섯 살에 조방에 취직했다고 했어요. 목화밭에서 목화 따고 있는데 아버지가 오더니 그러더래요. '점복아, 부산장에 고무신 사러 가자.' 좋아서 목화 따다 말고 아버지 따라 부산에 나왔더니 고무신은 안 사주고 조방에 데리고 갔대요.

밀양이 고향인 양춘 언니는 목화솜덩이를 밀양 목화밭에서 가져오는 걸 거라고 했어요. 시집가 영도에 살고 있다고 들었는데…….

하루 일 마치고 기숙사 수돗가에서 비누칠해가며 흰 고무신 빨 때가 가장 행복했어요. 세탁비누를 묻힌 천으로 문질러 빨면 고무신이 갓난애 엉덩이처럼 뽀얘졌어요. 조방이 쉬는 날이면 전날 저녁에 빨아 말려둔 흰 고무신을 신고 머리를 곱게 땋아 내리고 언니들과 시장에 갔어요. 점복 언니는 시집가 아들을 둘이나 낳고 조방에 다니며 모은 돈으로 시장에서 포목점을 차렸다네요.

어느 날 조방에 얼굴이 온통 버짐으로 뒤덮인 여자애가 들어왔어요. 눈도 조그맣고 코도 조그맣고 입도 조그만 여자애였어요.

조방에서 가장 나이가 많은 점복 언니가 그 여자애를 보더니 말했어요. '어머나, 토끼같이 생겼네. 몇 살이니?'

'열다섯 살 먹었는데요.'

'열세 살밖에 안 먹어 보이는데?'

'원체 작게 태어나서 그래요.'

작게 태어난 애가 뜀박질도 잘 못했어요. 이쪽 끝 가락에서 저쪽 끝 가락까지 뛰어가다 넘어져 울곤 했어요. 그때마다 작업 감독이 나타나 여자애 머리를 쥐어박았어요.

추석을 앞두고 여자애가 빙글빙글 돌아가는 목화솜덩이들을 나 몰라라 팽개쳐두고는 사라졌어요.

언니들이 말했어요.

'우리 토끼가 어디 갔을까?'

'고향집에 갔나?'

종일 쉬지 않고 돌아가던 기계가 멎고, 공장 한쪽에 차곡차곡 놓아둔 목화솜덩이 속에서 어린 여자애 우는 소리가 들려왔어요.

작업 감독이 목화솜덩이 쪽으로 살금살금 다가갔어요.

'토끼가 여기 숨어 있었네!'

그러곤 목화솜덩이에서 여자애를 번쩍 들어 올렸어요.

토끼같이 생긴 여자애가 들어오고 얼마 안 있어 나는 조방에서 나왔어요. 얌전한 고양이가 부뚜막에 먼저 올라간다더니, 순진하던 내가 시집도 안 가 애를 갖는 바람에요.

옥주 언니가 남편을 소개시켜줬어요. 언니는 제 코가 석 자인 걸 모르고 남 중신만 서다가 노처녀가 됐답니다.

'상희야, 내 외사촌 동생 만나보지 않을래? 철공소 다니는데 참한 아가씨를 소개시켜 달라고 졸라대서 귀찮아 죽겠지 뭐니.'

조방이 쉬는 날 옥주 언니가 찐빵 사 먹으러 가자고 해서 나갔더니, 눈이 부리부리한 총각이 수양버드나무 밑에서 기다리고 있데요. 언니의 외사촌 동생이었어요.

셋이 전차 타고 해운대 해수욕장에 놀러 갔지요. 총각이 자꾸 내 얼굴을 쳐다봤어요. 총각이 땅콩 한 봉지를 사줘서 옥주 언니하고 땅콩을 먹으며 백사장을 거닐었지요.

손만 잡았는데 애가 생겼어요…… 정말이에요. 배고파, 배고파.

노래를 부르는데도 배가 불러왔어요. 옥주 언니가 내 배를 보고는 물었어요. '상희야, 네 배가 왜 그렇게 볼록하니? 밥 훔쳐 먹었니?'

애 가진 게 들통 나 방직 공장에서 쫓겨났지요. 남편하고 결혼식도 못 치르고 사글셋방을 얻어 살았어요. 부엌에서 고등어를 굽고 있는데 골목에서 만세 소리가 들려왔어요. 조선이 해방됐다고 했어요. 일본인이 최고 관리로 있던 방직 공장이 문을 닫았다고 했어요. 열여섯 살 때부터 스물세 살 먹도록 방적기 앞을 날다람쥐처럼 뛰어다니며 실을 뽑은 날 쫓아냈지만 방직 공장이 문을 닫았다고 하니까 서운하데요. 방직 공장의 그 많은 여자애들은 어디로 갔을까? 고향으로 돌아갔을까? 그해 11월에 애가 태어나고, 방직 공장이 다시 문을 열었다는 소식을 들었어요.

날 조방에 취직시키고 가버린 친척 아저씨는 내가 잘 지내는지 간혹 보러 오겠다고 하고서는 한 번도 찾아오지 않았어요. 설 쇠러 가 그 아저씨 소식을 물었더니 고향에도 통 안 왔다고 했어요. 아저씨는 어디로 간 걸까요? 만주로 갔을까, 일본으로 갔을까.

집주인 아줌마는 그러데요.

'돌아올 사람은 다 돌아왔어!'

큰형님이 집에 없어야 하는데…….

복순아, 빨리빨리 자라라…… 빨리빨리 자라서 빨리빨리 시집가서 빨리빨리 애 낳고 빨리빨리…… 빨리…… 빨리…… 그럼 난 이 세상에 없겠지…… 저 하늘도 있고, 땅도 있고, 바다도 그대로 있는데 난 이 세상 어디에도 없겠지…….”

24

"미스터 정, 저것은 산이지요? 저것은 돌이지요? 저것은 나무지요? 그럼 머리카락이 없는 저 사람은 소년입니까, 노인입니까?(Mr Jeong, isn't that a mountain? Isn't that the stone? Isn't that a tree? Then, that man with no hair on his head is the young or the old?)"

"헨리, 저 사람은 사람입니다.(Henry, That man is a man.)"

"저 사람인 사람이 아까부터 계속 날 보고 있습니다.(That man who is a man is keeping his eyes on me for a while.)"

25

"아지랑이인가 했소."

낫처럼 휘어진 등에 지게를 진 사내가 눈꼬리가 심하게 처진 눈으로 애신을 물끄러미 쳐다본다.

"가물가물해서 사람이 아니라 아지랑이 한 가닥이 피어오르고 있네 했다오."

"네, 혹시 철로 걸어오며 발가벗은 사내아이 못 보셨어요?"

"누구요?"

"발가벗은 사내아이요."

"봤지요."

"어디서 보셨어요?"

"까치고개서도 보고, 영도 석탄고마을*서도 보고, 검정다리* 아래

● 석탄고(石炭庫)마을은 곡수마을을 말한다. 곡수마을은 영도 봉래1동 해안가 남동쪽에 있었던 마을로, 일제강점기에 석탄 창고가 있었다. 마을 사람들은 부두에서 하역한 석탄을 창고로 운반하는 도중에 흘린 것들을 주워 모아 재가공해 내다 팔거나 더러는 창고의 석탄을 훔치기도 했다. 석탄 창고에서 얻은 수익으로 생활하는 마을이라 해서 곡수마을이라 불렀다. '곡수'는 고체 탄소 연료인 코크스(cokes)를 음차한 말이다.

서도 보고, 4부두에서도 봤지요."

"아저씨, 철로에서는 못 보셨어요?"

"철로에서는 못 봤소. 초량 물웅덩이에서 빨가벗은 여자애는 봤다오. 열 살은 먹어 보이는 계집애가 옷을 홀딱 벗고 서 있어서 내가 그랬지요.

'다 큰 애가 부끄럽지도 않냐?'

'옆집 고구마를 훔쳐 먹었다고 엄마가 옷을 벗기더니 쫓아냈어요.'

'옆집 고구마는 왜 훔쳐 먹었냐?'

'배고프니까 훔쳐 먹었지요.'"

사내는 감기는 눈을 애써 뜨며 다시 말을 잇는다.

"어제는 수정시장의 두부 공장에서 뗀 두부 두 판을 지게에 지고 수정산 기슭의 오바골◆까지 올라가 한 판 팔았지요. 마침 큰누님이 오바골에 살고 있지요. 구정 전에 보고 못 본 큰누님 얼굴도 모처럼 보고 냉수 한 사발 얻어 마실 겸 큰누님 집에 들렀지요. 한 부모 밑에서 태어났으니 어떻게 보면 한 몸이나 마찬가지인데 얼굴 보고 살기도 힘드네요⋯⋯ 마누라는 내가 목석같은 사내여서 생전 보고 싶은 게 뭔지, 그리운 게 뭔지 모르고 살다가 죽을 위인이라고 구박하곤 하지만, 내가 말을 안 해서 그렇지 왜 보고 싶은 게 없고 그리운 게 없겠소? 보고 싶다고 말한다고 볼 수 있는 것도 아니고, 그립다고 말한다고 만날 수 있는 것도 아니고 애만 끓지. 내가 말을 안 해서 그렇지 세상 사람 누구보

◆ 보수동의 보수천 중류에 설치된 다리로, 통나무 다리의 부식을 막으려고 검게 그을려서 붙여진 이름이라는 이야기가 전한다.

▲ 동구 수정동에 있었던 자연 마을. 옷을 빠는 곳이라고 해서 오바골로 불렸다고 한다.

다 보고 싶은 게 많은 사람이라오. 그리운 게 많은 사람이라오."

"그래서 큰누님은 보셨어요?"

"큰누님이 보고 싶어서 갔더니, 부두로 일 나가고 순자만 집에 있데요. 큰누님 딸 순자요. 큰누님이 집에 있었으면 끼니 거르며 두부 팔러 다니는 동생이 안쓰러워서, 꽁보리밥에 소금에 절인 배추쪼가리뿐이어도 밥상을 차려 내왔을 텐데…… 귀환 동포들 들어오고 두부 장수가 늘어나 두부 한 모 팔기도 힘들어요. 두부가 원체 잘 쉬는 데다 낮에는 아직 해가 쨍쨍해 저녁때가 되면 쉰 냄새를 풍긴다오."

"아저씨, 저 두부 한 모만 주세요."

"어제도 한 모 사주더니, 오늘도 한 모 사주는구려."

"네?"

"어제도 두부 한 모를 사주지 않았소."

"제가요?"

"4부두에서 다정히 손짓을 해가며 날 부르더니 두부를 사주지 않았소."

"제가 아니라 다른 사람이었겠지요."

"내가 사람 이름은 대여섯 번을 들어도 영 기억을 못 하지만 사람 얼굴은 한 번 보면 절대 잊는 법이 없다오. 어제는 색줏집 색시처럼 화장을 하고 있더니 오늘은 여염집 아낙처럼 수수하구려."

두부 장수 송 씨는 등에서 지게를 내린다. 두부 판을 덮고 있는 삼베 보자기를 거두고 두부 한 모를 들어 신문지에 싸 애신에게 내민다.

그녀는 두부를 받아 들고 말한다. "아저씨, 저는 어제 4부두에 없었어요."

"없었다고요?"

"네, 없었어요."

"에이, 거짓말 마오!"

"정말이에요. 저는 어제 4부두에 없었어요."

"거기 없었으면 어디에 있었소?"

"……."

"그래, 어디에 있었소?"

"저는 아무 데도 없었어요." 그녀는 고개를 흔든다. "아무 데도 요…… 아무 데도요."

26

머리를 산발한 사내가 술에 취해 뒤뚝뒤뚝 철로를 걸어온다. 발이 꼬이는가 싶더니 쇠 선로에 엉덩이를 찧으며 철퍼덕 주저앉는다. 주먹을 쥐고 쇠 선로를 때리기 시작한다. 손가락 마디의 살이 까져 피가 날 때까지 때리더니 웃다, 울다, 흐느끼다, 급기야는 들뜨고 벌어진 누런 앞니 새로 괴상한 소리를 토한다.

사내는 손등이 까져 피가 흐르는 주먹으로 얼굴을 문지르다 쇠 선로를 머리에 베고 눕는다.

철로를 따라 수레를 끌며 걸어오던 석분이 사내를 보고는 입을 일자로 소리 없이 다물었다 벌린다.

멀찍이서 사내를 바라보며 서 있는 애신에게 혼잣말인 듯 묻는다.

"불쌍하지요?"

"……."

"하늘 아래 가장 불쌍한 저 남자가 내 남편이랍니다."

남편을 바라보는 석분의 얼굴은 돌처럼 표정이 없다.

"세상에서 가장 몹쓸 남편이 불쌍한 남편이지요. 못 살겠어서 도망갔다가도 불쌍한 모습이 눈에 밟혀서 돌아오게 하니까요. 부모 형제한테 배신당한 게 억울하고 분해 술을 마시기 시작하더니 대낮부터 인사불성이 되도록 마시고 돌아다닌답니다.

내 남편은 열아홉 살에 나고야에 갔답니다. 나고야의 미쓰비시 항공기 제작 공장에서 철판을 자르고 나르는 일을 하며 받은 월급을 고향집에 보내 식구들을 먹여 살리다, 스물여섯 살에 고향 진안에 다니러 왔답니다. 고향 처녀에게 장가들려고요. 시댁 친척 어른이 중신을 섰답니다. 혼례를 치르고 닷새 뒤 남편을 따라 나고야로 갔답니다. 첫날밤을 치렀지만 낯설기만 한 남편을 따라 고향을 떠나려니 겁이 나더군요. 봄이 찾아와도 눈이 녹지 않을 만큼 진안이 높고 깊은 산속에 있답니다. 바위투성이에 굽이굽이 휘어진 절벽 길을 소달구지를 타고 내려와, 주막 앞에서 목탄 트럭을 얻어 타고 무주 면사무소 있는 데까지 가서 다시 버스 타고 영동 읍내까지 갔답니다. 진안에서 영동이 얼마나 멀던지 시댁 마당을 나설 때 동쪽에 떠 있던 해가 서쪽으로 내려와 있더군요. 영동역에서 북쪽에서 내려오는 기차를 타고 부산에 내려갔답니다. 남빈에 있는 여인숙에서 이틀을 묵고 연락선 타고 시모노세키로 가, 그곳에서 다시 기차를 타고 나고야로 갔답니다.

부산에 도착해 여인숙을 잡고 남편이 우동을 사준 게 생각나는군요. 남부민 제빙 공장 뒤에 우동집이 있었답니다. 우동집의 구석진 탁자에서 양복 차림의 사내가 맥주를 마시고 있던 게 떠오르네요. 살구색 원피스를 입고 얼굴에 화장을 짙게 한 아가씨가 사내 옆에 시무룩이 앉아 있었답니다. 맥주가 비자 아가씨가 맥주병을 들더니 유리잔에 맥주를 따랐답니다. 그 소리가 꼭 어린애 오줌 누는 소리 같았답니다.

엊그제 남빈 제면소에 국수를 사러 갔다 지나오면서 보니 그 우동집이 그대로 있더군요. 자주색 비로드 저고리를 입은 여자가 우동집 앞에 서 있었답니다. 세월이 흐른 걸 깜박하고 맥주 따라주던 그 아가씨인가 싶어 다가갔답니다. 그 아가씨가 아니더군요. 그 아가씨는 오른쪽 눈썹꼬리에 울콩만 한 사마귀가 있었답니다.

조선인 근로자들이 모여 사는 공장 사택에서 신혼살림을 시작했답니다. 사택이 여러 채여서 1호, 2호, 3호로 번호가 매겨져 있었답니다. 다다미가 깔린 큰 방 하나, 작은 방 하나, 부엌, 마루, 화장실이 있었답니다. 큰 방에는 오시이레라고 하는 붙박이 벽장이 있었답니다. 사택마다 공동 목욕탕이 있어서 씻는 건 거기서 씻었답니다. 조선인들이 모여 사는 사택이었지만 조선말을 못 쓰게 해서, 골목이나 공동 목욕탕에서 만나면 서로 일본말로 인사를 했답니다.

남편은 공장에서 받은 월급을 아껴 진안 시아버지께 송금하며 논을 사 달라고 부탁했답니다. 남편은 한 푼이라도 더 보내려고 담배도 끊고 술도 마시지 않았답니다. 몇 년 더 일하고 나서 고향에 돌아가 논농사 짓고 소 키우며 사는 게 남편의 꿈이었답니다. 다시 나고야로 떠나기 전에 암송아지 한 마리를 사 시아버지께 맡겨놓기도 했답니다.

'아버지, 팔아먹지 말고 제가 돌아올 때까지 키워주세요.'

'암, 내가 절대 안 팔아먹지! 내가 잘 키워 새끼도 두세 마리 낼 거구면.'

애가 금방금방 들어서서 연년생으로 남매를 낳았답니다.

나고야가 지진이 자주 나는 곳이랍니다. '마마, 천장이 흔들려요.' '마마, 벽이 흔들려요.' '마마, 창문이 흔들려요.' '마마, 마마……' 밥을 먹다가도 벽이 흔들리면 아이들과 이불을 뒤집어쓰고 꼭 끌어안고 있었답니다. 도난카이 대지진* 때는 사택 근처 방공호로 피신하다 넘어진 딸애 다리로 벽돌이 떨어져 무릎이 으깨졌답니다. 치료를 제대로 못 받아서 딸애가 다리를 살짝 전답니다. 지진도 무섭지만 미군 공습이 언제 있을지 몰라서 긴장하고 살아야 했답니다.

우리 가족이 살던 2호 사택에 조선인하고 사는 일본 여자가 있었답니다. 이름이 나오코였답니다.

조선인 사택에 살고 있는 조선인 여자들이 나오코를 싫어해서 그녀는 외톨이로 지냈답니다. 조선인 여자들에게 나오코는 '일본인' 나오코였으니까요. 그녀는 일본인 사택에 살고 있는 일본인 여자들과도 잘 어울리지 않았답니다.

나는 나오코와 친구가 됐답니다. 나오코가 우리 애들을 예뻐해 사탕이나 과자를 주곤 했답니다. 나는 일본말을 못하고, 나오코는 조선말을 못해 서로 얼굴을 쳐다보며 정을 나눴답니다.

내가 나오코와 친하게 지내는 걸 못마땅해하던 조선인 여자가 내게 그랬답니다.

'우리 남편이 그러는데 정 씨 고향에 본처가 있다네요. 일본 여자는 자기가 첩인 줄도 모르고 좋아서 붙어살고 있대요.'

나오코의 남편 정 씨는 일본말을 잘하고 똑똑해서 공장에 반장으로 있었답니다. 나는 나오코에게 아무 얘기도 하지 않았답니다. 나오코의 운명은 나오코의 운명, 그런 생각이 들더군요.

---

* 1944년 12월 7일에 발생한 지진.

1942년 4월 18일이었답니다. 우리 큰애 생일이 닷새 뒤여서 내가 날짜를 기억한답니다. 밤에 자고 있는데 사이렌이 울려서 남편과 나는 아이들을 들쳐 업고 급히 방공호로 피신했답니다. 하늘에서 폭탄 떨어지는 소리가 밤새 들려왔답니다. 날이 밝고 방공호 밖으로 나갔더니 폭탄에 맞은 집들과 공장들이 연기에 휩싸여 불타고 있더군요. 남편이 공장에 출근하고, 밤새 놀란 아이들을 달래 재우고, 방을 걸레질하고 있는데 나오코가 나들이 가는 사람처럼 기모노를 입고 날 찾아왔답니다. 그날따라 나오코가 슬퍼 보이더군요.

방 귀퉁이에 무릎을 꿇고 잠든 사람처럼 조용히 앉아 있더니 조선 말로 더듬더듬 그러더군요.

'연못 물과 잉어들이 사라졌어요.'

나는 나오코가 잠꼬대를 하고 있다고 생각했답니다. 그래서 '나오코?' 하고 불렀지요.

'연못에 폭탄이 떨어져 물과 잉어들이 사라졌어요.'

그러곤 또 잠든 사람처럼 숨소리만 겨우 내며 앉아 있더니, 마당에서 여자들이 떠드는 소리가 들려오자 그러더군요.

'내가 남자였으면 군인이 돼 전쟁터에 나가 죽었겠지요.'

그녀는 부모님이 일찍 돌아가셔서 큰오빠 밑에서 자랐답니다. 한토진*하고 살고 있는 걸 큰오빠가 알고는 딸처럼 아끼던 그녀와 절연을 했다더군요.

공습으로 도쿄가 잿더미가 됐다는 소문이 들려오고 나고야에도 어

● 일제강점기에 일본인들은 조선인을 낮잡아 '한토진', 즉 반도인(半島人)이라 부르기도 했다.

마어마한 공습이 있었답니다. 남편하고 나는 급히 보따리를 싸 피란을 갔답니다. 홋카이도 시마노시타까지 올라갔답니다. 네 식구가 홋카이도까지 가는 동안 차비가 무척 많이 들었답니다. 우리는 시마노시타의 산으로 둘러싸인 외진 마을까지 흘러들었답니다. 전쟁이 먼 달나라 일인 듯 마을 사람들이 평화롭게 모내기를 하고 있더군요. 내 친정어머니가 입버릇처럼 하던 말이 떠오르더군요. 사람 사는 데는 다 똑같다고요. 세상에 태어나 20리 밖은 구경도 못 해본 친정어머니는 사람 사는 데는 다 똑같다는 걸 어떻게 알았을까요?

그 마을에 혼자 살고 있는 노인이 있었답니다. 그 노인 집에서 방 한 칸을 얻어 살았답니다. 야마구치가 그 노인의 성이랍니다. 우리 아이들은 그를 오지상이라고 불렀지요. 고독한 늙은이여서였을까요. 야마구치 상이 우리 아이들에게 정을 많이 줬답니다. 아내가 결핵으로 일찍 세상을 떠나고, 딸 하나는 어려서 죽고, 둘은 다른 마을로 시집가고, 아들은 중일전쟁 때 광둥에서 전사했다고 하더군요. 돼지 두 마리에게 먹일 감자를 자루에 담아 들고 우리로 걸어가다 전사통지서를 받았다더군요. 아들이 광둥에서 다른 군인들과 함께 찍은 사진을 내 아이들에게 보여주기도 했어요. 순진하게 웃고 있는 까무잡잡한 얼굴을 손가락으로 짚어 보이며 그러더군요. '내 아들이란다.'

나는 마을 앞으로 흐르는 도랑에서 잡은 참게를 삶아 아이들에게 먹였답니다. 배가 고픈 아이들은 털이 보슬보슬 난 참게의 다리 껍데기까지 씹어 먹었답니다. 남편은 산에서 나무를 해 읍내 장에 내다 팔았답니다. 진베이라고 일본 남자들이 여름에 일할 때 입는 옷을 입고 일본말을 조금 할 줄 알아서 남편을 일본 사람으로 알았답니다.[18]

집 뒤에 넓은 대나무 밭이 있어서 바람이 조금만 불어도 댓잎이 흔들리는 소리가 들렸답니다.

하루는 대밭 앞에서 큰애를 혼내고 있는데, 밭에 다녀오던 야마구치 상이 보고는 내게 그러더군요.

'자식을 키우려면 부모가 거대한 배가 돼야 해. 어지간한 파도에는 흔들리지 않는 거대한 배가 돼야 해.'

그리고 얼마 안 있어 일본이 패망했다는 소식이 들려왔답니다. 도랑에서 참게를 한 소쿠리 잡아 돌아오는 길에 마을 공동 창고 앞에 모여 흐느껴 울고 있는 마을 여자들을 봤답니다. 조선인인 나와 내 아이들을 원망 가득한 눈으로 바라보더군요.

두 달쯤 지나 아이들하고 방에 있는데, 마당에서 남편이 말하는 소리가 들려왔답니다.

'야마구치 상, 우리는 조선으로 돌아갈 겁니다.'

이튿날 남편은 홋카이도 하코다테까지 우리를 태워다 줄 트럭을 알아보러 읍내에 나갔답니다. 그날 아이들과 도랑에 다녀오다 대나무 숲에 드는 야마구치 상을 봤답니다. 내 아이들이 '오지상, 오지상!' 부르는데도 돌아다보지 않더군요.

그날 밤 내 아들이 그러더군요. '마마, 오지상이 조선에 가지 말고 이 집에서 같이 살재요!'

닷새 뒤 우리는 짐을 꾸려 야마구치 상의 집을 떠나왔답니다. 마을 공동 창고 앞에서 내가 뒤를 돌아다보니까 남편이 묻더군요.

'두고 온 거라도 있어?'

'두고 온 게 있지요.'

'뭘 두고 왔는데?'

'귀중한 거요. 하지만 다시 가지러 갈 수는 없어요.'

나는 그러고는 뒤도 돌아보지 않고 그곳을 떠나왔답니다.

우리는 읍내에서 트럭을 타고 하코다테로 갔답니다. 그곳에서 조선으로 가는 배가 뜬다고 들었거든요.

하코다테 항구에 도착하니 조선인들이 벌떼처럼 모여 있고 미군이 진을 치고 있더군요. 망부석처럼 바다를 바라보고 앉아 배를 기다리는 사람들을 헤집고 다니며 겨우 담요 한 장 깔 자리를 찾아냈답니다. 보따리에서 담요를 꺼내 펼치려는데 늙은 여자의 목소리가 들려왔답니다.

'사람이 죽어 나갔어요.'

나는 담요를 펼치려다 말고 뒤를 돌아다봤답니다. 앞니가 다 빠진 할머니가 날 바라보고 있더군요.

'오늘 아침에 거기서 사람이 죽어 나갔어요.'

할머니 옆에서 조용히 바느질을 하고 있던 여자가 바늘을 든 손으로 어딘가를 짚어 보이더군요.

사내 둘이 앞뒤에서 들것을 들고 바다 쪽으로 걸어가고 있었답니다. 들것 밖으로 사람의 두 발이 나와 있었답니다.

나는 담요를 펼쳤답니다. 다다미 한 조 크기인 담요 위에서 아이들을 끌어안고 앉아 바다를 바라보며 배를 기다렸답니다.

아들이 내 팔을 붙잡고 흔들며 그러더군요.

'마마, 집에 가요!'

'우리는 배를 기다려야 해.'

'배를요? 왜요?'

'배 타고 조선 고향에 가서 살아야 하니까.'

'고향이요?'

'아버지가 태어나고 자란 곳 말이야. 고향에 가면 진짜 할아버지가 있단다.'

'그럼 우리 집은 어떡하고요?'

아이들에게는 나고야 사택이 집이었답니다. 아이들은 그곳에서 태어나 그곳에서 자랐으니까요.

딸애가 묻더군요. '마마, 오바상도 고향에 갔어요?'

딸애는 나오코를 오바상이라고 불렀답니다. 그제야 나오코와 작별 인사도 못 나누고 떠나온 것이 후회되더군요.

하코다테 항구에도 일본 여자가 있었답니다. 기모노를 입고 있어서 일본 여자라는 걸 알았답니다. 젖먹이 아기를 품에 안고 조선인 남편 옆에 꼭 붙어 있더군요.

조선인 남편이 먹을 걸 구하러 간 동안 그 일본 여자는 아기와 단둘이 부두에 남겨졌답니다. 조선인 천지 속에서 기모노를 입고 앉아 있었지만, 젖먹이에게 젖을 먹이는 일본 여자를 해코지 하는 조선인은 없었답니다. 그 여자에게 다가가 조선말과 일본말을 섞어가며 묻는 소리가 들려왔답니다.

'어디 가?'

'시댁에요.'

'시댁이 어디야?'

'전라북도 완주요.'

일본 여자도 조선말과 일본말을 섞어가며 대답했답니다. 보채던 아기는 젖을 먹고 잠들어 있었지요.

'몇 살이야?'

'열여덟 살이요.'

'어리네. 시집을 가도 두 번은 더 갈 수 있겠어. 네가 내 딸이면 만리타향으로는 안 보낼 텐데.'

'만리타향이요?'

'조선 말이야.'

'제 어머니도 보내고 싶어 하지 않았습니다. 남편 혼자 먼저 조선으로 돌아가라고 하고 저는 아기하고 나중에 따라가거나, 아기 키우며 살다가 다시 좋은 남자 만나서 시집가라고 했습니다.'

'어머니 말을 듣지 그랬어.'

'어떻게 혼자 보냅니까? 내 아기 아빠를 외롭게 어떻게 혼자 보냅니까.'

날이 밝고 수평선 위에 배가 나타났답니다. 수평선 위에 나타날 때만 해도 나뭇잎만 하던 배가 점점 커지더니 산처럼 거대해져서는 하코다테 항구로 들어왔답니다. 기적 소리에 잠들었던 사람들이 깨어나 웅성거리기 시작했답니다.

'군인들이에요!'

'많이도 살아 돌아왔네요!'

'살아 돌아와서 부모는 좋겠어요.'

그 소리를 시작으로 여기저기서 웅성거리는 소리가 들려왔답니다. 황토색 군복을 입은 일본 군인들이 배에 벼룩처럼 매달려 있더군요.

배에서 내리는 일본 군인들을 보고 있으려니, 야마구치 상의 아들이 떠오르더군요.

미군들은 일본 군인들을 싣고 들어온 배에 조선인들을 태웠답니다. 우리는 배에 오르지 못했답니다. 우리보다 먼저 항구에 도착한 조선인들이 배를 타고 떠나는 걸 바라보기만 했답니다.

'마을에 가면 부산까지 실어다 줄 야매 배가 있대요.'

나는 항구를 떠나지 않고 담요를 둥지 삼아 아이들과 먹고 자며 지냈답니다. 남편이 먹을 걸 구해 오면 먹고, 공동 수도에서 물을 받아 오면 마셨답니다. 나는 아이들과 한시도 떨어지지 않았답니다. 항구에서 아이를 잃어버리고 울부짖으며 찾아다니는 여자들이 있었거든요.

일본 군인들을 태운 배가 또 항구로 들어왔지만 우리는 그 배에도 오르지 못했답니다. 우리처럼 배에 오르지 못한 사람들이 수군거리는 소리가 들려오더군요.

'저 아래 마을에 가면 부산 가는 야매 배가 있대요.'

'뱃삯이 얼마나 한대요?'

야매 배 타고 조선으로 돌아가는 조선인들이 있었지만, 우리는 하코다테 항구를 떠나지 않고 우리 차례가 돌아올 때까지 기다렸답니다.

기다리다 보니 차례가 오더군요. 일인 여자도 아기를 안고 조선인 남편을 따라 배에 올랐답니다. 배 계단을 오르다 말고 나는 뒤를 돌아다봤답니다. 야마구치 상이 그곳까지 따라와 떠나는 우리를 바라보며 서 있는 것 같았거든요.

배가 가다 멈추고 가다 멈추고 해서 보름여 만에 부산항에 닿았더니 그곳에도 미군이 진을 치고 있더군요.

진안 고향집에 갔더니 시아버지는 치매가 와 넷째 아들인 남편을 못 알아보더군요. 남편 앞으로 사둔 논은커녕 송아지도 보이지 않더군요. 남편이 나고야에서 꼬박꼬박 송금한 돈을 남편 형제들이 써버려 한 푼도 남아 있지 않았답니다. 둘째 형님과 셋째 형님은 큰형님이 장사한다고 그 돈을 다 가져다 써버렸다고 하고, 큰형님은 시아버지가 노름판을 돌아다니며 다 날려버렸다고 하고…… 남편이 나고야로 돈 벌러 떠날 때는 이별이 아쉬워 붙든 손을 놓지 못하던 형제들이, 귀환 동포가 돼 돌아오니 보리쌀 한 되 나눠주는 것도 아까워하더군요. 집이 없어서 큰집에서 눈칫밥 먹으며 얹혀 지내다 도로 부산으로 나왔답니다.

　남편이 허구한 날 술이어서 두 달 전부터 부두에 양은솥을 걸고 장작을 지펴 국수를 끓여 팔기 시작했답니다."

　석분은 입을 다물고 남편을 내려다보다 말을 잇는다.

　"오늘 장사를 끝내고 양은솥단지를 수레에 실으려는데, 사내들이 다가오더니 양은솥단지를 빌려 달라고 하더군요. 개를 한 마리 잡았는데 삶을 솥이 없다고요."

　"개요?"

　"개가 황소만 해서 삶으려면 아주 커다란 솥이 있어야 한다고 했어요. 그래서 내가 사내들에게 물었답니다. '개는 어디 있어요?' 가장 나이 들어 보이는 사내가 그러더군요. '다리에 매달아놓았지요.'"

　"아, 아주머니, 솥을 빌려줬어요?"

　"양은솥단지를 도둑맞은 적이 있어서 빌려주고 싶지 않았답니다. 몇 번 안 썼는데 누가 들고 가버렸답니다. 땜질 장수한테 사서 땜질한 곳투성이인 양은솥단지였지만 얼마나 속상하던지…… 숟가락 하나도 아쉬운 살림살이니까요."

"그래서 솥을 빌려주셨어요?"

석분이 남편을 내려다보며 아무 감정이 느껴지지 않는 투로 중얼거
린다.

"조금 있으면 기차가 지나갈 거랍니다."

"그럼 깨워야 하지 않나요?"

"북쪽에서 내려오는 기차가 지나갈 거랍니다."

6부

섬

쌍돛을 펼친 목선이 대풍포 도선장을 떠나 바다로 나간다. 돛을 펼칠 때까지도 습기를 잔뜩 머금은 남풍이 불더니 어느새 북서풍으로 바뀌었다.

바람을 타고 바다로 부드럽게 미끄러지는 목선 뒤로 멀어지는 도선장에는 목선 다섯 척이 닳고 닳은 옆구리를 맞대고 정박해 있다. 목선들은 해가 봉래산을 넘어갈 즈음 품팔이 어부들을 태우고 오징어를 잡으러 바다로 나갈 것이다. 돛들은 접혀 길이가 30자는 족히 되는 돛대에 친친 감겨 있다. 돛대들 사이로 솟아 있는 공장들(간장 공장, 도자기 공장, 성냥 공장, 가마보코 공장)의 굴뚝은 연기를 연신 토하고 있다.

한순간 바람이 멎는다.

목선은 더 나가지 못하고 요람처럼 한자리에 붙들려 삐거걱삐거걱 소리를 토하며 흔들린다. 바람이 돛을 밀어줘야 목선은 바다로 나아갈 수 있다. 바람이 불지 않으면 바다로 나갈 수 없다. 바람에 의지하고 순응하며 20년 넘게 영도 앞바다를 누빈 목선에는 쇠돌과 그의 셋째 아들이 타고 있다. 부자는 뼈째 썬 가자미를 보리된장에 비벼 먹고 복징어고개* 아래 탱자나무로 울타리를 두른 집을 나섰다. 쇠돌은 아들 셋을 뒀지만 곁에 남아 있는 아들은 오늘 함께 목선을 타고 바다로 나온 셋째 아들 하나다. 아들은 지난봄부터 아버지를 따라 목선을 타고 바다로 나가 그물을 던진다.

목선에는 길이가 2백 자 남짓 되는 유자망 그물이 실려 있다. 물고기 떼가 지나가는 길목을 찾아 그물을 내리고 기다리다, 조류를 타고 떼지어 몰려다니던 물고기들이 그물에 박히면 건져 올린다. 물고기 떼를 기다리는 동안 그물은 바다 속에서 물살을 타고 흐른다.

발동기를 단 목선들은 벌써 먼바다로 나갔다. 쇠돌이 장가들고 첫아들이 태어나기 전까지, 고기잡이 목선들은 돛에 의지해 바람을 타고 바다로 나갔다. 첫아들이 태어난 지 백일쯤 지난 어느 날이었다. 발동기를 달고 어부를 서른 명 넘게 태운 거대한 일인 목선이 작은 목선 두 척을 거느리고 영도 앞바다에 나타났다. 일인 목선이 발동기 소리를 요란하게 내며, 조선 어부들이 타고 있는 무동력 목선들을 제치고 바다를 두 쪽으로 가르며 수평선을 향해 나가던 광경이 쇠돌은 잊히지 않는다. 일인 목선은 건착망 그물을 바다에 내리고 조기를 쓸어 담았다. 일인 목선이 한 척 두 척 늘어나더니 바다를 점령하고 정어리, 고등어, 다랑어를 싹쓸이했다. 건착망 그물은 양쪽 끝에 달린 줄을 하나로 모아 잡아당기면 두루주머니처럼 오므려져 물고기가 빠져나가지 못했다. 한 통 가격이 쌀 1천 석이나 돼 쇠돌 같은 조선 어부들은 건착망 그물을 살 엄두는커녕 꿈도 꾸지 못했다.

---

* 영도 청학동에서 동삼동으로 넘어가는 고개. 복징어는 복어라는 뜻이다.

돛은 묵은 때에 찌들고, 눈비 얼룩이 지고, 갈매기 똥이 엉겨 붙어 굳어 있다. 길이가 27자로 창공을 찌를 듯 솟아 있는 돛대도 거무스레하다.

쇠돌은 곰방대를 입에 물고, 남쪽 어부 특유의 기묘한 광채가 감도는 눈빛으로 바다를 응시하며 바람이 불기를 기다린다.

40년 남짓 어부로 살아온 그는 자신의 목선과 함께 늙어가고 있다. 인간에게 수명이 있듯 배도 수명이 있다. 그는 자신의 수명이 다해 가듯 목선의 수명도 다해 가고 있다는 걸 알고 있다.

길이가 30자에 폭이 6.6자인 이 목선을 만든 목수는 그의 외삼촌 되는 이로 지난 구정에 세상을 떠났다. 구정 아침에 그는 외삼촌의 부고를 들었다. 영도에서 일평생 목선을 만들던 목수의 죽음을 진심으로 슬퍼한 사람은 그의 두 딸과 쇠돌뿐이었다. 아버지에게 목선 만드는 기술을 배워 익힌 외삼촌은 혼자 목선을 완성해 영도나 부산에 살고 있는 어부들에게 팔아 식솔을 건사했다. 나중에는 조선소에 들어가 임금을 받으며 목선을 만들었다. 영도 북서쪽 해안, 송도가 바라다보이는 갈대밭에서 홀로 목선을 만들던 외삼촌의 모습은 그의 머릿속에 숭고한 장면으로 남아 있다. 어릴 적 쇠돌은 복징어고개 아래의 집에서 그곳까지 맨발로 달려가 목선을 만드는 광경을 멀찍이서 몰래 지켜보곤 했다. 영원히 완성되지 못할 것 같은 생각이 들 만큼 목선은 몹시 느리게 만들어졌다. 배의 모습을 조금씩 띠어가다 어느 날 완성돼 있었다.

매립* 후 도선장이 들어서고 물양장이 생기기 전까지 대풍포 해안은 토끼 굴처럼 육지로 움푹 파고든 갯벌 포구였다. 그 시절의 풍경은 새로 들어선 조선소와 철공소가 빚어내는 풍경에 덮였다. 이제 그곳에서는 종일 철판을 두드리는 소리가 난다.

조선인 어부들이 무동력 목선에 발동기를 달고 바다로 나가는 걸, 조선인 자본가들이 어업에 눈을 돌리면서 건착망 그물을 갖춘 조선인 목선이 영도 앞바다에 등장하는 광경을 쇠돌은 잠잠히 지켜봤다. 그 사이 아들들은 무섭게 자라 아버지인 그를 떠났다. 노쇠한 그는 여전히 돛과 바람에 의지하는 무동력 목선을 타고 바다로 나가 두 눈으로 조류를 읽는다. 물고기 떼가 지나갈 만한 곳을 찾아 닻을 내리고 그물을 드리운다. 어종을 가리지 않고 바다가 주는 대로 물고기를 받는다.

쇠돌은 뱃머리에 우두커니 서 있는 셋째 아들을 바라본다. 외탁을 해 형들에 비해 몸집이 왜소해서 세 아들 중 가장 눈에 들어오지 않았던 데다, 계집애처럼 부끄럼을 타 탐탁지 않아 하던 셋째 아들이 자신과 함께 바다로 나가고 있다는 사실이 새삼 믿기지 않는다.

쇠돌은 아들만 셋을 뒀다. 1원 45전 하던 소금 값이 3원까지 폭등할 만큼 정어리가 풍년이던 해에 태어난 큰아들은 오사카로 도항해 나사를 만드는 철공소에 취직했다. 일인인 철공소 지배인의 외동딸과 혼인하며 성을 바꾸고 그 가문에 입적했다. 큰형의 부름을 받고 도항한 둘째 아들은 형이 일하는 철공소에 다니다 해방된 해에 돌아와 자전거 만드는 공장에 감독으로 취직해 다니고 있다.

쇠돌은 셋째 아들이 태어난 날을 떠올린다. 그는 훗날 자신의 목선

◆ 영도 대풍포 매축은 1916년 공사가 시작돼 1926년 6월 준공됐다. 오늘날의 영도구 대평동, 대교동, 남항동 일대를 매립해 시가지로 만들었다.

을 물려받을 아들이 태어난 걸 모르고 가자미 두 마리와 볼락 한 마리를 포대 자루에 넣어 어깨에 짊어지고 투덕투덕 걸어 집으로 돌아왔다. 포대 자루를 부뚜막에 던지듯 놓고, 아내 공점이 길어다 놓은 우물물 한 사발을 들이켜고 나서야, 태어난 아들의 얼굴이라도 구경하려고 방문을 열었다.

쇠돌은 바다를 응시한다. 망아의 순간, 돛이 펄럭 소리를 내며 팽팽하게 부푼다.

목선은 다시 불기 시작한 바람을 타고 바다로 나아간다.

28

"부산이 멀어요!"

봉래산을 등지고 종종걸음을 놓던 덕순은 실눈을 뜨고 옆을 흘끔 본다. 솜이불만 한 미역 보따리를 머리에 인 울순이 그녀 옆에서 걷고 있다.

영도 조락마을에 사는 덕순은 말린 가자미를 부산장에 팔러 가는 길이다.

"부산이 멀어요?"

"멀지요!" 울순이 도톰한 입을 쌜쭉 내민다.

"영도도 부산이에요."

"원래 내가 사는 데가 가장 먼 법이에요!"

영도다리는 다리가 열리기 전부터 건너려는 사람들로 북적인다. 개폐교인 다리는 조금 있으면 뱃고동 소리를 신호로 하늘을 향해 열릴 것이다.

남빈 어시장 앞에는 영도다리가 열리기를 기다리는 고깃배들이 모여 있다. 다리가 열리면 고깃배들은 그 아래를 지나 영도로 들 것이다.

낡고 초라한 고깃배들 속에는 오늘 아침에 만고불변의 진리를 깨달은 아낙에게 바닷고기를 한 대야나 판 어부의 고깃배도 있다. 그 어부의 고깃배에는 보리쌀 반 가마니가 실려 있다. 어부는 바닷고기를 팔아 번 돈으로 보리쌀 반 가마니를 팔아 고깃배에 실었다.

덕순과 울순은 입을 다물고 부지런히 걸음을 놓는다.

"영도에서 오래 살았어요?" 덕순이 목소리를 크게 해 묻는다.

"시집와서부터 살았지요." 울순은 숨을 헐떡이며 말을 잇는다. "음력 4월에, 우리 고향 섬에서 보리타작 한창 할 때 아버지가 저녁밥 드시다 말고 '울순아, 시집갈래?' 하고 묻데요. 아버지가 영도도 부산이라고 해서 섬 촌뜨기가 동무들한테 '나 부산으로 시집간다' 하고 뽐내며 배 타고 섬에서 나와, 도로 배 타고 섬으로 들어왔지요…… 시집왔더니 시아버지는 폐병이 들어 구들장이 들썩이도록 기침을 쏟고 계시고, 남편은 자기 고깃배가 없어 남의 고깃배나 타고 있데요."

"어느 섬에서 왔어요?"

"한산도요."

"섬에서 섬으로 시집왔으면 낯설지는 않았겠네요. 나는 밀양 산골에서 태어나고 자라서 영도로 시집와 살려니 하나부터 열까지 물설어 혼났어요."

"낯선 건 매한가지지요. 여기 섬하고 저기 섬은 다르니까요. 바다도 여기 바다하고 저기 바다가 다른 걸요."

"어디가 더 나아요?"

"어디가 더 낫다고 할 수 없지요, 뭐. 여기 섬에서도 물 길어다 먹고, 거기 섬에서도 물 길어다 먹고."

밀양에서 태어난 덕순과 한산도에서 태어난 울순은 오늘 영도다리에서 우연히 만나 동무가 돼서는 서로 보폭을 맞추며 발을 놓는다. 그녀들은 나란히 머리에 인 보따리를 맞대고 한곳을 바라보며 걸어가고 있지만 영도다리를 건너자마자 인사도 못 하고 헤어져 다시는 만나지 못할 것이다.

29

공점은 마당 멍석 위에서 단짝인 개나리와 돛을 짓고 있다. 공점은 닷새 전 부산장까지 나가 포목점에서 돛 만들 광목을 끊어 왔다.

공점이 지난봄에 봉래시장*에서 병아리 두 마리를 사 와 일곱 마리까지 불린 닭들은 마당을 돌아다니고 있다. 아귀 두 마리와 내장을 제거한 대구 한 마리가 빨랫줄에 매달려 바람과 햇볕에 꾸덕꾸덕 말라가고 있다.

장마 지나고 집을 나갔다 새끼 두 마리를 데리고 돌아온 회색 고양이는 돌절구 앞에 늘어져 햇볕을 쬐고 있다. 작년 늦봄에 남편 쇠돌이 육지에서 집어 온 고양이다. 사람 손을 타지 않은 새끼들은 어딘가에 숨어 모습을 보이지 않는다.

"엊저녁에 두꺼비 집에 갔더니, 어물 객주가 보냈다는 심부름꾼이 와 있더라고." 개나리는 바늘 잡은 손을 느리게 놀리며 말한다. 그녀는 개나리가 피어날 때 태어나 이름이 개나리가 됐다.

---

* 일제강점기에 자연스럽게 형성된, 영도에서 가장 오래된 시장.

두꺼비는 개나리의 사촌 시누이 되는 이로, 마을 여자들은 얼굴이 두꺼비처럼 두툼한 그녀를 두꺼비라고, 그녀의 집을 두꺼비 집이라고 불렀다.

"씨름꾼처럼 생긴 심부름꾼이 하루가 멀다 하고 찾아와서는 제 집인 양 죽치고 있다 간다대."

"심부름꾼이?" 공점이 묻는다.

"사채 이자 받아가려고. 두꺼비 며느리가 사채를 빌려 썼나 봐."

"해녀 며느리 말이야?"

"그 집에 해녀 며느리 말고 며느리가 또 있어?"

두꺼비가 해녀 며느리를 얻은 게 재작년 가을이었다. 그리고 해녀 며느리가 쌍둥이 아들을 낳은 게 작년 겨울이었다. 만삭의 몸으로 물질을 나가는 해녀 며느리를 보며 공점은 안쓰러운 마음이 드는 한편 자신도 셋째 며느리는 해녀로 얻었으면 하는 욕심이 났다.

"해녀가 왜 사채를 빌려 썼대?"

"해녀들이 사채를 많이 얻어 쓴다네. 전복 열 개를 캐면 그중 여섯 개는 어촌계에 바치고, 두 개는 뱃사공 품삯으로 주고, 하나는 불턱에서 뗄 장작 값 하고 나면 겨우 하나 남는데, 그 하나도 돈으로 받는 게 아니라 청산대금으로 받아 언제 돈이 들어올지 몰라서 돈이 급하면 어물 객주에게 빚을 얻어 쓸 수밖에 없다네. 그 이자가 장마에 강물 불어나듯 불어나 올가미가 돼서 영도 해녀들 열에 일곱은 노비 신세나 매한가지라네."

회색 고양이가 슬그머니 몸을 일으킨다. 마당을 순례하듯 한 바퀴 돌고 닭 우리로 들어간다. 새끼들을 데리고 나타난 뒤로 회색 고양이는 쥐를 잡아 부엌 아궁이 앞에 선물로 놓아두곤 한다.

공점이 부엌에 들어가 아침에 가마솥에 찐 고구마를 소쿠리에 담아 내온다. 가장 매끈하게 생긴 고구마를 개나리의 손에 들려 준다.

"예쁜 거 먹고 예뻐지라고?" 개나리가 찌그러진 눈을 애교스럽게 찡긋해 보인다.

뚝뚝하고 못난 여편네라고 남편의 괄시와 천대를 서럽도록 받은 그녀가 애교가 넘친다는 걸 단짝인 공점은 잘 알고 있다.

"더 예뻐지면 큰일인데." 개나리는 의뭉스런 표정을 지어 보인다.

"더 예뻐져서 시집 한 번 더 가."

"내가 참말로 예뻐?"

"두말하면 잔소리지."

자신을 낳은 부모에게도 듣지 못한 예쁘다는 말을 개나리는 공점에게 처음 들었다.

털에 윤기가 도는 닭들을 부러운 눈으로 바라보던 개나리가 입에 고구마를 한가득 물고 묻는다.

"한 마리 잡아먹었어? 일곱 마리 아니었어? 한 마리가 어디로 가버렸네."

눈을 가늘게 하고 바늘구멍에 실을 꿰던 공점이 얼굴을 들어 개나리를 쳐다본다.

"알 품고 앉아 있어. 암탉 하나가 알 낳을 생각은 않고 다른 암탉들 알 낳는 거 구경만 하고 있어서 시아버지 제사 때 잡으려고 단단히 벼르고 있었지. 근데 그 암탉이 다른 암탉들이 낳은 알들을 전부 제 엉덩이 밑에 품고 앉아 있네."

30

나무전 거리*의 물양장 안쪽에는 목재소에서 바닷물에 담가놓은 통나무 서른여 개가 떠 있다. 사내아이 셋이 통나무 위를 뛰어다니고 있다. 덩치가 제법 큰 사내아이는 숯을 파는 집 아들이고, 배가 볼록 나온 사내아이는 말린 오징어를 보관하는 창고 집 아들이다. 가장 왜소한 사내아이의 이름은 윤수로, 마키노시마 유곽 거리*에 산다.

윤수는 재작년에 엄마와 전차를 타고 영도에 들어왔다. 그 애는 한 식경 전에 엄마가 금이 간 거울 앞에 앉아 화장하는 걸 구경하다 나무전 거리에 놀러 나왔다.

물양장을 지나 오징어 창고를 끼고 돌면 펼쳐지는 공터에는 철을 맞은 오징어들이 대나무 살에 줄줄이 꿰어져 한낮의 햇살에 바짝 건조되고 있다.

- 소형 선박들이 접안하던 영도 태종로의 물양장(부두) 거리. 일제강점기에 땔감과 숯을 파는 가게가 늘어서 있어서 나무전 거리라고 불렀다.
- 일제강점기에 영도를 '말 먹이는 목장의 섬'이란 뜻으로 마키노시마, 즉 목도(牧島)라 불렀고, 현재의 대평로에 십여 채의 유곽이 늘어선 유곽 거리가 있었다.

나무전 거리에는 바닷물을 머금은 통나무가 풍기는 냄새, 오징어 마르는 냄새, 숯 냄새, 똥 냄새가 뒤섞여 떠돈다.

공터에 널어 말리는 오징어들을 살피고 집으로 돌아가는 길인 아낙이 목재소 앞에서 만난 아낙에게 말한다.

"새벽에 도둑놈이 오징어를 한 가마니나 훔쳐 갔지 뭐야."

"우리는 두 가마니나 도둑맞았어요."

"속상해한다고 도둑맞은 오징어가 돌아올 것도 아니고 나보다 못 먹고 못사는 사람이 훔쳐 갔겠지 해야지 어쩌겠어."

밤이 되면 아낙들이 등잔불을 밝히고 극성인 모기를 쫓아가며 날이 밝을 때까지 오징어를 지킬 것이다.

통나무 위를 정신없이 뛰어다니던 윤수는 불쑥 엄마가 자신을 두고 떠날까 봐 불안하다.

새벽에 그 애는 잠결에 엄마가 술에 취해 자신을 끌어안고 끊어지는 목소리로 중얼거리는 소리를 들었다.

'난 떠날 거야…… 떠날 거야…….'

통나무에서 통나무로 훌쩍 건너뛰는 윤수의 오른발에서 고무신이 벗겨져 바닷물 속으로 떨어진다. 통나무에서 미끄러진 사내아이가 빠져 죽은 적이 있을 만큼 물양장의 수심은 깊다.

통나무들을 벗어난 윤수는 왼발에 신긴 고무신을 벗어 손에 움켜쥐고 전차 종점을 향해 내달린다. 두서너 번밖에 신지 않아서 새것이나 다름없는 고무신에서는 고무 냄새가 심하게 난다. 그 애는 고무신

들린 손을 세차게 내저으며 목청껏 소리를 내지른다.

"난 떠날 거야. 난 떠날 거야!"

31

"갓난애 울음소리 아니야?"

"산비탈에 집 짓고 사는 애기엄마가 애를 낳았나 보네." 개나리가
말한다.

한 달 보름 전쯤이었다. 부젓가락처럼 마른 사내가 아이를 밴 아내
와 남매 둘을 데리고 마을에 나타났다. 마을의 집들을 돌아다니며 구
걸하듯 빌린 곡괭이와 삽으로 산비탈을 깎고 편편히 다져 터를 만들더
니 기둥을 세우고 뒷간 같은 집을 짓고 살았다. 집은 매섭게 몰아치는
비바람에도 붕괴되지 않고 복징어고개의 산비탈에 악착같이 붙어 있
었다.

"만주서 살다 왔다네." 개나리가 말한다.

"그래?"

"아침에 구정물 버리며 내다보니까, 배추라도 심어 먹으려는지 집
옆으로 참새 날개만큼 붙은 땅에서 돌을 골라내고 있더라고."

개나리의 집 마당에서는 산비탈이 올려다보였다. 꼭 그래서는 아니
지만 개나리는 마당에 나와 산비탈에 지은 집을 바라보며 앉아 있곤

했다. 처음에는 혹시나 밤새 집이 무너지지는 않았는지 걱정이 돼 안쓰러운 눈길로 올려다보다, 얼마 전부터는 그 집 식구들은 어떻게 사는지 궁금해 호기심 어린 눈길로 마냥 바라보며 앉아 있었다. 오늘도 그녀는 마당에 나와 그 집을 올려다보며 앉아 있다가 공점이 돛 지을 광목을 부산장까지 나가 끊어 온 걸 기억해내고 억지로 몸을 일으켜 공점의 집으로 걸음을 놓았다.

호기심 어린 눈길에 부러운 기색이 섞여 들고 있다는 걸 개나리는 아직 깨닫지 못하고 있다.

'꿈이지⋯⋯.'

엿새 전이었다. 그날도 그녀는 마당에 나와 햇볕을 쬐며 산비탈에 지은 집을 올려다보고 있었다. 그 집은 마치 세상에 하나밖에 없는 집처럼 홀로 우뚝 솟아 있었다. 눈 깜짝할 사이에 집이 한 채 두 채 늘어나더니 산비탈이 온통 집들로 뒤덮였다.

갓난애 울음소리가 늘어지더니 뚝 그친다.

"오징어 배 타러 다니는 것 같데." 개나리가 말한다.

"누가?" 공점이 묻는다.

"산비탈에 집 짓고 사는 사내 말이야. 세어보진 않았지만 한 축은 될걸. 오징어를 말리려고 산비탈 여기저기에 희멀건 오징어를 깃발처럼 매달아놨더라고."

"처자식 먹여 살리려면 오징어 배라도 타야지." 공점이 말한다.

"헤엄은 칠 줄 아나? 헤엄도 못 치면서 오징어 배 타고 돌아다니는 건 아니겠지?" 개나리의 얼굴에 근심이 어린다.

"헤엄 못 친다고 고깃배 못 타나? 바다에만 안 빠지면 되지."

"어째 헤엄도 못 칠 것같이 생겼어. 만주에는 바다가 없지 않아?"

개나리는 공점이 자신보다 세상을 더 많이 알고 있다고 믿고 있다. 자신은 한자를 하나도 모르는데 그녀는 다섯 개나 알고 있다.

"그러게, 가도 가도 땅이 끝없이 펼쳐져 있다니까……." 공점은 영도 앞바다처럼 끝 모르게 펼쳐진 땅을 머릿속으로 그리려 애쓰며 말을 잇는다. "바다는 없어도 강은 있겠지? 강이 있으니까 거기 사람들이 농사짓고 살겠지."

"그렇지, 강 없는 데는 별로 없으니까. 강이 없으면 갈치 같은 조그만 천이라도 졸졸 흐르겠지."

갓난애 울음소리가 또다시 들려온다.

"계집애 울음소리네." 공점은 혼잣말처럼 중얼거린다.

바늘 잡은 손을 다시 놀리며 개나리가 말한다. "참, 새벽에 이상한 꿈을 꿨지 뭐야. 꿈에 욧잇에 구멍이 나서 내가 바느질을 하고 있었네."

"욧잇에?"

"시집올 때 친정어머니가 지어준 욧잇이었어. 바느질을 하고 있는 내가 새색시처럼 젊었어."

"구멍이 얼마만 했어?"

"복숭아만 했어. 바느질을 하고 있는데 백발에 소복을 차려입은 할머니가 나타나서는 그러지 뭐야. '구북이 각시 잘 얻었네!' 나는 듣는 둥 마는 둥 바느질을 계속했지."

구북은 개나리의 남편 이름이다.

"개나리야, 그래서 구멍을 메웠어?"

7부

흘러 다니는 여자들

32

기차가 북쪽으로 달려가고 소 화장터 굴뚝 근방에서 검은 새가 유유히 떠오른다. 검은 새는 해운대 가을포* 갯가까지 단숨에 날아간다. 그곳 마을에서 외따로 떨어진 오두막에는 젊은 여자들이 잠들어 있다. 나가사키 출신의 일인 어부 가족이 살다가 버리고 간 오두막으로, 젊은 여자들이 하나둘 소리 소문 없이 흘러들어와 살고 있다. 어제도 젊은 여자 하나가 갈대밭을 지나 오두막으로 걸어가는 걸, 마을 어부 둘이 봤다. 사촌지간인 어부들은 바다에 멸치 그물을 내리러 가는 길이었다. 마을 어귀의 동백나무 근처에 홀연히 나타난 여자는 마을의 집들을 지나 갈대밭으로 걸어 들어갔다. 바다 쪽에서 불어오는 제법 앙칼진 바람에 소용돌이치는 갈대 속으로 삼켜졌다 다시 떠오른 여자는 오두막으로 진걸음을 놓았다.

젊은 여자들이 흘러들기 전까지 오두막은 주인을 찾지 못하고 버려져 있었다.

• 加乙浦, 현재의 송정.

작년 봄 미역 채취가 한창일 때였다. 베레모를 쓰고 콧수염을 기른 나이 지긋한 사내가 젊은 여자 셋과 마을에 나타났다. 사내는 뒷짐을 지고 장에서 산 가축 새끼처럼 여자들을 이끌고 오두막으로 걸어갔다. 손에 봇짐이 들린 여자들은 자기들끼리 귓속말을 주고받으며 불안해하는 기색이 깃든 눈길로 집집 마당과 길에 널린 미역을 구경하며 걸음을 놓았다. 마침 터지도록 미역을 담은 자루를 머리에 이고 집으로 걸어가던 마을 아낙이 그녀들을 봤다. 아낙은 점심도 굶고 종일 파도가 할퀴어대는 갯바위에 매달려 물보라를 얼굴에 맞아가며 미역을 뜯고 집으로 돌아가는 길이었다. 무리에서 뒤처진 젊은 여자를 눈으로 좇으며 아낙은 자신의 셋째 딸을 떠올렸다. 봇짐을 꼭 끌어안고 자꾸만 벗겨지는 고무신을 꿰신으며 걸어가는 젊은 여자가 꼭 셋째 딸 같았다.

　태평양전쟁이 한창일 때였다. 일인들이 처녀들을 데이신타이(정신대)로 끌고 간다는 흉흉한 소문이 마을에 돌았다. 아낙은 두 딸을 서둘러 시집보내고 셋째 딸은 데리고 있었다. 어느 날 아낙과 먼 친척뻘 되는 구장區長이 일본인 사내와 함께 그녀의 집을 찾아왔다. 구장은 그녀에게 셋째 딸을 데이신타이로 보내야 한다며 종이를 내밀고 도장을 찍으라고 했다. 아낙이 도장을 찍지 않고 버티자 구장은 데이신타이가 군복 만드는 공장이고, 시집갈 나이가 되면 고향집으로 돌려보내줄 거라고 했다. 하는 수 없이 도장을 찍고 봇짐을 들려 떠나보낸 셋째 딸은 전쟁이 끝난 지 두 해가 지났는데도 돌아오지 않고 있었다.

　아무래도 셋째 딸만 같아 자루 속 미역에서 흘러내리는 짜고 비릿한 바닷물에 얼굴이 젖는 줄도 모르고 바라보고 서 있는 아낙을, 젊은 여자는 무심코 지나쳐 오두막 쪽으로 발을 놓았다.

마을 사람들은 오두막에 젊은 여자들이 들어와 사는 걸 이상하게 생각했다. 그래서 미심쩍은 눈길로 오두막을 바라보곤 했다. 갈대가 사방을 포위하듯 둘러싼 궁벽한 어촌 마을인 이곳은 젊은 여자들이 들어와 살 만한 곳이 아니었다. 멸치잡이 철에 하루 품삯을 받고 고깃배를 타려는 뜨내기 사내들이나 찾아오는 곳이었다. 며칠 뒤 석양빛을 맞으며 길에 널어 말린 미역을 소쿠리에 담던 마을 여자 둘이 미군 지프가 오두막을 향해 달려가는 걸 봤다. 마을에서 멀지 않은 곳에 미군들이 들어와 살고 있었다. 미군 지프는 낮에도 오두막을 찾아왔다.

오두막의 젊은 여자들은 간혹 마을에 나타났다. 며칠 전에는 분 냄새와 담배 냄새를 풍기며 포구까지 내려와 바다에서 돌아온 마을 어부에게서 가자미 열 마리를 사 갔다.

젊은 여자들이 모두 잠들어 빈집처럼 적막한 오두막 마당에는 미군 부대에서 나온 통조림 깡통, 찢긴 과자 봉지, 담배꽁초, 깨진 맥주병과 콜라병 조각이 널려 있다. 지프 바퀴 자국이 마당 앞으로 길게 나 있다.

벽에 꼭 붙어 잠들어 있던 여자가 신음을 토하며 깨어난다. 눈곱이 엉겨 붙은 눈꺼풀을 밀어 올리며 힘겹게 눈을 뜬다. 어제 마을 어부 둘이 지켜보는 가운데 갈대밭을 지나 오두막으로 발을 놓던 젊은 여자다.

여자는 자신이 깨어난 곳이 어딘지 알 수 없어 공포감에 휩싸인다.

'여기는 어딜까?'

오후 햇살을 받은 갈대들이 은빛을 눈부시게 발산하며 자신을 향해 손짓하던 풍경이 떠오른다.

누런 벽을 기어가는 그리마를 보고는 오두막인 걸 깨닫고 안도와 절망이 반씩 섞인 숨을 토한다. 버려져 있던 오두막에는 그리마와 지네가 들끓는다.

여자는 간밤에 미국 군인이 자신에게 지어준 이름을 기억해내려 애쓴다. 해 질 녘 지프를 타고 몰려온 미국 군인들 중 하나가 미국 여자 이름을 지어줬다. 몸집이 여자의 두 배는 되던 미국 군인은 술에 취해 그녀를 오두막에서 5리쯤 떨어진 들판에 끌고 가 그곳에 버렸다. 버리기 전에 미국 군인은 여자를 들판 한복판에 허수아비처럼 세워놓고 총구를 겨눴다. 둥지에서 떨어진 참새 새끼처럼 떠는 그녀를 버려두고 혼자 오두막으로 돌아가 지프를 몰고 떠났다. 여자는 사방에서 불어오는 바람이 엉켜 휘몰아치는 들판에서 겁에 질려 울부짖다 날이 희미하게 밝아서야 오두막으로 돌아왔다. 너울성 파도가 이는 바다를 옆에 두고 오두막으로 걸어가던 여자는 바다에 나갔던 멸치잡이 배들이 포구로 돌아오는 광경을 봤다.

여자는 도로 눈을 감고 파도 소리에 귀를 기울인다. 가만가만 속삭이는 듯한 파도 소리에 귀를 귀울이던 여자는 자신의 이름이 세 개나 된다는 걸 문득 깨닫는다. 여자에게 조선 이름을 지어준 아버지는 그녀를 직업소개소에 팔았다. 일본 이름을 지어준 일본 군인은 그녀의 몸에 그녀가 읽지 못하는 글자를 새겼다. 그리고 지난밤 미국 이름을 지어준 미국 군인은 그녀를 들판에 버렸다.

파도 소리에 귀를 기울이던 여자의 입이 벙긋 벌어진다.

'메리……'

"매숙 언니, 윤수가 얼굴이 군고구마처럼 벌개서는 전차 종점으로 달려가던데요."

걸레로 다다미 바닥을 훔치던 매숙은 방 안으로 들어서는 연희를 시무룩이 쳐다본다.

"윤수야, 윤수야, 불러도 못 듣고 달려가던데요."

윤수가 달려간 전차 종점에는 마침 전차가 서 있었다.

"넌 몸살기가 있다더니 어딜 쏘다니다 오니?" 매숙이 차갑게 쏘아붙인다.

"돌부처님한테요."

연희는 매숙이 조금 전까지 넋 놓고 앉아 있던 거울 앞으로 가서 풀썩 앉는다. 그녀는 유곽 골목 모퉁이에 있는 돌부처에게 들렀다가 중국인이 하는 만두 가게에서 으깬 돼지비계와 부추로 속을 채운 만두를 사 먹고, 나무전 거리를 한 바퀴 돌고 돌아오다 윤수를 봤다.

연희는 시큰둥히 거울 속 자신을 바라본다. 병풍 두 폭 크기인 거울에는 사선으로 선명히 금이 가 있다. 거울은 그녀가 오기 전부터 그 방의 벽 하나를 차지하고 걸려 있었다. 금이 간 거울에 비친 사물들은 실제보다 길어 보이고, 흘러내리는 것 같은 착시가 일어날 만큼 일그러져 보인다. 둥그스름하고 광대뼈가 평평한 연희의 얼굴도 거울 속에서 길어 보인다. 볼이 홀쭉하니 나이가 대여섯 살은 더 들어 보이는 거울 속 얼굴이 그녀는 자신의 진짜 얼굴이라고 생각한다.

"조막만 한 돌부처님이 네 서방이라도 되니?"

"서방은 아니지만 얼른 돈 벌어서 영도 뜨게 해 달라고 빌었지요."

"빌어도 아무 소용 없어. 봄 내내 언덕에서 꽃을 뜯어다 바쳤어. 과일도 바치고, 흰쌀도 바치고, 돈도 바치며 빌고 빌었지만 소원을 들어주지 않았어."

매숙은 먼지와 머리카락이 엉겨 붙어 있는 걸레를 문지방으로 밀쳐버린다. 벽에 한쪽 어깨를 비딱하게 기대고 앉는다.

길게 땋아 묶은 머리를 풀던 연희가 시뜻이 중얼거린다. "돌부처님 말고는 빌 데가 없으니까 돌부처님이라도 찾아가 빌고 비는 거지요. 돌부처님한테 빌고 나면 그래도 기분이 좀 나아져요."

거울 앞에 놓여 있는 빗을 집어 들고, 금이 간 거울 속 자신을 생판 모르는 남인 듯 바라보며 머리를 빗기 시작한다.

"언니, 돌부처님을 누가 가져다놓았을까요?"

"멍청스럽긴, 빌어도 소용없다니까."

"그냥 속는 셈 치고 빌래요."

"나도 속는 셈 치고 더 빌어볼걸 그랬나."

"다시 빌면 되지요."

"하긴, 풀포기한테도 비니까." 매숙은 허무감이 감도는 눈빛으로 허공을 물끄러미 응시한다.

"풀포기요?"

연희는 머리를 빗으며 거울 속 매숙에게 묻는다. 그녀는 끊임없이 흘러내리면서도 흘러가지 않고 거울 속에 앉아 있다. 거울 속에 있는 한 그녀는 아무 데로도 흘러가지 못하고 한곳에 붙들린 채로 흘러내리며 고정돼 있을 것이다.

"풀포기에 대고 비는 여자를 봤어. 늙어 무말랭이처럼 쪼그라든 여자가 풀포기 앞에 쪼그리고 앉아서 빌고 있었어."

연희는 매숙이 꿈 얘기를 하고 있다고 생각한다. 그곳 유곽 거리에서 나이가 가장 많고 아들까지 딸린 매숙은 종종 알 수 없는 소리를 하고는 한다.

"인간한테 비는 것보다 풀포기한테, 돌한테 비는 게 나을까. 풀포기나 돌은 나쁜 마음을 품거나 해코지를 하지는 않으니까. 어쩌면 풀포기나 돌이 인간보다 더 자비로운지도 모르지. 그래서 인간들이 돌에 부처님 얼굴을 새기고 비는 게 아닐까."

매숙이 하는 소리를 들으며 머리를 빗던 연희가 눈을 반짝인다. "매숙 언니, 돌부처님께 빌고 있는데 어릴 때 어머니 무덤가에서 봤던 새가 떠오르지 뭐예요."

"새?"

"꼬리가 길고 흰 새요. 내가 열 살 때 돌아가신 어머니가 보고 싶어서 눈 뜨자마자 무덤을 찾아갔는데, 흰 새가 무덤 위에 앉아 있었어요. 내가 다가가는데도 날아오르지 않고 가만히 있었어요. 손을 뻗어 잡으려고 하니까 그제야 붉은 피를 울컥 토하고 날아올랐어요. 피에 알갱이가 져 있어서 자세히 들여다봤더니 피가 아니라 오디였어요. 오디를 너무 많이 따 먹어서 날아오르지 못하고 무덤 위에 마냥 앉아 있었던 거예요. 어머니 무덤 가까이에 오디나무가 있었거든요."

입을 다물고 머리를 빗던 연희가 표정을 다정하게 하고 거울 속 매숙에게 묻는다.

"매숙 언니, 윤수는 누굴 닮았어요? 언니를 별로 안 닮은 걸 보면 아빠를 닮았나?"

"천하에 나쁜 놈이야. 하룻밤 자고 나더니 그랬어. '처녀가 아니었군. 처녀가 아니니 넌 남자들이 가지고 놀다 버리는 여자가 될 거야.'"

매숙은 윤수가 어서 자라길 바라면서도 자라는 게 무섭다. 자랄수록 그 애는 그녀에게 가장 끔찍한 저주를 퍼부은 남자의 모습을 닮아간다.

매숙이 표정을 또렷이 하고 거울 속 연희를 쏘아본다.

"너, 어디서 왔다고 했지?"

연희의 입이 다물리며 순하던 눈빛에 날이 서린다. 수더분하고 애교가 있어서 누구에게나 말을 곧잘 거는 그녀가 어디서 왔는지 매숙은 들은 기억이 없다. 어쩌면 들었는데 기억하지 못하는 것인지도 모르겠다고 그녀는 생각한다.

"넌 어디서 왔지?"

"모르겠어요." 연희는 빗을 쥔 손을 늘어뜨리고 고개를 흔든다. "나도 내가 어디서 왔는지 모르겠어요."

34

남빈 건어물 거리의 영도상회에는 타지로 미역 행상을 다니는 아낙들이 모여 있다.

칡넝쿨로 한 마리 한 마리 꿰어 묶은 명태들과 마른오징어들, 미역, 김, 다시마, 북어 등이 아낙들 앞 좌판에 차곡차곡 쌓여 있다.

아낙들은 오늘이나 내일 영도상회에서 받은 미역과 함께 마른오징어나 가자미를 머리에 이고 지고 행상을 떠날 것이다.

백내장이 끼기 시작한 눈으로 미역을 살피던 언양댁이 한소리한다.

"해가 갈수록 미역이 못해지는 것 같아."

"바다가 흉년이니까." 영도상회 안주인인 명덕은 시큰둥히 대꾸하고는 호떡을 손으로 뜯어 입에 넣는다.

화덕에 구운 호떡을 하나씩 들고 뜯어 먹고 있는 아낙들 앞에 펼쳐져 있는 미역은 영도 해녀들이 7월 내내 채취해 말린 것이다. 전날 영도상회 창고에는 올해 처음 수확해 말린 미역이 들어왔다.

"큰 태풍이 두어 번 바다를 뒤집어주고 가야 미역이 깨끗한데…… 하여간 시달리고 들볶여야 미역이 꼬들꼬들하니 차져서 소고기보다 쫄깃하지."

"그래도 이 골목에서 우리 집 미역이 최상품이야."

영도상회 주인 여자는 영선고갯길에 사는 아낙을 쳐다보고 말한다. 순박해 보이는 얼굴로 마냥 웃고 있는 아낙은 작년 이맘때 처음 공주와 부여 등지로 미역 행상을 다녀왔다.

"내가 셋째 낳던 해 미역이 최고였어. 향이 얼마나 짙던지 향만 맡아도 가마솥에 푹 끓인 미역국을 한 대접 먹은 것처럼 배가 불렀으니까. 그때 미역보다 좋은 미역을 죽기 전까지 구경 못 할 것 같아." 언양댁은 단언하고는 시름 섞인 한숨을 토한다.

벌을 받듯 호떡을 손에 들고 있는 목순은 미역 행상이 처음이다. 그녀는 호떡을 먹지 않고 집에 가져가 등분해 아이들에게 나눠줄 것이다.

언양댁은 오늘 처음 보는 목순의 얼굴을 대놓고 바라본다. 그녀의 눈에 아낙은 젊디젊다.

"아주 먼 옛날 일도 아닌데 까마득하네…… 배 속에 애가 들어선 줄도 모르고 미역을 이고 지고 충청도 서산까지 갔지. 버스가 있어도 차비가 아까워서 못 타고 걸어서 다녔어. 오줌 마려우면 풀숲에 들어가 누고, 우물이 있으면 두레박으로 길어 올려 얼굴 씻고…… 처음 미역 행상 다닐 때는 무섭더라고…… 길 걸어가다 날 어두워지면 심장이 벌렁벌렁 뛰었어. 그때는 나도 젊었으니까."

언양댁은 둘째가 젖을 떼자마자 충청도로 미역 행상을 다녔다. 열흘 만에 돌아와 영도상회에 미역 값을 치르고, 남은 돈으로 보리쌀을 팔아 머리에 이고 곡정 집으로 갔다.

"행상 다니면서 줄줄이 애를 잘도 낳았어." 명덕이 언양댁을 바라보며 웃는다.

"몰라, 눈만 맞아도 애가 들어서데."

8부

떠돌아다니는 남자들

검은 새는 해운대역 팔각지붕을 향해 날아가다, 거제리 철도 관사*가 기차처럼 늘어서 있는 쪽으로 방향을 튼다. 먹빛 지붕들 위를 날아 집 한 채 없이 황량하게 펼쳐진 벌판을 가로지른다.

벌판이 끝나고 방직 공장의 잿빛 지붕들이 펼쳐지자 검은 새는 속도를 줄인다. 지붕들 위 허공에 커다란 원을 그리며 느리게 난다. 방직 공장의 굴뚝들이 키 재기 하듯 비죽비죽 솟아 있는 곳에서는 실 뽑는 기계, 실 감는 기계, 직물 짜는 기계 들이 내는 소리와 고무 공장의 고무 찌는 기계, 고무 찍는 기계 들이 일제히 돌아가며 내는 소리가 하나의 소리로 뭉쳐져서 울린다.

검은 새는 원을 그리자마자 부두 쪽으로 곧장 날아간다.

작은 여자애가 더 작은 여자애의 손을 잡고 자갈치 둑을 걸어간다. 더 작은 여자애의 손에는 노루 꼬리만 한 고구마가 들려 있다. 그 애들

---

* 1934년에 동해남부선 철도 직원의 집단 관사로 건립된 일식 주택으로 136가구가 있었다.

은 까치고개에서 그곳까지 손을 꼭 잡고 걸어왔다. 여자애 둘 다 마대 자루 같은 원피스에 검은 고무신을 신고 단발머리를 했다.

둑 바닥에서 배가 터져 죽은 복어들마다 날벌레가 들끓고 있다.

자갈치 둑을 떠나 영도다리를 향해 내달린 사내아이들은 지금 다리 위에 서 있다. 얼굴이 가장 까맣게 그을린 소년이 새처럼 날아오르더니 두 팔을 앞으로 뻗으며 영도다리 아래 바다로 떨어진다. 바다 속으로 감쪽같이 삼켜진 소년은 뛰어내린 곳에서 3미터쯤 떨어진 곳에서 머리를 내밀며 올라온다.

작은 여자애와 더 작은 여자애는 둑 끝까지 걸어간다. 그곳에서 밀짚모자를 쓰고 낚시로 갈치를 잡고 있는 사내에게 작은 여자애가 묻는다.

"아저씨, 우리 아버지 못 보셨어요?"

"너희 아버지가 누구냐?" 사내의 눈동자는 밀짚모자의 챙에 가려 있어서 여자애들에게 보이지 않는다.

"우리 아버지요." 더 작은 여자애가 말한다.

"아버지가 집을 나가기라도 했니?"

"보름 전에 돈 벌러 간다고 집을 나가서는 안 들어오시네요." 더 작은 여자애가 말한다.

"너희 아버지가 집을 나간 모양이구나. 집 나간 아버지는 뭐하려고 찾니?"

"어머니가 또 애를 낳아서요." 작은 여자애가 말한다.

"너희 어머니가 또 애를 낳았구나!"

"어머니가 아무 쓸모도 없는 계집애를 또 낳았지 뭐예요." 더 작은 여자애가 말한다.

"쓸모가 없긴! 후딱 키워 조방에 돈 벌어 오라고 보내면 되지."

36

쑥색 트럭이 부두를 가로질러 달려간다. 시멘트 포대가 쌓여 있는 잔교 바로 앞에 트럭이 서고 운전석에서 곱슬머리에 얼굴이 얽은 사내가 내린다. 잔교 주변에 허물처럼 늘어져 있던 하역꾼들이 슬금슬금 일어난다.

그들 속에는 어제 저녁을 굶고 오늘 첫 끼니를 부두 바닥에서 국수 한 대접으로 떼운 사내도 있다. 땅을 빌려 보리농사, 콩 농사를 짓던 그는 해방 이듬해 부산에 내려왔다. 빌어먹는 거지가 되더라도 큰 도시에서 빌어먹는 거지가 되겠다며 고향을 떠나온 그는 부두를 떠돌며 석탄이나 시멘트, 목재 따위를 나른다. 농사일은 끝이 없이 24절기와 함께 순환하지만 부두에서 하는 일은 반나절 혹은 하루면 끝난다. 농사일은 자연의 지배를 받지만 하역 일은 인간의 지배를 받는다. 사내는 시멘트 포대를 불끈 들어 어깨에 짊어진다. 시멘트 포대에 묻어 있는 시멘트 가루가 날려 그의 입으로 코로 삼켜진다. 마른기침을 토하며 트럭으로 발을 내딛는 그의 마음은 그 자신도 의식하지 못하는 새에 보리농사를 짓던 땅에 가 있다.

시멘트를 나르는 사내들을 지휘하던 말끔한 셔츠 차림의 사내가 곱슬머리에 얼굴이 얽은 사내 쪽으로 다가간다.

"장 씨, 운전 기술을 어디서 배웠소?"

"야마구치 오시마요."

"오시마요?"

"시모노세키 위쪽에 있는 섬이요. 내가 열여섯 살 때 겁도 없이 혈혈단신 부산에 내려와 관부연락선에 올랐소. 시모노세키 항구에 도착해, 같은 관부연락선 타고 일본으로 이주한 조선인 가족을 따라 들어간 데가 오시마였소. 오사카에는 조선인이 많이 이주해 살았지만 오시마에는 별로 없었어요. 오시마에서 일본인이 하는 제재소에 취직해 목재 나르는 일을 하며 일본말을 배웠지요. 서당 개 삼 년이면 풍월을 읊는다더니 눈 떠서 눈 감을 때까지 일본말만 듣다 보니 어느 날 일본말이 내 입에서 술술 나옵디다. 제재소에 저 트럭하고 똑같은 화물 트럭이 있었어요. 시모노세키 출신 일인이 트럭을 몰았는데, 내가 운전을 배우고 싶다고 했더니 선뜻 가르쳐주더군요."

"운이 좋았네요."

"내가 세상에 태어나 가장 잘한 일이 뭘 거 같소?"

"뭡니까?"

"운전 기술을 배운 거요. 두 번째로 잘한 일은 부산에 들어와 저 트럭을 산 거랍니다. 저 트럭이 일인 운수업자 거였소."

"미군이 들여온 제무시는 힘이 어마어마하다지요?"

"가파른 진흙 길도 70킬로로 달린다니까요."

장 씨의 눈길이 관부연락선 부두로 향한다. 16년 전 그는 그곳에서 쇼케이마루를 타고 도항했다. 난장판 같은 싸구려 삼등실에 실려 바다를 건너며 자신의 인생이 앞으로 어떻게 펼쳐질지 짐작조차 못 했다. 오시마에서 그는 트럭 운전사가 됐다. 그곳의 일본인 처녀와 결혼해 자식도 하나 낳았다. 해방되고 그는 고향에 다녀오겠다며 일본인 아내와 세 살 먹은 딸을 오시마에 두고 떠나왔다. 하지만 고향으로도, 처자식이 있는 오시마로도 가지 않고 타관인 부산에서 화물 트럭과 함께 떠돌며 살고 있다. 부산진역 뒤 원산여인숙에 묵으며 쑥색 트럭을 몰고 종일 떠돌면서도, 자신이 떠돌며 살고 있다는 생각을 하지 못한다. 바퀴 네 개가 달린 거대한 쇳덩어리인 쑥색 트럭이 그에게는 땅이자 집이기 때문이다.

장 씨는 며칠 전 처녀를 소개받았다. 그에게 일본에 처자식이 있다는 걸 모르고 원산여인숙 주인 여자가 조카를 소개시켜준 것이다. 처녀는 양산서 부산까지 그를 만나러 왔다. 16년 만에 돌아와 부산 부두를 다시 밟을 때만 해도 그는 적당한 시기에 일본으로 돌아가 처자식을 데리고 조선으로 들어올 생각이었다. 하지만 도항하려면 밀항선을 타야 한다. 귀환선을 타고 조선으로 돌아왔다가 밀항선을 타고 재도항하는 이들이 있었다. 그와 함께 밀항선을 타고 돌아온 이도 지난 봄에 밀항선을 타고 도로 일본으로 건너갔다. 밀항선을 알아보는 것이 어려운 일은 아니지만, 그는 자신이 오시마로 되돌아가면 영원히 돌아오지 못할 것 같다. 오시마에는 처자식이 있고, 부산에는 쑥색 트럭이 있다.

부두의 다른 잔교에는 석탄가루가 얼굴과 옷에 거뭇거뭇 묻은 하역꾼 셋이 모여 앉아 이야기를 나누고 있다. 동트기 전에 부두로 나왔지만 반나절 일거리밖에 구하지 못한 데다, 처자식도 없는 여인숙으로 기어 들어가기에는 너무 이른 시간이다. 사내들은 허물없어 보이지만 오늘 아침에 부두에서 처음 만나 생면부지나 마찬가지다.

"고향이 어디요?"

"의령이요. 열아홉 살에 소작 부쳐 먹던 논에서 피 뽑다가 적기만까지 끌려와 도로 놓을 터다지는 일을 했어요. 터가 다져지자, 콘크리트 까는 일을 시키데요. 해 뜨자마자 끌려 나가 해 질 때까지 소처럼 일하고 돌아와 주먹밥 한 덩이 먹고 바닥에 가마니를 깔고 잤어요. 고향집에 편지도 못 부치게 해서 부모님은 내가 일본으로 간 줄 알았다고 하더군요. 도로가 완성되면 집에 보내주려나 했더니 군수품 공장에서 화약과 무기 나르는 일을 시키더군요. 화약 나르다 해방 맞았지요."

"고향에 왜 안 돌아갔소?"

"돌아갔다가 돈 벌려고 도로 부산으로 나왔어요."

"나는 일본 후쿠오카에 징용 끌려갔다 왔소." 충치 먹은 어금니 때문에 볼이 심하게 부어오른 사내가 목청을 높여 말한다. "후쿠오카 미쓰비시 야하타 제철소*요. 면 서기가 집에 찾아와서는 징용에 징발됐으니 며칠까지 면사무소로 나오라고 하데요. 우리 어머니가 무명천 떠다 감물을 들여 지어준 무명옷 입고, 중처럼 머리 빡빡 깎고, 어디로 가는지도 모르고 따라갔지요. 같은 종씨인 내 친구는 징병에 끌려갔

---

* 후쿠오카 현 기타규슈 시에 있는 일본 최초의 근대 제철소. 1941년부터 군수 물자를 집중 생산했다.

고요. 야하타 제철소가 얼마나 큰지 끝에서 끝까지 40리는 된다고 했어요. 제철소 안에 비행장이 있어서 비행기가 날아다니고, 바닷물이 코앞까지 들어와 군함이 들어오고 나갔으니까요. 제철소 안에 화물 열차도 다니고, 작은 전철도 다녔어요."[19]

"거기서 무슨 일을 했소?" 의령이 고향인 사내가 묻는다.

"암모니아 비료 만드는 공장에서 잡일 했어요. 구멍 수십 개가 뺑뺑 뚫린 커다란 드럼통 같은 게 있었어요. 찌꺼기가 껴 구멍이 막히면 막대기로 쑤셔서 찌꺼기를 빼내는 일을 했지요. 기술이 필요하고 편한 일은 일인들이 하고, 위험하고 힘을 써야 하는 일은 조선인들과 미군 포로들이 다 했지요."

"거기에 미군 포로들이 있었어요?"

부두에서 주운 미국산 담배꽁초를 아껴가며 피우던 사내가 묻는다. 입술이 부르터 너덜거리는 사내의 잠바 주머니 속에는 부두에서 주운 담배꽁초 여남은 개가 들어 있다.

"미군 포로 수백 명이 있었어요. 일인들이 미군 포로들한테는 힘쓰는 일을 시키더군요. 화물 열차에서 백회, 시멘트, 석탄 등을 내리고 올리는 일이요. 백회 한 포대 무게가 40킬로 나가요. 시멘트 한 포대 무게도 그쯤 되지요. 안남미, 콩깻묵, 호박 등을 한데 넣고 걸쭉하게 개밥처럼 쑨 죽을 한 국자 먹고 그 무거운 걸 날랐어요. 일본이 미국을 쓸 때 왜 쌀 미* 자를 쓰는 줄 알아요?"

야하타 제철소에서 돌아온 사내는 손가락으로 부두 바닥에 쌀 미 자를 그려 보인다.

"왜요?"

"쌀처럼 먹어서 다 죽여 버리겠다는 의미로 쌀 미 자를 쓰는 거라고, 일인 감독이 알려주더군요. 일인 감독이 미군 포로보다 조선인을 더 무시하고 미워했어요. '조센징와 쇼가 나이나!'◆ 전쟁에서 지니까, 그 탓을 조선인한테 돌리며 구박하더군요. '조센징노 세이데 센소데 마케타.'◆ 일인들이 희한한 데가 있어요. 미 함재기가 밤이고 새벽이고 하늘에 흰 줄을 길게 그으며 날아와 융단 폭격을 해대고 전쟁에서 질 것 같으니까, 여섯 자가 넘는 대나무로 식구 수만큼 죽창을 만들데요. 식구가 다섯이면 다섯 개, 여섯이면 여섯 개. 전쟁에서 지면 죽창으로 식구들을 하나씩 찔러 죽이고 자기도 찔러 죽는다고요."

"일본에서 조선이 해방된 건 어떻게 알았소?" 담배꽁초를 그새 다 피운 사내가 묻는다.

"공장에서 일하고 있는데 도조 히데키가 항복 문서를 낭독하는 방송이 나오더군요. 일인 감독이 무릎을 꿇고 앉으며 그러더군요. '도우 이키타라 이이?'▲ 그러고 얼마 있다 미군 비행기들이 날아와 낙하산 두세 개에 커다란 상자를 매달아 야하타 제철소로 내려보내데요. 총, 총알, 수류탄, 속옷, 양말, 식량, 군복, 철모가 상자에 들어 있었어요. 엊그제까지 포로 신세였던 미군들이 기세가 등등해져서는 무장을 하고 부대를 편성하더군요."

"해방되고 곧바로 돌아왔소? 오사카에 있었다는 이는 해방되고 일 년쯤 지나 나가사키에서 야매 배 타고 부산으로 들어왔다더군요. 오

◆ 朝鮮人はしようがないな! 조선인은 어쩔 수 없어!
◆ 朝鮮人のせいで 戦争で負けた. 조선인 때문에 전쟁에서 졌다.
▲ どう生きたらいい? 어떻게 살지?

사카에서 돈을 제법 모았는데 사기꾼한테 속아 전부 잃고 거지가 돼 적기 뱃머리 소 막사에 들어가 살고 있다고 하더군요."

"나는 해방되고 한 달쯤 지나서 돌아왔어요. 시모노세키 항구에 서 조선인들을 조선까지 실어다 줄 연락선이 뜬다고 해서 갔더니 조선인들이 항구 바닥이 안 보일 정도로 빽빽하게 모여 있더군요. 수백 명이 통을 들고 줄을 서 있어서 무슨 줄인가 했더니, 터진 수도관에서 분수처럼 솟는 물을 받으려는 사람들의 줄이었어요. 시모노세키 항구도 폭격에 전부 무너지고 불타 수돗물 받을 데가 없어서요. 종전된 지 한 달이나 지났는데 천장하고 벽이 무너진 창고에서 연기가 피어오르고 있었어요. 오사카, 도쿄, 나고야에 살던 조선인들이 수송선을 타려고 시모노세키 항구로 몰려들더군요. 굶어 죽고, 병들어 죽고, 전염병이 돌아 죽고…… 고향에 돌아가겠다고 시모노세키 항구까지 와서 바다를 앞에 두고 죽은 사람이 하루에 수십 명이었어요. 시체 치우는 일을 하면 승선권을 빨리 준다는 말을 듣고 그 일을 했지요. 대나무 장대에 가마니를 끼워 만든 들것으로 시체를 날라다 바다에 던졌어요. 승선권을 받으려는 조선인들이 모여 있는 곳에서 백 보만 걸어가면 배들이 들어오고 나가는 바다였으니까요. 함경도 사람하고 둘이 한 조가 돼서 손발을 맞췄지요. 그이도 나처럼 징용 끌려온 이였어요. 원산에서 배 타고 니가타 항구까지 가서 다시 작은 배를 타고 사도시마*라는 데로 들어가 광석을 캤다더군요.

● 일본 니가타 현 북서쪽에 있는 사도시마(佐渡島)는 금광이 유명했다. 태평양전쟁 시기에 조선인들이 강제 징용으로 끌려가, 미쓰비시 광업에서 운영하는 사금 광산에서 노역했다.

저 혼자 죽어 있는 시체도 있고, 슬피 울고 있는 가족이나 친구들한테 둘러싸여 있는 시체도 있었어요. 죽어 아무 고통도 느끼지 못하고 아무 상념도 없을 텐데 들개처럼 저 혼자 죽어 있는 시체를 보면 괜히 딱한 생각이 들어서, 하늘을 한 번 원망스레 올려다보게 되더군요.

'이치 니 산.' 함경도 사내가 숫자를 세면 들것을 동시에 기울여 시체를 시모노세키 바다에 떨어뜨렸어요. '이치 니 산, 이치 니 산, 이치 니 산……'

살아서 먹고 마시고 싸고 아귀다툼하는 사람들을 헤집고 다니며 찾은 시체를 들것에 실어 바다에 버리고 버리며 깨달은 게 뭔지 아오?"

의령이 고향인 사내가 졸음기가 묻어나는 목소리로 되묻는다. "그래, 깨달은 게 뭐요?"

"죽으면 아무 말도 못 한다는 거요."

"픽이나 큰 깨달음이오!" 잠바 주머니에서 담배꽁초 하나를 새로 꺼내 입으로 가져가던 사내가 비아냥거린다.

"비가 추적추적 내리는 날이었어요. 썩은 배춧잎 같은 가마니 위에서 비를 맞으며 혼자 죽어 있던 사내의 시체를 들것에 실어 맞들고 바다로 걸음을 놓았어요. 마흔 살쯤 됐을까……. 시모노세키 항구에 벌떼처럼 많은 사람들이 모여 배를 기다리고 있었는데 그 사내의 죽음을 슬퍼하며 울어주는 이가 하나도 없더군요. 함경도 사내가 멀리까지 걸어가더군요. '이치 니 산.' 들것을 기울여 시체를 바다에 던지고, 파도에 삼켜졌다 토해지는 걸 바라보던 함경도 사내가 그러더군요.

'저이 부모 형제들은 저이가 언제나 돌아올까 기다리고 있겠지요?'

바닷물이 들어오고 있어서 시체가 떠내려가지 못하고 파도에 떠올랐다 가라앉았다 하더군요.

십 척 높이까지 솟구친 파도에 떠오르는 시체를 내려다보며 함경도 사내가 내게 묻더군요.

'죽었다는 소식보다 무소식이 나을까요?'

'소식이 없으면 낮이나 밤이나 돌아올 때까지 애태우며 기다리겠지요.'

'기다리는 것도 못할 짓이에요.'

함경도 사내가 그러고는 갑자기 차렷 자세를 하더니 바다에 대고 절을 하더군요.

'사도 광산서 아침에 곡괭이 자루 들고 갱도로 들어가기 전에 갱도 안을 바라보고 서서 절을 했다오. 칠흑 같은 갱도를 향해 절을 할 때마다 오싹하니 기분이 이상했다오. 마치 제물로 바쳐진 산송장을 받아먹으려고 아가리를 의뭉스레 벌리고 있는 짐승을 향해 절을 하는 것 같은 게. 천황이 살고 있는 궁성에 대고 요배하고, 전쟁터에서 죽은 일본 군인을 생각하며 기도하고, 강령을 제창하고 나서야 마침내 줄을 지어 갱도 안으로 들어갔다오.'

언제까지나 한자리에 떠 있을 것 같던 시체가 조금씩 떠밀려 가더니 한순간 파도에 삼켜져 사라지더군요.

한 열흘 시체 치우는 일을 했더니 승선권을 주더군요."

"일본에서 돈 좀 벌었소?" 담배꽁초를 피우던 사내가 묻는다.

"돈이요?"

"노임을 받았을 것 아니오?"

"받았지요. 월 노임이 일본 돈으로 80엔 조금 더 됐는데 이것저것

제하고, 담배 사 피우고, 소주 사 마시고, 저축을 장려해서 저축하고
나면 배고플 때 우동 사 먹을 돈밖에 안 남았어요. 내가 100엔까지 저
축했는데, 일본이 전쟁에서 지는 바람에 저축한 돈을 못 찾고 빈털터
리로 나왔지 뭐요."

　사내들과 조금 떨어진 곳에서 혼곤한 잠에 취해 있던 석구가 깨어난
다. 핏발 선 눈에 힘을 주고 바다를 바라보는 그의 이마가 꿈틀거린다.
　쇼와 천황이 '대동아전쟁 종결 조서'를 낭독하는 소리가 라디오에
서 흘러나올 때 석구는 일광광산* 갱도에 들어가 구리 광석을 캤다.
징용 끌려왔거나 광부를 모집한다는 소문을 듣고 스스로 마을에 흘
러든 광부들이 광석을 캐 갱도 입구에 가져다놓으면 마을 여자들은
구리 광석만 바구니에 골라 담아 말이 끄는 수레에 실었다. 구리 광석
은 좌천역*에서 다시 화물 열차에 실렸다. 일광광산은 해방과 함께 문
을 닫았다. 광산 마을에 존재할 이유를 상실한 그는 6리쯤 떨어진 좌천
역까지 걸어가 기차를 타고 부산으로 나왔다.
　전날 석구는 부두에서 함께 석탄을 나른 떠돌이 하역꾼들과 곰장
어를 구워 먹다가 일광광산이 다시 문을 열었다는 소식을 들었다. 어
스름이 깔려오는 부두에서 짚불을 놓고 곰장어를 구워 먹으며 막걸리
를 마시는 것은, 떠돌이 하역꾼들이 부두에서 날품을 팔고서 누릴 수
있는 최고의 낙이었다.

　● 기장군 일광면에 있었던 구리 광산.
　◆ 기장군 장안읍 좌천리에 있었던 동해남부선의 기차역.

타지인 데다 벽촌인 일광광산 마을로 되돌아가고 싶은 마음이 석구는 강하게 든다. 광산이 문을 닫고 다들 떠날 때 권 씨 가족은 떠나지 않고 남았다. 거제도에서 아내와 두 딸을 이끌고 광산 마을에 흘러들어와 광부가 된 권 씨는, 석구가 조실부모해 고아나 다름없는 처지인 걸 알고 친아들처럼 챙겨줬다. 권 씨의 아내는 마을 여자들과 함께 구리 광석을 고르고 나르는 일을 했다. 고향에는 석구를 반겨줄 친척 하나 없지만 광산 마을에는 권 씨 가족이 있다.

*

흰 무명 치마저고리에 흰 고무신을 신은 여인이 타박타박 발을 놓으며 부두로 걸어온다.

그때까지 부두 바닥에 앉아 있던 석구가 몸을 일으킨다. "나 먼저 가요!" 그는 사내들에게 손을 한 차례 흔들어 보이고 부산역 쪽으로 걸음을 놓는다.

석구와 여인은 바다에서 불어오는 바람을 맞으며 서로를 우연히 지나쳐 간다.

여인은 영도다리가 하늘을 향해 열릴 즈음 북쪽에서 내려와 부산역에 도착한 기차에서 내렸다. 여인이 손수 바느질해 지은 무명 치마는 방금 갈아입은 듯 깨끗해 보이지만 천 쪼가리를 덧대 기운 자국투성이다. 여인은 썰물 때여서 멀리 물러나 있는 남빛 수평선을 바라보며 간밤에 꾼, 태몽이 틀림없는 꿈을 떠올린다. 큰딸의 태몽일까, 셋째 딸의 태몽일까…… 여인은 태몽을 잘 꿔서 동기들의 태몽을 대신 꾸곤 했다. 큰딸을 시집보내고는 애가 들어서기도 전에 태몽을 꿨다.

여인은 작년 이맘때 다녀간 부두가 처음인 듯 낯설다.

하역꾼들, 화물선 선원들, 창고 앞에 모여 물고기를 다듬는 아낙들, 트럭의 연료 통에 목탄을 붓고 있는 소년들, 기중기들, 잔교로 들고 나는 배들, 행상들, 어부들, 미군들, 부두를 가로지르는 트럭들로 북적이는데도 여인은 부두가 텅 빈 듯 느껴진다.

말끔한 셔츠 차림의 사내가 지나가자 여인은 "여봐요!"하고 불러 세우고 묻는다. "이 부두가 관부연락선 들어오는 부두 맞지요?"

"관부연락선이 오가지는 않지만 관부연락선 부두지요."

사내가 가버리려고 해서 여인은 다급한 목소리로 묻는다. "혹시 오늘 연락선 들어온다는 소리 못 들었어요?"

"연락선이요?"

"네, 귀환 동포들 실은 연락선이요."

"귀환 동포 실은 배들은 작년에 다 들어왔지요."

"내가 딸 셋을 낳았는데, 딸 하나가 일본 방직 공장에 군복 만들러 가 아직 안 돌아왔답니다…… 내 둘째 딸 해옥이요."

"여태요?"

사내의 말에 여인은 한숨을 쉬다 간신히 목소리를 내 말한다.

"열다섯 살에 아침밥 먹자마자 떠나서는 시모노세키에서 누런 엽서 한 장 보내오고 소식이 끊겼답니다. 그래서 아버지가 돌아가신 것도, 조카가 둘이나 태어난 것도 모르고 있답니다."

"하여간 부산과 시모노세키 오가는 연락선은 벌써 끊겼어요!"

"아저씨, 돌아올 사람들은 다 돌아왔을까요?"

"네?"

"부산역 앞에서 땅콩 파는 여자가 그러데요. 돌아올 사람은 벌써 다 돌아왔다고요."

"다들 돌아오긴 했더군요." 사내는 부두를 달려가는 미군 트럭을 바라보며 건성으로 말한다.

"다들요?"

"하여간 내가 아는 사람들은 전부 돌아왔더군요."

"아저씨, 다들 돌아왔는데 왜 우리 해옥이만 못 돌아오고 있을까요?"

"그걸 내가 어떻게 알겠어요?"

"우리 해옥이를 일본 방직 공장에 보낸 면 서기는 알겠지 싶어서 면사무소를 찾아갔더니 해옥이가 누군지도 모르더군요."

"아주머니, 그러게 딸을 왜 일본 방직 공장에 보냈어요!"

"보내고 싶어서 보냈나요. 보내야 한다고 하니까 아무것도 모르고 보냈지요. 일본에는 군복 만들 여자애들이 없나, 하는 생각도 딸을 보내고 나서야 들었으니까요.

그때가 모내기 철이었어요. 한동네에 사는 친척이 부탁한 수의를 짓고 있는데 면 서기가 우리 집을 찾아왔네요. 이 집에는 징용 보낼 아들이 없으니 딸이라도 일본 방직 공장에 보내야 한다고 하데요. 딸을 안 보내면 애들 아버지가 반역죄로 감옥에 갈 거라고 하더군요. 엿새 뒤에 면 서기가 안경 쓴 사내를 우리 집으로 보내왔답니다. 생전 처음 보는 사내한테 해옥이를 딸려 보내고 철로가 내려다보이는 언덕까지 뛰어올라갔답니다. 모내기를 하려고 물을 받아놓아서 논이 면경처럼 번들거리더군요. 논 너머 철로를 내려다보며 기차가 지나가기만을 기다렸답니다. 기차가 언제나 지나갈까 하고 있는데 북쪽에서 기차가 달려오더군요. 저 기차에 우리 해옥이가 타고 있을까…… 기차를 향해 손을 흔들다 절을 하기 시작했답니다. 기차가 보이지 않을 때까지 절을 했답니다. '우리 해옥이가 무탈히 집에 돌아오게 해주세요.' 여태 못 돌아오고 있는 걸 보면 아무래도 그 기차가 아니었나 봐요. 우리 해옥이가 탄 기차가 그 기차가 아니었나 봐요."

여인은 손에 든 보따리를 부두 바닥에 내려놓으며 주저앉는다. 여인은 날이 미처 밝지 않아 아직 어둑어둑할 때 집을 나서서 경주역까지 걸어갔다. 역에서 한 시간 넘게 기다렸다 기차를 탔다.

여인은 몸을 일으킨다. 두 손을 가슴 앞에 모으고 바다에 대고 절을 하며 간곡히 빌기 시작한다.

바다가 관세음보살이라도 되는 듯 여인은 나무아미타불 관세음보살을 외운다. 그녀가 온전히 외울 수 있는 불경이 나무아미타불 관세음보살뿐이고, 빌며 매달릴 데가 관세음보살님뿐이기 때문이다.

"나무아미타불 관세음보살, 나무아미타불 관세음보살……." 외울수록 여인의 입은 말라간다.

마른 콩깍지 같아진 여인의 입에서 딸의 이름이 터져 나온다.

"해옥아!"

그 순간 바다가 눈물방울을 떨어뜨리기 전의 눈동자처럼 흔들린다.

"아아, 해옥아! 돌아올 때까지 기다릴 테니 돌아와야 한다. 백 년, 천 년, 만 년 죽지 않고 기다릴 테니 몸 성히 꼭 돌아와야 한다."

9부

우리들의 공양 제물

37

쇠 선로 위 발가벗은 사내아이의 얼굴이 훌쩍 들린다. 쇠 선로가 들들들 떨리고 침목들이 깨어나 들썩인다.

"빠가!"

사내아이는 맨발로 쇠 선로를 힘껏 박차며 훌쩍 날아오른다.

*

북쪽에서 내려온 화물 열차가 부산진역을 향해 달려간 철로로 언청이 여자가 걸어온다. 그녀는 침목 위에 떨어져 있는 염소 똥만 한 석탄 쪼가리를 주우려 허리를 구부린다. 화물 열차는 그쯤에서 섰다가 기적을 울리며 부산진역을 향해 다시 출발했다. 그녀는 허리에 맨 쌀자루 속에 석탄 쪼가리를 집어넣고 허리를 일으켜 세운다. 어머니의 배 속에서부터 금이 간 얼굴을 들고 그녀의 머리 위로 낮고 느리게 날아가는 검은 새를 올려다본다. 검은 새가 짙게 드리우는 그림자가 그녀의 얼굴을 어루만지듯 스치고 지나간다. 어릴 때 만주 보리밭에서 봤던 검은 새가 불현듯 떠올라 그녀는 멀어지는 검은 새를 눈으로 좇는다. 아버지는 보리를 베고 있었고, 어머니는 여섯 매끼쯤 쌓은 보릿단 옆에서 저고리를 풀어헤치고 태어난 지 한 달도 안 된 자식에게 젖을 먹이고 있었다. 아버지가 낫으로 보리를 베는 소리가 땅에 깔려 떠돌다 흩어졌다. 아장아장 보리밭을 걸어다니던 그녀는 보리 밑동을 맨발로 밟고 서서 강 쪽에서 날아오는 검은 새를 봤다. 아버지가 보리와 수수, 옥수수, 감자를 심어 먹던 밭에서 30리쯤 걸어가면 강이 흘렀다. 검은 새는 집이 열 채쯤 모여 있는 마을 쪽으로 날아갔다. 그녀는 만주 하늘을 날던 검은 새가 자신을 찾아 이곳 남쪽 땅끝까지 날아온 것 같다.

"아버지……."

그녀는 명치에 얹혀 있던 소리를 토하며 울먹인다.

"어머니……."

그녀의 부모는 만주에 있다.

38

"아, 누가 날 여기에 데려다놨을까!"

하늘을 올려다보며 탄식하던 천복은 자신의 앞에 끝을 모르고 뻗어 있는 철로를 바라본다.

그는 국수 한 대접을 사 먹고 부두를 배회하다 북쪽을 바라보며 발을 놓았다. 때마침 바다 쪽에서 바람이 불어와 그를 그의 고향이 있는 북쪽으로, 북쪽으로 떠밀었다. 우암 소 막사 쪽에서 날아온 까마귀가 부산형무소 쪽으로 날아가며 까악— 하고 내뱉는 소리에 번쩍 정신을 차려보니 철로 침목을 밟고 서 있었다.

초점 없이 가라앉아 있던 천복의 두 눈동자가 또렷하게 떠오르며 철로 끝의 소실점을 응시한다.

잿빛 옷차림의 사람 하나가 철로에 홀연히 떠오른다. 아이인지, 어른인지, 남자인지, 여자인지 분간이 안 되는 사람이 아지랑이처럼 소리 없이 떠올라 아른거리고 있다.

맨발로 철로 침목을 간신히 밟고 서 있는 가쓰코를 천복은 매섭게
쏘아본다.

"내 어머니요?"

가쓰코의 흐릿한 입은 바늘로 꿰매놓은 듯 꾹 다물려 있다.

그녀는 터진 소금 자루를 부두 바닥에 버려두고 쫓기듯 그곳까지
걸어왔다. 나뭇가지에 찔린 새끼발가락에서 피가 흐르고 있지만 통증
을 느끼지 못한다. 등에 업고 나르던 소금 자루가 터지는 바람에 그녀
는 소금 열세 자루를 나르고도 품삯을 받지 못하고 부두를 도망치듯
벗어났다. 소금 자루가 터지며 소금이 흘러내리는 걸 정어리에 소금을
치던 아낙들이 봤다.

소금 자루에서 소금이 흘러내릴 때 그녀의 몸뻬 바지에 묻어난 소
금 알갱이들이 햇빛을 받아 반짝인다.

"내 어머니요?"

자신 앞에 서 있는 조그만 여자가 부두에서 봤던 그 여자라는 걸
천복은 깨닫지 못한다. 보름 전쯤 그는 잔교에 매어놓은 고깃배 앞에
서 그물을 만지고 있는 가쓰코를 봤다. 그녀는 시든 벚꽃 잎 같은 눈꺼
풀을 내리깔고 자신이 벗어놓은 허물인 듯 그물을 둘둘 말고 있었다.

"내 마누라요?"

"……."

"내 딸이요?"

가쓰코의 입이 아주 조금 벌어지며 나지막한 소리가 신음처럼 토해
진다. "아들……."

골이 깊이 파인 천복의 미간이 꿈틀거린다.

"내 어머니요?"

가쓰코가 어깨를 조아려가며 빈 병에서 바람이 새는 것 같은 소리로 말한다.

"무스코가 도테모 아이타이데스."•

천복이 두툼한 코를 일그러뜨리며 내뱉는다.

"흥, 일본 여자였군!"

욕설처럼 들리는 그 소리에 가쓰코가 경기하듯 어깨를 떤다.

"무스코가 도테모 아이타이데스. 소레데 이키가 데키마센."◆

가쓰코를 바라보는 천복의 눈빛에는 적대감 대신에 실망감과 안쓰러움이 서려 있다.

"부두에 일본 여자가 또 있으니 찾아가보시오."

천복은 손을 들어 부두 쪽을 가리켜 보인다. 가쓰코가 자신의 말을 알아듣지 못하자 "니혼진! 니혼진!" 하고 소리친다.

"일본 여자, 중국 여자, 조선 여자…… 젖먹이 자식을 안고 있으면 다 똑같아. 자식한테 젖을 먹이는 모습은 일본 여자나 중국 여자나 조선 여자나 다 똑같아."

*

천복이 가버리고 철로에 홀로 남겨진 가쓰코는 고개를 든다. 곧게

• 息子がとても会いたいです. 아들이 너무 보고 싶습니다.

◆ 息子がとても会いたいです. それで息ができません. 아들이 너무 보고 싶습니다. 그래서 숨을 쉴 수가 없습니다.

뻗은 철로 끝에 우뚝 서 있는 산이 그녀는 항구에 정박해 있는 배로 보인다. 거대한 배 너머에는 바다가 있다. 그리고 바다 건너에는 남편의 고향이 있다.

시모노세키 항구에서 조선으로 가는 배를 타던 때로 되돌아간 가쓰코는 속에서 떠도는 말을 소리 내 중얼거리며 한 발짝 한 발짝 배를 향해 발을 내딛는다.

"가쓰코야, 너 배를 타러 가고 있구나. 한 발짝 한 발짝 배를 타러 가고 있구나…… 운명도 모르고 배를 타러 가고 있구나…… 까무룩 잠든 아기를 안고 가쓰코, 배를 타러 가고 있구나."

겨울 버드나무 가지처럼 늘어져 있던 그녀의 두 팔이 가슴께까지 들린다. 그녀는 아기를 받아 품에 안듯 두 팔을 둥그스름하게 모은다. 그녀의 발 하나는 침목을, 또 하나는 침목 밑에서 삐죽 올라와 보라색 꽃을 피운 풀을 밟고 있다.

"배야 어서 떠나라, 가쓰코와 아기가 항구에 닿기 전에 배야 떠나라. 가쓰코, 배를 타지 마. 배를 타지 마……."

그녀는 한 발짝 한 발짝 배를 향해 계속 걸어간다.

"가쓰코, 한 번이라도 뒤를 돌아다봐. 배에 오르기 전에 부디 한 번이라도 뒤를 돌아다봐……."

*

가쓰코를 버려두고 철로를 따라 북쪽으로 걸어 올라가던 천복은 고개를 들고 사방을 두리번거린다.

"울지 마라, 엄마가 집에 가 흰쌀밥 줄게……."

아기를 업고 철로를 건너는 봉금이 그의 눈에 들어온다. 아지랑이가 피어오르기 시작한 철로를 가로질러 건너는 그녀를 바라보는 그의 미간 주름이 더 깊고 굵게 팬다.

"내 마누라요?"

그러나 봉금은 자신이 중얼거리는 소리에 취해 그가 묻는 소리를 듣지 못하고 가버린다.

"울지 마라, 엄마가 집에 가 흰쌀밥 줄게……."

천복은 핏대가 서도록 목소리에 힘을 실어 묻는다.

"내 마누라요?"

봉금은 그러나 생각에 잠겨 천복이 묻는 소리를 듣지 못한다.

"울지 마라, 엄마가 집에 가 흰쌀밥 줄게……."

그녀는 부산형무소를 찾아가는 길이다. 그곳에서 대신정 부산형무소까지는 한 시간여를 더 걸어가야 한다. 초량 일대의 잿빛 지붕들 위로 솟아 있는 공장 굴뚝들 사이로 바다가 보인다. 대청정 거리로 전차가 달려가는 게 언뜻 보인다.

천복은 철로를 벗어나 봉금을 쫓아 발을 놓는다.

39

널빤지를 성기게 이어 붙여 둘러친 담에 옷가지가 널려 있다. 흰 무명 저고리, 검은 몸뻬 바지, 광목 바지, 메리야스…… 그것들 사이에서 쑥색 무명 잠바가 두 팔을 팔락팔락 손짓하듯 흔들고 있다.

담 너머 마당에서는 수탉 한 마리와 암탉 세 마리가 감나무 밑에서 흙 목욕을 하고 있다.

"남의 애 옷을 왜 함부로 만지고 그래요?"

뒷덜미를 때리듯 들려오는 소리에 애신은 화들짝 놀라 뒤를 돌아다본다. 머리에 흰 무명 수건을 두른 여자가 애신을 흘겨보고 있다.

"단추가 세 개네요." 애신은 손끝으로 잡고 있던 잠바 소매를 놓는다.

"그래서요?"

"단춧구멍은 다섯 개고요. 단추는 세 갠데 단춧구멍은 다섯 개……."

때마침 쪽파가 담긴 소쿠리를 머리에 이고 걸어가는 여자를 보고는 여자가 큰 소리로 말한다.

"도둑이 무서워서 빨래도 못 널어 말리겠어요."

"누가 옷 훔쳐 갔어요?" 마흔쯤 돼 보이는 여자가 쌍꺼풀진 눈을 동그랗게 뜬다.

"눈 뜨고 코 베어 간다더니 엊그제 부산장서 돈 주고 산 우리 아들 잠바를 방금 눈 뜨고 도둑맞을 뻔했지 뭐예요."

"금방 해 널어 물이 줄줄 흐르는 옷도 훔쳐 간다더군요.[20] 도둑이 오죽 극성이면 내 집 부엌에 있는 솥도 누가 집어 가면 집어 간 사람이 임자라고 하겠어요?"

여자가 쯧쯧 혀를 차며 가버린다.

"철로에 발가벗은 사내아이가 있어요."

"그래요?"

"발가벗은 사내아이가 날 따라왔어요…… 내겐 옷이 없는데…… 그래서 발가벗은 사내아이한테 내가 욕을 했지 뭐예요."

"욕을요?"

"'나쁜 놈아!' 사내아이가 날 계속 따라왔어요…… 내가 그 애 엄마도 아닌데 말이에요……."

여자가 얼굴에 조롱 어린 웃음을 띤다. "곰곰이 생각해봐요."

여자는 그러곤 애신을 흘겨보고 옷들을 거칠게 걷는다. 대충 둘둘 말아 품에 안고는 싸리대문을 발로 차 열고 마당으로 들어선다. 노란 부리로 땅을 쪼고 있는 황금빛 암탉에게 소리 지른다.

"닭아, 땅은 그만 쪼고 들어가서 알이나 낳아라!"

40

"불쌍해, 불쌍해……."

무명 저고리에 누런 몸뻬 바지 차림의 깡마른 여자가 울먹이며 걸어간다.

마당에 그물이 널려 있는 집 앞에서 여자는 흙먼지가 일도록 푹석 땅에 주저앉는다.

"불쌍해……."

"아주머니, 누가 불쌍해서 그렇게 우세요?"

여자가 낮달처럼 희미한 얼굴을 들어 애신을 올려다본다. 흐느낌을 삼켜가며 말한다.

"저 위 판잣집에 옳게 못 태어나 앞도 못 보고 일어나 앉지도 못하는 여자애가 거지 할아버지와 단둘이 살았답니다…… 그런데 오늘 아침에 여자애가 세상을 떠났답니다. 거지 할아버지가 구걸하러 나가고 없을 때 그 어린 게 혼자 죽었답니다……."

여자는 울먹이다 말을 잇는다.

"지난봄이었지요. 초량시장서 여자애를 공양 제물처럼 지게에 짊어지고 동냥질하는 할아버지를 봤답니다. 새끼줄이 여자애의 몸을 친친 휘감고 있었답니다. 공양 제물이 혹시라도 지게에서 굴러 떨어져 세상 티끌이 묻으면 안 되니까요. 할아버지가 먹을 걸 구걸하는 동안 여자애는 가누지 못하는 머리를 맥없이 떨어뜨리고 고개를 끄덕끄덕 흔들기만 하더군요.

공양 제물은 원망할 줄도, 미워할 줄도, 시기할 줄도 모를 만큼 착해야 하지요. 욕심이라고는 모르는 바보 천치여야 하지요.

여자애가 공양 제물인 걸 모르고 사람들이 쑥덕거리더군요.

'병신 여자애가 또 동냥질을 나왔네.'

'병신도 아주 상병신이네요.'

조롱하는 걸로는 성에 안 차 거지 할아버지 앞을 가로막고는 시비를 거는 이도 있었답니다.

'마누라요?'

'외손녀요…… 내가 그다지 길지도 않은 한세상을 살며 참말로 죄를 많이 지어서 병신 외손녀가 태어났네요.'

거지 할아버지는 초량시장에서 죽 한 그릇도 못 얻고 시나마치 거리로 발을 놓았답니다.

나는 거지 할아버지를 따라갔답니다.

시나마치 거리에 천 서방이라는 늙은 중국인이 세상을 등지고 앉아 만두를 빚어 파는 청요릿집 춘화원이 있답니다.

거지 할아버지가 춘화원 앞에서 서성거리자, 검은 치파오를 입은 천 서방의 며느리가 아기작아기작 걸어 나오더군요. 거지 할아버지의 손에 들린 동냥 바가지에 김이 모락모락 나는 만두 세 개를 담아주더군요.

팔짱을 끼고 가까이서 그 모습을 유심히 지켜보던 중국 여자가, 하늘을 찌를 것 같은 목소리로 천 서방의 며느리에게 그러더군요. 거지 할아버지가 돌아서기도 전에 말이에요.

'거지가 내일 또 올 거야.'

'그래요?'

'거지가 어제도 왔지?'

'그랬지요.'

'그제도, 그저께도, 그끄저께도 왔지?'

'그랬지요.'

'그때마다 너는 저 거지에게 만두 세 개를 줬어. 오늘도 만두 세 개를 줬으니 거지가 내일도 오겠지. 네가 어김없이 만두 세 개를 줄 거라고 믿고는 말이야.'

중국 여자가 돌아서려다 말고 천 서방의 며느리를 노려보며 그러더군요.

'네가 거지에게 준 만두에 낯선 문양이 찍혀 있던데. 너희 집 만두에는 문양이 없지. 우리 집 만두에도 문양이 없고. 너희 집 만두도, 우리 집 만두도 피가 얇아서 문양을 찍을 수 없어. 분명히 천川 자 비슷한 문양이 찍혀 있었단 말이야. 대체 무슨 문양이지?'

'문양이 아니라 족제비 발자국이에요.'

'족제비 발자국?'

'네, 왕 아주머니, 족제비 발자국이랍니다.'"

여자는 탄식을 길게 토하고 나서야 다시 말을 잇는다.

"나는 거지 할아버지를 따라갔답니다. 살아 있는 공양 제물이 어디에 바쳐질까, 몹시 궁금했거든요.

거지 할아버지는 부산진역까지 걸어가 철로를 따라 북쪽으로 걸어 올라갔답니다. 풀이 무성한 무덤 앞을 지나고 돼지우리를 지나, 토끼 우리보다 못한 판잣집 세 채가 모여 있는 곳에서 마침내 지게를 내리더군요. 여자애를 묶은 새끼줄을 풀더니, 지게에서 미끄러져 흘러내리는 여자애를 간신히 잡아 끌어올려 등에 업고는, 판잣집 세 채 중에서 가장 허름한 판잣집 안으로 들어가더군요. 조금 뒤 판잣집에서 한없이 다정한 소리가 들려왔답니다.

'옥분아, 만두 먹어볼까…… 자…… 입을 벌리려무나…… 기름지지…… 씹어보렴…… 오물오물…… 그렇지…….'

집에 돌아와 저녁 안칠 보리쌀을 씻는데 여자애의 얼굴이 눈에 아른거리더군요. 여자애의 얼굴이 눈을 감고 있어도 떠오르고, 눈을 뜨고 있어도 떠올라서 나는 판잣집을 다시 찾아갔답니다.

거지 할아버지는 구걸을 나가고 여자애 혼자 판잣집을 지키고 있더군요. 썩은 감자 속 같은 방에서 거미줄 같은 넝마를 걸치고 누워, 머리는 머리대로, 팔다리는 팔다리대로, 손가락은 손가락대로 바들바들 떨고 있는 여자애를 회색 새끼 고양이가 지키고 있더군요.

'엄마……? 엄마……?'

엄마가 온 줄 알고 여자애가 엄마를 애타게 부르더군요.

'엄마……?'

나는 우물에서 물을 떠다 여자애 얼굴을 씻겼답니다. 목, 어깨, 겨드랑이, 팔, 손, 손가락, 배, 엉덩이…… 여자애 몸을 씻겨 나갔답니다.

나는 세신사랍니다.

열 살 먹어 온천욕장의 세신사가 됐답니다. 갈치잡이 철이어서, 바다에서 잡은 풀치하고 밭에서 뽑은 무로 섞박지를 만들어 빈 항아리를 채우느라 마을 여자들이 부지런을 떨어델 때였답니다. 이웃집 항아리들이 갓 담은 섞박지로 꽉꽉 찰 때 우리 집 항아리는 비어 있었답니다. 내가 일곱 살 때 어머니가 병으로 돌아가시고 안 계셔서요. 낮잠을 자고 있는데 품팔이 어부인 아버지가 날 깨우더니 마을에서 10리쯤 떨어진 해운대의 해운루 온천욕장에 데리고 갔답니다. 그곳에서 기모노를 차려입고 나막신을 신은 조선 여자에게 새끼 염소를 팔듯 날 떠넘겼답니다. 내가 '아버지' 하고 불렀더니, 얌전히 말 잘 듣고 있으면 늦지 않게 데리러 오겠다는 말을 남기고는 뒤도 안 돌아다보고 휘적휘적 가버리시더군요. 나보다 두 살 더 먹은, 한쪽 다리를 저는 언니가 그 온천욕장에 와 있었답니다. 나는 그날부터 세신사가 돼 그 언니와 함께, 온천욕을 하러 온 여자들 몸을 씻겼답니다. 온천욕을 즐기려는 여자들이 기차를 타고 그곳까지 왔답니다. 경성서도, 일본서도, 중국서도 왔답니다.

늦지 않게 데리러 오겠다던 아버지는 내가 열다섯 살 먹어 그곳을 떠나도록 데리러 오지 않았답니다. 해운루 온천욕장을 떠나기 전에 고향집에 찾아갔더니 아버지가 새장가를 들어 자식을 둘이나 낳고 살고 있더군요. 그때도 갈치잡이 철이었답니다. 나는 그런 줄도 모르고 집 앞 우물에서 섞박지에 넣을 무를 씻고 있는 여자를 보고는 눈물을 쏟았답니다. 죽은 어머니가 살아 돌아와 살고 계신 줄 알고요. 아버지가 갈치잡이 배 타러 나가고 없어서 인사도 못 드리고 온천욕장으로 돌아왔답니다. 닷새 뒤 나는 다리를 저는 언니하고 동래 온천으로 가 그 곳 온천장에 세신사로 취직했답니다.

열 살에 세신사가 돼 많은 몸을 씻겼답니다. 일본 여자, 조선 여자, 중국 여자, 부잣집 마나님, 기생, 첩……

여자애 몸은 내가 씻겨보지 못한 몸이었답니다. 미끄러지고 꼬꾸라지는 몸을 떠받들듯 끌어안고 씻기는데 사람 몸을 씻기는 게 처음인 것 같았답니다.

'아, 사람 몸을 씻긴다는 게 이런 거구나!' 탄식이 절로 나오더군요.

나는 여자애 몸을 어루만지며, 쓰다듬으며, 귀여워 죽겠다는 듯 살짝살짝 꼬집어가며 씻겼답니다. 상병신이라고 손가락질 받는 몸이지만 그 몸이 없으면 여자애는 없는 거니까요. 그 몸이 있으니까 여자애가 있는 거니까요.

나는 보름에 한 번씩 여자애를 찾아가 얼굴과 몸을 씻겼답니다.

나중에 거지 할아버지에게 들으니 여자애가 딸이 집 떠나 낳아 온 외손녀라더군요. 중일전쟁 나고 그 이듬해에 딸이 보수정에 있는 직업 소개소의 소개로 일본에 있는 공장에 취직이 돼 돈 벌러 가서는 소식이 끊겼답니다. 객사한 줄로만 알았던 딸이 해방된 해 가을에 외손녀를 데리고 귀신 몰골로 나타났답니다. 직업소개소를 제 발로 찾아갈 만큼 영특하던 딸이 자기 나이도 모를 만큼 바보 천치가 됐더랍니다. 그래서 열여섯 살 먹은 해 가을에 돈 벌러 가 6년 만에 돌아왔으니 스물두 살이라고 일러줬답니다. 겨울 나고, 냉이에 꽃이 필 즈음 딸이 여자애를 두고 홀연히 집을 나가버렸다고 하더군요. 딸이 혼이 나간 얼굴로 봉래각* 앞으로 걸어가는 걸 봤다는 여자도 있고, 영도다리를 건너가는 걸 봤다는 여자도 있어서 영도에 스무 번도 넘게 들어갔다 나왔지만 찾지 못했다고 했어요.

딸이 말해주지 않아서 거지 할아버지는 외손녀의 아버지가 누군지, 어디서 낳았는지 모른다고 했어요. 아는 거라고는 딸이 부르던 외손녀 이름하고 나이뿐이라고 했어요. 시즈코…… 그게 딸이 부르던 외손녀의 이름이라고 했어요. 조선이 해방된 해에 거지 할아버지는 옥분이라는 조선 이름을 외손녀에게 지어줬다고 했어요. 할아버지는 남이 듣지 않을 때만 외손녀 이름을 불렀답니다. 내가 듣는 데서도 부르지 않았답니다. 자신의 외손녀처럼 비천한 계집애의 이름을 옥분으로 지은 걸 세상 사람들이 알면 비웃을까 봐서요. 옥ㅌ이라는 한자는 귀한 신분으로 태어난 여자애에게나 붙일 수 있는 한자니까요.[21]

출생 신고를 하지 않았으니 여자애는 세상에 태어난 적이 없답니다. 세상에 태어난 적이 없으니 세상에 살았던 적도 없답니다. 세상에 살았던 적도 없는 여자애가 이름이 두 개나 됐답니다. 시즈코라는 일본 이름, 옥분이라는 조선 이름.

여자애가 죽어갈 때 새끼 고양이라도 곁을 지켰으면 덜 외로웠을 텐데, 도망갔는지 목에 감아놓았던 새끼줄만 있더군요."

• 구(舊) 백제병원 건물로, 동구 초량동 467번지에 위치한다. 부산역에서 중앙로를 건너 초량2동 주민센터로 가는 길의 오른쪽 모서리에 있는 4층 벽돌 건물이다.

41

"눈을 감아⋯⋯."

팽이밥 무더기 앞에 까만 몸뻬 바지 차림의 여자가 웅크리고 앉아 있다.

"눈을 감아, 눈을 감아⋯⋯ 네가 눈을 감아야 내가 가지⋯⋯."

"아주머니⋯⋯."

애신이 조심스레 부르는 소리에 여자가 고개를 들어 뒤돌아다본다.

"뭘 보고 계세요?"

"눈 감을 새도 없이 비명횡사했는지 참새가 눈을 뜨고 죽어 있네요. 철로에서는 회색 새끼 고양이가 눈을 뜨고 죽어 있더니⋯⋯ 귀환 동포를 실은 배들이 부두로 속속 들어오던 재작년 여름에는 눈을 뜨고 죽어가는 남자를 봤지요. 부두에 있는 창고 뒤에서요. 부평정에서 서양 가구점을 하던 일인이 창고 주인이었지요. 한 달쯤 전에 그 앞을 지나가면서 보니 소금 창고로 쓰고 있더군요. 일인이 주인일 때 사람 그림자만 지나가도 목덜미에 감긴 쇠사슬을 치렁치렁 흔들며 사납게 짖던 개는 보이지 않더군요. 송아지만 한 개가 비가 오면 비를 맞고, 우박이 내리면 우박을 맞고, 서리가 내리면 서리를 맞고, 엄동설한에는 털이 얼어 바늘처럼 곤두선 몰골을 하고 밤낮 잠도 안 자고 충실히 창고를 지켰답니다. 한번은 안쓰러운 마음이 들어서 인절미 한 덩이를 던져줬답니다. 개가 앞발 사이에 뚝 떨어진 인절미를 쳐다보기만 하고 먹을 생각을 않더군요. '왜, 주인이 주는 떡이 아니라서 안 먹니?' 하고 물었더니 날 물끄러미 쳐다보더군요. 그 뒤로는 내가 창고 앞으로 지나가도 짖지 않았어요. 그렇다고 꼬리를 흔들며 반가워하지도 않았답니다. 사람도 개도 너무 우직하고 충실하면 삶이 고단해요. 적당히 요령을 부릴 줄 알아야 편한데…… 일인 주인이 일본으로 쫓겨나며 버리고 가 하루아침에 주인 없는 개가 됐으니, 부두에 넘쳐나는 막일꾼들이 영도다리 아래 둑이나 자갈치로 끌고 가서는 잡아 몸보신했겠지요.

귀환 동포 같았어요. 눈을 뜨고 죽어가던 남자요. 입 속에 밥알을 물고 있었거든요. 손에는 으깨진 주먹밥을 움켜쥐고 있었어요. 부두로 들어온 배에서 귀환 동포들이 내릴 때 학생들이 주먹밥을 하나씩 나눠줬지요. 봉래국민학교에서 주먹밥을 만들어 미군 트럭으로 부두까지 날랐지요. 배에서 내려 주먹밥을 한 입 베어 물고 그 창고까지 걸어와 쓰러진 거겠지요. 눈을 부릅뜨고 있었어요. 눈동자에 발톱이 달려 있어서 그 발톱으로 세상에 악착같이 매달려 있는 것 같았어요.

눈을 뜨고 죽은 새나 고양이를 보면 그 남자가 떠올라요. 생면부지인 그 남자가 눈을 뜨고 죽은 참새로, 까치로, 고양이로, 살쾡이로, 개로 환생해 떡장수인 내 앞에 다시 나타난 것만 같아서 발길이 안 떨어져요.

내 앞에 눈을 뜨고 죽어 있는 이 참새도 참새로 안 보이고 그 남자로 보여요. 부리를 벌리면 밥알이 들어 있을 것 같아요.

고관 장수목욕탕 할머니는 그러더군요. 환생은 윤회를 거쳐 다시 태어나는 거라고요. 사람의 영혼은 영원히 죽지 못해서 육신의 수명이 다하고 업이 다하면 몸을 바꿔서 태어난다고요. 업보에 따라 개나 뱀으로 태어나기도 한다고요. 지옥도에서 태어나 극심한 고통 속에 놓일 수도 있고, 천도에서 태어나 지극한 행복을 누리며 살 수도 있으니 악한 업보를 멀리하고 선한 업보를 쌓으라고요.

장수목욕탕 할머니가 얼마나 불심이 깊은지 동래 금정산 범어사까지 불공을 드리러 가신답니다. 고관에서 범어사까지 가려면 전차를 두 번 갈아타고 종점인 온천장까지 가 걸어서 한 시간을 더 들어가야 하지요. 내가 고생스럽게 왜 그 먼 절까지 다니시냐고 했더니 큰스님은 큰 절에 있다고 하더군요.

할머니는 살생이 가장 나쁜 악업이라고 하셨어요. 살생 업보라고, 미운 사람을 죽이고 싶어 하는 마음도 살생 업보여서 제명대로 못 사는 단명보를 받는다고요. 그래서 할머니는 개미 한 마리, 거미 한 마리도 당신 손으로 죽이지 않으신답니다. 할머니가 인절미를 맛나게 드시며 들려주는 살생 업보 얘기를 가만히 듣다 보니 내 어머니가 떠오르더군요.

내 어머니는 살생을 밥 먹듯 하셨거든요. 살아 있는 오징어 몸통을 칼로 가르고, 살아 있는 소라를 돌로 내리쳐 껍데기를 깨부수고, 살아 있는 물고기 배를 손으로 따고, 살아 있는 문어를 팔팔 끓는 물속에 집어넣고…….

내 어머니가 갯바위에서 돌멩이로 소라를 내리치던 장면이 내가 세상에 태어나 제일 처음 본 장면이니까요. 바다에서 잡은 소라가 어머니 앞에 돌탑처럼 수북이 쌓여 있었어요. 돌멩이에 껍데기가 으깨지며 파편이 어머니의 얼굴로 튀었어요. 내가 놀라서 울자 어머니가 살아서 꿈틀거리는 소라 살을 갯바위 오목한 곳에 고여 있는 바닷물에 흔들어 씻더니 내 입에 넣어주셨어요.

영도 태종대 아랫마을이 내 고향이에요. 짤비라고, 바다에서 나는 풀을 질리게 뜯어 먹고 자랐지요.

말린 오징어, 갈치, 가자미, 홍합, 소라, 해삼…… 어머니는 어물 보따리를 머리에 이고 부산장에 나가 파셨어요. 4일과 9일에 오일장이 열렸어요. 배고플 때 먹을 주먹밥이나 고구마를 삼베 보자기에 싸 보따리 속에 챙겨 넣고 새벽 어스름 녘에 집을 나섰어요. 마을 아주머니들과 함께 봉래산 산길을 넘어가 봉래동 나루터까지 나가셨어요. 그곳에서 나룻배를 타고 용미산 아래 나루터까지 가, 걸어서 부산장까지 가셨어요. 해가 뉘엿뉘엿 지고 나서야 멥쌀, 보리쌀, 팥, 기장, 콩이 든 보따리를 이고 봉래산 산길을 되넘어 집으로 돌아오셨지요. 집 마당에 들어서는 어머니 발은 발톱이 들떠 피가 흐르고 발바닥은 물집투성이였어요. 집에서 부산장까지, 다시 부산장에서 집까지 꼬박 70여 리 길을 짚신을 신고 걸어서요. 미더덕처럼 부풀어 오른 물집이 터져 고름이 흐르고, 고름이 딱지로 굳어 떨어지고, 들떠 있던 발톱이 가라앉으면 어머니는 또다시 어물 보따리를 만들어 머리에 이고 부산장에 가셨어요.

내 어머니가 살아 있는 소라를 돌멩이로 쳐 깨뜨린 것도 살생 업보인지 물어보려고 장수목욕탕에 들렀더니, 할머니가 범어사에 공양을 드리러 가셔서 엿새 뒤에나 오실 거라고 하네요.

장수목욕탕 할머니는 동래 부잣집에서 태어나 고관 부잣집으로 시집가 식모가 해주는 밥을 받아먹기만 해서 자기 손으로 살아 있는 물고기 배를 딸 일이 없었을 테니 돌아가시면 천도에 가실까요?"

여자는 애신에게 묻고는 덤불에 대고 속삭이듯 말한다.

"눈을 감아, 눈을 감아…… 눈이 절대 안 감길 것 같지만 아주 조금씩 감기고 있답니다. 눈을 감아, 눈을 감아…… 네가 눈을 감아야 내가 가지……."

42

 남빈 어시장 쪽으로 걸음을 옮기던 도끼는 휘청 흔들린다. 안개가 낀 듯 세상이 갑자기 흐릿하다. 체한 것처럼 속이 울렁거리고 손에 힘이 빠진다.

 간난에게 말하지 않았지만 엊그제 그는 바다에 그물을 내리다 손에 힘이 빠져 세 번이나 연속으로 놓쳤다. 망연히 하늘을 바라보다 간신히 그물을 내렸다.

 새띠고개를 넘어오는 동안에도 구역질이 나며 두 번이나 눈앞이 핑그르르 돌았다.

*

 떡장수가 가버리고 괭이밥 앞에 홀로 남겨져 우두커니 앉아 있던 애신은 벌떡 몸을 일으킨다. 홀쩍 고개를 들어 철로 쪽을 바라본다.

 밭에서 고구마를 캐던 아낙은 기적 소리를 듣고는 중얼거린다. "기차가 떠나네……." 그녀의 손에는 방금 땅에서 잡아 뽑은 고구마가 들려 있다. 남동생이 기차를 타고 만주로 떠난 뒤로 기적 소리가 들려올 때면 그녀는 입버릇처럼 그렇게 중얼거린다. 10년 전 가족들의 배웅을 받으며 기차를 타고 떠난 남동생은 봉천奉天 소인이 찍힌 엽서 한 통을 보내오고 소식이 끊겼다. 편지에는 만주에서 부자가 돼 돌아오겠다는 다짐이 씌어 있었다. 기차에 오를 때 열아홉 살이던 남동생은 그녀의 친정 식구들에게 전설로 남아 기억되다 잊힐 것이다.

애신이 잠바를 훔치려 했던 집 마당에서 늙은 수탉이 날아오른다. 수탉은 꼬리의 깃털 하나가 뽑혀 날리도록 힘껏 암탉을 목표로 날아오른다. 눈치 빠른 암탉이 잽싸게 달아나는 바람에 수탉은 맨땅에 떨어진다.

"아, 졸려……." 하품을 하며 철로 위를 걸어가던 상희는 기적 소리를 듣고 철로를 벗어난다.

시커먼 연기를 숨 가쁘게 토하며 북쪽으로 올라가는 기차를 애신은 악몽을 꾸는 듯한 표정으로 바라본다.

상희는 철로에서 멀찍이 떨어져 서서 기차를 향해 손을 흔든다. "안녕, 안녕!" 그녀는 기차가 보이지 않을 때까지 열심히 손을 흔든다. 보수산● 아래 시댁까지 그녀는 한 시간 넘게 걸어가야 한다.

쥐꼬리 같은 고구마를 아낙은 몸뻬 바지에 쓱쓱 문질러 흙을 털어낸다. 입에 넣고 우걱우걱 소리가 나도록 씹는다.

● 중구 보수동에 있는 산.

43

벗나무 밑에서 혼자 흙 목욕을 즐기던 참새가 봉금을 보고는 놀라 날아간다. 그녀는 벗나무 뒤로 가 포대기를 푼다.

"쉬― 쉬하자."

천복이 신발을 끌며 벗나무 앞을 지나간다. 그는 벗나무 밑에 앉아 있는 봉금을 보지 못한다.

"쉬― 쉬―."

봉금은 기어이 아기의 쉬를 누인다. 우는 소리를 내는 아기를 등에 업고 포대기를 두른다.

봉금이 가고, 애신이 걸어온다.

애신이 붉은색으로 '다다미'라고 쓴 간판을 지나, 창고를 옆에 끼고 돌아간다. 거칠게 짠 삼베 적삼을 대충 걸친 여자가 땅에 불을 피우고 양은냄비를 걸고 밥을 짓고 있다.

양은냄비 아래 불길이 쪼그라들자 여자는 앙상한 나뭇가지를 분질러 불길 속으로 밀어 넣는다.

부산진역 뒤편의 원산여인숙 맞은편에 자리한 공터에 부엌을 차린 듯 대나무 물통, 소쿠리, 박 바가지 등이 널려 있다. 박 바가지에는 소금에 절인 배춧잎 대여섯 장이 초라하게 담겨 있다.

무덤만 한 보따리 뒤쪽에서 사내의 마른기침 소리가 들려온다.

여자가 애신을 보고는 혼잣말을 한다.

"세상에 밥 짓는 냄새만큼 좋은 냄새도 없어요."

밥물이 끓어 넘치자 여자는 양은솥 뚜껑을 연다. 밥물이 가라앉기를 기다렸다 뚜껑을 닫는다. 뚜껑이 들썩거리자 돌덩이로 뚜껑을 눌러놓는다. 창고의 잿빛 맞배지붕에서 까치 울음소리가 들려오자 한탄한다. "까치도 집이 있는데 우리 네 식구는 집이 없어서 길에서 먹고 자고, 씻는 건 우물을 찾아다니며 씻는답니다."

잦아드는가 싶던 사내의 기침 소리가 다시 들려온다.

"애들이 올 때가 됐는데……."

여자는 얼굴을 들고 공터 앞 신작로를 살핀다.

"경태는 우편국에 전보 치러 가고, 희숙이는 방직 공장에 취직하러 갔답니다. 희숙이는 아직 어려서 여공으로 써줄까 싶지만 열다섯 살이면 방직 공장 여공이 될 수 있다니까요. 열다섯 살 먹었다는 거짓말을 방직 공장에서 믿어줄까 싶어요. 열다섯 살만 먹어도 방직 공장 여공이 될 수 있다고 재첩국 팔러 다니는 여자가 알려주데요. 희숙이는 이제 겨우 열세 살이랍니다.

고향에 돌아가고 싶지만 고향 영동에도 집이 없답니다. 충북 영동이요. 홍수에 집이 떠내려가서요. 콩, 감자, 고구마 심어 먹던 밭도 집 떠내려갈 때 함께 떠내려갔답니다. 겨울에 죽 끓여 먹으려고 따둔 늙은 호박하고, 장날 읍내에서 사 온 병아리 세 마리도요. 강 너머에 열 폭 병풍처럼 펼쳐져 있는 기암절벽을 두고 외지인들은 그림같이 빼어나다고 감탄하지만 나는 곡괭이로 깨부수고 싶을 만큼 답답하고 싫었답니다. 정신없이 밭을 매다가도 절벽을 보며 한숨을 토하곤 했지요. 절벽이 세상을 가리고 있는 것만 같았거든요. 절벽 때문에 해도 금방 졌어요. 강물에 햇빛이 반사돼 눈을 못 뜰 만큼 날이 쨍하다가도 서너 시면 짙은 그늘이 밭과 집을 덮었어요. 겨울에는 말도 못하게 추웠어요. 집이 떠내려가고 없어 친정에서 겨울을 나고, 날 풀리자마자 기차 삯을 마련해 네 식구가 기차 타고 부산으로 왔답니다. 부산에는 일거리가 넘쳐난다고 들었거든요. 그런데 부산에 오자마자 애들 아버지가 늑막염에 걸렸네요. 병원에 입원해 치료를 받아야 살 수 있다는데 돈이 있어야지요."

사내애가 걸어오자 목을 빼고 유심히 바라보던 여자의 얼굴에 실망의 빛이 어린다.

"경태가 아니네…… 전보는 잘 쳤나? 글자를 쓸 줄 몰라 말로 단단히 일렀답니다. 경태야, 우편국에 가서 이렇게 전보를 쳐 달라고 해라. '경태 아버지가 늑막염에 걸려 길바닥에서 죽어가고 있다.'"

10부
멧돼지가 내려다보는 세상

44

미닫이창 여는 소리, 때늦은 감이 있는 매미 소리, 재봉틀 돌아가는 소리, 자전거 경적 소리, 축음기에서 흘러나오는 여자 노랫소리…….

반듯하게 지은 일식 목재 가옥에서 남자아이가 책을 읽는 소리가 들려온다.

"아이 엠 어 보이."

"아이 엠 어 걸."

"유 아 어 걸."

"디스 이즈 어 트리."

"울지 마라, 엄마가 집에 가 흰쌀밥 줄게."

집요하게 칭얼거리는 아기를 어르며 걸어가던 봉금은 고관 거리의 목화여관 앞에서 광목 포대기를 다시 단단히 맨다.

"울지 마라……."

흰 메리야스에 검은 반바지 차림의 소년이 그녀의 팔꿈치를 툭 치며 앞으로 달려 나간다.

"왠갖 비단이 나온다, 왠갖 비단이 나온다…… 사해가 분분 요란허 니 뇌고함성의 영초단, 풍진을 시르르르 치니 태평건곤 대원단, 큰방 골방 가루다지 국화 새긴 완자문…….."

목화여관 2층의 붕어 입처럼 벌어져 있는 창 너머에서, 빗소리처럼 떨어지는 장구 장단에 맞춰 코맹맹이 여자애가 부르는 타령 소리가 들 려온다. 먼지를 부옇게 뒤집어쓴 샤미센이 창틀에 기대 세워져 있다. 그 옆 여닫이창에는 대나무 차양이 끝까지 내려져 있다. 색이 바랜 대 나무 차양에는 해 질 녘 강에서 낚시를 즐기는 노인이 그려져 있다. 부 산 철도호텔이 개업한 지 일 년쯤 지나 부산진역 뒤편에 짓기 시작한 목화여관은 미군정에 귀속되기 전까지 나고야 출신 일인이 주인이었 다. 해방 이듬해 조선인이 불하받아 다시 영업을 시작한 목화여관에는 장기 투숙객들이 주로 묵고 있다.

장구 소리가 멎고, 늙고 쉬어 꼭 염소 소리 같은 사내 목소리가 들려 온다.

"매자야, 너 뇌고함성이 뭔 뜻인 줄 아니?"

"모르는데요."

"뜻도 모르고 어떻게 외웠니?"

"입이 닳도록 부르니까 저절로 외워지던데요."

다시 장구 소리가 울리고 타령 소리가 실린다.

"……독수공방의 상사단, 추월적막 공단이오, 심신궁곡 송림간어, 무섭다 호피단, 쓰기 좋은 양태문, 인정 있는 은조사, 부귀다남 복수 단."

"부르다 마니?"

"부귀다남이 뭔 뜻인지는 알지요."

"오, 그러냐?"

"애저녁에 글러먹었다는 뜻이지요. 평양 권번에서 소리 가르쳐주던 할머니가 그러데요. '부귀다담은 애저녁에 글러먹었지.'"

"평양 애가 부산까지 어떻게 왔니?"

"눈떠 보니까 부산이데요."

45

"참으로…… 국민과 세금…… 국가 사회를 완전한…… 사업을 하여
서……."

"아버님, 안녕하셨어요?"

"갑수 아닌가? 하하, 오랜만이군. 어서 들어오게, 어서. 대구에 가
있다고 들었네만…… 부산에 언제 온 겐가?"

"엊그제 돌아왔습니다. 마침 장인어른 생신도 있고, 가정을 도통
못 돌보고 밖으로만 돌았더니 마누라가 이혼을 요구하는 엽서를 보내
와서 달랠 겸 왔습니다."

"이혼하자는 엽서를?"

"네, 송도 해수욕장 풍경 사진이 인쇄된 엽서요. 미군정청에서 임시
로 발행한 20전짜리 우표가 붙어 있더군요."

"하하, 자네 처가 장인을 닮아서 맹랑하고 화끈한 데가 있지."

"제 마누라지만 아버님이 더 잘 아시겠군요."

"태수 짝으로 일찌감치 점찍어둔 아이가 자네 처가 될 줄 누가 알았
겠나. 자네하고 연애한다는 소식을 듣고는 내가 낙심해 계획대로 돌아

가는 게 인생이 아니더라고 한탄하자 마누라가 그러더군. '딱한 양반아, 그걸 지천명에야 아셨소? 난 열일곱 살 먹어 당신 집안에 시집온 해에 깨달았답니다.'"

"뭘 그렇게 열심히 소리 내 읽고 계세요?"

"어려서 서당에서 천자문을 소리 내 읽던 게 습관이 돼놔서 글자만 보면 소리 내 읽게 되니 원…… 길 건너 부산사진관 이 씨가 경남도청에 다녀오며 경남주보를 한 부 가져다줘서 읽고 있네."

"미화사진관이 부산사진관으로 바뀌었더군요. 미화사진관일 때 제비 꼬리 같은 콧수염을 기른 일본인이 사진사였지요?"

"고베 출신 일본인이 주인이었네. 미군정청이 접수하기 전에 조수로 있던 이 씨에게 사진관을 물려주고 나고야로 돌아갔다네."

"네. 고등학교 졸업하고 철도국에 취직할 때 미화사진관에서 명함 사진을 찍었지요."

"자네가 철도국에 취직하고 첫 월급을 탔다며 대화옥과자점°에서 맛은 물론이거니와 포장이 일품인 빵을 사다 줬지."

"태수 친구라고 뵐 때마다 제게 용돈을 챙겨주셨지요."

"집 떠나 부산에서 하숙하며 성실히 공부하는 자네가 기특하더군. 내게 딸이 있었다면 틀림없이 자네를 사위로 욕심냈을 거네."

"참, 경남주보에 개정한 구역 명칭이 실렸다면서요?"

"장수통은 광복을 기념해 광복동으로 명칭을 개정한다고 써 있더군."

° 일제강점기에 대청정 거리에 있었던 과자점.

"네, 그래야지요. 일본인들이 부산은 물론 조선에 남겨놓은 흔적을 몽땅 청산해야지요."

"음……."

"태수는 잘 있나요? 대한독립촉성국민회 조직원으로 활동하고 있다면서요?"

"친구 안부를 친구 아버지에게 묻다니, 번지수가 잘못돼도 단단히 잘못된 것 같군. 하하, 농담이네. 소련군과 미군이 들어와 삼팔선을 두고 서로 대립하고 있어서 나라가 안정을 못 찾고 어수선하니까."

"이승만 박사와 박헌영 조선공산당 총비서가 단독 회담 때 대립한 이유가 친일파 숙청 때문이었다는 건 알고 계시지요?"

"'뭐든지 하나로 만들자'는 게 틀린 말은 아니지."

"김구 선생은 재작년 11월 상하이에서 돌아와 죽첨장에서 가진 기자회견 때 이미 조선이 남북 두 개의 점령지대로 분열돼 있는 걸 좋아하지 않는다는 의견을 피력했지요."

"장차 어떻게 통일하겠느냐는 질문에, 김구 선생은 조선을 위하여 민주주의 정체가 좋다고 믿는다는 대답을 했지."

"극우 반공주의 청년들은 조만간 단체를 결성할 분위기고요."

"비록 종일 약국에 들어앉아 약이나 파는 늙은이지만, 내 보기에 미소 냉전은 거대한 흐름이네. 이승만 박사가 작년 4월에 남선순행 하며 동래에 왔을 때 자네 장인하고 전차를 타고 연설을 들으러 갔었지."

"네, 두 분이 죽마고우시니까요."

"자네 장인은 이승만 박사의 연설에 감동해 대동단결을 외쳤네."

"미군들은 조선의 현실에 무지해요. 친일 인사들을 미군정 요직에 기용하고, 조선 현실에 맞지 않는 정책을 펼치고 있어요. 일본에 빌붙어 호의호식을 누리던 작자들이 공장과 상점을 불하받고, 요직에 앉아 권세를 부리고 있어요. 경상남도 미군정 당국의 공보과장이 부산일보 기자를 폭행하는 어이없는 일도 그래서 벌어진 거고요."[22]

"음…… 그래서 경상남도 기자들이 미군정 당국에 항의문을 보냈다고 들었네. 세상이 넓고도 좁아 문제의 공보과장을 나도 두 다리 건너 알고 있네만 천성이 가벼운 사람 같더군."

"쌀값 폭등도 조선의 현실을 제대로 파악하지 못한 미군정의 무지와 오만에서 비롯된 거지요. 전쟁 말미에 베트남산 안남미와 중국산 조, 콩깻묵으로 연명한 조선인들의 분노와 허기를 미군정은 들여다보지 못했어요. 해방된 해에 조선은 대풍년이었지요. 그럼에도 사람들이 기아에 허덕이는 원인을 두고서 '조선인들이 해방의 기쁨을 주체하지 못해 떡과 술을 하도 해먹은 탓'이라는 어이없는 주장을 미군정에서 내놓았으니 말이에요. 미군정은 조선에 주둔한 지 한 달 만에 식량 배급제를 폐지하고, 자유주의 이념에 따라 미곡 자유 시장 정책을 도입했어요. 조선의 물가가 천정부지로 치솟는 심상찮은 상황임에도 불구하고요."

"조선총독부에서 조선 은행권을 지나치게 남발했어."

"미군정은 통화 팽창 정책까지 펴며 통화량이 급증하자, 그러잖아도 부족한 물자가 급속히 고갈됐지요."

"그래서 암시장이 성행했지."

"계산과 잇속에 빠른 지주들과 쌀장수들은 쌀을 매점매석하기 시작했어요. 쌀값이 무섭게 오르자 당황한 미군정은 쌀 한 말에 38원을 넘지 못하도록 하는 '미곡 최고 가격제'를 시행하지요. 하지만 쌀값이 안정되기는커녕 시장에서 쌀이 자취를 감추며 오히려 천정부지로 치솟는 결과를 초래했어요. 쌀을 달라는 조선인들의 아우성이 커지자 미군정은 '미곡 수집령'을 공포하고 쌀의 강제 수집에 들어갔고요. 추수한 쌀의 삼분의 일 이상을 가져가는 미군정의 미곡 수집은 농민들에게 큰 부담이 될 수밖에 없었어요. 더구나 벼 한 가마니를 생산하는 데 드는 돈은 천 원이 넘는데 미군정의 미곡 수집 매상 가격은 640원에 불과했으니 말이에요."

"소, 돼지를 팔아 그 돈으로 암시장에서 잡곡을 사서 공출을 내는 농민들도 있다는 소문을 들었네."

"나주에서 쌀 공출에 협조적이지 않은 조선인을 미군이 사살했다는 소문도 들으셨어요?"

"음, 금시초문이네. 좌우간에 미군정이 뒤늦게라도 배급제를 실시한 건 잘한 일이야."

"배급량이 하루 세 끼 식량으로는 턱없이 부족해요. 시장에서 쌀을 사다 먹을 수밖에 없는데 시장에서 거래되는 쌀값이 배급미의 다섯 배나 되니 한 끼는 죽으로 때우고 한 끼는 굶는 게 현실이지요. 게다가 물가는 계속 오르고 있으니……."

"따져보니 신문 값도 해방되고 나서 세 배가 올랐더군."

"종이 값은 열 배가 올랐다니까요. 미군정은 여전히 우유부단하고 오만해요."

"음, 하지만 미국이 아니었으면 해방은 요원했어."

흰 메리야스에 검은 반바지 차림의 소년이 생명수약국 안을 기웃거린다. 짧게 친 머리카락이 고슴도치 가시처럼 사납게 일어나 있다.

소년이 두 주먹을 그러쥐더니, 생명수약국 문턱을 넘어 안으로 당당히 행진하듯 걸어 들어간다. 주먹 쥔 두 손을 허벅지에 붙이고 차렷 자세로 구봉을 올려다보며 제법 큰 소리로 말한다.

"활명수 한 병 주세요!"

소년을 내려다보는 구봉의 얼굴은 인자하게 웃고 있지만 눈빛에는 얼음처럼 차가운 빛이 감돈다.

"활명수요!"

구봉이 위에서 내려다보고 있는 데다 소년이 부동자세로 서 있어서, 소년은 마치 벌을 받고 있는 것 같다.

구봉의 어깨 너머 진열장의 약병들은 조용하다. 그는 표정을 엄하게 하고 소년에게 묻는다.

"돈은 가져왔니?"

"엄마가 외상으로 달아놓으래요."

"'약국 할아버지가 밀린 외상값을 갚기 전에는 외상 약을 못 준다고 하더라'고 네 엄마에게 가서 일러라."

"엄마가 도끼로 머리를 쪼개는 것 같대요."

"술병이 난 거겠지. 술병은 시간이 지나야 낫는다."

"활명수를 쭉 들이켜야만 머리가 말짱해져서 일을 나갈 수 있대요."

"애야, 네 엄마는 활명수 중독이란다."

"중독이요?"

"중독이 무슨 뜻이냐면 말이다, 노예가 된다는 뜻이란다. 노예가 되는 건 쉽지만 일단 노예가 되면 해방이 쉽지 않아서 어떤 민족은 2백 년을 노예로 살았단다."

"2백 년이요?"

"네가 몇 살이지?"

"일곱 살이요."

"얘야, 2백 년은 제법 긴 시간이란다. 아기가 태어나고 자라서 4대까지 자손을 불릴 수 있는 시간이니까."

"활명수요!"

"요런 깨씸한 녀석! 네 머릿속엔 활명수뿐이구나."

"활명수요!"

"네 엄마는 활명수의 노예가 돼서 활명수를 찾는 거란다."

"활명수를 못 마시면 엄마는 죽고 말 거예요. 엄마가 죽으면 난 천애 고아가 된단 말이에요. 난 아버지 없이 태어난 후레자식이니까요. 그럼 난 상생관* 앞이나 부산역 앞을 부랑하다 부산 제일 깡패가 될 거고, 복수심에 불타 졸개들을 이끌고 생명수약국을 찾아올 거라고요! 졸개들을 시켜 약병들을 전부 깨부숴버릴 거예요!"

"되바라진 녀석! 지금 날 협박하는 거냐?"

"활명수요!"

"호랑이 눈을 하고 노려봐도 외상은 안 된다."

• 相生館, 1916년 동광동에 개관한 극장으로, 소화관(행관), 보래관과 더불어 3대 영화관이었다. 1946년 1월 1일 현상공모를 통해 '대중극장'으로 이름이 바뀌었고, 1948년 2월 '부민관'으로 다시 개명했다.

구봉이 태도를 단호히 하자 부아가 난 소년은 씩씩거리며 약국을 나간다. 매서운 눈길로 생명수약국 안을 쏘아보곤 앞으로 달려 나간다. 애먼 땅바닥을 검은 고무신 신은 발로 힘껏 차더니, 여자애들이 모여 앉아 공기놀이를 하고 있는 전봇대 옆 골목 안으로 사라진다.

　"어린 게 보통이 아니네요."
　"아직 가나다라도 못 깨우친 어린애 눈에 분노가 있네. 평생 저 애를 괴롭히고 끝내는 인생을 망가뜨릴지도 모를 분노가 눈에서 들끓고 있어."
　"외상값이 많이 밀렸나 봐요?"
　"저 애 엄마가 청요릿집 종업원이라네."
　가버리고 없는데도 소년이 여전히 자신이 내려다보는 곳에 차렷 자세로 서 있는 듯 구봉은 저 애라고 부른다.
　"도쿄 출신 일인이 주인이던 요릿집을 대구에서 내려온 이 씨라는 이가 불하받아 사해루라는 청요릿집을 차리고 여자 종업원들을 고용했다네. 저 애 엄마도 그 요릿집 종업원이라더군."
　"그렇군요."
　"따각따각 구두 소리를 내며 약국 앞을 지나가는 여자를, 점원 양 씨가 손가락으로 가리키며 그러더군. '저 여편네가 그 애 엄마랍니다. 좀 전에 외상으로 활명수를 사 간 머슴애요.'"
　"……."
　"저 애 엄마는 매일 이 시간마다 활명수 한 병을 외상으로 사 오라고 아들을 생명수약국으로 보낸다네."

"어린애가 안됐네요."

"그렇지. 실은 말일세, 며칠 전에 저 애가 활명수 한 병을 훔쳐 갔다네."

"아, 그래요?"

"나는 저 애가 진열장에서 활명수 한 병을 집어 들고 다급히 거리로 뛰쳐나가는 걸 지켜봤다네…… 저 위에서 말일세."

"저 위요?"

"저 위 말일세."

"음, 자네에겐 저 위가 안 보이나?"

"약병들만 보이는데요."

"음, 자네에겐 저 위가 안 보이는 모양이군. 저 위가 그리 높진 않다네."

"저 위에 뭐가 있지요?"

"멧돼지가 있지."

"멧돼지요?"

"하하, 박제 멧돼지니까 겁먹지 말게."

"박제 멧돼지가 왜……."

"올봄이었지. 고물상 양 씨가 멧돼지를 수레에 싣고 약국 앞을 지나가더군. 일인이 살다가 쫓겨난 집에 들어가 훔친 게 분명했지만 나는 시치미를 뚝 떼고 물었다네.

'양 씨, 박제 멧돼지가 어디서 났소?'

양 씨가 사시인 눈을 의뭉스레 빛내며 그러더군. '조선이 해방될 줄 모르고 고도정*에서 만물상 하는 일인에게 거금을 주고 샀지요.'

'오, 그러오? 다 저녁때 멧돼지를 싣고 어딜 그렇게 부지런히 가시오?'

'거금을 주고 산 박제 멧돼지를 창고에서 썩히려니 아까워서 세상 사람들에게 구경이나 시켜주려고 수레에 싣고 나왔지요. 햇볕도 쐬줄 겸 해서요.'"

"그래서 그 박제 멧돼지를 사신 거예요?"

"나야말로 양 씨에게 거금을 주고 샀지."

"하필이면 멧돼지를……."

"그런 소리 말게. 멧돼지만큼 용맹하고 지혜로운 짐승이 없다네. 게다가 생긴 게 꽤 귀엽단 말이야. 아무튼 나는 저 위에서 박제 멧돼지와 함께 저 애를 지켜봤다네. 저 애를 시험하는 심정으로 말일세."

"아, 시험하는 심정으로요?"

"마침 진열장 옆 계산대 위에 점심으로 짜장면을 배달시켜 먹고 남은 거스름돈이 놓여 있었네. 나는 궁금했네. 저 애가 돈을 집어 주머니에 넣을지, 아니면 그냥 놔둘지 말일세. 나는 나 자신과 내기를 했네. 저 애가 돈을 가져가면 저녁에 마누라를 불러내 사해루에서 닭고기잡채 요리를 사 먹고, 돈에 손을 안 대면 저녁을 굶기로 했지. 그런데 저 애가 흘낏 바라보기만 하고 돈에 손을 안 대더군. 그리고 한 식경쯤 지났을까…… 화장을 하고 구두를 신은 저 애 엄마가 따각, 따각, 따각 소리를 내며 약국 앞을 지나가더군."

"활명수를 훔쳐 간 걸 아저씨가 알고 있다는 걸 저 애는 모르고 있

● 高島町, 현재의 중구 중앙동 4가.

겠군요."

"음, 자네 생각이 궁금하군."

"제 생각이요?"

"저 애는 돈에 손을 대지는 않았지만 활명수 한 병을 훔쳤네. 활명수에 중독된 어머니에게 가져다주려고 말일세. 저 애를 효심 지극한 아들이라고 해야 할까, 아니면 도둑놈이라고 해야 할까?"

"저 애가 돈을 훔치진 않았다고 하셨지요?"

"하지만 똑같은 상황이 반복됐을 때 저 애가 돈에 손을 안 대리라곤 아무도 장담 못 하겠지."

"네……."

"거리를 보게."

구봉과 갑수는 말없이 거리를 내다본다.

"동굴 같은 약국에 들어앉아 거리를 내다보고 있으면 내일도, 모레도, 글피도 똑같은 풍경이 다람쥐 쳇바퀴 돌듯 계속될 것 같은 착각이 든다네. 매일 똑같은 시간에 신문 뭉치를 양손에 들고 이 앞을 지나가는 신문 배달원은 이 늙은이의 착각에 확신을 더해주지."

"네, 신문 배달원은 어김이 없으니까요."

"어디 신문 배달원뿐이겠나? 남빈 가마보코 공장 배달원, 재첩국 장수, 백향다방에 바둑 두러 가는 복덕방쟁이 박주찬, 떡장수, 꽈배기 장수, 부평공설시장에 장 보러 가는 신흥포목점 식모, 땅콩 장수 강씨, 동래일신여학교 음악 선생, 경성서 내려와 미림여관에 묵고 있다는 화가…… 그리고 할 일 없는 나카무라 상[23]도 어김이 없다네."

"할 일 없는 나카무라 상이요?"

"작년 가을부터지…… 웬 늙수그레한 백수건달이 미림여관에 장기
투숙하고 있는데, 이 거리 아이들은 그를 할 일 없는 나카무라 상이라
고 부른다네."

"일본인인가요?"

"조선인이네."

"그럼 해방되고 부산에 들어온 귀환 조선인일까요?"

"그럴지도 모르지. 부산에 귀환선 들어올 때 이 거리에 등장했으니
까. 아무튼 할 일 없는 나카무라 상은 생명수약국의 괘종시계가 세 번
을 울고 나면 어김없이 이 앞을 지나간다네. 품이 커 보이는 외투를 걸
치고 자물통 달린 갈색 가죽 가방을 손에 들고 검은 뿔테 안경을 쓰고
서 말일세. 비가 오나 눈이 오나 할 일 없는 나카무라 상은 어김이 없다
네. 믿거나 말거나 할 일 없는 나카무라 상이 이키마루壹岐丸를 타고 도
쿄 유학을 떠났던 지방 유지의 아들이라는 소문도 있네."

"이키마루를 타고 도쿄 유학을 갔을 정도면……."

"어디까지나 아이들 입에서 입으로 전해진 소문이니까. 나카무라
상이라는 이름도 그의 진짜 이름은 아니라네. 아이들이 멋대로 지어
서 붙인 이름이니까. 하여간 할 일 없는 나카무라 상은 어김이 없다
네."

"어쨌든 미스터리한 사내군요."

구봉의 얼굴에서 한순간 미소가 가신다. 그런 노인을 바라보는 갑
수의 얼굴에서도 웃음이 거둬진다.

"가난뱅이, 부자, 식자, 무지렁이, 마음이 가난한 사람, 마음이 사악
한 사람, 불구자, 빚쟁이, 허풍쟁이, 깡패, 백수건달, 선생, 장사치, 공장

노동자, 종업원, 게으름뱅이, 수전노, 선교사, 과부, 홀아비, 부두 하역꾼, 공무원, 학생, 고아…… 그 모든 사람이 저 거리에서 다투지 않고 어우러져 살아가려면 질서가 필요해."

"네, 하지만 미군정에 질서를 맡길 수는 없어요."

"미군은 35만 명이 살고 있던 히로시마를 하루아침에 잿더미로 만들 만큼 무서운 힘과 결단력을 지니고 있네. 그 힘으로 조선을 해방시켰지."

그때 자전거 한 대가 생명수약국 앞으로 유유히 지나간다.

"복덕방쟁이 박주찬이군."

감자색 개똥모자에 갈색 당꼬바지를 입은 사내가 흰 고무신 신은 발로 자전거 발판을 밟으며 생명수약국 안의 구봉을 향해 고개를 살짝 숙여 보인다. 구봉이 손을 들어 화답하자 사내가 따르릉따르릉 경적을 울린다.

"국수 한 그릇 먹고 백향다방에 바둑 두러 가는 길이겠지. 저이는 위장이 약해 영신환을 달고 살면서 점심으로 늘 국수를 먹는다네. 오늘은 평소보다 40분이나 늦었군."

"지각이네요."

"알부자로 소문난 저자의 아버지가 사실은 부민포*에서 똥장수였다네."

"똥장수요?"

"똥 망태를 지게에 짊어지고 다니며 똥을 사고파는 장사꾼 말일세.

---

* 富民浦, 남포동과 충무동, 남부민동 일대에 있었던 포구.

길거리가 똥 천지여도 거름으로 쓰려면 논밭까지 똥을 날라야 하니까. 해안을 매립하기 전이어서 송도로 가는 아랫길이 없고 그 위 새떠고개가 유일한 육로여서 사람도 말도 그 고개를 넘어 송도를 오가던 시절에 부민포에 천석千石을 하는 부자가 살았다네. 똥장수 아버지가 일찍 세상을 떠나 하루아침에 과부가 된 박주찬의 어머니는 막둥이인 박주찬을 이시카와石川의 석천여관에 급사로 들여보냈다네."

"고리대금업자 이시카와요?"

"이시카와가 여관 급사 출신이란 건 알고 있나?"

"그래요?"

"열일곱 살에 도항해 부산에서 고리대금업자로 큰 부를 축적한 그가 일본에서 여관 급사였다는 걸 알고 있는 사람은 거의 없지. 그는 도항할 때 가지고 들어온 2백 엔어치의 일제 면실과 면직물을 팔아 장사 밑천을 마련했네. 조선에 크게 흉작이 들어 기근이 휩쓴 해에 일본 곡물을 들여와 위탁 매매로 번 돈을 밑천으로 고리대금업을 하며 석천여관을 지었지…… 박주찬의 어머니가 예사 아낙네는 아니었던지, 겨우 아홉 살인 아들 손을 잡고 석천여관을 무작정 찾아갔다지. 박주찬이 나하고 같은 해인 1886년 병술년생이라네. 일본인 실업가들이나 돈푼깨나 있는 조선인들이 드나드는 여관을 똥장수 마누라가 당당히 들어서더니, 조선인 종업원을 붙들고 그랬다더군.

'내 아들이 눈치가 백단에 두 발이 쥐처럼 약빠르니 심부름시키며 하루 한 끼라도 좋으니 굶어 죽지 않게 밥만 먹여 주시오.'

그때 마침 이시카와가 여관 정원을 거닐고 있었다네. 1858년생으로 도항할 때 청년이던 그는 머리가 희끗희끗한 중노인이 돼 있었다네.

그는 그 자리에서 박주찬을 심부름꾼으로 고용했다네. 박주찬에게는 그것이 하늘이 내린 기회여서 심부름을 하며 어깨너머로 일본어를 배웠고…… 이시카와가 죽고 석천여관 주인이 바뀌고 나서 박주찬은 여관을 나왔다네. 석천여관에 손님으로 드나들던 일본인 부동산 업자와 인연이 돼서 그 업자를 따라다니며 부동산에 눈을 떴다네. 무남독녀에게 장가들더니, 내가 생명수약국을 낸 이듬해에 독립해 복덕방을 차리더군. 부동산에 원체 눈이 밝고 수완이 좋아서 자기 돈 한 푼도 안 들이고 장수통에 있는 상가 건물 두 채를 불하받았다고 하더군. 지독한 자린고비여서 매일 출근 도장 찍듯 백향다방에 바둑을 두러 다니면서도 다방 종업원들에게 커피 한 잔 산 적이 없다지. 자기 마누라에게도 더없이 인색해 돈다발을 금고에 벽돌처럼 쌓아두고도 생활비를 벼룩의 간만큼 주면서 매달 말일이 되면 숙제 검사하듯 가계부 검사를 한다지 뭔가. 1원 한 장이라도 허투루 썼거나 비면 잔소리를 퍼붓고 다음 달 생활비에서 삭감한다니…… 박주찬 마누라는 그래서 떡 한 덩이 자기 맘껏 못 사 먹고 삯바느질을 해 용돈을 벌어 쓴다더군. 박주찬 마누라가 내 마누라하고 소학교를 같이 다녀서 언니 동생 하는 사이라네. 내 마누라 말이, 박주찬 마누라는 아파도 병원은커녕 약도 지어 먹지 않는다지 뭔가. 지난봄에 박주찬 마누라가 고뿔이 들어 앓아누웠다는 소식을 듣고 내 마누라가 활명수 다섯 병하고 인절미를 사 들고 문병을 갔다네. 박주찬 마누라가 그랬다는군.

'인절미는 언니 성의를 봐서 맛나게 먹을 테니 활명수는 도로 가져가시오. 약은 먹어서 뭐하오? 며느리를 둘이나 보고 손자를 넷이나 봤어도, 1원 한 장 내 맘대로 못 쓰는 거지 같은 신세, 하루빨리 죽어버리는 게 상책이지. 풍속이 자유분방해져 요새 젊은것들은 이혼을 식은 죽 먹기로 여긴다지만 손주를 넷이나 본 마당에 우세스러워 이혼은 차마 못 하겠고, 고명딸로 태어나 귀염 받고 자란 장덕순일 30년 넘게 식모로 부려 먹은 철천지원수한테서 해방되는 길은 암만 생각해도 오직 하나 죽음뿐…… 시름시름 앓다 죽어버릴 작정이니 복 많은 언니는 부디 지극정성으로 위하는 형부하고 백년해로하시오.'"

"그래서 그 딱하신 어른은 서둘러 세상을 하직하셨어요?"

"병이 깊어지기는커녕 쾌차해 생생하게 거리를 나다니고 있다네. 그녀도 어김이 없어서 생명수약국의 괘종시계가 2시를 가리킬 즈음 시장바구니를 들고 약국 앞을 지나간다네. 내 마누라 말에 따르면, 생각이 돌변해 요즘은 밤마다 십자가 앞에 두 손을 모으고 앉아 자신이 남편보다 하루라도 더 살게 해 달라고 하나님께 빌고 있다고 하더군. 박주찬이 죽으면 재산이 자신과 아들들의 것이 될 테니 단 하루라도 돈을 펑펑 쓰고 죽는 게 복수하는 길이라는 걸 새벽에 배가 살살 아파 변소에 가서 깨달았다나 뭐라나."

"그 어르신이 개신교 신자신가 봐요?"

"박주찬의 둘째 며느리가 어려서부터 호주 선교사들이 세운 교회에 다녔다더군. 시아버지가 백향다방에 바둑 두러 가는 시간에 맞춰 교회 여자들과 병문안을 다녀간 모양이지. 일면식도 없는 여자들이 두 손을 모아 진심으로 자신의 쾌차와 천당 행을 하나님께 간구하는 모습에 감동받아서 하나님을 믿고 의지할 마음이 생겼다더군. 둘째 며느리가 뼛속까지 예수쟁이인 걸 알고 며느리를 볼 때마다 박해했던 걸 까맣게 잊어버리고선 말일세."

"박해요?"

"바울 시절에 로마인들이 초대 기독교 신자들에게 했던 박해 못지 않게 가혹했던 모양으로, 둘째 며느리가 3, 4년 시댁에 발길을 끊었을 정도였다고 하더군."

"설마 아버님도 기독교로 개종하신 건 아닌지요?"

"요새 재미로 성경을 읽고 있네. 약국에 간혹 들르는 손님들 중에 경성서 내려와 적십자사에서 근무하는 청년이 있다네. 작년 성탄절에 선물이라며 성경을 놓고 가더군. 이야기책이라고 생각하고 읽어보라면서 말일세. 약국에서는 남는 게 시간이니까. 박주찬이 자식 교육에는 돈을 아끼지 않아서, 아들 둘이 사범대학교를 나와 선생 노릇을 하고 있네. 똥 망태 짊어지고 똥을 구걸하고 다니던 똥장수의 손자가 학교 선생이 될 줄 누가 알았겠나. 참, 박주찬이 타고 다니는 자전거가 실은 조선와사전기주식회사에 다니던 일본인 거였다네. 해방되고 일본인들이 쫓겨날 때 혼란스런 틈을 타 일본인이 살던 집에 들어가 자전거를 슬쩍했다네. 아무도 모를 거라 생각하는지 박주찬은 자전거가 원래부터 제 것인 양 주야장천 타고 다니지만 나는 다 알고 있지…… 약국에 종일 들어앉아 있으면 세상이 어떻게 돌아가는지 모를 것 같지? 작은 구멍 하나면 충분하네. 인간의 눈보다 클 필요도 없지. 세상을 들여다보는 데에는 작은 구멍 하나면 충분하네."

구봉과 사내는 잠시 말없이 거리를 내다본다.

"나는 근본적으로 인간을 불신하네."

"아버님이요?"

"세상도 불신하지."

"열여덟 살 때 아버님을 처음 뵀지요. 아버님은 그때도 거기 그 자리에 앉아 거리를 내다보고 계셨어요. 네, 그때도 아버님은 그 자리에 그렇게 앉아 약국으로 들어서는 태수와 절 보고 빙긋이 웃으셨지요."

"기억나는군. 길 건너 중국인이 하던 표구사 앞 벚나무에 벚꽃이 흐드러지게 피어 날리고 있었지. 자네가 날 보고는 꾸벅 90도로 인사를 해왔어."

"네, 마침 점심때라 짜장면 네 그릇을 배달시켜 약국에 딸린 방에서 함께 먹었어요. 아버님, 점원, 태수, 저, 그렇게 넷이 한 상에 둘러앉아서요. 점원과 한 상에서 식사를 하는 것도 낯설었지만 아버님과 태수가 친구처럼 허물없이 농담을 주고받는 모습을 보고 저는 충격을 받았지요. 제 아버지는 자식들 앞에선 표정을 더욱 엄격히 하는 분이시거든요."

"음……."

"태수가 공설운동장*에서 열리는 야구 경기를 구경 가고 싶으니 용돈을 달라고 했지요. 아버님은 아무 의심 없이 용돈을 챙겨주셨어요. 그날 처음 인사드린 제게도 따로 용돈을 주셨지요. 태수와 저는 그날 송도 해수욕장에 놀러 갔어요."

"하하……."

"알고 계셨군요."

"음……."

"아버님은 다 알고 계셨군요. 저는 그런 줄도 모르고 아버님이 아들

---

* 현재의 구덕운동장으로, 1928년에 개장한 부산의 첫 공설운동장이었다.

을 진심으로 신임하는구나 생각했지요. 생명수약국을 나서며 태수를 질투심 어린 눈으로 흘겨보기까지 했지요. 제 아버지는 맏아들인 절 늘 불신하셨거든요."

"나는 누구보다 인간에 대한 의심이 깊은 사람이라네. 그 누구도 진심으로 믿은 적이 없네. 인간을 신뢰하지 못하니까 법과 질서가 필요하다고 생각하는 거겠지. 날 비난하진 말게. 난 나 자신도 믿지 않는다네. 그러니 내가 인간에 대해 갖는 불신은 공평하다고 할 수 있네."

"그렇군요."

"저 애 덕분에 나는 나 자신이 인간을 얼마나 깊이 불신하는지 새삼 깨달았네."

가버린 지 한참 됐는데도 구봉은 소년이 여전히 자신의 눈길 아래에 서 있는 듯 계속 저 애라고 부른다.

"나는 저 애가 계산대 위에 놓여 있는 돈에 틀림없이 손을 댈 거라고 확신했네. 그것이 바로 내가 인간을 불신한다는 증거지."

"지나친 비약이에요."

"나는 저 애를 시험하고 싶은 유혹에 사로잡히곤 하네. 저 애가 약국에 나타날 시간이 되면 계산대 위에 1원짜리 몇 장을 올려놓고 싶단 말이야. 그리고 저 위에 올라가 박제 멧돼지와 함께 저 애가 돈에 손을 대는지 안 대는지 지켜보는 상상을 하네."

"설마 정말로 그러진 않으시겠지요?"

"내가 말하지 않았나. 나는 나 자신도 믿지 않네. 나 역시 인간이니까 말일세."

"……."

"다시 올 거네."

"……."

"틀림없이 다시 올 거네."

"누가요?"

"저 괘종시계의 분침이 한 번 돌고 두 번, 세 번, 네 번……."

"아까 그 소년 말이에요?"

"어김이 없으니까. 시계의 분침이 한 번, 두 번, 세 번, 네 번, 다섯 번, 여섯 번, 일곱 번……."

"죽은 사람들은 두고 갔어요."

여자 둘이 20킬로는 나가는 소금 자루를 머리에 이고 부산진역 앞으로 걸어간다.

"일인들이요, 쫓겨나며 죽은 인간들은 두고 갔어요."

"난 또 무슨 소린가 했네요."

아리랑고개* 아래에 사는 여자들은 사거리시장까지 가 소금을 사오는 길이다. 그곳에 분개염전에서 나는 소금을 도매 가격으로 파는 소금 가게가 있다. 한 여자는 검은 몸뻬 바지를, 또 한 여자는 흰 몸뻬 바지를 입었다. 여자들은 소금으로 젓갈도 담그고 김장 배추와 무도 절일 것이다.

검은 몸뻬 바지의 여자가 말한다.

"어제 원산여인숙에 갔더니 방물장수가 와 있데요. 방물장수가 그러데요. 까치고개 넘어오다 유난히 반질거리고 반듯한 비석이 서 있어

---

* 동구의 좌천동과 범일동을 잇는 성북고개.

서 들여다봤더니 비석 주인이 일본 패망 열흘 전에 죽었더라고요. 방물장수도 나이를 먹어 등허리가 굽고 수염에 서리가 내렸데요. 내가 늙은 건 생각 못 하고 '아이고, 왜 이리 늙었어요?' 했네요."

"해방된 해 봄에 일인들 꽃상여가 까치고개 쪽으로 가는 걸 두 번이나 봤어요."

흰 몸뻬 바지의 여자는 그때도 사거리시장에 다녀오는 길이었다.

"일인이나 조선인이나 상복 색깔은 달라도 죽은 가족을 떠나보내는 서운함은 매한가지겠지요. 기요시의 친정어머니도 까치고개에 묻혔어요."

"기요시요?" 흰 몸뻬 바지의 여자가 묻는다.

"기토라는 목수의 마누라요. 그 여자는 부산에서 애를 셋이나 낳았어요. 기토는 깐깐하게 생긴 얼굴에 은테 안경을 쓰고 다녔어요. 초량에 철도 관사를 줄줄이 지을 때 홀로 부산에 들어와 지내다 일본 고향에 돌아가 기요시하고 결혼식을 올리고 다시 부산으로 들어왔지요. 부산하고 울산, 경주 오가는 철도 놓으며 거제리에 철도 관사를 한창 지을 때 기토도 거기서 일했는데, 그때 누이의 남편이 조수로 따라다니며 목수 일을 배워서 그 기술로 지금도 먹고살고 있어요. 기토 가족 떠날 때 누이 가족이 부두까지 나가 손을 흔들며 배웅했지요."

"원산여인숙 주인 남자는 아미산에 묻힌 일인 유골을 전부 파내 바다에 버리거나 배에 실어 일본으로 보내야 한다고 역정을 내던데요."

"죽은 사람들을 살아 있는 사람들이 쫓아낼 수는 없어요. 죽은 사람들은 돌을 던져 쫓아낼 수도 없으니까요."

여자들이 생명수약국 앞을 지날 때 마침 괘종시계가 뎅 하고 운다.

그 소리를 들은 검은 몸뻬 바지의 여자가 묻는다.

"시계 볼 줄 알아요?"

"몰라요. 시계를 볼 줄 알려면 일, 이, 삼, 사, 오를 읽을 줄 알아야 하는데 배웠어야 말이지요."

"나도 괘종시계가 두 번을 치면 '아, 2시가 됐네' 해요."

"시계가 동서남북하고는 달라요." 흰 몸뻬 바지의 여자가 말한다.

"그게 무슨 말이에요?"

"동서남북은 읽을 줄 몰라도 어디가 동쪽인지, 어디가 서쪽인지 뻔하잖아요. 해가 뜨는 데가 동쪽, 지는 데가 서쪽."

"남쪽은요?" 검은 몸뻬 바지의 여자가 묻는다.

"바다가 있는 데가 남쪽이지요."

"바다 있는 데가 다 남쪽인가요? 동쪽에도 바다가 있고, 서쪽에도 바다가 있는걸요." 흰 몸뻬 바지의 여자가 말한다.

"동쪽에도 바다가 있어요?"

"동쪽에 안 가봤어요?"

"동쪽에 갈 일이 있어야지요."

"동쪽에도 큰 바다가 있지요."

"동쪽에도 가보고 서쪽에도 가보고 세상 안 가본 데가 없겠어요?"

"뭘요, 북쪽에는 못 가봤어요."

"북쪽에는 왜 못 가봤데요?"

"북쪽에 갈 일이 있어야 가지요. 북쪽에는 친정 남동생이 가서 안 돌아왔어요."

"북쪽 어디요?"

"압록강 바로 건너라고 했는데…… 단…… 단둥이요!"

47

쌍꺼풀이 큼직하게 진 희숙의 눈구멍 속 눈동자는 몽롱하게 풀어 져 있다. 얼굴은 마른버짐으로 뒤덮여 분말이 일도록 폭 찐 감자 같다. 눈꺼풀이 소리 없이 내려와 눈동자를 덮는다. 희숙은 부산진역을 50미 터쯤 앞에 두고 서버린 화물 열차가 내는 기적 소리에 소스라치며 깨 어난다. 겁에 질린 얼굴로 자기 앞에 펼쳐진 세상을 바라본다.

조무래기들이 달려와 멈춰 서버린 화물 열차 밑으로 기어들어간다.
달아오른 쇠바퀴 사이를 통과해 반대쪽 세상을 향해 달려가는 아 이들의 얼굴과 옷에는 검댕이 묻었다.
화물 열차가 기적 소리를 울리며 다시 움직이기 시작한다. 10미터 쯤 미끄러지다 도로 서버린다.

눈을 끔벅이던 희숙은 자신이 조방을 찾아가는 중이라는 걸 깨닫는 다. 그 애는 부산진역 뒤편의 공터에서 수정시장까지 헤매며 걸어왔다. 두리번거리다 경대만 한 아궁이가 딸린 철판을 길바닥에 놓고 달걀을

굽고 있는 아낙을 보고는 다가간다. 이미 구운 달걀 여남은 개가 양철
통에 담겨 있고, 철판 위에는 달걀 다섯 알이 구워지고 있다. 아궁이에
석탄 조각을 넣고 불을 피우면 철판이 달아오르며 달걀이 익는다.

"아줌마, 조방에 가려면 어디로 가야 해요?"

"조방에는 왜 가려고 하나?"

"취직해 돈 벌려고요."

여자가 희숙을 이리저리 살펴보더니 묻는다.

"몇 살이냐?"

"열다섯 살이요."

"열세 살밖에 안 먹어 보이는구나."

"태어나길 원체 작게 태어나서 그래요."

"조방에 가려면 동쪽으로 가야지."

달걀을 움켜쥔 아낙의 손은 그러나 고관 쪽을 가리켜 보인다. 여자
는 자신의 손이 반대 방향을 가리켜 보이고 있다는 걸 깨닫지 못한다.

"한참 가야 해요?"

"엎어지면 코 닿을 거리는 아니지만 한눈 안 팔고 한도 끝도 없이 걸
어가면 금방이지."

48

"사람이면 사람 맛이 있어야 하지 않겠소?"

"사람 맛이요?"

"사람 맛이 뭐겠소? 슬픈 일이 있으면 함께 슬퍼해주고 서운한 일이 있으면 함께 서운해주고 기쁜 일이 있으면 함께 기뻐해주는 게 사람 맛 아니겠소?"

부산진역 마당의 벚나무 아래에 늙수그레한 지게꾼 넷이 모여 앉아 있다.

"오늘 아침에 55보급창 근처 지나오다 상여 나가는 구경을 했네요. 붉은 한지로 접은 꽃을 주렁주렁 매단 상여가 흰 깃발 네 개를 펄럭이며 전찻길을 따라 나가고 있데요. 상여꾼도 열둘이나 되고요. 애 어른할 것 없이 쏟아져 나와 상여 나가는 걸 구경하고 있더군요. 누가 죽어 저리 다들 나와 배웅을 하나 궁금해 담뱃가게 앞에 모여 있는 여자들에게 물었지요.

'누가 죽었어요?'

여자들이 저고리 자락에, 옷고름에, 행주치마에 눈물을 훔치며 한

마디씩 하더군요.

'저 안 볏집²⁴에 사는 여자요.'

'젊은 과부요.'

'애들 엄마요.'

그러곤 자기들끼리 쑥덕거리더군요.

'애가 둘이지요? 둘 다 어리던데……'

'과부였어요? 같이 사는 남자가 있던데요.'

'서방이 아니래요.'

'서방이 아니면요?'

'불쌍한 처지끼리 오다가다 눈 맞아 살 맞대고 사는 사이겠지요.'

'누구는 서방이 없다고 하고, 누구는 서방이 다섯이나 있다고 하고.'

'상여 뒤에 따라가던 사내는 누구래요?'

'과부하고 같이 살던 남자 같지요? 함경도 사투리를 쓰던데요.'

'같이 산 정이 무섭긴 하네요. 마누라도 아닌데 상여 태워 보내주니 말이에요.'

도대체 누가 죽었다는 소리인지 도통 알 수가 없어 내가 다시 물었지요.

'그래서 누가 죽었어요?'

'사람이요!'"

＊

"부산잔교역 들어서기 전까지는 부산진역이 시발역이자 종착역이었지요. 부산진역에서 출발하는 열차 타고 중국 하얼빈까지 올라가 열차 갈아타면 유럽 한복판까지 갔으니, 바다 건너 미국 말고는 세상 어디든 갔지요."

부산진역 마당 한쪽에 좌판을 펼쳐놓고 담배, 성냥, 눈깔사탕, 양갱 등을 파는 육득은 허공에 눈길을 두고 뻐끔뻐끔 곰방대를 빤다. 그의 희어멀뚱한 두 눈은 노란 눈곱이 껴 가숭어의 눈 같다.

육득 옆에는 만주에서 살다 온 분년이 항아리를 앞에 놓고 앉아 있다. 그녀는 집에서 쌀과 누룩으로 담근 술을 항아리에 담아 이고 다니며 잔술을 판다. 주로 부두에서 잔술을 팔던 그녀가 부산진역에 나타난 것은 석 달 전이다. 그녀는 종종 부산진역에 와 육득과 말동무를 하며 지게꾼이나 인력거꾼, 열차에서 내린 사내들에게 잔술을 판다. 벚나무 아래 지게꾼들은 그녀가 파는 술을 한 잔씩 걸쳤다.

"일제 때 일인들이 공출한 소들을 화물 열차에 실어 부산진역까지 내려보내 우암 소 막사로 보냈잖아요." 육득의 눈길은 여전히 허공에 붙들려 있다. "부산진역이 동해남부선의 시발역이자 종착역이니까요. 부산진역이 원래는 범일정에 있었는데, 울산까지만 가던 동해남부선이 경주까지 가면서 이 자리로 역을 옮겼다고 하데요. 내가 부산에 왔을 때는 부산진역이 여기 이 자리에 있었지요. 남들은 내가 부산 토박이인 줄 알지만 나도 타지에서 왔어요. 내가 거제도서 태어나 40년 넘게 살다가 1936년 가을에 부산으로 나왔어요. 부산진역 지나가다 화물 열차가 먹구름 같은 연기를 토하며 서고 소들을 하역하는 광경을 봤지요. 화물 열차에서 소들이 줄줄이 쏟아져 나오는 걸 보고 뭔 일인가 싶어 구경하고 서 있으니까, 일본으로 보낼 소들이라고 인력거꾼이 알려주며 그러데요. '죽 쑤어 개 준다는 말이 그저 있는 말이 아니지 뭐요!' 소들을 실은 화물 열차가 부산진역에 도착하면 이 일대가 소 울음소리로 가득 찼어요. 조선흥업주식회사에서 5백 마리까지 실을 수 있는 화물선을 띄워 소들을 우암에서 시모노세키 후쿠우라까지 실어 날랐으니까요. 우암 부두에서 열세 시간이면 후쿠우라 부두에 닿는다고 하데요."

분년이 술이 담긴 양철대접을 육득에게 내민다.

"목이나 축이세요."

"됐어요!"

"공짜 술이니 드세요."

"공짜요? 세상에 공짜가 있던가요?"

육득은 마지못한 듯 분년이 내미는 양철대접을 받아 들고 입으로 술을 흘려 넣는다.

"아줌마는 고향이 어디예요?"

"파주요."

임진강 아랫마을에서 태어난 분년은 스물일곱 살에 만주에서 과부가 됐다. 머슴살이를 벗어나려고 큰형과 함께 식솔을 이끌고 만주로 가 철도 건설 노동자가 된 남편은 장티푸스에 걸려 세상을 떠났다. 그녀는 무단강牧丹江이 가물가물 바라다보이는 곳에 땅을 파고 겨우 스물아홉 살이던 남편을 묻었다. 동지 즈음으로 땅은 꽝꽝 얼어 쇳덩이였다. 큰아주버니가 곡괭이로 땅을 찍는 소리는 마치 병든 꿩이 토하는 소리처럼 스산하고 구슬프게 울려 퍼졌다. 봄이 오고, 무단강의 얼음이 녹고, 사람들이 묵힌 씨앗을 들고 나와 땅에 뿌리기 시작하고, 그녀는 딸 둘이 딸린 홀아비에게 재가했다. 홀아비가 살고 있는 조선인 마을로 떠나며 그녀는 네 살 먹은 아들을 뚝 떼어 큰아주버니 부부에게 주었다. 아들이 없던 큰아주버니는 동생을 들판에 파묻고 돌아오자마자 조카를 탐내며 그녀의 재가 자리를 알아봤었다. 첫날밤을 치르고, 이튿날 동이 트기 무섭게 홀아비는 그녀에게 호미와 씨감자가 든 자루를 들렸다. 집에서 15리쯤 떨어진 밭까지 그녀를 데리고 갔다. 그녀는 서러운 마음에 시큰하게 차오르는 눈물을 소맷자락에 문질러 훔치고 호미를 손에 들었다. 홀아비가 소처럼 일해 밭으로 일군 땅에 씨감자를 심으며 새로운 인생을 시작했다. 나이 차이가 열여섯 살이나 나는 홀아비가 늙어 세상을 떠날 때까지 그녀는 그 밭에서 농사를 지으며 살았다. 해방되고 그녀는 자신이 낳지는 않았지만 애지중지 키운 큰딸을 따라 신의주와 개성, 경성을 거쳐 부산에 내려왔다. 큰사위의 고향이 밀양이었다. 그녀는 오늘따라 30년도 더 전에 죽어 만주 땅에 묻힌 첫 번째 남편 생각이 몹시 난다. 간밤에 그를 따라 만주로 살러 떠나는 꿈을 꿔서다.

분년은 사지 하나를 떼듯 아들을 뚝 떼어 죽은 남편의 큰형수에게 주고, 40리 길을 우마차를 타고 가 홀아비에게 재가하던 날을 떠올린다. 잠자리를 하고 홀아비가 곯아떨어진 뒤 그녀는 첫 번째 남편이 그리워 흐느껴 울었다. 그녀가 우는 소리에 깨어난 홀아비에게 그녀는 두고 온 아들이 보고 싶어서 우는 거라고 거짓말을 했다.

가물가물하던 첫 번째 남편의 모습이 그녀는 바로 앞에 있는 듯 눈에 선하다.

"만나도 날 못 알아보겠지요. 나는 보자마자 알아보겠지만 말이에요……."

*

부산진역 전차정거장에 전차가 선다. 수박색 세루 치마를 입은 여자가 전차에서 내리고 뒤따라 윤수가 내린다.

두 식경 전까지 영도 나무전 거리의 물양장에 재어놓은 통나무들 위로 뛰어다니던 윤수는 낮잠에서 막 깨어난 것 같은 얼굴로 사방을 두리번거린다.

세루 치마를 입은 여자가 빨간색 양산을 펼친다. 유행양화점에서 맞춘 구두 굽 소리를 울리며 부산진 역사 쪽으로 발을 놓는다.

11부

족제비가 바라보는 세상

"신비하고도 무서운 짐승이에요. 성미가 생김새만큼 고약해서 복수를 잘하지만 은혜를 입으면 잊지 않고 갚지요. 인간은 간사해서 은혜를 금방 잊어버리지만 그 짐승은 잊지 않고 꼭 보답을 하니 말이에요."

시나마치 거리의 춘화원 앞에 검은 치파오 차림의 중국 여인과 두부 장수 송 씨가 서 있다.

"무슨 짐승이요?"

"족제비요."

"아, 족제비가 영특하지요." 송 씨가 고개를 끄덕인다.

"중국의 내 고향에서 있었던 일이에요."

"고향이 어디요?" 두부 장수 송 씨가 묻는다.

"선양 읍내에서 우마차를 타고 두 시간은 족히 들어가야 나오는 시골 마을이 내가 태어난 고향이지요. 2부두 놓으려고 바다 매축할 때 아버지 따라 기차 타고 부산에 왔지요. 선양 읍내가 고향인 내 친구 황나이잉 가족도 한 기차를 타고 부산에 왔지요. 기차가 창춘에서 부산까지 왔으니까요. 아버지, 어머니, 나, 남동생…… 나는 여섯 살, 남동생은 세 살…… 할아버지, 할머니, 2삼촌, 3삼촌, 1고모, 2고모, 3고모하고 춘절을 보내고, 다다음 날 우마차를 빌려 타고 역까지 가서 기차를 탔지요. 할머니가 춘절에 먹고 남은 만두 열 개를 보자기에 싸 어머니 손에 들려 주며 애처럼 울던 모습이 잊히지 않는군요. 나는 아무것도 모르고 할머니가 왜 우나 했지요. 노란색 만두였어요. 옥수수 가루를 넣고 반죽한 피로 빚어서요. 내 고향에서는 옥수수 가루로 국수도 뽑아 먹고, 꽃빵도 빚어 먹지요.

아버지는 부산에서 바위 깨는 일을 했어요. 황나이잉 아버지도 바위 깨는 일을 하다 영도로 들어가 청요릿집을 열었답니다. 황나이잉은 중일전쟁 났을 때 기차 타고 중국으로 돌아갔어요."

중국 여인이 눈동자 초점을 또렷이 하고 송 씨를 쳐다본다.

"아저씨는 내 친구지요?"

"친구요?"

"두부가 쉬는 줄도 모르고 내 얘기를 들어주고 있으니 친구지요."

"아, 두부가 쉬면 큰일인데……." 송 씨는 메마른 입을 쩝쩝 다시며 눈빛을 흐리고 허공을 바라본다.

"초량 철도 관사 15호에서 조선인 하녀 마리아가 교살된 해였지요."•

"아, 그런 일이 있었지요." 송 씨는 말끝에 탄식을 토한다.

"그해 여름에 조선인들이 돌을 던지며 우리 중국인들을 부산에서 쫓아내려고 했지요. 개구리한테도 함부로 던져서는 안 되는 돌을 인

• 1931년 7월 31일에 발생한 부산 마리아 참살 사건.

간인 우리에게 던졌어요. 우리 가족은 초량에 살고 있는 다른 중국인 가족들과 중국 영사관으로 피신해야 했어요. 조선인들은 중국 영사관까지 쫓아와 돌을 던졌지요. 영도의 중국인이 하는 포목점 손진수孫振樹하고 요리점 동발루同發樓에도 몰려가 돌을 던졌지요. 그때 자오 아주머니 가족도, 왕 아저씨 가족도, 류 아주머니 가족도, 샤오훙 아저씨도 부산을 등지고 중국으로 돌아갔지만 우리 가족은 선양으로 돌아가지 않았어요.

일본이 패망하고, 주싼 할아버지가 아홉 명으로 불어난 가솔을 이끌고 고향으로 돌아가는 걸 보고도 우리 가족은 초량에 남았어요.

주싼 할아버지는 열아홉 살에 홀로 부산에 내려와 가족을 아홉 명까지 불렸어요. 주싼 할아버지 가족이 떠나는 날, 초량에 살고 있던 우리 중국인들은 거리로 나와 배웅을 했지요. 마을은 다르지만 주싼 아저씨의 고향도 선양이랍니다."

중국 여인은 중국말 세 마디를 탄식처럼 토하고 나서야 조선말로 다시 말을 잇는다.

"선양의 내 고향 마을에서 정말로 있었던 일이에요. 춘절을 앞두고 집집마다 닭을 잡아서 닭 깃털이 마을 여기저기 떠다녔어요. 5리를 걸어가야 나오는 우물에서 물을 길어다 먹는 외지고 못사는 마을이었지만 집집마다 닭을 키웠어요. 우리 집에서도 할머니가 닭 네 마리를 키워 한 마리를 잡았답니다.

춘절 전날이었어요. 할머니, 어머니, 시집 안 간 고모들이 부엌에 모여 만두를 빚고 있었어요. 내 고향 마을에서는 춘절에 만두를 먹는답니다.

먼 친척 되는 이웃 할머니가 읍내에 다녀오는 길에 우리 집 마당에 대고 소리쳤어요.

'왕쓰 몸에 귀신이 들어갔어!'

마을에 과부인 어머니와 단둘이 살고 있는 총각이 있었어요. 마을 사람들은 그 총각을 왕쓰라고 불렀어요. 마을에서 가장 가난한 집이 었지요. 얼마나 가난했는지 춘절에 마을에서 닭 잡는 소리가 안 난 집은 그 집뿐이었으니까요. 왕쓰의 어머니는 돼지고기를 못 사 춘절 아침에 먹을 만두를 못 빚고 옥수수 가루로 노란 꽃빵을 빚었어요.

'왕쓰 집 앞을 지나가는데 왕쓰가 교태를 부리듯 허리를 꼬고 비틀며 발정 난 암고양이가 내는 것 같은 목소리로 닭다리를 내놓으라고 소리를 지르지 뭐야.'

이웃 할머니와 그 집에 가봤더니 벌써 소문을 듣고 몰려온 마을 사람들이 집 앞에 진을 치고 있고, 왕쓰 총각이 소리를 지르고 있었어요.

'닭다리 내놔! 닭다리 내놔!'

마을에서 외떨어진 흙집에 리 할머니라고, 젓가락만 한 쇠바늘을 항상 몸에 지니고 다니며 사람 몸에 든 귀신을 쫓아주고 그 보답으로 얻은 곡식과 고기로 연명하는 할머니가 있었어요. 마을 사람들은 리 할머니를 왕쓰 총각의 집으로 데리고 갔어요.

리 할머니를 보고도 왕쓰 총각이 소리를 질렀어요.

'닭다리 내놔!'

리 할머니가 총각에게 물었어요.

'너, 집이 어디야?'

'몰라!'

'집이 어딘지 말해!'

'몰라, 몰라!'

리 할머니가 닭발 같은 손으로 왕쓰 총각의 왼팔을 비틀듯 붙들고 살펴보니, 앵두보다 작은 빨간 점이 팔뚝 위를 무당벌레처럼 돌아다니고 있었답니다.

짐승의 영혼이 사람 몸에 들어가면, 들어갈 때 난 자국이 빨간 점이 돼 팔에서 떠돌아다니지요.

리 할머니는 매서운 눈으로 빨간 점을 쫓아가 쇠바늘을 정확히 꽂았어요.

'아야, 아야! 찌르지 마. 아파. 찌르지 마…… 잘못했어. 찌르지 마!'

'너 누구야?'

'잘못했어요. 살려주세요.'

'너 누구야?'

'족제비요.'

'너 어디서 왔어? 네 몸은 어디에 숨겼어?'

'수수밭 풀 더미!'

리 할머니가 쇠바늘을 뽑고는 말했어요. '너, 왕쓰 몸에서 안 나가면 또 쇠바늘로 찌를 거야.'

'알았어. 나갈게. 찌르지 마!'

족제비 영혼이 나가고 왕쓰 총각이 쓰러졌어요. 깨어난 왕쓰 총각은 무슨 일이 있었는지 전혀 기억을 못 했답니다.

리 할머니가 자신의 흙집으로 돌아가고 마을 사람들은 수수밭으로 몰려갔더니 거기에 정말로 풀 더미가 있었어요. 풀 더미에 밥공기만 한 구멍이 나 있어서 들여다봤더니 그 안에 족제비 한 마리가 들어앉아 있었고요.

왕쓰 총각의 어머니가 내 할머니를 보고 그랬답니다.

'족제비 배가 불룩한 게 아무래도 새끼를 가진 것 같아요.'

왕쓰 총각의 어머니는 내 할머니에게 꾼 닭을 잡아 수수밭 풀 더미의 구멍 앞에 놓아뒀어요.

춘절 아침이 밝고 부엌에 들어서던 왕쓰 총각의 어머니가 놀라 소리를 질렀어요. 부엌 여기저기에 만두가 놓여 있었거든요. 그런데 만두마다 모양하고 빛깔이 달랐어요. 시금치 물로 반죽한 녹색 만두, 옥수수 가루로 반죽한 노란 만두, 밀가루로 반죽한 흰 만두, 보자기 모양으로 빚은 만두, 꽃빵…….

족제비가 밤새 집집을 돌아다니며 만두를 하나씩 훔쳐다 왕쓰 총각의 집 부엌에 가져다놓았다는 소문이 마을에 퍼졌답니다. 만두마다 족제비 발자국이 찍혀 있었거든요."

＊

세상을 등지고 앉아서, 세상의 온갖 소리와 섞여 가물가물 들려오는 며느리의 목소리를 들으며 얌전히 만두를 빚던 천 서방이 고개를 든다. 불그스름한 페인트를 칠한 정면의 벽에 걸려 있는 괘종시계를 멀거니 바라본다.

전혀 들리지 않던 초침 돌아가는 소리가 점점 분명해지더니, 희고 긴 털 두 가닥이 꽃술처럼 나 있는 그의 귀에 바늘처럼 꽂힌다. 부엌에서 아들이 돼지고기 덩어리를 도마 위에 올려놓고 식칼로 마구 다지는 소리에도 초침 소리는 또렷이 들려온다.

사마귀의 촉수 같은 초침 바늘이, 눈금자의 눈금처럼 잘게 쪼개놓은 시간을 부단히 달려가는 걸 지켜보던 천 서방의 입이 벌어진다. 이가 다 빠지고 오그라들어 갓난아기의 입이 돼버린 그의 입에서 고향 사람들이 쓰는 말이 저절로 흘러나온다.

'누가 저렇게 시간을 쪼개놓았나?'

일 년, 한 달, 보름으로 쪼개놓은 것으로도 모자라서 하루 단위로 쪼개더니 시, 분, 초로 쪼개놓았다.

'누가 시간을 원 속에 가둬놓았나?'

쪼갠 시간을 원 속에 가둬놓아 시간은 흘러가지 못하고 돌고 돌아 제자리로 돌아온다.

시간은 원래 만두처럼 한 덩어리였다. 그래서 아지랑이가 피었다 사라지듯 슬퍼할 새에 인생이 갔다.

　분홍색 벽돌을 차곡차곡 쌓아 올리고 벽돌 사이에 나무토막을 박아놓은 벽돌담을 끼고 걷던 애신은 깨금발을 하고 담 너머를 들여다본다. 창고 같은 건물 서너 채가 담 안에 모여 있다. 한기가 감도는 마당에는 빈 나무 궤짝들이 대충 쌓여 있고, 그 옆으로 수레 여러 대가 세워져 있다.

　해가 동쪽에 떠 있을 때까지도 들판을 헤매던 그녀는 철길을 따라 내려오다 철길을 벗어나 초량의 그곳까지 걸어왔다. 흰 덩어리 같은 해는 남쪽 바다 위에 떠 있다.

　광목 치마저고리 차림을 하고 세상에 바쁠 일이 하나도 없는 듯 느릿느릿 걸어오는 노파를 보고 애신이 다가가 묻는다.

　"할머니, 저게 무슨 건물인가요?"

　"남선창고 말이오?" 노파가 뒷짐을 지며 배를 앞으로 쑥 내민다. "북선창고라고 부르다 원산에 북선창고가 생기면서 남선창고로 이름을 바꿨지요. 그전에는 회홍사會興社라고 불렀다오."

　"할머니, 혹시 저 창고에 여자애들이 있지 않나요?"

노파가 눈을 샐쭉이 뜨고 애신을 쳐다본다.

"여자애들이 저 창고 안으로 들어가는 걸 본 것 같아서요. 대여섯 살쯤 먹은 여자애들이⋯⋯."[25]

"에그, 저 창고로 명태 들어가는 건 수없이 봤어도 여자애들이 들어가는 건 못 봤다오."

"명태요?"

"저게 명태고방 남선창고 아니오! 부귀영화도 한때라고, 옛말이 됐지만 말이오. 원산 앞바다에서 잡아 말린 명태를 전부 배에 실어 부산으로 보내던 시절이 있었다오. 원산 객주들이 명태를 들여와 남선창고에 쌓아두면 초량 객주들이 열차에 실어 경성으로, 대전으로, 대구로 보냈지요. 제비들이 돌아올 때면, 장작더미 묶듯 쌓아 엮은 명태를 한가득 실은 돛배들이 돛을 펄럭이며 꼬리에 꼬리를 물고 저 앞바다로 들어오기 시작했다오. 원산 사투리, 부산 사투리로 부두가 아주 떠나갔다오. 애, 어른, 노인, 개, 고양이 할 것 없이 부두로 나와서 배가 들어오는 걸 구경했지요. 사내들은 명태를 나르고, 여자들은 칡넝쿨로 명태를 꿰고⋯⋯ 칡넝쿨에 꿰어야 명태가 안 썩으니까요. 배고픈 아이들은 명태 눈알을 몰래 빼 먹느라 정신이 없었다오. 개들도 슬금슬금 눈치를 살피다 떨어진 명태가 보이면 잽싸게 물고 냅다 도망갔지요. 명태 말린 게 황태라⋯⋯ 황태는 바다가 낳고 하늘이 키운다는 말이 맞는 게, 바다에서 매서운 바람이 몰아치고 폭설이 몇 차례 내려야 노르스름하니 상품이 되니까요. 겨울이 따뜻하면 흑태라고 해서 거무스름하니 하품이 돼버리니 말이오. 싸릿대에 꿰어 덕장에 걸자마자 얼어붙을 만큼 날이 추워야 한다니 원산이 오지게 추운 곳이긴 한가 보지

요. 오줌을 누면 고드름이 돼 엉덩이에 뿔처럼 달라붙는다니…… 날씨
는 사람이 좌지우지할 수 있는 게 아니니 하늘이 키우는 게 맞지요. 바
람도, 눈도, 비도, 번개도, 안개도 하늘이 내리는 거니까요. 하늘이 비
한 방울 내려주지 않으면 사람은 원망만 할 뿐 비 한 방울 제 손으로 빚
을 수 없지요. 사람은 그저 추우면 춥다, 더우면 덥다, 바람이 불면 바
람이 분다, 날씨를 두고 간사하게 품평만 할 뿐이지요. 원산 명태 말린
건 속살이 노른자를 입힌 듯 노래서 황태라고 안 하고 노랑태라 한다
오. 살이 두툼하니 목화솜같이 부드러운 데다 비린내가 하나도 안 나
고 고소하니 담백하다오."

노파는 남선창고를 바라보며 말을 이어간다.

"천년만년 계속될 것 같더니 원산과 경성을 오가는 경원선 철도가
놓이자 원산 객주들이 부산을 뜨기 시작해 명태 실은 돛배들이 앞바
다로 들어오던 풍경도 뚝 끊겼다오. 그 뒤로 초량 객주들이 십시일반
돈을 모아 남선창고를 사들였다오. 원산 객주하고 초량 객주 들이 초
량 일대에 돈을 뿌리고 다니던 호시절에 사람들은 원산 배 들어오는
게 제비들 돌아오는 것보다 더 반갑다고 했지만 나는 제비들 돌아오는
게 더 반가웠다오. 원산 배들은 발길을 끊었어도, 제비들은 때 되면 잊
지 않고 돌아오더이다. 소문에 동래에서 권번을 운영하던 부자가 저 창
고를 샀다는데 뭘 하려나…… 청요릿집을 차리려나?"

쑥색 몸뻬 바지에 검은 저고리를 입은 여자가 지나가자 노파가 불
러 세운다.

"어딜 그리 급히 가오?"

"아, 할머니…… 혹시 우리 아들 못 보셨어요?" 시든 오동잎처럼 누

렇게 뜬 여자의 얼굴은 얼이 나가 보인다. "우리 아들 호식이요."

"아들이 또 집을 나갔나 보네?"

"네……."

기어들어가는 목소리로 중얼거리고는 서둘러 멀어지는 여자를 눈으로 좇던 노파가 애신을 쳐다보고 말한다.

"남의 집 빨래해주며 아들 하나 보고 사는 여자라오. 이름이 소식이라던가? 남포질 기술자인 남편 따라 오사카로 이주해 살았는데, 남편한테 일본 여자가 생기는 바람에 이혼을 당했다고 하더이다. 돌도 안 지난 아들하고 연락선 타고 부산으로 돌아왔다고 하더이다. 아들을 빼앗길까 봐 시댁으로도 못 가고, 조실부모해 친정이 없어 친정으로도 못 가고, 핏덩이 아들하고 오바골로 들어가 남의 집 똥 기저귀 빨아주고 보리 한 주먹, 감자 한 바구니 얻어 겨우 먹고살았으니 팔자가 안됐지요. 내 친정이 오바골이어서 친정 다니러 갈 때마다 수정천 물에 빨래하고 있는 저 여자를 봤다오. 귀환 동포들 실은 배가 부산 부두로 한창 들어올 때 남편이 돌아오려나 싶어 종일 부두에 나가 서 있더니…… 아들이 잘 자라주면 그 보람으로 살맛이 날 텐데 학교도 안 가고 쌈질이나 하고 다니며 속을 썩이는 모양이니…… 아이고, 내 정신 좀 봐. 황 영감네 가는 길인 걸 깜박할 뻔했네. 내가 속병이 있어서 물 말고는 먹은 게 없어도 고구마가 명치를 콱 틀어막고 있는 것처럼 답답하다오. 명치에 침을 한 방 맞아야 겨우 내려가서 닷새에 한 번씩 침쟁이 황 영감을 찾아가 침을 맞는다오. 벼룩도 낯짝이 있다고 공짜로 맞는 게 미안해서 두부라도 한 모 들고 갔는데 오늘은 빈손으로 가려니 어째 발이 안 떨어지는구려."

느릿느릿 발길을 놓던 노파는 전봇대 앞에서 담배를 피우며 서 있는 사내를 보고는 반색한다.

"모리나가제과 캐러멜 행상 조 씨 아니오?"

"안녕하셨어요?"

"몇 년 만이오? 일본이 패망했으니 모리나가제과 캐러멜 행상도 못하겠구려. 그래, 요새는 뭘 해서 먹고사오?"

"합판 팔러 다녀요."

"캐러멜 팔던 사람이 합판을 팔러 다닌단 말이오?"

"범일동 제재소 앞을 지나가는데 합판 판매원을 구한다는 종이가 붙어 있더군요. 밑져야 본전이라 생각하고 면접을 봤는데, 사장이 몇 마디 묻는 둥 마는 둥 하더니 그 자리에서 바로 고용하데요."

"그날 운수대통이었나 보오!"

"세상이 좁다더니, 제재소 사장이 날 알고 있더군요. 도쿄 유학 시절에 관부연락선 부두에서 날 여러 번 봤다고 하더군요. 코를 후벼 파는 석탄산수* 냄새에도 내가 싱글벙글 웃으며 캐러멜을 팔고 다니는 게 인상적이었다고 하데요. 판매원은 나처럼 사교적이고 낙천적인 사람이 해야 한다면서요."

"그래서 사는 게 무서운 거라오. 내가 어떻게 사는지 아무도 모를 것 같지만 세상 사람들이 다 알고 있다오."

"그러게요."

"합판 판매원은 할 만하오?"

---

* 페놀과 물을 혼합한 무색의 소독제.

"캐러멜 행상 할 때보다 벌이는 훨씬 나아요. 캐러멜은 팔아도 이문이 몇 푼 안 남지만 합판은 거래만 성사시키면 이문이 크게 남으니까요. 게다가 사람들이 집을 지어대서 합판이 날개 돋친 듯 팔리네요."

"그러고 보니 캐러멜 행상 다닐 때보다 입성이 나아진 것도 같구려. 근데 얼굴이 왜 죽상이오?"

"사는 재미는 캐러멜 행상 할 때가 더 있었어요. 바보들의 세상에는 합판 판매원보다 캐러멜 행상이 더 어울리니까요."

"바보들의 세상이라고 했소?"

"네, 바보들의 세상이요! 할머니, 인간이 태어날 때 왜 우는지 아세요? 관부연락선이 오가던 시절에 부두에서 사귄 와세다 대학 유학생이 캐러멜 한 통을 사며 알려주더군요. 서로 출신도 처지도 천지차였지만 몇 마디 안 나누고 친구가 됐지요."

"해방되고 그 유학생도 조선으로 돌아왔겠소."

"못 돌아왔어요. 태평양전쟁이 한창일 때 곤론마루崑崙丸를 탔거든요. 미군 잠수함이 발사한 어뢰에 맞아 현해탄에서 침몰한 관부연락선이요."

"아, 그런 일이 있었지요. 까맣게 잊고 있었구려."

"다들 잊었더군요. 곤론마루가 침몰하고 한동안 관부연락선이 안 다녔지요. 미군 공격을 피하느라 늦은 밤에 불도 안 켜고 현해탄을 몰래 건너다녔지요. 수상경찰서 앞을 지나가다 곤론마루가 침몰했다는 소식을 듣고 기분이 이상하더군요. 그 배에 새로 사귄 친구가 다섯 명이나 타고 있었거든요."

"친구를 참 잘도 사귀는구려. 그것도 타고난 재주요."

"캐러멜 행상은 빈부귀천을 떠나 누구하고도 친구가 될 수 있으니까요. 정말 많은 사람을 친구로 사귀었지만 지금 하나도 남아 있지 않네요."

"그래서 서운하오?"

"아니요." 사내는 고개를 흔든다. "인간은 결국 혼자인걸요. 천 사람을 사귀어도, 만 사람을 사귀어도, 돌아서면 결국 혼자지요."

"장가는 갔소?"

"못 갔어요."

"더 나이 들기 전에 장가를 가지 그러오? 처자식이 생기면 먹여 살리느라 바빠 혼자라는 생각도 안 들 거요. 그래, 인간이 세상에 태어날 때 왜 우오?"

51

물웅덩이 앞, 무테안경을 쓴 사내와 양복 재킷을 걸친 사내가 미군 담배 한 개비를 나누어 피우고 있다.

무테안경을 쓴 사내의 안색은 염려스러울 만큼 파리하다. 그의 배에서 꽤 크게 꼬르륵꼬르륵 소리가 난다.

양복 재킷을 걸친 사내의 손에는 둘둘 말린 신문지가 들려 있다.

사내들은 무능한 잉여인간 같아 보이기도, 무기력하고 어정쩡한 지식인 같아 보이기도 한다. 무일푼에 아무 할 일 없는 실업자 같기도 하다.

파란 하늘이 고스란히 담겨 비칠 만큼 맑은 물웅덩이에는 죽은 쥐가 떠 있다.

판자떼기, 깨진 벽돌, 짚, 양철판, 나무토막, 가마니, 멍석 등 공짜로 구할 수 있는 것이면 가리지 않고 자재로 동원해 지은 집들이 물웅덩이 언저리를 따라 우후죽순으로 들어서 있다. 사람이 살고 있는 집이라는 걸 표 내듯 어느 집에서는 아이들이 다투는 소리가 나고, 어느 집에서는 간장에 생선을 조리는 냄새가 나고, 어느 집 앞에는 이불 홑청이 널려 펄럭이고 있다.

무테안경을 쓴 사내의 집은 물웅덩이를 둘러싸고 모여 있는 판잣집들 중 하나다. 그의 아내는 배급소에 쌀을 배급받으러 갔다. 사내는 전날 점심때 수제비 한 그릇을 먹은 후로 내내 굶었다.

"3세기경 이집트 사막에 살았던 성자가 하늘에 물었다더군. '어찌하여 어떤 사람은 가난하고 어떤 사람은 부자입니까? 어째서 어떤 사람은 악하고 어떤 사람은 선합니까?' 하늘이 대답하기를 '너는 그런 것에 신경 쓸 필요가 없다'."

그때 악에 바친 여자의 목소리가 들려온다. 사내들의 눈길이 목소리가 들려오는 곳을 향한다. 한탄조로 바뀐 목소리는 닭장보다 나을 것 없는 판잣집에서 들려오고 있다.

무테안경을 쓴 사내가 옆 사내에게 담배를 내밀며 독백하듯 말한다.

"이 끔찍하고 더러운 세상이 바다에서 바라보면 그지없이 아름답고 황홀하게 보이네. 초량 집들 중 한 집을 시작으로 만등 불사 점등식을 하듯 집집마다 전등불을 켜고, 감고개 골짝의 감골*에 들쥐처럼 숨어 있는 집들도 하나둘 호롱불을 밝히기 시작하면, 이토록 추한 세상이 밤하늘보다 찬란하고 높아 보이지. 불빛 한 점을 넋 놓고 바라보고 있노라면 애쓰지 않아도 무아의 순간이 저절로 찾아온다네. 악다구니도 바다에서 들으면 파도 소리에 깎이고 다듬어져 그리운 소리가 되네."

파리한 안색에 호리호리한 여자가 나무를 끌며 걸어온다. 네 살쯤

● 수정3동 감고개에 자리했던 마을.

먹은 사내애를 광목 포대기로 둘둘 감싸 등에 들쳐 업었다.

뿌리가 온전히 붙어 있는 나무에는 잎 한 장 달리지 않았다.

물가에서 빨래하던 여자가 나무를 끌며 걸어가는 여자를 보고는 묻는다.

"어쩐 나무예요?"

여자가 걸음을 멈추고 고개를 들어 빨래하는 여자를 바라본다.

"병들어 죽은 앵두나무예요."

"죽은 앵두나무는 어디서 났어요?"

"철도 관사였다는 집 앞을 지나는데, 그 집 일꾼처럼 보이는 할아버지가 죽은 앵두나무를 패고 있지 뭐예요. 땔감으로 쓸 거 아니면 달라고 사정했더니, 가져가라고 던져주데요."

"땔감으로 쓰게요?"

"아니요."

고개를 흔드는 여자에게 빨래하는 여자가 핀잔 섞인 투로 묻는다.

"다 큰 애를 힘들게 왜 업고 다닌데요?"

"땅에 내려놓기만 하면 울어서요."

"애 우는 게 무서워서 업고 다녀요?"

여자는 젖은 손등으로 코를 문지르고 판판한 돌에 대고 바지를 힘차게 치댄다. 여자의 두 발은 물에 담겨 있다. 여자 뒤에는 양은솥이 걸려 있다. 양잿물을 끓여 빨래를 삶았는지 양잿물 특유의 시큼한 냄새가 떠돈다.

"땅에 내려놓기만 하면 세상이 떠나가도록 울어서요. 변소에 갈 때도 업고 가요."

사내애는 눈을 말똥말똥 뜨고 있지만 잠들었나 싶게 조용하다.

"땅에 내려오는 게 싫은가 보네." 여자는 혀를 차며 치대던 바지를 물속에 넣고 흔들어 헹군다.

"그래서 그런 걸까요?"

"땅에 내려오기 싫어서 발가락을 꿩 발처럼 꽉 오므리고 있네요."

여자가 자신의 손보다 큼직한 애 발을 만져보더니 말한다. "정말이네…… 나는 내 등이 좋아서 업혀 있으려 하나 보다 했어요."

죽은 앵두나무를 끌며 발을 놓던 여자는 어르듯 사내애에게 묻는다.

"철식아, 땅에 내려오는 게 싫어?"

대나무 통을 든 여자가 판잣집 뒤에서 뒤뚱뒤뚱 걸어 나오더니 대나무 통 속의 물을 휙 뿌린다.

"아침에 애써 길어다 놨더니 쥐새끼가 빠져 죽어 있지 뭐예요!"

"쥐가 극성이에요."

"쥐만 극성인가요? 모기, 똥파리, 구더기, 빈대, 이, 바구미, 지네, 개미……."

"누가 또 집을 짓나 봐요. 어제는 저 아래쪽에서 늙은 아버지하고 장성한 아들이 집을 짓다 말고 싸우데요. 늙은 아버지는 집을 이렇게 지어야 한다고 하고, 장성한 아들은 저렇게 지어야 한다고 하고. 어린 아들이 지켜보고 있는 걸 모르고 장성한 아들이 늙은 아버지한테 그러데요. '아버지, 아무것도 모르시면 잠자코 계세요.'"

"집 짓는 소리가 하루도 끊이지 않는 걸 보면 짓고, 또 짓고, 또 지어도 모자라는 게 집인가 봐요."

조금 뒤 감자색 몸빼 바지를 입은 여자가 구시렁거리며 허겁지겁 걸어오더니 빨래하는 여자를 보고 묻는다.

"천안댁, 우리 경자 못 봤어요?"

"못 봤어요!"

"이 원수 같은 년이 어딜 갔을까?"

"경자가 집이라도 나갔어요?"

"옆집 고구마를 훔쳐 먹어서 옷을 홀딱 벗겨 쫓아냈더니, 이웃집에서 널어놓은 옷을 훔쳐 입고 달아나버렸지 뭐예요."

움막 뒤에서 아이들 여럿이 떠드는 소리가 들려오자 여자는 그쪽으로 서둘러 걸어간다.

"얘들아, 우리 경자 못 봤냐?"

"조방에 취직하러 갔어요."

"돈 벌어 우리에게 찐빵 사준다고 했어요."

"조방 앞에 찐빵 가게가 널렸대요."

"찐빵 한 개에 1전이래요."

죽은 앵두나무를 끌며 걸어가던 여자는 닭장처럼 엉성하게 지은 판잣집 앞에 서 있다.

죽은 앵두나무는 땅에 누워 있다.

"철식아, 땅이 싫어?"

"……."

"땅에 다 있는데 싫어? 아버지도 땅에 있고, 누나도 땅에 있고⋯⋯ 집도 땅에 있는데 싫어?"

"⋯⋯."

"땅에서 다 나는데 싫어? 수박도 땅에서 나고, 쌀도 땅에서 나고, 감자도 땅에서 나는데 싫어?"

여자는 등에 악착같이 업혀 있는 아들의 발을 손으로 주물럭주물럭 만진다. 구부러진 발가락을 반듯하게 펴려고 애쓴다.

"땅에 죽은 쥐가 있을까 봐 겁나?"

사내애의 발가락이 더 꽉 오므려진다.

"땅이 찔러?"

"땅이 물어뜯어?"

52

　“철식아, 그만 땅에 내려가자. 땅에 내려가서 아버지하고 누나하고 고깃국에 흰쌀밥 먹자.”

　땅에는 썩은 땅콩 껍질, 담배꽁초, 개똥, 생선 뼈, 장작이 타고 남은 잿더미, 찌그러진 깡통, 깨진 정종병 조각, 죽은 쥐가 널려 있다.

　“개미들도 땅에 내려가네.”

　“참새들도 땅에 내려가네.”

　“앵두나무도 땅에 내려가네.”

53

"아줌마, 저 20전만 꿔주세요."

중국 여인에게 손을 내미는 사내애의 배에서 꼬르륵 소리가 난다. 거리에는 으깬 돼지고기를 듬뿍 넣은 만두가 쪄지는 냄새가 가득하다.

20전이면 춘화원에서 파는 만두가 10개다. 따라서 사내애는 만두 10개를 구걸하고 있는 것이나 마찬가지다.

"너 이름이 뭐니?"

"박경태요."

"내 이름은 왕슈란이란다."

중국 여인은 사내애에게서 몸을 돌려 춘화원으로 들어간다. 조금 뒤 다시 나타난 여인의 손에는 복주머니 모양의 큼지막한 만두 두 덩이가 들려 있다. 그녀는 만두 두 덩이를 사내애의 손에 들려 주고는 말한다.

"초량 춘화원에서만 파는 세상 어디서도 맛볼 수 없는 만두란다."

12부

주판이 놓여 있는 세상

54

허우재는 책상 앞에 붙어 앉아 주판알을 튕긴다. 하관이 가파르고 입술이 얄팍한 데다, 납빛이 도는 얼굴에 은테 안경을 써서 꽤나 차가운 인상이다. 책상 옆으로 쌀가마니가 서른 가마니쯤 쌓여 있고 그 앞에는 좁쌀, 대두, 서리태, 녹두, 팥, 수수, 보리 같은 잡곡이 종류별로 담긴 짚 바구니들이 놓여 있다.

허우재가 주판알 튕기던 손가락을 경직시킨다. 주판 옆에 펼쳐져 있는 장부에 숫자를 적는다. 숫자와 이름, 산수 기호가 빼곡하게 적힌 장부 옆에는 잉크병이 놓여 있다. 주판을 들어 허공에 대고 주판알을 턴다. 주판을 도로 책상 위에 내려놓고 차르르차르르 주판알을 가지런히 한다. 처음부터 다시 주판알을 튕기기 시작한다.

더하고 빼고 곱하고 나누는 것 말고는 이 세상에서 의미 있는 일이란 없는 듯 리듬을 타며 주판알을 툭 튕겨 올리고 툭 튕겨 내리던 허우재의 손가락이 갑자기 뻣뻣하게 군다. 방금 튕겨 올린 주판알이 진동하다 멎는다.

허우재가 주판알을 다시 튕기려다 말고 고개를 들어 거리를 뚫어져라 바라본다.

"모자라지도 않지만 남지도 않는군!"

*

주판알을 한 알 한 알 속도감 있게 튕기는 소리가 다시 들려오는 장수통 거리로 경태가 기웃기웃 걸어온다.

"할머니, 저 20전만 꿔주세요."

그 애는 고관 전차정거장에서부터 그곳까지 이 사람 저 사람을 붙들고 20전을 구걸하며 걸어왔다.

솜틀집 앞에 뒷짐을 지고 서 있던 노파가 경태를 내려다본다.

"아가, 인간이 태어날 때 왜 우는지 아니?"

두 손을 삐죽 내밀고 눈을 끔벅이던 경태가 고개를 젓는다.

"거대한 바보들의 세상에 태어난 게 슬퍼서[26] 우는 거라는구나."

*

"아, 누가 날 여기에 데려다놨을까?"

하늘을 올려다보고 탄식하며 터벅터벅 발을 내딛던 천복은 동방미곡상회 앞에 이른다. 허우재의 손가락이 주판알을 튕기는 소리가 그의 귀에는 들리지 않는다.

솜틀집의 목화솜을 틀다 나온 여자에게 두부 한 모를 팔고 걸어가던 두부 장수 송 씨는 천복을 보지 못하고 지나쳐 가버린다. 꽈배기 파는 여자도, 금붕어 장수도, 복덕방쟁이 박주찬도 그를 보지 못하고 지나쳐버린다.

오그라드는 두 눈을 벌리고 거리를 응시하던 천복은 부산의 번화한 거리 중 하나인 그 거리를 중국 지린성의 성도인 창춘의 시가지 거리로 착각한다. 남색, 검은색, 빨간색, 파란색 치파오를 입은 중국인들과 검은 인력거, 마차…… 거무스름한 솥을 거리에 내걸고 기름진 냄새를 연기로, 소리로 풍기며 돼지의 비계와 뼈를 우리는 국숫집 앞에 조선인 여남은 명이 거지 떼처럼 모여 있는 환영이 그의 앞에 펼쳐진다. 언청이인 여자아기를 등에 업은 조선인 여자가 서럽게 울고 있다. 여자는 종아리가 드러나 보이는 깡똥한 치마에 맨발이다. 쪽 찐 머리가 풀어져 어깨까지 흘러내려와 있다. 여자아기는 자신이 윗입술이 갈라져 태어났다는 걸 모르고, 그 때문에 뭉개져 보이는 얼굴을 세상에 내밀고 있다. 여자아기의 말똥말똥한 눈과 마주치는 순간 창춘의 시가지 거리는 도로 부산의 거리로 돌아온다.

"아, 누가 날 여기에 데려다놨을까?"

검지로 윗알을 튕겨 올리며 허우재는 자신의 손가락이 오로지 주판알을 위해 생겨난 것만 같은 착각에 휩싸인다.

박달나무를 깎아 만든 검불깃한 주판알은 인간의 손가락에 닳아 반질반질 빛이 난다. 알이 꿰어져 있는 쇠줄들은 녹이 슬어 훅 입김을 불면 녹가루가 날린다. 편백나무로 짠 틀은 손때가 탔지만 뒤틀린 곳 하나 없이 반듯하다.

주판의 원래 주인은 다쓰오龍男라는 일인이었다. 주판 뒷면에는 다쓰오의 이름이 한자로, 영원히 지워지지 않을 낙인처럼 새겨져 있다. 인간인 그는 죽고, 그가 쓰던 주판은 남겨져 동방미곡상회 허우재의 책상 위에 놓여 있다.

허우재는 열한 살 때 군위 고향집을 떠나, 대구에서 쌀 도매업을 하던 다쓰오의 집에 들어갔다. 그때 이미 노인이던 다쓰오의 몸종이 돼 잔심부름을 하며 주판을 익혔다. 미야기 현 출신인 다쓰오는 정미소에서 총무 일을 하다 서른여섯 살이라는 적잖은 나이에 자본금 1백 엔을 들고 고향을 등졌다. 이키마루를 타고 조선으로 들어온 지 10년 만에 부와 신분 상승을 한꺼번에 이뤄 승승장구했다. 쌀 도매상으로 성공하자 그는 관부연락선 도쿠주마루德寿丸 일등석을 타고 고향으로 돌아가 아내와 두 아들을 이끌고 조선으로 다시 들어와 자신의 가문을 조선 땅에 이식했다. 다쓰오 일가를 태우고 시모노세키를 떠나 부산으로 향하는 도쿠주마루 삼등석에는 고리대금업자 구미코와 훗날 죽어 아미산에 묻힌 그녀의 일인 남편도 타고 있었다.

일본어를 할 줄 알아 일인들과 가깝게 지내던 작은아버지를 따라 다쓰오의 집을 찾아간 날, 허우재의 고향 마을 당산나무 아래서는 늙은 비렁뱅이가 굶어 죽어 있었다. 비렁뱅이가 마을 집집을 다니며 구걸하던 쌀은 가마니에 담겨 다쓰오의 집 창고에 쌓여 있었다. 모를 심고, 고랑을 파 물을 대고, 거머리에 피를 빨려가며 잡풀을 뽑고, 누렇게 익어가는 나락을 지키고 앉아 있어야 하는 수고로움을 전혀 하지 않고 그저 책상 앞에서 주판알을 튕기기만 하는데도 다쓰오의 창고에 쌀가마니가 쌓이는 것이 허우재는 신기했다. 다쓰오가 날렵하고 거무스레한 검지로 주판알을 가볍고 힘 있게 튕겨 올릴 때마다 그의 창고에는 쌀 한 가마니가 절로 쌓였다.

다쓰오가 더 나이가 들어 세상을 떠나고, 어느덧 스물두 살이 된 허우재는 다쓰오의 아들들이 아버지의 장례를 치르느라 분주한 틈에 그의 집을 몰래 떠나왔다. 다쓰오가 책상 서랍 속에 넣어두고 꺼내 쓰던 돈뭉치와 주판을 웃옷 속에 숨기고 빠져나왔다. 11년 전 작은아버지를 따라 들어섰던 대문을 조용히 나서 도주하듯 바삐 발을 놓던 그는 홀연 뒤를 돌아다봤다. 양각으로 또렷이 새긴 다쓰오의 한자 이름이 저녁 어스름에 지워져 텅 빈 돌덩이가 돼버린 비둘기색 문패를 안경 너머로 노려봤다. 그러고는 곧장 대구역으로 가 기차표를 끊었다. 그 이튿날 오중에 부산진역에 발을 내디딘 그가 가장 먼저 찾은 곳은 초량의 태평정미소였다. 그는 태평정미소 마당이 들여다보이는 벚나무 아래서 메갈이꾼들이 도정한 쌀이 담긴 가마니를 나르는 걸 지켜봤다. 가마니들은 태평정미소의 소달구지에 실려 어딘가로 보내졌다. 정미 기계가 일제히 멎고, 직공과 메갈이꾼과 미선공 들이 집으로 돌아가고, 참새 수십 마리가 몰려와 태평정미소 지붕에 내려앉을 때까지 그는 벚나무 아래를 떠나지 않았다. 한쪽 다리를 저는 늙은 사내가 저고리를 풀어헤치고 뛰어나와 장대로 지붕 처마를 때리며 참새들을 쫓는 걸 보고서야 벚나무 아래를 떠났다. 며칠 뒤 그는 박주찬의 소개로 그 거리의 일식 목조 건물에 점포를 세 얻고 동방미곡상회라는 간판을 내걸었다. 오동나무로 짠 책상을 들이고 자신의 것이 된 주판을 그 위에 전리품처럼 놓았다.

주판알 세 개를 연달아 튕겨 올리던 허우재는 불현듯 검지로 주판알을 튕겨 올리는 솜씨가 다쓰오의 검지가 도달한 경지에 아직 이르지 못했다는 걸 깨닫는다. 세상 그 어디에도 존재하지 않는 죽은 자의 검지를 향한 질투와 자격지심에 그의 검지는 쇠처럼 굳어, 도토리보다 가벼운 나무 알맹이에 지나지 않는 주판알을 튕겨 올리지 못한다.

때마침 거리에 나와 특유의 무심한 표정으로 서 있던 삼미三昧생과
자점 주인 여자는 거리가 달라진 걸 느낀다. 그녀는 귀가 밝은 편이지
만 방금 전까지 그 거리에 떠돌던 주판알을 튕기는 소리가 더 이상 나
지 않는다는 걸 미처 의식하지 못한다.

그녀는 한약상을 하는 중인 집의 맏딸로 태어났다. 보통학교를 졸
업하고 집에서 얌전히 지내다 밥술이나 먹고사는 집에 중매로 시집갔
다. 얼마 후 특별한 재주도 직업도 없어 장사 말고는 별달리 할 게 없는
남편과 함께 일식 목조 상가들이 들어찬 거리에 삼미생과자점을 냈다.
해방되고 일인 단골들이 떠났지만 삼미생과자점은 종업원 여자애를
두고 월급을 주며 꾸려갈 만큼 장사가 잘 된다.

매사에 별 감흥이 없고 감정기복을 타지 않는 그녀는 삼백안인 눈
을 평소보다 크게 뜨고 달라진 거리를 살핀다. 넘쳐나던 일인들이 증
발하고, 몇몇 상점이 간판과 업종을 바꾸고, 미군 지프와 트럭이 오가
고, 사회주의를 선전하는 전단지가 길바닥에 나뒹굴고 있다. 거리에
감도는 어수선하고 혼란스런 분위기가 자신의 목을 서서히 조여 오는
게 느껴져 그녀는 자신도 모르게 딸꾹질을 한다.

허우재는 차갑고 빳빳하게 굳은 검지를 천천히 기역자로 구부렸다
편다. 검보랏빛이 띠도록 멎은 피가 다시 돌 때까지 반복하다 책상에
서 주판을 들어 올린다. 편백나무 틀 속에 꿰어 있는 백 개의 알을 허
공에서 한 차례 흔든 뒤 책상에 반듯하게 내려놓는다. 차르르차르르

주판알을 고르다 그중 한 알을 검지로 힘껏 튕겨 올린다.

삼미생과자점 주인 여자는 눈꺼풀을 굼뜨게 감았다 뜬다. 주판알을 튕기는 소리가 방금 다시 거리에 떠돌기 시작했다는 것 또한 미처 의식하지 못하고는 다시 보니 거리가 크게 달라지지 않았다고 안도한다. 때마침 거리 끝에 등장한 봉금이 가게들을 기웃거리며 걸어오는 걸 시들히 바라보다 거리에서 돌아선다. 달고 고소한 센베이 냄새로 가득한 삼미생과자점 안으로 퇴장하듯 들어간다.

*

"모자라지도 않지만 남지도 않는군."

중얼거리던 허우재는 자신의 목소리에 겹쳐 떠오르는 다쓰오의 서늘하고 엄격한 음성을 듣고 얼음처럼 굳는다.

55

"울지 마라, 엄마가 집에 가 흰쌀밥 줄게……."

끈덕지게 칭얼거리는 아기의 엉덩이를 손으로 토닥이며 발을 놓던 봉금은 동방미곡상회 앞에서 검은 고무신 속 발가락을 오므리며 걸음을 멈춘다.

눈꺼풀을 내리뜨고 흰쌀을 바라보는 그녀의 귓불이 화끈 달아오른다. 엊저녁부터 먹은 거라고는 냉수 두 사발뿐이건만 급체에 걸린 듯 명치가 꽉 막힌 느낌이다. 어제 쌀 배급소에서 있었던 일이 떠오르며 수치스런 감정이 밀려들어서다.

흰쌀은 햇빛을 받아 눈이 시리도록 희다. 사실 흰쌀은 일 년 넘게 묵은 쌀로 결코 완벽한 흰색이 아니지만 그녀에게는 하늘에서 떨어지는 눈송이보다 더 희게 보인다. 그녀는 태어나 흰쌀을 처음 구경하는 듯 황홀해하며 바라보고 서 있다. 흰쌀에 홀려 귀가 멀어서는 거리에 떠도는 소리들마저 들리지 않는다. 아기가 칭얼거리는 소리도 들리지 않는다.

흰쌀은 김해 땅에서 수확한 것으로, 쌀 도매업자의 창고에서 일 년 가까이 묵었다. 해방 직후까지 교토 출신의 일인 쌀 도매업자가 쓰던 창고를 김해 출신 쌀 도매업자가 헐값에 불하받았다. 쌀 도매업자는 김해의 지주에게서 쌀 5백 가마를 사들여 그중 3백 가마를 고깃배에 실어 나가사키로 보냈다. 그믐밤에 고깃배가 쌀 3백 가마를 싣고 나가사키로 떠나는 광경을, 쌀 도매업자는 부두에 나와 흰 도포 자락을 펄럭펄럭 날리며 지켜보고 서 있었다. 그는 작년 봄에 쌀을 사고팔아 엄청난 이문을 남겼다. 한 달이 멀다 하고 쌀값이 두 배로 뛰었다. 칠흑같은 어둠에 휩싸인 바다로 나아가는 고깃배에는 쌀 도매업자의 조카가 타고 있었다. 조카는 돌아오는 그믐밤에 금과 시계, 고급 가죽과 직물을 고깃배에 싣고 돌아올 것이다. 쌀 도매업자는 창고에 남은 나머지 쌀 2백 가마를 소매업자들에게 팔았는데, 그중 다섯 가마를 허우재가 사들였다.

창고에서 일 년 가까이 묵었으니, 흰쌀은 햅쌀이 나올 때가 돼서야 겨우 자루에서 꺼내져 세상 공기를 맡고 햇볕을 쬐고 있는 것이다.

흰쌀을 바라보는 봉금의 눈이 갑자기 가늘어지더니 눈빛이 날카로워진다. 목구멍에서 감자 싹이 올라오듯 시퍼런 질문들이 삐죽삐죽 올라와서다.

'저 흰쌀은 누구를 위해 있는 것이냐, 저 흰쌀을 파는 인간을 위해 있는 것이냐, 배급미의 다섯 배는 하는 저 흰쌀을 사다 먹을 수 있는 인간들을 위해 있는 것이냐?'

그녀의 아버지는 지주의 논을 빌려 쌀농사를 지었다. 봄부터 가을까지 아버지는 논에 나가 살았지만 정작 자식들은 흰쌀밥을 배불리 먹어보지 못했다. 보리쌀도 귀해서 봄이면 아버지는 장리쌀을 꾸러 다녔다. 봄에 얻어먹은 장리쌀을 이듬해 봄까지 갚지 못하고 또다시 장리쌀을 꾸러 다니기도 했다.

따뜻한 봄날, 장리쌀을 지게에 짊어지고 흙먼지가 풀풀 날리도록 짚신을 끌며 걸어오던 아버지의 모습이 봉금은 눈에 선하다. 밭두렁에서 벼룩나물을 뜯던 그녀는 아버지를 보고는 벼룩나물이 소복이 담긴 소쿠리를 들고 달려갔다. 뼈마디가 온통 이빨처럼 튀어나온 아버지의 손을 잡고 집까지 걸어갔다. 마당에 장리쌀을 툭 소리가 나도록 내려놓으며 아버지는 벌써부터 그걸 갚을 생각에 땅이 꺼져라 한숨을 토했다. 봄에 꿔다 먹은 장리쌀을 이듬해 봄까지 갚지 못한 아버지는 그녀를 고모 집에 보냈다. 부산에서 함바를 하던 고모 집에서 그녀는 밥이나 얻어먹으며 심부름을 하다 방직 공장에 취직했다. 방직 공장이 쉬는 날 그녀는 큰고모가 하는 함바에 갔다가 남편을 만났다.

어릴 적에 그녀는 아버지가 소작농인 걸 이상하게 생각한 적이 없었다. 아버지는 그녀가 태어나기 전부터 지주의 논을 부쳐 먹는 소작농이었다. 논에서 쌀 열 가마를 수확하면 일곱 가마는 지주가 가져가고 세 가마만 남겨지는 것에 그녀는 의문을 가진 적이 없었다. 지주는 논에 모 한 포기 심지 않고, 피 한 가닥 뽑지 않고 쌀 일곱 가마를 챙겨 갔다.

지금 그녀는 얼굴도 모르는 지주가 원망스럽다. 큰고모도 덩달아 야속스럽게 생각됐는데, 함바에서 식모처럼 일을 하고도 월급을 한 푼도 받지 못해서다.

허기진 그녀의 배 속에서 불길처럼 치밀며 올라오는 원망은 엉뚱하게도 흰쌀을 향한다. 하지만 흰쌀은 아무 죄가 없다. 흰쌀이 무슨 죄가 있는가.

어제 그녀는 아기를 업고, 한 손에 자루를 들고 쌀 배급소를 찾아갔다. 그녀보다 먼저 온 여자들과 아이들이 자루나 소쿠리, 양은대야를 들고 배급소 밖까지 길게 줄을 서 있었다.

저울 위의 양은들통에 쌀을 붓는 소리가 배급소 밖까지 들려왔다. 집을 나설 때만 해도 칭얼거리던 아기는 쌔근쌔근 잠들어 있었다.

쑥색 몸뻬 바지를 입은 여자가 배급받은 쌀이 든 자루를 머리에 이고 배급소를 걸어 나오자, 봉금의 뒤에 서 있던 여자가 말했다.

"많이도 받아가네요."

"입이 열 개예요!"

봉금은 여자들이 나누는 소리를 흘려들으며 배급소 벽면에 붙어 있는 포스터에 눈길을 줬다. 미군정청에서 만든 포스터였다. 방직 공장에 다닐 때 한 글자 한 글자 외워서 글자를 깨친 그녀는 소리 내 읽어 봤다.

"잡곡 모리를 방지하자. 식량 행정에 협력하자. 식량 밀수 밀매를 고발하자."

줄이 줄어들고 배급소 안으로 발을 들여놓던 봉금은 낯을 찌푸렸다. 배급미를 배급하는 사내를 보자 억누르고 있던 분노가 치밀어서였다. 그녀는 배급소의 사내를 볼 때마다 부아가 났다. 그가 특별히 그녀를 모욕 주거나 한 적이 결코 없는데도 그랬다. 마흔 살쯤 돼 보이는 사내는 키가 크고 무뚝뚝한 인상이었다. 눈을 거슴츠레 내리뜨고 두툼한 입을 불만스레 내밀고 있는 표정이, 그녀의 눈에는 사내가 마치 자신의 광에 있는 쌀을 거지들에게 베푸는 듯 고자세를 취하고 있는 것처럼 보였다. 됫박으로 가마니 속의 쌀을 푸는 모습도, 그 쌀을 저울 위의 양은들통에 붓는 모습도 그녀의 눈에는 거들먹거리는 것처럼 보였다. 그러나 유심히 들여다보면 사내의 얼굴에도 굶주림의 흔적이 있었다.

봉금은 자신의 앞에 서 있던 여자 때문에 더 화가 났다. 시든 콩잎 같은 광목 수건을 머리에 두른 그 여자는 어깨를 잔뜩 움츠리고 구걸하는 눈빛으로 사내를 올려다봤다. 봉금이 못마땅한 눈빛으로 흘겨보는 줄도 모르고 여자는 배급받은 쌀이 담긴 자루를 받아들며 사내를 향해 굽실거리기까지 했다.

마침내 자신의 차례가 돼 그녀는 앞으로 걸어 나갔다.

사내가 쌀가마니에서 쌀을 퍼 저울 위의 양은들통에 부었다. 됫박 속의 쌀이 양은들통으로 떨어지는 걸 그녀는 입을 꼭 다물고 지켜봤다. 됫박 속의 쌀이 한 톨도 남김없이 양은들통에 떨어지길 기다렸다 말했다.

"정량이 아니잖아요."

"뭐요?"

"정량보다 모자라잖아요."

"정량 맞소!"

사내가 버럭 소리를 질렀다. 그 소리에 놀라 깨어난 아기가 울기 시작했다.

"정량보다 5작이 모자라잖아요!"

차례를 기다리던 사람들이 웅성거리기 시작했다.

"매번 5작이 모자라게 주는 걸 내가 모를 줄 알아요?"

사내는 기가 차서 말이 안 나온다는 표정으로 그녀를 쳐다봤다.

1일 1인 배급량은 2홉이었다. 흰쌀은 1홉 정도밖에 안 됐다. 나머지 1홉은 안남미나 중국산 조, 보리쌀이었다. 게다가 2홉을 꽉 채워주는 게 아니라 약간 못 미치게 줬다. 종종 밀가루나 국수를 섞어서 주기도 했다.

"배급미나 받아다 먹는다고 누굴 바보로 아오?"

사내가 한숨을 푹 내쉬더니 그녀의 손에 들린 자루를 빼앗듯 가져갔다. 자루를 벌리고 양은들통 속의 쌀을 쏟아부었다.

사내는 자루의 입구를 대충 오므리고 그녀 앞에 자루를 던지듯 내려놓았다. 자신의 뒤에 서 있던 여자를 손짓해 부르는 사내를 노려보던 봉금은 자루를 집어 들었다. 뒤집어 그 안의 쌀을 바닥에 흩뿌렸다.

"울지 마라, 엄마가 집에 가 흰쌀밥 줄게……."

하지만 집에는 흰쌀은커녕 거무튀튀한 보리쌀 한 톨도 없다. 배급미가 든 자루를 얌전히 들고서 집으로 돌아왔으면 어제 저녁과 오늘 아침을 굶지는 않았을 것이다.

그녀의 남편은 부산형무소에 수감돼 있다. 십장 밑에 들어가 부두에서 하역 일을 하던 남편은 자신처럼 부두에서 날품을 파는 노동자들을 선동해 파업을 주동하다 시국사범으로 체포돼 징역 1년 6개월을 선고받았다.

'그물을 만들고 있겠지. 그물을 만들며 무슨 생각을 할까?'

그녀는 남편이 형무소에서 그물을 만들고 있는 줄 안다. 부산형무소 정문 앞에서 만난 늙은이에게 그렇게 들어서였다.

파출소에 있던 남편이 부산형무소에 수감되고 그녀는 매일 두부 한 모를 사 들고 그곳을 찾아갔다. 두부가 쉬도록 그 앞을 서성이다 집으로 돌아왔다. 그날도 그녀는 철길에서 만난 두부 장수에게서 두부 한 모를 사 들고 부산형무소를 찾아갔다.

사람 하나가 겨우 드나들 수 있는 크기의 철문을 원망스레 바라보고 서서 탄식을 토하고 있는데 앞니가 다 빠진 늙은이가 다가오더니 물었다.

"형무소에 누가 들어가 있소?"

"남편이요."

"쯧쯧, 죄수복을 입고 그물을 만들고 있을 거요."

"그물이요?"

그녀가 눈을 동그랗게 뜨자 늙은이가 말했다.

"형무소 안에 그물 공장이 있다오."

"형무소에 그물 공장에 왜 있어요?"

"죄수들 일 시키려고 있지 왜 있겠소. 하여간 죄수들을 종일 공장에 몰아넣고 그물 만드는 일을 시킨다오." 늙은이는 그러곤 허공을 올려다보다 말을 이었다. "일제 때 징역살이한 이가 그러던데, 그때는 형무소에 공장이 더 많았다고 하더이다. 양재 공장, 철공장, 목공장, 인쇄 공장…… 또 뭔 공장이 있었다더라?"

고개를 갸웃하던 늙은이는 사색이 됐는데, 어릴 때 봤던 죄수들이 떠올라서였다. 상투를 틀거나 산발한 죄수들이 나무널판으로 만든 형틀을 차고 토끼처럼 땅에 앉아 있었다.

"할아버지, 할아버지……."

봉금이 연거푸 몇 번을 부르고 나서야 늙은이의 안색이 겨우 돌아왔다.

"할아버지는 누가 저 형무소에 있나요?"

"아들이요. 내 아들이 죄수복을 입고 징역살이하고 있지만 도둑이 아니라오. 강도는 절대 아니라오. 그렇다고 사기꾼도 아니라오."

늙은이가 말끝을 흐리고 그녀의 눈치를 살피더니 풀이 죽은 목소리로 말했다.

"내 말을 안 믿는구려?"

"믿어요, 믿어요!"

"아, 고맙소!"

"제 남편도 도둑이 아닌걸요. 강도도 아니오, 사기꾼도 아니오, 살인자도 아닌데 죄인이 돼 저 형무소에 있는걸요. 할아버지, 저 안에 사형대도 있나요?"

"사형대가 있지요."

"아……."

그녀가 신음을 토하자 늙은이가 말했다.

"아들이 수감되고 내가 날마다 이 앞에 와서 죽치고 살고 있지만 사형대에 사람을 매달았다는 소식은 아직 못 들었다오. 일제 시절에 형무소 근처를 지나간 적이 있는데 그때 들었다오. '오늘 형무소에서 사형대에 조선인을 매달았대요!'"

"그런데 할아버지, 할아버지 아들은 뭘 잘못해서 형무소에 들어갔나요?"

"아들 친구가 그러는데 내 아들이 사람들을 모아놓고 뭘 읽었다고 하더이다."

"뭘요?"

"그게 소련 사람이 쓴 책이라고…… 딸 넷에 아들은 그놈 하나여서 전쟁이 한창일 때 면장이 일본으로 징용 보내려는 걸, 내가 징용장하고 발문서를 바꿨다오. 누이 둘이 공장에 다녀 번 돈으로 고등학교까지 가르쳐놨더니 소련 책이나 읽어……."

그때 형무소의 정문이 끼익 소리를 내며 열렸다. 정문은 외짝에 철문이었다. 끼익 소리를 듣고 늙은이가 그 앞으로 달려갔다. 목을 빼고 아들의 이름을 부르며 형무소 마당을 들여다봤다. 그녀도 우는 아기를 업고 형무소 안을 들여다봤지만 빈 마당만 보였다. 철문이 닫히고 나서야 그녀는 두부를 길에 떨어뜨렸다는 걸 깨달았다.

부산형무소에는 문이 또 있었는데 부잣집 대문처럼 커다란 그 문으로는 트럭들이 드나들었다.

한여름에도 그녀는 아기를 업고 두부 한 모를 사 들고 매일 형무소를 찾아갔다. 정문 앞을 서성이거나 감시대를 올려다보다 지치면 형무소의 담벼락 그늘 속으로 들어가 쉬었다. 범내골 집에서 형무소까지는 걸어서 두 시간 남짓 걸린다. 늙은이도 날마다 형무소를 찾아왔다. 그녀보다 먼저 그곳에 와서 그녀가 떠날 때까지 떠나지 않았다. 한여름 태양에 늙은이의 얼굴은 서리태처럼 까맣게 타들어갔고 살이 내렸다.

"할아버지, 아들 때문에 병나시겠어요. 형기 채우고 나올 때까지 집에서 기다리지 그러세요."

"내가 아무래도 오래 못 살 듯하오. 죽기 전에 아들 얼굴을 보고 꼭 해줄 말이 있어서 그러오."

"무슨 말을요?"

붕어처럼 입을 벙긋벙긋하던 늙은이는 아들이 앞에 있는 듯 가물 가물한 눈빛으로 정면을 응시하며 타이르는 투로 말했다.

"마음을 소심하게 가져라."

"아이고 할아버지, 마음을 크게 가져야지요!"

그녀의 말에 늙은이가 고개를 흔들었다.

"우리 조선인들이 중국인들을 제 나라로 쫓아버리고 아우성일 때 였다오. 공자님처럼 생긴 중국 노인이 늙은 아들에게 당부하는 소리 를 들었소. '마음을 소심하게 가져라.' 그 말을 듣고 내가 무릎을 탁 쳤 다오. 마음을 작게 갖고 조심조심 세상을 살아야 제명대로 살 수 있다 오."

그녀는 닷새 만에 형무소를 찾아가는 길이다.

닷새 전 형무소를 찾아갔을 때 그녀는 늙은이를 만나지 못했다. 딸 을 만나러 거제도에서 온 여자를 만났다. 정문 앞에서 서성거리다, 담벼 락 그늘로 들어가 자리를 잡고 앉아 아기에게 젖을 먹이고 있는데, 50대 초반쯤 돼 보이는 여자가 다가오더니 그녀의 옆에 쪼그리고 앉았다.

"우리 딸 말순이가 부산형무소에 있는 줄 알았는데 없다네요. 부산 서 얌전히 방직 공장에 다니고 있는 줄로만 알았던 말순이가 죄수가 돼 형무소에 있다는 소식을 듣고 얼마나 놀랐는지 눈앞이 정말 깜깜 해지데요. 여비 마련해 거제도서 새벽같이 배 타고 나와 물어물어 왔 더니 부산형무소에는 남자 죄수들만 있다고 하네요."

"아주머니 딸은 무슨 죄를 지었어요?"

"죄요? 아이고 그러게요, 내 착한 딸이 무슨 죄를 지었을까?"

봉금은 지난밤을 거의 뜬눈으로 지새웠다. 남편이 형무소에서 폭동을 일으키거나 폭동에 가담할까 봐 염려돼서였다. 전날 그녀는 집주인 사내에게서 작년 봄에 부산형무소에서 폭동이 일어났었다는 얘기를 들었다. 그녀가 비밀로 했지만 주인 부부는 남편이 형무소에 들어가 있는 걸 눈치로 알았다. 불순분자들이 선동한 폭동으로 전선을 절단하고 도주하던 죄수들이 전부 도로 붙잡혀 관처럼 좁은 독방에 감금됐다고 했다. 폭동이 있은 뒤로 미군들이 형무소에 기관총을 설치했다고 했다. 남편은 불순분자였다.

그녀는 남편이 감옥에서 나올 날만 애타게 기다리지만 막상 나와도 걱정이다. 이미 소문이 나서 남편을 밑에 두고 일을 시키려는 십장이 없을 것이다.

'처자식 걱정은 할까? 약지 못한 사람…… 어서 감옥서 나와 노동운동할 생각이나 하고 있는 건 아닐까? 처자식은 굶어 죽든 말든 나 몰라라 하겠지. 노동은 뭐고, 계급은 뭔가? 쟁의, 투쟁…… 다 뭐란 말인가? 노처녀로 늙어 죽든 말든 방직 공장에 다니며 돈이나 벌 걸 그랬어. 그랬으면 우리 아기가 태어나지 못했겠지?'

혼란스러워하던 그녀는 어깨를 움찔 떤다.

'벌을 받을까?'

'귀한 쌀을 버려서……'

그녀는 어머니가 쌀을 씻을 때 조 한 톨도 함부로 흘리지 않으려 조심조심 씻는 걸 보면서 자랐다. 보리쌀을 씻다 실수로 보리 대여섯 톨을 흘려 어머니에게 호되게 혼난 기억은 그녀에게 깊이 각인돼 있다. 쌀을 쏟아버리는 걸 어머니가 봤으면 틀림없이 등짝을 후려쳤을 것이다.

그녀는 배급미를 받아 오면 절반을 덜어 항아리에 모았다. 배를 곯아가며 모은 쌀을 그녀는 도떼기시장에 가지고 나가 팔아 밀린 방세를 냈다.

잠잠하던 아기가 다시 칭얼거린다.

"울지 마라, 엄마가 집에 가 흰쌀밥 줄게."

그녀의 두 눈은 점점 더 흰쌀에 매달린다.

56

"태평성대예요!"

뒷짐을 지고 세상을 향해 우쭐 웃고 있는 박찬만은 흰 모시 두루마기를 걸치고 흰 고무신을 신었다. 손에는 길고 검은 우산을 들었다.

"태평성대예요!"

갓난애를 업고 걸어가던 단발머리 여자애가 화들짝 돌아다본다.

치과 의원 앞에서 담배를 피우던 캐러멜 행상 조 씨가 박찬만을 쳐다보며 말한다.

"부산진역 뒤 석탄 창고 앞에서 귀환 동포 둘이 서로 죽일 듯 싸우는 걸 봐서 태평성대라는 말이 안 나오네요."

만면에 웃음이 가득하던 박찬만의 얼굴이 일그러진다.

"귀환 동포인지 우환 동포인지, 하여간 그놈의 동포들 때문에 골치요. 거지 떼처럼 배 타고 부산에 들어와 눌러앉더니 당최 고향에 돌아갈 생각을 않으니 말이오. 부산에 살고 있는 사람 넷 중 하나는 우환 동포라고 하더이다. 일인들 쫓아내듯 전부 제 고향에 보내버리든지 해야지, 원. 되놈들도 아주 꼴 보기 싫어 죽겠소. 일인들 쫓아낼 때 되놈들도 중국으로 쫓아버리지 못한 게 한이오."

"중국인이 어르신께 특별히 잘못한 거라도 있습니까?"

"되놈들이 중국과 조선을 제비같이 오가며 조선 노동 시장을 침략하지 않았소. 담요 포대기 하나 들고 조선에 들어와 중국으로 되돌아갈 때는 대금을 휴대했다지 않소. 배 타고 인천으로, 걸어서 신의주로, 기차 타고 군산으로 부산으로…… 한둘도 아니고 떼로 들어와 공장이고, 철도 공사장이고, 벌목장이고, 광산이고, 농장이고 되놈들 없는 데가 없었으니 말이오. 신의주 제지 공장은 되놈 천지였다고 하더이다. 되놈들 임금이 조선인 임금보다 싸서 일인들이 조선인들을 안 쓰고 되놈들을 써서 말이오. 조선인 노동자들하고 되놈들하고 싸움이 났는데 일인 순사가 조선인 노동자만 때렸다는 소문도 못 들었소? 하여간 조선 땅에서 갑부가 된 되놈이 한둘이 아니니 거머리 같은 놈들이지 않소. 게다가 되놈들이 오죽 더럽소. 죄다 아편쟁이여서 조선인이 보든 말든 아편연을 버젓이 피우며 풍기를 흐려놓았지요. 쌍산 허물어 해안 매축할 때, 철도 놓을 때, 영도다리 놓을 때, 부산에 떼로 몰려와 아무 집 처마 밑에서 먹고 자며 아무 데나 똥을 싸지르던 되놈들이 돈뭉치를 들고 중국 제 고향으로 돌아갔을 걸 생각하면 아주 속이 상하오."

"어르신이 임금을 준 것도 아니지 않습니까?"

"그렇긴 하지만 따지고 들면 내가 되놈들 때문에 한 푼도 손해를 안 봤다고 할 수는 없지. 시나마치 거리를 지나오는데 되놈들이 제 나라 옷을 입고, 제 나라 신을 신고, 제 나라 말로 떠들어대서 부산이 아니라 중국 산둥성 어디에 온 것 같더이다. 뒤룩뒤룩 살찐 되놈이 내 앞으로 지나가는데 몸뚱이에서 도야지 기름 냄새가 아주 풀풀 나더이다. 똥자루 같은 되놈 여편네가 청요릿집 앞에서 두부 장수를 붙들고 족제비가 어쩌고저쩌고 떠들어대는 꼬락서니가 어찌나 꼴 보기 싫던지 침이라도 뱉고 싶은 걸 꾹 참았소. 오죽하면 조선인들이 되놈 호떡집에 돌을 던지고 되놈들 집을 불태웠을까."[27]

"어른신도 호떡집에 돌을 던지셨어요?"

"이보오, 내가 개한테는 돌을 던져도 인간한테는 절대 안 던진다오."

"인간한테는 돌을 안 던지는 이유가 있습니까?"

"당연히 있지. 어째서 인간한테는 절대 돌을 안 던지느냐……."

일장연설을 늘어놓을 것 같은 표정이던 박찬만이 미군 트럭을 보고는 말을 흐린다.

미군 트럭이 성당 앞에 멈춰 서고 운전석과 조수석에서 미군들이 내리는 걸 호기심 어린 눈빛으로 바라보는 박찬만에게 캐러멜 행상 조씨가 불쑥 묻는다.

"미군들도 쫓아버려야겠네요?"

"은인을 쫓아버리면 쓰겠소!"

"은인이요?"

"미군 덕분에 '아닌 밤중에 찰시루떡 받듯' 조선이 해방을 맞았으니 은인이지."

흥분해 핏대를 세우던 박찬만은 꽈배기 파는 여자가 지나가자 나긋해진 목소리로 그녀를 향해 말한다.

"태평성대예요!"

"네에?"

"내가 올해 나이가 예순둘이라오. 세상에 태어나 꼬박 예순한 해를 살았는데 요즘 같은 태평성대가 없었다오. 해방되고 미군들이 부산에 들어와 철도국 경찰서 사람들을 전부 내쫓고 새로 뽑았잖소."

"그랬다고 하데요." 꽈배기 파는 여자가 말한다.

"그때 내 아들이 철도국 경찰서에 취직을 했다오. 아들이 장가를 못 가 마누라가 속병이 생길 만큼 속을 끓이던 차에 번듯한 직장에 취직이 되니 여기저기서 중매가 들어오더이다. 그래서 처녀를 골라 작년 가을에 장가를 보냈는데 며느리가 보는 사람마다 입맛을 다실 만큼 잘난 손자를 낳았다오. 삼시 세 끼 흰쌀밥에 고깃국은 아니어도 일곱 식구가 밥 안 굶지, 내 땅에 지은 내 집 있지, 대를 이을 손자가 쑥쑥 크고 있지, 이보다 태평성대가 어디 있겠소. 게다가 셋째 사위가 약삭빠르고 요령이 있어서 일인이 하던 요릿집을 불하받았다오."

"듣고 보니 태평성대네요." 꽈배기 파는 여자가 비꼬듯 말한다.

"근데 태평성대가 너무 늦게 왔소이다. 내가 죽을 날이 가까워오니까 태평성대가 오는구먼."

"천년만년 사시면 되지요!"

"천년만년 사는 건 바라지도 않소. 그저 손주가 장성해 참한 색시 얻어 장가가는 것까지 보고 떠나면 이 세상에 크게 미련이 없겠소이다!"

박찬만은 그새 캐러멜 행상 조 씨를 까맣게 잊고는 거리로 발을 내딛는다. 성당 앞으로 지나가며 마당에 서 있는 미군들을 향해 기쁜 소식을 전하듯 말한다.

"태평성대예요!"

57

박찬만이 태평성대를 외치며 걸어가는 거리에 소복이 물살에 떠밀리듯 들어선다.

봇짐을 끌어안으며 황망한 표정으로 거리를 두리번거리던 그녀는 한약방 봉지 꾸러미를 들고 걸어가는 여자에게 묻는다.

"아주머니, 어디 가요?"

여자는 소복을 쌜쭉이 쳐다보고는 쌩하니 가버린다.

주인이 들에 매어놓고 잊은 염소처럼 불안해하며 오가는 사람들을 바라보던 그녀는 자신 앞으로 지나가는 사람들에게 묻는다.

"어디 가요? 어딜 그렇게 가요?"

그녀 자신에게는 분명히 들리는 목소리가 전혀 들리지 않는 듯 사람들은 그녀에게 눈길조차 주지 않고 가버린다.

"어디 가요?"

틀림없이 자신의 입에서 흘러나오는 목소리가 허공 저 멀리서 들려오는 것 같아 그녀는 입을 오므린다. 거리 복판에 서 있는 자신에게 눈길조차 주지 않고 지나가는 사람들을 바라보고 있으려니 자신이 그

거리에 없는 것만 같은 기분마저 든다.

자신이 그 거리뿐 아니라 세상 어디에도 없는 것 같은 기분마저 들어 그녀는 울고 싶은 심정이다.

그녀는 자신이 정말로 그 거리에도, 세상에도 없다고 느낀다. 자신이 없는데 세상은 그대로 있는 게 신기하고 슬퍼 손으로 가슴을 문지르며 신음하던 그녀는 허공에 대고 중얼거린다.

"어디 가요?"

오른쪽 눈썹 옆에 울콩만 한 사마귀가 난 여자가 그 소리를 듣고는 휘둥그레 그녀를 돌아다본다.

"돈 벌러 가지요." 사마귀 난 여자는 한탄하고는 소복에게 되묻는다. "아주머니는 어디 가요?"

"나요? 그러게요…… 어디로 가야 하나…… 갈 데가 없네요."

"갈 데가 없어요?"

"아무리 생각해도 갈 데가 없네요." 소복의 쪽 찐 머리가 맥없이 외로 기운다.

"갈 데 없으면 집에 가요." 사마귀 난 여자가 말한다.

"그러고 싶지만 집이 있어야 가지요."

"소박이라도 맞았어요?"

"아주머니, 오늘 내가 26년 넘게 드난밥을 먹던 집에서 나왔답니다. 나이가 들어 몸이 굼떠지니 집에 가서 편히 쉬라네요. 서른 살에 과부가 돼 자식 셋을 시어머니께 맡기고 동래 부잣집에 드난살이하러 들어갔답니다. 겨우 젖 뗀 막둥이를 떼어놓고 갔더니, 백일이 지난 아기가 팔다리를 휘저으며 우렁차게 울고 있더군요. 그때가 초복 즈음이었어요. 곡정은 서쪽 끝, 동래는 동쪽 끝…… 초복에 곡정에서 동래까지 걸어서 갔으니 목이 얼마나 탔겠어요. 초 심지처럼 타들어가는 혀에 물 한 방울 못 묻히고 갓난애를 번쩍 안아 들고는 어르고 달랬지요. 내 애도 셋인데, 주인집 작은마나님 애도 셋이더군요. 주인집의 일곱 살 먹은 큰애 얼굴을 씻기려니 땟국물이 줄줄 흐르고 있을 내 새끼들 얼굴이 떠오르데요. 처음 보는 애 얼굴을 '내 새끼 얼굴이다' 하고 씻겼지요. 주인집 애들이 아프기라도 하면 내 새끼들도 아픈 게 아닌가 싶어 심란했어요. 내 새끼들 크는 거 못 보고 주인집 애들 크는 거 보고 살다, 곡정 집에 다니러 가면 애들이 몰라보게 커 있었어요. 시어머니는 폭삭 늙어 있었고요.

곡정 집에 다니러 갈 때면 끈으로 허리를 질끈 조여 묶고, 두 손을 펼쳐 큰마나님 보란 듯이 흔들며 대문을 나섰어요. 내 앞에 드난살이 하던 이가 쌀을 한 줌 두 줌 훔치다 큰마님한테 들켜 쫓겨났다는 얘기를, 그 집에 드나들던 떡장수한테 들었거든요.

일곱 살이던 애가 어느새 자라 장가를 들고 애를 낳아서 그 갓난애도 돌봤지요. 그러다 큰마나님이 풍으로 쓰러져 이태 넘게 대소변을 받아내며 병 수발을 했어요. 큰마나님 돌아가시고 범어사에서 사십구 재 지내고 내려와 정신을 차려보니 시어머니는 벌써 돌아가시고, 큰아들은 남양군도로 징용 가 소식이 없고, 막둥이는 태평양전쟁 터지고 징집돼 필리핀에서 전사했더군요.

해방된 해 초여름이었어요. 감꽃이 떨어질 때였지요. 마당 감나무에서 감꽃 떨어지는 걸 바라보며 다듬이질을 하고 있는데, 새로 들인 식모 여자애가 오더니 그러더군요.

'딸이라는 여자애가 대문 밖에 와 있어요.'

딸이 찾아올 일이 없어서 듣는 둥 마는 둥 계속 다듬이질을 했지요. 한 식경쯤 지났을까, 식모 여자애가 다시 오더니 그러더군요.

'여자애가 안 가고 아직도 대문 밖에 있어요.'

대문 밖에 나가보니 정말 딸이 있데요.

'막둥이가 필리핀에서 죽었대요.' 딸이 전사통지서라며 내게 내밀더군요.

글자를 읽을 줄 몰라 내가 아무 말도 못 하고 전사통지서를 바라보기만 하자 딸이 그러데요.

'유골함을 보내왔는데 두 발하고 손톱만 들어 있었어요.'

할 말이 없어서 딸에게 그랬지요.

'집에 가 있어라.'

딸이 인사도 없이 돌아서서 가버리데요. 딸은 작년 봄에 시집가 해운대에 살고 있어요."

소복은 눈을 가늘게 하고 어깨를 늘어뜨린다.

"갈 데 없으면 딸집에라도 가지 그래요?"

사마귀 난 여자의 말에 소복은 고개를 흔든다.

"사위가 맏이라서요. 아무리 낯짝이 두꺼워도 시부모에, 시집 장가 안 간 시동생이 다섯이나 있는 딸집에 어떻게 가겠어요?"

"하긴요, 내가 아는 어떤 이도 천지에 자식이 딸 하나여서 딸집에 살러 들어갔다 망신을 당하고 쫓겨났다더군요. 시어머니 되는 이가 아침 댓바람에 들이닥쳐 삿대질을 하며 그랬다대요. '조선 팔도에 딸년 집에 얹혀사는 여편네는 그쪽 하나일 거요!'"

"26년 드난살이에 남은 거라고는 옷 보따리뿐이네요." 소복은 품에 끌어안고 있는 봇짐을 내려다보다 중얼거린다. "이 옷 보따리 속에 막둥이 전사통지서가 들어 있어요."

그러곤 거리에 더 늘어난 사람들을 바라본다.

걸음마 하듯 찬찬히 발을 놓으며 사람들 속으로 걸어 들어가는 소복의 뒤에 대고 사마귀 난 여자가 묻는다.

"갈 데 없다면서 어디 가요?"

"예전에 살았던 곡정 까치고개 집에라도 가보려고요. 볕이 잘 드는 그 집에서 내가 자식을 셋이나 낳았어요."

소복은 열 발짝도 못 가, 점점 더 늘어나는 사람들에 가려지고 지워져 보이지 않는다.

58

"할아버지, 20전만 꿔주세요."

뒷짐을 지고 태평성대를 외치며 팔자걸음을 놓던 박찬만은 자신의 앞을 가로막고 두 손을 내밀고 서 있는 사내애를 바라본다.

박찬만의 손에는 삼미생과자점의 만주 여섯 개가 든 종이봉투가 들려 있다. 그는 그것을 안방 다락에 숨겨두고 하나씩 몰래 꺼내 먹을 것이다.

"20전만 꿔주세요."

"20전?"

"제가 급하게 전보를 쳐야 해서요. 어머니가 우편국에 가서 전보를 치라고 손에 20전을 들려 줬는데 그만 잃어버렸어요."

"요 녀석, 20전으로 과자를 사 먹고선 잃어버렸다고 거짓말을 하는구나!"

"정말이에요."

"어쩌다 20전을 잃어버렸냐?"

"싸움 구경하다가요. 석탄 창고 앞에서 술 취한 아저씨들이 주먹으로 서로 얼굴을 때리며 싸우고 있었어요."

"입에 묻은 과자 부스러기나 털고 거짓말을 하려무나."

"저 위에 있는 센베이 공장에서 센베이 부스러기를 주워 먹어서 그래요. 정말이에요. 형들이 센베이 부스러기를 주워 먹고 있어서 저도 껴서 주워 먹었거든요."

"전보는 누구한테 치려고 그러냐?"

"영동 외삼촌이요. 어머니가 20전을 들려 주며 이렇게 전보를 치라고 했어요. '경태 아버지가 늑막염에 걸려 길바닥에서 죽었다.'"

"경태가 누구냐?"

"저요."

"네가 경태란 말이지? 그럼 경태 아버지는 누구냐?"

"제 아버지요."

"요 녀석, 아버지가 돌아가셨는데 거짓말이나 하고 다니다니! 네 어머니가 누군지 모르지만 너 같은 몹쓸 아들을 낳은 죄로 사는 날 동안 근심 걱정이 끊이지 않겠구나."

59

"울지 마라, 엄마가 집에 가 흰쌀밥 줄게."

봉금의 눈은 동방미곡상회의 짚 바구니에 그득 담겨 있는 흰쌀을 바라보고 있다.

"울지 마라……."

봉금은 주판알을 굴리는 허우재를 바라보다 묻는다.

"아저씨, 흰쌀 한 되에 얼마나 해요?"

주판알을 튕겨 올리려던 허우재의 엄지가 뻣뻣해지며 다른 손가락들도 덩달아 경직된다.

"흰쌀 한 되요."

봉금을 노려보는 허우재의 눈꼬리가 올라간다.

"안 팔아요!"

그녀는 허우재가 자신의 말을 잘못 알아듣고는 엉뚱한 대꾸를 한 줄 알고 목소리를 크게 해 다시 묻는다. "흰쌀 한 되에 얼마예요?"

"안 팔아요!"

허우재는 봉금 때문에 분노가 치밀었는데, 그녀가 흰쌀 한 가마니

도 아닌 한 되 값을 물어오는 바람에 주판알을 튕기던 손가락이 경직
되며 계산이 어긋나버렸기 때문이다.

"안 팔아요?"

"안 팔아요, 안 팔아!"

봉금은 동방미곡상회 간판을 올려다본다. 쌀을 사다 먹은 적은 없
지만, 집과 부산형무소를 오가며 동방미곡상회 앞을 골백번은 넘게
지나다녔다. 허우재가 흰쌀을 되에 담는 모습을 보기도 했다. 그녀는
다른 짚 바구니에 담겨 있는 보리쌀, 안남미, 녹두, 조 등을 눈으로 훑
다가 다시 허우재에게 묻는다.

"쌀가게 아니에요?"

"쌀가게 맞아요!"

허우재는 갓난쟁이를 업고 자신의 쌀가게 앞에 비렁뱅이처럼 서 있
는 봉금에게 흰쌀을 팔고 싶지 않다. 게다가 자신이 팔지 않으면 그녀
가 동방미곡상회에서 흰쌀을 한 톨도 살 수 없다는 진리를 방금 깨닫
지 않았는가. 쌀 소매상인 자신조차 구하기 어려울 정도로 쌀이 품
귀이던 재작년 여름에 깨닫고는 그만 망각한 진리를 그는 봉금에게 일
깨워주고 싶다. 부산에 쌀가게가 동방미곡상회 하나만 있는 게 아닌데
자신이 팔지 않으면 그녀가 흰쌀을 어디서도 살 수 없을 거라는 오만
한 생각마저 든다.

가지 않고 동방미곡상회 앞에 버티고 서 있던 봉금이 묻는다.

"보리쌀은요?"

"보리쌀은 팔아요."

"안남미는요?"

"안남미도 팝니다."

"보리쌀도 팔고 안남미도 파는데, 흰쌀은 안 판단 말이에요?"

"하여간 흰쌀은 안 팔아요!"

"아저씨, 저는 흰쌀 한 되를 꼭 사야겠어요."

하지만 그녀의 수중에는 흰쌀 한 되를 살 돈이 없다.

"뭐요?"

"흰쌀 한 되를 꼭 사야겠어요, 꼭요. 집에 가 우리 아기한테 흰쌀밥을 지어 먹여야 하거든요."

13부
금붕어가 노니는 세상

60

곧게 뻗은 전찻길 양 옆의 대로를 따라 일식 목조 건물과 서양식 벽돌 건물 들이 뒤섞여 늘어서 있다. 건물마다 한자와 일본어로 쓴 간판들이 걸려 있다. 자전거, 인력거, 소달구지, 손수레, 트럭, 미군 지프차가 섞여 대로를 오간다. 갓을 쓰고 흰 모시 두루마기 자락을 팔락이며 걸어가는 노인, 국숫집 처마 밑에 앉아 졸고 있는 지게꾼, 포목점 앞에 모여 있는 아낙들, 담배를 피우며 초조히 걸어가는 얇은 외투 차림의 사내, 갓난애를 등에 업고 걸어가는 여자, 까만 학생복 차림의 남자애들…… 빵모자를 쓴 사내는 망치, 펜치, 못, 철사 뭉치, 양은 조각 등을 전봇대 앞에 늘어놓고 양은냄비 바닥에 난 구멍을 때우고 있다.

일식 2층 목조 건물에서 건장한 사내 둘이 양철 간판을 떼어내고 있다. 빳빳하게 다림질한 흰 셔츠를 잠바 속에 받쳐 입은 사내가 뒷짐을 지고 서서 여차하면 매섭게 훈수를 둘 표정으로 그 광경을 지켜보고 있다. 배가 불룩 나오고 얼굴이 둥글둥글한 사내의 손에는 서류 뭉치가 들려 있다. 그 맞은편의 옷가게 앞에 사람들이 모여 구경하고 있다.

"동경가구점을 누가 불하받았대요?"

"고관 사람이라고 들었어요."

"그래요? 저 아래 백향다방도 고관 사람이 불하받았던데요."

밀짚모자를 쓰고 건들건들 어깨를 흔들며 걸어가는 금붕어 장수의 양손에는 새끼줄로 손잡이를 만들어 고정시킨 어항이 들려 있다. 왼손에 들린 어항에는 금붕어 세 마리가, 오른손에 들린 어항에는 금붕어 두 마리와 미역귀처럼 생긴 풀이 들어 있다.

금붕어 장수는 장수통에 오면 저절로 흥이 난다. 그 거리는 세상에서 가장 번화한 거리였다. 부산에서 태어난 그는 부산을 떠난 적이 없는 부산 토박이다. 그가 알고 있는 세상은 부산이 전부였다.

떠난 적이 없어서 되돌아온 적도 없는 금붕어 장수는 양손에 어항을 들고 종일 부산의 거리들을 떠돌아다닌다.

자전거 세 대가 나란히 서 있는 백향다방 앞에서 쭈뼛거리던 금붕어 장수는 출입문을 밀고 안으로 들어간다. 자전거 하나는 박주찬의 것이다. 조금 뒤 실없는 웃음을 흘리며 백향다방을 걸어 나오는 금붕어 장수의 왼손에 들린 어항 속 금붕어가 한 마리로 줄어들어 있다.

또다시 건들건들 어깨를 흔들며 걸어가던 금붕어 장수가 뒤를 홱 돌아다본다. 놀라 뒷걸음치는 애신에게 묻는다.

"금붕어 사게요?"

"……"

"금붕어 사고 싶어서 동방미곡상회 앞에서부터 날 졸졸 쫓아온 것 아니에요?"

"……"

"마리에 2원인데 1원에 줄 테니 한 마리 사요."

"2원인 금붕어를 1원에요?"

"1원이면 겨우 세탁비누 한 장 값이에요. '세탁비누 가질래, 금붕어 가질래?' 하고 내 마누라한테 물으면 세탁비누 갖겠다고 할 게 뻔하지만 세탁비누는 닳아 없어지는 거잖아요. 일인들이 금붕어 양식장을 만들어 금붕어를 대량으로 키우기 전에는 금붕어가 귀해 금어金魚라고 불렸지요. 금붕어 한 마리 값이 쌀 한 가마니 값이었으니까요. 세탁비누 얘기가 나와서 말인데, 쌀 한 말 가격이 4백 원까지 치솟고 배급도 끊겨 삼순구식三旬九食도 어렵던 작년 가을에 대구서 '쌀을 배급한다더라'는 유언비어가 돌았다지요. 유언비어를 철석같이 믿고 천 명이 넘는 부녀자들이 쌀을 배급받으러 시청에 몰려갔다지요. 쌀을 달라고 외치는 부녀자들에게 시장이라는 작자가 그랬다지요. '살림하는 계집들이 먹을 양식도 준비 안 해놓고 뭘 했소?' 그러곤 일인들이 쫓겨나며 두고 간 세탁비누나 두 장씩 가져가라고 했다네요. 화가 난 아낙이 그랬다네요. '당신 집에서는 세탁비누 먹고 사오?'"**28**

"……."

"싸게 주는 대신에 죽이지 말고 키워요."

"……."

"초량에 아흔 살 먹은 일본 할머니가 살던 가옥이 있답니다. 먼 데로 떠날 채비를 한 듯 배꽃색 비단 기모노를 차려입고 마당 정원에 한 폭의 그림처럼 앉아 있곤 하던 일인 할머니가 아흔 살이라는 걸 그 집에서 식모 살던 계집애가 알려줘서 알았지요." 금붕어 장수는 버릇인 듯 두툼한 입술을 비죽거린다. "일인들 떠나고 불하받아 그 집에 새로 이사 들어온 여자가 열흘 전쯤 금붕어 세 마리를 샀네요. 아까 그 집 앞을 지나오면서 보니까 대문 앞에서 그 집 애들이 죽은 금붕어들을 가지고 소꿉놀이를 하고 있더군요. 돈 받고 판 금붕어지만 보고 있자니 맘이 안 좋아서 내가 그랬지요.

'너희는 죽은 금붕어들이 불쌍하지 않니?'

일곱 살이나 먹었을까, 머리를 양 갈래로 땋은 여자애가 앵두 같은 입으로 그러데요.

'금붕어 장수는 금붕어만 팔면 될 것이지, 남의 일에 감 놔라 대추 놔라 한데요?'

쪼그만 게 말대답하는 게 밉살맞아 옜다 꿀밤을 한 대 먹이고 싶었지만 남의 집 귀한 자식이라 함부로 그럴 수도 없고 너털너털 웃다가 물었네요.

'너희 아버지는 무슨 일을 하시니?'

여자애가 미꾸라지 눈을 하더니 대뜸 묻데요.

'우리 아버지가 뭐 하시는지는 알아서 뭐에다 쓰려고요?'

'뭐에다 쓰려는 게 아니라 무슨 일을 하시는 양반이기에 요렇게 똑 소리 나는 딸을 뒀을까 부러워서 그런'고 했더니 애는 애인지 여자애가 우쭐해하며 그러데요.

'미군 통역관인데요, 아버지가 오늘은 헨리를 만날 거라고 했어요.'

'헨리?'

'빨간 머리 미국인이요!'

그날 집에 돌아와 발을 닦으며 곰곰이 생각해보니 여자애 말이 틀린 말이 아니데요. 금붕어 장수는 금붕어만 팔면 되고, 떡장수는 떡만 팔면 되고." 금붕어 장수는 코웃음을 치고 나서 말을 계속한다. "식모

살던 그 계집애는 잘 살고 있나? 나이가 아주 적진 않아서 처녀티가 제법 났는데. 열세 살 먹어서부터 그 일인 할머니 집에서 식모를 살았다고 하더군요. 열 살 생일 지나자마자 아버지가 30리 떨어진 집에 민며느리로 보냈다고 했어요. 딸년은 어미 배 속에서부터 남의 집 자식이라면서요. 가마를 타고 시집갔더니 아들은 남의 집에 머슴살이 보내고 치매 들린 시할아버지하고 시부모만 살고 있더래요. 친정서는 그래도 조밥이라도 먹었는데, 민며느리로 들어간 집은 더 못살아서 피밥을 먹었답니다. 이불도 없어서 밤에는 섬이나 가마니에 들어가 잠을 잤답니다. 시아버지가 땔감 장수여서 아침 먹고 나면 소쿠리를 들려 주며 산에 가서 나무를 해 오라고 시켰대요. 산에 나무가 별로 없어서 나무를 반 소쿠리밖에 못 해 가면 시어머니가 부지깽이로 피가 나도록 때렸답니다. 아들은 머슴살이를 멀리 보냈는지 정월 설에도 집에 다니러 오지 않아 얼굴 한 번 못 봤다고 했어요. 그 집에서 한 살 더 먹어 열한 살이 되고, 뻐꾸기가 찾아와 울 즈음이었답니다. 소쿠리 들고 산에 나무하러 올라갔다가 배가 고파서 소쿠리를 던져두고 뻐꾹나리 꽃을 따 먹는데 어머니가 보고 싶더래요. 그래서 30리 길을 걸어 집에 갔더니, 마을 아이들이 손가락질을 하며 그러더래요. '어디 가서 거지가 되어 왔다.'²⁹ 아버지가 시집살이가 싫으면 드난살이나 하라며 부산의 일인 집에 식모로 보냈대요. 불쌍한 계집애, 어디서 잘 먹고 잘살고 있으려나⋯⋯."

"어딜 갔어요?"

"그게 해방된 해 봄이었지요. 계집애가 젖은 행주치마를 늘어뜨리고 대문 앞에 나와 앉아 있데요. 기모노를 곱게 차려입은 일인 할머니

는 붉은 철쭉꽃이 흐드러지게 핀 정원에 앉아 있고요…… 어항 속 금
붕어를 구경하던 계집애가 눈물을 뚝뚝 흘리더니 벌떡 일어나데요.
몸뻬 바지 주머니에서 모리나가제과 캐러멜 세 개를 꺼내 내게 내밀더
군요. 조잘조잘 잘도 떠들어대던 계집애가 그날은 꿀 먹은 벙어리가
돼 한마디도 않고 대문 안으로 들어가 버리더군요. 그래서 나는 속으
로 '저 계집애가 혹시 날 좋아하나' 했지요. 근데 그 뒤로 계집애가 도
통 안 보이데요. 철쭉꽃이 시들시들 마르고 혹시나 계집애가 나올까
싶어 대문 앞에서 어슬렁거리고 있는데, 내 마누라 나이쯤 돼 보이는
여자가 나오더니 팔짱을 끼고 매서운 눈초리로 날 쏘아보데요. 그래서
내가 '이 집에서 식모 사는 여자애의 육촌 오빠 되는 사람인데 잘 지
내는지 얼굴이라도 보고 가려고 부러 찾아왔으니 좀 불러주시오' 했
지요. 여자가 그제야 눈초리를 부드럽게 하더니 '벌써 일본으로 떠났
는데 몰랐어요?' 하고 구박하는 소리를 하더군요. 내가 눈을 동그랗
게 떴더니, 여자가 행주치마를 탈탈 털며 그러더군요. '철도국 높은 자
리에 있는 이 집 바깥주인이 일본의 좋은 공장에 취직시켜줬다고 하
데요. 나도 이 집 운전기사가 알려줘서 알았어요.' 쳇, 일본이 망했으
니 좋은 공장도 망했겠지…… 불쌍한 계집애, 일본에서 돌아왔나? 돌
아왔어도 남의 집에서 드난살이하거나 사기꾼 같은 놈에게 시집갔겠
지…… 그래서 금붕어를 살 거요, 말 거요?"

"어항도 팔아요?"

"세상에 못 파는 게 있나요?"

61

금붕어 장수는 어디로 가버리고, 우두커니 서 있는 애신의 손에 어항이 들려 있다.

"재첩국 사요! 재첩국 사요!"

까만 광목 치마 위에 누런 행주치마를 두른 여자가 절구통만 한 양은동이를 머리에 이고 애신 앞으로 지나간다.

"아주머니, 미도리마치에 가려면 어디로 가야 하나요?"

"어디요?" 재첩국을 사라고 외칠 때와 다르게 여자 목소리가 기어들어 간다.

"미도리마치요."

여자가 양은동이를 머리에서 내려 땅바닥에 내려놓는다. 양은국자 손잡이가 양은동이 밖으로 길쭉이 나와 있다. 여자가 정수리 위에 둘둘 말아 똬리를 튼 무명 수건을 내려 탈탈 털어 풀더니 곶감 같은 얼굴을 훔친다.

"저 너머가 미도리마치지요."

여자가 손을 들어 푸릇푸릇한 산을 짚어 보인다.

"아주머니, 저 산에 집들이 있지 않았나요?"

"용두산에요?"

"저 산 꼭대기에 큰 집이 몇 채 있었던 것 같아서요."

"부산 처자가 아닌가 보네……." 여자는 단내 나는 숨을 토하고 양은동이 앞에 쪼그려 앉는다.

"집이 아니라 신사였어요. 재작년 늦가을쯤 불에 타 잿더미가 됐답니다. 아주 꼴도 보기 싫더니 잘 타버렸지요. 그날따라 일찍 해가 떨어져서 집에 돌아갈 걱정을 하며 서둘러 발길을 놓고 있는데 '불이야, 불이야' 하는 소리가 들리데요. 뒤를 돌아다보니 용두산에서 시뻘건 불길이 일고 시커먼 연기가 피어오르고 있지 뭐예요. 그 소리를 들은 사람들이 다들 뛰어나와 불구경을 했어요. 마침 앞바다에서 세찬 바람까지 불어와 불난 데 부채질까지 하더군요. 불구경하던 사람들이 그러데요. '신사가 조선 사람들의 억지 절까지 받아 화력이 세져서는 아주 잘도 타는구나.' 일인들이 용두산에 신사를 지어놓고는 조선인들한테도 신사참배를 시켰으니까요. 전차를 타고 가다가도 '신사 앞입니다' 하고 땡땡 종을 울리면 신사를 향해 고개 숙여 절을 해야 했으니까요……."

여자는 말끝을 흐리고 양은동이를 덮은 광목천을 들춘다.

"재첩국을 다 팔아야 집에 갈 텐데……."

여자는 억지로 몸을 일으킨다.

"집이 어디신데요?"

"내 집은 저 구덕령九德嶺 너머랍니다."

여자가 용두산 뒤로 보이는 희끄무레한 산을 손으로 짚어 보인다.

"그걸 이고 저 산 고개를 넘어오셨어요?"

"오밤중에 일어나 가마솥에 끓인 재첩국을 양은동이에 담아 날 밝자마자 구덕령을 넘어왔지요."

여자는 무명 수건을 다시 둘둘 말아 똬리를 틀어 정수리 위에 얹는다. "집 주변 땅이 순 모래 땅이어서 쌀농사를 지어 먹을 수 없으니 어쩌겠어요. 집 앞으로 흐르는 강 밑바닥에 널린 재첩이라도 캐 먹고 살아야지……."

재첩국 파는 여자가 알려준 쪽으로 발을 놓던 애신은 길바닥에 앉아 뭔가를 줍고 있는 여자를 보고 다가간다.

"아주머니, 뭘 그렇게 주우세요?"

국수 부스러기 같은 걸 주워 대나무 소쿠리에 담던 여자가 누리끼리한 얼굴을 들고 애신을 올려다본다.

"당면 부스러기요. 미군 지프 피하다 당면을 길바닥에 쏟았네요. 미군 하나는 운전을 하고, 하나는 사진을 찍어대고…… 뭐가 그렇게 신나는지 웃고 떠들고……." 여자는 여기저기 천을 덧대 기운 무명 치맛자락을 끌어당겨 코를 뭉개듯 훔친다.

"저 아래 당면 공장에 가면 부러진 당면을 싸게 판답니다. 공장 바닥에 나뒹굴던 거라 검댕이 묻었지만 먹는 데에는 아무 문제 없으니까요. 귀해서 늦게 가면 그것도 없어요."

여자는 검정 고무신 주변에 널린 당면 부스러기를 손으로 부지런히 주워 소쿠리에 담으며 말을 잇는다.

"물에 삶아 간장이나 고추장에 버무려 먹으면 야들야들하니 맛도 있고 배도 제법 부르지요. 기름에 들들 볶은 돼지고기하고 부추를 곁들여 무치면 고급 청요릿집에서 파는 요리 못지않아요."

애신은 구경만 하는 게 미안해 당면 줍는 걸 돕는다.

"난 미군들 보면 괜히 심장이 벌렁거려요. 해운대에 사는 남동생이 부산에 일이 있어서 나왔다가 잠깐 내 집에 들러 알려주데요. 간밤에 술 취한 미군이 해운대 바닷가 들판에서 처녀를 향해 총을 겨누고 있는 걸 봤다고요. 피죽도 못 얻어먹었는지 피골이 상접한 처녀가 사색이 돼서는 도망갈 엄두도 못 내고 벌벌 떨고 서 있더래요.[30] 해운대 바닷가에 일인 어부가 살았던 오두막이 있는데 어느 날 그 앞을 지나가며 보니 처녀들이 살고 있더라네요. 얼굴이 반반한 처녀들이 들어와 사는 걸 의아해했더니 미군들이 지프를 타고 드나들기 시작하더래요."

"미군들이요?"

"처녀들 사는 데를 미군들이 무슨 볼일로 드나들겠어요? 볼일이란 게 뻔하지. 어디서 온 처녀들인가, 미군들하고 말이나 통하나 몰라."

구시렁거리며 부지런히 당면 부스러기를 주워 소쿠리에 담던 여자가 갑자기 애신을 살피듯 바라보며 묻는다.

"처녀인가, 애기 엄마인가?"

"……."

"대답을 않는 걸 보니 처녀인가 보네."

"저기, 아주머니…… 해운대는 어디에 있어요?"

"해운대에 볼일이라도 있어요?"

"해운대는 부산 어디쯤 있나 싶어서요. 제가 부산 사람이 아니어서 부산을 잘 몰라서요."

"해운대가 부산 동쪽에 붙었지요. 처녀가 혼자 부산에 무슨 볼일이 있어서 왔을까?" 여자가 추궁하는 눈빛으로 애신을 바라본다.

"친구 만나러요…… 친구가 부산에 있거든요."

"고향 친구요?"

"아니요…… 같이 배 타고 돌아온 친구요. 일본서 공장에 다니다 해방되고……."

"일본 무슨 공장이요?"

"군복 만드는 공장이요."³¹

"그래요?" 애신을 바라보는 여자의 눈에 미심쩍어하는 빛이 어린다. "어디서 왔어요?"

"멀리서요……."

"멀리서 왔는데 친구가 마중도 안 나왔데요?" 여자가 소쿠리를 들고 일어선다.

"친구는 내가 부산에 온 걸 모르고 있거든요."

"해가 벌써 중천을 넘어섰는데 친구는 언제 만나고, 집에는 언제 가나……."

"아주머니, 저는 친구 얼굴만 보고 돌아갈 거예요."

"멀리서 왔다면서요?"

"네, 저는 멀리서 왔어요. 들판에서 만난 할아버지가 그러셨어요. 제가 아주 멀리서 왔다고요."

*

"이보우, 이보우…… 시간이 얼마나 됐소?"

벚나무 아래에서 노파가 애신을 향해 손짓하며 묻는다.

"시간이 다 됐소?"

"시간이요?"

"오중은 벌써 지났겠지요? 복병산 사이렌이 울리지 않은 지 한참 됐는데 아쉬울 때가 있다오. 바느질하다가도 사이렌이 울리면 '오중이구나' 하고 부엌으로 가 점심을 차렸는데…… 중일전쟁 터지고 그 소리가 공습경보하고 비슷해서 사이렌을 울리지 않았다오. 그전에는 대포산에서 대포를 쾅 하고 쏴 오중을 알렸지요.

영도 대포산 말이오. 무선송신소가 있던 산기슭에서 오중이면 대포를 쾅 하고 쏴대서 사람들이 대포산이라고 부르기 시작해 대포산이되지 않았소. 그전에는 복병산 산정에서 공포 한 발을 쿵 하고 쏴 오중을 알렸다오…… 이씨李氏제면소 배달원이 지나갔나?"

거리를 두리번거리던 노파가 거리 끝에 나타난 자전거를 발견하곤 눈을 홉뜬다. 제법 빠르게 달려오는 자전거 위에 타고 있는 사람이 학생복 차림의 남학생이자 실망한 목소리로 중얼거린다. "제면소 배달원이 아니네…… 그럼 혹시 앞머리가 시원스레 벗겨지고 오십 줄은 된 사내가 자전거 뒤에 나무 궤짝을 싣고 지나가는 건 봤소?"

"못 봤어요."

"이씨네 제면소 배달원이 자전거 뒤에 나무 궤짝을 탑처럼 싣고 콩죽 같은 땀을 쏟으며 지나갔으면 오중이 벌써 지난 거고, 아직 안 지나갔으면 오중 전이니까…… 하여간 국수 배달은 오중 전에 끝나야 하니까 말이오. 그래야 이씨네 제면소에 국수를 대놓고 받는 국숫집들이 점심 장사를 할 것 아니오?"

"네……."

"올봄까지도 얼굴이 곱상하던 총각이 국수 배달을 다니더니 늙수그레한 홀아비로 바뀌었지 뭐요. 충청도 보령이 고향이라던가? 보령 사람이 왜 부산에서 국수 배달을 하나 싶지만 부산이 원체 뜨내기들의 천국이 돼나서…… 이보우, 저 사람한테 가서 시간이 다 됐는지 물어봐주겠소? 난 무릎이 시원찮아서 저 사람이 있는 데까지 걸어갈 엄두가 안 나서 그러니 나 대신……."

"누구요?"

"저기 서 있는 사람 말이오."

"누구요?"

"저기요, 저기…… 천년만년 아무 데로도 안 가고 저기 저렇게 꼼짝 않고 서 있을 것 같지만 몹시 바쁜 사람이라오. 가버리기 전에 어서 가서 시간 좀 물어보오. 저 사람은 틀림없이 알고 있을 거라오."

"할머니, 누구요?"

"저기 저 사람이요. 아이고, 가버리네……."

62

전등과 적기赤旗로 장식한 요릿집 앞에 구미코가 버티고 서서 끈질
기고 메마른 울음소리를 토하고 있다. 그녀는 펑퍼짐한 감색 무명 원
피스에 나막신을 신었다.

"저 여편네가 또 저러고 있네."

구레나룻을 덥수룩이 기른 사내가 구미코의 뒤통수에 대고 혀를 찬
다. 지나가던 젓갈 장수가 그 소리를 듣고는 사내에게 다가가 묻는다.

"아저씨도 저 일본 여편네를 아세요?"

"알다마다요. 저 여편네한테 고리대금을 얻어 썼다가 창고를 날렸
는데 어떻게 모를 수 있겠어요?"

"나는 저 여편네한테 고리대금 7원을 빌려 썼다가 이자를 갚느라
속이 숯덩이가 됐답니다. 방직 공장에서 한 달 꼬박 일해 받은 월급이
7원이었어요. 하루 일당이 3, 40전일 때니까요. 우동집 아가씨 월급도
7원이었지요. 그때 세 살던 집의 옆집이 우동집이어서 내가 아가씨들
월급을 잘 알지요. 중국 사내가 호떡을 구워 팔았는데, 어느 날 일본말
을 잘하는 여자로 주인이 바뀌더니 우동집 간판을 내걸고, 어디서 아

가씨 둘을 데려다 호객 행위를 시키고 술을 팔데요. 되바라지지 않고 순박한 아가씨 하나가 정이 많아서 안주로 내놓은 생선튀김 남은 것을 우리 애들한테 가져다주곤 했어요. 그땐 우리 애들이 어렸거든요. 꾸덕꾸덕 말라비틀어진 거였지만, 꽁보리밥도 배불리 못 먹을 때니 애들은 환장을 하고 먹었지요. 말도 없고 순진해 보이는 아가씨였는데, 주인 여자가 극성스러워서 골목이 떠나가도록 잔소리를 해대니까 화장이 짙어지데요. 호객 행위를 할 줄 몰라 울상을 짓고 멀뚱히 서 있기만 하더니, 지나가는 사내들을 붙들고 우동 한 그릇 드시고 가시라는 소리도 제법 하데요. 진눈깨비가 날리는 겨울 아침이었지요. 그 아가씨가 밤을 꼬박 새운 몰골로 술 냄새, 담배 냄새를 풍기며 튀김이 든 종이봉투를 들고 찾아왔네요. 잠들어 있는 우리 애들을 눈물이 그렁그렁한 눈으로 바라보다 사정하듯 묻더군요. '아주머니, 저 눈 좀 붙이고 가도 돼요?' 안쓰러워서 그러라고 했지요. 우리 애들이 자고 있는 이불 속으로 들어가더니, 세 살 난 우리 막둥이를 꼭 끌어안고 잠이 들더군요. 하도 곤하게 자서 애들 깨어날 때까지 놔뒀지요. 그리고 얼마 안 있어 돈 벌러 일본으로 갔는데 돌아왔나 모르겠네. 오른쪽 눈썹 옆에 강낭콩만 한 사마귀가 있었는데……."

"나미우동 말이오?"

"부산에 우동집이 한두 개가 아닌데 나미우동을 아시네요?"

"우동을 사 먹곤 했거든요. 그때 우동 한 그릇에 6전이었지요."

"남편 죽고, 방세가 석 달이나 밀렸는데 돈 꿀 데도, 전당포에 맡길 변변한 물건 하나도 없어, 부득이 저 여자를 찾아가 7원을 빌려 그 돈을 밑천으로 장사를 시작했네요. 칡넝쿨로 열 마리씩 꿰어 엮은 명태를 광주리에 쟁여 이고 양산, 언양, 밀양, 경주를 돌아다니며 팔았어요. 경주 들렀다 대구까지 갔지요. 배보다 배꼽이 크다는 속담이 괜히 있는 게 아닌지, 저 여편네가 한 달 이자로 45전을 받아가데요. 언양에 외사촌 동생이 살아서 장사 나갈 때마다 하룻밤 신세지곤 했어요. 셈이 빠른 외사촌 동생하고 일 년 치 이자를 따져보니까 8할 4푼이더군요."

구레나룻을 기른 사내가 가고, 젓갈 장수도 가버리고, 손에 찌그러진 양은주전자를 든 노파가 타박타박 걸어온다. 구미코를 보곤 고개를 절레절레 흔드는 노파에게 애신이 묻는다.

"할머니, 저 아주머니는 왜 저리도 울까요?"

"으응, 억울해서 우는 거야."

"억울해서요?"

"일본이 전쟁에 졌으니 네 고향으로 돌아가라고 아무리 구박을 줘도 여편네가 안 돌아가네. 일장춘몽이 돼버렸지만 돈푼깨나 있고 목에 힘 좀 주는 이들이나 드나들던 요릿집이 한때나마 저 여자 거였어. 고리대금으로 번 돈으로 저 요릿집 건물을 샀지. 천민 출신이어서 저 여편네가 하는 일본말이 귀가 따갑도록 시끄럽다나…… 저 여편네가 일본말 하는 걸 듣고 있으면 꼭 싸우는 것 같으니까. 게다가 일본에서 천한 어부들이나 쓰는 거친 말을 쓴다고 하데. 남편이 어시장에서 도매업을 했는데 심장마비로 세상을 떠났어. 하늘이 백동전처럼 쨍한 날이었지. 까만 기모노를 입은 저 여편네가 울면서 상여 뒤를 따라 화장터로 가는 걸 봤어."

"화장터요?"

"아미산 화장터. 일본인들이 아미산 초입에 화장터를 짓더니, 가족

중 누가 죽으면 화장터에서 화장해 아미산에 묻데. 아미산에서 부산 앞바다가 훤히 내려다보이니까. 타향서 죽은 가족이 혼이라도 관부연락선 보며 향수를 달래라고. 남편이 죽었으니 일본 제 고향으로 돌아갈 줄 알았는데 혼자 고리대금업을 하며 살데. 어시장에서 장사하는 조선인들을 상대로 못할 짓을 많이 했어. 오죽하면 저 여편네가 일본 순사보다 더 무섭다고 했을까."

"할머니, 그럼 저 요릿집은 주인이 없나요?"

"저 요릿집서 종업원 하던 이가 새 주인이 됐다지. 일개 종업원이 시절을 잘 만나 사장이 됐으니 팔자 폈지. 저렇게 큰 요릿집에 종업원이 한 둘이었겠어. 새 주인이 생겼으니 간판도 새로 달고 장사를 시작하겠지."

"저 여자는 어째서 일본에 돌아가지 않은 걸까요?"

"과부로 악착같이 돈만 모으며 살다 새로 남편을 얻었는데 하필이면 조선 사내지 뭐야. 그런데 그 조선 사내가 어눌하니 칠푼이라는 거야. 모자라니까 숫총각이 일본 과부에게 장가들었겠지. 일본 과부하고 산다고 자갈치에서 돌팔매질까지 당했다니까. 남녀의 정분은 남이 알 수 없는 것인지 저 여편네가 늦은 나이에 아들까지 하나 낳았지. 남이야 손가락질을 하든 말든 둘이 금슬 좋으면 그만이지만, 남편이 재작년 겨울에 자전거 타고 영도다리 건너다 전차에 치여 다리병신이 됐지 뭐야."

구미코가 울음을 그치더니 돌아다본다.

"아이고, 내 정신 좀 봐. 번갯불에 콩 볶아 먹는 영감이 막걸리 기다리다 숨넘어갔겠네. 우리 집 영감이 초량양조장 막걸리 아니면 입에도 안 대서 내가 매일 왕복 5리 길을 걸어 막걸리를 받아다 바쳐야 하니…… 초량양조장 막걸리가 달달하면서도 뒷맛이 시원해 입이 개운하다나…… 집에서 엎어지면 코 닿는 서부양조장 막걸리는 걸쭉하고 약초 냄새가 나서 싫다며 공짜로 줘도 입에 안 대려고 하니…… 훈장 아들로 태어나 천자문을 달달 외우는 영감 체면이 있으니 양은주전자 들려 주며 손수 받아다 자셔라 할 수도 없고……."

노파는 투덜투덜 말끝을 흐리며 자리를 뜬다.

애신을 매섭게 쏘아보던 구미코가 거칠고 쉰 목소리로 말한다.

"난 고향에 안 돌아가. 아니, 못 돌아가. 고향에 돌아가 봐야 조선 사내하고 눈 맞아 애까지 낳았다고 손가락질이나 받겠지. 죽은 남편의 늑대 같은 형제들이 살고 있는 고향에 너희라면 돌아갈 수 있겠어?"

"……."

"넌 누구지?"

"……."

"이름 말이야. 설마 너도 이름이 없어?"

"……."

"내 어머니는 이름이 없었지. 이름 없이 태어나, 이름 없이 살다가, 집 뒤에서 고노하즈쿠(소쩍새)가 비단 찢는 소리를 내며 울던 봄날에 아버지에게 맞아서 죽었어. 그때 내가 일곱 살, 내 남동생이 여섯 살이었어. 마당에서 남동생 손을 꼭 붙들고 바다를 등지고 서서 어머니가 맞아 죽는 걸 봤어. 내가 태어나 열네 살 먹도록 살다 떠나온 고향집이 바다 바로 앞에 있었어. 만조 때면 마당까지 바닷물이 밀려들어왔어. 아버지는 죽은 어머니를 바닷가 외진 화장터에서 화장해 유골을 바다에 뿌렸어. 며칠 뒤 아버지가 읍내에 다녀오며 새 여자를 데려왔어. 어머니가 갯바위에서 뜯어 말려둔 붉은 해초를 그 여자가 먹었어. 그 여자는 어머니가 입던 옷을 입고 어머니가 신던 신을 신었어. 봄이 가고, 여름도 가고, 무서운 가을 태풍이 지나가고, 이웃 마을에 사는 어부가 내 고향집에 찾아왔어. 아버지의 먼 친척 되는 이였어. 내 어머니가 죽었다는 소식을 전해 듣지 못했는지, 우물에서 장아찌 담글 무를 씻고 있는 그 여자를 내 죽은 어머니로 믿었어."

구미코는 눈물이 차오르는 두 눈을 원피스 소매로 문질러 훔친다.

"이상하지, 그 여자가 요즘 꿈에 날 자주 찾아와…… 정작 날 낳은 어머니는 꿈에 한 번도 안 다녀갔는데 말이야. 그 여자도 이름이 없었어. 꿈을 꾸고 나면 그 여자가 내 어머니보다 불쌍해. 아버지는 그 여자도 죽을 만큼 때리곤 했어. 아버지는 마흔 살도 안 돼 병으로 돌아가셨지. 미에 현에 살고 있는 내게 그 여자가 어느 날 아버지가 돌아가셨다는 전보를 부쳐왔어. 나는 장례를 치르러 고향집에 가지 않았어. 고향집까지 가려면 꼬박 하루하고 반나절이 걸리는 데다 고향집을 떠나오던 날 결코 다시 돌아오지 않겠다고 다짐했거든. 열네 살에 수산업자 집에 식모 살러 가며 떠나온 뒤로 고향집에 한 번도 찾아가지 않았어. 그 여자는 살아 있을까? 살아 있으면 그 집에서 혼자 살고 있겠지."

구미코의 눈 초점이 흐트러진다.

"고향집을 영원히 떠나오던 날, 그 여자는 10리 너머까지 날 따라왔어. 인사도 않고 고향집 마당을 나서는 날 강아지처럼 따라오는 그 여자를 나는 모른 척했어. 아버지는 고깃배를 타고 바다에 나가고 집에 없었어. 간조여서 바닷물이 멀리 물러나 있었어. 그 여자가 갯바위에서 뜯어 온 해초들이 마당에 널려 있었어. 나는 뒤를 돌아다보지 않았어. 고향집에서 5리쯤 떨어진 갯바위 화장터 근처에서 나는 마침내 뒤를 돌아다봤어. 그 여자는 그곳까지 날 따라와 있었어. 죽은 내 어머니의 옷을 입고 날 물끄러미 바라보며 서 있었어. 나는 그 여자가 날 따라오는 게 싫었어. 그 여자를 아버지만큼 미워했으니까. 나는 돌멩이를 집어 들었어. 그 여자를 향해 돌멩이를 던졌지. 몸에 돌멩이를 맞고도 그 여자는 5리를 더 날 따라왔어. 그 여자는 왜 날 따라온 걸까? 그 여자는 날 정말로 자신의 딸로 생각했던 걸까?"

구미코의 눈길이 어항을 향한다.

"유쿠하루야 도리나키우오노 메와나미다.(가는 봄이여 새 울고 금붕어 눈에 어리는 눈물.)•

아나타노 긴교가 신데이루.(네 금붕어가 죽어가고 있다.)♦"

- 行春や鳥啼魚の目は泪, 마쓰오 바쇼(松尾芭蕉)의 하이쿠「가는 봄이여」.

♦ あなたの金魚が死んでいる.

63

"모시모시!"

"모시모시!"

"모시모시 난방? 난방?"

"산 시 하치(삼 사 팔)……."

"모시모시!"

"모시모시!"

"모시모시 난방?"

골목 안에 여자애 둘과 고만고만한 남자애 둘이 모여 앉아 있다. 남자애 하나는 반바지에 검은 고무신을 신었고, 다른 하나는 통이 넓은 바지를 여러 번 접어 입고 흰 고무신을 신었다. 나이가 가장 많아 보이는 여자애의 등에는 돌은 지났을 남자아기가 업혀 있다. 여자애는 장딴지가 길쭉하고 가슴이 제법 볼록하다. 남자아기는 눈을 말똥말똥 뜨고 있다.

여자애가 남자아기의 손을 끌어당겨 입 가까이 대더니 말한다.

"모시모시 모시모시 난방?"

"로쿠 시치 니(육 칠 이)…… 할 일 없는 나카무라 상하고 긴급히 통화를 원한다고 전하시오."

남자애가 검정 고무신을 귀에 붙이고 어른 목소리를 흉내 내며 말한다.

"모시모시!"

"모시모시, 백향다방입니다."

"기무라 상이 할 일 없는 나카무라 상하고 긴급히 통화를 원한답니다."

"할 일 없는 나카무라 상, 할 일 없는 나카무라 상, 전화 왔어요!"

다른 남자애가 흰 고무신을 벗어 귀에 대고 어른 목소리를 흉내 내며 목소리를 굵게 하고 말한다. "내가 할 일 없는 나카무라 상이오!"

"할 일 없는 나카무라 상?"

"누구요?"

"빨리 집에 가보시오. 당신 마누라가 애를 낳으려고 하오."

"첫째 마누라 말이오, 둘째 마누라 말이오?"

"다섯째 마누라 말이오."

"내게 다섯째 마누라가 있단 말이오? 댁은 도대체 누구요?"

"나요? 나는 당신 다섯째 마누라의 기둥서방이오!"

"모시모시 난방?"

"하야쿠 하야쿠!(빨리빨리!)"

"난방? 난방?"

"모시모시, 할 일 없는 나카무라 상이 과로사했다고 마누라들한테 전하시오."

남자아기를 업은 여자애가 갑자기 벌떡 일어선다.
"난 전화교환수가 될 거야!"

*

"낮엔 괜찮은데 밤엔 그렇겠어요."
국숫집의 맞배지붕 처마 아래, 풀 먹여 다린 두루마기를 걸친 노인이 비닐로 만든 검은 장우산을 지팡이 삼아 짚고 서 있다. 얼굴이 꼬막 껍데기 같은 할멈이 두어 발짝 떨어진 곳에 옹송그리고 앉아 있다.
"형수님, 낮에는 보이니까 변소 가기가 괜찮지만 밤에는 안 보이니까 변소 가기가 그렇겠다고요."
"아이고, 뭐라고 하는지 하나도 안 들려요." 할멈이 손사래를 친다.
"세상 소리가 하나도 안 들려요."
"세상 소리가 안 들리니 속은 안 시끄럽겠어요."
"까치 우는 소리는 들리더니 한 열흘 전부터 그 소리도 안 들려요."
"까치 우는 소리가 시끄럽기만 하지 과히 듣기 좋진 않아요."
"까치 두 마리가 감나무 밑에서 목에 잔뜩 힘을 주고 우쭐우쭐 걸어 다니기만 하고 도통 울지 않아서 내 귀가 먼 건 생각 못 하고 저놈의 까치들이 벙어리가 됐나 했어요."
"까치가 감나무에는 집을 잘 안 짓지요?"
"아이고, 안 들려요."

"감나무는 감이 열려서 사람이 따 먹으려고 장대로 툭툭 나뭇가지들을 건드리니까요."

"아침에 까치 우는 소리가 들려야 오늘은 오려나 하는데……."

"까치가 길조이긴 하지만 좀 못된 데가 있어요. 사람 못된 건 '아, 사람이 원래 못됐지' 하고 수긍이 가는데 까치 같은 짐승이 못된 건 이해가 안 가요."

국숫집 맞은편의 전당포 앞에 멀뚱히 서 있던 사내가 갈색 외투 주머니에서 손바닥 크기로 자른 신문지 쪼가리를 꺼내더니 코를 푼다. 중절모를 쓴 사내가 다가가 반갑게 악수를 청하며 묻는다.

"못 보던 외투를 입었네요!"

"도떼기시장에 구경 갔다 6원 주고 한 벌 주워 입었어요."

"기운 데도 없고 새것이나 진배없는데요? 지난봄에 내가 고물 장수에게 5원 60전 주고 사 입은 외투보다 낫네요."

"소매가 좀 깡똥해요."

"나는 고물 외투여도 걸치니까 어깨에 저절로 힘이 들어가던데 어떠세요?"

"아무래도 찬 바람을 막아주니까 안 입은 것보다야 낫지요."

"도떼기시장에 없는 게 없다면서요?"

"축음기, 도자기 그릇, 이불, 엽서, 우표, 여자 화장품, 만년필, 독일제 안경알, 담배, 시계, 일제 세탁비누, 치약, 거울, 구두, 장난감…… 없는 거 빼고는 다 있더군요."

"육 씨는 뭘 샀습니까?"

"은색 상자에 든 일제 면도기하고 금장 만년필을 사더군요. 설렁탕 한 그릇 사 먹고 돌아오는 길에 백향다방에 들러 커피를 한 잔 했는데, 종업원 앞에서 만년필을 꺼내 보여주며 영국제라고 자랑을 하더군요. 길전박문당*에서 3엔에 팔던 고급 만년필이라고요. 쌀 10킬로에 1엔이 던 시절에요. 3엔이면 쌀 30킬로 아닙니까. 눈먼 장사꾼은 고급 만년필 인 줄 모르고 눈 밝은 육 씨에게 5원에 팔았으니…… 육 씨는 시간 날 때마다 벼룩시장에 구경을 간다더군요. 고장 난 회중시계를 5원 주고 고쳐, 대구 사는 친척에게 8원에 되팔아 이문을 3원이나 남겼다고 자 랑을 하던걸요."

"육 씨가 가만 보면 그런 머리는 잘 돌아가요."

솜틀집 앞에 여자 셋이 모여 서 있다.

"참, 그 집 둘째 아들이 팔에 치안대 완장을 두르고 영주 교번소交番所 앞에서 보초를 서고 있더라고, 우리 집 양반이 지나가듯 말하던데요. 어제 그 앞을 지나오는데 누가 꾸벅 인사를 해와서 누군가 하고 봤더 니 경규더래요."

"도둑이 들끓으니까 학생치안대를 발족해 학생들 팔에 완장을 채 우고 치안을 서게 하네요. 전쟁 막바지에는 일인들이 학생들을 공장 에 끌어다 종일 군수품 만드는 노역을 시키더니…… 부산제1공립공업 학교 학생 셋이 영주 교번소에 배치돼 그 일대를 순찰하고 다니나 봐

---

* 1906년 일본인 요시다 이치지로(吉田市次郎)가 대청정에 설립한 부산의 대표적인 서점으로, 나중엔 '박문당(博文堂)서점'이라 했다.

요. 떠돌이 노동자, 부랑자, 좀도둑, 날강도, 매춘부, 백수건달…… 온
갖 잡새가 아니라 온갖 잡다한 인간이 귀환선 타고, 열차 타고 부산에
흘러들어와 부산 치안이 엉망이니까요."

"경규가 3학년이에요?"

"2학년이요."

"경규보고 40계단* 근처에는 얼씬도 말라고 해요. 자전거포 집 아
들이 40계단 올라가다 학생연맹 학생들에게 납치돼 끌려가서는 쌍코
피가 나도록 두들겨 맞고 풀려났대요. 학생연맹 학생들이 40계단에 진
을 치고 있다가 아무 학생이나 지나가면 무턱대고 끌고 가 마구 패나
봐요."

"꼬맹이일 때 경규하고 자갈치에서 복쟁이 잡아 배 터트리며 놀던
친구들 중 하나는 학생연맹에 가입하고, 하나는 학생동맹에 가입해 서
로 철천지원수가 됐대요."

"장수목욕탕 앞을 지나오면서 보니까, 새로 온 식모 계집애인지 못
보던 처녀가 그 집 셋째 손자를 업고 길에 나와 서 있데요."

"장수목욕탕 할머니가 부산역에서 주워 왔대요."

"다 큰 처녀를 주워 와요?"

"부산역 근처 부두에 귀환 동포들 실은 배가 한창 들어올 때니까,
주워 온 지 꽤 됐지요. 대구로 시집간 둘째 딸이 해산을 해서 난리통을
뚫고 대구에 다녀오다, 헝겊 신발을 거꾸로 신고 혼이 빠진 얼굴로 부

---

* 일제강점기에 영선고갯길에서 중앙동 쪽으로 낸 계단. 1953년 11월 부산역전 대화재로 파괴
됐으나, 이후 원래 자리에서 25미터쯤 떨어진 곳에 재건되어 현재의 '40계단'이 됐다.

산역에 서 있는 처녀를 봤대요. 집이 어디냐고 물으니까 모른다고 하더래요. 그래서 갈 데는 있냐고 물으니까 고개를 가로젓더래요. 갈 데 없으면 나 따라갈래? 하고 물으니까 아무 말이 없더래요. 짐 보따리에서 양갱을 꺼내 처녀 손에 들려 주고 집으로 걸어오다 뒤를 돌아다보니까 그 처녀가 강아지처럼 따라오고 있더래요. 몰골이 말이 아니었는데 남의 집 식모살이하며 먹는 눈칫밥이나마 삼시 세 끼 굶지 않고 챙겨 먹어서 살이 오르고 때깔이 나더래요."

"할머니가 잘도 주워 와요. 전에 있던 식모 계집애도 부두에서 주워 왔잖아요. 10년 넘게 식모로 데리고 있다가 할머니가 중신을 서 소기세탁소*에서 배달일 하는 총각한테 시집보냈지요."

"할머니 둘째 딸하고 식모 계집애가 동갑 아니에요?"

"둘째 딸이 교복 입고 학교 다닐 때 식모 계집애는 목욕탕 청소하고 교복을 빨았지요. 식모 계집애는 세탁소 배달원한테 시집가고, 둘째 딸은 중학교 선생한테 시집가고요."

"장수목욕탕에 벙어리 세신사는 계속 있어요?"

"나도 두 달 만에 때 밀러 가는 거라 모르겠네요."

"때는 벙어리 세신사가 잘 밀어요."

"벙어리가 아니라네요."

"누가요?"

"벙어리 세신사요. 그 여자가 말하는 걸 떡장수 여자가 들었대요."

"그래, 뭐라고 말을 하더래요?"

◆ 대청동 거리에 있던 세탁소로 일본인 시노자키(篠崎)가 운영했다.

"불쌍해, 불쌍해……."

"그 여편네는 말을 할 줄 알면서 왜 벙어리처럼 산데요?"

"꼭 할 말만 하며 살고 싶은가 보지요."

"불쌍해, 그 말이요?"

64

"금붕어네?"

오른쪽 눈썹꼬리에 울콩만 한 사마귀 난 여자가 애신의 손에 들린 어항을 들여다보며 말한다.

"사해루의 금붕어들하고 생긴 게 똑같네." 여자는 그러곤 애신을 바라보며 말한다. "내가 일 다니는 청요릿집이요. 사해루에 그 어항의 열 배는 되는 큰 어항이 있거든요."

"청요릿집 종업원이세요?"

"종업원이요? 감국 시들듯 시든 나를 사해루 같은 고급 청요릿집에서 종업원으로 쓰겠어요? 꽃 같은 아가씨들이 쌔고 쌨는데. 청요릿집 주방에서 나물 다듬고, 생선 다듬고, 접시에 반찬 담고, 숟가락 젓가락 짝 맞추고, 그릇 닦고, 변소 청소까지…… 세어보진 않았지만 열두 가지가 넘는 일을 한답니다. 어쩌다 보니 찬모가 됐지만 젊을 때는 나도……."

사마귀 난 여자는 말을 하다 말고 입을 다문다. 다물고 있으려니 근질근질한 듯 입술을 꼼지락거리다 다시 말을 잇는다.

"그것도 벌써 10년 전 일이네요. 대청정에 있는 카페 출입문에 '여종업원 대모집'이라고 쓴 종이가 붙어 있데요. 한자로 대모집을 한다고 쓰여 있었어요. 내가 큰 대大 자는 읽을 줄 알거든요. 대모집을 한다니 인물 안 따지고 개나 소나 다 뽑는 줄 알고 카페 출입문을 밀고 들어갔지요. 주인 여자가 내 얼굴을 뜯어 먹을 듯 쳐다보더니 나이를 묻데요. 그제야 내가 손님 말벗하며 시중들기에는 나이를 너무 많이 먹었다는 걸 깨달았지요. 직업소개소에 일자리를 구하러 갔더니 청요릿집의 주방 찬모 자리를 소개시켜주더군요. 참, 죽은 금붕어 치우는 것도 주방 찬모가 해야 하는 일이랍니다."

"죽은 금붕어요?"

"금붕어는 늘 죽으니까요. 금붕어가 죽어 어항 물 위로 떠오르면 조롱박으로 건져내지요. 금붕어가 날마다 꼭 한 마리는 죽는데 사해루의 어항 속 금붕어는 항상 여덟 마리지요. 한 마리가 죽어도 여덟 마리, 두 마리가 죽어도 여덟 마리, 세 마리가 죽어도 여덟 마리…… 죽은 금붕어의 수만큼 살아 있는 금붕어를 채워 넣으니까요. '8'이 자손을 번성하게 하고 번영을 가져다주는 숫자라고 사해루 주인이 철석같이 믿고 있어서요. 어항 속 금붕어가 여덟 마리에서 모자라는 것도 싫어하지만 남는 것도 싫어하지요. 사해루 주인은 하나님도 믿지만 8이라는 숫자도 믿으니까요. 금붕어 장수는 금붕어가 하루에 한 마리는 죽는 걸 알고 날마다 출근 도장 찍듯 사해루에 들르지요. 관棺처럼 생긴 괘종시계가 세 번을 치면 싱글벙글 웃으며 어항 속 금붕어 수를 센답니다. 여덟 마리에서 모자란 만큼 금붕어를 채워 넣지요. 사해루의 단골손님들은 그런 줄도 모르고 어항 속 금붕어들이 한 마리도 죽지 않고 계속 살아 있는 줄 알지요. 단골손님 중에 고관에서 약국을 하는 어른이 있는데, 동부인할 때도 있지만 주로는 혼자 와서 정종을 반주로 닭고기잡채 요리를 드시고 가지요. 환갑노인이 세 사람 양인 닭고기잡채를 혼자 거뜬히 드시지요. 그 어른도 사해루의 어항 속 금붕어들이 한 마리도 죽지 않고 살아 있는 줄 알고 있어요. 그 어른이 어항 속을 들여다보며 큰 깨달음을 얻은 듯 높고 떨리는 목소리로 탄복하는 소리를 들었거든요. '저 물속이야말로 완벽한 세계로구나!'"

　자홍색 저고리에 검정 통치마를 입은 여자가 아홉 살쯤 먹어 보이는 여자애의 손을 잡아끌며 걸어간다. 단발머리에 볼이 통통한 여자애는 잔뜩 심통이 난 얼굴이다.

　애신의 손에 들린 어항을 본 여자애가 여자의 손을 홱 뿌리친다.

　"영미 너, 자꾸 해찰하면 길에 버리고 간다!"

　여자애가 여자의 협박을 무시하고 얼굴을 빳빳이 들고 애신 쪽으로 걸어온다. 눈초리를 치켜뜨고 어항 속 금붕어를 들여다보며 고개를 갸웃거리더니 애신에게 따지듯 묻는다.

　"금붕어, 아줌마 거예요?"

　"……?"

　"아이 참, 금붕어가 아줌마 거냐고요?"

　"영미 너, 당장 이리 안 오면 정말 길에 버리고 간다!"

　여자가 소리 지르지만 여자애는 들은 척도 하지 않는다.

　"미요 집에 똑같은 금붕어가 있었거든요."

　"미요?"

"요 금붕어하고 똑같은 금붕어가 그 애 집 어항에 있었단 말이에
요."

"그러니?"

"요 금붕어하고 색깔도 똑같고, 생긴 것도 똑같은 금붕어가 미요 집
어항에 있었다니까요."

"영미야!"

"엄마가 널 애타게 부르는구나. 어서 엄마에게 가보렴."

여자애는 그러나 제 엄마는 쳐다보지도 않고 고개를 빳빳하게 치켜
들고 애신에게 따지는 투로 묻는다. "미요 금붕어를 왜 아줌마가 가지
고 있어요?"

"그게 무슨 말이니?"

"내가 그랬잖아요. 미요 금붕어하고 똑같은 금붕어라고요."

"하지만 이 금붕어는 내 거란다. 금붕어 장수에게 이 금붕어를 샀
단다."

"하하, 미요 금붕어를 금붕어 장수에게 샀다고요?"

"영미, 너!"

"미요 금붕어가 맞으면 어쩔 거예요?"

"하지만 그걸 어떻게 아니?"

"칼로 배를 갈라보면 알지요."

"뭐?"

"통통한 배 속에 거미가 들어 있으면 미요 금붕어가 틀림없는 거니
까요. 미요는 금붕어한테 거미를 먹였거든요."

"뭐?"

"금붕어 배를 갈라요, 말아요?"

"하지만 난 칼이 없단다."

"하하, 난 칼이 있거든요!"

"네게 칼이 있다고?"

"영미야!"

"엄마가 동래에 사는 큰이모한테 그랬단 말이에요. '언니, 영미 저 계집애한테 칼이 있다네요.'"

"영미야!"

"금붕어 배를 갈라요, 말아요?" 여자애가 생글생글 웃는다.

"살아 있는 금붕어 배를 가를 수는 없단다."

"금붕어 배를 갈라요, 말아요?"

"아나타노 긴교가 신데이루."

애신이 중얼거리는 소리를 듣고는 여자애가 고개를 끄덕이더니 생글생글 웃으며 앵무새처럼 토씨 하나 빠뜨리지 않고 따라한다.

"아나타노 긴교가 신데이루."

"아나타노 긴교가 신데이루. 너, 이 말이 무슨 뜻인지 아니?"

"흥, 설마하니 내가 뜻도 모를까 봐요?"

"그 말이 무슨 뜻이니?"

"무슨 뜻이냐면요……."

화가 머리끝까지 치받친 여자가 걸어오더니 여자애의 팔을 낚아채 듯 잡는다. 여자애는 끌려가지 않으려고 땅에 주저앉는다.

"요년, 자식이 아니라 원수로구나!"

여자는 여자애를 어떻게든 일으켜 세우려고 용을 쓴다. 여자애가 얼굴이 벌게지도록 버팅기자 팔을 놓아버린다. 여자는 딸애보다 힘이 없다. 여자 자신도 그걸 아는지 금방이라도 울음을 터트릴 것 같은 얼굴로 애신에게 하소연한다.

"곡정 사주쟁이 말이 맞지 뭐예요. 전기회사 다니는 남편이 외박을 밥 먹듯 하기에 혹시나 경리 계집애하고 딴살림을 차렸나 싶어서, 곡정에 용하다는 사주쟁이를 찾아간 김에 식구들 사주를 봤지요. 1939년 12월에 태어난 이 애 사주를 넣었더니 칼을 세 개나 품고 있어서 곁에 두면 내 사지를 잘라놓을 거라고 하더군요. 그러니 일찌감치 잘사는 집에 식모로 보내버리든가, 얼른 키워 시집보내 버리라고 신신당부를 하더군요."

"내 말이 맞지요? 나는 칼이 세 개나 있단 말이에요. 금붕어 배를 갈라요, 말아요?"

여자가 여자애의 팔을 잡아끈다. 끌려가던 여자애가 고개를 돌리고 애신에게 소리 지른다.

"네 금붕어가 죽어가고 있다!"

14부

인사

66

쑥국은 집 싸리대문을 나선다. 그녀의 손에 들린 소쿠리 속에는 오
늘 하늘에서 뚝 떨어진 다금바리가 괴팍한 얼굴을 내밀고 누워 있다.

쑥국은 다금바리를 띠동갑인 과부와 함께 먹으려고 그녀의 집 쪽
으로 어깃어깃 발을 놓는다.

67

은빛 금빛이 눈부시게 출렁이는 새띠 밭 한복판에서 쑥국은 마을의 어부를 만난다.

그녀는 소쿠리를 두 팔로 끌어안고 얼굴이 새띠에 파묻히도록 허리를 굽혀 어부에게 인사한다.

"고맙습니다!"

어부는 얼떨결에 그녀의 인사를 받는다.

"잘 먹겠습니다!"

그녀는 자신의 집 마당에서 하늘을 올려다보며 올린 인사를 어부에게 똑같이 한다. 그 어부가 그녀의 집 마당에 다금바리를 던져주고 간 어부일 수도 있어서다.

어부는 30여 년 전 멸치잡이 배를 타고 바다에 나가 돌아오지 못한 친구의 어머니인 쑥국을 알아보지 못한다. 게다가 어부가 마을에서 그녀를 마지막으로 본 것은 10년도 더 전이다. 숭어잡이 배들이 포구로 들어오기를 기다렸다 숭어를 한 대야 받아 머리에 이고 거북섬 쪽으로 걸음을 놓는 그녀를 봤다. 그는 그때도 쑥국을 알아보지 못했다. 그녀를 그저 생선 행상을 다니는 마을의 과부들 중 하나로만 생각했다.

쑥국은 더는 생선 행상을 다닐 수 없을 만큼 늙은 뒤로는 마을 사람들의 눈에 띄지 않으려 조심하며 살고 있다. 그래서 고깃배들이 드나드는 포구에는 얼씬도 않는다. 오늘처럼 그녀가 마을 과부의 집에 마실을 가는 것은 무척 이례적인 일이다. 다금바리가 아니었다면 그녀는 오늘도 자신의 집에 잠잠히 머물렀을 것이다.

쑥국은 자신에게 총각무 씨를 나눠준 과부의 집까지 가는 동안에 만나는 모든 어부들에게 한결같이 인사할 것이다. 그들 중 누가 자신의 집 마당에 다금바리를 던져준 어부인지 알 도리가 없기 때문이다. 그녀가 찾아가는 과부의 집은 마을 서쪽 끝에 있고, 그녀의 집은 동쪽 끝에 있다.

쑥국은 말을 늦게 깨치고 셈이 느려서 아버지에게 천치 소리를 들으며 자랐다. 시집와서는 시어머니에게 천치 소리를 들었다. 그래서 스스로를 정말로 천치라고 생각했다. 천치여서 그녀는 죽을 때가 돼서야 바다에 물고기가 왜 있는지, 땅에 씨앗이 왜 있는지 깨우쳤다.

68

쑥국에게 과분한 인사를 받은 어부는 새띠고개 아래의 대나무 통발을 만드는 사내를 찾아가는 길이다.

어부는 늙은 과부와 헤어져 거북섬 쪽으로 발을 내딛는다. 오십 줄에 들어선 그는 그 섬 초입에 송이버섯처럼 붙어 있던 초가들 중 하나에서 태어났다. 어느 날 거북섬을 축으로 양옆으로 펼쳐진 모래사장이 일인들에 의해 해수욕장으로 개발되면서 거북섬에 휴게소 수정水亭이 세워졌다. 그때 어부의 가족은 쫓겨나 모지포의 어촌 마을로 흘러들었다.

어부는 거북섬에 살던 시절이 눈에 선하다. 집에서 백여 발짝만 달려 나가면 나무 돛배 대여섯 척이 적을 두고 드나드는, 옹색하지만 동틀 녘이면 눈이 부시다 못해 따갑도록 햇살이 쏟아져 내리던 포구가 있었다. 낫을 힘차게 휘두르며 지천으로 깔린 새띠를 베고 있는 사내애들, 언덕배기에 바닷고기와 미역을 널고 있는 여자들, 바닷고기가 풍성히 박힌 그물을 싣고 포구로 들어오는 나무 돛배들, 새띠로 지붕에 얹을 이엉을 엮고 있는 노인들, 등에는 갓난쟁이 동생을 업고 머리

에는 물동이를 이고 우물물을 길러 가는 여자애들…… 해무가 짙게
깔리는 날이면 거북섬은 커다란 바윗덩이에 지나지 않는 자신 안에
뿌리를 내리고 깃들어 사는 인간들을 끌어안고 세상에서 완벽하게 사
라졌다. 해무가 자주 출몰하던 어느 해 늦여름, 사흘 내내 해무에 파
묻혀 오리무중이다 슬그머니 돌아온 거북섬에서는 사내 아기가 둘이
나 태어나 있었다. 얼굴도 울음소리도 똑같던 아기들 중 하나가 어부
였다. 또 한 아기는 백일을 넘기지 못하고 세상을 떠났다. 한날 한 섬에
서 태어났지만 한 아기는 백일을 못 살고 한 아기는 반백 년을 살았다.
어부의 집 마당에서는 나무 돛배들이 바다로 나가고 들어오는 게 보였
다. 흰 돛을 펼친 아버지의 배가 포구로 들어오는 게 보이면 어부는 맨
발로 달려 나갔다. 아버지가 돛을 접어 돛 기둥에 매는 걸 돕고 그물에
서 물고기를 땄다. 어머니는 그물에서 떠 올린 바닷고기를 국수 가락
처럼 길게 썰고 보리된장에 쓱쓱 버무려 남편과 자식들에게 먹였다.
무가 있으면 무를, 오이가 있으면 오이를 채 썰어 넣거나 미역 같은 해
초류를 함께 넣어 버무리기도 했다. 성격이 급한 아버지는 두어 젓가
락 집어 먹다 냉수를 들이붓고 후룩후룩 소리를 내며 국을 마시듯 들
이켜곤 했다.

　우두커니 서서 거북섬을 지긋한 눈빛으로 바라보던 어부는 뒤를
돌아다본다. 늙은 여자는 은빛 금빛으로 출렁이는 새띠들에 삼켜져
보이지 않는다.

　일대는 온통 새띠 밭이다. 이즈음은 이곳 사람들이 싸잡아 새띠라
고 부른 억새와 띠풀이 가장 무성할 때다.

　꿈이었나…… 다금바리가 담긴 소쿠리를 손에 든, 몹시 늙은 여자

가 자신에게 인사를 해왔다.

천한 어부의 아들로 태어나 그 자신도 어부가 돼 어부의 운명에 때로는 순응하며 때로는 거역하며 살고 있는 그는, 인간이라는 존재에게서 그토록 공손한 인사를 받은 기억이 없다. 어부는 뒤늦게 황송해 새띠 밭에 대고 고개를 깊숙이 숙여 보인다. 그 순간 바다에서 불어온 바람에 새띠들이 눕는다. 쑥국의 모습이 살짝 세상에 드러났다 영원히 사라진다.

15부

박제된 사람들

붙들이는 이제 땅에 매달려 있다. 그녀가 바다에서 그물을 붙들고 매달리는 동안 바닷물에 절어 쪼그라든 그녀의 손에 흙이 묻어난다.

유리돼 떠돌던 바다와 땅은 그렇게 붙들이의 손에서 하나로 엮인다. 그녀는 바다에서 돌아오자마자 전어 다섯 마리를 썰어 보리된장에 쓱쓱 비벼 아이들에게 먹이고, 새벽에 부화한 병아리들을 들여다보고, 소쿠리와 호미를 들고 밭으로 왔다.

그녀는 땅콩을 캐고 있다. 4월 초순에 땅에 심은 땅콩 한 알이 백 개가 넘는 알을 거품처럼 매달고 올라온다. 땅콩에 매달려 있던 굼벵이가 툭 소리를 내며 흙으로 떨어진다. 땅콩을 먹고 살이 통통하게 오른 굼벵이를 그녀는 손으로 주워 소쿠리에 담는다. 그녀는 굼벵이를 늙은 암탉에게 가져다줄 것이다. 알을 거의 낳지 못할 만큼 늙은 암탉은 어린 암탉들이 낳기만 하고 팽개친 달걀 다섯 알을 품어 몽땅 다 병아리로 부화시켰다. 굼벵이는 닭이 가장 좋아하는 먹이다.

붙들이는 밭에 오는 길에 마을에서 가장 늙은 과부 쑥국을 봤다. 그녀가 아직도 살아 있다는 사실에 감탄하며, 그녀가 마을의 또 다른 과부의 집 쪽으로 걸음을 놓는 걸 아련한 눈빛으로 바라봤다. 붙들이는 쑥국에 대해 애틋함과 함께 공경하는 마음을 품고 있었는데, 그녀가 그녀 자신처럼 과부가 된 며느리를 청상과부로 두지 않고 재가시켰다는 소문을 들어서였다. 시어머니인 쑥국이 손수 지은 치마저고리를 입고 이불 보따리를 머리에 인 며느리가 울면서 떠나는 걸 마을의 여자들이 봤다고 했다.

땅콩이 주렁주렁 매달린 뿌리에 엉겨 붙어 있는 흙덩이를 손으로 털던 붙들이는 고개를 들고 마을의 집들 너머 산꼭대기 망루를 응시한다. 그녀는 밭에 오는 길에 산꼭대기로 올라가는 눈먼 망지기도 봤다. 망지기는 자신의 어깨 높이까지 자란 새띠들을 부지깽이 같은 막대기로 헤치며 산꼭대기 망루로 오르고 있었다.

아주 높지는 않지만 모지포 앞바다가 한눈에 내려다보이는 산꼭대기 망루에는 은발의 눈먼 망지기 개동이 홀로 앉아 있다. 그는 백태가 짙게 껴 달걀흰자 같은 두 눈동자로 바다를 물끄러미 응시하고 있다.

망루 너머는 낫개마을이고, 그 너머는 개동이 태어난 다대포다. 그는 30년도 더 전에 식솔을 데리고 다대포 골짜기에서 모지포로 나왔다. 품삯을 받고 숭어잡이 배를 타다, 그가 바닷물의 빛깔이 변하는 걸 귀신같이 잡아낸다는 걸 눈치 챈 마을 어부의 추천으로 얼떨결에 숭어 망지기가 됐다. 개동이 숭어 망지기가 될 운명이었는지, 마침 마을의 숭어 망지기가 늙어 눈도 정신도 흐릿해져 마을 어부들은 새로운 망지기를 원하고 있었다.

바닷물의 빛깔은 물때와 어군의 이동에 따라 달라진다. 물고기가 떼를 지어 지나가면, 그 물고기 떼가 띠고 있는 고유의 색깔이 바닷물의 표면까지 물들이기 때문이다. 그래서 어업을 천직으로 받아들이고 살아가는 어부라면 바닷물의 빛깔이 변하는 걸 보고 그물을 내리고 올린다.

복사꽃이 피고 보리가 익을 즈음, 모지포 앞바다에는 숭어 떼가 어김없이 지나간다. 오뉴월 내내 숭어 떼가 들기 시작하면 모지포 앞바다가 숭어 반 물 반이 된다. 숭어 떼가 모지포의 해안 절벽 근처로 지나가기도 해서, 깎아지른 절벽 아래의 갯바위에서 숭어 떼가 지나가길 기다렸다가 망태기로 훑기만 해도 고무신짝만 한 숭어 대여섯 마리가 잡혀 올라온다. 보리 익을 때 잡히는 숭어가 쫄깃쫄깃하니 기름지고 달다. 숭어가 한창 잡히는 봄이면 마을 사람들은 곡식으로 못 채우는 배를 숭어로 채운다. 여자애들이 막 썬 숭어 살점을 입에 한가득 물고 씹으며 고무줄놀이를 한다. 복사꽃이 지고 날이 더워지면 모지포 앞바다로 지나가는 숭어 수가 줄고 숭어 맛도 떨어진다. 날이 쌀쌀해지면 숭어에 다시 맛이 든다.

운명처럼 숭어 망지기가 된 개동은 숭어잡이 철이면 첫닭이 울기 전에 일어나 하루치 양식을 포대에 담아 짊어지고 산꼭대기 망루로 올라갔다. 비가 흩뿌려도 파도가 세지 않으면 어부들이 배를 띄우고 숭어를 잡으러 바다로 나갔다. 숭어 떼가 언제 지나갈지 몰라 그는 하염없이 바다를 바라보고 앉아, 물빛이 변하는 게 감지되면 흰 깃발을 높이 들고는, 바다 그물을 내리고 숭어 떼를 기다리는 어부들을 향해 흔들어 보였다. 해무가 잔뜩 껴서 한 치 앞이 안 보이는 날에도 그는 산꼭대기 망루로 올라가 바다를 바라보며 앉아 있었다. 마냥 기다리다 보면 해무가 한순간에 걷히고 바다가 모습을 드러내곤 했다. 말수가 적고 혼자 조용히 외떨어져 있는 걸 좋아하는 개동에게 숭어 망지기는 그가 천성대로 살아갈 수 있도록 해줬다.

숭어의 몸 빛깔은 승복 빛깔과 비슷하다. 그래서 바닷물의 빛깔이 먹빛으로 변하면 어김없이 숭어 떼가 나타난다. 어부들은 숭어를 잡을 때 육소장망六艘張網이라는 전통 어법을 쓴다. 고깃배 여섯 척을 띄우고 둥글게 원을 그리며 둘러서서 그물로 장막을 치듯 감싸서 잡는 방식이다. 고깃배 여섯 척이 숭어 떼가 지나가는 길목에 그물을 내리고 기다리는 동안, 망지기는 대가리섬*이 정면으로 보이는 산꼭대기 망루에서 바다를 살폈다. 바닷물의 빛깔이 먹빛으로 변하고 그 먹빛이 육소장망에 들면 흰 깃발을 흔들어 보였다. 그러면 고깃배 여섯 척에 나누어 타고 기다리고 있던 어부들이 서둘러 육소장망을 당겨 올렸다.

개동이 나이가 들어 눈에 백태가 끼고 눈이 멀자, 마을 어부들은 가덕도에서 젊은 망지기를 데려와 망루로 올려 보냈다. 순순히 망루 자리를 내줬지만, 숭어잡이 철이 아니어서 망루가 비면 개동은 오늘처럼 산꼭대기 망루를 지킨다.

바다를 응시하는 개동의 눈가가 움찔한다. 그는 물빛이 변하는 걸 감지한다. 그는 눈이 아니라, 30년 가까이 숭어 망지기로 살아온 동안 저절로 눈에 밴 습성으로 물빛의 변화를 감지한다. 눈이 먼 그가 여전히 바닷물의 빛깔이 변하는 걸 예리하게 읽는다는 걸 마을 어부들은 알지 못한다.

---

* 암남반도의 남동쪽에 있는 바위섬 두도(頭島)의 별칭.

70

은빛, 청빛, 남빛이 어우러져 일렁이는 바다에 조각배 여섯 척이 띄엄띄엄 떠 있다. 보랏빛이 도는 수평선 위에 떠 있는 태양은 불에 한껏 달궈진 은수저 같다.

나막신 모양의 조각배마다 사람이 홀로 타고 있다. 길이가 십 척은 되는 대나무 장대를 바다 속에 드리우고, 어깨 넓이로 벌린 두 발을 조각배 바닥에 붙이고 서 있다. 쉼 없이 흔들리는 조각배 위에서 균형을 잃지 않고 서 있으려면 조각배와 혼연일체가 돼 함께 흔들려야 한다. 조각배들의 옆구리마다 노가 허리에 찬 장도처럼 사선으로 걸쳐져 있다. 바다 밑 뻘 속에 사는 개조개를 잡는 조각배들이다. 장대 끝에 닭발처럼 생긴 쇠고랑이 달려서 뻘을 긁으면 개조개가 걸려 올라온다.

개조개 철이 아니지만 개조개잡이 어부들은 종일 조각배를 타고 개조개를 잡아 남빈 어시장에 가져가 판다. 개조개는 겨울이 시작돼야 본격적으로 살이 오르기 시작한다. 겨우내 살이 부지런히 올라 삼사월에 가장 통통하고 맛있다. 그즈음 잡은 개조개의 살은 소고기보다 쫄깃하고 젖 같은 즙이 흥건히 흐른다.

"올겨울은 추워야 할 텐데요!"

개조개잡이 어부 하나는 벌써부터 겨울이 따뜻할까 봐 걱정이다. 바닷물 온도가 어중간하면 개조개 살이 더디게 오르고 맛도 덜하다.

부두 바닥에 점삼이 주저앉아 있다. 단단히 고장 난 저울처럼 어깨가 한쪽으로 심하게 기울어 있고, 부지깽이처럼 앙상한 솜바지 속 두 다리는 바다를 향해 벌어져 있다. 멀리서 보면 갓난애가 부두 바닥에 버려져 있는 것 같다. 그가 집에서 부두까지 끌고 온 손수레는 멀찍이 떨어진 곳에 세워져 있다.

"슬프네…… 칭칭, 창칭…… 네가 죽은 지 40년 가까이 흘러서야 슬프다니…… 내가 오래 살아서 네 죽음을 슬퍼하는 날이 오다니……."

점삼은 자신이 소금을 사러 가는 길이었다는 걸 그만 까맣게 잊었다. 슬픔 때문이기도 하지만 요즘 부쩍 방금 전 기억을 잊고는 한다. 어제저녁에 뭘 먹었는지는 기억나는데, 오늘 아침에 뭘 먹었는지는 기억나지 않는다. 뻔한 반찬 이름이 떠오르지 않기도 했다. 오늘 아침에는 자신이 돼지들에게 먹이를 줬는지 도무지 생각이 나지 않아 고개를 갸웃거리다, 감자 한 소쿠리를 또 돼지우리에 부어주었다.

"칭칭, 창칭…… 너는 하나인데 꼭 둘인 것 같단 말이야…… 칭칭, 창칭…… 네 얼굴도 기억이 안 나는데 슬퍼서 울다니……."

눈물을 흘리는 점삼의 기억이 가장 가까운 것부터 하나씩 시간을 거슬러 올라가며 순차적으로 지워진다. 어제, 엊그제…… 머릿속에 차곡차곡 쌓여 있던 기억이 하나씩 혹은 두서너 개가 뭉텅이로 지워질 때마다 강파르게 솟은 그의 이마에 경련이 인다.

조각배 하나가 닻을 올리고 수평선 쪽으로 미끄러지듯 밀려난다. 조각배에 타고 있는 사람의 얼굴은 역광을 받아 텅 빈 구멍 같다.

조각배는 처음 있던 곳에서 백 발짝쯤 떨어진 곳까지 내려가 닻을 내리고 그곳에 고정된다.

점삼의 기억은 이제 쌍산에 매달려 곡괭이질을 하던 까마득한 시절에 가 있다. 그 앞의 기억들이 전부 날아가 버려 그것이 가장 가까운 기억이 된다.

그의 머릿속에서 맨 앞에 펼쳐져 있는 기억은 이렇다. 그는 곡괭이를 하늘로 쳐들고 바위 위에 매달리듯 서 있다. 그의 바지는 너덜너덜해져 새털로 지은 바지 같다. 그는 자신이 두 발을 딛고 서 있는 바위를 곡괭이로 내리친다. 곡괭이 날이 꽂히며 바위에 금이 간다. 그 순간 그는 자신의 몸에도 금이 가는 것 같은 진동을 느낀다. 황소 달구지 끄는 이가 지나가며 막산과 그에게 소리친다. '되놈 하나가 죽었다오!'

날아가 버리려는 기억을 그는 황급히 붙잡는다. 자신이 그 기억을 놓치면 모든 기억을 상실할 것 같은 절박함에 신음하며 두 눈을 부릅뜬다.

"칭칭, 창칭……."

그는 그렇게 스스로 창칭의 죽음에 붙들리고 매달린다.

71

말끔히 면도한 백 씨가 소화정 광장으로 들어선다. 건어물 거리에 있는 여인숙들 중 한 곳에 묵고 있는 그는 고아원에 아들을 보러 가는 길이다. 부두에서 곧바로 고아원을 찾아갈 수 있었지만 여인숙에 들러 수염을 깎고 머리를 감았다. 빨아 말려둔 바지와 잠바로 갈아입었다. 양잿물을 푼 물에 빨아 종일 햇볕에 널어 말렸는데도 잠바에서는 홀아비 냄새가 난다. 여인숙 전체가 홀아비 냄새에 찌들어 있어서다. 부산이라는 같은 하늘 아래에 고아원이 있지만 아들을 보러 가는 게 쉽지 않다. 그는 오늘 닷새 만에 부두에 나가 목화솜덩이를 날랐다. 지난 사흘 내내 식은땀을 비 오듯 흘리고 헛것이 보일 만큼 심하게 몸살을 앓았다. 그래서 그는 열흘 만에 아들을 만나러 간다.

'폐렴이 심해지진 않았겠지?'

아들은 폐렴을 앓고 있는데 호전됐다 나빠지기를 반복하고 있다. 열흘 전에 보러 갔을 때 폐렴이 심해져 병원에서 약을 타 와 먹고 있었다.

자신을 기다리고 있을 아들을 생각하자 백 씨의 걸음이 빨라진다. 그의 잠바 주머니에는 눈깔사탕 열 개와 양말 두 켤레가 들어 있다. 열

홀 전에 아들에게 주려고 사둔 것이다.

주머니 속에 손을 넣고 눈깔사탕을 만지작거리는 백 씨의 귀에 어린애가 부르는 노랫소리가 들려온다.

"대포는 쾅 우레로 튀고, 총알은 땅 빗발로 난다! 흰옷 입은 이 몸은…… 간호부로다…… 엉성한 들꽃……."

좌우 이념이 정면으로 충돌하곤 하는 광장 한복판을 거지 애가 팔랑팔랑 날아다니며, 새끼 양의 울음소리만큼이나 떨림이 심한 목소리로 노래를 부르며 구걸하고 있다.

거지 애는 어깨까지 자란 머리를 산발하고, 누런 광목 바지에 어른의 메리야스 같은 걸 걸치고, 발에는 아무것도 신지 않았다. 지난여름 내내 거의 매일 광장에 나타나 구걸을 하던 거지 애는 한동안 보이지 않더니, 오늘 오후 3시경 광장에 날아들어 구걸하고 있다.

거지 애가 소화정 광장에 처음 나타난 것은 지난 초봄이었다. 그즈음 남빈 어시장 포구에는 밀항선 한 척이 들어왔다. 조그만 고깃배에 지나지 않는 밀항선은 짙은 어둠을 망토처럼 두르고 있어서 더 작아 보였다. 마침 밀항선이 부두로 들어오고 밀항선에서 사람이 내리는 걸 목격한 이가 있었는데, 홀몸이거나 애가 딸린 여자가 여럿 타고 있었다. 배에서 내린 여자들은 부두를 뒤로하고 남빈 쪽으로, 부산역 쪽으로 흩어졌다. 애가 딸린 여자는 애가 잘 걷지 못하고 넘어지자 들쳐 업고는 남빈 쪽으로 발을 놓았다. 배에서 내리자마자 부두 바닥에 스스로를 내팽개치듯 쓰러진 여자는 손톱으로 부두 바닥을 긁으며 구역질을 해댔다. 위를 통째로 토하는 것 같은 괴상한 소리를 내던 여자는 간신히 몸을 일으켰다. 얼굴로 흘러내린 머리카락을 귀 뒤로 쓸어 넘기

며 남빈 쪽으로 비치적비치적 발을 놓았다.[32]

두 귀와 목덜미를 휑하게 드러낸 짧은 머리에, 입성이 영락없는 사내애의 그것이어서 사람들은 거지 애를 사내애로 알았다. 거지 애가 아무래도 여자애 같다는 소리가 떡장수의 입에서 흘러나온 것은 날이 더워지고 바다에서 불어오는 바람에 습기가 무겁게 실릴 즈음이었다. 사내애인지 여자애인지 정체성이 분명히 밝혀지지 않은 거지 애는 광장을 제 집 마당처럼 돌아다니며 노래를 부르고 먹을 것과 동전을 구걸했다. 어스름이 내리면 누가 주워가기라도 한 듯 소리 없이 사라져버렸다. 거지 애는 눈에 띄지 않았는데, 아닌 게 아니라 거지 애가 그 광장뿐 아니라 부산역에도 전차정거장에도 수없이 있었기 때문이었다. 귀환 동포들을 실은 배들이 부산 부두로 들어오고 생겨난 거지 애들이었다.

거지 애는 어찌나 말랐는지 팔랑팔랑 떠다니다 그대로 허공으로 날아가 버릴 것만 같다.

"대포는 쾅 우레로 튀고, 총알은 땅 빗발로 난다!"

백 씨가 다가가자 거지 애가 눈을 동그랗게 뜨고 바라본다.

거지 애가 여자애인지 사내애인지 분간이 안 가 고개를 갸웃하던 백 씨는 잠바 주머니에서 눈깔사탕 한 알을 꺼낸다. 그것을 거지 애에게 내밀며 묻는다.

"누가 가르쳐준 노래니?"

거지 애가 눈깔사탕을 받아 바지 주머니에 넣으며 겨우 들릴 만큼 조그만 소리로 대답한다.

"엄마요."

"엄마는 어디 계시니?"

"돈 벌러요, 엄마는 돈 벌러 갔어요."

거지 애의 말투에 경상도 억양과 일본어 억양이 묘하게 섞여 있다.

백 씨는 눈깔사탕 한 알을 또 잠바 주머니에서 꺼내 거지 애에게 내민다.

"그럼 아빠는 어디 계시니?"

"아빠는 없어요."

"아빠는 왜 없니?"

거지 애의 눈동자가 진동하더니 목소리가 커진다.

"아빠는 내가 엄마 배 속에 있을 때 죽었어요. 전투에 나가 땅! 하고 날아오는 총알을 맞고 푹 쓰러져 죽었어요."

"엄마가 간호사였니?"

묻는 말에 꼬박꼬박 대꾸를 하던 거지 애가 입을 다문다.

"얘야, 내가 마침 고아원에 가는 길인데 나하고 같이 가지 않을래? 거기 가면 잠도 재워주고, 밥도 먹여주고, 공부도 가르쳐준단다."

"엄마가 남자는 따라가지 말랬어요!"

백 씨는 그제야 거지 애가 여자애라는 걸 알아챈다.

"얘야, 내 아들도 고아원에 있단다. 나는 지금 아들을 만나러 가는 길이란다. 고아원에 가면 너 같은 애들이 많이 있단다."

"엄마가 애든, 아저씨든, 할아버지든, 남자는 절대 따라가지 말랬단 말이에요!"

거지 애는 소리 지르고는 팔랑팔랑 날아 달아난다. 팔랑팔랑 팔랑 팔랑 날아 한순간 광장 밖으로 사라져버린다.

72

소화정 광장 한쪽에는 필봉이 벌레 그림 일곱 점을 펼쳐놓고 책상 다리를 하고 앉아 있다. 여치, 나비, 매미, 방아깨비, 메뚜기, 무당벌레, 사마귀. 그는 그림들이 날아가지 않게 돌멩이로 눌러놨다. 그는 광장이 생긴 이래로 자신의 벌레 그림들을 광장에 들고 나와 팔았다.

그가 광장에 자신의 벌레 그림들을 늘어놓고 파는 이유는, 광장이 천마산 아래 언덕배기 집에서 멀지 않기도 하지만 온갖 계층과 계급의 사람들이 모여드는 곳이기 때문이다.

그는 아직 그림을 한 점도 팔지 못했다. 그래서 호떡 하나도 못 사 먹고 쫄쫄 굶고 있다. 그림을 한 점이라도 팔게 되면 중국인이 화덕에 구워 파는 호떡 하나를 사서 요기를 할 것이다.

녹색 공단 한복을 차려입고 까맣게 염색한 머리를 쪽 찐 여인이 나비 그림을 호기심 어린 눈으로 들여다보다 가버린다. 그는 어제도 그림을 한 점도 팔지 못했지만 자신의 그림을 사 달라고 사정하지 않는다.

수십 년 동안 작고 민첩한 벌레를 들여다보는 데 최적화돼 시야 협착이 일어난 눈처럼 가늘어진 눈을 최대한 크게 뜨려 애쓰며, 그는 광장을 응시한다. 광장이 자신의 시야에 들어올 때까지 눈을 벌리고 벌린다. 지난밤에 사마귀의 눈알만큼 좁아진 그의 시야와 함께 오그라든 눈가 근육이 경련한다.

마침내 광장이 그의 시야에 담겨 온다.

그물처럼 드넓게 펼쳐진 광장은 온갖 계급과 계층의 인간들로 넘쳐난다. 천민 출신의 일용 노동자, 공장 노동자, 유학생 출신의 교사, 학생, 행상, 사채업자, 비렁뱅이, 어부, 농부, 여염집 아녀자, 매춘부……한 그물에 걸려든 물고기들과 마찬가지로 출신이나 이력과 무관하게 자신들이 광장이라는 그물에 든 공동 운명체라는 사실을 인간들은 깨닫지 못하고 있다. 그물이 들어 올려지는 순간 인간들은 마침내 깨달을 것이지만 그물이 어느 때 들어 올려질지는 알 수 없다.

필봉은 인간들이 방향도 없이 광장으로 흘러들어와 방향도 없이 엉켜 떠돌다, 방향도 없이 흩어지는 걸 시들하게 바라본다. 그는 자신도 광장이라는 그물 속에 든 인간들 중 하나라는 걸 미처 깨닫지 못한다.

막 광장으로 들어선 양복 차림에 가죽구두를 신은 두 사내가 지나가며 진지하게 나누는 소리가 필봉의 귀에 또렷이 들려온다.

"태수 아버님은 뵈었나?" 안경을 쓴 사내가 묻는다.

"뵈었지. 무서운 노인네야. 인자하고 너그러운 미소를 짓고 약국 안에 점잖게 앉아 계시지만 그 속을 알 수 없단 말이야."

"부르주아 계급의 전형이겠지. 태수는 우리가 지나치게 비판적이고 선동적이라고 비난하고 다닌다더군."

"전향한 자의 비난은 자기변명과 같아."

"나는 오늘 태수 아버님을 뵙고 깨달았네. 우리보다 더 열렬히 마르

크시즘을 신봉하던 태수의 전향은 예고된 것이었어."

"다시 올 거라고 했네."

"누가?"

"틀림없이 다시 올 거라고 했네."

"이상한 말이군. 장택상이 이상한 말을 하는 것만큼이나 이상한 말을 하고 있다는 걸 알고 있나?"

"암튼 틀림없이 다시 올 거라고 했네. 자네는 어디서 오는 길인가?"

"부두에서 오는 길이네."

"부두에서 뭘 봤나?"

"정직한 굶주림을 봤네. 내 누님 나이쯤 돼 보이는 여자가 부두 바닥에서 장작을 피우고 국수를 끓이더군. 국수 끓이는 냄새를 맡고 노동자들이 하나둘 몰려들더니 솥 앞에 길게 줄을 내더군. 마침 출출해서 나도 국수를 사 먹으려고 줄을 섰네. 여자가 국자로 국수를 뜨다 말고 날 쳐다보더군. 여자의 핏기 없는 입이 무슨 말인가를 할 듯 벌어지다 도로 다물리더군. 국수를 사 먹으려고 줄을 서 있는 노동자들의 굶주림에는 자기 연민도 멜랑콜리도 없었어."

안경을 쓴 사내는 안경을 벗더니 안경알을 살핀다. 안경알을 외투자락에 문질러 닦은 뒤 안경을 다시 쓴다.

"늦겠군."

"분명한 건 우리의 방향이 그들의 방향보다 뚜렷하다는 거야." 안경을 쓴 사내가 말한다.

필봉의 눈에는 그러나 두 사내조차 방향 없이 휩쓸려 광장을 떠돌다, 방향 없이 광장 밖으로 떠내려가고 있는 듯 보인다.

고물상 양 씨가 수레를 끌며 광장을 지나간다. 수레에는 온갖 것이 실려 있다. 사기그릇들, 고장 난 괘종시계, 장구, 가야금, 구리 손저울, 아기 돌부처, 몰락한 양반 가문의 족보들…… 필봉은 양 씨가 박제 멧돼지를 신고 광장을 지나가는 걸 보기도 했다.

평소와 다를 것 없는 광장 분위기가 필봉은 오늘따라 어수선하고 무질서하게 느껴진다.

소금 장수와 젓갈 장수는 광장 한복판에서 우연히 만난다. 소금 장수는 명지도 염전에서 소금을 떼어 팔러 가는 길이고, 영도에 사는 젓갈 장수는 초량시장에서 젓갈을 팔고 집으로 돌아가는 길이다.

"소희 엄마 아니에요? 아이고, 소희 엄마 맞네!"

"아주머니는 누구세요?"

"장군 엄마요."

"장군 엄마요? 세상에나, 얼굴이 어쩌다 썩은 호박처럼 늙었어요?"

"소희 엄마 얼굴은 그대로인 줄 알아요?"

"내 얼굴은 열 살 때부터 이 얼굴이었어요."

"저 앞에서 낯이 익은 얼굴이 있어서 '소희 엄마 아니야?' 했지요."

"장군 엄마, 얼마 만이에요?"

"10년 만이지요?"

"10년이요? 우리가 못 보고 산 지 그렇게나 됐어요?"

"소희네가 영도로 이사 들어간 뒤로는 오다가다도 못 봤잖아요."

"다리 하나를 두고 10년이 흘렀네요."

"이승과 저승도 다리 하나를 두고 있잖아요."

"소희는 시집갔어요?"

"성냥 공장 다녀요."

"소희네는 소희도 돈을 버니 살림이 폈겠어요."

"셋이 벌어도 집도 없는걸요. 장군 엄마, 10년 동안 어떻게 살았어요?"

"소희 엄마, 우리 사는 얘기는 나중에 해요."

"나중에 언제요?"

"나중에요. 내가 소금 팔러 가는 길이라 마음이 급하네요."

"잘 가요."

"장군 엄마도 잘 가요."

"우리가 또 언제 볼까요?"

"살아 있으면 오늘처럼 오다가다 또 보겠지요."

"10년 만에요?"

"10년이 지나도 못 볼 수 있고요. 죽을 때까지 다신 못 볼 수도 있지요. 그래도 어쩌겠어요."

"그러게요, 그래도 어쩌겠어요."

"그저 잘 먹고 잘살아요."

"소희 엄마도 그저 잘 먹고 잘살아요."

"상서공파…… 십칠세 이과, 십팔세 원보, 십구세 판관 승, 이십세 참판 연손…… 이십일세 숭수, 철견, 정견, 석견……."

광장에 이명처럼 떠도는 그 소리는 고물상 양 씨가 족보 속 이름들을 읊는 소리다. 그는 광장 한쪽에 수레를 세워두고, 그 앞에서 족보를 펼쳐 들고는 붓으로 쓰인 이름들을 호명하듯 읽어 내려가고 있다. 그는 오늘 도떼기시장에서 그 족보를 샀다. 장물이 틀림없지만 고물상으로 30년 넘게 살아온 그에게는 아무런 문제가 되지 않는다. 해방된 후로 그는 인생에서 가장 흥한 호시절을 누리고 있다. 암시장이 성행하고 사회가 무질서할수록 물 만난 물고기처럼 신이 났다. 값나가는 장물들을 갯값에 사들여 열 배 스무 배의 이문을 남기고 팔 수 있어서다.

양산에서 노비의 아들로 태어난 그가 한자로 적힌 이름들을 술술 읽을 수 있는 것은 밤마다 한두 자씩 천자문을 꾸준히 외운 덕분이다.

"이십이세 성무, 성량, 성희, 성달…… 이십삼세 인신, 의신, 예신, 지신……."

지금 그가 광장에서 자신의 탄생과는 무관한 이름들을 호명하듯 목청껏 부르는 목적은 족보를 자랑하기 위해서다. 백미 두 되 값을 주고 산 그 족보를 그는 한 말 값 아래로는 결코 팔지 않을 것이다.

손가락에 침을 묻혀 족보의 낱장을 넘기는 그의 뒤에 괘종시계가 병풍처럼 서 있다. 족보를 펼쳐 들기 전에 그는 송장처럼 누워 있는 괘종시계를 일으켜 세웠다. 한때 일인 가족이 살던 철도 관사 12호의 거실 벽에 걸려 있었던 괘종시계의 시간은 2시 42분에 멈춰 있다. 유리 안에는 작고 까만 거미 한 마리가 죽어 있다.

뒷짐을 지고 서서 구경하던 홑두루마기 차림의 사내가 양 씨에게 넌지시 묻는다.

"어느 가문 족보요?"

"경주 이씨요!"

"그 족보를 가지면 양반이 되오?"

"천하디천한 백정도 이 족보만 가지면 양반이 되지요!"

"양반 되는 게 그리 쉬우니 개나 소나 벌써 양반이 됐겠소!"

쌩하니 가버리는 사내의 뒤통수를 흘겨보던 양 씨는 목청을 가다듬고 족보 속 이름을 마저 읊는다.

"이십사세……."

막힘없이 술술 읊어 내려가던 그의 입이 움찔하더니 나무토막처럼 굳는다. 불현듯 자명한 사실 한 가지를 깨달아서다. 그것은 자신이 광장에서 부른 이름들이 하나같이 죽은 자들의 이름이라는 것이다. 아비도, 그 아비에게서 태어난 아들들도, 그 아들들에게서 태어난 아들들도, 또 그 아들들에게서 태어난 아들들도, 또 그 아들들에게서 태어난 아들들도…….

필봉은 갑자기 광장이 텅 빈 듯 공허하게 느껴진다. 시야가 도로 좁아진다. 그는 고개를 끌어당기고 사마귀 그림을 들여다본다.

그는 필생의 역작이라고 자족하며 웃는다. 벌레 중 으뜸은 사마귀다. 사마귀의 위대함에 무지몽매한 사람들은 그러나 필생의 역작을 알아보지 못하고 광장을 부유하다 떠난다.

*

지게를 짊어진 도끼가 광장으로 발을 내딛는다. 지게 위의 들통에 동글동글 맺혀 있던 물이 광장 바닥에 뚝 떨어진다. 양은대야를 머리에 인 간난이 도끼의 뒤를 따라 광장으로 들어선다. 집을 나서기 전 가르마를 고르게 타고 참빗으로 빗어 곱게 쪽 찐 머리는 새띠고개를 넘어오는 동안 맞은 바람에 헝클어지고 눌려 찌그러져 보인다.

광장의 바글거리는 사람들을 휘둥그레 바라보던 간난은 남편을 좇아 서둘러 발을 내딛는다.

그녀에게 세상은 광장에서부터 시작된다. 그녀가 살고 있는 곳은 세상이 아니라 세상 바깥이다. 그녀는 자신이 세상에 들어와 살지 못하고 바깥에 살고 있다는 소외감을 느낀다. 세상은 시끄럽고, 시간이 두세 배는 빠르게 흘러가고, 최신 유행하는 것들로 넘쳐난다. 시계, 안경, 양산, 구두, 원피스, 가죽 가방…… 그래서 세상에 나오면 혼이 빠져나간 듯 정신이 없지만 그녀는 세상에서 살고 싶은 강한 욕망을 느낀다.

간난이 한눈을 파는 사이에 도끼는 멀어진다. 그녀는 양은대야의 무게 때문에 납작하게 눌린 목을 빼고 남편을 찾는다.

구부정히 지게를 지고 광장을 가로지르며 걸어가는 도끼가 그녀의 눈에 들어온다. 고깃배를 타고 바다에 나가거나 돌아올 때 더없이 거대하고 거룩해 보이던 남편이 초라하고 왜소해 보인다. 그래서 그녀는 부레에서 공기가 빠지는 것 같은 한숨을 토하고 나서야 남편을 좇아 발을 내딛는다.

옆구리가 벌어지며 고무신이 간난의 발에서 벗겨진다. 찢어져 바늘과 실로 얼키설키 꿰맨 곳이 다시 터진 것이다. 광장의 휘몰아치듯 들끓는 발들이 그녀의 고무신을 차고 지나간다. 그녀는 고무신을 찾아 발들 속으로 발을 내밀고 이리저리 휘젓는다. 구두를 신은 발이 그녀의 발을 툭 친다. 그녀는 중심을 잃고 흔들린다. 양은대야가 기울어지며 삼치들이 광장 바닥에 흩날린다.

그녀의 고무신은 발들에 채여, 그녀가 발을 아무리 길게 뻗어도 닿을 수 없는 곳까지 굴러간다.

간난은 울상이 돼 풀썩 주저앉는다. 광장 바닥에 널브러져 햇빛을 받고 반짝반짝 빛나는 삼치들을 양은대야에 주워 담는다.

어떤 손이 삼치 한 마리를 냉큼 집어 간다.

73

 소화정 광장으로 발을 놓던 석구는 호떡집 앞에서 호떡을 먹고 있는 사내들을 보고 손을 번쩍 들어 보인다. 같은 여인숙에 묵고 있는 떠돌이 노동자들이다.

 "몸 성히 잘들 지내요!"

 "어디 가요?"

 "구리 광석 캐러요!"

 석구는 일광광산으로 떠나기 위해 넉 달 넘게 묵고 있는 여관에 짐을 챙기러 가는 길이다.

 그는 불현듯 권 씨의 딸들을 떠올리며 슬며시 미소 짓는다. 첫째 딸은 어머니를 빼닮아 얼굴이 갸름하고 눈빛이 촉촉하다. 둘째 딸은 아버지를 닮아 까무잡잡하고 얼굴이 주근깨 천지지만 잘 웃고 귀염성이 있다.

 그는 자신이 일광광산 마을로 되돌아가는 것을 선택함으로써, 권 씨의 둘째 딸과 부부가 돼 자식 다섯을 낳고 살다가 죽어 그곳의 척박한 땅에 영원히 묻히리라는 걸 까맣게 모르고 있다.

석구는 광장을 가로질러 영도다리 쪽으로 걸어 내려간다. 영도다리 못 미쳐 오른편으로 건어물 골목을 향해 발을 놓는다. 골목 모퉁이의 영도상회에서 자랑스러운 전리품이라도 되는 듯 허공에 매달아놓은 대왕문어 아래를 지나 골목 안으로 발을 들여놓는다.

무게가 쌀 반 가마니와 맞먹는 대왕문어는 엿새 전 천마산 아래 언덕배기에 사는 어부가 거북섬 지나 모지포로 넘어가는 갯바위 아래에 놓은 대나무 통발에 잡혔다. 문어는 제 스스로 통발로 들어갔다. 통발에 미끼로 넣어둔 정어리 다섯 마리를 먹어 치우고 자신이 처할 운명을 까맣게 모른 채 평화롭게 잠들어 있었다. 어부가 통발을 바다에서 끌어 올릴 때 십시일반 힘을 보탠 어부들은 통발에서 꺼내진 대왕문어를 보고 감탄을 토했다. 어부는 대왕문어와 사투를 벌이며 내장을 제거했다. 꿈틀꿈틀 살아 있는 대왕문어를 물에 빨아 씻은 뒤, 머리에 칡 고리를 넣어 둥글게 모양을 잡아주고, 창고 허공에 빨랫줄처럼 설치한 건조대에 널었다. 늘어져 물이 뚝뚝 흐르는 대왕문어 다리들이 엉겨 붙지 않게 떼어주었다. 그 밑에 숯불을 피운 화로 세 개를 놓아두고 그 열기에 빨판들이 꽃처럼 활짝 열릴 때까지 지켜봤다. 날이 밝기를 기다려 그물에 대왕문어를 널어 말렸다. 어부는 사흘 동안 널었다 말리기를 반복했다.

마른 멸치가 담긴 궤짝 여러 개를 뒷자리에 싣고 골목을 달려 나오던 자전거가 경적을 울리며 석구를 칠 듯 지나쳐 간다.

마리아 교살 사건으로 떠들썩하던 해, 일본인 토목 회사인 부산축항합자회사는 남빈과 부평정 일대의 해안을 매축했다. 자갈치 위로는 선착장과 어시장이, 아래로는 객줏집과 건어물 가게 들이 들어섰다. 그로부터 3년 뒤에 영도다리가 놓이면서 객줏집과 건어물 가게 들은 호황을 누렸다.

석구가 묵고 있는 여관은 일식 2층 가옥으로 객줏집이었다. 해방되고 주인이 바뀌며 1층은 건어물 가게로, 2층은 떠돌이 하역꾼들이 묵는 여관으로 쓰고 있다.

"할머니, 방값 계산해주세요."

뒷짐을 지고 멍하니 서 있던 늙은 여자가 석구를 멀거니 바라본다.

"방값이요!"

"벌써 보름이 지났소?"

그는 보름마다 숙비를 지불하고 있다.

"방값 치른 지 닷새밖에 안 지났어요. 닷새 치 계산해주세요."

"옮기려고요? 이 골목에서 우리 여관보다 싼 방은 없을 텐데."

늙은 여자는 영도뿐 아니라 기장, 포항, 삼척 등지에서 몰려드는 선주들로부터 위탁을 받아 수수료를 남기고 건어물을 팔던 호시절을 떠올리며 회상에 잠겨 있었다. 말린 미역, 말린 오징어, 말린 명태를 가게 앞에까지 늘어놓고 팔았다. 남편이 세상을 떠나고 객줏집도 이상하게 운이 기울어 1층을 다른 이에게 내어주고, 그녀는 2층 육조 다다미방 두 칸을 네 칸으로 쪼개 떠돌이 막노동꾼들을 받고 있다. 일인 목수가 지은 가옥에는 창조상회라는 객줏집 시절의 간판이 그대로 걸려 있다. 간판은커녕 여관임을 암시하는 종이 한 장 나붙어 있지 않지만 막노동꾼들은 소문을 듣고 제 발로 찾아와서는 짧게는 서너 달, 길게는 일 년 넘게 묵다 훌쩍 떠났다.

"고향으로 돌아가오?"

"네!"

"잘 생각했소."

늙은 여자는 그에게 고향이 어디냐고 묻지 않는다. 그가 고향으로 돌아가지 않으리라는 걸 그녀는 벌써 알고 있다.

74

다들 돌아가고 영도상회에는 언양댁과 명덕 둘뿐이다.

두 여자는 그늘이 짙어지는 골목을 내다보고 있다. 영도상회 점두에 줄줄이 내건, 삶아 말린 문어들이 영도다리 쪽에서 불어오는 비릿한 바람에 흔들리고 있다.

같은 해에 태어났지만 언양댁은 얼굴이 기미로 뒤덮이고 주름이 뼈에 닿도록 깊이 져 명덕보다 대여섯 살은 더 나이 들어 보인다.

"요새는 세월이 유수라는 말이 실감나는 게 가만히 있다가도 사는 게 허망하고 서러워 소박맞은 년처럼 눈물을 찔끔찔끔 짜곤 해." 혼잣말처럼 중얼거리던 명덕은 언양댁을 바라보며 진지하게 묻는다.

"인생이 뭐야?"

"살다 죽는 게 인생이지." 언양댁은 무심히 대꾸한다.

"죽을 거 왜 태어났을까?"

"가만 보면 죽는 걸 허망해하고 서글퍼하는 건 인간뿐이야. 꽃을 봐. 보기 아까울 만큼 화려한 꽃도 때가 되면 아무 소리 없이 시들잖아."

그렇게 말하는 언양댁의 얼굴에는 그러나 명덕의 얼굴에 깃들어 있는 허망함보다 더 깊은 허무가 깃들어 있다.

"나도 너처럼 젊었을 때 미역 행상 다니며 살 걸 그랬어. 세상 구경이나 실컷 하고 죽게."

"행상을 아무나 하는 줄 알아?"

"답답해. 시집와 온종일 짠 내에 찌든 가게 안에 들어앉아서 아까운 세월을 다 흘려보냈네. 저 명태 신세하고 내 신세하고 다를 게 없지 뭐야."

"호강에 겨운 소리!"

"내 가슴이 시퍼렇게 멍든 걸 너는 모르지?"

"그래?"

"주먹으로 하도 쳐 대서." 명덕은 주먹으로 가슴패기를 소리 나게 친다.

"미역 보따리를 머리에 이고 혼자 10리, 20리, 30리를 마냥 걸어가야 해. 겨우 닿은 낯선 마을에서 미역 한 장 못 팔고 돌아서야 할 때도 있어." 언양댁이 손으로 자신의 무릎을 어루만진다.

"너는 하도 걸어서 다리병신이 됐고, 나는 하도 안 걸어서 다리병신이 됐어." 명덕이 헛웃음을 친다.

"그리울 때가 있어."

언양댁이 잠꼬대처럼 중얼거리는 소리를 알아듣고 명덕이 묻는다.

"누가?"

"미역 행상 다니며 만났던 사람들…… 며칠 전에는 10년도 더 전에 논산 쪽으로 행상 갔을 때 길에서 만난 인삼 행상이 그립데. 동무하며 함께 20리 길을 걸어갔어. 걸어가다 나무가 있으면 그 밑에서 쉬고 우물이 있으면 물 길어 마시며 서로 의지가지가 돼 걸어갔지. 헤어지며 서로 손을 부여잡고 꼭 어디서든 또 만나자고 약속하곤 못 만났네. 못 만나겠지. 어디서도 다시는 못 만나겠지."

75

우윳빛이 도는 판석으로 도배한 서양식 2층 건물* 앞, 회색 외투 차림의 백인과 미군이 얘기를 나누고 있다. 미군은 공책을 무릎 위에 펼쳐놓고 뭔가를 열심히 적고 있다.

"헨리, 도쿄에 다녀왔지요?(Henry, have you been to Tokyo?)"

"부산에 오기 전에 나는 그곳을 방문했습니다.(I had a visit in there before I came to Busan.)"

"도쿄는 어떤가요?(How does Tokyo look?)"

"폐허 속에서도 모리나가제과는 무사했습니다.(The sweetshop Morinaga remained as it was even in the ruins.)"

"그거 다행이군요. 당신은 바쁜가요?(Sounds good. You look busy now?)"

"나는 아내에게 엽서를 보내야 합니다.(I am about to send my wife a

• 일제강점기에 건축된 부산우편국 건물. 르네상스 양식의 화강암 판석을 모르타르 시멘트로 붙여 외관을 꾸몄다. 지금의 중앙동에 위치해 있었는데 부산역전 대화재 때 소실됐다.

postcard.)"

"그것은 우리 모두의 매우 중요한 업무지요.(That's very important task for all of us.)"

"나는 매우 사랑스런 엽서를 구했습니다.(I got a very beautiful postcard.)"

백인이 외투 주머니에서 손바닥만 한 종이를 꺼내 미군에게 보여준다. 종이를 들여다보던 미군이 묻는다.

"말린 꽃이군요. 꽃 이름이 뭔가요?(A dried-flower. What is its name?)"

"실바 소령, 꽃 이름을 알려주기 전에 진실을 한 가지 말해야겠습니다.(Major Silvar, I will tell one true thing before I let you know the flower's name.)"

"진실은 한 가지입니다.(Truth is one thing.)"

"나는 오고 있는 사람입니다.(I am a man who is coming.)"

"진실로 그렇습니까?(You really are?)"

"진실로, 나는 온 사람이 아니라 오고 있는 사람입니다. 나도 두 시간 전에야 그 사실을 알았습니다.(Honestly, I am a man who is coming, not the one who came. I came to know the fact only two hours ago.)"

*

"헨리, 저 조선 사람이 보입니까?(Henry, can you see that Joseon one?)"

"저 조선 사람이 보입니다.(I see the Joseon man.)"

"저 조선 사람을 알고 있습니까?(Do you know that Joseon man?)"

"나는 저 조선 사람을 알고 있습니다.(I know that Joseon man.)"

"아까부터 당신을 계속 보고 있군요.(He's keeping his eyes on you for a while.)"

"저 사람은 사람입니다.(That man is a man.)"

　우편국 못 미처 가시철사로 울타리를 치다 만 공터에 검은 인력거가 기우듬히 서 있다. 인력거꾼은 보이지 않는다. 인력거에서 다섯 발짝쯤 떨어진 곳에서는 꽈배기 파는 여자가 꽈배기 담긴 나무 상자를 앞에 놓고 졸고 있다. 꽈배기에 묻은 백설탕 알갱이들이 햇빛을 받아 반짝인다.

　"아가씨, 아가씨……."

　늦가을의 풀벌레 소리처럼 희미한 소리에 애신은 걸음을 멈추고 주위를 둘러본다.

　"아가씨, 나 좀 보고 가오……."

　애신은 혹시나 싶어 인력거로 다가간다. 먼지에 찌든 검은 광목천을 조심스레 들추고 안을 들여다보던 그녀는 새된 비명을 지른다.

　"송장 보고 놀라듯 놀라네……."

　해골 같은 얼굴에 가부키 배우처럼 흰 분을 칠하고, 제비꽃색 비단 기모노를 입은 늙은 여인이 인력거 안에 헝겊 인형처럼 축 늘어져 있다. 까만 비단 지카다비를 신은 발은 아기 발처럼 작다. 늙은 여인에게

서 나는 냄새인지 공터에 찌들어 떠도는 냄새인지 모를 지독한 지린내가 애신의 코를 후벼 파듯 찔러 온다.

"놀라지 마오. 난 송장이 아니라오."

징그러운 느낌이 들도록 앙상히 여윈 여인의 손이 허공으로 들리다 소리 없이 떨어진다.

"혹시 절 부르셨어요?"

"내가 아가씨를 불렀다오." 초점이 풀어지고 백태가 낀 늙은 여인의 두 눈동자는 애신이 아닌 다른 곳을 바라보고 있다.

"할머니, 왜 그 안에 계세요?"

"나는 인력거꾼을 기다리고 있다오."

"인력거꾼이 어디 갔어요?"

"배탈이 나서 변소에 갔다오. 구름 위를 날듯 신명나게 달리다 말고 서더니 천을 휙 들추고 짠 땀내를 풍기며 그러데요. '할머니, 내가 배탈이 나 변소에 급히 다녀와야겠으니 어디 가지 말고 그 안에 계세요. 꼼짝 않고 그 안에 계셔야 해요. 내 금방 다녀오리다.' 소금 맛도 모를 만큼 입맛이 없는 게 내가 병이 났어도 크게 났지 싶어, 아침에 눈 뜨자마자 인력거를 불렀다오. 아미산 아래 부립병원*에 다녀오려고요. 내가 범내골에 살아서, 성냥 한 통 사려고 해도 인력거를 불러 아래까지 내려와야 한다오. 오징어처럼 통통하던 두 다리가 멸치처럼 쪼그라들어서 제대로 걷지 못하니까 말이오. 금방 다녀온다더니 올 생각을 않네……."

---

* 일본인들을 치료할 목적으로 설립된 관립 의료 기관.

"인력거꾼이요?"

"오지 않아도 할 수 없다오." 늙은 여인은 중얼거리곤 고개를 외로 떨어뜨리고 탄식을 토한다.

"마쓰시게 상이 부립병원에 있으면 내 병을 고쳐줄 텐데…… 마쓰시게 상이 중국 상하이로 떠났다는 소식을 들었다오. 소식을 전한 이가 누군지는 도통 기억이 안 난다오. 모든 걸 다 기억할 수는 없다오. 그럼 미치고 만다오. 이질에 걸려 죽을 뻔한 날 마쓰시게 상이 살려줬다오. 그때가 미나카이 백화점◆이 부산에 개업하던 해 여름이니까 오래전이라오. 미나카이 백화점이 그때는 기와 건물이었다오. 내가 피똥을 싸고 헛것을 보자 나루세 상이 날 부립병원에 입원시켜줬다오. 박꽃 같은 얼굴이 까맣게 타들어가자 다들 내가 죽을 거라고 했다오. 입원한 지 보름쯤 지나니까 얼굴이 다시 피어나더이다. 한창때였으니까요. 혹시 아가씨도 마쓰시게 상을 아오?"

"아니요."

"마쓰시게 상은 도쿄제국대학을 나온 일본 육군 군의관이라오. 그의 두 동생도 도쿄제국대학 출신 의사라오. 그는 도쿄에서 태어났다오. 그래서 마쓰시게 상은 세련된 도쿄 말을 쓴다오."

"네……."

"오늘 아침에 거울 앞에 앉아 화장을 하다 말고 까무룩 잠들었다가 꿈을 꿨다오. 상투를 자른 조선 사내들이 날 번쩍 들어 시체실로 데려

◆ 경성에 본점을 둔 미나카이(三中井) 백화점은 1917년 지금의 중구 중앙동에 점포를 열었다. 1937년 9월에 5층 건물로 신축했다.

가는 꿈이었다오. 부립병원 1층에 시체실이 있다오. 치료 받던 환자가 죽으면 시체실로 데려갔다오. 꿈에서도 나는 기모노를 입고 거울 앞에 앉아 화장을 하고 있었다오. 거울에 거미줄 같은 금이 있었다오. 거울에 비친 내 얼굴에도 금이 가 있었다오."

늙은 여인이 꿈을 꾸듯 들려주는 말을 홀린 듯 듣던 애신은 혹시나 인력거꾼이 오는가 싶어 뒤를 돌아다본다. 미군 트럭이 먼지를 일으키며 거리를 지나간다. 공터 맞은편의 서양식 2층 건물 앞에는 미군들과 지프가 서 있다.

"서쪽에 산이 있고 그 앞에 큰 호수가 있다오. 내 고향 마을에 말이오. 서쪽 산에서 바람이 불어 내리기 시작하면 호수 물이 바다로 쓸려 내려갈 것 같았다오. 한 방울도 남김없이 쓸려 내려가 버릴 것 같았다오. 하지만 바람은 잦아들게 돼 있다오. 눈보라도 폭풍우도 때가 되면 잠잠히 잦아들게 돼 있다오. 내가 일곱 살이던 해 늦가을이었다오. 서쪽 산에서 사흘 내내 매서운 바람이 불어 내린 적이 있었다오. 오리들이 떠내려가고, 왜가리들이 갈기갈기 찢겨 날리듯 흩어지고, 갈대가 눕고, 늙은 버드나무들이 꺾여 부러지거나 뿌리 뽑혀 날아갔다오. 사흘째 되는 날 거짓말처럼 바람이 잦아들었다오. 나는 호수에 나갔다오. 하늘이 뒤집혀 있고, 전부 바람에 쓸려 바다로 떠내려갔는지 오리 한 마리 보이지 않았다오. 호숫가 무덤들도 쓸려 떠내려가고 없었는데 호수 물은 그대로 있었다오. 나는 쓰러진 버드나무 옆에 서서 오리들이 하나둘 호수로 돌아오는 걸 구경했다오. 부리까지 까만 아기 오리들이 어미 오리 꽁무니에 붙어 돌아오고 있었다오."

"미친 노인네예요!"

꽈배기 파는 여자가 깨어나 얼굴을 사납게 하고 쏘아붙인다.

"자기가 무슨 말을 하는지도 모르고 나오는 대로 횡설수설 떠들어 대는 거니까 대꾸하지 말아요. 괜히 아까운 입만 고생이에요."

여자는 부아가 나는지 손으로 꽈배기를 뒤적뒤적한다.

"인력거꾼이 오겠지요?"

"흥! 인력거꾼이요?" 애신의 말에 여자가 콧방귀를 뀐다.

"인력거꾼이 배탈이 나서……."

"흥! 백날을 기다려봐요!"

여자는 손바닥을 마주쳐 손에 묻어난 백설탕을 턴다. 백설탕 알갱이들이 허공에서 반짝 빛을 발하며 떨어지는 순간이 일평생처럼 한없이 길게 느껴져 애신은 넋 놓고 바라본다.

"버려진 인력거예요! 부산역을 부랑 소녀처럼 배회하던 노인네가 그 안으로 기어들어 가서는 집 삼아, 무덤 삼아 살고 있는 거랍니다."

"……."

"좌천 고물상 양 씨가 호시탐탐 인력거를 노리는 눈치지만 노인네가 알 품는 암탉처럼 그 안에 들어앉아 꼼짝을 안 하니…… 양 씨는 노인네가 죽을 날만 오매불망 기다리고 있을걸요. 그래야 인력거가 자기 차지가 될 테니까. 좀 전에도 수레를 끌고 이 앞으로 지나가다 말고 노인네가 죽었는지 살았는지 들여다봅디다."

병든 새끼 고양이가 내는 것 같은 신음 소리를 시름시름 토하던 늙은 여인이 말을 잇는다.

"내가 마흔 살 된 해에 피부병으로 고생하던 유미코와 해운대 해운

루에 온천욕을 다녀오는 길에 점집에 들러 점을 봤다오. 해운루 온천
욕장의 세신사 여자애가 내 등을 밀며 그랬다오.

'청사포* 갯마을에 용한 점쟁이 할아버지가 살고 있으니, 가는 길
에 들러 재미로 점이나 보고 가셔요. 할아버지가 아주 용하답니다.'

다리를 저는 앙상한 여자애가 내 등에 아기처럼 달라붙어 때를 미
는데 손이 얼마나 야무지던지 고개를 돌려 얼굴을 바라봤다오. 열두
살 먹었다는 여자애 얼굴이 내 얼굴보다 늙어 있었다오. 유미코 등에
매달려 때를 밀던 여자애는 내 등에 매달린 여자애보다 머리 하나는
작았는데 벙어리인가 싶게 말이 없었다오.

유미코가 내 등에 매달린 여자애보고 물었다오.

'얘, 이름이 뭐니?'

'게이코요.'

'누가 이름을 지어주었니?'

'온천욕장 지배인이요. 일본 세상이니 조선인도 일본 이름으로 살
아야 한다며 지어주던데요.'

'할아버지 집이 갯마을 어디에 있니?'

'고두백이◆ 기슭에 따개비처럼 붙어 있는 집이 할아버지 집이에요.'

내 등에 매달린 여자애는 어미 닭을 찾는 병아리처럼 조잘조잘 입
을 다물지 못하는데, 유미코 등에 매달린 여자애는 도통 말이 없는 게
이상해서 내가 물었다오.

---

* 해운대의 포구. 여기에 문둥이 골짜기가 있었다.
◆ 해운대만 끝 미포의 동쪽에 해안선이 불쑥 뛰어나온 곳을 고두백이라고 했다.

'게이코, 저 애는 말을 할 줄 모르니?'

'아, 요시코요? 저 애 엄마가 작년 여름에 넓둑돌▲ 미역밭에서 미역 캐다 파도에 휩쓸려 떠내려간 뒤로 꿀 먹은 벙어리가 됐어요.'

해운루에서 일박하며 온천욕을 하고 돌아오는 길에 유미코가 점쟁이 할아버지 집에 들렀다 가자고 하더이다. 유미코는 자신의 인생이 어디로 흘러갈지 알고 싶어 했다오. 자신의 팔자에 없는 걸 알고 싶어 했다오. 태어날 때부터 없었던 것들을 두고는, 방금 눈앞에서 잃어버리기라도 한 것처럼 슬퍼하며 시름에 잠기곤 했다오.

고두백이 할아버지가 유미코에게 그랬다오.

'착한 생각을 많이 하세요.'

그러곤 나를 보고는 그랬다오.

'어린아이같이 순진무구해 남을 의심할 줄도, 계산할 줄도, 해코지할 줄도 모르는 데다 다정이 넘쳐 눈물이 마를 새가 없겠어요. 다정다애라, 다정이 넘치면 슬픔도 넘쳐 마음이 고생스럽지요.'

할아버지 집을 나와 해운대역으로 가는 길에 바다에 떠 있는 바위들을 봤다오. 흰 물보라가 끓는 바위마다 여자들이 매달려 빗처럼 작은 곡괭이로 바위를 내리치며 뭔가를 따고 있었다오. 바위를 내리치는 소리가 천지에 울려 퍼지고 있었다오.

내 아버지가 황아장수셨다오. 비녀, 담배쌈지, 바늘, 실, 연지, 러시아 화장품을 질빵에 짊어지고 떠돌아다니셨다오. 명성황후 괴변이 난 을미년 해월에, 황해도 북쪽 끄트머리에 붙어 있는 마을에 들렀다 내

▲ 청사포와 구덕포의 경계를 이루는 다섯 개의 다릿돌(암초) 중 하나.

어머니를 만났다오. 술만 들어가면 낫을 들고 쫓아다니는 남편이 무서워서 차라리 나무에 목을 매달고 죽으려고 새끼줄을 들고 산에 올라가다 상둣도가 근처 느티나무 아래서 쉬고 있는 어머니를 보고 아버지가 그랬다오.

'나 따라갈래요? 아들 하나 낳아주면 배곯지 않고 살게 해주겠소.'

아버지 말을 철석같이 믿고 어머니는 새끼줄을 버리고 따라나섰다오. 아버지를 따라 황해도 사리원의 호수 뒤 야트막한 언덕에 있는 집에 갔더니 조강지처하고 딸 다섯이 마루에서 밥을 먹고 있었다지요. 애가 금방 들어서서 이듬해 중복에 낳았는데 아들이었다오. 아버지가 아들 하나를 더 보고 싶어 해서 애를 또 낳았는데 서운하게도 딸이었다오. 그 딸이 나라오. 오빠는 젖 떼자마자 큰어머니가 데려가 큰집에서 살았다오. 나는 큰집에도 다섯이나 있는 계집애여서 어머니하고 살았다오. 어머니가 아들이 보고 싶어서 큰집에 찾아가면 큰어머니가 숨겨두고는 보여주지 않았다오.

아버지가 장사를 떠나고, 어머니가 두고 온 아들이 그리워 몰래 찾아가봤더니 다른 여자가 들어와 살고 있더라고 하더이다. 내 어머니가 첫 남편과 낳은 아들 둘까지 합쳐 아들을 셋이나 낳았지만 아들 복이 없었다오.

내가 여섯 살 먹어서였다오. 어머니가 집을 나가버려서 큰집에 들어가 살았다오. 큰어머니도 이복 언니들도 날 눈엣가시로 여겼다오. 족보 없는 가문이어도 대를 이을 아들이라고 오빠는 귀하게 여겼다오. 언니들이 구박하는 걸 알고 아버지가 날 불쌍하게 생각했다오. 집에 계실 때면 사탕이나 떡을 저고리 주머니 속에 숨기고 있다가 언니들

몰래 내 입에 넣어주곤 했다오. 대여섯 해가 흘러서야 집 나간 어머니 소식을 들었다오. 시집간 큰언니가 친정에 다니러 왔다가 내 어머니 소식을 전해주더이다. 아들 없는 다른 집에 들어가 아들 하나를 낳아주고 쫓겨났다고 하더이다. 불쌍한 내 어머니를 두고 큰언니와 큰어머니는 씨받이로 살 팔자라고 저주를 퍼붓더이다.

아버지가 만주로 장사를 떠나고, 오빠는 호수에 고기 잡으러 가고, 큰어머니가 돈 몇 푼을 던져주며 날 쫓아내더이다. 마루에서 콩을 까다 말고 입은 옷 그대로 쫓겨났다오. 길에 서서 울다가 터벅터벅 역으로 걸어갔다오. 큰어머니가 쥐어준 돈으로 열차표를 끊었다오. 열차 타고 만주에 가서 아버지를 찾으려고 했다오. 만주에 가면 아버지를 만날 수 있을 거라고 생각했다오. 아버지를 만나면 큰어머니를 혼내달라고 해야겠다, 큰어머니하고 언니들이 날 얼마나 구박했는지 하나부터 열까지 죄 일러바쳐야겠다, 단단히 맘을 먹었다오. 나는 열차가 북쪽으로 달려가는 줄 알았다오. 열차가 남쪽으로 달려가는 줄 까맣게 몰랐다오. 열차에서 내리고 나서야 만주가 아니라 부산이라는 걸 알았다오. 내가 복을 타고나 가는 데마다 사랑을 독차지하며 외롭지 않은 인생을 살았는데도 내게 남아 있는 건 서글픔뿐이라오.

나루세 상이 그랬다오.

'인생을 돌아보니 서글픈 날들과 고통스런 날들뿐이구나.'

나루세 상은 복을 타고난 사람이었다오. 타고난 복은 남 못 준다는 말이 있다오. 자손이 서른 명이 넘고 땅을 10만 평이나 가진 아주 큰 부자였다오."

입을 비죽비죽하던 여자가 또다시 끼어든다.

"불쌍해할 것 없어요. 일본놈 첩살이하던 노인네래요."

"……."

"닷새 전이던가, 웬 멀쩡하게 생긴 사내가 알려줍디다. 저 노인네가 젊었을 때 운수창고업을 크게 하던 일본인의 첩이었다고. 인력거 안을 들여다보더니 흥분해서 그럽디다.

'내가 저 할머니를 잘 알지요!'

그래서 내가 물었지요. '그래요? 혈혈단신 홀몸인 노인네인 줄 알았더니 아는 사람이 있네요. 저 노인네하고 먼 친척이라도 되는가 봐요.'

딱히 기분 상할 말이 아닌데 사내가 목에 핏대를 세우고 그럽디다. '에잇, 그런 말 말아요. 일본에 빌붙어 살던 반역자들을 청산해야 한다고 남로당 사람들이 그 난리잖아요. 이승만은 미국에 붙어 화합해야 한다고 하고, 박헌영은 소련에 붙어 친일파를 청산하고 가야 한다고 하고. 그래서 나라가 소란스러운 거잖아요.'

그래서 내가 '저 노인네하고 친일파 숙청하고 뭔 상관이래요?' 하고 물었더니 사내가 그러데요. '아주머니도 내 마누라 못잖게 답답하구려. 일본인 노리개짓 하던 인간들이야말로 친일파 중의 친일파 아닙니까.'

사내가 속이 터지는지 담배를 뻑뻑 피웁디다. '내가 소기세탁소 배달원 하던 시절에 저 노인네가 첩살이하던 집에도 세탁물 배달을 다녔지요. 그때 저 노인네가 부용동에서 아버지뻘 되는 일인 영감하고 살림을 차리고 있었어요. 그때는 저 노인네가 젊었지요. 내가 배달 갈 때마다 저 노인네가 기모노를 입고 머리를 올리고 얼굴을 하얗게 화장하고 마루에 앉아 있었어요. 그때만 해도 주름 하나 없는 얼굴이 달덩이처럼 환했지요. 한번은 배달을 갔는데 저 노인네의 아장아장 걸어

다니는 딸이 마루에서 병아리를 가지고 놀고 있더군요. 노인네가 얼굴에 야릇한 미소를 머금고는 그럽디다. 저 병아리는 병들어 죽을 거랍니다. 불쌍하지요, 불쌍하지요.'"

여자애 셋이 팔짱을 끼고 깔깔거리며 지나간다. 여자애들에게 눈길을 주며 여자가 말한다.

"소화관 앞에 새로 개업한 요릿집 종업원들이네."

여자애 하나는 머리를 양 갈래로 땋고, 하나는 단발로 자른 머리에 핀을 꽂고, 하나는 쪽을 찌듯 묶었다.

여자는 구시렁구시렁하며 꽈배기가 든 상자를 불끈 들고 일어선다.

"자기가 복을 타고났다고 노래를 불러대는데 복 있는 사람 다 얼어죽지. 노인네에게 복이 남아 있다면 하루라도 빨리 죽는 거겠지. 그거 말고 저 노인네에게 무슨 복이 남아 있겠어요?"

여자가 가려다 말고 인력거로 다가온다. 눈을 동그랗게 뜨고 인력거 안을 들여다본다. 늙은 여인의 얼굴을 유심히 살피던 여자가 말한다.

"죽으려면 아직 멀었네……."

여자는 꽈배기 하나를 집어 든다.

"할머니, 꽈배기 하나 드세요. 백설탕이 아주 듬뿍 묻어 있답니다. 할머니가 불쌍해서 주는 게 아니라 내 복 쌓으려고 주는 거니까 고마워할 거 없어요."

여자는 꽈배기를 늙은 여인의 허벅지 위에 놓아주고 종종걸음을 놓으며 가버린다.

"할머니, 집이 어디세요?"

"서쪽에 산이 있고 그 앞에 큰 호수가 있다오."

"할머니 딸은 어디 있어요? 병아리 가지고 놀던 딸요."

"병아리는 병들어 죽을 거라오. 불쌍하지요, 불쌍하지요."

물줄기가 쪼르르 흐르는 소리가 들려온다. 늙은 여인이 옷을 입은 채 오줌을 누고 있다.

애신은 몸을 일으킨다.

"사람 손을 타면 병들거나 죽게 돼 있다오. 꽃도 사람 손을 타면 시름시름 병이 든다오."

애신은 손으로 들추고 있던 검은 광목천을 놓고 뒷걸음질한다.

"불쌍하지요, 불쌍하지요."

*

애신은 훌쩍 고개를 들어 공터를 돌아다본다. 검은 천에 덮여 있어서 인력거는 흡사 불길이 휩쓸고 지나간 무덤 같다.

77

두 달 전 팥죽이 든 양동이를 이고 나타나, 그날부터 부산역 앞마당에서 팥죽을 팔기 시작한 아낙은 졸다 깨어나 국자로 팥죽을 저어 준다.

"그 집 아들은 돌아왔지요. 딸은 안 돌아왔고요."

"원래 딸들은 한 번 가면 잘 안 돌아와요."

"아들이 돌아오면 왔구나 하는데, 딸이 돌아오면 가슴이 덜컥 내려 앉아요."

두루마기 차림의 노인 둘이 말을 주고받으며 부산 역사를 향해 팔자걸음을 놓으며 걸어간다.

팥죽 파는 아낙과 스무여 발짝 떨어진 곳에 아낙 둘이 나란히 앉아 있다. 저고리 위에 풍덩한 군청색 잠바를 걸친 아낙 앞에는 눈송이처럼 흰 찹쌀떡이 담긴 광주리가 놓여 있다. 다른 아낙 앞에는 사탕, 과자, 담배, 성냥, 약과, 사과 등이 담긴 궤짝이 놓여 있다.

찹쌀떡을 차곡차곡 정리하던 아낙이 말한다.

"난 죽기 전에 열차 한 번 타보는 게 소원이에요."

"철로 놓인 게 언젠데 여태 못 타봤어요?"

"시댁하고 친정이 부산이어서 열차 타고 어디 갈 일이 있어야지요."

"나는 6년 전에 타봤어요. 대구에 사는 큰언니네에 가느라고요."

"종일 이 자리에 말뚝처럼 앉아 지나가는 사람들을 바라보고 있으면 불쑥 그런 생각이 들어요."

"어떤 생각이요?"

"저 사람은 어디서 왔을까, 저 사람은 어디로 가려는 걸까……."

"사람들은 다 어디선가 와서 어디론가 가니까요."

"다들 어디로 가는데 나만 아무 데도 못 가고 발이 붙어 있구나, 하는 생각이 들기도 해요. 내가 저 부산 역사를 세우려고 바다를 흙으로 메울 때 박은 말뚝들 중 하나인 것 같은 착각이 들기도 한답니다."

"바다 밑으로 25척 땅속 깊이까지 말뚝을 무수히 박았다지요."

"오늘 앞바다에서 불어오는 바람은 춘삼월 봄바람 같네요."

"그렇지요. 용두산에 개나리가 피고 나뭇가지마다 잎이 돋아날 것 같아요."

"하지만 금세 칼바람이 되겠지요."

"어디로 가고 싶어요?"

"앞바다에서 따뜻한 봄바람이 불어오면 바람에 떠밀려 어디든 가고 싶은 맘이 들지요."

"열차 타고 어디 가고 싶어요?"

"그러게요. 이왕 열차 타고 어디로 갈 거면 만주까지는 갔다 와야지요."

"삼팔선 위쪽은 소련군이 들어와 있어서 부산에서 출발해 만주까지 가던 열차가 경성까지만 가고 그 위로는 못 간다지요."

"글쎄, 그렇다고 하데요."

"난 어디 가고 싶다, 그런 생각은 별로 안 들어요. 그냥 어서 날이 어두워져서 집에나 가고 싶어요."

두 아낙은 입을 다문다. 말없이 앉아 있던 두 아낙의 귀에 화물선 기적 소리가 들려온다. 미군 트럭이 부산역 앞마당을 가로지르며 달려간다.

찹쌀떡 파는 아낙이 말한다. "저 남자요……."

"누구요?"

"가방 들고 중절모 쓴 남자요. 역 시계를 올려다보고 서 있는……."

"저 남자가 왜요?"

"저 남자는 아주 먼 데로 갈 겁니다."

"아는 사람이에요?"

"알긴요. 성도 고향도 모른답니다."

"가까운 데 가는지, 먼 데 가는지 어떻게 알아요?"

"먼 데로 가는 사람은 표시가 나요."

"어떤 표시요?"

"암튼 표시가 나요. 10년 넘게 이 자리에 앉아 찹쌀떡을 팔고 있는 내 눈에는 보이지요. 해방된 날도 나는 이 자리에 앉아 찹쌀떡을 팔았으니까요. 재작년 2월에 석탄이 부족해 경성과 부산 오가는 경부선 열차가 하루에 한 대로 줄었다는 소식을 듣고도 나는 종일 이 자리에 앉아 있었지요."

"내 눈에는 먼 데로 떠나는 사람 같지 않은데요. 관공서에 볼일 보러 가는 사람처럼 가방 하나 달랑 들었네요."

"정작 저 사람 자신도 자신이 오늘 먼 데로 떠날 거라는 걸 모르고 있답니다."

"저 남자가 시계를 바라보네요."

"시계를 바라보는 것 말고 할 일이 없으니까요. 열차 시간이 다 돼 열차에 오르기 전까지 시계를 바라보며 시간 가는 걸 세는 것 말고는 말이에요."

"그럼 저 여자는요?"

"어항 들고 서 있는 여자요?" 찹쌀떡 파는 아낙이 되묻는다.

"저 여자도 먼 데로 떠날 사람처럼 보여요?"

"가까운 데 가는 사람 같아 보이지는 않네요."

"근데 금붕어가 몇 마리예요?"

"두 마리 아니에요?"

"더 많아 보이는데요. 한 마리, 두 마리, 세 마리⋯⋯." 찹쌀떡 파는 아낙은 어항을 보지 않고 중얼거린다.

16부

시계가 있는 세상

78

잠바 앞섶을 풀어헤친 사내가 수레를 끌며 대청정 거리를 지나간다. 수레에는 한눈에도 변변찮은 세간살이가 실려 있다. 걸음마를 겨우 뗐을 것 같은 여자애가 이불 보따리 옆에 꼭 붙어 앉아 있다.

임신을 해 배가 제법 부른 여인이 광목 수건으로 감싼 머리를 모로 떨어뜨리고 수레 뒤를 따른다.

세계잡화점 앞에 서 있던 태옥이 수레에 실린 세간들을 보고 여인에게 묻는다.

"이사 가요?"

"네, 방을 비우라고 해서요."

모로 기울어진 여인의 머리는 그 상태로 고정시킨 듯 반듯하게 들릴 줄 모른다.

사내가 발을 멈추고 잠바 자락을 끌어당겨 얼굴에 흐르는 땀을 훔친다.

"오늘내일 애 낳을 사람보고 방을 비워 달래요?"

"보름 전에 손주를 본 집주인이 방세를 더 내고 살거나 방을 비우라데요."

"'태평성대예요, 태평성대예요!' 외치며 찾아와서는 아들하고 손주 자랑을 늘어놓더니 방을 비우랍디다!" 사내가 숱 짙은 눈썹을 일그러뜨리며 언성을 높인다.

"그래, 어디로 가오?" 태옥은 여인에게 묻는다.

"영도요……."

"저런, 먼 데로 가네……."

"엎어지면 코 닿을 데가 멀어요?" 사내가 퉁명스레 쏴붙인다.

"섬이니 멀지요." 태옥이 말한다. "아무리 다리가 놓였어도 섬은 섬이지요. 영도 어디로 가오? 영도도 들어가면 꽤나 넓지요. 봉래산, 태종산, 중리산…… 꽤 큼지막한 산이 두 개나 있어서 고개도 여러 개고 마을도 여러 개던데……."

"함지골*이요!" 사내는 시큰둥히 대꾸하고는 다시 수레를 끌며 걸음을 놓는다.

"함지골은 영도 어디에 붙었나? 애기 엄마, 잘 가요. 애 잘 낳고."

"아주머니, 안녕히 계세요."

여인은 모로 기울어진 머리를 앞으로 숙이며 인사를 한다. 자신을 두고 멀어지는 수레를 멀거니 바라보다 부른 배를 손으로 어루만지며 마지못한 듯 발을 내딛는다.

"잘 가요."

여인의 뒤에 대고 가만가만 손을 흔들던 태옥은 거리 한가운데로

---

* 영도의 주봉인 봉래산 서남쪽에 위치한 골짜기.

걸어 나간다.

"재미나게 살아요!"

절절함이 묻어나는 목소리로 당부하는 태옥을 세계잡화점 안에서 지켜보던 여자가 거리로 나온다. 흔들던 손을 머쓱해하며 도로 내리는 태옥에게 다가가더니 말한다.

"어머니도 참, 잘사는 게 중요하지 재미나게 사는 게 중요해요?"

여자는 귤색 원피스에 흰 고무신을 신고 손에는 갈색 가죽 지갑을 들었다.

"어떻게 사는 게 잘사는 거니?"

"남들 사는 것만큼 사는 게 잘사는 거지요. 옆집에서 신문을 보면 내 집에서도 신문을 보고, 옆집에서 카레를 먹으면 내 집에서도 카레를 먹고, 옆집 안방에 괘종시계가 걸려 있으면 내 집 안방에도 괘종시계가 걸려 있어야 무시 안 당하는 세상이니 말이에요."

여자의 말에 태옥은 아무 대꾸도 않는다.

"곗돈 주러 영수네 집에 다녀올게요. 영수 아빠가 경시에서 경감으로 승진했다네요. 경시는 어깨에 다는 무궁화가 하나지만 경감은 두 개래요. 악질 친일 경찰을 청산한다고 해서 영수 엄마가 벌벌 떨던 게 겨우 엊그제였는데 승진했다며 자랑을 하다니…… 일정 때 순경 짓 하던 인간들이 미군들 들어오고 나서도 계속 순경 짓 하는 게 우습지요? 전라도 어디서는 일정 때 자신들이 한 짓 때문에 목숨이 남아나지 않을 것 같아서 산속으로 숨어든 순경들을 미군들이 찾아내 지프에 실어 데리고 와 도로 제자리에 앉히고 순경을 시켰다고 하데요."

"네가 배알이 꼴려서 엊저녁에 애먼 내 아들을 쥐 잡듯 잡았구나."

"어머니도 참, 내가 고작 질투심 때문에 바가지를 긁었겠어요?"

며느리가 쌩하니 걸어 나간 거리에 넋 놓고 서 있던 태옥은 거리를 등지며 천천히 돌아선다. 자신이 세상에 태어났을 때만 해도 없던 물건들과 식료품들이 종류별로 진열돼 있는 세계잡화점 안으로 발을 놓는다.

그녀는 자신이 들이고 진열한 것들을 하나하나 둘러본다. 성냥, 비누, 치약, 칫솔, 바니싱 크림, 모나미 크림, 옷핀, 재단 가위, 초크, 단추, 손거울, 미국산 가루우유, 설탕, 영국 홍차, 대만 홍차, 브라질 커피 가루, 면실유, 대두유, 양조간장, 일본 빙초산, 감칠맛을 내는 조미료인 욱미旭味, 카레 가루, 대만에서 수입한 파인애플 통조림, 토마토케첩, 미국 초콜릿과 비스킷……

태옥이 그 거리에 세계잡화점을 낸 것은 12년 전이다. 그녀는 새로 만들어지고 유행하는 물건과 식료품 종류를 하나씩 늘려 가며 세계 잡화점을 꾸려왔다. 영어를 한 글자도 모르지만 영국 홍차와 미국 버터를 팔았다. 자신은 맛도 본 적 없는 브라질 커피 가루를 팔았다. 며느리의 말을 빌리자면 남들 사는 것만큼 사는 여자들이 세계잡화점의 단골이다.

그녀는 차곡차곡 탑처럼 쌓은 성냥갑들 앞에 놓아둔 나무 의자로 가서 앉는다. 그녀가 그 거리에 세계잡화점을 내고 가장 먼저 들인 물건은 성냥이다. 미국 초콜릿과 비스킷은 최근에 들였다.

그녀는 종일 그렇게 자신이 태어났을 때만 해도 세상에 없던 물건과 식료품 들을 지키며 앉아 있다. 그것들 중에는 토마토케첩처럼 없어도 일상을 살아가는 데 아무 지장을 주지 않는 것들도 있다. 게다가 그런 것들이 하나둘 늘어나며, 성냥 같은 꼭 필요한 물건들을 진열대 구석으로 내몰고 있다. 세계잡화점에서 가장 눈에 띄는 자리에, 가장 넓은 면적을 차지하며 놓여 있던 성냥은 구석으로 밀려났다. 맨 처음 성냥이 놓여 있던 자리에는 미국 초콜릿과 비스킷이 놓여 있다. 더구나 미국 초콜릿은 성냥보다 가격이 더 나가고 이문도 더 남는다. 모순되게도 그녀 자신과 가족들이 불필요하다고 여기는 것들까지 팔아 남긴 이문으로 먹고살아가고 있다는 사실을 그녀는 미처 깨닫지 못한다.

졸음이 깃든 눈길로 멍하니 거리를 바라보던 그녀는 동수가 세계잡화점 맞은편의 광복이발관 안으로 걸어 들어가는 걸 바라보며 중얼거린다.

"이발 기술을 배우려고 찾아온 애인가?"

초량에 사는 단골 여자가 그녀의 세계잡화점으로 들어서려다 말고 인사도 없이 가버린다. 간혹 세계잡화점에 들러 홍차나 커피를 사 가는 부산산부인과 간호사도 그냥 지나가버린다. 두 달 전쯤 그 거리에 새 잡화점이 간판을 내걸고 문을 열었다. 대구에서 이사 온 이가 일인이 하던 세탁소를 불하받아 잡화점을 냈는데 그 뒤로 단골들의 발길이 줄고 있다.

양조간장 두 병, 브라질 커피 가루 한 봉지, 일본 빙초산 한 병, 치약 세 개, 칫솔 두 개, 재단 가위 하나. 오늘 자신이 판 것들의 목록과 개수를 헤아리던 태옥은 성냥을 한 갑도 팔지 못했다는 걸 깨닫는다. 세계잡화점에서 가장 많이 팔리는 성냥을 한 갑도 팔지 못한 게 이상해 그녀는 고개를 갸웃거린다.

전날 그녀는 간만에 세계잡화점에 들러 빨랫비누를 사 간 오랜 단골에게 지나가듯 물었다.

"모퉁이에 새로 생긴 잡화점에서는 뭘 팔아요?"

"세계잡화점에서 파는 것들을 팔지요."

"그래요?"

"세계잡화점에는 없는 것들도 팔고요."

"세계잡화점에는 없는 것들이요?"

"세계잡화점에 없는 것들이 그 잡화점에는 있던데요."

새로 문을 연 잡화점에서는 뭘 파는지 궁금한 그녀는 새삼스레 자신의 가게를 둘러본다. 오전 내내 환하게 들던 빛이 물러간 가게가 동굴처럼 어둡게 느껴진다. 그녀는 성냥갑을 집어 든다. 그것을 뜯고 성냥 한 개비를 꺼낸다. 어둠을 몰아내려 성냥을 긋는다.

타버린 성냥이 태옥의 발밑에 하나씩 하나씩 쌓여 간다.

79

부산산부인과의 괘종시계가 뎅— 하고 운다. 그 소리를 시작으로 거리의 괘종시계들이 뎅— 하고 울기 시작한다.

광복이발관 괘종시계도, 세계잡화점 괘종시계도, 옥자라는 여자애가 점원으로 있는 유행양화점 괘종시계도, 정종 가게 괘종시계도, 거리 모퉁이 청요릿집 사해루의 괘종시계도 뎅— 하고 운다.

뎅— 뎅—.

광복이발관 앞에 서 있던 동수는 자신이 막 세상에 태어난 것 같은 이상한 기분에 휩싸인다. 괘종시계들이 한꺼번에 내는 소리가 자신의 탄생을 세상에 알리는 소리만 같다. 광복이발관 안으로 걸어 들어갈 때만 해도 머리카락에 덮여 있던 그의 목덜미와 두 귀가 시원하게 드러나 있다.

동수는 부산서 처음 들은 괘종시계 소리를 잊을 수 없다. 2년 전 열차를 타고 와 부산진역에 내려 부랑하다 괘종시계 소리를 처음 들었다. 부산산부인과 앞을 지나가는데 괘종시계가 뎅— 하고 울었다.

그는 방금 세상에 태어났지만, 그가 세상에 태어나는 데 절대적인

기여를 한 존재들은 그 거리 어디에도 없다. 부모, 할아버지, 할머니, 그의 위로 태어난 두 누이, 어머니가 아들을 낳게 해 달라고 빌기 위해 정화수로 쓸 물을 긷던 우물, 북두칠성, 보름달, 그가 태어난 고향집, 어머니가 그를 배 속에 가졌을 때 먹을 게 없어 산에 칡을 캐러 갔다가 따 먹었던 오디, 그를 받고 삼을 가른 산파…….

거리는 그가 세상에 태어나는 데 1할도 기여하지 않은 것들로 넘쳐난다. 상점 간판들, 전봇대, 자전거, 생면부지인 사람들…….

그는 소리 내 울고 싶은 충동과 함께 자신이 그때까지 경험해보지 못한 낯선 공포감에 휩싸인다. 고향 마을의 저수지에서 발가벗고 수영하다 뱀을 만났을 때 체험한 공포와는 다른 성격의 공포다.

80

동수가 광복이발관으로 걸어 들어갈 때, 사마귀 난 여자는 사해루의 어항 앞에 서 있었다. 조롱박으로 죽은 금붕어를 뜨며 하루도 금붕어가 죽지 않는 날이 없다는 걸 그녀는 문득 깨달았다. 오늘은 한 마리가 죽어 어항 속 금붕어는 일곱 마리다.

그녀는 금붕어들이 노니는 걸 잠시 구경했다.

"싸우지 말고 사이좋게 놀아라."

그녀는 괜히 금붕어들에게 당부하고 어항에서 돌아섰다.

죽은 금붕어가 담긴 조롱박을 들고, 괘종시계 앞을 지나 주방 쪽으로 종종걸음을 놓는 그녀에게 종업원이 물어왔다.

"오늘은 금붕어가 몇 마리나 죽었어요?"

"한 마리."

"많이 죽었네요."

"그렇지? 여덟 마리 중에 한 마리나 죽었으니 참 많이도 죽었지?"

사해루의 괘종시계가 뎅— 하고 운다.

뎅— 뎅—.

"벌써 3시네." 주방에서 마늘을 까던 사마귀 난 여자는 중얼거리고 는 앞치마에 손을 문지르며 몸을 일으킨다.

그녀는 괘종시계를 지나 어항을 찾아간다. 사해루는 종업원이 다 섯 명이나 있는 큰 요리점이어서 주방에서 어항까지는 제법 멀다.

괘종시계가 세 번을 울었으니 금붕어 장수가 싱글벙글 웃으며 사해 루의 출입문을 열고 들어설 것이다. 살아 있는 금붕어 한 마리를 어항 속에 띄울 것이다. 그녀는 금붕어 장수가 금붕어들을 어디서 가져오는 지 궁금하다.

출입문을 열고 거리를 내다보던 그녀의 눈가가 움찔한다. 금붕어 장수가 아니라 두부 장수 송 씨다. 그녀는 마냥 금붕어 장수를 기다릴 수 없다. 까다 만 마늘을 마저 까야 하고, 대파와 양파를 다듬어야 하 고, 저녁 손님들이 몰려오기 전에 변소 청소도 해야 한다.

어항 속 금붕어들을 들여다보던 그녀는 금붕어들이 똑같이 생겼다 는 자명한 사실을 이제야 깨닫는다. 똑같은 얼굴에, 짓고 있는 표정도 똑같다. 아무것도 모르는 것 같은 해맑고 순진한 표정이다. 그래서 어 느 금붕어가 죽었는지 알 수 없고, 그래서 어느 금붕어가 죽어도 상관 없다. 슬프지 않다. 금붕어들 자신조차도 어느 금붕어가 죽었는지 모 를 거라고, 그녀는 생각한다. 금붕어들은 짝을 짓지도 않고 새끼를 낳 지도 않는다.

그녀는 눈빛을 반짝이며 생각한다. 어항 속 세계가 완벽한 것은 금 붕어 수가 여덟 마리여서가 아니라, 금붕어들이 부부로도 부모 자식 으로도 결코 엮이지 않아서라고.

81

"아, 누가 날 여기에 데려다놨을까?"

천복이 탄식하며 비치적비치적 걸어오는 걸 바라보고 서 있던 동수는 거리로 걸어 나간다.

"아저씨!"

천복이 내딛던 발을 끌어당긴다.

"누구야?" 휘둥그레 두리번거리던 그의 고개가 동수를 향한다.

"제가 알려드릴까요?"

동수는 조금 전의 낯설고 근원적인 공포를 그새 잊고는 생글생글 웃어 보인다.

천복은 오늘 아침에 부두에서 함께 석탄을 나른 동수를 알아보지 못한다. 그는 머리를 말끔하게 자르고, 도떼기시장에서 새로 산 잠바를 걸쳤다.

"누구야?"

천복은 자신의 앞에 서 있는 동수를 전혀 알아보지 못한다.

"누가 아저씨를 여기에 데려다놨는지 알려드릴까요?"

"누가 날 여기에 데려다놨지?"

"아저씨 자신이요."

"뭐?"

"아저씨는 스스로 걸어서 여기까지 왔어요." 동수는 확신에 찬 투로 말하고 천복에게 묻는다. "아저씨, 인간이 짐승하고 다른 게 뭔지 아세요?"

천복은 잠시 골똘히 생각하다 중얼거린다. "사악하다는 거지."

"틀렸어요! 인간에게는 자유 의지가 있다는 게 짐승하고 다른 거예요."

동수는 광복이발관에서 머리를 깎으며 들은 얘기를 천복에게 한다. 지식인처럼 보이는 사내가 이발사에게 하는 말이 귀에 들려와서 별 생각 없이 들었는데 묘한 흥분이 일었다.

"자유 의지? 그게 뭐지?"

"어디로 갈지, 뭘 먹을지, 뭘 할지 스스로 결정하고 그렇게 행동할 수 있는 의지요."

"흥, 괴상한 것이군."

"아저씨는 자유 의지로 여기까지 걸어왔어요. 그러니까 아저씨를 여기에 데려다놓은 사람은 아저씨 자신이에요."

"아니, 아니야……." 천복은 세차게 고개를 흔든다.

*

동수가 가버리고 허탈하게 서 있던 천복은 고개를 똑바로 든다. 초점을 또렷이 하고 앞을 응시하는 그의 눈에 핏발이 어린다.

중국을 떠돌던 시절에 천복은 산시성山西省의 한 마을에서 중국인 과부와 살았다. 10년 전 초겨울로 중국에서는 항일 전쟁이 한창이었다. 그는 기차를 타고 산시성을 지나가다, 난징에서 피란민들이 올라오고 있다는 소문을 듣고 퉁푸선同蒲線*이 서는 곳에서 내렸다. 여관에서 하룻밤을 묵고 인근 마을을 찾아가던 그는 들판에서 오한에 떨며 쓰러졌다. 철새 떼가 날아가고, 싸락눈이 날리다 그치고, 곱사등이처럼 등이 굽은 중국인 과부가 들판을 걸어왔다. 그녀는 시장에서 족제비 털 한 묶음을 팔고 집으로 돌아가는 길이었다. 그녀는 족제비나 돼지, 너구리, 토끼 같은 짐승의 털을 주워 모아 다발을 만들어서는 시장에 내다 팔아 근근이 먹고살고 있었다. 그녀는 자신의 앞에 엎드려 있는 천복을 내려다보다 하늘을 향해 얼굴을 들었다. 사냥꾼이 날아가는 새를 겨누는 것 같은 눈빛으로 하늘을 노려봤다. 한탄 섞인 말 한마디를 내뱉고 천복을 등에 걸치듯 업었다. 그의 두 다리와 발이 척박하고 차가운 땅에 질질 끌리도록 업고서 마저 들판을 걸어갔다.

그날 밤 그녀의 집에서는 10여 년 만에 등불이 켜졌다. 그녀는 그동안 등불을 켜지 않고 밤을 났다. 그녀의 남편은 퉁푸선 철도를 놓을 때 공사장에서 노역하다 불구가 돼서 돌아와 술로 세월을 보내다 스스로 황허 강물에 뛰어들었다. 그녀는 아들 셋을 낳았는데 둘은 어려서 병으로 죽고, 중추절 즈음에 홍군紅軍*이 돼 집을 떠난 아들은 먼 전쟁터에서 죽었다. 그녀는 시장에서 족제비 털 묶음을 앞에 놓고 앉아 팔로

---

* 산시성을 남북으로 종단하는 철도.
◆ 1927년에 결성된 중국 공산당의 무장 조직.

군이 행진하는 걸 봤다. 그녀처럼 족제비 털을 시장에 가지고 나와 팔던 노인이 팔로군 무리를 보고는 노래를 불렀다. "내 첫째 아들은 지주 나리의 호위병, 둘째 아들은 혁명군, 셋째 아들은 홍군, 넷째 아들은 팔로군이라네. 늙은 애비와 집은 몇째 아들이 지키나……?"

밤새 생사를 오가다 창호지로 새벽빛이 스며들 즈음 의식을 차린 천복에게 중국인 과부는 다짜고짜 말했다.

"남쪽에 시체가 산더미처럼 쌓였어!"

그녀는 자신의 두 눈으로 똑똑히 본 듯 흥분한 목소리로 말했다. 그녀는 난징을 남쪽이라고 했다. 그녀에게는 세상이 그녀가 살고 있는 마을을 중심으로 크게 동서남북 네 갈래로 나뉘어져 있었다.

그녀는 그의 머리맡에 수수죽이 담긴 대접을 놓아두고 집을 나갔다. 어스름 녘에야 황허 나루터에서 주운 보리쌀 반 주먹, 바람이 들어 거메진 무 하나, 붕어 한 마리를 가지고 돌아왔다.

그녀는 집에 오자마자 부엌문을 덜컥 열었다. 그녀의 집에는 문이 부엌문 하나밖에 없었다. 아궁이가 있는 부엌을 지나면 방이었다. 그녀는 그를 보고는 손으로 가슴을 문지르며 말했다.

"양쯔강에 시체가 널렸어!"

그녀는 황허 나루터에서 뱃사공에게 들은 소문을 그에게 전했다. 그녀는 세상 소식을 황허 나루터에서 들었다. 그녀가 돼지털을 팔러 찾아가곤 하는 시장보다 그곳이 더 세상 소식에 빨랐다.

그녀는 아궁이에 불을 때고, 솥에 붕어와 무를 넣고 끓여 그에게 먹였다. 붕어에서 우러나온 기름이 떠 있는 보얀 국물을 입으로 흘려 넣다 말고 그는 그녀에게 물었다.

"내가 누군지 알아?"

"몰라." 중국인 과부는 고개를 저었다. "들판을 걸어가는데 네가 하늘에서 뚝 떨어졌어."

그녀는 하늘을 날아가던 새가 떨어지는 걸 보고는 그가 떨어지는 걸 봤다고 철석같이 믿었다.

"내가 누군지도 모르는데 지극정성이야?"

"너하고 살고 싶으니까. 떠나지 말고 이 집에서 나하고 살아. 나는 남편도 있었고 아들도 셋이나 있었지만, 전부 죽었어. 네가 떠나면 나는 또 혼자 살아야 해. 혼자 외롭게 사느니 무덤 속에 들어가 송장처럼 사는 게 나아."

"그럴까?"

천복은 방랑 생활에 지쳐 있었다. 은붙이 장수가 돼 만주와 중국을 떠도는 동안 끔찍하고 비참한 광경을 너무 많이 봤다. 만주에서 익힌 중국말을 하며, 검은 창파오를 입고 중국인 행세를 하는 것도 신물이 났다. 황해도 곡산 고향으로 돌아가자니 꿈속에서나 돌아갈 수 있는 곳처럼 까마득했다. '내가 여기까지 몇 개의 강을 건너왔나, 몇 개의 산을 넘어왔나, 몇 개의 마을을 지나왔나, 몇 개의 흙바람을 헤치고 왔나.' 그는 만주에서 벌판을 걸어가다 만난 흙바람을 떠올린다. 흙바람은 땅 위에 있는 모든 걸 덮어버렸다. 흙바람이 잦아들면 모든 것이 도로 땅 위에 되돌아와 있었다.

중국인 과부의 이마와 목덜미로 흘러내린 흰 머리카락이 그의 눈에 들어왔다. 그는 자신의 정수리에 수북이 돋은 흰 머리카락은 생각 못 하고, 그녀가 자신보다 나이가 열 살은 더 들었을 거라고 짐작했다.

고향집을 떠날 때만 해도 까맣던 그의 머리는 반백이 됐다. 고향집에는 꽃다운 아내가 있다. 아내는 열아홉 살 모습 그대로 감나무 밑에 서 있다. 그는 기억 속에서 아내를 박제시켰다.

"날이 따뜻해지면 시장에서 닭을 사다 키우자. 붉은 수탉 한 마리하고 황금색 암탉 두 마리를 살까? 내 집 마당에서 수탉이 우는 소리가 마을까지 들리겠지. 마을 여자들이 수탉 우는 소리를 듣고 그러겠지. '천리즈 집에서 닭 우는 소리가 들리네!' 마을에 금세 소문이 퍼지겠지. '천리즈 집에서 닭 우는 소리가 들리네! 천리즈 집에서 닭 우는 소리가 들리네!'"

감정이 격해진 중국인 과부의 눈에서 눈물이 차올랐다. 눈물 한 방울이 그녀의 질기고 거친 볼을 타고 천천히 흘러 턱에 맺혔다 떨어졌다. 눈물방울이 흘러내리며 남긴 자국이 그녀의 볼에 문신 자국처럼 선명히 남았다.

"천리즈?"

"내 죽은 남편."

"천리즈……." 그는 그녀의 죽은 남편이 집 안 어딘가에서 듣고 있기라도 하는 듯 소리 내 중얼거렸다.

"봄이 오면 족제비를 잡으러 뒷산으로 갈 거야. 족제비 털이 가장 비싸. 족제비 털을 팔아서 수탉을 사야지. 뒷산에 족제비가 숨어 있는 데를 알고 있어. 족제비가 새끼를 가졌어. 새끼를 가진 족제비를 잡을 수는 없지. 족제비가 새끼를 낳고 새끼들이 젖을 떼고 어미를 떠나면 그때 잡아야지. 봄이 오면……."

"어디를 가나 여자들은 봄을 기다리는군."

"아, 내 집 굴뚝에서도 그럴듯한 연기가 피어오르겠지. 마을 여자들이 내 집 굴뚝을 바라보며 그러겠지. '천리즈의 집 굴뚝을 봐. 양고기를 삶나 보네.' 아, 창호지에 콩기름도 발라야지. 거울도 사다 달고. 내 얼굴이 어떻게 생겼는지 보고 싶어. 보고 싶지 않았는데 보고 싶어졌어."

꿈을 꾸는 것 같은 중국인 과부의 눈길이 조왕신이 모셔져 있는 부엌 선반을 향했다. 향로가 놓여 있는 선반은 거미줄과 먼지가 부옇게 엉겨 안개가 짙게 긴 것 같았다. 향로에는 부러지고 바스러진 향 두 개가 꽂혀 있었다. 그녀는 자신이 향을 언제 마지막으로 피웠는지 기억조차 나지 않았다.

"조왕신께 절을 올리고 무릎을 꿇고 앉아 치성을 드릴 거야. 군인이 된 아들이 먼 곳에서 죽은 뒤로 조왕신을 잊고 살았어."

중국인 과부는 이튿날도 날이 밝자 집을 나갔다. 어스름 녘에야 귀리 가루 한 되와 감자 세 알, 담배 세 개비를 구해 돌아왔다. 그날 밤 그녀는 거의 두 달 만에 솥에 물을 데워 머리를 감고 목과 팔과 다리와 두 발을 씻었다.

"담배가 어디서 났지?"

"구걸해서 얻었지. 나루터에 갔더니 마침 팔로군을 실어 나르는 배가 들어와 있었어. 계급이 높아 보이는 군인에게 손을 내밀고 담배를 구걸했어."

중국인 과부는 귀리 가루 한 되를 반죽해 끓인 국수의 건더기를 그에게 거의 다 떠 주고, 자신은 국물만 먹었다.

"나는 배가 불러. 나루터에서 호떡 반쪽을 얻어먹었거든."

중국인 과부가 어렵게 양식을 구해 오는 걸 알았지만, 그는 자신의 돼지가죽 가방 속에 든 은붙이와 중국 돈을 내놓지 않았다. 들판에서 쓰러질 때 돼지가죽 가방을 품에 끌어안고 있었다. 돼지가죽 가방을 그는 허베이성 시장에서 샀다. 창파오도 같은 시장에서 사 입었다. 중국인 과부는 그의 가방을 뒤지거나 하지 않았다. 그가 중국인이 아니라는 걸 알고 있는 눈치였지만 그에게 어디서 왔는지 묻지 않았다.

중국인 과부의 집에서 지낸 지 엿새째 되는 날, 그는 그녀에게 물었다.

"전쟁은 어떻게 돼가고 있지?"

"일본군이 아이들과 노인들뿐 아니라 아기를 가진 여자도 죽이고 있어!" 그녀는 여전히 자신의 두 눈으로 똑똑히 본 듯 말하고는 덧붙였다. "결국은 중국이 이길 거라고 했어."

"누가?"

"뱃사공이. 그의 아들은 팔로군이 돼 떠났어. 중국이 전쟁에서 이기면 그의 아들도 집으로 돌아오겠지?"

"못 돌아올 수도 있지."

"전쟁에서 이겼는데?"

전쟁에서 이겨도 돌아오지 못할 수 있다는 그의 말을 그녀는 이해하지 못했다.

열흘째 되는 날, 그는 집 밖으로 나갔다. 그는 남쪽을 바라보고 섰다. 마침 남쪽에서 바람이 불어왔다.

"대포 소리는커녕 총소리 하나 안 나는군!"

그는 혹시나 바람에서 피 냄새가 맡아질까 싶어 숨을 크게 들이마셨지만 메마른 흙냄새와 닭똥 냄새만 맡아졌다.

그는 남쪽으로 더 걸어 내려갔다. 노을이 깔릴 때까지 남쪽을 바라보며 서 있다가 중국인 과부의 집으로 돌아왔다.

춘절이 지나자 중국인 과부는 그가 떠날까 봐 초조해했다. 집에 돌아오자마자 부엌문을 덜컥 열고 그가 있는지 살폈다. 그가 있는 걸 확인하는 순간 그녀의 눈에는 안도의 빛이 어렸다. 그는 겨울을 나며 살이 올라 있었다.

나루터에 다녀오는 길에 바위 사이로 개나리가 피어 있는 걸 본 중국인 과부가 말했다.

"내일은 뒷산에 족제비를 잡으러 갈 거야."

중국인 과부가 족제비를 잡으러 뒷산으로 올라가고 그는 그녀의 집을 떠나왔다.

천복은 눈의 초점을 흐리고 발을 내딛는다.

"은가락지라도 떨어뜨려주고 올 걸 그랬어."

돼지가죽 가방을 그는 상하이에서 잃어버렸다.

82

유행양화점 종업원 옥자는 쌀 한 섬 값인 노란색 뾰족구두를 바라보고 있다. 열일곱 살에 도항해 고베에서 제화 기능을 익히고 돌아온 제화공이 폴란드에서 수입한 쇠가죽으로 지은 구두가 그녀에게는 쌀 한 섬으로 보인다.

그녀는 어릴 때 도회지의 부잣집 여자들이 쌀 두 섬을 발에 매달고 다닌다는 희한한 소문을 들었다. 두 발에 쌀 두 섬을 매달고 뽐내며 웃고 있는 모던 걸을 풍자한 그림을 잡지에서 보기도 했다.

열일곱 살인 그녀는 전화교환수가 되고 싶어서 부산에 살고 있는 고모를 무작정 찾아왔다. 부산에 와서야 전화교환수가 되려면 보통학교를 졸업해야 한다는 걸 알았다. 젊어서 이혼하고 초량에서 다방을 하는 고모는 그녀를 유행양화점에 취직시켜줬다.

"부산진역에서 열차를 타고 물금역까지 가, 5리 길을 걸어 들어갔지. 쌀 한 가마니가 12원 할 때였단다. 쌀 한 가마에 반 가마를 더 얹은 값을 받고 가죽 구두를 맞춰줬어."

주인 여자는 전보로 구두 주문을 받고 발 치수를 재러 다니던 시절의 얘기를 옥자에게 해주곤 한다. 며칠 전에는 해운대 온천욕장까지 가서 온천욕을 하러 온 일본 여자의 발 치수를 잰 얘기를 들려줬다.

주인 여자가 곗돈을 주러 가고, 혼자 남겨진 옥자는 유행양화점에 진열돼 있는 구두들을 바라본다. 검은색 평구두, 백색 평구두, 검은색 뾰족구두, 갈색 뾰족구두, 목이 긴 구두, 끈이 달린 구두, 리본이 달린 구두, 앞코에 꽃무늬가 새겨져 있는 구두. 염가로 팔고 있는 구두들에는 원가와 싸게 내린 가격이 함께 적힌 종이가 꼬리처럼 매달려 있다.

그녀는 유행양화점 점원이 된 지 두 달이 넘었지만 진열돼 있는 구두들을 신어보지 못했다. 구두들은 그녀에게 그림의 떡이나 마찬가지다. 구두를 신으면 어떤 기분일지 그녀는 몹시 궁금하다.

그녀는 스스로도 의식하지 못하는 새에 쌀 한 가마니 값인 뾰족구두 앞에 서 있다. 그녀는 그것을 집어 든다. 구두에서 나는 쇠가죽 냄새와 염료 냄새를 맡다가 바닥에 내려놓는다.

구두는 언뜻 보기에도 그녀의 발보다 작아 보인다. 하지만 지금 그 구두를 신어보지 않으면 영원히 신어보지 못할 것이고, 어떤 기분이 드는지 영원히 알 수 없을 거라고 그녀는 생각한다.

옥자는 흰 고무신을 벗는다. 면양말도 벗는다. 구두로 발을 내민다. 엄지발가락을 구두 속으로 밀어 넣는다. 자신의 발보다 작은 구두가 올가미가 돼 자신의 발을 놓아주지 않으리라는 걸 모르고 나머지 발가락들도 억지로 구기며 밀어 넣는다.

83

소복은 또 다른 세상인 거리를 바라본다. 앞서 지나온 거리처럼 그 거리도 사람들로 넘쳐난다. 또다시 속수무책의 심정이 돼, 울상을 짓고 사람들을 바라보며 서 있는 그녀의 귀에 비탄에 잠긴 목소리가 들려온다.

"아, 누가 날 여기에 데려다놨을까?"

거리를 휘둘러보는 소복의 눈에 천복이 들어온다. 그는 두 팔을 부러진 가지처럼 늘어뜨리고 유행양화점 앞에 서 있다. 조금 전까지 천복 앞에 서 있던 동수는 그새 가버리고 없다.

"아, 누가 날 여기에 데려다놨을까?"

소복의 귀에는 또렷이 들리는 그 목소리가 전혀 들리지 않는 듯 사람들은 천복에게 눈길조차 주지 않고 지나가버린다.

면도를 말끔히 하고 광복이발관을 나선 검은 양복 차림의 사내가 또박또박 걸어오더니 천복의 몸에 삼켜진다. 빈 지게를 지고 기운 없이 걸어가던 늙은 지게꾼도 지게와 함께 그의 몸에 삼켜진다. 교복 차림의 여학생과 남학생도, 고급스런 벨벳으로 지은 치마저고리를 빼입은 아가씨도, 살이 찌고 손목에 금시계를 찬 사내도, 신문팔이 소년도, 재첩국 행상도 걸어와 그의 몸에 삼켜진다.

그 거리의 인간들이 무지렁이, 지식인, 부자, 가난뱅이, 민족주의자, 공산당원, 극우, 장사치, 교사, 학생 할 것 없이 차례로 천복의 몸에 삼켜지는 걸 소복은 악몽을 꾸듯 고통스러워하며 지켜본다.

마치 구렁이가 먹잇감을 삼키듯, 천복의 몸은 인간을 닥치는 대로 삼킨다.

한 명, 두 명, 세 명…… 삼킨 인간의 수가 늘어날수록 천복의 몸은 커지는 게 아니라 오히려 쪼그라든다.

천복은 만인萬人을 품고 더할 수 없이 비참해진 몸을 떨며 절규한다.

"아, 누가 날 여기에 데려다놨을까?"

84

유행양화점의 유리문을 열고 옥자가 또각또각 소리를 내며 걸어 나온다.

조금 전까지 그 앞에 서 있던 천복은 가버리고 없다. 소복은 봇짐을 끌어안고 멀거니 서서, 인간들로 들끓는 거리로 깊숙이 걸어 들어가는 천복을 안타까이 바라보며 서 있다.

옥자의 두 발에는 폴란드산 쇠가죽으로 만든 노란색 뾰족구두가 신겨 있다. 구두 굽의 높이가 더해져 키가 5센티는 커진 그녀는 아찔하고 울렁거리는 현기증을 느낀다. 세상이 자신의 두 발 밑에 펼쳐져 있는 것 같다. 그녀는 구두 속에 자신의 두 발이 영원히 갇혔다는 걸 미처 깨닫지 못하고는 우쭐해한다. 그녀는 발가락이 우그러지도록 발을 조여 오는 구두에 자신의 운명을 내맡기고 또각또각 구두 소리를 울리며 거리를 걸어간다.

유행양화점 뾰족구두가 놓여 있던 자리에는 흰 고무신이 놓여 있다.

85

태옥의 발밑에는 타버린 성냥개비가 수북이 쌓여 있다. 성냥갑에는 이제 한 개비의 성냥밖에 남아 있지 않다. 곗돈을 주러 간 며느리는 아직 돌아오지 않았다. 태옥은 성냥갑 속으로 손가락을 넣어 성냥개비를 집어 든다. 적린 마찰면에 성냥개비를 그으려던 그녀의 손이 오므라든다. 그녀는 성냥개비를 손에 꼭 쥐고 천천히 몸을 일으킨다.

여전히 유행양화점 앞에 넋 놓고 서 있는 소복의 눈에 태옥이 들어온다. 자신만큼 늙은 여자가 가만가만 발을 놓으며 걸어오고 있다.

"아주머니, 어디 가세요?"

태옥이 소복을 바라본다.

"어딜 그렇게 가세요?"

"빚(빛) 갚으러 가요." 태옥이 말한다.

"빚(빛)이요?" 소복이 묻는다.

"20년도 더 전에 진 빚(빛)이요."

소복은 그제야 태옥의 손에 들린 성냥을 바라본다.

"20년도 더 전 동지 즈음이었답니다. 실오라기같이 늙은 지게꾼이 내 가게를 찾아와서는 성냥 한 개비를 구걸했답니다. 내 가게에 성냥이 서른 갑이나 쌓여 있었지만 나는 늙은 지게꾼에게 성냥 한 개비를 내주지 않았답니다. 한 갑도 아니고 한 개비를 구걸하는 지게꾼이 못나 보이기도 하고, 성냥 한 개비가 아깝더군요. 한 개비를 내주면 또 한 개비를 구걸하러 오겠지 싶은 생각도 들었답니다. 아무리 구걸해도 내가 성냥 한 개비를 내어줄 것 같지 않았던지 늙은 지게꾼은 더 조르지 않고 돌아서서 가버렸답니다. 나는 지게꾼이 다시 찾아와 성냥 한 개비를 구걸할까 봐 서둘러 가게 문을 닫았답니다……." 태옥은 회한 어린 숨을 토하고 나서야 다시 말을 잇는다. "성냥갑 속에 한 개비밖에 남지 않은 성냥을 보고서야 내가 지게꾼에게 성냥 한 개비를 빚졌다는 걸 깨달았답니다."

"그래서 그 빚(빛)을 갚으러 가시는 길이신가 보네요."

"네, 오늘이 아니면 영영 못 갚을 것 같아서요."

"아주머니는 참 착한 분이시네요." 소복이 말한다.

"내가요?"

"오래전에 진 빚(빛)을 잊지 않고 갚으려고 하시니 말이에요."

소복의 말에 태옥은 고개를 흔든다.

"나는 지게꾼이 어디 살고 있는지도 모른답니다. 어디 살고 있는지도 모르면서 빚(빛)을 갚고 싶어서 성냥 한 개비를 들고 가게를 나섰답니다. 더구나 지게꾼은 그때 벌써 백발이 성성한 노인이었답니다. 아주머니, 내가 빚(빛)을 갚을 수 있을까요?"

"그럼요, 그럼요." 소복은 말그스레한 눈빛으로 태옥을 바라보며 고개를 끄덕인다.

　　오늘 처음 우연히 거리에서 마주친 두 늙은 여자는 서로를 향해 소리 없는 웃음을 지어 보인다.

86

"아저씨, 저 20전만 꿔주세요."

천복이 하늘을 향해 들린 고개를 끌어당겨 내리며, 경태가 쭈뼛쭈
뼛 자신 앞으로 내미는 손을 내려다본다.

방금 세상에 태어난 아기의 손처럼 경태의 손은 비어 있다. 그러나
유심히 들여다보면 시나마치 거리에서 중국 여인이 20전 대신 들려 준
만두에서 흘러나온 기름으로 얼룩져 있다.

"20전?"

"제가 급하게 전보를 쳐야 해서요."

"얘야, 혹시 누가 날 여기에 데려다놨는지 아느냐?"

경태가 큼직한 눈을 깜박이며 천복을 올려다본다.

"얘야, 처음에 나는 황해도 곡산에 있었단다."

"처음에요?"

"그래, 처음에…… 어느 날 짚신 한 짝을 잃어버리는 꿈을 꾸고 깨어
났더니, 내가 간도 쑹화강 인근의 철도 놓는 공사장에서 침목 박는 일
을 하고 있더구나. 간도인, 중국인, 조선인이 뒤섞여 일본인 감독 밑에

서 일하고 있었단다. 하루 품삯을 돈으로 주는데 그 돈으로 닭 두 마리를 살 수 있다는 소문을 듣고 백 리, 2백 리 밖에서 사내들이 찾아왔단다. 공사장에서 사귄 간도인은 보름 동안 일하고 받은 품삯으로 새끼 돼지 한 마리를 사 들고 집으로 돌아갔단다. 닷새 뒤에 다시 공사장으로 돌아온 간도인은 또 보름을 꼬박 일하고 받은 품삯으로 새끼 돼지 한 마리를 또 사 들고 집으로 돌아갔단다. 그리고 돌아오지 않았지. 나중에 다른 간도인에게 들으니 제철소에서 철 덩어리를 깎는 일을 하고 있다고 하더구나. 어릴 때 어머니 등에 업혀 간도로 왔다는 조선인이 그러더구나. '콩, 옥수수 심어 먹던 땅에 철로가 놓이고 제철소가 들어설 줄 누가 알았겠소.'

나는 고향집으로 가지 않았단다. 낭낭제*가 한창일 때 철도 공사장을 떠나 지린을 찾아갔단다. 철도 공사장에서 일 년 넘게 일해 모은 품삯을 밑천 삼아 지린성에서 은붙이 장수가 됐단다. 지린역에서 기차를 타고 남쪽으로 내려가 창춘까지 갔지. 창춘 시내에서 거지 떼처럼 떠도는 조선인들을 봤단다. 국숫집 앞에 모여 있던 중국인들이 조선인들을 손가락질하며 그러더구나. '소작료를 안 내 쫓겨났대요!' 손가락질하는 중국인들에게 화가 나면서도, 조선인들이 부끄럽고 보기 싫어서 나는 그곳을 서둘러 떠났단다.

나는 창춘에서 기차를 타고 선양까지 내려갔단다. 선양역에서 희한한 광경을 봤단다. 중국인 사내들이 한자가 앞뒤로 크게 적힌 조끼를 걸치고 역 앞 광장에 벽처럼 나란히 서 있었단다. 여관 호객꾼들이

---

* 娘娘祭, 봄을 맞아 부녀자들이 소원을 빌며 벌이는 축제.

었단다. 여관 이름이 쓰인 조끼를 걸치고 역 광장에 모여 서 있다가, 역사에서 사람들이 나오면 여관 이름을 외치기 시작했단다. 사지 멀쩡한 사내들이 호객 행위 하는 걸 구경하고 있자니, 세상에 별 희한한 직업도 다 있다는 생각이 들어 웃음이 나더구나. 조끼에 쓰인 한자만 다를 뿐 비슷하게 차려입어서 쌍둥이 같은 사내들 중에 유독 내 눈에 띄는 사내가 있더구나. 사내는 마치 밭에 씨앗을 뿌리듯 한 손을 허공에 대고 휘휘 내저으며 여관 이름을 외치고 있었단다. 사내는 씨앗을 한 움큼 움켜쥐고 있기라도 한 듯 손을 둥그스름히 오므리고 있었단다. 남들에게, 그리고 자기 자신에게 손이 비었다는 걸 들키지 않으려는 듯 구부린 손가락을 절대 펴지 않았단다. 나는 사내의 발에 신긴 신발을 살폈단다. 제법 깨끗한 옷과 다르게 검은 신발에 흙이 더럽게 묻어 있더구나. 나는 사내를 바라보며 속으로 중얼거렸단다. '오늘 아침까지 밭에 씨앗을 뿌리던 저 사내를 누가 이곳에 데려다놓았을까? 사내의 손에 들려 있던 씨앗은 다 어디로 갔나? 뿌릴 씨앗이 없으니 추수 때가 돼도 사내는 거둘 게 없겠구나!'

나는 사내에게서 눈길을 거두고 역 광장 앞 거리를 바라봤단다. 우마차, 인력거, 자동차, 전철, 자전거, 손수레, 사람 들이 뒤엉켜 떠다니고 있었단다. 나는 길바닥에 솥을 내걸고 음식을 만들어 팔고 있는 곳으로 발을 놓았단다. 국수, 만두, 삶은 돼지고기, 양고기탕, 양꼬치, 탕후루, 전병, 호떡…… 나는 국수를 한 그릇 사 먹고 랴오닝성 쪽으로 발을 놓았단다. 일본인들이 그곳까지 들어와 랴오닝성 문 밖에 자신들만의 마을을 이루고 살고 있더구나. 랴오닝성의 뒤주 같은 여관방에서 묵은 지 이틀째 되는 날, 나는 도둑시장*에서 은시계를 하나 샀단다.

장사꾼들이 가지고 나와 파는 물건들 대개가 장물인 그 시장에 뱀을 파는 사내가 있었단다. 낯빛이 가지처럼 보랏빛인 중국인 사내가 살아 있는 뱀을 목에 걸어 보이며 팔고 있었단다. 불쑥 그런 생각이 들더구나. '저 뱀 장수는 어쩌다 뱀 장수가 됐을까. 돼지 장수, 닭 장수, 염소 장수, 소 장수가 될 수도 있었을 텐데 말이야. 누군가는 뱀 장수가 돼야 하니까 뱀 장수가 됐을까.'

누군가는 뱀 장수가 돼야 하니까 뱀 장수가 됐을 거라는 생각은 내 머릿속 깊숙이 뿌리를 내렸단다. 비렁뱅이를 보고서도 나는 똑같은 생각을 했단다. '누군가는 비렁뱅이가 돼야 하니까 비렁뱅이가 된 걸 거야.'

선양을 떠나올 때쯤 일본 관동군이 철도 선로를 폭파시켰다는 소문을 들었단다.◆ 중국 동북군 군복을 입은 중국인 시체 세 구가 있었지만 일본군의 묘략이라는 사실이 밝혀졌지. 그 이듬해에는 간도가 일본 식민지가 됐다는 소문을 들었지.

나는 기차역에서 백 리, 2백 리, 3백 리 떨어진 마을들을 찾아다니며 은붙이를 사고팔았단다. 어느 마을에서는 사람들이 사과를 따고 있고, 어느 마을에서는 목화를 따고 있고, 어느 마을에서는 양을 치고 있고, 어느 마을에서는 수수를 베고 있고, 어느 마을에서는 돼지를 잡고 있고, 어느 마을에서는 사내들이 탄을 캐고 있고……

선양에서 기차로 한 시간 조금 넘게 가면 닿는 푸순에서 탄을 캐고

● 선양에서 열리던 벼룩시장.

◆ 류탸오후 사건(柳條湖事件)이라고 한다. 일본 관동군이 만주를 침략할 목적으로 벌인 자작극이다. 관동군은 1931년 9월 18일 밤 10시 30분경 류탸오후에서 만철 선로를 스스로 폭파하고 이를 중국 동북군의 소행이라고 발표한다.

있는 중국 사내들을 봤단다. 불모지처럼 까만 땅에서 쉴 새 없이 석탄을 캐고 있는 사내들이 내 눈에는 한없이 미련하고 불쌍해 보이더구나. '해가 떠서 질 때까지 소처럼 탄을 캐다 늙겠지. 세상 구경 한 번 제대로 못하고 죽겠지.'

다롄역에서 북쪽으로 백 리쯤 떨어진 마을에서 중국인 늙은이를 만났단다. 새하얀 머리를 신선처럼 풀어헤치고 수박밭에서 수박 꽃을 따고 있었단다. 나를 보고는 막 딴 수박 꽃을 땅에 떨어뜨리며 탄식하더구나.

'제스환훈借屍還魂.'

내게 하는 말인 줄 알았는데 아니더구나. 늙은이는 수박 꽃을 따 땅에 떨어뜨릴 때마다 똑같은 말을 읊었단다. '제스환훈.'

지나가던 여자가 내게 그러더구나.

'미친 늙은이라오. 얌전히 미쳐서 남의 수박밭에서 꽃이나 따고 있다오.'

나는 간도에서 간도인에게 배운 중국어로 물었단다.

'왜 미쳤소?'

'공산당원 아들이 폭동에 가담한 죄로 총살을 당하고 슬픔과 원통함을 견디지 못해 미쳐버렸다오.'

늙은이가 수박 꽃을 땅에 떨어뜨리며 읊던 말의 뜻을 세월이 한참 지나서야 알았단다. 남의 죽은 몸에 영혼을 담아 새로운 생명을 얻는다는 뜻이더구나. 내가 세상을 떠돌며 얻은 고사성어가 하나 있다면 '제스환훈' 그것 하나인데 쓸 일이 없구나.

다롄에서 다시 선양으로 올라와 기차를 타고 칭다오로 가며 메마른 땅이 끝없이 펼쳐져 있는 걸 봤단다. 땅에 나무 한 그루, 풀 한 포기 없었단다. 새 한 마리 날아가지 않더구나.

그 어느 해 봄에는 아기 눈동자처럼 맑은 호수가 있는 마을에 들었다가 경극이라는 걸 봤단다. 중국의 광대들이 부처님 앞에 알록달록 총천연색 무대를 꾸미고, 그 위에서 춤을 추고 노래를 부르고 있었지. 살아 있는 인간이 아니라, 바위를 깎아 만든 부처님께 보여 드리려고 말이다. 얼굴을 꽃처럼 치장하고, 공작의 날개같이 생긴 걸 머리에 쓰고, 나비처럼 화려하게 차려입고 춤을 추더구나. 새, 호랑이, 멧돼지, 꿩, 여우, 노루…… 짐승들이 내는 것 같은 소리로 노래를 부르더구나. 바윗덩이에 부처님 얼굴을 새기고 그 앞에서 재롱 잔치를 벌이고 있는 인간들이 내 눈에는 어리석고 우스워 보이더구나. '아, 우습다!' 그런데 내가 눈물을 흘리고 있더구나. 깊은 산속에 사는 새의 울음소리처럼 구슬픈 노래를 들으며 철철 눈물을 흘리며 흐느끼고 있더구나. 그 마을을 떠나 다른 마을로 갔더니 그곳에서도 광대들이 그 마을의 절에 모셔져 있는 부처님을 위해 춤을 추고 노래를 부르고 있더구나.

어느 해 가을에 찾아든 마을에서는 울고 있는 중국인 사내를 만났단다. 재를 뒤집어쓴 듯 검은 창파오를 걸친 사내가 냇가에 앉아 훌쩍훌쩍 울고 있더구나. 내가 물었단다. '왜 우오?' 중국인 사내가 그러더구나. '내가 보따리 장사꾼이라오. 장사를 다녀왔더니, 그새 마누라 머리가 백발이 되고, 젖먹이 아들은 자라서 군인이 돼 집을 떠났지 뭐요.'

톈진, 허베이, 지난, 통관…….

마을들을 돌아다니다 보면 극락세계처럼 평화로워 보이는 마을이 있단다. 바람에서 다디단 과일 향기가 나고 소들은 풀을 뜯고 있고. 하지만 그런 마을에도 매 맞는 아이들과 우는 여자들이 있었단다. 굶고 있는 늙은이들이 있었단다.

사람 살 곳이 못 되는 땅에 정착해 가축을 키우며 3대, 4대를 이어 가며 살고 있는 이들이 있었단다.

황해도 곡산의 내 고향 냇가에서 붕어를 잡는 꿈을 꾸고 깨어나 눈을 떠보니 우한이더구나.

조선인을 만나면 조선인 행세를 하고, 일본군이 점령한 곳에서는 일본인 행세를 하고, 중국의 마을을 돌아다닐 때는 중국인 행세를 했단다.

사람이 산다는 게 뭘까? 사람이 산다는 게 뭔지 중국인 과부는 알고 있었던 게 아닐까?

나는 떠돌이 은붙이 장수.

나는 은붙이를 한 덩이라도 사거나 팔면 신발에 묻은 흙을 털 새도 없이 서둘러 그 마을을 떠났단다. 탄 캐던 사내들을 한심해하며 비웃었지만, 나는 은붙이 장수가 되고 나서 하루도 두 눈을 온전히 감고 잠든 날이 없단다. 두 다리를 편히 뻗고 잠든 적이 없단다.

얘야, 나는 내가 선양의 도둑시장에 있는 것 같은 착각에 빠지곤 한단다. 뱀 장수가 돼 뱀을 목에 감고 웃으며 서 있는 것 같단다."

끝을 모르고 이어지는 천복의 말을 끊으며 경태가 낭랑한 목소리로 말한다.

"제가 알아요!"

"뭐?"

"누가 아저씨를 여기에 데려다놨는지 제가 알아요!"

"그래? 누구냐? 누군지 말해주면 네게 20전을 주마. 마침 내 수중에는 20전이 있단다. 20전에서 한 푼도 남지 않고 모자라지도 않지. 그러니까 20전은 은붙이 장수 길천복의 전 재산이란다. 일평생 하늘의 복을 받으며 살라고 할아버지가 지어준 천복의 수중에 남아 있는 전부란다."

"누가 아저씨를 여기에 데려다놨냐면 말이에요……."

17부

쌀알은 어디서 왔지?

87

어둑하고 습한 소 막사 안쪽에서 언청이 여자와 아이가 주고받는 소리가 들려온다. 쥐가 낸 구멍으로 비쳐 드는 빛이 그들의 보금자리에 환히 고여 있다.

"쌀알은 어디서 왔지?"

"벼요?"

묻는 투로 대답하는 아이 앞에 쌀 한 톨이 놓여 있다. 어제 언청이 여자가 배급소에서 받아온 쌀에서 골라놓은 쌀알은 갱지 위에 있다.

쌀알은 완벽한 흰색은 아니지만 거무스름한 갱지 위에 놓여 있는 데다 빛을 받아 희게 보인다.

"벼는 어디서 왔지?"

언청이 여자는 찢어진 입을 흰 무명천 조각으로 살짝 가리고 있다. 그래서 그녀의 목소리는 무명천 조각 너머에서 들려온다. 그녀는 아이에게 찢어진 입을 보여주고 싶지 않을 때가 있다. 그럴 때면 흰 무명천 조각으로 입을 덮듯 가린다.

"모요."

"모가 뭐지?"

"나처럼 어린 벼요."

"모는 어디에 심지?"

"손바닥처럼 평평한 땅에요."

"땅이 뭐지?"

"흙이 모여 있는 거요."

"흙은 뭐지?"

"흙은 나무뿌리를 덮어주는 거요."

"벼는 언제 심지?"

"봄에 심어요."

"봄이 무엇이지?"

아이는 눈을 끔벅이며 엄마의 눈동자를 바라본다. 엄마의 눈동자는 아이만을 바라보고 있다. 오로지 아이를 바라보려고 눈동자를 갖고 있는 것 같다.

"노란 개나리꽃이요, 분홍 진달래꽃이요. 눈이 녹고, 땅이 시루떡처럼 따뜻해지고, 봄에는 아기가 태어나요."

만주에 살 때였다. 개나리가 피고 아이는 아기가 태어났다는 소식을 들었다. 아이는 엄마와 우마차를 타고 아기를 보러 다녀왔다. 이모의 품에 안겨 있던 아기는 그때껏 아이가 본 사람들 중에서 가장 작고 예쁜 사람이었다.

언청이 여자의 질문은 계속된다.

"벼는 언제 익지?"

"여름에 익어요."

"여름에는 무슨 새가 울지?"

"두견새가 쪽쪽 쪽쪽쪽쪽 울어요."

학교에 다닌 적이 없어서 가르치고 배우는 걸 어떻게 하는지 모르는 언청이 여자는 그렇게 자신이 알고 있는 것들을 자신의 방식으로 아이에게 가르친다. 그녀는 아이에게 글자와 숫자를 가르치고 싶지만 그런 것들을 어떻게 가르쳐야 하는지 모른다. 기역은 왜 기역이고 니은은 왜 니은인가. 기역은 어떻게 '가'가 되고 '강'이 되고 '강물'이 되는가. 그녀는 아이에게 강물을 글자로 옮겨 쓰는 걸 가르치고 싶은 마음보다 강물은 어떤 소리를 내며 흘러가는지 들려주고 싶은 마음이 앞선다.

"벼가 잘 익으려면 뭐가 있어야 하지?"

"해가 쨍쨍 내리쬐야 해요, 바람이 살살 불어야 해요, 비가 촉촉하게 열 번은 넘게 내려야 해요."

"비는 어디서 내리지?"

"하늘에서요."

"바람은 어디서 불어오지?"

"동서남북에서 불어와요. 엄마는 남쪽에서 불어오는 바람을 좋아해요. 남쪽에서 불어오는 바람은 제비를 몰고 와요."

꼬리를 물고 이어지는 질문에 아이는 참을성을 갖고 대답한다. 아이는 생김새도, 성격도 외할아버지를 꼭 닮았다.

언청이 여자의 질문은 아직 끝나지 않는다.

"모는 누가 심지?"

"사람이요."

88

언청이 여자는 소 막사 마당 한쪽에서 화로에 숯을 피운다.

부엌 딸린 방을 구하기 전까지 살아야 하는 소 막사에서 그녀는 화로에 숯을 피워 밥을 짓고 국을 끓이고 마실 물을 데운다. 소 막사에 들어와 살고 있는 여자들은 그녀처럼 화로를 마당에 내놓고 숯을 피워 밥을 짓고 국을 끓인다.

마당 여기저기서 빨래가 시큼한 양잿물 냄새를 풍기며 말라가고 있다. 빨랫줄에 걸쳐놓은 쑥색 군용 담요에서 물이 뚝뚝 떨어진다. 쥐가 마당을 가로질러 재빠르게 소 막사 안으로 들어간다. 애를 업은 여자가 조금 전에 휙 뿌리고 간 구정물로 검푸르죽죽한 파리가 날아든다.

엊그제 식솔을 이끌고 소 막사로 들어온 사내는 부두에서 주운 판자때기들을 이어 붙여서 벽을 만들고 있다. 탕, 탕, 탕 못 박는 소리가 소 막사 마당에 울린다. 망치질을 하는 사내의 뒤에는 판자때기, 양철 조각, 썩은 그물, 신문지 뭉치, 깨진 벽돌 등이 뒤섞여 수북이 쌓여 있다. 사내가 주워 모은 것들이다. 사내는 벽을 만들어 치고 문을 짜서 달 것이다. 선반을 만들어 달고 반듯한 창틀을 짜 창을 낼 것이다. 땅

딸막한 사내의 머릿속에는 집을 어떻게 꾸밀지 구상이 서 있다. 남들이 함부로 들여다볼 수 없는 집, 장딴지가 굵어지고 있는 세 딸을 도둑놈들로부터 지켜줄 집, 다섯 식구가 밥상에 둘러앉아 오순도순 밥을 먹고 한 이불을 덮고 맘 편히 발 뻗고 잘 집.

썩은 그물은 빨랫줄이 되고, 신문지는 벽지가 된다. 깨진 벽돌로는 쥐가 판 구멍을 막는다. 소 막사에는 사내 같은 이들이 또 있어서, 소 막사는 때우고 붙이고 뚫고 메운 자국들이 하나씩 늘어가고 있다.

우편국에 전보를 부치러 외출하는 길인 늙수그레한 사내가 뒷짐을 지고 서더니 한마디 한다.

"소 막사가 겨울에는 말도 못하게 추워요."

"겨울에는 어디나 춥지요." 사내는 야무진 목소리로 대꾸하고는 망치질을 계속한다.

늙수그레한 사내는 폐병이 틀림없는 기침을 한바탕 쏟고 나서야 발을 놓는다.

함께 범내에서 빨래하고 돌아온 여자들은 햇볕을 쬐며 고구마 한 덩이를 사이좋게 나눠 먹고 있다. 고구마가 들린 여자들의 손은 말린 목이버섯처럼 쪼글쪼글하다.

덩치가 큰 여자가 또 뜬금없는 소리를 내뱉는다.

"우리 집 양반은 장사하고 싶어서 밤마다 아주 미쳐."

"뭔 장사?"

"장사!"

40여 년 뒤에 자신이 술장사 빼고는 안 해본 장사가 없다고 말하게 되리라는 걸 덩치 큰 여자는 꿈에도 모르고 있다.

가자미 서른여 마리를 빽빽하게 널어놓은 철망 앞에 눈이 먼 노파가 옹송그리고 앉아 있다. 가자미를 훔쳐 가지 못하게 지키고 앉아 있는 것이다. 가자미가 꾸덕꾸덕 마르면 노파의 며느리는 마른 가자미를 대야에 담아 이고 팔러 다닐 것이다. 중국에서 살다 온 노파의 며느리는 부산에서 생선 행상이 됐다. 해가 기울고 며느리가 와서 가자미를 거둘 때까지 노파는 소 막사에 딸린 공동변소 말고는 아무 데도 가지 않는다. 노파는 오줌이 마려우면 소 막사를 향해 목을 빼고 손녀의 이름을 애타게 부른다. 노파의 눈이 멀었다는 걸 언청이 여자는 알고 있지만 모르는 척한다. 심심한 노파는 구시렁구시렁 혼잣소리를 한다.

"이 늙은이야 고향 가서 살다가 고향 땅에 묻히는 게 소원이지만 아들하고 며느리 맘은 어디 그런가요? 고향서는 모시 농사 말고는 먹고 살 게 없어서 아들하고 며느리가 안 가려고 하네요."

언청이 여자는 찢어진 입으로 바람을 불어 숯에 붙은 불을 키운다. 그녀의 아이는 양은냄비 속 쇳빛 물고기들을 들여다보고 있다. 아이는 물고기를 만져보고 싶어서 손가락을 꼼지락거린다.

"안 물어."

겁이 많은 아이는 검지 끝을 물고기의 볼록한 배에 댔다가 얼른 뗀다.

"죽은 물고기라서 못 물어."

정오 즈음이었다. 소 막사의 처마 그늘에서 아이의 머리카락에 기어 다니는 이를 잡아주고 있는데 말똥이 찾아왔다. 등에 짊어진 포대 자루를 땅에 내리더니 쇳빛 물고기를 꺼냈다.

"자, 받아요."

그녀는 얼떨결에 손을 내밀어 물고기를 받았다. 말똥은 포대 자루에서 쇳빛 물고기 한 마리를 또 꺼냈다.

"자, 한 마리 더 받아요."

하늘에서 뚝 떨어진 듯 자신의 손바닥에 놓여 있는 물고기 두 마리를 물끄러미 내려다보던 그녀는 그제야 자신들에게 먹으라고 준 물고기라는 걸 깨닫고 말똥에게 물었다.

"어르신, 저희에게 이 귀한 물고기를 두 마리나 주시나요?"

"내가 오늘 물고기를 아주 많이 잡았다오. 집에 식구라고는 마누라하고 나 둘뿐이어서 오늘 잡은 물고기를 밤새 먹어도 다 먹을 수 없다오. 배 타고 나가 잡은 물고기들을 도로 바다에 놓아줄 수도 없고 썩게 내버려두자니 아까워 주는 것이라오."

"하지만 저희는 어르신께 드릴 게 없답니다."

"오늘 아침에 주지 않았소."

"제가요?"

말똥은 중풍으로 쓰러질 때 비뚤어진 입을 벌리고 웃는다.

"제가 오늘 아침에 어르신께 뭘 드렸나요?"

"준 사람은 기억을 못 하지만 받은 사람은 기억을 하는 법이라오."

말똥은 그러고는 포대 자루를 들어 등에 짊어지고 뒤틀린 다리를 휘젓듯 내딛으며 언덕 쪽으로 올라갔다.

언청이 여자는 물고기의 이름을 모른다. 그래서 아이에게 물고기 이름을 가르쳐주지 못한다. 말똥이 두 마리나 주고 간 물고기는 그녀가 처음 보는 물고기다. 가도 가도 땅인 만주에서 태어나고 자라서 그녀는 바닷고기를 좀처럼 구경하지 못했다.

언청이 여자는 화로 위에 석쇠를 놓고 달구어질 때까지 기다린다. 양은냄비에서 쇳빛 물고기 한 마리를 꺼내 석쇠 위에 올린다.

치익치익 소리와 함께 물고기의 쇳빛 비늘이 타들며 살이 익는 냄새가 그윽하게 퍼진다. 그녀는 물고기를 한 마리만 굽는다. 다른 한 마리는 남겨뒀다가 남편이 돌아오면 구워 내놓을 것이다.

그녀의 맞은편에서 화로를 피우고 양은들통에 죽을 쑤던 여자가 화로 위 물고기를 흘끔흘끔 쳐다본다. 거무스름한 나무 주걱으로 양은들통 속의 죽을 힘없이 저으며 말한다.

"물고기 굽는 냄새가 기름지고 고소하니 좋네요."

여자는 보리쌀 한 주먹과 무청 한 다발에 된장을 풀어 넣고 죽을 쑤고 있다. 익은 보리쌀이 무청과 엉겨 떠오르며 푹푹 소리를 낸다. 여자는 한창 크고 있는 자식이 셋이나 된다. 자식들을 바라보면 참새 새끼 세 마리가 둥지 속에서 자신을 향해 쨱쨱 쨱쨱 부리를 벌려대고 있는 것 같다. 여자는 보리쌀 한 주먹을 불리고 불린다.

여자의 가늘어진 눈이 언청이 여자의 양은냄비를 집요히 바라본다. 여자는 그 안에 쇳빛 물고기가 한 마리 더 들어 있다는 걸 알고 있다.

여자의 가족은 오사카에서 살다 야매 배를 타고 부산으로 들어왔다. 여자는 자식 셋을 이카이노*에서 낳았다. 제주 출신 조선인 산파가

• 猪飼野, '돼지를 기르는 사람들이 모여 사는 땅'이라는 뜻으로, 오사카 시 이쿠노쿠(生野區) 이카이노초(猪飼野町)의 옛 지명이다.

여자의 아이들을 받았다. 오사카에 흐르는 히라노 강에 콘크리트 제방을 쌓을 때 공사에 동원된 남편을 따라 오사카로 이주한 산파는 그곳에서 아이를 백 명도 넘게 받았다.

이카이노에서 여자는 시장에서 개장국 장사를 하고 남편은 제재소에서 목재를 날랐다. 악착같이 벌어 모은 일본 은행권을 도둑맞지 않으려고 솜저고리 속에 숨겨서 야매 배에 올랐다. 일본 은행권을 조선 은행권으로 바꾸려다 암거래상에게 사기를 당해 거지가 됐다. 자식들을 데리고 부두와 부산역을 떠돌며 노숙 생활을 하다, 야매 배를 타고 다시 일본으로 도항하다 실패해 도로 부산으로 와서 소 막사로 살러 들어왔다.

여자는 보리쌀이 부풀 대로 부푼 죽이 양은들통 바닥에 눌어붙지 않게 계속 주걱으로 저으며 혼잣소리를 한다.

"괜히 돌아왔어요."

부젓가락으로 쇳빛 물고기를 뒤집던 언청이 여자가 여자를 말없이 바라본다.

"거기에는 내 집이 있었는데. 내 친정아버지가 어디서고 집만 있으면 산다고 했어요. 일본으로 다시 가려고 5월 그믐밤에 야매 배를 타지 않았겠어요? 선장이 영도 사람이었는데, 코딱지만 한 고깃배에 사람을 얼마나 실었는지 배가 콩나물시루였어요. 날이 밝아오고 바람이 불기 시작하더니 야매 배가 당장이라도 뒤집힐 듯 흔들리기 시작하데요. 사람들이 아우성을 쳤어요. '못 가요, 못 가!' '쓰시마에 대요!' 쓰시마에 배 댔다가 일본 경비선에 붙들려 도로 부산으로 쫓겨 왔어요."

89

개나리가 자기 집으로 돌아가고, 공점은 미역 한 장을 광에서 꺼내
와 물에 불린다. 지난봄에 영도 서쪽 절벽 아래 갯바위에서 뜯어 와 말
린 미역이다.

작년 가을에 시어머니가 돌아가시고 집에는 그녀 혼자다. 남편 쇠
돌과 셋째 아들은 바다에 그물을 내리러 나갔다.

그녀는 새삼스레 영도의 탱자나무 울타리 집에 시집와 아들 셋을
낳고 키우며 산 햇수를 헤아려본다. 서른여섯 해…… 그녀가 깨달은
게 있다면 바다는 작은 것 하나도 거저 내주지 않는다는 것이다. 인간
의 손이 수고스러움을 마다하지 않아야 내준다. 그래서 바다에 기대
어 사는 여자들은 바다가 인간에게 주려는 걸 하나라도 더 얻기 위해
부지런해지고 아득바득 악착같아진다.

아침에 셋째 아들이 길어다 놓은 우물물 속에서 미역은 되살아난
다. 친정아버지를 닮은 아들은 어려서부터 어머니인 그녀를 아끼고 보
살펴줬다. 그녀는 그 아들을 낳고 자신이 여자로 태어나 낳아야 할 자

식을 다 낳았다는 충만감을 느꼈다.

은근히 달아오른 가마솥에 그녀는 들기름을 두르고 불린 미역을 들들 볶는다. 고소한 들기름 냄새와 미역 냄새가 연기로 피어올라 부엌에 퍼진다.

가마솥 아래 아궁이에서는 상수리나무와 떡갈나무의 가지와 잎이 타닥타닥 타고 있다.

그녀가 시집오기 전부터 뚝심 있게 부엌을 지키고 있는 가마솥은 스무 사람은 족히 배불리 먹일 수 있는 양의 밥을 지을 만큼 큼직하다. 세월과 함께 빛깔이 점점 더 깊어지는 가마솥에 그녀는 셀 수 없을 만큼 많이 밥을 짓고, 국을 끓이고, 나물과 해초를 데치고, 조개를 삶고, 콩과 감자와 고구마를 쪘다.

그녀는 꼬들꼬들해진 미역에 쌀뜨물을 붓고, 손질한 가자미 두 마리를 통째로 띄운다. 전날 남편과 셋째 아들이 바다에서 잡아온 가자미다.

가자미에서 기름이 스며 나와, 초록빛을 띠기 시작한 쌀뜨물에 퍼진다.

그녀는 가마솥 뚜껑을 닫고 참나무 가지를 분질러 아궁이 불 속에 쑤셔 넣는다.

미역에서 우러나온 물과 가자미 살에서 흘러나온 기름이 섞여 들며 풍기는 그윽하고 구수한 냄새가 부엌에 가득 찬다.

마을 여자들은 소고기 대신 가자미나 갈치, 도미, 도다리 같은 바닷고기를 넣거나 전복이나 해삼, 홍합을 넣고 미역국을 끓인다. 그녀는 갈치를 토막토막 썰어 넣고 끓인 미역국을 시집와서 처음 먹었다. 그녀가 큰아들을 낳았을 때 시어머니가 가자미를 통째로 넣고 미역국을 끓여줬다.

미역국이 끓고 있는 가마솥 옆, 작은 가마솥에서는 보리와 안남미와 좁쌀을 섞어 지은 밥이 뜸 들고 있다.

제철은 아니지만 살이 조금씩 오르기 시작한 가자미는 소고기가 흉내 낼 수 없는 달고 기름진 맛을 미역국에 더할 것이다.

미역국 냄새와 밥 뜸 드는 냄새가 깊어지며 완벽하게 어우러진다.

그녀는 작년 정월 말날에 담근 간장으로 미역국 간을 맞춘다. 그녀는 양산 명매기마을*의 여자가 키운 콩을 부산장서 사 와 메주를 쑤고 간장을 담갔다. 자신보다 손맛이 있는 며느리가 그저 못미더워 두 눈을 초롱초롱 뜨고 간장 담그는 걸 지켜보던 시어머니는 간장 맛을 못 보고 세상을 떠났다.

공점은 미역국을 큼지막한 양은냄비에 퍼 담는다. 밥도 한 대접 그득 푼다.

미역국과 밥이 식기 전에 산비탈의 애기 엄마에게 가져다주러 그녀는 서둘러 부엌을 나선다.

---

* 양산 산서동의 마을로 경부선 철로 바로 턱밑이에 붙은 벼랑 위에 위치했다. '명매기'는 제빗과의 여름 철새로 '귀제비'의 다른 이름이다.

18부

집

개나리는 자신의 집 마당에서 산비탈에 지은 집을 바라보고 앉아 있다. 그녀의 집에는 닭도 고양이도 없다. 구북은 아랫마을의 작은마누라 집에 가 있다. 자식들도 전부 떠나 집에는 그녀 혼자다. 구북은 그녀를 문드러진 호박 대하듯 하면서도 그녀와 자식을 여섯이나 낳았다.

"내일은 병아리 사러 봉래시장에 다녀올까?"

누가 듣고 있는 듯 그녀는 부러 소리 내 말한다.

"내일 못 가면 모레 사러 가지, 뭐. 내일만 날인가."

말린 생선 보따리를 머리에 이고 70리 길을 겁 없이 걸어 다니던 그녀지만, 작년부터는 저 아래 봉래시장까지 가는 길이 천리 길처럼 까마득하다.

"오늘쯤 올 때가 됐는데……."

구북은 작은마누라가 해주는 밥을 받아먹다, 작은마누라의 구박이 시작되면 개나리를 찾아온다. 개나리가 다섯째를 가져 배가 불러 있을 때, 구북은 과부 하나를 데려와 아랫마을에 딴살림을 차렸다.

개나리는 구시렁거리며 오징어들을 바라본다. 바람에 흔들리고 있는 오징어들이 꼭 사람 얼굴 같다. 얼굴들은 표정이 없다. 눈, 코, 입이 없어서다. 그녀는 먹물 묻힌 붓으로 얼굴마다 눈, 코, 입을 그려주고 싶다.

그녀는 산만하게 흩어지려는 두 눈의 초점을 모으고 산비탈의 집을 바라본다. 집은 외로 기울어져 있다. 바위와 흙, 나무뿌리, 돌이 엉켜 있는 산비탈을 곡괭이로 깎아 다진 터가 기울어져 있기 때문이다.

집을 바라보는 그녀의 눈이 커진다. 그녀가 자신의 집 뒷간보다 못하다고 비웃던 집이 오늘따라 무척이나 높고 커 보인다. 하늘 아래 그 집 말고는 다른 집은 없다. 집을 우러르는 마음이 그녀의 메마른 가슴에서 샘물처럼 솟아난다.

"오늘 저 집에서 애가 태어났다지?"

"계집애래."

그녀는 혼자 북 치고 장구 치듯 혼자 묻고 대답한다.

"얼른 키워서 성냥 공장에 돈 벌러 보내면 되겠네."

"언제 키워서?"

"금방 커!"

여전히 하늘 아래 홀로 우뚝 솟아 있는 집이 그녀는 금방 무너질 줄 알았다. 그런데 그 집이 자신의 집보다 더 오래 세상에 살아남을 것 같은 생각이 든다. 헤엄도 못 칠 것 같은 사내는 판자나 양철 조각을 주워 나르며 아침저녁으로 집을 손본다. 바다도 없는 만주서 살다 왔다는 이들이 저렇게 오징어를 말리고 있지 않은가. 아기까지 낳지 않았는가.

개나리는 불현듯 자신의 집 마당을 둘러보며 중얼거린다. "돼지들은 어디로 갔나, 염소들은 어디로 갔나, 닭들은 어디로 갔나?"

그녀는 오늘따라 넓은 마당이 허허벌판처럼 쓸쓸하고 휑하게 느껴진다. 빨랫줄에 매달려 흔들리고 있는 갈치 두 마리도 초라하니 궁상스럽기만 하다. 그녀의 집은 마을에서 땅을 가장 많이 차지하고 앉아 있다. 그래서 그녀의 집 마당은 마을의 어느 집 마당보다 넓다. 시아버지가 살아 계실 때만 해도 마을 사람들은 그 마당에 모여 돼지를 잡고, 떡메를 둘러치고, 굿을 벌였다.

구북은 아버지에게 공으로 물려받은 집을 돌보지 않았다. 역시나 공으로 물려받은 고깃배와 밭을 하루아침에 팔아 챙긴 돈을 일인 장사꾼들과 어울려 다니며 노름판에서 탕진했다. 대대로 어업에 기대어 사는 하층민들이 모여 살아 형편이 고만고만한 마을에서 가장 번듯하던 구북의 집은 속수무책으로 찌그러져 마을에서 가장 초라한 집이 됐다. 고약한 심보를 가졌거나 구북에게 원한이 있는 이들이 손가락질하며 저주를 퍼붓는 집이 됐다. 엊저녁에도 마을의 사내 둘이 속절없이 무너져 내리고 있는 흙담 앞을 지나가며 불행을 빌지 않았는가. "태평양전쟁이 한창일 때 구북이 놈이 면장 놈하고 내 집을 찾아와서는 아들을 징용 보내거나 밭을 내놓으라고 협박해서 아들을 징용 보냈잖아. 이놈의 집구석 홀딱 망해버려라!" "벌써 망한 집구석이야!"

흙담 앞을 지나갈 때마다 저주를 비는 사내를 개나리는 잘 알았다. 그녀가 시집온 이듬해 봄이었다. 그 사내의 아버지가 시아버지를 찾아와 보리쌀 반 가마니를 꾸어가며 복을 빌던 모습을, 그녀는 부엌에서 가마솥을 닦으며 호기심 어린 눈길로 내다봤다. 한 집안을 두고 아버지는 복을 빌어주었고, 아들은 저주를 퍼부었다. 그처럼 은혜가 원한으로 바뀌는 데에는 한 세대면 충분했다.

여전히 마을에서 가장 넓은 땅을 차지하고 앉아 있는 집을 개나리는 홀로 지키며, 솔가리로 불을 때 지은 밥으로 조상들의 제사상을 차린다. 그래야 자손들이 복을 받는다는 시어머니의 철석같은 믿음을 그녀는 철석같이 믿고 따르느라 자루를 들고 태종대 아래까지 솔가리를 주우러 다녔다. 혼자 솔가리를 주우러 들어간 숲에서 그곳에 숨어 사는 문둥이 무리를 만나기도 했다.

"닷새 뒤가 증조할아버지 제사니까 오늘 안 오면 내일이나 모레는 오겠네." 개나리는 또 혼잣말을 한다.

구북은 똬리를 튼 뱀처럼 앉아 헛기침을 해가며, 곰방대로 방바닥을 쳐가며, 물양장이나 도선장에서 주워들은 얘기를 목에서 쉰 소리가 나도록 늘어놓을 것이다.

"쇠귀에 경 읽기라고 한탄하며 돌아앉겠지!"

보름 전쯤에 다녀가며 구북은 미국 세상이 됐으니 미국말을 배워야 한다고 핏대를 높였다. 태평양전쟁이 한창일 때까지도 그는 일본 세상이라고 했다.

그녀는 어쩐지 자신이 구북보다 세상을 더 잘 아는 것 같다.

그녀가 아는 세상은 그녀 자신이나 공점처럼 여자가 낳은 인간들이 살아가는 곳이다.

*

돌연 꽤나 매서운 바람이 휙 세상을 할퀴듯 분다.

산비탈에 지은 집이 일엽편주처럼 흔들린다.

그늘이 져 슬퍼 보이는 집은 날아가지 않고 산비탈에 꼭 붙어 있다.

"사람이 살고 있는 집은 절대 무너지지 않는다는 우리 아버지 말씀이 참말이었네!"

멍하니 집을 바라보는 개나리의 눈에 초점이 풀어진다. 그 집을 둘러싸고 집이 한 채, 두 채, 세 채…… 거품이 끓듯 걷잡을 수 없이 늘어난다.

19부

버스

91

보수정 버스정거장 거리로 희숙이 걸어 들어온다. 염소 우리 같은 버스 매표소의 처마 그늘에는 지게꾼이 들어앉아 졸고 있다.

버스정거장에는 보수정과 다대포를 오가는 버스가 시동을 끄고 정차해 있다.

버스 매표소 뒤편의 아이스크림 가게 앞에는 자전거 두 대가 나란히 세워져 있다. 예닐곱 살쯤 먹은 사내애가 아이스크림 가게 안을 기웃거린다.

머리를 짧게 깎고 쑥색 잠바를 걸친 호식은 아까부터 버스 매표소를 등지고 서서 불만과 적의가 가득한 눈빛으로 거리를 까닭 없이 노려보고 있다. 열 살 때 그는 우연히 오바골 빨래터에서 여자들이 나누는 얘기를 듣고 어머니와 자신이 아버지에게 버림받았다는 사실을 알았다. 다른 아이들에게는 있는 아버지가 자신에게는 없다는 걸 그가 깨달은 것은 여섯 살 즈음이었다. 자신에게는 어째서 아버지가 없는지 그가 궁금해하기 시작하자, 어머니는 그에게 아버지가 일본에 돈을 벌러 갔다고 말했다. 돈을 벌면 돌아와 함께 살 거라고도 했다. 빨래 일거리가 없는 날이면 어머니는 그를 데리고 부두를 찾아가곤 했다. 부두에서 앞바다가 바라다보이는 곳에 앉아, 수평선 위로 시커멓고 둥그스름한 연기가 떠오를 때까지 한마디도 하지 않았다. 그래서 그는 어머니가 잠든 게 아닐까 싶어 얼굴을 들여다보곤 했다. 그때마다 어머니의 얼이 나간 눈에는 막연한 기대와 체념의 빛이 섞여 떠돌았다. 관부연락선이 마침내 부두에 닿고 사람들이 내리기 시작하면 어머니는 몸을 일으켰다. 그의 손을 꼭 잡고 관부연락선 가까이 다가갔다. 부두로 내려진 계단을 걸어 내려오는 사람들을 한 명 한 명 유심히 살폈다. 사람들이 전부 내릴 때까지 어머니는 그의 손을 꼭 잡고 자리를 지켰다. 어머니가 탄식을 토하며 그의 손을 더 꼭 잡아오는 순간이 간혹 있었다. 그때마다 그는 계단을 내려오고 있는 남자가 아버지인 줄 알고 자신도 덩달아 소리를 내질렀다. 자신을 버렸다는 사실을 알고 난 뒤로 그는 어머니가 부두로 갈 때 따라가지 않았다. 아버지를 향한 막연한 그리움은 분노로 바뀌었다. 그러다 학교에서 선생님에게 호래자식이라는 소리를 들은 뒤로, 아버지라는 한 개인에게 집중되던 분노는 세상을 향한 분노로 번지기 시작했다.

어머니가 여전히 아버지를 한결같이 기다린다는 걸 알고 그는 집을 뛰쳐나왔다. 자기 자신을 세상에 둘도 없는 불쌍한 여자로, 아들을 호래자식으로 만든 아버지를 기다리는 어머니를 그는 이해할 수 없다.

삼덕약업사의 약봉지를 든 여자가 버스 매표소로 걸어간다. 종일 매표소 안에 들어앉아 버스표와 성냥, 담배, 눈깔사탕을 파는 여자에게 말한다.

"경우를 안 따져도 못쓰지만 경우를 너무 따져도 못써요."

"누가 그렇게 경우를 따져요?"

"큰언니가요. 만나기만 하면 시시콜콜한 것까지 경우를 따지고 드니까 친동기들도 싫어해 외톨이랍니다."

허름한 잠바를 걸친, 얼굴이 거칠고 머리가 반쯤 센 사내가 버스 매표소로 걸어간다. 잠바 주머니에서 종이돈을 꺼내 내밀며 무뚝뚝하게 묻는다.

"버스가 언제 떠납니까?"

"떠날 때 되면 떠나겠지요." 매표소 여자가 건성으로 대꾸한다.

"언제요?"

"기다리다 보면 떠나겠지요."

사내는 버스표와 거스름돈을 받고 돌아서며 어금니를 꼭 악문다.

희숙은 겁먹은 얼굴로 두리번거린다. 아는 사람이 하나도 없다. 모르는 사람들 천지다. 고향 마을에는 자신이 모르는 사람이 단 한 명도 없었다. 마을에서 누가 죽었는지, 누가 태어났는지 다 알았다.

호식의 눈동자가 희숙을 향한다. 희미하고 자그마한 소녀가 30년 뒤에 바다가 품에 안기듯 내려다보이는 천마산 아래 언덕배기의 방에서 자신을 쏙 빼닮은 사내아기를 낳으리라는 걸 호식은 까맣게 모르고 있다.

희숙은 호식이 자신을 지켜보고 있는 걸 모르고 매표소로 발을 놓는다. 애기를 업고 하품을 하며 걸어오는 상희를 보고는 다가간다.

"아줌마, 조방에 가려면 어디로 가야 해요?"

상희는 졸음을 쫓으려 애쓰며 버짐으로 뒤덮인 희숙의 얼굴을 물끄러미 바라본다.

"어머나! 눈도 작고, 코도 작고, 입도 작네."

"조방에 가려면 저 길로 가면 되나요?"

소녀는 굴뚝새처럼 작은 손을 들어 자갈치 쪽으로 난 길을 가리켜 보인다.

"거긴 왜 가려고 하니?"

"취직해 돈 벌고 기술도 배우려고요. 열다섯 살 먹으면 조방에 취직할 수 있대요. 내가 열다섯 살이거든요."

"열세 살밖에 안 먹어 보이는데?"

"태어날 때 원체 작게 태어나서 그래요."

"여기서 조방은 한참인데······."

"한참이요?"

"걸어서 가려면 한참 멀단다."

"금방이라던걸요."

"누가 그러든?"

"달걀 굽는 아주머니가요. 한눈 안 팔고 가면 금방이라고 했어요."

"조방에 너처럼 작은 여자애가 있었단다." 상희는 하품을 늘어지게 하고 말을 잇는다. "눈도, 코도, 입도, 손도 너처럼 작았단다. 발도 작아 뜀박질을 못해 자꾸만 실을 놓쳤단다. 그때마다 작업 감독은 여자애 머리를 주먹으로 때렸단다. 여자애는 실을 놓치지 않으려고 실패 4백 개가 동시에 빙글빙글 돌아가는 방적기계 앞을 뛰어다녔단다. 아침 7시부터 저녁 7시까지 숨이 턱까지 차도록 뛰어다니는데도 자꾸만 실을 놓쳤단다. 여자애는 집으로 돌아가고 싶었지만 갈 수 없었단다. 모집장이가 여자애를 데려가며 여자애 어머니한테 주고 온 광목 몸뻬 바지 한 벌하고, 조방에 취직하려고 부산까지 버스 타고 열차 타고 오 느라 든 차비하고, 기숙사에서 보름 넘게 먹고 자는 데 든 돈이 알고 보 니 다 빚이어서 빚을 갚아야 했거든. 여자애는 조선방직이 뭘 만드는 공장인 줄도 모르고 모집장이를 따라 부산까지 왔단다. 여자애의 사 촌언니도, 이웃 마을에 살던 생과부도 여자애와 함께 열차를 타고 부 산에 와 조선방직에 취직했단다. 밤이 되면 여자애는 다다미 맨바닥 에 웅크리고 누워 울다가 잠이 들었단다. 그날도 여자애는 7시에 공장 에 출근해 방적기계 가락바퀴 위에서 실패 4백 개가 돌아가자 뛰기 시 작했단다. 맨발로 뛰어다녔지만 번번이 실을 놓쳤단다. 점심시간을 알 리는 사이렌이 울리고, 방적기계들이 멈추고, 여자애들은 머리와 어깨 에 내려앉은 목화솜 먼지를 털며 식당으로 몰려갔단다. 식당 가득 들 어찬 여자애들 속에 여자애가 없었지만 아무도 여자애를 찾지 않았단 다. 점심시간이 끝나고, 방적기계들이 다시 돌아가고, 다른 여자애들 은 돌아왔지만 여자애는 돌아오지 않았단다. 저녁 7시가 돼서야 방적 기계들이 멎고, 공장 뒤쪽에 쌓아놓은 목화솜덩이 속에서 우는 소리 가 들려왔단다. 작업 감독이 목화솜덩이 쪽으로 걸어갔단다. 목화솜 덩이 하나에서 여자애를 들어 올리더니 여자애 귀를 꼬집으며 말했단 다. '토끼가 여기 숨어 있었네!' 며칠 뒤 여자애가 또 사라지고 목화솜 덩이 속에서 우는 소리가 들려왔단다. 여자애는 오늘도 목화솜덩이 속 에 들어가 울고 있단다."

92

버스는 떠날 때가 돼야 떠난다. 떠날 때가 돼 떠난 버스는 미도리마치라고 부르는 유곽 앞을 스치듯 지난다.

버스에는 보수정 버스정거장 매표소 여자에게 버스가 언제 떠나는지 묻던 사내도 타고 있다.

사내는 버스와 함께 출렁이며 어금니를 악문다. 사내는 26년 만에 모지포 고향집을 찾아가는 길이다.

빗물과 먼지로 얼룩진 차창에 담겨 오는 유곽 풍경을 건조한 눈길로 훑던 사내는, 어릴 적에 그 앞을 걸어서 지나며 봤던 일인 창기의 모습을 떠올린다.

새띠의 은빛 금빛 꽃이 황홀하도록 지천에 깔려 있던 가을날이었다. 어머니의 머리에는 전날 저녁나절에 마을 어부가 바다에 나가 잡은 전어가 그득 든 광주리가 이어져 있었다. 물고기를 어디로 팔러 가는지 아들이 궁금해하자 어머니는 아들을 데리고 모지포 집을 나섰다. 어머니는 아들을 앞장세우고 새띠고개를 넘어 미도리마치로 나왔다. 벚나무 아래에 혼이 나간 얼굴로 서 있던 일인 창기를 아들이 호기심 어린 눈으로 쳐다보자 어머니가 조그만 소리로 속삭였다. "못 먹고 못살아서 일본에서 부산까지 팔려 온 불쌍한 여자란다."

버스는 어느새 송도 아랫길을 달려간다. 사내가 모지포 고향을 떠나 세상을 떠도는 동안 새로 생긴 길이다. 일인들은 남부민정 앞바다를 매축하면서 그 길을 냈다. 반듯하고 넓은 길이 하나 새로 놓였을 뿐인데 풍경이 낯설다. 그래서 사내는 햇빛을 받아 번쩍이는 새 길을 의심스런 눈초리로 노려보며 뇌까린다.

"변했군……."

버스에 허수아비처럼 실려 가던 늙은이가 그 소리를 듣고는 내리뜨고 있던 눈을 뜬다. 홍티마을에 사는 늙은이는 말린 홍합 같은 얼굴에 잔잔한 미소를 띠고 말한다.

"삼라만상 안 변하는 게 어디 있나. 땅도 변하고, 산천도 변하고, 바다도 변하고, 하늘도 변하니까. 해, 달, 구름은 수시로 변하지. 한 부모 밑에서 태어난 형제도 시집 장가 가면 마음이 멀어지고, 꿀처럼 달고 다정히 굴던 친구도 처지가 궁색해지면 변심해서 돌아서지……."

송도 아랫길이 놓이기 전, 새띠고개를 걸어서 오갔던 기억이 사내의 머릿속에 아련히 펼쳐진다. 새띠가 무성하고 구붓구붓한 오솔길이던 새띠고개는 송도와 남부민을 오가는 유일한 육로였다. 그래서 사람도 소도 말도 그 길을 걸어 남부민까지 나갔다.

새띠 밭에서 형과 살인할 듯 싸우고 그를 저주하며 고향을 떠나온 그는 자신이 그토록 오래 세상을 떠돌 줄 몰랐다. 그는 어머니 쑥국이 살아 계시기를 바라지만 벌써 돌아가셨을 거라고 생각한다. 누이가 다

른 마을로 시집을 갔으면, 고향에서 그를 알아보고 맞아줄 이는 죽이
고 싶도록 밉던 형뿐이다.

늙은이의 독백은 버스가 거북섬 못 미처 버스정거장에 설 때까지
이어진다.

"눈에 보이고 만져지는 돌도 변하니, 만져지지 않는 마음이 변하는
걸 원망할 것도 없고 슬퍼할 것도 없지……."

93

송도 아랫길 위에 섭조개처럼 붙어 있는, 대문도 없는 집 마당에서는 얼굴이 얽은 사내가 혼자 대나무 통발을 짜고 있다.

버스가 지나가는 소리를 사내는 흘려듣는다.

설렁설렁 무심한 듯하지만 절도 있고 민첩하게 두 손을 놀리는 사내 옆으로 길이가 대여섯 자는 되는 대나무 살이 한 무더기 놓여 있다. 대나무 살 안에는 분죽이라고 하는 흰 분이 허옇게 묻어 있다. 겨울에 최고로 수분이 말라 있을 때 수확한 대나무를 일정한 길이로 쪼개 얻은 대나무 살은 뒤틀림이 거의 없어서 엮은 새가 들뜨거나 벌어지지 않고 완성했을 때 모양이 틀어지지 않고 그대로 보존된다.

사내는 열여섯 살에 부산에 내려와 쌀가게에 취직해 배달 일을 하다, 송도 바다가 품에 안기듯 내려다보이는 집 마당에서 대나무 통발을 짜고 있는 부자父子를 봤다. 추석 지나 그가 다시 그 집에 찾아갔을 때 아들은 떠나고 아버지 혼자 대나무 통발을 짜고 있었다. 대나무 통발 짜는 것도 기술이어서 익히면 배는 곯지 않고 살 수 있다는 말에 그는 그날로 그 집에 들어가 먹고 자고 잔심부름을 하며 대나무 통발 짜는 기술을 익혔다.

마당 한쪽에는 완성한 대나무 통발 두 개가 나란히 놓여 있다. 무덤만 한 대나무 통발 두 개는 벌써 임자가 있다. 하나는 천마산 아래 언덕배기에 사는 어부의 것이고, 또 하나는 거북섬에서 다대포 쪽으로 10리쯤 더 들어가야 하는 궁색한 어촌 마을에 사는 어부의 것이다. 사내가 반쯤 완성한 대나무 통발도 벌써 임자가 있다.

사내가 짜는 무덤만 한 대나무 통발은 인근 어부들이 곰장어를 잡는 데 쓴다. 그 안에 고등어나 정어리를 넣어 바다 속에 넣어두면 곰장어가 몰려든다. 또는 잡은 물고기를 담아 바다 속에 넣어 보관하기도 하고, 덜 자란 물고기를 그 안에 넣어 키우기도 한다. 대나무 통발의 아가리에는 끝이 뾰족하고 날카로운 연필 모양의 발을 이어 붙여 만든 깔때기가 달려 있다. 깔때기는 통발 안으로 들어간 물고기가 거슬러 나오지 못하게 하는 역할을 한다. 대나무에서는 단내가 난다. 그래서 막 완성한 대나무 통발을 바다 속에 집어넣으면, 단내를 맡고 몰려든 물고기가 흘러넘치도록 통발에 그득 찬다.

거북섬 갯바위 아래 바다 속에는 사내가 짠 대나무 통발 네 개가 들어 있다. 대나무 통발마다는 주인이 있다.

대나무 통발 하나가 또 거의 완성되어갈 즈음, 새띠고개 초입에 사는 어부가 찾아온다. 사내는 손을 쉬지 않고 놀리며 어부에게 무심히 묻는다.

"세상은 좀 어때요?"

"말세예요!"

대나무 통발을 짜는 사내는 세상 돌아가는 소식을 어부들에게 듣는다. 중국과 동남아시아에 흩어져 살던 귀환 동포들을 실은 배가 1부두로 들어왔다는 소문도, 해방되고 인천에 상륙한 미 육군 24군단이 삼팔선 이남 지역에 군정을 포고했다는 소문도, 미군 24군단 제6사단이 부산으로 들어왔다는 소문도, 대정공원*에서 열린 삼일절 기념행사에서 몽둥이를 든 우익 청년들이 난입해 연사를 폭행하면서 아수라장이 되자 경찰들이 총을 발포하고 남로당 청년 당원들을 체포했다는 소문 또한 사내는 어부들에게 들었다.

"하루에 통발을 몇 개나 짜요?" 어부가 묻는다.

"네 개요."

"그것밖에 못 짜요?"

"종일 엉덩이를 땅에 붙이고 앉아서 짜면 일곱 개까지 짤 수 있지만 요새 대나무가 귀해서 말이지요."

"안 귀한 게 없네요."

"개똥도 약에 쓰려면 귀하다잖아요."

"인간만 안 귀하고 다 귀하니 말세는 말세네요!"

● 충무동의 충무로 로터리 인근에 있었던 공원.

20부

까치고개

시들기 시작한 호박 넝쿨이 우거진 비탈 밑에 두꺼비처럼 우그리고 있는 초가집 앞에서 소복은 손으로 가슴을 문지르며 서 있다.

그녀는 목을 늘여 빼고 싸리 울타리 너머 마당을 기웃거린다. 시어머니가 마늘을 심어 먹던 마당 텃밭에는 배추가 심어져 있다. 파랗게 올라온 마늘 순을 따 먹던 어린 딸의 모습이 떠올라 그녀는 자신도 모르게 빙긋이 웃는다. 배가 고픈데 먹을 게 그것뿐이어서 마늘 순을 따 먹는 손녀의 머리를 시어머니가 쥐어박던 장면이 환히 그려졌다.

초가집은 아무도 살지 않는 듯 조용하다. 마당에도, 부엌에도, 마루에도 사람 그림자 하나 없다.

금방이라도 폭삭 무너져 땅 밑으로 꺼져들 것 같은 초가집에서 자식을 셋이나 낳고 살았던 게 그녀는 전생의 일 같다. 그녀가 인간을 세상에 내놓을 적마다 시어머니는 산파가 돼 그 인간을 받고 삼을 갈랐다. 까치고개 아래 세상에서 가자미와 미역을 얻어다 가마솥에 넣고 끓여 그녀에게 먹였다. 그녀는 열아홉 살에 인간을 낳는다는 게 무엇인지 모르고 덥석 인간을 낳았다. 인간인 그녀의 몸에서 인간이 생겨나더니 때가 되자 그녀의 몸을 열고 나왔다. 누가 그녀에게 그렇게 하라고 이르지도 않았는데 그녀는 자신이 낳은 인간에게 젖을 물려 키웠다.

그녀는 오래전에 돌아가신 시어머니의 손을 생각한다. 세상에 막 태어난 인간을 받아 들고는 떨며 기뻐하던 그 손은 옥가락지 하나 끼어보지 못한 궁색스런 손이었다.

그녀는 인간을 낳을 수 없는 늙은 몸이 돼서야 인간을 낳는 게 무섭고 슬프고 놀라운 일이라는 걸 깨달았다.

"계세요?"

소복의 목소리는 그녀 자신에게도 겨우 들릴 만큼 희미하다.

"아무도 없어요?"

그녀는 마당으로 발을 들여놓지 못한다. 자신이 발을 들여놓는 순간 집이 연기처럼 사라져버릴 것만 같다.

풀이 죽어 돌아서던 소복의 고개가 들린다. 갓난아기의 울음소리다. 오늘 아침 까치고개서 태어난 갓난아기가 잠에서 깨어나 울부짖기 시작한 것이다. 아직 이름을 갖지 못한 갓난아기는 자신이 배가 고프다는 걸 알리려고 세차게 운다.

갓난아기의 울음소리는 그녀가 인간을 셋이나 낳은 초가집에서 들려오고 있다.

소복의 입이 찢기듯 벌어진다. 가늘고 질긴 울음소리가 흘러나온다. 갓난아기의 울음소리에 소복의 울음소리가 섞여 든다.

95

반백의 머리를 양 갈래로 땋은 가락이 지나가자, 우물가에 모여 푸성귀를 씻던 아낙들이 한마디씩 한다.

"처녀로 늙어 죽을 모양이에요!"

"때 안 타고 깨끗하게 처녀로 늙어 죽는 것도 나쁘지 않지요!"

"여자로 태어났으면 애는 낳아봐야지요!"

가락은 까치고갯길의 언덕진 곳까지 단숨에 걸어 올라간다. 맨발로 땅을 밟고 서서, 아래 세상까지 뻗은 경사지고 구불거리는 길을 내려다본다.

햇볕에 그을려 구릿빛인 그녀의 발목과 발등은 엉겅퀴 같은 억센 풀에 뜯기고 모기에 물린 자국투성이다.

갑작스런 회오리바람에 깜장 치마가 펄럭 뒤집히며 그녀의 튼실한 종아리가 드러난다.

가락은 황소를 기다린다. 어스름이 내리면 황소의 환영이 놋쇠 방울을 구슬피 울리며 까치고갯길을 올라올 것이다. 그녀는 황소를 데리고 집으로 가 콩대와 옥수숫대를 썰어 넣고 쑨 죽을 먹일 것이다.

    까치고갯길에 어스름이 깔리려면 아직 한참 남았지만 그녀는 두 발을 땅에 붙이고 꿈쩍 않는다.

21부
도라지 도라지 백도라지

96

부두 잔교에 다섯 사내가 드럼통을 둘러싸고 엉거주춤 모여 있다. 납작하게 절단한 드럼통 속에서는 잉걸불이 잿빛 연기를 피워 올리며 타고 있다. 당꼬바지를 배꼽까지 올려 입은 사내가 잉걸불길 속으로 짚을 한 움큼 뿌린다. 구철은 마대 자루에서 물컹하고 기다란 핏빛 살덩이 서너 조각을 쭉 뽑아 올려 잉걸불길 속으로 던진다. 재가 일어 벼껍질처럼 꺼끌꺼끌한 사내들의 얼굴로 날아든다.

살덩이가 몸부림치며, 순식간에 타드는 짚 속으로 파고드는 걸 지켜보는 사내들의 입 속에 저절로 침이 고인다.

사내 하나가 목청을 높인다.

"껍질을 벗겼는데도 살아 있네요!"

머리가 희끗희끗한 사내가 무명 잠바 주머니에서 굵은 소금을 조금 꺼내 드럼통 속에 뿌린다. 천 쪼가리를 덧대 기운 주머니 속에는 소금이 한 주먹 들어 있다. 부두에서 정어리를 다듬던 여자들에게 얻은 소금이다.

드럼통에서 튄 소금이 보리까락 같은 수염이 난 사내의 얼굴로 날아든다.

"익었어요!"

구철은 부젓가락으로 재 속을 헤집는다. 짚불에 익고 연기에 훈제된 살덩이를 꺼내 드럼통 옆에 펼쳐놓은 신문지로 툭 던진다. 신문지 위로 떨어진 살덩이에서 재가 날린다. 기름이 자글자글 끓는 뜨거운 살덩이를 사내들은 손으로 집어 재를 대충 털어내고 입에 넣는다. 후후 소리를 내며 씹어 삼킨다. 기름지고 부드러운 살덩이는 제대로 씹어보기도 전에 입 속에서 녹듯이 부서진다.

구철이 살덩이 서너 조각을 또 드럼통 속에 던져 넣는다. 살덩이에서 묻어난 미끌미끌한 점액질을 그는 바지에 문질러 훔친다.

사내들이 짚불에 익혀 먹고 있는 것은 껍질을 벗긴 곰장어다. 그들은 아기를 가져 배가 부른 여자에게서 곰장어를 샀다. 머리를 파마한 여자가 대여섯 살쯤 먹은 사내애를 허리춤에 매달고, 껍질을 벗긴 곰장어를 양은대야에 담아 머리에 이고 부두를 돌아다니며 팔았다.

구철이 불쑥 보리까락 같은 수염이 난 사내에게 묻는다.

"일본서 왔다고 하지 않았소? 일본 어디서 왔소?"

"가고시마 제련소요! 처음 거기 가서는 가고시마 제련소가 쓰시마 어디쯤에 있는 줄 알았다오. 쓰시마에 가는 줄 알고 연락선을 탔으니까요. 면장이 징용장을 내밀며 쓰시마에 가서 일인들 심부름 좀 해주고 오라고 해서요. 가고시마에 간 지 닷새쯤 지나 내가 와 있는 데가 쓰시마의 어디쯤인지 궁금하데요. 내가 읽지는 못해도 일본말은 그냥저냥 할 줄 안다오. 나이가 오십은 돼 보이는 일인한테 물었지요.

'여기가 어디요?'

'너, 바보로군. 여기가 어딘지도 모르다니. 가고시마다!'

'쓰시마가 아니었소?'

'너, 정말 바보로군!'

아, 나중에야 가고시마가 어디에 있고, 내가 연락선 타고 현해탄 건너와 내린 데가 시모노세키라는 걸 알았지요."

"거기서 뭐 했소?" 밀짚모자를 쓴 사내가 굵은 목소리로 묻는다.

"제련소가 쇠 만드는 데 아니오? 광석 일고여덟 가지를 솥에 붓고 녹여 끓인 쇳물을 굳혀서 쇠를 만들면 그거 나르는 일 했지요."

"고향은 어디요?" 목에 광목 수건을 두른 사내가 묻는다.

"서산이요. 미국하고 일본이 전쟁할 때여서, 다들 일본에 끌려가면 살아서 못 돌아온다고 했어요. 안 끌려가려고 산으로 올라가 숨었지요. 할아버지 무덤 옆에 누워 뻐꾸기 우는 소리를 들으며 하늘만 멍하니 바라보고 있는데 어머니가 날 부르는 소리가 들려오데요.

'만종아, 만종아……'

내가 일어서니까 어머니가 송장을 본 듯 소스라치며 놀라시데요. 가슴을 쓸어내리며 그러시더군요.

'아이고, 면장이 널 데려오라고 아버지를 개 패듯 패고 있단다.'

그래서 하는 수 없이 산에서 내려왔지요. 닷새 뒤에 면사무소로 갔더니, 같은 종씨인 먼 친척뻘 되는 형님도 와 있더군요. 트럭에 태워 홍성역까지 데리고 가서 열차에 태우데요. 부산에서 연락선 타고 시모노세키까지 갔지요. 거기서 조그만 배 타고 모지*로 들어갔어요. 조그

---

* 일본 규슈의 최북단. 모지(門司) 항이 있다.

만 배로 갈아탄 데가 모지인 것도 나중에 해방되고 도로 거슬러 나올 때나 알았지요. 하여간 거기 모지서 또 버스를 타고 한참 들어가야 한다는데, 눈 빠지게 기다려도 버스가 안 오데요. 비는 추적추적 내리지, 2월 초하루여서 날은 춥지, 밤에 백여 명이 줄을 지어 30리 길을 감옥에 끌려가는 죄인들마냥 걸어갔어요."[33]

곰장어 살점이 식도에 달라붙어 캑캑 소리를 내던 사내가 말한다. "나는 사도 광산에서 왔소이다!"

"나는 미쓰비시 뱃공장에 있었어요. 나가사키 미쓰비시 뱃공장이요."

"배 만드는 데요?" 가고시마 제련소에서 돌아온 사내가 밀짚모자를 쓴 사내에게 묻는다.

"네, 조선소요. 배 만드는 데서 일인들 심부름을 했지요. 주로 쇳덩이 나르는 일이요. 뭐 가져와라 하면 가져다주고 했지요. 조선소가 바다 앞에 있어서 바닷바람이 불기 시작하면 어찌나 센지 허리가 낫처럼 꺾였어요."[34]

사도 광산에서 돌아온 사내가 미쓰비시 조선소에서 돌아온 사내를 머리부터 발끝까지 훑더니 대뜸 묻는다.

"멀쩡하네요?"

"네?"

"나가사키에 원자탄 떨어져서 거기 간 사람들은 죽거나 병신이 됐다던데요."

"원자탄 떨어질 때 나는 산속에 피신해 있었어요."

"원자탄 떨어지는 걸 봤소?" 소금을 드럼통 속에 뿌리던 사내가 묻는다.

"나는 못 봤어요. 그거 떨어질 때 구경하고 서 있던 사람들은 병신이 되거나 바보가 됐지요. 아침까지 멀쩡하던 일인 감독도 바보가 돼서는 혼이 반쯤 나간 얼굴로 우리 조선인들을 쳐다보며 그러더군요. '슬프다, 슬프다, 도시락 싸 들고 소풍이나 갈까!'"

"원자탄 떨어지는 걸 봤다는 사람이 그러더이다. 함재기가 나가사키 쪽으로 슬그머니 날아가더니 시커먼 드럼통을 폭 떨어뜨리더라고요. 나가사키 전체가 백주 대낮처럼 환하게 떠오르더니 불길에 휩싸였다더군요."

미쓰비시 조선소에서 돌아온 사내가 곱슬머리 사내를 말끄러미 바라본다.

"그쪽은 어디서 왔소?"

"뭐요?" 곱슬머리 사내의 목 핏대가 불끈 선다.

"어디서 왔소?" 사도 광산에서 돌아온 사내가 목청을 한껏 높여 되묻는다.

"나가사키 탄광*이요!"

"나는 후쿠오카 호슈◆ 탄광에 있었소." 목에 수건을 두른 사내가 갈라지는 목소리로 말한다.

나가사키 탄광에서 돌아온 사내가 아무 대꾸가 없자 호슈 탄광에

---

* 일제강점기에 강제 징용 연구가 다케우치 야스토(竹內康人)가 정리한 강제 징용지의 나가사키 현 항목에는 37개의 탄광 이름이 기록돼 있다.
◆ 후쿠오카 지쿠호(筑豊) 탄전 일대에는 갱구가 있었는데, 호슈(豊州) 탄광은 현재도 유일하게 옛 갱도가 보존돼 있다.

서 돌아온 사내는 그의 얼굴에 대고 말한다.

"호슈 탄광이요!"

나가사키 탄광에서 돌아온 사내의 목 핏대가 다시 불끈 일어선다.
"열여덟 살에 고무 공장에 취직해 가는 줄 알고 갔더니 탄 캐는 탄광
이데요. 나처럼 고무 공장에 가는 줄 알고 속아서 따라온 조선인이 한
둘이 아니더군요. 조선인 수천 명을 탄광 앞에 모아놓고 일인이 그러데
요. '니게타라 시누!'●그 이튿날부터 허리에 벤또 매달고, 맨발에 조리
신고, 머리에 갑부◆ 쓰고, 한도 없이 긴 굴속에 들어가 곡괭이로 번들
번들한 탄을 막 캤지요. 곡괭이로 찍고 긁은 자국투성이인 굴속을 한
시간 넘게 걸어 들어가는데 천장에서 물이 뚝뚝 떨어지데요."³⁵

"나도 뱃공장인 줄 모르고 갔어요. 일본 공장에 가는 줄 알고 갔지
뱃공장인 줄 알고 갔나요. 태평양전쟁 터지고 면장이 아들 하나를 일
본 공장에 보내야 한다고 찾아왔지 뭐요. 큰아들은 장남이어서 못 보
내고, 둘째 아들은 성격이 불같아서 못 보내고, 막내는 어려서 못 보내
고, 제일 만만한 내가 갔지요."

어쩌다 보니 사내들은 하나같이 일본 열도의 제련소에, 탄광에, 조
선소에 징용 끌려갔다가 해방과 함께 돌아온 이들이다. 일본 어디에
있다가 돌아왔는지 과거지사를 털어놓듯 이야기를 나누고 있지만, 돌
아온 자들이라는 유대감이 그들 사이에는 흐르지 않는다. 부두에는
돌아온 자들 천지이고, 그들 대개는 돌아온 것이 부모 형제뿐 아니라

● 逃げたら死ぬ! 도망치면 죽는다!

◆ キャップ, 안전모.

나라의 근심거리가 됐다. 외려 부두를 떠돌며 날품을 파는 신세라는 유대감이 그들 사이에 자연스럽게 흐른다. 사내들은 오늘 우연히 부두에서 만나 함께 시멘트 포대를 나른 인연으로 그렇게 부두에서 불을 피우고 곰장어를 구워 먹고 있다.

미쓰비시 조선소에서 돌아온 사내는 심지어 오늘이 다 가기도 전에 자신이 돌아왔다는 사실을 망각한다. 그는 오늘로부터 40여 년이 지나서야 자신이 살아서 돌아왔다는 걸 죽음을 앞에 두고서야 깨닫는다. 그때는 그러나 이미 그가 돌아왔다는 걸 기억하고 있는 부모 형제들이 세상을 떠나고 없다. 그의 자식들은 아버지가 젊어 일본 나가사키에 있었다는 얘기를 얼핏 할머니에게 들었지만, 막노동꾼으로 공사장을 떠돌며 살아온 아버지의 역사에 관심을 갖기에는 자신들의 삶이 너무도 바쁘고 고달프다. 세상과 작별을 앞두고 사내는 병상에 누워 살아서 돌아온 자신을 뒤늦게 연민하다 중얼거린다. "그이는 못 돌아왔어, 나하고 같이 간 사람…… 거기서 죽어서, 화장해 거기 바다에 뿌렸지…… 여기 바다에 못 뿌리고 거기 바다에……."

"나가사키 탄광서도 반찬으로 다꽝 세 쪽 주던가요?"

"다꽝 두 쪽하고 콩 세 쪽이요!"

"도리시마리▲가 제일 무서웠어요!" 나가사키 탄광에서 돌아온 사내는 엉뚱하게 알아듣고 엉뚱한 소리를 한다. "키가 육 척에 힘이 항우장사였어요. 도망치다 도리시마리한테 잡히면 난로에 달군 쇠꼬챙이

▲ 取締. 노무자들이 규칙이나 명령을 지키도록 통제하고 단속하는 사람.

로 고문을 당했어요. 도망치던 조선 사람이 도리시마리를 밀어붙여 죽이는 걸 봤어요. 죽이려고 작정하고 죽인 게 아니고 도망치다 도리시마리와 마주치니까 붙잡히지 않으려고 밀어붙였어요. 근데 재수가 없으려니 마침 지나가던 탄차가 도리시마리를 치어 죽였어요. 도망치지 않으면 살아서 못 나가겠구나 싶어 나도 도망쳤지요. 산을 넘어가니까 전차정거장이 있더군요. 먹색 기모노를 입은 일본 여자가 매표소 앞에서 '구루메*, 구루메' 하데요. 오른쪽 귀는 그래도 잘 들려서, 오른쪽 귀를 바짝 갖다 대고 똑똑히 지켜보고 있다가 '구루메, 구루메' 하며 바지 주머니에서 구겨진 지폐 한 장을 꺼내 표 파는 사내에게 줬지요. 전차에 올라 그 일본 여자 옆에 꼭 붙어 앉아 있었어요. 구루메에서 내리는 그 여자를 따라서 내려야 하니까요. 전차가 한없이 가데요. 구루메에서 일본인처럼 보이려고 다꽝하고 파를 사서 바구니에 넣어가지고 다녔어요."³⁶

"귀가 잘 안 들리오?" 사도 광산에서 돌아온 사내는 손으로 자신의 귀를 가르켜 보인다.

"탄광에서 귀가 멀었어요. 탄 긁는 일 시키다, 내가 동작이 빠르고 말귀를 잘 알아들으니까 다이너마이트 터트리는 일을 시키데요. 발파요. 귀에 솜도 안 끼고 탄 나올 때까지 다이너마이트 터트리며 굴을 파 들어갔어요. 다이너마이트가 빵! 빵! 터지는 소리가 얼마나 시끄러운지 귀가 멀더군요."

그때 부두 잔교에 정박해 있던 화물선이 출항하는 소리에 사내들

---

* 久留米, 일본 후쿠오카 현 남부에 있는 도시.

의 고개가 그곳을 향한다. 마침 미군 트럭이 그 근처를 지나간다.

가고시마 제련소에서 돌아온 사내가 미군 트럭을 눈으로 끝까지 좇으며 말한다.

"6년 만에 연락선 타고 돌아왔더니 부모 형제는 돌아온 줄도 모르고 미군들이 디디티를 뿌려대며 맞아주더군요."

"연락선 타고 돌아왔어요? 나는 야매 배 타고 왔어요." 미쓰비시 조선소에서 돌아온 사내는 한숨을 폭 내쉬고 나서야 말한다. "쪼그만 나무배였는데 뱃삯으로 2백 원을 받데요."

"뭐라고 했소?" 나가사키 탄광에서 돌아온 사내가 버럭 소리를 지른다.

"야매 배 타고 왔다고 했소!"

"아, 야매 배요! 나도 야매 배 타고 왔어요! 고기 잡는 통통배에 사람도 한 가득, 짐 보따리도 한 가득이었어요. 부피로 치면 사람 부피보다 짐 보따리 부피가 더 나갔어요. 오사카에서 살다 고향에 돌아간다는 이는 살림살이를 전부 배에 실었더군요. 달구지를 끌며 야매 배 뜨는 부두까지 밤새 걸어왔다고 했어요."

"거기도 쓰시마에서 야매 배 타고 왔어요?" 미쓰비시 조선소에서 돌아온 사내가 묻는다.

"어디요?"

"쓰시마요! 쓰시마에서 야매 배 탔어요?"

"모지요, 모지! 모지 부두서 야매 배가 뜬다고 해서 갔더니 나처럼 소문을 듣고 몰려온 조선 사람들이 부두 근처에 짐 보따리를 부려놓고 진을 치고 있더군요. 수송선은 뱃삯이 공짜지만 미군들이 짐 무게

를 30킬로까지만 싣게 해서 뱃삯을 내고서라도 야매 배를 타려는 조
선 사람들이 모여들어서요. 날이 어두워지고 빠졌던 물이 들기 시작
하니까, 야매 배가 하나씩 들어오더니, 배에서 사람들이 내려 배표를
팔기 시작하더군요.

'이 배는 부산 가요!'

'이 배는 마산 가요!'

'이 배는 통영 가요!'

'이 배는 울산 갑니다!'

나는 해적 배가 많다는 소문을 들어서 보름 동안 야매 배 뜨는 바
닷가 근처서 노숙하다 부산 가는 야매 배를 타고 들어왔어요."[37]

"해적 배를 봤소?" 구철은 자루에서 곰장어를 쭉 뽑아 잉걸불 속으
로 던진다.

"아, 봤지요! 물이 한참 들어오기 시작하는데 배에서 사람들이 내
리데요. 짐은 배에 두고요. 선장이 기계가 고장 나서 손을 봐야 하니
내려서 기다리라고 했다더군요. 고기 잡는 배였어요. 통통통 소리를
내며 기계로 가는 배요. 배가 갑자기 사람들을 버려두고 짐만 싣고 통
통통 소리를 내며 바다로 줄행랑을 치더군요."

"나는 시모노세키까지 밤새 걸어 나와 배 타고 쓰시마에 들어가서
는, 거기서 야매 배 타고 부산으로 돌아오다 바다 한가운데서 풍파를
만나서 죽을 뻔했어요." 미쓰비시 조선소에서 돌아온 사내는 고개를
흔든다. "비바람이 어찌나 사납게 몰아치던지 바다 귀신이 되는 줄 알
았어요. 사가 현 입산 탄광*에 있었다는 이는 장막에 맞아 팔 하나가
떨어져 나가고, 황해도 사람은 배에서 즉사했어요!"

"내일모레는 고향에 돌아갈 거라고 했으니 별일 없으면 돌아갔겠네요." 나가사키 탄광에서 돌아온 사내는 또 엉뚱한 소리를 한다. "엊그제 부두에서 만난 이요. 미이케탄코◆, 후쿠오카 미이케탄코에 있었다고 했어요."

"가야 가는 거지요." 사도 광산에서 돌아온 사내는 고개를 젓는다.

"맞아요! 내일 간다, 모레 간다, 글피는 꼭 돌아간다 하고 여태 고향에 못 돌아가고 부두를 전전하더군요!" 가고시마 제련소에서 돌아온 사내는 말끝에 콧방귀를 뀐다.

"누가요?"

"나요, 나!" 가고시마 제련소에서 돌아온 사내가 주먹으로 자신의 가슴팍을 친다.

"가야지요, 가⋯⋯."

호슈 탄광에서 돌아온 사내가 혼잣말처럼 중얼거리는 소리에, 미쓰비시 조선소에서 돌아온 사내가 중얼거리는 소리가 겹쳐 떠오른다.

"암요, 가야지요."

"열차만 타면 가는걸요!" 가고시마 제련소에서 돌아온 사내는 재와 곰장어 살점이 묻은 입을 일그러뜨린다.

"고마운 일이에요⋯⋯." 호슈 탄광에서 돌아온 사내는 눈빛과 표정을 흐리고 장단을 맞추듯 고개를 끄덕끄덕한다. "마음만 먹으면 걸어서도 갈 수 있으니 말이에요. 저놈의 바다 때문에 일본서 돌아올 때는

● 일본 사가 현 메이지광업주식회사 다테야마(立山) 탄광.
◆ 후쿠오카 현 오무타(大牟田) 시의 미이케(三池) 탄광.

배를 타야 했으니까요."

"바다가 사람을 아주 환장하게 해요." 미쓰비시 조선소에서 돌아온 사내는 원망이 담긴 눈빛으로 바다를 바라본다.

"추석 전에는 꼭 고향에 갈 거요!"

가고시마 제련소에서 돌아온 사내가 어금니를 악물자, 미쓰비시 조선소에서 돌아온 사내가 대뜸 묻는다.

"고향 가서 뭐 하려고요?"

"쌀장사요!"

"내가 쌀장사를 해봐서 아는데, 쌀장사도 부산처럼 사람이 바글바글 끓는 데서 해야지 돈을 벌더이다."

호슈 탄광에서 돌아온 사내가 중얼거리는 소리를 듣고 구철이 대뜸 묻는다.

"쌀장사는 언제 했소?"

"기타큐슈에서요."

"호슈 탄광에서 탄 긁었다고 하지 않았소?"

"호슈 탄광에서 탄 긁은 지 3년쯤 지나 일본군 소집 영장이 나왔지 뭐요. 내가 일찍 장가를 들어 딸이 다섯 살, 아들이 세 살이었어요."

"처자식하고 같이 갔어요?" 미쓰비시 조선소에서 돌아온 사내가 묻는다.

"두 돌 지난 딸하고 마누라를 고향에 두고 갈 수가 없어서 호슈 그 먼 데까지 데리고 갔지요. 그래서 아들은 호슈에서 다이너마이트가 쾅 쾅 폭발하는 소리를 들으며 태어났다오. 마른하늘에 날벼락이라고 소집 영장이 나왔다는 소리를 듣고 마누라가 내 손을 꼭 붙들며 도망

가자고 하데요. 아, 전쟁터에 끌려가면 죽는 거 아니오. 신체검사 전날 나는 딸을 업고, 마누라는 아들을 업고, 새벽 2시에 감옥소 같은 숙소를 도망 나왔지요. 밤새 밤길을 걸어가며 딸한테 단단히 일렀지요. '니혼진데스.'"

"니혼진데스요?" 구철이 묻는다.

"누가 '조센진데스카, 니혼진데스카?'• 하고 물으면 '니혼진데스'라고 대답하라고요. 딸이 묻더군요. '파파, 니혼진데스카?' 그래서 내가 그랬지요. '니혼진데스, 니혼진데스.' 기타큐슈에서 판자로 벽을 둘러친 닭장 같은 방에서 네 식구가 살았어요. 굶어 죽지 않으려고 별일을 다 했지요. 똥 치우는 일, 땅 파는 일, 흙 나르는 일, 쌀장사…… 내가 밤마다 우니까 딸이 일본말도 조선말도 아닌 말로 묻데요.

'왜 울어요?'

'사는 게 고달파서 운단다.'

딸이 또 일본말도 조선말도 아닌 말로 묻데요.

'사는 게 뭐예요?'

'사는 게 뭐냐, 죽자 살자 살아도 오늘 하루 살기가 힘든 게 사는 거란다.'

그래도 기타큐슈가 호슈 탄광보다 나았어요. 굴속에 들어가면 아무 생각도 안 나고, 탄가루 긁다 죽겠구나 싶은 생각밖에 안 들었는데, 기타큐슈에서는 죽더라도 조선 고향으로 돌아가서 죽어야지 하는 마음이 생기더군요. 처자식 빼고 전부 조선에 있었으니까요. 땅, 하늘,

---

• 朝鮮人ですか, 日本人ですか? 조선인이오, 일본인이오?

산, 강, 집…… 고향 땅은 고향에만 있으니까요. 하늘도 산도 강도요."

"닭도 '고향 닭'은 고향에만 있지요." 미쓰비시 조선소에서 돌아온 사내가 말한다.

"내 마누라는 쑥도 '고향 쑥'은 고향 들판에서만 난다고 하더군요……."

곰장어 서너 마리가 또 드럼통 속으로 던져진다. 호슈 탄광에서 돌아온 사내가 드럼통에 소금을 뿌리며 혼잣소리를 한다.

"돌아왔나 모르겠네……."

드럼통에서 피어오르는 연기가 호슈 탄광에서 돌아온 사내의 얼굴로 날아든다. 그의 순박한 두 눈은 탄가루에 멀어서 재 섞인 연기가 매운 줄 모른다. 탄가루가 눈동자에 묻어나는 줄도 모르고 그는 탄광에서 탄가루에 찌든 수건으로 얼굴을 훔치고 훔쳤다.

"누구 말이오?" 미쓰비시 조선소에서 돌아온 사내가 묻는다.

"호슈 탄광서 같이 탄 캐던 임 씨요. 논산이 고향이라고 했는데…… 나보다 다섯 살 덜 먹었는데 사람이 순하니 좋았어요. 고향에 열일곱 살 먹은 색시가 있다고 했어요. 장가들자마자 면장이 아버지를 면사무소로 불러 그랬다더군요. 아들을 일본 군수 공장에 잡부로 보내든지, 밭을 내놓든지 하라고요. 고향 떠나올 때 아버지하고 색시가 논산역까지 나와 손을 흔들어줬다더군요. 탄광에선 술 마시고 담배 피우는 것 말고는 낙이 없는데, 술도 안 마시고 담배도 안 피웠어요. 담배값 아껴 고향집에 부쳐주느라고요. 추석 즈음인가, 갱도에서 벤또를 먹으며 그러데요. '아저씨, 나 눈이 잘 안 보여요. 봉사가 되려나 봐요.'

그리고 사흘 뒤에 도망쳤어요."

"죽지 않았으면 돌아왔겠지요!"

가고시마 제련소에서 돌아온 사내의 말을 받아 사도 광산에서 돌아온 사내가 말한다.

"못 돌아왔어도 할 수 없지요."

"나하고 같이 사도 광산에 간 형님은 못 돌아왔어요. 같은 종씨 형님이요. 고향에 갔다가 그 형님의 동생을 우연히 만났는데 그러더군요. '내 형님은 못 돌아왔는데, 형님은 돌아왔네요.'"

"그이도 못 돌아왔어요." 미쓰비시 조선소에서 돌아온 사내가 말한다. "전라도 순천 사람이요…… 도라지 도라지 백도라지…….'"

"웬 도라지 타령이오?" 구철이 쏴붙인다.

"그 순천 사람이 술만 마시면 도라지 타령을 부르는데 남자 목소리가 어찌나 곱던지…… 도라지 도라지 백도라지…… 도라지 도라지…….'"

"심심산천으로 들어가야 백도라지를 따지요!" 가고시마 제련소에서 돌아온 사내가 한마디 한다.

"백도라지 꽃은 백색이고 청도라지 꽃은 청색이지요." 호슈 탄광에서 돌아온 사내가 말한다.

"열일곱 살에 고향 떠나온 뒤로 백도라지 꽃을 구경도 못 했네요." 가고시마 제련소에서 돌아온 사내가 한탄한다.

"열일곱 살에 갔어요?" 구철이 묻는다.

"열일곱 살에 세상 물정 모르고 갔지요. 면사무소에 쌀 배급 타러 갔더니 면장이 그러데요. '너, 일본 가라.' 그래서 가야 되는 줄 알고 갔지요."

"나는 스물다섯 살에 바보 천치처럼 아무것도 모르고 갔다오."

호슈 탄광에서 돌아온 사내의 말을 끊으며 나가사키 탄광에서 돌아온 사내가 불쑥 끼어든다. "참, 여자 하나가 달리는 열차에 뛰어들었대요!"

구철이 나가사키 탄광에서 돌아온 사내를 쏘아본다. "여자요?"

"일본 여자요!"

"일본 여자가 왜 부산에 있어요?"

"조선 남자 따라 조선에 살러 온 일본 여자겠지요!"

"기껏 부모 형제하고 이별하고 조선까지 따라와 열차에 뛰어들었을까?"

호슈 탄광에서 돌아온 사내가 고개를 갸웃거리자, 사도 광산에서 돌아온 사내가 비아냥거리는 투로 말한다.

"총각인 줄 알고 일본에서 살림 차리고 살다가 남자 따라 배 타고 조선에 왔더니 고향집에 본처가 버젓이 있어서 쫓겨났거나, 남자 마음이 돌변해 버려졌겠지요."

"한 보름 전에 부두에서 야매 배가 어디서 뜨는지 묻고 다니는 일본 여자를 봤어요. 그 여자가 아닌가 싶네요. 달리는 열차에 뛰어들었다는 여자요!" 미쓰비시 조선소에서 돌아온 사내는 재가 유난히 시커멓게 묻은 입을 손으로 뭉개듯 훔치고 나서 다시 말을 잇는다. "부두에 솥단지 걸고 국수 끓여 파는 여자한테 조선말로 묻고 있더군요. '야매 배가 어디서 출발합니까?' 국수 끓여 파는 여자가 아무 대꾸도 않고 빤히 바라보기만 하자 일본 여자가 고개를 흔들며 물러서더군요. 어째

측은한 생각이 들어서 쳐다보고 있었더니 일본 여자가 내게 다가오더군요.

'오사카, 오사카…… 야매 배가 어디서 출발합니까?'

'오사카 가는 야매 배요?'

'야매 배요, 야매 배요!'

'뱃삯은 있소?'

'뱃삯이요?'

'야매 배 타고 갈 뱃삯이요. 아, 뱃삯을 내야 야매 배가 오사카까지 태워다줄 것 아니오?'

내 말을 그제야 알아들은 일본 여자가 울상이 돼서는 고개를 젓더군요. 아무 죄도 없는 바다를 원망스레 바라보며 어미 품에서 떨어진 염소 새끼마냥 흐느끼더군요."

"가고시마 제련소에도 일본 여자하고 사는 조선인이 둘이나 있었어요. 반장도 거기서 식당서 일하는 일본 처녀를 얻어 살았어요."

"미쓰비시 조선소에도 있었어요. 정붙이고 살 때는 좋아서 살더니 해방되자 딸까지 낳은 일본 마누라를 버리고 떠나가며 그랬다데요. '젊은 사내들이 전부 전쟁터에 끌려가고 없어서 조선인인 나하고 산 것 아니냐. 나는 조선의 내 부모 형제 찾아갈 작정이니, 너는 네 부모 형제 찾아가라.'"

구철이 남은 곰장어를 몽땅 드럼통 속에 쏟는다. 한 줌 남은 짚도 드럼통 속에 부어진다. 소금이 드럼통으로 뿌려진다.

작은 여자애는 더 작은 여자애의 손을 잡고 사내들 쪽으로 걸어간다. 작은 여자애는 아버지가 그 사내들 속에 있을 것 같다.

아버지는 작은 여자애가 태어난 날에도, 더 작은 여자애가 태어난 날에도 집에 없었다.

작은 여자애가 더 작은 여자애에게 말한다.

"아버지는 우리가 태어난 것도 아직 몰라."

97

부두의 소금 창고 근처, 구철과 소식이 마주보고 서 있다. 구철은 묵고 있는 원산여인숙으로 돌아가는 길에 소식을 봤다.

소식은 집 나간 아들을 찾아 부두까지 왔다.

구철은 오늘 아침에 변소에 다녀오다 소식이 자신의 잠바를 빨랫줄에 널고 있는 모습을 봤다.

"내가 마누라를 둘이나 버렸소."

"······."

"조선인 마누라 하나, 일본인 마누라 하나. 조선인 마누라 이름은 명숙, 일본인 마누라 이름은 하루코."

"······."

"조선인 마누라를 고향에 두고 도항해 오사카 제방 공사장에서 일하며 일본인 처녀를 마누라로 맞았소. 마누라는 동지섣달의 화로와 같아서 품고 살아야 마누라이더이다. 조선인 마누라는 꿈에 끼고 살고, 일본인 마누라는 품에 끼고 살고. 목소리가 얌전하니 고운 일본인 마누라에게 조선 노래를 가르쳤소. '도라지 도라지 백도라지 심심산천에 백도라지 한두 뿌리만 캐어도 대광주리로 철철 넘누나 에헤요 에헤요 에헤야.' 고향이 그리우면 밥을 먹다가도 일본인 마누라에게 보채 듯 애원했소. '조선 노래 불러봐!' 그럼 일본인 마누라가 고개를 살짝 외로 돌리고 노래를 불렀소. '도라지 도라지 백도라지, 도라지 도라지.' 일본인 마누라가 조선 내 고향 심심산천을 못 가고 '도라지 도라지 백도라지, 도라지 도라지 백도라지'만 불러댔소. 심심산천을 못 넘어가 백도라지를 한 뿌리도 못 캐 빈 광주리를 들고도 '도라지 도라지 백도라지'를 불러댔소. 일본 노래를 부르다가도 내가 나타나면 '도라지 도라지 백도라지'를 불렀소. 오사카에서 낫 놓고 기역자도 모르는 조선인 마누라에게 엽서 다섯 통을 차례로 보냈소. 오사카에 도착한 지 넉 달이 지나서야 부친 첫 엽서에는 '오사카에 무사히 도착했다', 일 년쯤 지나 부친 두 번째 엽서에는 '돈 벌어 필히 고향에 돌아간다', 다시 일 년쯤 지나 부친 세 번째 엽서에는 '돌아갈 수 없게 됐다', 또 일 년 지나 부친 네 번째 엽서에는 '돌아가지 않는다', 또 일 년쯤 지나 부친 다섯 번째 엽서에는 '절대 돌아가지 않는다'. 다섯 번째 엽서를 보낸 지 반년 만에 조선인 마누라에게 답장이 왔소. '살아생전에 못 돌아오면 혼이라도 돌아오시오.' 고향에 조선인 마누라가 있는 줄 까맣게 모르는 일본인 마누라가 광목을 끊어다 내 바지를 지으며 노래를 부르더이다. '도라지 도라지 백도라지, 도라지 도라지…….'"

"……."

"해방되고 일본을 떠나오며 일본인 마누라를 버리고 왔소. 조선인 마누라가 그리운 것인지, 자식들이 그리운 것인지, 고향이 그리운 것인지, 조선으로 돌아오고 싶더이다. 배 타고 바다를 건너는데 일본인

마누라가 부르는 노랫소리가 들려오더이다. '도라지 도라지 백도라지',
내 고향 심신삼천을 못 가 '도라지 도라지 백도라지'."

"……."

"조선인 마누라가 낳은 자식이 둘, 일본인 마누라가 낳은 자식도
둘."

"……."

"조선인 마누라도 내 마누라, 일본인 마누라도 내 마누라. 조선인
마누라는 내 부모가 애지중지하는 마누라, 일본인 마누라는 내가 애
지중지하는 마누라. 조선인 마누라한테 돌아가자니 일본인 마누라가
눈에 밟히고, 일본인 마누라한테 돌아가자니 조선인 마누라가 눈에
밟히고…… 그래서 부두를 떠돌고 있다오. 그럴 수만 있다면 내 몸뚱
이를 두 쪽으로 찢고 싶소."

"……."

"찢어 반쪽은 조선인 마누라에게 날려 보내고, 반쪽은 일본인 마누
라에게 날려 보내고 싶소."

"……."

"내 몸뚱이를 좀 찢어주시오."

22부

계단

"구경하고 가요. 우리 같은 여염집 아낙들은 언감생심 엄두도 못 내는 고급 물건이 꽤 있답니다."

머리를 파마하고 하늘색 물방울무늬 원피스를 입은 여자가 애신을 손짓해 부른다.

숭어가 그려진 청색 도자기 찻잔, 원통형의 상아색 4단 도자기 찬합, 은빛 단추가 달린 연두색 블라우스, 개나리색 주름치마, 모사毛絲 목도리, 해운대 해수욕장 풍경 사진엽서들, 살구색 양산, 검은 비로드 장갑, 자주색 깃털 장식이 달린 보라색 비단 모자, 자개로 둘레를 장식한 거울…….

"잘 먹고 잘살던 일인이 쫓겨 가며 버리고 간 것들이랍니다. 짐 무게가 30킬로가 넘으면 배에 태워주지 않아서요."

애신이 거울에 얼굴을 비춰보자 여자가 웃음소리를 흘린다.

"거울이 맘에 드나 봐요. 얼굴이 예뻐 보이는 거울이랍니다. 얼굴이 더 예뻐 보이는 거울이 있다는 걸 나도 이 거울 덕분에 알았답니다. 그래서 아키코는 집에 있는 다른 거울은 안 보고 이 거울만 봤답니다. 이 거울 앞에 앉아 있는 걸 좋아해서 어떤 날은 거의 종일 떠나지 않고 붙어 앉아 있었답니다. 내가 아키코 상 하고 부르면 거울 속 아키코가 날 바라봤어요. 그럼 나는 거울 속 아키코 상과 말했답니다."

"아키코……요?"

"아키코는 이 거울을 일본에 가져가고 싶어 했어요. '마리아, 나는 거울을 가져갈 거야.' 아키코는 식모인 날 마리아라고 불렀답니다. 내 아버지가 지어준 금천이라는 이름이 부르기 어렵고 외워지지 않는다며 마리아라는 이름을 지어주더니 마리아라고 부르더군요. 그래서 그녀의 남편 마사토 상도, 아키코의 아이들도, 부산에 들어와 살던 그녀의 일인 친구들도 날 마리아라고 불렀답니다. '마리아, 마리아!' 그래서 나는 금천이라는 이름을 까맣게 잊고 마리아라는 이름으로 살았답니다. 나는 열두 살 먹어서부터 식모살이한 일인 집 안주인의 소개로 그녀의 집에 식모로 들어갔답니다. 아키코는 나보다 열두 살 위였답니다.

아키코 상의 집에 들어가 식모 산 지 3년쯤 지난 어느 날이었답니다. 빨래해 널고 초량시장에 돼지고기를 사러 갔다가 푸줏간 사내한테서 마리아가 죽었다는 소문을 들었답니다. 아키코 상의 집과 가까운 곳에 푸줏간이 있었지만 나는 초량시장에 있는 푸줏간에서 고기를 샀답니다. 아키코 상의 아이들이 돼지고기 반찬이 없으면 밥을 안 먹으려고 해서 매일 푸줏간에 돼지고기를 사러 갔답니다. 아키코 상은 아들만 둘 낳았답니다. 푸줏간 사내가 날 보자마자 그러더군요. '마리아가 죽었다네요!' 나는 너무 놀라 돼지고기 사는 것도 잊고 도로 집으로 갔답니다. 내가 장바구니를 들고 집을 나설 때까지도 낮잠을 자고 있던 아키코 상이 깨어나 거울 앞에 앉아 있더군요. 아키코 상의 아이들은 학교에 가고 집에는 아키코 상과 나 둘뿐이었답니다.

나는 손에 장바구니를 들고 거울 속 아키코 상에게 말했답니다.

'아키코 상, 아키코 상, 마리아가 죽었다네요!'

거울 속 아키코 상이 놀라기는커녕 아무 대꾸가 없어서 혹시 눈을 뜨고 잠든 게 아닌가 싶어 나는 그녀를 불렀답니다.

'아키코 상?'

그제야 아키코 상이 거울 속 자신을 물끄러미 바라보며 그러더군요.

'아, 마리아가 죽었다지?'

'아키코 상, 마리아가 죽은 걸 알고 있었어요?'

'세쓰코가 찾아와서는 마리아가 죽었다고 알려주고 가더구나.'

세쓰코 상은 아키코 상의 친구였어요. 그녀는 철도 관사에 살았어요. 그녀의 남편이 철도국에 다녔거든요. 그녀는 나들이 가는 여자처럼 기모노를 입고 아키코 상을 찾아와 철도 관사에 떠도는 소문을 소곤소곤 전해주곤 했어요.

'아키코 상, 마리아가 죽었는데 아무렇지도 않아요?'

'아키코 상?'

'불쌍한 마리아……'

그녀는 잠꼬대하듯 중얼거리고는 일어서서 거울에서 나갔어요.

혼자 거울 속에 남겨진 나는 아키코가 아직 거울 속에 있기라도 한 듯 거울에 대고 속삭였답니다.

'아키코 상, 마리아가 누구지요?'

죽은 마리아가 내가 아니라는 걸 나는 저녁이 돼서야 알았답니다. 이 세상에 마리아가 나 말고 또 있었어요. 나는 마리아가 세상에 나 하나뿐인 줄 알았답니다. 금천이라는 이름은 들어봤지만 마리아라는 이름은 어디서도 들어보지 못했으니까요. 죽은 마리아는 철도 관사에 살고 있었어요. 그리고 나처럼 식모였어요. 나는 그런 줄도 모르고 내가 죽은 줄 알고 거울 앞에 주저앉아 엉엉 울었지 뭐예요. '아, 마리아가 남의 집 식모살이만 하다 죽었네. 아버지 어머니께 인사도 못 드리고 세상을 떠났네. 좋아하는 능금도 실컷 못 먹어보고 죽었네. 불쌍한 마리아, 불쌍한 마리아…….'"

우는 소리를 내던 여자가 갑자기 까르르 웃는다.

"아키코 상은 일본으로 돌아가며 이 거울을 가져가려 했어요."

"아키코가 일본으로 갔나요?" 애신이 묻는다.

"아키코 상을 알아요?"

"……."

"아키코 상을 알아요?"

애신이 가만가만 고개를 끄덕이자 여자가 묻는다. "아키코 상을 어떻게 알아요?"

"제 친구니까요."

"친구요? 아키코 상이 아가씨 친구라고요?"

"네……."

"하지만 아키코 상은 마흔 살이랍니다."

"아키코가요?"

"나보다 열두 살 더 먹었으니까 딱 마흔 살이지요."

"아키코하고 나는 낙원*에서 친구가 됐어요."

"낙원이요? 요리점이에요? 고급 요리점 이름 같네. 여관 이름 같기도 하고……."

"……공장이에요."

"공장이요?"

"네, 군복 만드는 공장이요."

"어머나, 아키코 상이 군복 만드는 공장에 있었다고요?" 여자가 실소를 터뜨린다.

"……."

"아키코 상이 군복 만드는 공장에 있었다는 소문은 금시초문이네. 아키코 상이 군복 만드는 공장에서 뭘 했을까?"

눈을 홉뜨고 의심스런 눈빛으로 애신을 쳐다보며 혼잣말하듯 중얼거리던 여자가 금세 표정을 상냥하게 한다.

"하여간 천황이 항복한 날도 아키코 상은 이 거울 앞에 앉아 있었답니다. 히로시마에 원자폭탄이 떨어져 잿더미가 된 날도 그녀는 이 거울 앞에 앉아 있었답니다. 그녀는 결혼식을 올리자마자 수상경찰서에 발령 받은 남편을 따라 부산에 왔답니다. 그녀의 남편 마사토 상은 수상경찰서에서 직급이 꽤 높은 경찰이었답니다. 아키코 상의 고향은 히로시마랍니다. 그녀는 남편과 두 아들을 곁에 두고는 히로시마에 살고 있는 친정 부모와 자매들을 그리워하며 남편과 아들들 몰래 울곤 했답니다. 마사토 상은 자기 아내가 우는 걸 싫어했어요. 마음이 여린 아키코 상하고 달리 차갑고 모진 사람이었거든요. 그는 그녀가 자신의 아들들을 유약하게 키운다고 불만을 드러내곤 했어요. 아들들에게 엄

● 樂園, 일본군 '위안부' 김춘자가 있었던 만주의 위안소 이름.

격하고 좀처럼 웃지 않아서 그가 퇴근해 집에 오면 집 안 분위기가 순식간에 달려졌어요. 남편한테 무시당하고 구박받고 사는 건 조선 여자나 일본 여자나 마찬가지더군요. 하지만 아키코 상을 아는 모든 사람들은 그녀가 남부러울 것 없이 남편과 두 아들의 사랑을 받으며 살고 있는 줄 알았지요. 그녀의 친구 세쓰코 상마저도 그렇게 생각했으니까요. 세쓰코 상은 자신보다 잘사는 아키코 상을 부러워했답니다. 그녀의 남편은 철도국의 한낱 말단 직원이었거든요. 아키코 상은 세쓰코 상 앞에서 울지 않았답니다. 오직 이 거울하고 식모인 내 앞에서만 울었답니다. 미국이 히로시마에 원자폭탄을 떨어뜨린 날 아침이 떠오르는군요. 식모인 나는 아침 먹은 상을 치우고 있었답니다. 아키코 상은 아들들의 책가방을 챙기고 있었고요. 갑자기 전화기가 울렸어요. 마사토 상이 전화를 받았답니다. 그리고 아흐레 뒤에 일본이 패망했지요. 아키코 상은 부산을 떠나고 싶어 하지 않았어요. 히로시마가 그리워서 슬픔에 잠기곤 했으면서 일본이 망해 쫓겨나듯 부산을 떠나야 하는 처지가 되자 슬퍼서 울더군요. 부산에서 10년 넘게 살아서 정이 들어서였겠지요."

"……."

"나는 아키코 상이 짐을 꾸리는 걸 도왔어요. 아키코 상은 이 거울을 가져가려고 했어요. 나는 그녀에게 거울을 가져갈 수 없을 거라고 말했지요. 그녀는 내 말을 안 듣고 보자기에 거울을 쌌어요. 그래서 내가 그녀에게 그랬지요."

여자는 애신을 빤히 바라보며 말한다.

"아키코 상, 거울에 틀림없이 금이 갈 거예요."

99

목순은 쪽을 찌고 수건을 두른 머리 위의 미역 보따리를 두 손으로 붙잡고 40계단을 내려다본다. 보따리가 앞으로 쏠리려 해서 손가락에 힘을 꽉 주고 계단으로 발을 내딛는다. 그녀는 부산진역에 가, 오늘 영도상회에서 처음 만난 언양댁을 따라 열차를 타고 충청도로 갈 것이다.

그녀는 한 계단 한 계단 신중히 발을 내딛으며 계단을 내려간다. 하루에 대여섯 번은 오르내리는 계단이 오늘따라 깎아지른 절벽처럼 가파르게 느껴진다.

열 계단쯤 내려와 목순은 아이들 걱정이 돼 한숨을 토한다. 그녀가 미역 행상을 다니느라 집을 비운 동안 고작 열두 살인 큰딸이 밥과 빨래를 하고 세 동생을 챙길 것이다.

계단을 간신히 다 내려온 그녀는 몸을 돌려 계단을 올려다본다. 자신의 집이 계단 위에 있다는 걸 새삼 깨닫는다. 그녀는 싼 달셋방을 찾아 처음 그 계단을 올랐던 때를 떠올린다. 그때 그녀는 막내를 가져 배가 불러 있었다.

"계단이 높네."

그녀는 계단이 꽤 높다는 것 역시 새삼 깨닫는다. 부산진역에서 만나기로 한 언양댁과의 약속을 떠올리고 그녀는 마지못해 계단에서 돌아선다.

100

"아주머니, 저 계단을 올라가면 뭐가 있나요?"

"세상이 있지요."

방금 계단을 내려온, 반백의 머리를 쪽 찐 여자가 애신에게 말한다.

"여기도 세상, 저기도 세상, 저 위도 세상, 저 아래도 세상…… 저 위 세상에서 한 식경쯤 전에 갓난애가 태어났다오. 근데 태어나도 그만 안 태어나도 그만인 계집애지 뭐요. 그래서 갓난애 엄마가 세상이 떠 나가도록 빽빽 울어대는 갓난애 얼굴도 안 보고, 면벽참선하는 스님처 럼 벽을 보고 돌아누워 꼼짝 않고 있다오."

여자가 가고, 머리에 물동이를 인 여자가 계단 위에 나타난다. 여자 는 검은 고무신 신은 발을 조심조심 내딛으며 계단을 내려온다.

쌀가마니를 지게에 짊어진 사내가 오더니 계단을 올려다보며 휴― 하고 한숨을 토한다. 사내는 정강이까지 바지를 접어 올려 입고 밀짚 모자를 썼다. 사내는 계단을 오르기 시작한다. 머리에 빵모자를 쓴 청 년 둘이 계단을 성큼성큼 올라간다.

계단으로 발을 내딛는 애신의 왼손에는 어항이, 오른손에는 거울이 들려 있다.

*

아기 돌부처가 서 있는 나무 대문 앞에서 애신은 숨을 고른다. 콧등
이 뭉툭하게 마모된 불상이 그녀를 바라보며 천연덕스럽게 웃고 있다.

메리야스에 쑥색 광목 바지를 입은 예닐곱 살 돼 보이는 소년이 팽
이처럼 빙글빙글 돌며, 두 발로는 갈지자를 그리며 걸어온다. 전봇대
에 머리를 쿵 박더니 기절하듯 쓰러진다. 두 손으로 땅바닥을 짚고 일
어서더니 배시시 웃으며 풍덩한 바지춤을 끌어올린다. 검은 고무신 신
은 발을 서너 발짝 헛발질하듯 내딛다 돌담에 머리를 쿵 박는다.

그 옆 여관 같아 보이는 대문 앞에 앉아 있던 노파가 소년을 보고
쯧쯧 혀를 찬다.

"지게미를 먹어서 저래. 배가 고프니까 양조장에서 나오는 지게미
를 해롱해롱 취하는 줄도 모르고 주워 먹어서."

소년이 도약하는 개구리처럼 발딱 일어선다. 비틀비틀 걸어오더니
애신 앞에서 꼬꾸라진다.

"얘야, 괜찮니?"

소년이 얼굴을 쳐들고 애신을 쏘아본다.

"이마에서 피가 나는구나. 어서 집에 가서 엄마에게 피를 닦아 달라
고 하렴."

"엄마요?"

"그래, 엄마에게 피를 닦아 달라고……."

"호래자식이라 버르장머리가 없어요. 저 애가 세 살 먹어 아버지가

죽었거든요."

소년이 일어서더니 숱 많은 머리로 애신을 들이받을 듯 다가선다.

"아줌마는 누구예요?"

이마에서 피가 계속 흘러 소년의 큼직한 눈동자로 흘러든다.

'눈동자에 묻은 피는 닦아줄 수 없는데…….' 애신은 애가 타 속으로 중얼거린다.

그때 길 끝에서 자전거가 경적을 울리며 달려온다.

"조심하렴, 자전거가 널 치겠구나!"

자전거는 순식간에 소년의 엉덩이 바로 뒤에 와 있다. 소년이 머리로 애신의 옆구리를 박고 나동그라진다. 그 충격에 애신은 손에 들고 있던 거울을 떨어뜨린다. 손잡이를 급하게 트는 바람에 중심을 잃은 자전거가 전봇대를 들이박고 나동그라진다. 허공으로 들린 자전거 바퀴가 핑그르르 헛돈다. 자전거 뒷자리에 차곡차곡 포개져 실려 있던 나무 상자들이 순차적으로 쏟아지면서 그 안에 담겨 있던 가마보코를 토한다.

자전거 옆에 쓰러져 있던 사내가 비치적비치적 몸을 일으키자마자 소년에게 버럭 소리를 지른다.

"너, 이 자식!"

사내는 소년의 멱살이라도 움켜잡을 기세다. 겁에 질려 입을 벌리고 딸꾹질을 토하는 소년이 골목을 달려 내려간다. 주먹을 불끈 쥐고 부르르 떨던 사내는 소년을 따라가려는 자세를 취하다 만다. 울상을 짓고 땅바닥에 널린 가마보코를 나무 상자에 주워 담기 시작한다.

"배달 가는 길인가 보네?" 노파가 묻는다.

"네, 배달 가는 길이었답니다."

"말투를 보니 부산 사람이 아닌가 보우?"

"수원에서 왔어요."

"먼 데서도 왔구려."

"벌어먹고 살려고 왔지요. 부산에는 일거리가 넘쳐나서 사지만 멀쩡하면 굶어 죽지 않는다고 해서요. 가마보코 공장에 취직해 석 달 일하고 나니까 해방이 되더군요."

"일정 때 일본인들이 가마보코를 만들려고 조기를 하도 잡아들여서 어민들의 불만이 이만저만이 아니었다우. 조상 제사상에 올릴 조기도 남겨두지 않고 싹쓸이한다고 말이우."

노파가 주춤 몸을 일으키더니 사내가 가마보코 줍는 걸 돕는다. "흙이 많이 묻지는 않았네. 살다 보면 재수 없는 날이 있더이다."

"평소에는 자전거에 네다섯 상자만 싣는데, 오늘은 욕심이 나서 아홉 상자를 실었어요. 두 번 나눠 하는 배달을 오늘은 한 번에 끝내려고요. 먼저 다섯 상자만 싣고 장수통에 있는 요릿집들에 배달하고, 다시 공장에 들러 네 상자를 싣고 미도리마치에 있는 요릿집에 배달하고 나면 오후가 다 가버려서요."

"……미도리마치요? 미도리마치에 요릿집이 있나요?"

"미도리마치에는 순 요릿집만 있다우." 노파가 사내 대신 대꾸하고는 묻는다. "미도리마치에 요릿집이 있냐고 묻는 걸 보니 아가씨도 여기 사는 사람이 아닌가 보우?"

"네, 저는 멀리서 왔어요. 친구가 미도리마치에 있다고 해서 친구 만나러요……."

"친한 친구요?" 노파가 묻는다.

"네."

"쯧쯧, 초록은 동색이라는데……." 노파는 말끝을 흐린다.

사내가 가마보코를 주워 담은 나무 상자들을 자전거 뒷자리에 차곡차곡 싣는다. 아홉 상자나 되는 가마보코의 무게 때문에 자전거가 자꾸만 옆으로 쓰러지려고 해서 서너 번 시도하고 나서야 사내는 겨우 안장에 오른다.

"할머니, 고맙습니다. 또 봬요."

"내가 오늘내일 죽지 않으면 또 보겠지요."

사내는 두 발을 발판에 올리고 힘차게 굴려 속도를 낸다. 따르릉따르릉 경적을 울리며 조심조심 달려 나간다.

애신은 거울을 집어 든다. 거울에 금이 가 있다. 꼭 새의 발자국 같아서 그녀는 손으로 금을 짚어본다.

"정말로 금이 갔네. 틀림없이 금이 갈 거라더니 정말로 금이 갔어."

23부

인간

101

"너도 고구마 훔쳐 먹었니?"

"빠가!"

"옷을 훔쳐 입어!"

"빠가!"

쌀자루처럼 풍덩한 카키색 광목 원피스를 입고 쇠 선로를 밟고 서 있는 경자의 손에는 새끼손톱만큼 작고 흰 꽃이 들려 있다.

경자는 조막만 하고 까무잡잡한 얼굴을 찡그리고 황소 무덤에서 꺾은 흰 꽃을 빙글빙글 돌린다. 세상이 흰 꽃에 매달려 돌아간다. 흰 꽃을 꺾을 때 묻어난 까맣고 날카로운 씨가 원피스에 달라붙어 있다.

끝과 끝이 보이지 않을 만큼 긴 철로에는 경자와 발가벗은 사내아이 둘뿐이다. 둘은 오늘 철로에서 처음 만났다. 집으로 되돌아가는 길을 잊었을 만큼 멀어졌다는 걸 깨닫지 못하고 쇠 선로를 따라 마냥 걸어가던 경자는 발가벗은 사내아이를 봤다.

"저 아래 원산여인숙에 가면 아저씨들 옷이 빨랫줄에 가득 널려 있단다."

"빠가!"

"내가 옷을 훔쳐다 줄까?"

수레를 끌며 걸어가던 석분이 우물 앞에서 멈춰 선다. 우물 옆 넓적한 바위에 씻어서 엎어놓은 양은솥을 심드렁히 바라본다.

그녀는 남편을 철로에 버려두고 제면소를 찾아가는 길이다. 그녀가 허리에 두른 검은 앞치마 주머니에는 오늘 부두의 떠돌이 노동자들에게 국수 한 대접 값으로 받은 돈이 두둑이 들어 있다.

그녀의 눈가가 움찔한다. 엎어놓은 양은솥은 오늘 그녀가 부두 허공에 걸었던 양은솥보다 지름이 한 뼘쯤 더 크다. 저 양은솥이라면 스물대여섯 명은 먹일 수 있는 양의 국수를 끓일 수 있을 것이다.

그녀는 양은솥이 부두 허공에, 부두에서 날품을 파는 모든 사내들에게 보일 만큼 높이 걸린 광경을 상상한다.

그녀는 무심히 양은솥을 들어 자신의 수레에 싣는다. 양은솥의 무게가 더해져 무거워진 수레를 묵묵히 끌며 발을 놓는다.

풀숲에서 오줌을 누고 나온 여자가 눈을 동그랗게 뜨고 바위와 우물가를 휘둘러본다.

"어머나, 솥이 어디로 갔지?"

"만주서 일인들, 중국 관료들, 마적단들만 조선 농민들의 피를 빨아먹은 줄 알아요? 조선인 볼셰비키들, 조선인 민족주의자들도 기생충처럼 피를 빨아먹었지요."[38]

엊그제 식솔을 이끌고 소 막사에 살러 들어온 사내의 목소리다. 인중에 난 점이 인상적인 사내의 억양은 억센 듯 부드럽다.

"만주서 농사졌지요. 지린성 집에서 14, 5리를 꼬박 걸어가야 밭이 있었어요. 만주는 가도 가도 땅이 끝이 없어요. 꼭두새벽에 일어나 곡괭이 짊어지고 걸어가서 철새들 날아가는 거 바라보며 종일 일하다 해 떨어지기 전에 14, 5리를 걸어 돌아왔지요."

말하기 좋아하는 사내는 초면인 사내를 붙들고 앉아 이야기보따리를 풀어놓고 있다. 소 막사에서 겨울을 두 번이나 난 사내가 훈수를 두는 투로 말한다.

"살아보면 알겠지만 참말이지 여기가 사람 살 데가 아니오. 참말이지 사람 살 데가 아니지만 살다 보면……."

소 막사 안쪽에서 폐를 통째로 토하는 것 같은 기침 소리가 난다.

"3천8백 자요!"

낮에 우편국에 전보를 부치러 다녀온 늙수그레한 사내는 어제도 엊그제도 했던 얘기를 오늘도 하고 있다. 그는 막사 끝에서 끝까지 울리도록 한바탕 기침을 토하고 나서야 다시 말을 이어간다.

"바다에서 똑바로 3천8백 자를 내려가면 갱도가 있었어요. 꼭 간수 떨어지듯 얼굴로 똑똑 떨어지는 짠 바닷물을 수건으로 훔쳐 가며 탄을 긁다가 울기도 참 많이 울었다오. '아버지 어머니, 오매불망 아들은 하시마• 갱도에서 탄 캐다 죽소.'"

막사 마당에서 돌멩이를 하늘로 던지며 공기놀이를 하던 여자아이 셋이 막사로 뛰어 들어온다. 중국 혹은 일본에서 태어나 수송선을 타고 온 여자아이들 중 하나는 조금 더 자라 4부두에 있는 방직 공장에 취직해 실을 뽑을 것이다. 또 하나는 열여섯 살이 되자마자 삼일극장◆ 근처의 미용실에 보내져 심부름을 하며 미용 기술을 배울 것이다.

언청이 여자는 철로에서 주운 석탄 부스러기와 맞바꾼 100그램 남짓한 석유를 등잔에 붓는다.

지난밤 언청이 여자는 등잔에 석유가 한 방울밖에 남지 않은 걸 모르고 성냥을 그어 등잔 심지에 불을 붙였다. 아들 얼굴을 비추려고 곤히 잠든 아들 위로 등잔을 가져갔다. 심연처럼 깊은 어둠 속에 잠겨 있던 아들의 얼굴이 떠오르는 걸 숨죽이고 지켜봤다. 소 막사에서 잠들지 않고 깨어 있는 사람은 그녀 혼자였다. 심지 끝에서 타오른 불꽃

• 端島, 나가사키 현 나가사키 시에 소속된 섬으로 하시마 탄광이 있었다. 태평양전쟁 때 조선인들이 강제 징용돼 노역을 했던 탄광 중 하나다. 우리에겐 군함도로 더 익숙하다.

◆ 일제강점기인 1944년에 범일동에 문을 연 극장.

이 흔들리더니 오그라들며 순식간에 사라져버리는 순간 아들의 얼굴이 어둠 속으로 가라앉았다. 그녀는 아들을 어딘가에 영원히 잃어버린 것 같은 상실감과 슬픔에 손톱이 살갗에 박히도록 가슴팍을 움켜쥐었다. 윗입술이 갈라져 있어서 다물어지지 않는 입을 억지로 벌리고 신음을 토했다.

배에서 그녀는 아들을 잃어버렸었다. 한커우 항구를 떠난 배는 망망대해에 떠 있었다. 항구에서 어린 딸을 잃어버리고 울고 있는 여자를 보고 나서 그녀는 아들을 잃어버릴까 봐 늘 품에 꼭 안고 있었다. 그런데 남편이 먹을 걸 구하러 가고 까무룩 잠든 새에 그녀의 품에 아들이 없었다. 사람들은 배에서 옷과 먹을 것뿐 아니라 금과 은, 아편, 술을 서로 사고팔았다. 그녀가 곯아떨어지던 순간까지도 아들은 둥지 속 어린 새처럼 그녀의 품에 꼭 안겨 있었다. 배에는 3천 명이 넘는 조선인과 일인이 타고 있었다. 그녀가 전 재산인 짐 보따리를 팽개치고 울며불며 찾아다닌 아들은 낯선 여자의 품에 안겨 있었다. 얌전히 안겨 있는 아들을 보는 순간 그녀는 분노가 치밀어 낯선 여자의 뺨을 찰싹 소리가 나도록 때렸다.

놀란 여자가 보랏빛으로 부어오르는 뺨을 어루만지며 말했다.

"혼자 울고 있었어요…… 그래서 내가 안아줬어요……."

"도둑년!"

"내가 안아주니까 울음을 그쳤어요……."

언청이 여자는 여자의 품에 안겨 있던 아들을 빼앗듯 되찾아왔다.

"내 아들을 또 훔쳐 가면 죽여 버릴 거야!"

그녀는 그때 사람 얼굴을 처음 때렸다. 그래서인지 여자의 얼굴이 잊히지 않는다. 죽을 때까지 그 얼굴을 잊지 못할 것 같다. 여자는 그녀보다 대여섯 살은 어려 보였다.

그녀는 석유를 채운 등잔을 선반 위에 놓는다. 전날 남편은 판때기를 구해 와 선반을 만들어 걸었다. 선반에는 그릇과 수저, 신문지 뭉치, 반짇고리 등이 놓여 있다. 영도에 들어간 남편을 위해 남겨둔 쇳빛 물고기도 양은냄비에 담겨 선반 위에 놓여 있다. 선반 밑에는 가지런히 갠 이불이 놓여 있다.

그녀는 아들을 바라본다. 쇳빛 물고기 한 마리를 먹은 아들의 입에 윤기가 돈다. 그녀는 쇳빛 물고기의 살점을 떠 아들의 입으로 넣어줄 때마다 주문을 외듯 중얼거렸다. "살이 되고 피가 돼라."

그녀는 뒤늦게야 그 여자가 자신의 아들을 훔치려고 한 것인지, 아니면 아들이 스스로 그 여자의 품을 찾아든 것인지 궁금하다.

"시종아, 기억나?"

"응?"

"배에서 널 안아준 아줌마 말이야."

"응." 아들이 고개를 끄덕인다.

"엄마가 아줌마 얼굴을 때렸어!"

*

언청이 여자는 화로와 양은냄비, 성냥 등을 챙겨 들고 마당으로 나간다.

눈이 먼 노파는 여전히 가자미를 널어놓은 철망을 지키고 앉아 있다. 노파의 며느리는 돌아오지 않았다. 변성기가 시작된 손자는 한 식

경 전쯤 소 막사에서 사귄 사내아이들과 4부두 쪽으로 달려가고, 손녀
는 물에 빠져 죽은 고양이를 언덕에 묻어주러 갔다. 오사카 히가시나
리의 군수 공장 근처에서 태어난 그 애는 그곳을 떠나오며 키우던 고
양이를 버리고 왔다.

노파가 몸을 일으키더니 눈을 가늘게 뜨고 앞을 응시한다. 기어들
어가는 목소리로 말한다.

"도둑놈이 또 왔네!"

노파는 아무도 없는 허공에 대고 팔을 휘휘 젓는다.

"도둑놈이야! 도둑놈이야!"

노파의 목소리는 그러나 희미해 그녀 자신과 마침 그 모습을 가까
이서 지켜보던 언청이 여자에게나 겨우 들릴 뿐이다.

언청이 여자가 노파에게 묻는다.

"할머니, 도둑놈이 왔어요?"

"도둑놈이 날마다 찾아와 가자미를 한 마리씩 훔쳐 가니 내가 제명
까지 못 살겠소. 내가 두 눈 똑바로 뜨고 앉아 지키는데도 귀신같이 훔
쳐 가는 걸 보면 도둑놈은 도둑놈인가 보오."

"할머니, 도둑놈이 어떻게 생겼어요?"

"도둑놈이 '나 도둑놈이다' 하고 생겼을 법도 하지만 그렇지 않다
오. 하여간 별나게 생기지는 않았다오." 노파는 시들히 중얼거리고는
주저앉는다. "집에는 도둑맞은 거 없소?"

"네, 없어요."

"그럴 리가 없는데……." 노파는 구시렁거리다 입을 다문다.

언청이 여자는 마당의 한갓진 곳에 화로를 놓아두고 막사 마당을

걸어간다. 혹시나 남편이 오는지 목을 빼고 소 막사 아래로 난 길을 살핀다. 화물선 닛쵸마루가 적기 부두와 후쿠우라 항을 오가던 시절에 소들이 줄지어 내려가는 풍경이 펼쳐지곤 하던 그 길은 소 막사에 들어와 사는 이들이 오가는 길이 됐다. 언청이 여자는 소 막사 오른편의 적기 부두까지 시선을 길게 늘인다. 부두에는 통통배 한 척과 고깃배 세 척이 정박해 있다.

소 화장터 굴뚝 위에 의뭉스레 앉아 있던 까마귀가 날아오르더니 까악 까악 소리를 토하며 4부두 쪽으로 날아간다.

한 식경 전쯤 4부두 쪽으로 달려간 사내아이들은 그곳의 술집들을 호기심 어린 눈으로 들여다보며 배회하고 있다. 사내아이들 속에는 '3천8백 자요!'를 입에 달고 사는 늙수그레한 사내의 아들도 있다. 그애는 하시마에 살 때 자신의 아버지가 조선인 탄부 둘과 함께 일인 감독 앞에 무릎을 꿇고 앉아 매 맞는 걸 우연히 봤다. 칼로 새긴 듯 머리에 뚜렷이 새겨진 그 장면이 불현듯 떠올라 그 애는 술집 앞에 내놓여 있는 정종병을 발로 힘껏 걷어찬다.

언청이 여자는 화로에 숯을 피운다. 손잡이가 없는 양은냄비의 뚜껑을 연다.

쇳빛 물고기는 어디로 가버리고 딱 그만한 돌덩이가 들어 있다.

104

춘화원의 괘종시계가 뎅 뎅 뎅 뎅 네 번을 친다. 그 소리는 또렷하지
는 않지만 시나마치 거리 끝까지 묵직하게 퍼져 나간다.

천 서방은 막 빚은 만두를 손에서 내려놓는다. 수그리고 있던 고개
를 들어 자신이 종일 세상을 등지고 앉아 빚은 만두들을 바라본다.

춘화원은 만두 찌는 냄새와 대파를 돼지기름과 간장에 볶는 냄새
로 가득하다.

만두가 쪄지며 하얀 김이 모락모락 나는 부엌에서 아들과 며느리가
나누는 말소리가 천 서방의 귀에 들려온다.

"햇수를 헤아려보니 황나이잉이 제 고향으로 떠난 지도 16년이 흘
렀더군요."

"황나이잉?"

"내 친구요. 황나이잉이 떠나지 않았으면 당신은 내가 아니라 그녀
와 혼인했을 거예요."

"왕슈란, 나는 그녀가 누군지도 모르는걸."

"황나이잉은 떠났고 나 왕슈란은 남았어요. 떠나고 없는 여인과 혼

인할 수 없으니, 남아 있는 나와 혼인한 거라고요. 당신이 황나이잉과 혼인했으면 그녀가 춘화원의 안주인이 됐겠지요."

"흥, 황나이잉이 떠난 게 슬프군!"

"오늘은 저녁을 일찍 먹고, 아버님 모시고 부두에라도 다녀와요. 눈이 더 멀기 전에 세상이 얼마나 변했는지 구경 좀 시켜드려요."

"아버지가 가시려고 할지 모르겠군. 6시면 잠자리에 드시니 말이야."

"6시 전에 돌아오면 되잖아요. 세상 구경하는 데 긴 시간이 필요하진 않지요. 아버님이 싫다고 하시면 업고서라도 다녀와요."

"왕슈란, 아버지는 아기가 아니야."

"아기가 아니지만 아기가 돼가고 있어요."

천 서방은 자신에게조차 거의 들리지 않을 만큼 희미한 소리를 중국 고향 말로 중얼거리며 몸을 일으킨다. 그의 검은 옷에 묻어 있던 밀가루가 날려 허공으로 흩어진다. 그는 부엌 입구에 걸어놓은 대나무 발 앞을 소리 없이 지나 나무 계단 쪽으로 발을 내딛는다. 난간을 손으로 붙잡고 나무 계단에 발을 내딛으려다 말고 천천히 외로 고개를 돌린다.

활짝 열려 있는 문 너머의 거리를 응시하는 그의 두 눈에 힘이 들어간다. 눈에 백태가 껴 거리의 모든 게—사람도, 개도, 달구지를 끌고 가는 소도 자신이 빚은 만두처럼 뭉개져 보인다.

대나무 발을 젖히며 나오던 왕슈란이 그를 본다. 그는 나무 계단 앞에 박제된 새처럼 미동도 않고 서서 거리를 응시하고 있다.

"아버님이 뭘 보고 계시는 거예요?"

"……."

"푸친父親!"

105

분년이 가버리고 혼자 남겨진 육득은 허전하다. 한 잔 공짜로 얻어 마신 술기운이 남아 어질어질하다.

'그 술 참 독하네.' 육득은 자신 앞에 놓여 있는 담배, 성냥, 눈깔사탕, 양갱 등을 가물가물한 눈빛으로 바라본다.

그는 고향 섬을 떠나온 걸 뼈마디가 쓰리도록 후회하지만 돌아갈 수 없다. 섬에는 그가 살 집이 없다. 배추 한 포기 심어 먹을 땅도 없다. 떠나거나 죽어 그를 맞아줄 형제 하나 없다.

그는 자신이 태어난 섬을 무슨 연유로 떠나왔는지 곰곰이 생각해보지만 너무 오래전이어서 까맣게 잊었다.

"넓은 세상에서 살고 싶었어. 장가도 가고 자식도 낳고 돈도 벌고." 그는 누가 듣고 있는 듯 소리 내 중얼거린다.

넓은 세상을 찾아, 그물을 버리고 육지로 나온 그는 정작 부산진역 마당 한쪽에 못처럼 박혀 옴짝달싹 못한다.

그는 눈빛을 흐리고 섬을 떠나온 날을 떠올린다. 11년 전 파도가 잠잠한 날, 그는 돛배를 타고 더 큰 섬으로 나왔다. 그곳에서 다시 돛배를 타고 육지로 나왔다. 큰 섬까지 나오는 데 꼬박 반나절이, 그곳에서 육지까지 나오는 데는 꼬박 한나절이 걸렸다.

걸어서 한 바퀴를 도는 데 두 식경 남짓밖에 걸리지 않는 고향 섬이야말로 그지없이 드넓은 세상이었다는 걸, 그는 되돌아갈 수 없는 처지가 돼서야 깨닫는다.

담배를 바라보며 그는 그것이 가자미였으면 하고 생각한다. 성냥갑을 바라보며 그것이 다금바리였으면 하고 생각한다. 눈깔사탕을 바라보며 그것이 소라였으면 하고, 양갱을 바라보며 노래미였으면 하고 생각한다.

*

언양댁과 목순은 부산진역 마당의 벚나무 아래에 앉아 있다. 그녀들 옆에는 미역 보따리와 말린 홍합, 가자미 등을 싼 보따리들이 놓여 있다. 시간이 되면 그녀들은 보따리를 머리에 이고, 손에 들고 부산진역으로 들어갈 것이다. 북쪽으로 가는 열차에 부리나케 오를 것이다. 발 디딜 곳에 보따리들을 부려놓고 구부정히 자리를 잡고 앉을 것이다. 열차와 함께 흔들리며 대전까지 올라가 그곳에서 논산, 부여, 홍성, 청양 등지로 발길 가는 대로 흘러들 것이다.

언양댁은 고무신을 벗어 엉덩이 밑으로 밀어 넣는다.

"아주머니, 행상 다니며 애들 낳고 키우며 어떻게 사셨어요?"

"살아지데."

언양댁은 시들하게 대꾸하고 육득에게 눈길을 준다. 그는 종일 좌판 위에 늘어놓고 팔던 것들을 궤짝에 옮겨 담고 있다.

"내 어머니가 그랬어. 짐승이고 사람이고 태어날 때 제 먹을 건 달고 나온다고. 배 속에 애가 들어설 때마다 어머니가 했던 말을 떠올렸어. 내가 참 멍청해. 굶기를 밥 먹듯 한 내 어머니 말을 철석같이 믿고 애를 일곱이나 낳았으니……."

언양댁은 목순을 가만히 바라본다. 마치 20여 년 전 처음 미역 행상을 나가던 자신이 그곳에 앉아 있는 것 같다. 그때 그녀는 목순보다 젊었고 혼자였다.

언양댁은 오늘 처음 영도상회에서 만난 목순이 그저 안쓰럽다.

"겁나?"

언양댁은 목순에게, 그리고 20여 년 전의 자신에게 묻는다.

"제가 쓸데없이 겁만 많아서요."

"겁먹을 거 없어." 언양댁은 고개를 가로저으며 목소리에 힘을 주어 말한다.

"아주머니는 겁이 별로 없으신가 봐요?"

"내가? 내가 겁이 얼마나 많은데. 나는 지렁이도 무서운걸."

언양댁의 그 말에 목순의 얼굴이 조금 펴진다.

"먹여주고 재워주는 여자들이 있었어. 지나고 보니까 그 여자들 덕에 살았어. 처음 행상을 나갔을 때였어. 충청도 예산까지 흘러들었어. 수덕사라는 절 아래 마을이었어. 절구에 곡식을 빻는 소리가 들려오는 집에 들어갔어. 마당에서 절구질을 하던 여자가 날 보더니 절구를 놓고 부엌으로 들어가데…… 맑은 물이 든 대접을 내게 내밀며 그러데. '아침에 길어 온 우물물이에요. 마셔요. 목이 몹시 말라 보이네요.' 우물물이 꿀처럼 달았어. 어찌나 고마운지 내가 그랬어. '은혜를 잊지 않고 꼭 갚을게요.' 그러곤 잊었네!"

언양댁은 자신에게 잠자리로, 먹을 것으로, 다정스런 말로 은혜를 베풀었던 여자들을 떠올린다. 그녀들의 복을 속으로 빌어주는 것으로 갚지 못한 은혜를 뒤늦게 갚으려고 한다.

"집 앞으로 지나가는 날 보고는 다정히 부르더니 금방 솥에 쪄 뜨끈 뜨끈한 옥수수 한 덩이를 먹으라고 손에 들려 준 여자도 있었어. 그걸 본 노인네가 혀를 차며 내게 그러더군. '내 셋째 며느리인데 속이 없어 못 받고도 받았다고 할 여편네라오.'"

언양댁은 이번에 행상을 다녀오면 다시는 행상을 가지 못하리라는 생각이 든다. 그녀는 오른발을 땅에 내딛을 때마다 무릎을 못으로 후벼 파는 것 같은 통증에 시달린다.

"예산으로 가볼까?"

그녀는 자신에게 처음 은혜를 베풀었던 수덕사 아래의 집을 찾아가 보고 싶다.

언양댁은 몸을 일으킨다. 목순도 따라서 몸을 일으킨다. 그녀는 언양댁이 보따리를 머리에 이는 걸 도와준다.

두 여자는 보따리를 머리에 이고 부산진 역사를 바라본다.

"슬슬 떠나볼까?" 그러곤 절룩이며 부산진 역사로 발을 내딛던 언양댁이 뒤를 돌아다본다.

"열차 타러 가야지?"

"발이 안 떨어지네요."

언양댁은 목순을 재촉하지 않는다. 그녀는 목순을 두고 부산진 역사로 절룩절룩 걸어간다.

열차가 토하는 기적 소리를 듣고서야 목순은 언양댁의 뒤를 쫓아
발을 내딛는다.

106

"아저씨, 두부 한 모 주고 가요."

"두부 못 팔아요."

두부 장수 송 씨는 울상이다.

"두부를 그새 다 팔았어요?"

"다 팔긴요. 수정시장의 두부 공장에서 두부 두 판을 지게에 짊어지고 증산 아래까지 갔다가 철로 따라 도로 내려와 초량 둘러 여기까지 오는 동안 겨우 여섯 모 팔았어요."

"그럼 내가 두 모 사줄 테니 두부 두 모 줘요."

"두 모는커녕 한 모도 못 팔아요."

"팔기 싫어요?"

"두부 장수가 두부 파는 걸 싫어하면 두부 장수라고 할 수 있나요? 두부가 죄다 쉬어서 팔고 싶어도 못 팔아요."

"어쩌다가요?"

"초량에서 요릿집 하는 중국 여편네가 들려주는 족제비 얘기를 듣다가요. 여섯 살 때 떠나온 중국 고향 마을에서 춘절에 있었던 일이라머 들려주는데 듣다 말고 갈 수가 있어야지요."

"족제비요?"

"중국의 어떤 시골 마을에 과부와 그 아들 왕쓰라는 총각이 있었답니다. 춘절에……."

경태가 송 씨의 지게를 툭 치며 달려간다. 주먹을 꼭 쥔 경태의 오른손에는 20전이 들려 있다.

*

봉금은 동방미곡상회 앞에 꼼짝 않고 서 있다.

"아저씨, 나는 흰쌀 한 되를 꼭 사야겠어요."

107

고아원을 스무여 발짝 앞에 두고 백 씨는 우뚝 멈춰 선다. 가쁜 숨이 부드럽게 잦아들 때까지 가슴팍을 손바닥으로 쓸어내린다.

사내애들이 고아원 마당에서 딱지치기를 하고 있다. 여자애들은 공기놀이에 빠져 있다. 아들의 모습이 마당 어디서도 보이지 않자 그는 실망한다.

'내 아들은 어디 있을까?'

그는 사내애들이 딱지치기하는 모습을 구경한다. 그가 어렸을 때만 해도 없던 놀이다. 사내애들의 손에는 한글과 한자가 인쇄된 신문지를 접어 만든 딱지가 서너 장씩 들려 있다. 일본에 살 때 그의 아들도 조선인 애들과 딱지치기를 하며 놀았다. 일본 글자가 인쇄된 신문지로 접어 만든 딱지였다.

딱지를 높이 쳐든 사내애의 발에 신긴 검은 고무신이 백 씨의 눈에 들어온다.

백 씨가 다가가자 사내애가 흘끔 쳐다본다.

"우리 정욱이 고무신 아니니?"

열흘 전 다녀갈 때 그는 아들에게 고무신을 사다 줬다. 아들이 새 고무신을 잃어버릴까 봐 고무신 뒤꿈치에 동그라미 표시를 해뒀다.

"우리 정욱이 고무신을 어째서 네가 신고 있니?"

사내애가 도톰한 입을 내밀고 말똥한 눈으로 백 씨를 쳐다본다.

"우리 정욱이 고무신 아니냐?"

"제 고무신이에요."

"뭐?"

"정욱이 형 죽었어요."

불쑥 끼어든 사내애를 쳐다보며 백 씨는 자신도 모르게 헛웃음을 흘린다.

"누가 죽어?"

"정욱이 형이요."

"누가? 누가 죽어?"

정욱의 고무신을 신고 있는 사내애가 말한다.

"폐렴이 심해져 죽었어요."

어처구니가 없어 피식피식 소리를 토하던 백 씨의 눈에 걷잡을 수 없이 눈물이 차오른다.

"누가 죽었다고?"

108

혼자 닭고기잡채 한 접시를 먹고 사해루의 어항 앞에 서 있는 구봉의 얼굴에 반지르르 기름기가 돈다.

생명수약국의 괘종시계가 네 번을 치자 그는 약국을 점원에게 맡기고 세상으로 나왔다. 박제 멧돼지가 저 위에서 가짜 눈알을 빛내며 세상으로 출타하는 그를 조용히 지켜봤다. 그는 무지하고 나약한 인간들로 들끓는 거리를 느긋이 관조하며 거닐다 사해루를 찾아와 닭고기잡채와 정종을 주문했다.

오늘 구봉은 가장 무지하고 비루한 인간을 봤다. 자신만큼 늙은 그 인간은 두 발을 땅에 딛고 서서 허공에 대고 누가 자신을 그곳에 데려다놨는지 묻고 있었다. 그 인간은 자신이 어디로 가는지도 모른 채 줄에 매달려 끌려가는 짐승처럼 발을 내딛다, 자신에게 20전을 구걸하는 어린 사내애를 붙들고 물었다.

'자신이 어디에 있는지도 모르다니.'

혀를 차며 세상은 갈수록 더 무지몽매한 인간들로 넘쳐나고 있다고 한탄하던 구봉은 불쑥 그토록 비참한 인간이 궁금해진다.

'어디서 왔을까?'

'어디로 가는 걸까?'

구봉은 스스로에게 물으며 유리 너머의 완벽한 세계를 들여다보기 위해 어항을 향해 눈을 크게 뜬다.

사해루의 어항 속 세계를 만나기 전까지 그는 완벽한 세계는 그 어디에도 존재하지 않는 줄 알았다. 어디에나 인간이 있고, 인간이 하나라도 있으면 완전하던 세계도 불완전한 세계가 되기 때문이다.

그는 완벽한 세계를 유리 너머로 바라보는 것으로 만족한다. 저 완벽한 세계는 물속에 있어서 인간이 들어가 살 수 없다.

완벽한 세계에서는 금붕어 여덟 마리가 죽지도 않고, 다투지도 않고, 서로를 무심히 보아 넘기며 소리 없이 살고 있다. 그 세계에는 불평, 다툼, 시기, 분노, 미움이 없다.

그는 금붕어들이 노니는 걸 바라보느라 어항 유리에 떠오른, 기괴하게 이지러진 자신의 얼굴을 보지 못한다.

그는 번들거리는 입을 벌리고, 기름에 볶은 온갖 채소 냄새와 닭고기 냄새와 당면 냄새와 정종 냄새가 뒤섞여 나는 숨을 토하며 금붕어를 천천히 세기 시작한다.

"하나, 둘, 셋, 넷, 다섯, 여섯, 일곱……."

그의 낯빛이 어두워지며 입이 흉측하게 일그러진다. 그는 금붕어를 처음부터 다시 센다.

"일곱……."

어항 유리에 떠올라 있는 얼굴이 그제야 그의 눈에 들어온다. 그는 하마터면 뒤로 나자빠질 뻔할 만큼 소스라치게 놀랐는데 자신이 보고

있는 얼굴이 오늘 거리에서 만난 가장 무지하고 비루한 인간의 얼굴과
닮아서였다.

'저 얼굴이 왜 저기에 있지?'

소름 끼치도록 끔찍한 얼굴이 자신의 얼굴이라는 걸 깨닫지 못하
고 그는 스스로에게 그렇게 묻는다.

더 끔찍한 것은 그 얼굴 속에서 금붕어 한 마리가 지느러미를 한없
이 평화롭게 흔들고 있다는 것이다.

24부

운명의 힘

거북섬 못 미쳐 버스가 뒷발질하는 소처럼 움찔움찔하더니 서버린다. 뿔테 안경을 쓴 버스 기사가 투덜거리며 버스에서 내린다. 버스에 실려 가던 사람들이 술렁거린다.

어금니를 악물고 차창에 떠오른 바다를 바라보던 태동이 몸을 일으킨다. 버스에서 내려 새띠고개 쪽으로 성큼성큼 발을 내딛는다. 우후죽순 뒤엉켜 자란 풀들로 우거진 비탈을 그는 씩씩 거친 숨을 토하며 올라간다. 성급히 내딛는 그의 발에 차인 돌이 흙먼지를 일으키며 굴러떨어진다.

소용돌이치는 물살처럼 흔들리는 새띠들 속을 그는 헤엄치듯 두 팔을 휘저으며 헤치고 앞으로 나아간다. 새띠고개라고 부르는, 무수한 인간의 발길에 다져진 길로 발을 들여놓는다.

태동은 턱까지 차오른 숨을 토하고 나서야, 눈을 홉뜨고 자신 앞에 탯줄처럼 놓여 있는 길을 바라본다. 구부러진 길은 새띠들에 가려져 끊겼다 이어지기를 반복하며 모지포까지 고집스럽게 뻗어 있다.

송도 아랫길에 멈춰 서 있던 버스는 태동을 버려두고 거북섬 쪽으로 달려간다.

바다에서 불어오는 바람에 새띠들이 납작 엎드린다. 새띠들에 가려져 끊어졌던 길이 솟아오르는 순간 그는 자신이 고향집으로 돌아가는 중이라는 걸 절감한다.

결코 돌아오지 않으려고 했다. 그런데 재작년 봄부터 고향집이 그를 집요하게 끌어당겼다.

세상에서 도둑이 돼 감옥에 두 번이나 들어갔다 나온 그는 속죄하는 마음과 다시 태어나고 싶은 심정에 격하게 사로잡혀 흐느낌에 가까운 신음을 토한다.

그는 어쩐지 전어 한 광주리를 팔고 모지포 집으로 돌아가는 어머니가 길 어딘가에 있는 듯하다. 둘째 아들인 자신이 잘 따라오고 있나 살피려 홀쩍 뒤를 돌아다보는 어머니의 모습이 아련히 떠오른다.

'어머니……'

그는 26년 전 이즈음 번져오는 불길을 피해 달아나듯 떠나온 길을 따라 저벅저벅 발을 내딛는다. 솟아오른 길이 꿈틀 몸부림치며 고향집과 그를 잇는 탯줄이 돼준다.

110

거북섬 절벽 아래로 대나무 통발이 내려진다. 멀리서 보면 마치 무덤을 바다에 공양하는 의식을 치르는 것 같다.

어부는 경사지고 울퉁불퉁한 기슭에 두 발을 딛고 서서 동아줄에 매단 대나무 통발을 내린다. 보름 전 똑같은 자리에 내린 대나무 통발에 잡힌 대왕문어와 한판 사투를 벌인 뒤로 어부는 기력이 급격히 쇠했다. 어금니 두 개가 빠지고 반백의 머리는 백발이 됐다.

대나무 통발이 절벽 중간쯤까지 내려졌을 때 반대편에서 검은 새가 불쑥 떠오른다. 검은 새는 모지포의 산꼭대기 망루까지 날아간다.

검은 새는 날개를 수평으로 펴고 눈먼 망지기의 머리 위에서 혼처럼 떠돈다. 망루에는 태곳적 바람이 솟구치고 있다.

심장에 파문이 번지는 것 같은 절대 고독이 눈먼 망지기를 휘감는다. 고통스럽지만 그 깊이를 헤아리기 어려운 충만감을 주는 그 상태가 그리워 자신이 자꾸만 망루를 찾는 것이라고 그는 생각한다.

가덕도 출신 망지기는 그가 망루에 앉아 있곤 하는 것을 탐탁지 않아 한다. 눈먼 망지기는 과거의 정령이기 때문이다.

그윽이 바다를 응시하던 눈먼 망지기가 엉거주춤 몸을 일으킨다. 바닷물의 빛깔이 변하는 게 그의 눈동자에 감지된다. 은빛을 띤 잿빛이 바다 깊은 곳에서 수면으로 서서히 번져오고 있다.

눈먼 망지기는 번쩍 팔을 든다. 손에 흰 깃발이 들려 있기라도 한 듯 바다를 향해 팔을 흔들기 시작한다.

대나무 통발이 바다 속으로 가라앉으며 그 안에 바닷물이 차오른다. 대나무 통발을 내리기 전 어부가 미끼로 넣어둔 정어리 세 마리가 되살아나듯 지느러미를 흔들며 떠오른다.

검은 새는 초량 쪽으로 방향을 튼다. 철로를 따라 미끄러지듯 날아간다. 쇠 선로를 밟고 서 있는 발가벗은 사내아이의 머리 위에서 날개를 크게 한 번 펄럭이더니, 또다시 세상과 무게를 겨누며 높아지고 낮아지기를 반복한다.

추錘는 여전히 세상 쪽으로 기울어져 있다.

세상에 무게를 더하며 오늘 아침 까치고개서 태어난 아기가 엄마 젖을 입에 물고 세차게 빨기 시작한다. 눈을 꼭 감고, 배추씨처럼 동글고 조그만 콧구멍으로 양수 냄새 나는 숨을 토하며 젖을 빠는 아기는 아직 이름이 없다. 그리고 아기의 아버지는 입 달린 자식 하나가 더 태어났다는 걸 아직 모른다.

*

"먹어라."

붙들이는 밭에서 주운 굼벵이를 늙은 암탉 앞에 던져준다. 마당에 난 풀에 붙은 씨를 쪼아 먹던 어린 암탉이 깃털을 날리며 쏜살같이 날아오르더니 굼벵이를 부리로 꼭 찌른다. 알을 낳기만 하고 품을 줄 모르는 어린 암탉은 굼벵이를 물고 멀찍이 달아난다.

*

세간살이가 실린 수레 뒤를 묵묵히 따라가던 여인은 영도다리 중간쯤에서 손으로 배를 감싸며 선다. 여인은 입을 벙긋 벌리고 신음 섞인 숨소리를 토하며 멀어지는 수레를 바라본다.

이불 보따리 옆에 꼭 붙어 앉아 있는 딸의 얼굴이 가물가물 흐려질 만큼 수레가 멀어진다.

111

경자는 원산여인숙 뒷마당의 빨랫줄에 널린 옷들을 바라보며 서 있다. 그곳에 묵고 있는 부두 하역꾼들의 옷이다. 오늘 아침에 세탁부 여자가 양잿물에 삶아 빨아 척척 걸쳐 널어놓은 옷들은 볕이 물러가고 짙어지는 그늘 속에서 낙 없이 흔들리고 있다.

경자는 손에 들고 빙글빙글 돌리던 작고 흰 꽃을 땅에 떨어뜨린다. 허름허름한 옷들을 눈으로 훑으며 철로의 발가벗은 사내아이가 입을 만한 옷을 고른다.

경자는 일곱 살에 처음 남의 것을 훔쳤다. 우물가에서 떡장수의 광주리 속 인절미를 훔쳐 먹었는데 배가 고파서였다. 여덟 살 먹어서는 이웃집에서 메주를 쑤려고 가마솥에 찐 콩을 한 주먹 훔쳐 동생과 함께 먹었다. 그때도 배가 고파서였다. 그리고 오늘 고구마를 훔쳐 먹었는데 역시나 배가 고파서였다.

경자의 입이 벌어지며 욕이 토해진다.

"도둑년!"

여자애는 오늘 자신에게 도둑년이라고 욕한 아주머니가 새끼 고양이를 훔치는 걸 봤다. 그 아주머니는 어미 고양이가 보는 앞에서 새끼 고양이를 훔쳤다.

철로에서 자신을 기다리고 있을 사내아이를 생각하자 경자는 조급해진다. 사내아이에게 약속하지 않았는가. "내가 옷을 훔쳐다 줄게. 아무 데도 가지 말고 기다려." 사내아이에게 얼른 옷을 훔쳐다 주고 싶은 마음이 커서 여자애는 자신이 조방을 찾아가는 길이었다는 걸 까맣게 잊는다.

경자는 살금살금 빨랫줄로 다가간다. 깨금발을 하고 쑥색 잠바로 손을 뻗는다.

쪽파를 다듬고 남은 찌꺼기를 버리려 함지박을 들고 뒷마당으로 나오다 그 광경을 목격한 원산여인숙 주인 여자가 소리 지른다.

"도둑이야!"

쑥색 잠바를 훔쳐 달아나던 경자는 때마침 원산여인숙 근처를 지나가던 노파와 정면으로 마주친다. 노파는 침을 맞고 집으로 돌아가는 길이다.

둘은 놀라 서로를 휘둥그레 바라본다.

도둑이야! 소리를 듣고 방에서 득달같이 뛰어나와 경자를 쫓던 원산여인숙 주인 사내가 경자의 목덜미로 손을 뻗는다.

"도둑년!"

허공으로 번쩍 들어 올려진 경자는 쑥색 잠바를 두 손으로 움켜잡고 발버둥 친다.

"놔줘요!"

원산여인숙 주인 사내는 자신이 잡은 도둑을 세상 모든 사람이 볼수 있게 더 높이 들어 올린다.

경자는 자신이 훔친 쑥색 잠바를 빼앗기지 않으려고 두 손으로 더 꼭 움켜잡는다.

방금 자신의 눈앞에서 어린 여자 도둑이 탄생하는 걸 얼떨결에 목도한 노파가 하늘을 올려다보며 탄식한다.

"아이고 하나님, 뱀의 꾀를 주세요!"

"아이고 하나님, 비둘기의 멍청함을 주세요!"

112

찢긴 고무신을 깁고 있던 여자가 소스라치게 놀란다. 오사카 이카이노에서 살다 왔다는 여자다.

"누구요?"

흰 무명 저고리에 다홍색 무명 치마를 차려입고 자신의 앞에 홀연히 서 있는 여인을 바라보는 여자의 눈빛에 긴장한 빛이 서려 있다.

여인은 반듯이 가르마를 타 쪽 찐 머리에 동백기름을 바르고, 발에는 흰 버선과 흰 고무신을 신었다.

여인이 언청이 여자라는 걸 뒤늦게 깨닫고 여자는 한 번 더 놀란다.

언청이 여자는 찢어진 입을 제비의 날개만 한 흰 무명천 조각으로 가리고 있다. 흰 무명천 조각이 날아갈 듯 떨리더니 그 너머에서 한없이 나직하고 부드러운 목소리가 울려 나온다.

"아주머니, 은혜를 갚고 싶어서 찾아왔어요."

공손히 머리를 숙여오는 언청이 여자의 손에 들린 돌덩이가 그제야 여자의 눈에 들어온다. 쇳빛 물고기가 사라진 양은냄비 속에 들어 있던 돌덩이다. 소 막사 주변에 흔한 돌덩이가 귀한 보물덩이라도 되는 듯 언청이 여자는 그것을 두 손으로 떠받치듯 들고 있다.

"은혜요?" 되묻는 여자의 눈초리가 살짝 치켜 올라간다.

"네, 은혜요. 제가 예닐곱 살 먹었을 때였답니다. 하루는 아버지가 저를 업고 10리 너머에 있는 밭을 찾아가며 그러시데요. 은혜를 입으면 볍씨만 한 은혜여도 잊지 말고 꼭 갚아야 한다고요. 사람이 은혜를 잊으면 구더기나 지네 같은 벌레만도 못하게 된다고요."

"내가 무슨 은혜를……?"

눈꺼풀을 살짝 내리뜨는 여자의 눈에 어떤 빛이 번개처럼 스친다.

"제게 아주 큰 은혜를 베풀어주셨잖아요."

"……"

"아주머니, 오늘 낮에 아주머니께서 제게 베푸신 은혜에 한참 못 미치지만 제 성의를 생각해서 이 물고기를 부디 받아주세요."

언청이 여자가 돌덩이를 여자에게 내민다.

"돌덩이를요?" 여자가 황당해한다.

"아주머니, 돌덩이가 아니라 아주 귀한 물고기랍니다."

여자가 눈을 쌜쭉이 하고 돌덩이를 쳐다본다.

"이보우, 돌덩이를 보고 물고기라니. 내 눈이 삐었으면 모를까, 백번 천 번을 봐도 도대체 물고기로는 안 보이우." 여자는 코웃음을 친다.

"아주머니 눈에는 이 물고기가 돌덩이로 보이나 보네요. 그렇잖아도 이 물고기를 잡은 어부가 제게 그러더군요. 평생에 한 마리 잡을까 말까 한 이 물고기를 돌덩이로 보는 사람들이 더러 있다고요. 어부의 말을 듣고 저는 설마 했답니다. 제 눈에는 틀림없는 물고기가 돌덩이로 보인다니 말이에요."

비웃음이 감돌던 여자의 얼굴에 보라빛이 서리며 눈가 근육이 움찔움찔한다.

"아주머니, 제가 은혜를 갚을 수 있게 물고기를 받아주세요."

언청이 여자는 다시금 공손히 고개를 숙여 보인다.

"부디 제가 은혜를 갚을 수 있게 해주세요."

113

"날 따라와요." 자신의 발에 신긴 일본군 군화를 보고 뒤로 주춤 물러서는 애신에게 동수는 웃으며 말한다.

"나도 마침 미도리마치에 가는 길이거든요."

동수는 어깨를 으쓱해 보이고 그녀의 손에 들린 어항을 바라본다.

"와, 금붕어네요!"

신기해하며 어항을 들여다보던 그는 금세 흥미를 잃고 웅성웅성하는 소리가 들려오는 곳에 눈길을 준다. 신문보급소가 세 들어 있는 일식 2층 목조 건물 앞에 청년 여남은 명이 모여 있다.

"민족청년단* 단원들이에요."

그는 비아냥거리듯 중얼거리고 길바닥에 침을 뱉는다. 얼굴에 다시 보조개가 패도록 웃음을 띠고 말한다.

"미도리마치에 가려면 저 소화정 광장을 지나가야 해요."

• 조선민족청년단. 1946년 10월에 조직된 우익 청년단.

간난이 삼치를 쏟았던 광장 한쪽에는 천복이 서 있다. 광폭이발관의 괘종시계가 세 번을 칠 때 그곳 거리에 있었던 그는 자신이 광장에 서 있다는 걸 깨닫지 못한다. 그는 자신에게 20전을 받은 소년을 찾아 사방을 휘둘러본다. 소년의 모습은 보이지 않는다.

"아, 누가 날 여기에 데려다놨을까?"

광장에는 죽은 개를 구걸하던 사내들도 있다. 그들은 장기 투숙하고 있는 건어물 거리의 싸구려 여인숙을 찾아가고 있다. 그들은 자신들이 오늘 아침에 죽은 개를 구걸했다는 사실을 잊었다. 그들 중 하나는 오늘 밤 여인숙의 괘종시계가 열한 번을 치고 나서야 자신이 죽은 개를 구걸했다는 사실을 깨닫고는 몸서리치며 흐느껴 울 것이다.

광장에는 조찬만도 있다. 그는 만면에 웃음을 띠고 태평성대를 외치고 있다.

광장에서 살다시피 하는 비렁뱅이는 불현듯 오늘 자신이 태어난 날이라는 걸 깨닫고는 비통해하며 자신의 탄생을 저주하다 말한다.

"내가 본래 귀한 가문 자손이라오. 고종 임금 때 할아버지가 능참봉을 지내셔서 삼시 세끼 이밥에 고깃국을 먹었다오. 제사가 있는 날이면 제사상에 올라간 온갖 떡이며, 고기며, 과일을 종일 물리도록 먹고도 남아 입에 한가득 물고 잠들었다오."

마침 어깨를 건들거리며 광장에 들어선 금붕어 장수가 비렁뱅이를 비웃으며 지나간다. 그는 광장 너머의 집에 돌아가는 길이다. 그는 오늘 사해루에 들르지 못했다. 애신에게 금붕어 한 마리와 어항을 팔고 사해루를 찾아가는 길에 들른 백향다방 주인 여자에게 남은 금붕어 네 마리를 전부 팔아서다.

태평성대를 외치며 팔자걸음을 놓던 조찬만은 필봉의 벌레 그림들 앞에 이른다. 그는 호기심 어린 눈빛으로 사마귀 그림을 바라보며 감탄을 토한다.

"잘 그렸다!"

그는 얼떨결에 눈길을 준 사마귀 그림에 홀려 눈을 떼지 못한다. 사마귀는 두 앞발을 치켜들고 탐욕스런 얼굴을 엇비스듬히 쳐들고 있다. 족제비 털로 만든 붓에 짙게 간 먹물을 묻혀 한지에 찍은, 점에 지나지 않는 사마귀의 두 눈동자에는 꿰뚫는 듯한 정기가 서려 있다.

살아 있는 것도 아니요, 죽은 것도 아닌 사마귀를 바라보던 조찬만은 인간인 자신이 사마귀의 먹잇감이 된 듯한 착각에 빠져 경기하듯 어깨를 떤다.

그런 조찬만을 말없이 바라보던 필봉이 특유의 애잔하고 우아한 목소리로 말한다.

"사마귀를 그저 미물로 알고 있지만 먹잇감 앞에서는 그 기세가 호랑이 못지않지요."

조찬만은 사마귀 그림에 압도당한 게 민망하고 자존심 상해 쩝쩝 입맛을 다시듯 혀를 찬다.

"흥! 그래 봤자 사마귀는 한낱 사마귀지요."

비꼬던 조찬만이 갑자기 눈빛을 반짝인다. 태평성대를 외칠 때 절로 어리는 웃음을 얼굴에 띠고 필봉에게 묻는다.

"사람 얼굴도 그립니까?"

"아, 사람 얼굴이라……."

필봉의 얼굴에 당혹스러워하는 빛이 서린다.

"내가 죽은 뒤에 태어날 자손들을 생각해 내 영정 그림 하나 남기고 세상을 뜨고 싶은 소망이 있는데 그려줄 수 있겠소?"

필봉은 시야가 좁아지며 덩달아 쪼그라든 눈동자를 벌리려 애쓰며 조찬만의 얼굴을 들여다본다. 자만하게 웃고 있는 조찬만의 얼굴이 그의 눈에는 감자처럼 희끄무레한 덩어리로 보인다. 그의 시야는 바늘구멍만큼 쪼그라들어 인간의 얼굴을 잘 보지 못한다.

"내가 사람 얼굴은 그리지 않는다오."

"엥? 벌레는 그리면서 사람 얼굴은 안 그려요?"

"사람 얼굴은 그다지 흥미가 없어 그리고 싶지가 않다오."

"흥! 그리고 싶지 않은 게 아니라 못 그리는 거겠지! 그래서 세상에 있으나 마나 한 벌레들이나 그려대고 있는 것 아니오?"

사마귀가 한낱 사마귀이듯 인간인 자신이 한낱 인간일 뿐이라는 걸 조찬만은 깨닫지 못하고 벌레 그림들에서 돌아선다. 태평성대를 외치며, 천복이 버티고 서 있는 광장 한복판으로 걸어간다.

오늘도 그림 한 점 못 팔았으니 아내에게 벌레만도 못한 취급을 당하며 구박받을 걸 생각하던 필봉은 불현듯 탄식한다.

"천지는 하나의 큰 열매이고 사람의 생生이 그 가운데 있으니 인간 역시 벌레 몸뚱이로다!"[39]

"어서 가요!"

동수는 광장 쪽으로 성큼 발을 내딛는다. 애신은 머뭇거리다 그를 따라 발을 끌듯 놓는다.

*

    수레를 끌며 광장 아래를 지나가던 석분의 고개가 광장을 향해 들린다.

    이미 인간들로 넘쳐나는 광장으로 인간들이 빨려 들어가는 걸 석분은 아무 감흥 없이 바라본다.

    유일무이하고 드넓은 광장이 그녀에게는 나무에 매달린 벌집처럼 작아 보인다.

    한순간 그녀의 눈가에 경련이 인다. 그녀는 광장 쪽으로 방향을 튼다. 수레가 틀어지며 양은솥이 기울어진다. 비딱하게 걸쳐져 있던 뚜껑이 미끄러져 수레 밖으로 굴러떨어진다. 그녀는 그 사실을 모르고 수레를 당겨 끌며 걸음을 옮긴다.

    그때 민족청년단 단원들이 흥분한 말 떼처럼 광장으로 몰려간다.

    미군 지프가 경적을 울리며 달려와 광장으로 돌진한다. 그 안의 인간들을 흩뜨려놓으며 광장을 수직으로 통과한다.

    부두 잔교에서 출발한 쑥색 화물 트럭이 신경질적으로 경적을 울리며 광장 쪽으로 달려간다. 바닥에 떨어져 있는 양은솥 뚜껑을 바퀴로 뭉개고 지나간다.

114

애신의 오른손에 들린 거울이 광장에 빛을 난분분 반사한다.

석분이 수레를 끌며 광장으로 들어선다.

얼굴이 불콰한 지게꾼이 빈 지게로 애신의 어깨를 툭 치고 지나간다. 그 바람에 그녀는 중심을 잃고 비틀거린다. 그녀의 왼손에 들린 어항 속 물이 출렁이며 금붕어가 요동친다. 금붕어 장수가 애신에게 세탁비누 한 개 값을 받고 팔지 않았으면 금붕어는 지금 사해루의 어항 속에 들어 있을 것이다. 사해루의 어항 속 세계는 오늘도 금붕어 여덟 마리가 한가롭게 노니는 완벽한 세계로 남았을 것이다.

옥자가 또각또각 구두 소리를 울리며 광장을 걸어간다. 그녀는 발이 욱신거리고 화끈거려 절룩이면서도 자신의 발뒤꿈치와 발등이 구두의 뻣뻣한 가죽에 쓸려 피가 나고 있다는 걸, 피가 구두에 묻어 흐르고 있다는 걸 깨닫지 못한다.

태평성대를 외치며 언제까지나 광장에 머물 것 같던 조찬만은 그 사이 광장을 떠나고 없다.

자신의 탄생을 저주하던 비렁뱅이는 금시계를 찬 사내에게 동전 한 푼을 구걸하고 있다.

천복은 한때 광장의 모든 인간들이 숭배하며 우러러봤으나 잊히고 방치된 동상銅像처럼 광장 한복판에 궁색하게 서 있다.

쑥색 트럭은 어느 겨를에 광장 바로 앞까지 와 있다.

애신이 잘 따라오는지 보려고 동수가 뒤를 돌아다본다. 그녀에게서 따라오라는 손짓을 해 보이고 미도리마치 쪽으로 경쾌하게 발을 놓는다.

애신은 오른손에 들린 거울을 더 바짝 당겨 든다. 거울이 흔들리며 반사하는 빛이 필봉의 눈을 찌른다. 그는 한 쌈은 되는 바늘에 두 눈이 찔리는 것 같은 고통에 신음한다.

"아, 누가 날 여기에 데려다놨을까?"

천복은 하늘을 향해 한껏 들린 고개를 끌어내린다. 경적을 울리며 광장으로 들어서는 쑥색 화물 트럭을 뚫어져라 바라본다.

천복의 동공이 커지며 광장을 통째로 집어삼킨다.

트럭은 연신 경적을 울리며, 석분이 끄는 수레를 앞질러 천복을 향해 곧장 달려간다.

길고 날카로운 경적 소리가 광장을 두 쪽으로 쪼개듯 가르고, 묵직한 게 떠올랐다 광장 바닥에 내동댕이쳐진다.

애신의 손에서 어항이 떨어진다. 어항이 광장 바닥에 떨어지기 직전에 금붕어가 토해진다. 어항이 산산조각 나며 유리 조각과 어항 속 물이 사방으로 튄다.

바다 쪽에서 불어오는 바람이 광장을 휩쓸고 지나간다. 필봉 앞에 펼쳐져 있는 벌레 그림들이 날린다. 필봉이 날아가는 벌레 그림들을 잡으려 손을 내젓는다. 벌레 그림들은 그의 손을 벗어나 광장 여기저기로 흩어지며 날아간다.

방아깨비 그림이 석분이 끄는 수레의 앞바퀴에 끼여 찢어진다.

사마귀 그림이 펄럭 날아오르더니 옥자의 구두 신은 발로 날아든다. 구두를 집어삼키듯 휘감는다.

"트럭이 사람을 쳤어!"

광장의 더럽고 메마른 바닥에 떨어져 주둥이를 벙긋거리는 금붕어가 햇빛을 받아 한 점 불씨처럼 반짝인다.

*

어항에서 금붕어가 토해지는 순간 철로에서는 발가벗은 사내아이가 쇠 선로를 두 발로 박차며 훌쩍 날아오른다.

"빠가!"

115

광장 한복판에 쑥색 화물 트럭이 삐딱하게 서 있다. 트럭 적재함에는 뿌리와 가지가 잘린 참나무들이 실려 있다.

트럭을 둘러싸고 사람들이 모여 있다.

트럭 운전석 문을 박차듯 열고 장 씨가 내린다. "비켜요!" 그는 트럭 앞에 양 떼처럼 모여 있는 사람들을 헤치며 앞으로 나간다. 사지를 늘어뜨리고 땅바닥에 얼굴을 처박고 쓰러져 있는 천복을 내려다본다.

떨리는 손가락으로 천복의 목을 짚어보던 장 씨의 고개가 푹 소리가 나도록 떨구어진다.

웅성거리는 사람들 속에서 묻는 소리가 들려온다.

"죽었어요?"

석분이 사람들을 헤치며 앞으로 걸어 나간다. 천복 옆에 한쪽 무릎을 꿇고 앉아 한숨을 토하던 장 씨가 그녀를 보고는 몸을 일으킨다.

천복을 내려다보는 그녀의 눈꺼풀에 경련이 인다.

"아는 사람이에요?" 장 씨가 겁에 질린 목소리로 그녀에게 묻는다.

"……."

"아줌마 남편이에요?"

그녀는 고개를 흔들며 천복의 머리맡에 주저앉는다. 그의 머리를 두 손으로 떠받치고 들어 올려 품에 끌어안는다.

천복의 이마에서 흘러내린 피가 그녀의 두 손과 저고리 앞섶과 앞치마에 묻어난다.

"내 아들이에요……."

"아들이요?"

"네…… 전생에 내 아들이었답니다……."

25부

빛

116

"왕슈란?"

영혼이 날아가 버린 표정으로 나무 계단 중간에 서 있는 왕슈란은 남편이 부르는 소리를 듣지 못한다.

춘화원의 괘종시계가 4시 40분을 가리킬 때 왕슈란은 부엌에서 나와, 천 서방을 깨우러 나무 계단을 올라갔다. 시어머니가 돌아가신 뒤로 천 서방을 깨우는 일은 며느리인 그녀의 몫이 됐다. 시어머니는 그녀를 며느리로 들이고 넉 달 뒤에 세상을 떠났다. 잠들면 쥐가 발가락을 갉아먹어도 모를 만큼 깊이 곯아떨어지는 시아버지를 깨우는 재주가 그녀에게는 있었는데, 그것은 갓난아기를 품에 안고 어르듯 부드럽게 깨우는 것이었다. 그녀는 여느 때처럼 방문을 소리 나지 않게 열고 한없이 고운 목소리로 노래를 부르듯 시아버지를 불렀다. "푸— 우— 친—." 아직 해가 떠 있었지만 창문이 없는 그 방은 동굴 속처럼 어두웠다. 천 서방이 입과 코, 귀뿐 아니라 땀구멍으로도 세차게 내뿜은 체취가 방 안에 지독하게 차 있었다. 그 냄새가 오늘따라 오줌 냄새보다 시큼하고 역해서 왕슈란은 '푸친'을 부르다 말고 구역질을 토했다.

천 서방은 어느 날 아들 부부에게 자신의 방을 내주고 뒤주보다 나을 것 없는 방으로 거처를 옮겼다. 그때 그는 다른 물건들은 그대로 두고 이가 심하게 빠지고 찻물이 들어 거무스름해진 도자기 찻잔과 마대 자루, 그 두 가지만 챙겼다. 거미줄보다 나을 것 없는, 왕슈란이 호시탐탐 버리고 싶어 하는 마대 자루는 천 서방이 고향을 떠나올 때 어머니가 그의 손에 들려 준 것이었다. 열아홉 살에 과부가 된 어머니는 멀리 떠나는 아들을 위해 대마에서 실을 뽑아 자루를 짜고 그 안에 찐빵 열 개와 옥수수 두 자루를 넣었다. 열차를 타고 부산에 내려와 곡괭이로 바위를 깨부수는 노동을 하며 노숙하던 시절에 그는 마대 자루에 양식인 찐빵이나 대파를 넣어 허리에 매고 다니다, 밤이 되면 이불처럼 덮고 잤다. 그는 마대 자루 없이는 잠들지 못해서 아내를 맞은 뒤에도 밤이면 홀로 그 마대 자루를 덮고 잠들었다. 늙어 몸이 한창때의 절반으로 쪼그라든 뒤로 천 서방은 마대 자루로 온몸을 친친 감고 잠들었는데, 그 모습은 영락없는 고치 속 누에였다.

"왕슈란!"

남편이 굵은 저음으로 힘주어 부르는 소리에도 왕슈란의 영혼은 돌아오지 않는다.

"황나이잉!"

남편이 친구의 이름을 부르는 소리를 듣고서야 그녀는 눈을 깜박인다.

"아버지가 오늘도 저녁을 굶으시겠대?"

때마침 괘종시계가 뎅— 하고 운다. 그녀는 남편이 묻는 소리에 대답을 않고 괘종시계에 눈길을 준다. 괘종시계 아래의 탁자들에는 천 서방이 세상을 등지고 앉아 빚은, 찜통에 찐 만두들이 놓여 있다. 만두들은 돼지기름 냄새와 부추 냄새를 진하게 풍기며 식어가고 있다. 그런데 찜통 속에 넣을 때까지도 없던 문양이 만두마다 찍혀 있다. 그것은 왕슈란이 오늘 낮에 20전을 구걸하던 경태의 손에 들려 준 만두에 찍혀 있던 문양과 똑같다.

뎅— 뎅—.

왕슈란은 불현듯 병신 여자애를 지게에 짊어지고 다니며 구걸하는 거지가 오늘은 자신을 찾아오지 않았다는 걸 깨닫고는 의아해 고개를 갸우뚱한다.

"황나이잉!"

그녀는 자신이 황나이잉이라는 착각 속에서 나무 계단 아래에 서 있는 남편을 내려다본다. 괘종시계가 마저 울기를 기다렸다가 말한다.

"여보, 아버님이 돌아가셨어요."

"닻을 내려라."

출항한 뒤로 고집스럽게 느껴질 만큼 내내 아무 말이 없던 쇠돌은 자신들의 배가 대풍포 도선장에서 남쪽으로 20리쯤 떠밀리듯 떠내려와서야 마침내 침묵을 깨고 아들에게 이른다.

뱃머리에 버티고 서서 미간을 찌푸리고 수평선을 바라보던 아들은 순순히 닻을 내린다. 육지에서 충분히 멀리 떠내려 온 목선은 떠내려가지 못하고 한자리에 붙들린다.

서쪽으로 지고 있는 해를 받아 반짝반짝 빛나는 망망한 바다에는 쇠돌 부자가 타고 있는 목선 한 척뿐이다.

아들은 자신들의 목선과 함께 앞다퉈 도선장을 떠난 다른 목선들이 서남쪽으로 몰려가는 걸 봤다. 아들이 다른 목선들을 따라 서쪽으로 방향을 틀려는 찰나에 쇠돌은 손을 들어 남쪽을 짚어 보였다. 머뭇거림이 있었지만 아들은 아버지의 뜻을 거스르지 않고 순순히 남쪽으로 목선의 방향을 잡았다.

쇠돌이 입고 있는 흰 저고리가 바다의 짙은 쪽빛을 받아 시리도록 희게 빛난다. 멀리서 보면 한 마리 흰 새가 목선 귀퉁이에 고고히 앉아 있는 것 같다. 봄에 공점이 개나리와 함께 부산장까지 나가 끊어 온 무명천으로 손수 바느질을 해 지은 저고리다. 물고기 비늘이 튀고 그물에서 묻어난 때로 더러워진 저고리를 공점은 양잿물에 삶고 방망이로 두드려 빨았다. 풀을 쑤어 먹이고, 소리가 하늘까지 닿도록 다듬이질해 깨끗해진 저고리를 그녀는 바위처럼 억센 남편의 몸에 입혀 줬다.

한낱 무지렁이 천민 신분에, 여름을 나며 부쩍 늙고 힘이 빠진 쇠돌을 공점은 귀하게 떠받든다.

공점이 야무지게 여며준 저고리 고름이 바람에 풀어져 연기처럼 날린다. 앞섶이 팔락팔락 소리를 내며 보채는 아이처럼 뒤척인다.

오늘 쇠돌은 아들과 가장 멀리 왔다. 예전에는 아무리 멀어도 도선장에서 10리를 벗어나지 않았다.

우뚝 서서 지배할 듯 바다를 굽어보고 있지만 아들이 초조해하고 두려워하는 게 쇠돌에게 느껴진다.

아들은 돛을 접는다.

쇠돌은 쇠가죽같이 질겨진 입을 지그시 다물고 바다 속을 꿰뚫듯 응시하고 있다.

"그물을 내릴까요?"

"……."

"아버지……."

쇠돌은 바닷물의 빛깔을 살피고 있다.

"갑철 형님 배는 어제 그물이 찢어지도록 물고기를 잡았더군요."

갑철은 큰아들의 친구로, 둘은 한 해에 태어났다. 그는 아버지의 목선을 물려받아 어부의 삶을 살아가고 있다.

"그것이 우리와 무슨 상관이냐!"

아버지의 말뜻을 아들은 그러나 이해하지 못한다.

아들의 눈은 다른 어부의 그물에 가 있다. 다른 어부의 그물에 걸려 올라온 물고기들을 바라보느라 자신의 그물에 걸려 올라온 물고기들은 보지 못한다.

짙은 남빛인 바닷물의 빛깔에 은빛이 섞여드는 게 쇠돌의 미간에 감지된다. 그는 두 눈이 아닌 미간으로 바닷물의 빛깔이 변하는 걸 읽는다. 바닷물의 빛깔이 바뀌기 시작하면 미간 근육이 꿈틀거린다. 그의 두드러지게 돌출된 미간에는 눈동자가 떨어져 나간 자국처럼 깊은 골이 파여 있다.

그물을 내리면 제법 많은 물고기가 걸려 올라오리라는 걸 알지만 쇠돌은 아들에게 그물을 내리라고 하지 않는다.

아들과 목선을 타고 바다로 나간 첫날 그는 아들에게 스스로 판단해 그물을 내리게 했다. 아들이 한껏 기대에 부풀어 건져 올린 그물은 비어 있었다. 그렇게 세 번을 반복하고 나서야 그는 그물을 내릴 곳을 손으로 짚어주었다.

쇠돌은 자신이 바다에서 깨우친 것들을 아들에게 가르칠 수 없다는 걸 불현듯 깨닫는다. 자신이 그랬듯 아들은 만만찮은 세월을 두고 바다에서 죽을 고비를 넘겨가며 스스로 터득해야 할 것이다.

"그물을 내릴까요?"

"기다려."

아들은 그래서 기다린다. 한창때라 피가 끓고 있어서 바다를 바라보며 기다리는 게 한없이 지루하지만 아버지가 그물을 내리라고 하면 그제야 아들은 바다에 대고 그물을 펼칠 것이다.

*

경태가 20전을 손에 꼭 움켜쥐고 우편국을 향해 달려간다. 달리고 달리며, 까먹지 않으려고 큰 소리로 외우고 또 외운다.

"경태 아버지가 늑막염에 걸려 길바닥에서 죽었다!"

118

영원히 멈추지 않을 것 같은 방적기계들이 일제히 멈춘다. 부유하던 목화솜 먼지가 방적기계에, 여자애들의 머리와 어깨에 내려앉는다.

눈송이 같은 목화솜 먼지가 몹시 천천히 내려와, 가장 조그만 여자애의 속눈썹 위에 내려앉는다. 엿새 전 방직 공장 모집장이를 따라 열차를 타고 부산에 내려와 방직 공장 여공이 된 여자애는 먼지가 속눈썹에서 떨어져 날릴 때까지 눈꺼풀을 깜박인다.

"아, 더워……."

가장 조그만 여자애의 이마에는 땀이 목화솜 먼지와 엉겨 밥풀처럼 붙어 있다.

방적기계들이 돌아가는 동안 내뿜은 열기가 고스란히 고여 있어 공장 안은 숨이 막히도록 덥다.

가장 조그만 여자애는 온종일 방적기계 앞을 뛰어다니고, 넘어지고, 실 가닥을 놓치고, 울고, 아버지뻘 되는 작업 감독에게 머리를 쥐어박혔다.

가장 조그만 여자애는 배가 고프다. 집에 가고 싶지만 그럴 수 없으니 아무도 없는 곳에 가서 울고 싶다.

허리가 거의 기역자로 구부러진 노인이 걸어오더니 방적기계에 대고 부채질을 한다. 방적기계 위에 수북이 쌓여 있던 목화솜 먼지가 일어나 바닥으로 내려앉는다.

"인숙이가 엊그제 쉬는 날 남공男工하고 몰래 외출했다 안 돌아왔단다."

"봄에 조선소에 다니는 총각한테 시집간 선옥 언니는 딸 쌍둥이를 낳았단다."

"날진은 아버지가 송아지 한 마리 살 돈 좀 부치라고 전보를 부쳐왔단다."

여자애보다 머리 하나는 큰 여자애 둘이 소곤거리며 여자애를 지나쳐 간다. 여자애들은 식당으로 가 저녁을 먹고, 공동 세면실에서 땀에 찌든 몸을 씻고, 빨래를 하고, 기숙사 방 청소를 하고, 고향집에 부칠 편지를 쓰거나 고향 산천을 그리워하다 잠자리에 들 것이다.

공장 안에는 노인과 가장 조그만 여자애 둘뿐이다.

가장 조그만 여자애는 방적기계들 사이를 걸어간다. 차곡차곡 쌓여 있는 목화솜덩이를 바라본다.

가장 조그만 여자애는 목화솜덩이 하나를 고른다. 그 위로 기어 올라가 가운데에 뚫려 있는 구멍 속으로 들어간다.

119

잎이 다 져 앙상한 벚나무들이 길 한복판에 줄지어 서 있다. 길 좌
우로는 단층 혹은 2층 목조 집들이 늘어서 있다. 목조 집들은 살림집
이라고 하기에는 요란하고, 잡화나 미곡을 파는 가겟집이라고 하기에
는 요상하다. 3층의 으리으리한 목조 집이 이고 있는 맞배지붕 처마에
는 색색깔의 한지로 만든 등들이, 아무도 따가지 않는 열매들처럼 주
렁주렁 매달려 흔들리고 있다.

멍하니 입을 벌리고 있는 여닫이창 하나에서 손 두 개가 불쑥 나오
더니 창틀 밑으로 늘어져 있는 붉은 공단 치마를 거둬들인다.

여자들이 웃고 떠드는 소리, 헐거워진 나무 계단을 오르락내리락
하는 소리, 우렁우렁한 사내 목소리, 성이 잔뜩 난 애가 울부짖는 소
리, 그릇 씻는 소리, 장작 패는 소리, 장구 소리, 축음기에서 흘러나오
는 조선 가요와 그 노래를 따라 부르는 목소리가 목조 집들을 둘러싸
고 떠돈다.

맨 앞에 일등으로 서 있는 벚나무 아래, 마흔 남짓한 사내가 삐딱하
게 서서 담배를 피우고 있다. 빛이 바랜 까만 양복바지에 각반을 두르

고, 공장에서 면실로 만든 흰 양말에 까만 지카다비를 신었다.

붉은 벽돌담이 드리우는 그늘 속에는 아홉 살 남짓의 여자애가 허리에 흰 앞치마를 두르고, 등에는 잠든 갓난애를 매달고, 엽서 속 그림처럼 가만히 서 있다.

돼지고기 삶는 냄새, 닭 삶는 냄새, 기름을 흥건히 두르고 녹두지짐을 부치는 냄새에 허기가 올라와 애신은 입을 우물거린다.

점두에 전등이 세 개나 달린 2층 목조 집에서 자주색 저고리에 남색 치마를 곱게 차려입은 여자가 걸어 나온다. 팔짱을 끼고 벚나무 아래를 살금살금 걸어가다 멈칫 서더니 분칠한 얼굴을 외로 들고 여자애를 바라보며 다정히 묻는다.

"애, 너 이름이 뭐니?"

"……."

"이름 말이다."

"……."

"이름이 없니?"

"……."

"아빠가 이름도 안 지어줬니?"

"……."

"네 아빠가 일본 사람이라며?"

"……."

"너, 벙어리니?"

여자애가 도무지 대꾸를 않자 여자는 여자애를 꾸짖는 눈빛으로 흘겨본다.

"너, 그렇게 말 안 하다간 정말 벙어리 된다."

여자는 다시 살금살금 발을 놓는다.

조금 뒤 몹시 낡은 트럭이 허덕이며 달려오더니 마당 딸린 단층 목조 집 앞에 선다. 길쭉이 자란 대나무들이 마당 담 너머로 늘어져 있다. 말린 담뱃잎 같은 허름한 잠바를 걸친 사내 둘이 트럭에서 내리더니 짐칸에 실린 궤짝들을 목조 집 안으로 나르기 시작한다.

아기를 업고 말없이 서 있던 여자애는 그새 어디로 가버리고 없다.

옷차림이 허름한 노파가 어슬렁어슬렁 아무것도 들지 않은 빈손을 늘어뜨리고 걸어온다. 애신은 노파에게 다가간다.

"할머니, 여기가 미도리마치예요?"

"녹정, 녹정이지요."

노파는 가려다 말고 기둥처럼 우뚝 서 있는 돌을 손으로 가리켜 보인다. 한자가 돌에 새겨져 있다. "저기 녹정이라고 써 있잖아요."

"미도리마치가 아니라요?"

"일본말로는 미도리마치라고 하니까 미도리마치가 맞긴 맞지요. 실은 나도 배우지 못해서 한자를 읽을 줄 모른다오. 쇼와 상이 가르쳐주더군요. 녹정유곽綠町遊廓이라고 써 있다고요. 쇼와 상이 누구냐면 일복루에 있었던 일본 기생이라오. 요리점 일복루요. 안락정, 명호, 백수루…… 요리점이 한두 개가 아니었지만 나는 일복루에 내내 있었어요. 내가 일복루서 먹고 자며 식모로 일할 때 쇼와 상도 있었지요. 일복루에 기생이 쇼와 상만 있었던 건 아니지만 쇼와 상하고 가장 친했어요. 쇼와 상이 아플 때 내가 돌봐줬거든요. 주방 일에, 빨래에, 청소에, 기생들 심부름까지 하느라 손이 열 개라도 모자랐지만 아침저녁으로 쇼와 상을 들여다보며 죽도 챙겨 먹이고 속옷도 갈아입혀주고 했지요.

녹정에 처음에는 일본 기생들뿐이었어요. 기생들이 노래자랑 대회도 열고 매달 인기투표도 하고…… 대단했지요. 인기투표에서 일등으로 뽑힌 기생이 있는 요리점은 그달에 매상이 눈에 띄게 올랐어요. 쇼와 상이 절세미녀는 아니어서 일등은 한 번도 못 했어도 등수 안에는 들어 화장품을 부상으로 받곤 했지요. 한번은 부상으로 받은 화장품을 내게 주더군요. 그 화장품을 가지고 있지요. 아까워서 못 쓰고 여태 가지고 있지요. 썩기 전에 얼굴에 발라 없애야지…… 늙어빠진 얼굴에 화장품은 발라서 뭐하나 싶기도 하지만 누구 주려니 아깝네요. 어느날 조선 기생들이 섞여 들데요. 해방되고 일본 기생들은 전부 떠나고 조선 색시들이 흘러들데요."

"……."

"요리점 식모로 20년 넘게 일하면서 기생들 얼굴이 늙어가는 걸 보았지요. 하루가 다르게 늙지요. 슬퍼요."

"네……."

"얼굴이 아주 슬퍼요."

어스름이 내리기 시작하자 목조 집들 점두에 매달린 등롱들에 불이 들어온다. 색색깔의 한지로 만든 등들에도 불이 들어온다.

얼굴에 화장을 하고 공단 치마저고리나 화사한 원피스를 차려입은 여자들이 등롱 불빛 속을 서성인다.

"날 놓친 줄 알았는데 잘 따라왔네요." 붉은 등롱 불빛 속에서 동수가 애신을 향해 웃고 있다. "거봐요, 내가 나만 따라오라고 했잖아요."

동수는 한쪽 눈을 찡긋해 보인다.

*

노란 등롱 불빛 아래 친구의 얼굴이 낯설어 애신은 아무 말 없이 바라보기만 한다. 친구는 살구색 공단으로 지은 치마저고리를 입고 머리를 파마했다. 손에는 미군 담배 한 개비와 미군 라이터가 들렸다.

친구는 애신을 보자마자 말한다.

"정말 왔네?"

친구는 애신이 자신을 찾아온 게 반갑지 않은 눈치다. 하지만 친구가 그녀의 고향집으로 보내온 엽서에는 보고 싶다는 말과 함께 부산에 오면 자신이 일하는 곳에 취직시켜주겠다는 약속이 적혀 있었다.

"돈 벌려고. 부산에 오면 네가 취직시켜주겠다고 했잖아."

"내가?"

"응, 엽서에 그렇게…… 지난봄에 고향집으로 보내온 엽서 말이야. 해운대 해수욕장 사진엽서. 네가 내 고향집 주소를 외우고 있는 줄 몰랐어."

"술 취해서 써서 뭐라고 썼는지 기억 안 나."

친구는 차갑게 말하고는 담배를 입에 문다. 라이터 뚜껑을 소리 나게 연다. 친구는 열여섯 살 때부터 담배를 피웠다. 낙원에 있을 때 일본 장교가 그녀에게 담배를 가르쳤다.

뻐끔뻐끔 담배를 피우던 친구가 그녀를 쏘아보며 새침한 목소리로 묻는다.

"부모님이 보내주시든?"

"어머니는 울기만 하시고 동생들은 잘 다녀오라고 하더라."

"아버지는 뭐라시든?"

"5년 전에 돌아가셨더라. 아무래도 그때 돌아가신 것 같아. 꿈에 아버지가 다녀가신 적이 있거든. 흰 두루마기를 입고 꿈에 나타나서는 아무 말도 없이 날 바라보기만 하셨어."

"어디에 있었다고 했어?" 친구가 묻는다.

"군복 만드는 공장."

"믿으시든?"

친구가 대뜸 묻는 말에 애신은 입을 다문다. 벚나무 밑에서 시끄럽게 떠들며 담배를 피우는 미군들을 바라본다. 싱가포르 포로수용소에서 그녀는 미군들을 처음 봤다.

"일본군 세상에서 미군 세상으로 바뀌었어."

"너는? 고향집에 한 번도 안 갔어?"

"안 갔어." 친구는 고개를 흔든다.

"언제 가려고?"

"돈 벌면."[40]

"부모님은 네가 부산에 있는 건 아셔?"

"편지 한 번 썼어. '부산에서 공장에 다니고 있어요.'"

"무슨 일 하면 돼?"

"안주 나르고, 술 따라주고, 노래 부르라고 하면 노래도 부르고. 배운 게 도둑질이라고 별수 있니? 아, 애신아, 포로수용소에 같이 있었던 여자애도 여기 있지 뭐니!"

"누구?"

"평양이 고향이라던 여자애 말이야. 엊그제 목욕탕에서 만났지 뭐야."

"고향에 못 갔나 보네. 고향에 갈 거라더니."

"삼팔선이 생겨서 가고 싶어도 못 갈걸? 삼팔선 위쪽은 소련군 세상이잖아. 평양까지 가는 열차도 끊겼고."

친구가 애신의 손에 들린 거울을 바라본다. 애신은 그제야 친구에게 거울을 내민다.

"얼굴이 예뻐 보이는 거울이래. 너 주려고 샀어."

친구는 금이 간 걸 모르고 거울을 받아 든다.

"얼굴이 미워 보이는 거울도 있니? 아, 배고파, 우선 안에 들어가서 뭐라도 먹자."

애신은 친구를 따라 등롱 불빛 아래로 걸어 들어간다. 골목에 바람이 불기 시작해 가만가만 흔들리는 등롱 불빛 아래서 그녀는 문득 뒤를 돌아다본다. 그녀의 얼굴은 불빛과 함께 노랗게, 노랗게 흔들린다.

언덕진 곳에 두 발을 벌리고 당당히 서 있던 가락이 앞으로 달려 내려간다. 머리를 흔들며 느릿느릿 까치고갯길을 올라오는 황소의 환영을 맞는다.

"고생 많았소."

그녀는 황소의 환영을 두 팔로 끌어안고 처녀로 늙은 자신의 얼굴을 비빈다.

"어서 집에 갑시다. 내가 가마솥이 넘치도록 쇠죽을 쑤었소."

그녀는 황소의 환영을 데리고 집으로 간다. 쩔렁쩔렁 놋쇠 방울 소리가 까치고갯길에 울린다.

회색 고양이는 짙어진 어스름 속에서 정어리를 뜯는다.

안창마을 골짜기에서 불빛 한 점이 떠오른다. 수정산 기슭 오바골에서도, 까치고개에서도, 천마산 아래에서도, 초량 물웅덩이에서도 불빛이 한 점 두 점 떠오른다.

동쪽으로 멀리, 일광광산 마을에서도 불빛이 한 점 떠오른다. 그 불빛 속에는 권 씨 가족이 모여 있다. 그들은 등잔을 켜고 둥근 나무 밥상에 옹기종기 둘러앉아 저녁을 먹고 있다. 해 뜰 녘에 광산에 들어가 해 질 녘에 광산에서 나온 권 씨는 혀와 목구멍이 까끌까끌해 냉수를 벌컥벌컥 들이켠다. 종일 곡괭이질을 해 덜덜 떨리는 손으로 놋숟가락을 쥐고 안남미와 보리를 섞어 지은 밥을 뜬다. 큰딸이 희멀건 배추김치를 손으로 쭉 길게 찢어 밥 위에 얹어준다.

"김치가 짜요." 큰딸이 말한다.

"짜야 반찬이지."

그들은 광산 마을을 떠난 석구가 피 한 방울 안 섞인 자신들이 그리워 되돌아오고 있는 줄은 꿈에도 모르고 있다.

"아버지, 재미난 얘기 해줘요." 어느덧 열여섯 살이나 먹어 처녀티가 나는 작은딸이 어린애처럼 보챈다.

눈을 끔벅이던 권 씨는 며칠 전 광산 마을에 다녀간 공산당원 청년이 들려준 얘기를 떠올리고 운을 뗀다.

"일인들이 조선인들에게 흰 옷을 못 입게 했었지."

"그랬었지요." 남편이 광석을 캐는 동안 광산 밖에서 종일 구리 덩이를 고르고 나른 권 씨의 아내가 거든다.

"그 시절에 조선의 한 마을에서 면장이 할멈들을 면사무소에 불러 모아놓고 일렀단다.

'내일부터 흰 조선 옷을 입지 마. 검정 옷을 입어. 검정 옷은 때가 안 타.'

할멈들이 백로처럼 몸을 구부리고 흑두루미처럼 주저앉아 '아이고, 아이고' 탄식하다 말했단다.

'면장님, 살날이 얼마 안 남은 늙은이들에게 과한 요구라오······ 아이고 하늘님, 조상님······ 하늘님이 내려주신 흰 옷을 벗고 까마귀 같은 검정 옷을 입으라니, 천벌 받을 면장 놈!'

할멈들은 통곡하다 저녁 안개를 헤치고 집으로 돌아갔단다.

'내가 저 할멈들의 흰 옷을 더럽혀주지.' 면장은 사내들을 시켜 할멈들의 흰 옷을 먹물로 더럽혔단다. 할멈들이 달아났지만 사내들은 끝까지 쫓아가서 붙잡아 흰 옷에 먹물을 끼얹고 발랐단다.

날이 새고 할멈들이 낙동강으로 함께 걸어 나갔단다. 먹물에 까맣게 더럽혀진 흰 옷을 벗어 물에 담그자 강물이 까맣게 변했단다······ 할멈들은 까맣게 더럽혀진 흰 옷을 방망이로 두들겼단다. 두들기는

방망이도 울고, 두들겨 맞는 흰 옷도 울고, 두들기는 할멈들도 울었단 다."⁴¹

122

적기 뱃머리 소 막사에서 언청이 여자가 성냥을 긋는다.

*

간밤에 도둑맞은 오징어 한 가마니를 두고 자신보다 못 먹고 못사는 이가 가져갔을 거라고 생각하는 여자는 석유를 그득 채운 유리 호롱 등잔과 성냥갑, 담요, 고구마 두 덩이를 대바구니에 챙긴다.

그녀는 오늘 낮에 남편과 나눈 사랑이 떠올라 빙긋이 웃는다. 지난봄 꼬박 일흔 해를 산 시어머니가 돌아가셔서 집에는 남편과 그녀 둘뿐이었다. 제주 출신 해녀인 시어머니는 며느리인 그녀가 제주 여자가 아니라는 이유만으로 구박하다 늙어 아기가 돼서는 그녀가 입으로 떠 넣어주는 전복죽 한 대접을 받아먹고 그 이튿날 세상을 떠났다.

낮에 그녀는 오수에 든 남편의 발밑에서 바느질을 하고 있었다. 깊이 든 낮잠에서 돌연 깨어난 남편이 뜨겁게 달아오른 두 팔로 그녀의 허리를 감싸 안았다.

남편은 가자미 된장국에 밥을 한 공기 말아 먹고, 날품팔이 어부 넷을 사 목선에 태우고는 오징어를 잡으러 바다로 나갔다. 영도 앞바다의 수평선을 따라 진을 치고 있는 불빛들 속에 남편의 목선이 밝힌 불빛이 있다.

여자는 대바구니를 들고 집 대문을 나선다. 영도다리 쪽에서 전조등을 반짝이며 달려온 미군 지프가 지나가길 기다렸다가 길을 건넌다.

지프는 시라이시白石 제염소 쪽으로 방향을 튼다. 마키노시마 유곽은 그 너머에 있다.

석견정* 전차정거장 종점을 막 출발한 전차는 영도다리로 달려간다. 부산부청에서 영도를 오가는 마지막 전차다.

"어디 가요?"

"누구요?"

소리가 들려오는 곳을 찾아 두리번거리던 여자는 자신이 헛소리를 들은 모양이라고 생각한다.

여자는 그물 짜는 집 앞에서 간밤에 오징어 두 가마니를 도둑맞은 여자를 만난다. 그 여자의 손에도 대바구니가 들려 있다.

"오징어 도둑을 잡았대요!"

"오, 그래?"

"간이 배 밖으로 나온 도둑놈이 오복이네 목재 건조장에서 포대 자루를 보란 듯이 펼쳐놓고 오징어를 담고 있더래요. 목재소 인부들이 때마침 보고는 덮치듯 도둑놈을 잡아 경찰서까지 끌고 갔다네요. 그런데 글쎄 낯짝도 없는 도둑놈이 길에 널어놓아서 임자 없는 오징어인

● 汐見町, 영도 남항동에 있던 개안마을을 일제강점기에 부른 이름. 1947년에 남항동으로 개명됐다.

줄 알았다는 말만 앵무새처럼 반복하고 있다네요. 아무래도 아주머니네 오징어하고 우리 오징어를 훔쳐 간 도둑놈도 그 도둑놈이 아닌가 싶어요."

여자는 도둑맞은 오징어 두 자루가 뒤늦게 아깝고 아까워 어깨를 떤다.

"도둑놈 말이 아주 틀리지는 않지."

"네?"

"원래 임자 없는 오징어였지."

"따지고 들면 그렇긴 하지만……."

"소, 돼지, 개, 땅도 임자가 처음에는 없었을 거야."

"임자가 없으니 잡는 사람이 임자지요."

"자네 말이 맞네."

그녀들은 숯 창고 쪽으로 발을 놓는다. 숯 창고 앞에서 떨어진 숯 부스러기가 없나 살피던 노파가 고개를 들고 그녀들을 바라본다.

*

마키노시마 유곽 골목 어귀의 돌부처 앞에는 보라색 들꽃과 능금 한 알, 흰쌀 한 움큼이 놓여 있다.

참새 한 마리가 날아들어 능금을 부리로 콕콕 쫀다. 참새 두 마리가 날아들어 쌀알을 부리에 물고 날아간다.

돌부처 앞의 남은 흰쌀알과 들꽃은 밤이 깊어지면 바람이 거두어 간 듯 사라지고 없을 것이다.

123

언청이 여자는 성냥불을 등잔 심지로 가져간다. 불이 심지에 옮겨 붙으며 불꽃이 피어난다.

언청이 여자는 등잔을 높이 들어 올린다. 등잔 심지에 매달린 불꽃에서 거무스름한 그을음이 한 가닥 피어오른다. 그녀는 잠든 아들의 얼굴 위로 등잔을 가져간다. 아들이 잠들기 전 막사에서는 없어진 화로를 두고 서로를 도둑으로 몰고 몰면서 막사에 들어와 살고 있는 사람들 사이에 다툼이 있었다. 욕설이 오가고 아이들이 한바탕 울고 나서야 다들 지쳐 잠들고 그녀 혼자 깨어 있다. 깊은 어둠에 잠겨 있던 아들의 얼굴이 떠오른다. 그녀는 숨을 죽이고 아이의 얼굴이 더 떠오르기를 기다린다.

불빛에 드러난 아들의 얼굴을 그녀는 하나하나 뜯어본다. 이마, 눈썹, 눈동자, 코, 볼, 인중, 입…….

그녀는 목소리를 낮게 해 아들에게 속삭인다.

"시종아, 엄마가 아기를 가진 것 같아."

"응?"

"네 동생 말이야."

아들은 엄마를 바라본다. 아들은 처음으로 엄마의 얼굴이 이상하다고 생각한다.

회색 고양이는 아직 정어리를 뜯고 있다. 머리와 지느러미만 남도록 살뜰히 뜯어 먹고 소금 창고 안으로 들어가 새끼를 낳을 것이다. 오늘 밤 세상에는 회색 고양이가 낳은 새끼 고양이들의 무게가 더해질 것이다. 한 마리, 두 마리, 세 마리…… 낳기 전에는 배 속에 새끼가 몇 마리 들었는지 회색 고양이 자신도, 인간도 알 수 없다.

*

간밤에 오징어 한 가마니를 도둑맞은 여자가 성냥을 그어 호롱 등잔 심지에 불을 붙인다. 간밤에 오징어 두 가마니를 도둑맞은 여자도 성냥을 그어 호롱 등잔 심지에 불을 붙인다.

두 여자는 호롱 등잔을 어깨보다 높이 들어 올린다. 서로를 향해 불빛을 한 번 살짝 흔들어 보인다.

미주

1 일본군'위안부' 송신도의 사연 참고 인용.

2 1927년 언양에서 숯장수가 장날에 일본인에게 성냥을 구걸하다 게다 신은 발에 차여 사망한 사건.

3 일본군'위안부' 최명순의 증언 참고 인용.

4 부산근현대구술자료집 제4권 『매축지 마을 사람들 이야기』에 나오는 이수봉의 이야기 참고 인용.

5 재한 일본인 처 카도노 하루코(1919~2004년)의 사연 참고 인용.

6 김열규, 『늙은 소년의 아코디언』(2012년)에서 인용.

7 1946년 9월 10일 미 군인과 가족 환영 만찬에서 있었던 인터뷰(미군 정보과에서 작성한 '데일리 뉴스 보고'), 9월 19일 부산일보에서 보도한 인터뷰 내용 일부 인용.

8 위와 동일.

9 진해 형님은 김시종의 시 「겨울 숭어」에 등장하는 나카오리 아저씨를 모델로 했다.

10 『개자원화전(芥子園畵傳)』 제3집에 실린 화초충법을 참고 인용.

11 『세종실록』 1423년(세종 5년) 3월 13일.

12 정재정, '한일역사 마주보기', 〈철도와 식민주의, 철도 건설과 노동력의 동원: 경부선의 사례2〉, https://contents.premium.naver.com/chungjj9850/knowledge/contents/220309155347927wq

13 1945년 부산에 최초로 들어선 아동 양육 시설 '새들원'의 설립 목적 참고. 소설 속 백 씨의 이야기는 가공한 이야기다.

14 『군국가요 40선―일장기 그려놓고 성수만세 부르고』(민족문제연구소 출간)에 실린 군국가요 〈종군 간호부의 노래〉 가사의 일부.

15 한국인 원폭피해자 하중우(1928년생)의 증언 참고 인용.

16 클라렌스 브라운 감독의 영화 〈비는 온다(The Rains Came)〉(1939년)의 포스터 광고. 국립민속박물관 기증자료집 『헨리 G. 웰본의 한국 방문』 84쪽에 광고 팻말 사진이 실려 있다. 사진 기록 날짜는 1946년 6월 23일.

17 부산근현대구술자료집 제4권 『매축지 마을 사람들 이야기』에 나오는 복술이 할머니의 이야기 참고.

18 '귀환 동포 표무생 어르신 이야기' 참고. 표무생 어르신은 1938년 일본 나고야에서 태어났다. 미쓰비시 사택에서 생활하다 해방 후 부모님과 함께 한국으로 돌아왔다.

19 일제강점기 강제 징용 피해자 이천구의 증언 일부 참고 인용.

20 부산근현대구술자료집 제4권 『매축지 마을 사람들 이야기』에 나오는 김종선의 이야기 참고 인용.

21 옥(玉) 자를 이름에 넣는 사연과 관련해서는 일본군'위안부' 이순악의 사연 참고 인용.

22 미군정 시기에 미군정 당국의 공보과장이 부산일보 기자를 폭행한 사건 참고 인용.

23 박태원의 단편소설 「낙조」에서 인용.

24 "마을에는 마구간이 많았고, 여기에 다다미를 깔고 생활했다. 겉모습은 볏짚으로 지붕을 한 건물이 길게 연결된 집이었다. '볏집'이라 했다 한다."(『매축지 마을 사람들 이야기』에서 인용)

25 일본군'위안부' 김복동의 증언 참고. 위안부로 동원돼 가는 도중 부산에서 배를 타기 전에 부두의 창고 같은 곳에서 낯선 여자애들과 함께 감금돼 있었다고 한다.

26 셰익스피어, 『리어 왕』 4막 6장에 나오는 리어 왕의 대사.

27 〈중외일보〉 1929. 10. 9, 〈매일신보〉 1930. 11. 14 기사.

28 김기협, 『해방일기』(너머북스)에서 인용.

29 일본군'위안부' 김춘자 사연 참고 인용.

30 일본군'위안부' 박연이 사연 참고 인용.

31 일본군'위안부' 김복동 사연 참고 인용. 그녀는 고향집에 돌아와 어머니에게 군인 받는 데 있었다는 말을 못 하고 군복 만드는 공장에 있었다고 말한다.

32 밀항선을 타고 귀국했다는 일본군'위안부'들의 증언 참고 인용.

33 일제강점기 강제 징용 피해자 유재철의 증언 일부 참고 인용.

34 일제강점기 강제 징용 피해자 임원재의 증언 일부 참고 인용.

35 일제강점기 강제 징용 피해자 한연우의 증언 일부 참고 인용.

36 일제강점기 강제 징용 피해자 김규형의 증언 일부 참고 인용.

37 일제강점기 강제 징용 피해자 김규형의 증언 일부 참고 인용.

38 일제강점기의 개신교 계통 운동가이자 언론인이었던 윤치호의 『윤치호의 일기』에서 인용.

39 조선 후기의 문신 이서구(李書九)가 명나라 말기의 화가 진홍수(陳洪綬)의 초충도(草蟲圖)를 감상하고 쓴 글.

40 일본군'위안부' 김복동이 들려준 이야기에서 인용.

41 오구마 히데오(小熊秀雄)의 시 「장장추야(長長秋夜)」 참고 인용.

감사의 글

해방 전후 부산의 풍경과 생활상이 담긴 사진과 자료들을 제공해주신 김한근 선생님(부산 향토사학사), 일제강점기 양산의 역사적 공간들에 깃든 이야기를 정성껏 들려주신 이헌수 선생님(양산여자고등학교 국어 교사), 한국어 문장을 영어 문장으로 번역해주신 노선 선생님(번역가), 한국어 문장을 일본어 문장으로 번역해주신 손경여·전효리 선생님, 그리고 최학림 선생님(부산일보 선임기자)께 고마움을 전합니다.

슬프다는 말 한마디 없는 이 소설이, 나는 슬프다

김인숙(소설가)

김숨의 소설은 글로 읽히기 전에 소리로 들린다. 그래서 김숨의 소설을 펼칠 때면 귀를 먼저 기울이게 된다. 소리는 숨결로 전해진다. 귀를 기울이다 못해 가만히 손을 내밀어 받아야 할 것 같다.

누군가의 인생이, 한 시대의 역사가 들숨과 날숨처럼 얽혀 사방에서 들려온다. 아우성 같기도 하고 속삭임 같기도 한 그 소리는 실은 누군가 돌아오는 소리고 누군가 돌아오지 못하는 소리이기도 하다. 그들은 히로시마에서도 오고, 나가사키에서도 오고, 식민지의 땅 조선의 어느 곳에서나 온다. 그리고 부산에 이른다. 그러는 동안 모서리가 다 닳아버린 사람들, 남은 게 이야기밖에 없는 사람들. 경이롭다. 웅장하다. 웅장한 것은 사람과 역사를 향해 한 발자국도 물러서지 않는 김숨의 시선 때문이고, 경이로운 것은 그들을 향한 김숨의 마음 때문이다.

위로하지 마시라, 연민하지 마시라. 이것은 당신의 이야기, 당신 시대의 이야기다. 말을 덧붙여 뭐하랴. 이것은 당연히, 나의 이야기다. 그들과 당신이 아니라 오직 나의 이야기. 그래서 슬프다. 슬프다는 말 한마디 없는 이 소설이, 나는 그래서 슬프다.

김숨의 최후이자 김숨의 최초

박혜진(문학평론가)

이 소설에 "참말로 재미난 얘기 같은 건 없다". 그러나 이 소설엔 참말로 슬프지 않은 얘기가 없다. 단 한 장면도, 그런 것은 없다.

보고 싶은 바람이 얼마나 간절해야 "늑골이 주저앉는 것 같은 고통"이라고 표현할 수 있을까. 육체를 잠식한 영혼의 통증에 시달리던 자들의 비극을 읽는 동안 나는 자주 먼 곳을 응시하거나 깊은숨을 내쉬었다. 그러다 보면 "날짜 지난 신문을 읽고 또 읽는" 사람처럼 세상에 궁금한 것이 하나도 없어지는 기분마저 들었다. 그러나 세상만사가 다 서운하고 서러워 아무것도 보기 싫어진 마음이 아직 모든 게 너무나도 궁금한 마음과 다르지 않다는 것 또한 알 것 같았다. 그 통렬한 역설을 다 헤아릴 길은 없어도.

애끓던 그 시절엔 늑골이 주저앉는 이별이 이다지도 흔했다. 누군가를 잃어버리는 것이 보통이었고, 이별한 뒤에는 두 번 다시 만날 수 없었으며, 기적같이 재회했을 땐 돌이킬 수 없는 상처를 안고 살아가야 하는 숙명의 무게가 생에 얹혀졌다. 무겁고 무서운 시절이었다. 사무치도록 그리운 것이 많은 시절이었다.

이토록 장대한 슬픔의 파노라마를 완성한 김숨은 도대체 얼마나 깊은 작가인 걸까. 그의 가슴에 들어와 박힌 난망한 사연들은 그의 심연에 어떤 지층을 쌓았을까. 『잃어버린 사람』은 일제 강제징용 역사에 드리운 그림자를 덮고 있는 장막을 들춘다. 돈 벌러 나갔다 돌아오지 못한 사람이 즐비했고 돌아온 사람들은 이전에 알던 그 모습이 아니었던 시절. 나고야에 있는 항공기 제작 공장에서 철판을 자르고 나르며 받은 월급을 꼬박꼬박 고향집에 보냈던 열아홉 살 청년은 어쩌다 "하늘 아래 가장 불쌍한 남편"이 되어 백주대낮부터 인사불성이 되도록 술을 마시고 다니게 된 걸까. 피해자의 범위는 조선인에게만 국한되지 않는다. 징용되어 일본에 온 조선 남자와 살며 아이를 낳아 기른 일본인 여자는 남편을 따라 조선으로 오지만 그를 반기는 사람은 아무도 없다. 그의 남편조차도.

해운대의 외딴섬 오두막에 흘러든 낯선 여성에게는 이름이 세 개다. 여자에게 조선 이름을 지어준 아버지는 그녀를 직업소개소에 팔았고, 일본 이름을 지어준 일본 군인은 그녀의 몸에 그녀가 읽지 못하는 글자를 새겼으며, 지난밤 그녀에게 미국 이름을 지어준 미국 군인은 그녀를 들판에 버렸다. 방직 공장의 잿빛 지붕 아래에서 돌아가는 기계는 노동자들의 청춘을 연료로 가열차게 가동되었다. 식민과 전쟁은 그들에게서 그들 자신의 삶을 빼앗아 갔다. 식민과 전쟁이 끝난 뒤에도 빼앗긴 삶을 찾을 수는 없었다.

때로는 서사시 같고, 이따금 회화 같지만, 결국엔 노래가 되는 김숨의 소설은 '문학적' 관점을 가진 역사적 인간의 존재들을 증명하는 인류의 텍스트이다. 먼 훗날 우리는 이러한 태도를 가리켜, 또한 텍스트를 가리켜 김숨의 관점이라고 표현하게 될 텐데, 사실인지 아닌지 확인하기 위해 긴 시간을 기다릴 필요는 없다. 이 소설을 읽는 것으로 충분하기 때문이다.

*

해방 공간으로서의 조선에는 돌아오는 사람들로 가득했다. 만주로 간도로, 또 어느 먼 곳으로 뿔뿔이 흩어진 채 가까스로 생존하고 있던 사람들은 해방됐다는 소식과 함께 조선으로 돌아오기 시작했다. 그러나 그들에게는 귀환의 길이 놓여 있지 않았다. 나갈 땐 '조선인'이어서 나가야 했지만 들어올 땐 바로 그 이유로 인해 들어오지 못했다. 실존적 0년의 시대, '한국인'이라는 정체성을 형성해야 하는 그때 거칠고 편협한 기준으로서의 '한국인'에 포섭되지 않는 사람들은 모두 배제의 그늘에 방치되었다. 돌아오는 사람들은 받아들일 만한 사람과 그렇지 않은 사람으로 구분됐다. 한국문학에서 귀환의 서사는 돌아온 사람들이 아니라 돌아오지 못한 사람들의 이야기, 한국인이 아니라 한국인 바깥으로 밀려난 사람들의 이야기로 채색될 수밖에 없었을 것이다.

망망대해와 맞붙은 부산은 길 없는 사람들이 나가고 들어오는 문이었다. 부산 앞바다를 매립해 부두로 만들 때, 부두를 드나들던 배에는 전쟁을 위한 물자들이 실려 있었을 것이다. 전쟁이 끝나고 그 부두를 드나들던 배에는 고향으로 돌아오는 사람들이 있었고, 더러 도착하지 못한 배도 있었다. 그리고 부두에는 오지 않는 그들을 기다리는 애타는 마음들이 언제라도 서성이고 있었다. 부두의 기능이 바뀌는 동안 떠났던 사람들이 돌아왔지만, 돌아왔으되 완전히 돌아오지 못한 사람들은 정처 없이 역사의 바깥을 배회했다. 갖가지 사연으로 이별한 사람들의 사연들이 소설 속 구술에서 부활할 때마다, 저기서 읽었던 사람의 사연이 여기서 읽은 사람의 사연과 연결되며 궁극엔 그들의 삶과 나의 삶이 연결될 가능성이 상상될 때마다, 나는 그들의 숨소리마저 놓칠 수 없었다.

일제의 강제징용에 대한 의미가 배상금과 같은 숫자로 환원될 위기에 처한 지금, 작가는 숫자들로 환원되지 않는 이야기들과 그 의미를 찾는 일의 중요성을 우리 의식에 집요하게 새긴다. 손실된 역사를 메우는 방법은 역사의 배반자이자 역사에 대한 도전자가 되어서 역사를 거스르는 것뿐이다. 그것은 김숨 문학의 본질이기도 하다. 운동화 한 켤레를 복원하는 과정(『L의 운동화』)을 통해 역사 재현의 윤리에 의미 있는 성찰을 시작한 김숨은 일본군 위안부 피해자 할머니들의 실제 증언을 재구성한 일련의 소설들에서 연속적이고 불안정한 목소리로 역사가 외면한 '한 명'의 실존을 살려냈다(『한 명』). 실존의 재구성은 다시 보편으로 확장되었다. 중앙아시아로 향하는 열차에서 조선인들이 내뱉는 목소리들은 서로 뒤엉켜 주인을 알 수 없는 형국이었고(『떠도는 땅』), 주인 없는 목소리들의 종착점은 한국인이 망각하고 있는 집단적 무의식이었다.

『잃어버린 사람』에서 김숨은 한 명인 동시에 모두인 목소리를 완성한다. 이 소설을 읽고 난 뒤 문학적 태도를 가진 역사적 인간으로서 나는 기다리는 사람이 되었다. 무명 저고리에 누런 몸뻬 바지 차림으로 울먹이며 걸어가는 깡마른 여자, 돌아올 사람들은 다 돌아왔다는데 어째서 아직도 소식이 없는 해옥이, 일본 방직 공장에 군복 만들러 가 여태 안 돌아온 둘째 딸 해옥이……. 김숨의 소설은 역사적 존재로서 우리가 가져야 할 다음 태도를 알려준다. 그의 다음 작품은 항상 우리의 다음 자세였으므로 이제 우리는 마르고 닳도록 기다리는 사람이 되고자 할 것이다. 돌아올 때까지 기다리면 그들은 돌아올 것이다. 『잃어버린 사람』은 김숨이 쓴 모든 소설들의 결말이자 김숨이 쓸 모든 소설들의 시작이다. 김숨의 최후인 동시에 김숨의 시원이다.

역사는 중요한 오늘을 기억하지만 소설은 "깃털처럼 무수한 날들 중 하루일" 오늘을 기억한다. 영도와 해운대를 가로지르며 문학적 공간으로 재구성된 부산을 배경으로 잠자던 그들의 하루가 일어나자 그들이 기억하는 하루의 모자이크가 우리 앞에 생생한 현장으로 펼쳐진다. "때가 되면 다 사라질 것이다." 그러나 사라질 것을 기억하는 데에서 기억의 역사는 출발한다. 그 출발을 문학적 순간이라고 불러야 한다는 걸 김숨의 독자라면 모를 리 없다.

지극히 문학적인 이 소설에 "참말로 재미난 얘기 같은 건 없다". 그러나 이 소설엔 참말이지 않은 얘기 같은 건 없다. 단 한 장면도, 그런 것은 없다. 김숨의 독자라면 이 역시 모를 리 없는 말이겠다.

잃어버린 사람

ⓒ 김숨, 2023

초판 1쇄 발행 2023년 7월 28일

지은이   김숨
펴낸이   김철식
펴낸곳   모요사
출판등록   2009년 3월 11일
               (제410-2008-000077호)
주소   10209 경기도 고양시 일산서구
               가좌3로 45, 203동 1801호
전화   031 915 6777
팩스   031 5171 3011
이메일   mojosa7@gmail.com

ISBN   978-89-97066-84-1 03810

— 이 도서는 한국문화예술위원회의 2023년도
  아르코문학창작기금(발간지원) 사업에 선정되어
  발간된 작품입니다.